當代大陸歷史叢書 *1*

上山下鄉

王增如　李向東　著

人間出版社

目錄

王增如、李向東夫婦

（由左至右）王增如、施淑、賀照田、李向東。（2012 在北大荒）

下鄉之前在天安門前合影

上海北站
1968.9.12

告別上海

知青文藝宣傳隊

在林中伐木時的午餐

年輕的康拜因手

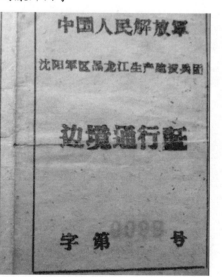

邊境地區知青回家探親時開具的通行證

種扎根樹之一

種扎根樹之二

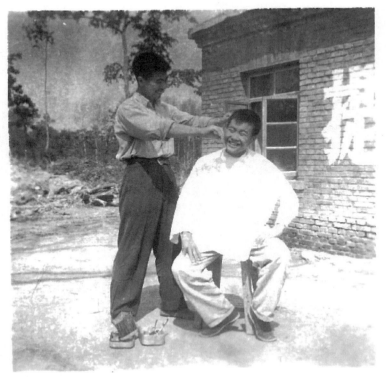

理髮

麥收時節的場院之一

麥收時節的場院之二

麥收時節的場院之三

秋收時在場院上唱革命歌曲

引子

　　已經是年終歲尾，上海進入了一年裡最難捱的冬季。

　　一場霏霏霪雨整整飄灑了一天一夜。陰雨過後緊接寒風，又潮又冷，溫度表上的水銀柱急驟下降，接近了零度。馬路上行人驟見稀少。

　　可是上海火車站卻是一個例外，站台上是少有的熱鬧，少有的喧囂。一隊隊即將啟程遠行的人，一群群趕來送行的人，把站台擁得滿滿當當。英氣勃勃的青年人有組織地走進來了，他們手裡擎著車票和乘車證，淚水和歡笑同時聚集在臉上，有些做母親的嗚嗚地哭起來了，哭得兒女們心也酸酸的，而站台上的大喇叭裡卻使勁播放著激昂雄壯的樂曲。一些家長找不見自己的孩子，急得扯著嗓子大聲呼喊，他們的呼喊聲淹没在人群中，淹没在一片嘈雜中。

　　這一天是 1968 年 12 月 21 日，這一天是上海市首批赴雲南省國營農場下鄉青年出發的日子。

　　就在這一片嘈雜混亂之中，有五個神色異樣的學生走進了站台。他們既沒有出征者那般激動，也沒有送行者那樣的悲哀，他們悶聲不響，低著頭擠過摩肩接踵的人群。他們不像是尋找什麼人，倒像是在躲避什麼人，臉上帶著幾分緊張。在車廂門口，一位穿鐵路制服的中年婦女攔住他們。他

們伸出手，每人手裡有一張送客的站台票。

「送客的不要上車了，就在下面送好了，過會兒火車要開了。」

「我們沒有找到我們的同學。火車還要過一會兒才開呢，讓我們上去吧，這是最後的機會了，要不就見不到他們了。」幾個人七嘴八舌地說。

中年婦女被孩子們那近乎哀求的神色和聲音打動了：「你們快一點喲，別誤了下車！下不來，就把你們一道拉走了！」

五個孩子高興地噌噌踏上踏板，衝進車廂。他們面露喜色，小聲地嘀咕了幾句，便分作兩組，一組奔向車頭，一組朝著車尾，分頭而去，像機警的貓一樣，很快就消失在車廂的盡頭。

上午十點，開車的時刻到了，揪心的呼喊聲、哭叫聲，混合著激越的鼓樂聲，轟然響作一片。黑壓壓的人群向火車尾部滑去，黑壓壓的人群開始跟著火車奔跑，火車的速度漸漸加快，把黑壓壓的人群甩在了後邊，越甩越遠……

5號車廂裡，一位40多歲的女同志開始清點人數，核對名單。她姓徐，是南市區革委會畢業分配小組的組長，她的任務是把南市區的學生平安送到雲南。

忽然，她看見三個同學把頭伸到窗外去了，還揮舞著胳膊衝著前方驚喜地呼喊，她認得其中的一個女同學，她叫沈瑾瑾，是嵩山中學的，班裡的團支部書記。他們異樣的舉動，引得許多同學也都把頭探出去。「這樣很危險的，不允許的！」她要阻止他們，她也想看看，火車的前方究竟發生了什麼。

她剛把頭探出窗外，就看到了前面不遠的車窗裡也探出三張熟悉的臉，三個女同學的臉，每一張臉上都溢滿了得意和狂喜。「她們怎麼也來了？她們沒有被批准呀？」徐老師心裡有些疑惑。這時，她聽見從列車尾部也傳來呼喊聲：「我們在這裡——」她把頭轉過去，又看到了一

個車窗裡探出兩張熟悉的臉，同樣是兩張充溢著得意和狂喜的臉，那是一男一女，揮舞著手臂，向沈瑾瑾他們示意。

「他們也上來了？」徐老師一下子明白了：他們五個人是偷偷混進來的，名單上根本沒有他們的名字！

徐老師第一次見到他們，是在區革委會辦公大樓裡，那是一個半月以前。那天有個畢業生分配會議，徐老師路上耽擱，所以晚到了一會兒，剛走上二樓，就看見了八個孩子，他們聚在會議室門口，嘰嘰喳喳地小聲商量著什麼事情。看到徐老師走過來，他們不作聲了，八雙眼睛一齊向她射過來。

「你們有什麼事情？要找誰？」

「老師，您是來開會的嗎？請您把這份決心書交給區革委會領導行嗎？」

她接過來一張紙，那紙上的字是暗紅色的，她心裡一驚：「你們寫了血書？」

血書只有一句話：「最堅決要求去雲南邊疆幹革命」。下面是八個人的簽名。她心疼地抓起一個女同學的手，看見右手的食指上纏著紗布條，紗布滲出了紅色的血跡。

「老師，我們要求去雲南，請你幫幫我們吧！」

徐老師被這些孩子感動了，她把「內部情況」一下子都和盤托出了：

「這一次去雲南的名額相當緊張，整個上海市只要 1000 名同學。這 1000 個名額分到 10 個市區，每個區裡只能有 100 個，再分到各個學校，一個學校只能有兩三個，頂多三四個名額。這一次報名的又非常多……你們都是一個學校的嗎？」

「我們都是嵩山中學的。」

「我可以把你們的情況反映上去，但能不能成功——」徐老師輕輕

搖了搖頭，「很難說。」

她記下了那八個同學的名字：沈瑾瑾、溫融雄、吳鶴翔、程玉慶、胡澹……

被批准同學的名單很快就貼出來了，八個人裡邊只有兩人，其餘六個，倒不完全是由於名額的限制，恐怕更主要是受到了政審的限制。溫融雄，儘管本人是班長，可是父親母親都在受審查，有特務嫌疑；吳鶴翔，雖然父母都是老工人，可是有個哥哥在香港當海員，他在入團問題上已經嘗過「海外關係」的苦頭；還有一個小同學，母親是學校的黨支部書記，那當然是「走資派」了！

就在公布名單的當天下午，區革委會畢業分配領導小組又接到一份血書，血書上還是那一句話：最堅決要求去雲南邊疆幹革命。血書上簽名的還是八個人，六個未被批准的和兩個已經被批准的。當時領導小組正在開會，徐老師見到這份血書，心裡有些激動了：

「他們要求去雲南是革命行動，他們是要去幹革命，搞建設的，不是要去叛逃的嘛。他們已經寫了兩份血書了，我們應該支持他們！」

徐老師的話得到了大多數人的贊同，於是未被批准的六個同學又被過了一遍政審「篩子」，這個「篩子」的網眼稍微大一些，這一次有幸通過篩網的只有吳鶴翔一個人。

徐老師有好多天都在替那幾個沒有被批准的同學惋惜。但是她沒有料到，今天八個同學全都上了這列火車。這就不能允許了，總要有點組織紀律性嘛！她找了兩個老師一起行動，要在這趟列車上來一次「圍剿」。他們很快就在一節車廂的洗臉間裡找到了那三個女同學。

三個女同學都是初一的，都是學校宣傳隊的隊員。徐老師跟她們說，你們還不到畢業分配的時候，行李也沒有帶來，家裡父母也不知道吧，這怎麼能去農場呢？

「我們行李帶來了！」「我們已經跟爸爸媽媽講好了！」「我們的

行李跟沈瑾瑾他們的行李打在一起了。」

「到了雲南要核對名單，名單上沒有你們的名字，肯定要退回來！」

「老師，你幫幫我們吧，我們到雲南一定會好好幹的！」

「不行，我要對你們負責任，下一站是杭州，到了杭州你們就下車，我跟車站上的人講好，你們搭下一班火車回上海去！」

「我們的行李都拉到雲南去了！」

「我會讓人給你們寄回來，一件也少不了！就這樣說定了！」徐老師的語氣很硬，沒有一點商量的餘地。

在杭州火車站，三個女孩子眼淚汪汪地走下火車，眼淚汪汪地向沈瑾瑾告別，眼淚汪汪地看著去雲南的火車開走。

「這些孩子！」徐老師輕輕地嘆了一口氣，心裡有一種複雜的情感。現在她要去找那兩個高中生，他們可不像小姑娘那樣好對付。她一節車廂一節車廂地搜過去，一張面孔一張面孔地辨認，最後在幾個老師的幫助下，查到了溫融雄和胡澹！

當然少不了一番口舌，徐老師說不服他們兩個，索性不講了，只有一句硬梆梆的話：「下一站是金華，你們兩個必須在金華下車！」

火車減速了，火車進站了，緩緩地，「哐噹」一聲停穩了。

「走吧，下車！」徐老師在前，胡澹、溫融雄在後，跟著列車員朝車門走去。

溫融雄的腦子裡一直在打主意，他一眼看見廁所的門虛掩著，決定把那裡作為藏身之地。他像一隻靈巧的貓，一閃身就鑽了進去，回手「咔」地一聲把門鎖死，任徐老師怎樣大聲呼喊使勁拍打就是不開。

徐老師抓不住溫融雄，又擔心胡澹乘機跑掉，她死死拽住胡澹的胳膊，把她拉下火車，她實在讓這幾個學生鬧怕了。

胡澹哭喪著臉，從站台上像車廂裡面張望，看見溫融雄正在衝她做

鬼臉。她有些怨恨溫融雄：為什麼不拉著我一道躲進去！？

火車重又啟動，駛出金華，徐老師隔著一扇緊鎖的門，開始了「政策攻心」：「溫融雄，我勸你還是把門打開，你自己不打開，我們會找乘務員來，她有鑰匙。」她知道，對付溫融雄，唬是沒有用的，她開始許願：「我知道你下鄉很堅決，我也很同情你，我保證，下次有雲南插隊的，我第一個批准你。」

一位老師把車上的乘警找來了，乘警可不像徐老師那樣婆婆媽媽地講道理，他重重地拍著門大吼：「趕緊出來，有人要用廁所！」

門開了，溫融雄無可奈何地走出來。通道上站滿了人，他一眼就看到了吳鶴翔，在他旁邊是沈瑾瑾、程玉慶。

「溫融雄，趕緊把你的東西收拾好，火車下一個停靠站是株州，你必須在那裡下車！其他同學，趕緊回到位子上坐好！」

人群漸漸散去，過道裡只剩下溫融雄、沈瑾瑾、吳鶴翔、程玉慶四個同學。他們陰沉沉的心緒掛在臉上，誰也不講話。

「徐老師，讓我們在一起說說話吧，我們就要分手了呀！」沈瑾瑾打破了沉寂。

「你們就在這裡講好了。」

「把我這間乘務室讓給你們。」乘務員是個比溫融雄大不了幾歲的姑娘，她一直站在旁邊，被幾個孩子感動了。「你們就坐在這裡面講好了。」

四個人擠坐在一起，都默不作聲，他們內心充滿了沮喪。看來，一點商量的餘地都沒有了，任何其他的選擇都沒有了，只好下車，只能分手了。整個這次雲南之行都是溫融雄牽頭張羅策劃的，現在他這個牽頭人卻要打道回府了。暮色越來越濃，餘暉越來越暗，而株州卻越來越近了……

忽然，溫融雄喊了一聲：「有辦法了！」

「甚麼辦法？」「快說呀！」幾個人急不可耐地喊著。

溫融雄詭祕地一笑，他站起身打開門，向通道兩邊張望了一下，又把門關好。

「你們給我一張車票和一張乘車證，到了株州，我下車以後就去找站長，說我是下車買東西的時候誤了火車，讓他們幫我聯繫一輛去昆明的火車！」

「徐老師會親自把你交給車站的。」

「所以到了株州，我要晚一點下車，我們要裝作戀戀不捨的樣子，等到火車快要開了再下車，這樣徐老師就來不及跟車站上的人講話了。」

孩子們的情緒一下子又活躍起來，七嘴八舌地補充著這個方案，使它更圓滿更完善，更加無懈可擊。

株州近了，火車停了，徐老師把門推開了。

「怎麼樣，話都講好了吧，溫融雄，你該下車了。」

「哎呀，等一等，溫融雄，我有件東西你給我帶回家去。」吳鶴翔煞有介事地叫了起來：「我馬上去找啊！」他一邊說著一邊慌慌張張地走進車廂裡邊去了。

「來不及了嘛，火車馬上要開了。溫融雄，你必須要在這裡下車！」徐老師警惕地用一種斬釘截鐵的語調說。

「徐老師，我肯定要在這裡下車的，你看，我東西全在這裡了。」溫融雄指指一個提包和一個書包。他把書包背了起來，一隻手抓住了提包的帶子，做出一副馬上要下車的樣子。

吳鶴翔拿著一包東西跑過來了：「你把這包東西交給我媽媽，你要的東西也都在裡面了。」

「明白了。」兩人會心地一笑。

站台上的鈴聲響了，徐老師過來拉溫融雄的胳膊：「快走，快走，

要開車了！」

「徐老師，我下得去的，你放心好了。」

「這裡是一份證明，你下了車直接去找站長，他會幫你安排火車回上海的。」

「好的，徐老師，謝謝你對我的關照！」他用力握了一下徐老師的手。

火車猛烈地搖晃了一下，緩緩啟動了。

「再見，溫融雄！」

「再見──我們很快就會再見的！」

暮色淹沒了房屋，淹沒了原野，車窗外除了偶爾閃過的燈火，甚麼也看不見了，三個孩子卻依然凝神望著窗外。他們這一天幾乎沒有吃過什麼東西，誰也不想吃，沒有心思吃，他們都在想著同一件事情。很難預料他們的計劃能否成功，因為這一天他們遇到的倒楣事情太多了。「狐狸再狡猾也鬥不過好獵手」，吳鶴翔忽然想起《智取威虎山》中的一句台詞，他笑了，他覺得這個比喻有些滑稽，誰會是狐狸，誰又是獵手呢？

車廂裡的廣播喇叭響起來，傳出了悠揚的《東方紅》樂曲聲。八點半了，這是各地人民廣播電台聯播節目時間。喇叭裡傳出播音員莊重的聲音：

「毛主席最近教導我們：『知識青年到農村去，接受貧下中農的再教育，很有必要。要說服城裡幹部和其他人，把自己初中、高中、大學畢業的子女送到鄉下去，來一個動員。各地農村的同志應當歡迎他們去。』……」

有人喊了一聲：「毛主席萬歲！」又有人在喊：「堅決擁護最高指示！」喊聲此起彼落，車廂裡響起一片歡呼聲。

1968 年 12 月 21 日，在這一個漆黑的夜晚，在湘黔鐵路線上一列馳

跑的火車車廂裡，有 1000 名「到農村去」的「知識青年」，當最高指示公布的時候，他們已經出發登程，已經在「去」的途中，這使他們感到得意和自豪：執行毛主席的革命路線，我們走在了前面！他們當時絕對不會想到，這一段最高指示對他們的一生將會產生多麼大的影響，對他們這一代人將會產生多麼大的影響，對整個國家的前途將會產生多麼大的影響。

在整個「文化大革命」中，毛澤東發表過一系列重要指示，若論直接涉及到的人之多，波及到的面之廣，恐怕要數「知識青年到農村去」這一條，它改變了 1700 萬中學生的命運，它在 1700 萬個家庭中掀起了大小不一的波瀾……

第一章　燕子報春

千古荒原上的「北京莊」

時間倒轉到 13 年前，也是在一個火車站台上，也是一次激動人心的送行。

1955 年 8 月 30 日下午 6 時，疲憊的太陽懶洋洋的目光，被北京前門火車站上的熱烈場面吸引去了。行者，是一支 60 人的隊伍——清一色的青年人，它們簇擁著一面鮮紅的旗幟，上書金色大字：北京青年志願墾荒隊。這面旗幟，是團中央第一書記胡耀邦剛剛授予的。60 個人的臉上都帶著一種自豪和驕傲：它們是從 700 多個報名者中挑選出來的，十里挑一呀！

這 60 名青年，剛剛參加完北京青年舉行的歡送大會。王照華，當時的北京團市委第二書記在講話中說：「首都青年做了一件很有意義的事情，這就是組織了祖國的第一支墾荒隊。」團中央第一書記胡耀邦說：「你們是光榮的第一隊，你們的行為是光榮的行為，是愛國的行為。」他給他的發言擬了一個題目：《向困難進軍》，並盡情地發揮說：「有一千條困難，就要打破一千條，有一萬條困難，就要打破一萬條。」胡耀邦的情緒感染了禮堂裡的每一個人，1500 雙手起

勁地鼓起掌來。

會場裡的中心人物不是胡耀邦，而是一位 23 歲的健壯小伙子、墾荒隊隊長楊華。在全場敬佩和羨慕的目光中，他從胡耀邦手中接過了那面「北京青年志願墾荒隊」大旗，神色莊重地表示：要在荒蕪人煙的土地上，建立起新的團支部，建立起新的村莊和新的生活。半個多月之前，楊華等五個人聯名向北京市委遞交了一封申請書，提出：「請批准我們發起組織一個北京市青年志願墾荒隊到邊疆去開荒，使我們能夠為祖國多貢獻一分力量。」「要是我們組成一個 60 人的墾荒隊，我們就可以不要國家掏一個錢，為國家開墾 3000 多畝荒地，增產 30 多萬斤小麥。」

8 月 16 日，《中國青年報》刊登了這封申請書，並發表了〈讓我們高舉起志願墾荒隊的旗幟前進〉的文章，不久又在頭版登出楊華等五個青年的照片，這件事一下子在全國引起轟動，到 8 月 25 日，北京市報名者近 600 人，全國的報名者 9800 人，鶴崗煤礦送來了帳篷，內蒙古牧民送來了駿馬，捐贈的現金將近七萬元。

1950 年代是一個充滿熱情的年代，剛剛步入新中國的人們還沉浸在「解放了」的欣喜之中。「只要是黨號召的，我們就毫不猶豫地去幹。我們訂了三條原則：第一，必須是絕對自願；第二，不要國家一分錢投資；第三，去了就不回來。」事隔 40 年後，一位當年的墾荒隊員這樣說。

10 天之後，渺無人跡的黑龍江省蘿北縣大荒原上豎起了一面紅旗，紅旗下舉行了開荒儀式。中共蘿北縣委書記阮永勝特地趕來，為儀式剪綵。隊長楊華一聲令下，六匹馬拉著四台大犁，在沉睡千年的荒原上蹚開了一道道黑色的泥浪。

60 名青年人在樺樹林裡支起了帳篷，歌聲和歡笑聲驚動了荒原上的大雁、野鴨和狼群——這裡原本是它們的世襲領地。憤怒的狼群夜晚圍

著帳篷嚎叫，青年人就點起篝火，端起槍在帳篷周圍守護。最終退却的不是墾荒隊員，而是狼。

半個月後，他們開墾出 1200 畝耕地，第二年生產了 27 萬斤糧食，60 萬斤蔬菜，還蓋起了宿舍和食堂。中國青年志願墾荒史的第一頁，就這樣翻開了。

緊隨其後，第二批第三批北京青年志願墾荒隊以及哈爾濱、天津兩市，河北、山東兩省的兩千多名青年，也以志願墾荒隊員的身分來到蘿北縣，荒原上很快出現了「北京莊」、「天津莊」、「哈爾濱莊」等一個個以青年籍貫命名的生產點。1956 年春天，這些「莊」又按照「蘇聯老大哥」的叫法，改為八個集體農莊，再後來，又按中國的叫法改成國營農場。

胡耀邦說：茅草棚只能三歲，不能萬歲

就在蘿北荒原上的開荒儀式舉行一個月之後，10 月 22 日，在遠距萬里之遙的江西德安縣九仙嶺下，也豎起一面紅旗，上書「向困難進軍，把荒地變良田」。擎旗人是上海青年志願墾荒隊。

在北京的影響下，上海也掀起一股青年志願墾荒的潮流，五個社會主義建設青年積極分子發出倡議，上萬名青年響應，要求到淮北去開荒，這件事不知通過甚麼渠道被毛澤東知道了，他想到前一年淮河剛剛發了一場大水，便給上海市委書記陳丕顯提議說：淮北的條件太差，還是去江西為好，那裡氣候和上海更接近，吃的也是米飯。這樣，挑選出來的 96 名男女青年組成了上海青年志願墾荒隊，副市長宋日昌親自把他們送到江西省德安縣的九仙嶺下。

一個月之後，11 月 29 日，胡耀邦專程趕到德安縣看望他們，他仔細詢問了解青年人的情況，察看了他們住的茅草棚，問他們苦不苦，青年人齊聲回答：「我們不怕苦！」為了表示決心，有人喊了一句「茅棚

萬歲！」胡耀邦聽後大笑：「茅棚終究是臨時的，我們只能讓它三歲，不能萬歲！」當晚，他用小山竹片夾著藥棉，在油燈下寫了「共青社」三個字。他勉勵大家說，我們面前還有兩條大河，一條是愚昧，一條是貧窮，我們一定要闖過這兩條大河，把共青社辦好。

這個共青社，後來發展成以生產「鴨鴨」牌羽絨服聞名全國的江西共青墾殖場。

一個北京庄，一個共青庄，一個在北國荒原，一個在江南山嶺，兩撥青年分別來自祖國的首都和繁華的商埠，總數不過一百五六十人，但他們在中國青年運動史上卻有著非同尋常的意義：他們是新中國最早的兩支由城市青年組成的下鄉隊伍。在他們的影響下，1955 和 1956 年，浙江青年去開發新疆，廣州青年去開發海南，江蘇和四川的青年去開發青海，溫州青年去重建剛剛被解放收復的大陳島。全是邊遠偏僻的地方，全是艱苦貧窮的地方，一共有十幾個省市的青年人，組織了五十幾個志願墾荒隊，參加者約有 3.7 萬人！新中國青年運動史上，第一次墾荒務農之風就這樣出現了，城市青年上山下鄉的序曲就這樣奏響了。

解決糧食問題

發生在 1950 年代中期的那場城市青年志願墾荒運動，實際上是黨和國家號召和組織的，其主要的背景是糧食問題。

新中國誕生之初的那些年，糧食的產需矛盾一直十分突出，產量的增長幅度遠低於消費的增長幅度。1953 年小麥受災，1954 年長江淮河流域又遭受了百年不遇的洪災，1955 年 8 月初，胡耀邦在團中央書記處的一次會議上透露了毛澤東講的一句話：「糧食問題是我國當前非常重要的問題之一，是我們當前和資產階級鬥爭的重要問題之一。」

為了多產糧，就要多開荒。當時一切學蘇聯。1955 年 4 月，團中央代表團訪蘇時，詳細了解了他們的經驗。蘇聯在 1954 年大規模墾荒運

動中，改變了過去移民開荒的辦法，而以城市青年為墾荒主體，兩年裡一共動員了 27 萬城市青年。代表團回國後，團中央向黨中央匯報了蘇聯的做法，並提出：「從城市中動員年輕力壯、有文化的青年去參加墾荒工作是有好處的，也是今後解決城市中不能升學的初、高小畢業和無職青年就業問題的一個辦法。」他們的意見，得到了黨中央的首肯。緊接著，團中央就向全國青年發出了「向荒山孤島進軍，積極參加墾荒運動」的號召。

緣由是解決糧食問題，形式是學蘇聯的──這就是五十年代中期那場青年墾荒運動產生的背景。

但是嚴格說來，這第一股青年上山下鄉潮流的主體，還不能稱之為「知識青年」。以蘿北荒原上的八個農庄為例，2600 多名青年中，高小以上文化的僅占 36%，三分之一稍多一點，文盲卻佔到了將近 40%，北京青年志願墾荒隊長楊華，原本是石景山區西黃鄉的鄉長、勞動模範，他是在北京市農村工作會議上，聽到領導講話說全國還有四億多畝荒地等待開發時，產生了一種到邊疆去開荒的強烈願望，後來團中央籌建青年墾荒隊，《中國青年報》的一位記者從石景山區選中了他。

特別是山東、河北的支邊青年，大部分是從農村組織和招募的。這一切只能印證這樣一個觀點：墾荒需要的是勞動力，墾荒者的文化水平的高低並不重要。

燕子報春

六十年代初，是我國知識青年上山下鄉的第二個小浪潮，如果說，五十年代那一次的影響面主要是在社會青年中間，那麼這一次的影響面主要是在中學生中間，參加者的文化程度有了明顯的提高。

1958 年的「大躍進」和人民公社，以及緊隨其後的嚴重自然災害，大大削弱了我國的農業基礎，1960 年的糧食總產量跌到了新中國成立後

的谷底，比 1951 年還少 19 萬噸，全國城鄉農產品供應出現了全面緊張的狀況。解放後出生的孩子，第一次嚐到了挨餓的滋味。

在這種嚴峻的形勢下，1960 年 8 月，中共中央在北戴河會議上發出了「全黨動手，大辦農業，大辦糧食」的號召，以邢燕子、董加耕、侯雋為代表的知識青年上山下鄉運動由此引發而出，這是一批真正的「知識青年」。

邢燕子的父親是天津一家工廠的副廠長，她的父母兄長都在城裡工作，只有她和爺爺在唐山地區漢沽市司家庄生產隊。她從學校畢業後沒有去城裡就業，而是回鄉參加了農業生產。她是在「大躍進」的年代裡回鄉的，回鄉不久就趕上 1959 年秋天的水災，災後面臨著饑荒，還有一個寒冷漫長的嚴冬。肚子裡沒食，這冬天可不好過呀——村幹部一直發愁。

邢燕子倒有主意，她說，秋天水大，肯定魚多，咱們去打魚吧！她跟幾個姑娘組成一個治魚隊，在寒風中破冰捕魚；晚上，她們又點上馬燈，用割來的蘆葦打葦簾。這樣幹了三個月，增加了 4000 元副業收入。隊長高興了，度荒年心裡有點譜了。村黨支部給這支治魚隊起名叫「燕子突擊隊」，邢燕子當隊長，人數由 7 個人增加到 16 個人。轉過年來，邢燕子又帶著突擊隊的姑娘們，在天寒地凍的「六九」裡把麥子搶種下去，獲得了豐收。在吃不飽肚子的 1960 年，「豐收」這個字眼意味著什麼，誰都想像得出來。唐山市委第一書記接見她，還在《河北日報》上發表文章說，我們「需要千千萬萬的邢燕子」。1960 年 8 月 19 日，河北團省委和省婦聯發出了向邢燕子學習的通知，一個月後，她站在黨旗下莊嚴地舉起右手宣誓。這時，《人民日報》也登載了她的事跡，邢燕子從河北走向了全國。

邢燕子的脫穎而出，主要不在於她下鄉的舉動，而在於她體現了「全黨動手，大辦農業，大辦糧食」的北戴河會議精神。

從董嘉庚到董加耕

邢燕子回鄉時只有高小文化，董加耕的情況就不同了，他是江蘇省鹽城縣龍岡中學高中三年級的高材生，各科成績平均在 96 分以上，又是團支部書記、優秀運動員、文娛積極分子，可謂德智體俱佳。但是 1961 年的春夏之交，他在升學志願表上只寫了「回鄉務農，立志耕耘」八個字，並將原來的名字董嘉庚改為董加耕。

在關於他的先進事跡報導中有這樣兩段對話：

「黨培養你十幾年，難道是要你去扶犁把子嗎？」

「不同時期有不同的第一線，解放前第一線在槍林彈雨的戰場，現在的第一線就是廣闊的農村，我去農村正是黨所需要的。」

「青年人應有遠大理想，你的理想哪去了？」

「我的理想是從我做起，發動群眾，共同搞好農業生產。」

在全國範圍宣傳的青年典型中，對下鄉務農有這樣清醒的認識，董加耕是第一個。他十分清楚他的舉動意味著什麼，代表著什麼，他身上有著更多的自覺成分，思想基礎很穩固。

董加耕幹得很出色，1963 年當上了生產隊長。1964 年江蘇省委號召「學習董加耕自覺革命的精神」，團省委發出了開展學習董加耕活動的通知，《人民日報》在〈知識青年下鄉上山是移風易俗的革命行動〉社論中，稱讚他是「毛澤東時代的好青年」，他走的道路是「毛澤東時代知識青年所應走的革命道路」。

邢燕子這個典型告訴人們的是，要大辦農業，多打糧食，度過災荒，而董加耕則成為「一個知識青年的好榜樣」，他提出了一個「道路」和「方向」的問題，這樣，上山下鄉這個老問題就有了新的內涵。其實，它只不過是回到了毛澤東在 1939 年講過的那段著名語錄上去了：「看一個青年是不是革命的，拿什麼做標準呢？拿什麼去辨別他呢？只

有一個標準，這就是看他願意不願意、並且實行不實行和廣大的工農群眾結合在一塊。」

考察新中國青年上山下鄉史，董加耕是一個重要的分區，從他開始，上山下鄉的目的和意義有了重要的變化，由主要是為了多打糧食，變為青年實現革命化的重要途徑，這一命題開始帶上了越來越濃厚的政治色彩。這一變化，不能不同 1962 年毛澤東在八屆十中全會上重新強調階級鬥爭，提出防止出修正主義的指示有關，不能不同 1964 年毛澤東強調要重視培養革命事業接班人的講話有關。

這裡有一點應該引起我們的注意：邢燕子和董加耕不是「下鄉」而是「回鄉」。邢燕子雖然父母都在城裡，但是她多年與鄉下的爺爺住在一起。董加耕的家就在農村，那裡有他的親人和夥伴，他從農村裡走出來而後又回到農村去，所以他不會感到寂寞和孤獨，也不懼怕農村艱苦的生活環境和勞動強度。與下鄉相比，回鄉青年自身的思想鬥爭及引發的矛盾都要小得多。

「特別的姑娘」來到竇家橋

在董加耕回鄉的第二年，河北省寶坻縣史各庄公社竇家橋大隊走來了一位「特別的姑娘」，她戴著一副白塑料框架的眼鏡，顯得那麼文靜，她的名字也透出文靜——侯雋。當時不少人還不認得那個「雋」字，讀不準音，更搞不清字義。侯雋的父親是華北電力設計院的工程師，母親是教員，也只有這樣的知識份子家庭，才起得出這樣雋雅的名字。

與邢燕子和董加耕相比，侯雋身上的知識份子氣味更濃一些，她在北京房山縣良鄉中學讀高中的時候，曾經獲得過北京市教育局發給的「品學兼優」獎章，1962 年初夏高中畢業考試時，7 門功課全都是 5 分，大學校門在衝著她微笑，她也在心裡一次次勾畫過當文學家、藝術家的

設想。但最終她還是捨棄了這一切。十年之後,她在談到下鄉的動機時回憶道,她「只是看到農村連遭三年自然災害,對各方面影響很大,感到發展農業很重要,決心為大辦農業大辦糧食做點貢獻。」

下鄉以後,侯雋給農民讀報,辦牆報,辦夜校,教他們唱歌,學文化,領著年輕人建果園,改造鹽碱地,給村裡帶來一股新鮮活潑的空氣。她自然受到農民的歡迎,贏得了五好青年五好民兵五好社員等一連串的光榮稱號,第二年她又被評為河北省的優秀團員。侯雋在農村的作用,似乎主要不在於務農方面,而在於活躍農村文化生活、傳授科學知識方面,她不僅僅是一個普通勞動者,更是一個文化的傳播者,所以她尤其受到農村裡青年人的擁護和喜愛。

侯雋是怎麼來到寶坻縣竇家橋大隊的呢?原來,竇家橋是她一個中學好友的老家,中學好友在竇家橋還有房產——她父親土改時分到的一間小屋,但是除此之外,好友在竇家橋已沒有一個親人。這個從竇家橋出去的姑娘,不久就再次離開了竇家橋,去當代課教員,而北京來的姑娘卻留在了這無親無故的異土他鄉。她形單影隻,內心常常湧起孤獨和悲涼。

這時,黃宗英來了。

著名電影演員黃宗英到寶坻縣蹲點,偶然聽說了侯雋的情況,她想鼓勵一下這個遇到困難的姑娘,跟她做幾天伴,於是就搬進了侯雋的小土屋,並且與張久榮合作寫下了報告文學《特別的姑娘》,發表在 1963 年 7 月 23 日的《人民日報》上。這樣,侯雋就出名了,引起了關注。周總理也派人來看望過她,還帶話給她,說這是一個方向。外界輿論和上級領導的關懷,堅定了侯雋在竇家橋扎根的決心。邢燕子給她寫了信,她也去司家庄看望過邢燕子,從此這一對相距不過 100 多里地的姊妹,就結下了親密的友誼。

邢燕子成名於 1960 年,董加耕回鄉於 1961 年,侯雋下鄉在 1962

年，他們都成了全國青年的學習榜樣。但他們又有所不同：邢燕子是高小畢業，董加耕和侯雋是高中畢業，品學兼優，可為名副其實的知識青年；邢燕子和董加耕是回鄉，侯雋是下鄉，遇到的困難和思想鬥爭的激烈程度要大得多；邢燕子和董加耕偏重於搞好農業生產，侯雋則在發展農村文化教育方面有更多貢獻。

1964 年 12 月，22 歲的邢燕子和 23 歲的董加耕出席了第三屆全國人大第一次會議。他們被選為大會的主席團成員。坐在人民大會堂的主席台上，坐在一些仰慕已久卻未曾謀面的領導人中間，內心的激動無以言表。董加耕恰好與董必武坐在一排，董老握著董加耕的手說：「好哇，青年人，路子走得好，我的姪女董良澤，跟你一樣，1957 年高中畢業，就響應國家號召支援大西北，到甘肅去了，她也在那裡安家落戶了，你們都是有志氣的好青年，有志青年志在四方！」

會議期間，12 月 26 日晚上，毛主席用自己的稿費，宴請一些中央領導同志和人大代表，其中有王進喜、陳永貴、錢學森、余秋里等，都是在各自的戰線上做出了突出貢獻的人，邢燕子和董加耕則是青年人的代表，他們兩人的年歲最小，安排的位置卻最好，一左一右坐在毛主席的身旁。毛主席讚許地對他們說：你們都幹得好，幹出了成績！他還對董加耕說：讀了 12 年書，再回鄉參加農業生產，這樣很好！光是讀書，就把人讀傻了，四體不勤，五穀不分！他贊成青年人讀完書再到實踐特別是農業生產實踐中去，這是他一貫的主張。

馬寅初大聲驚嘆：不得了！

今天的中國知識界，恐怕沒有誰不知道馬寅初這個名字，這位蒙受冤屈屢遭批判的老人仍然活到了 100 歲，1982 年 5 月 10 日去世。去世前最使他欣慰的一件事，是他的《新人口論》終於得到了公正的評價，政府給予足夠的重視並付諸行動。

　　1954 年，70 多歲的馬寅初以政協常委和全國人大代表的身分到浙江視察。在他的家鄉嵊縣，幾個姪兒都來看他，還領來了姪孫兒，他數了數，姪孫兒有九個，馬寅初心裡一怔：一下子生了這麼多！在一次會上，他講完這件事後大聲驚嘆道：「不得了，不得了，不得了！」

　　建國以後，由於生活水平的提高，導致人口數量激增。1949 年全國人口是 5.4 億，1954 年突破 6 億，1955 年達到 6.1 億，在 1950 年到 1957 年第一個人口增長高峰期內，全國平均年增加人口 1300 萬，年均增長率達到 22‰，八年淨增人口 10486 萬。

　　人口的增長，超過了教育事業和就業機會的增長。1955 年 8 月 11 日《人民日報》的一篇社論中披露，全國將有 57 萬多初中畢業生、236 萬高小畢業生不可能升學。如何安置他們？1957 年 4 月 8 日《人民日報》的社論中說：「就全國說來，最能夠容納人的地方是農村，容納人最多的方面是農業，所以，從事農業是今後安排中小學畢業生的主要方向，也是他們今後就業的主要途徑。」

　　到了 1963 年，這個日益突出的矛盾終於引起了中央的足夠重視。1963 年是中國青年下鄉史上極其重要的一年，從這一年開始，國家把動員城市青年學生下鄉作為一項長期性的工作，作為今後精簡城市人口的主要內容。周恩來總理指出，今後 15 年內動員城市青年學生下鄉參加農業生產，是城鄉結合、移風易俗的一件大事。他要求各省市自治區都要做長遠打算，編制出 15 年的安置規劃。

　　15 年！它的漫長性充分顯示出它的重要性和艱巨性。

　　1964 年 1 月，黨中央和國務院聯合發出〈關於動員和組織城市知識青年參加農村社會主義建設的決定〉，這個文件，是「文化大革命」之前關於城市知識青年上山下鄉工作最重要的一份文件，它從政治和經濟的角度闡述了這項工作的重要性，它是在一次中央書記處會議之後起草形成的。

決定中説：「中共中央、國務院認為，在今後一個相當長的時期內，有必要動員和組織大批的城市知識青年下鄉參加農業生產。大批城市知識青年下鄉，使城鄉青年結合在一起，既有利於穩定農村青年從事農業生產，也有利於更快地形成一支有社會主義覺悟、有文化科學知識的新型農民隊伍，也為城市未能升學、就業的知識青年開闢了一條廣闊的就業門路，使他們通過生產勞動和階級鬥爭的鍛鍊，健康地成長起來，成為可靠的共產主義事業的接班人。」

決定還説，今後每年要拿出一筆專款作為安置經費，主要用於解決住房問題，其次用於生活補助等。國家用於安置城鎮知識青年下鄉的經費，1963 年約 1.5 億元，1964 年約 2.8 億元，1965 年約 2 億元。

決定一出，舉國響應，1964 年城市知識青年的下鄉人數達到 32 萬，超過了以往歷年。

飛向雁窩島

1963 年到 1965 年那幾年，每到臨近畢業，許多中學裡都有人提出要放棄升學、下鄉務農的申請，其中有相當一部分是品學兼優的好學生，他們被一種革命的激情所激勵。「到農村去，到邊疆去，到祖國最需要的地方去」，「中華兒女志在四方」，成了那個年代最響亮的口號。

1964 年 4 月，北京開往哈爾濱的火車上，來了一批年青的乘客，他們一上車就忙活開了，掃地、擦窗户、倒開水，滿車旅客誇他們是「活雷鋒」。這是由國家農墾部和北京團市委組織的一個赴黑龍江墾區參觀團，團員是北京一些中學的高三畢業生，全都是優秀共青團員或學生會幹部，一共 49 名。他們先到了東北農墾總局，聽了墾區的情況介紹，然後分頭乘坐汽車，到國營農場去參觀。

女 14 中的沈寶英坐在解放牌汽車上，心情異常興奮：北京城裡没

見過這麼藍的天、這麼黑的土、這麼廣闊無垠的田野，她尤其羨慕那些拖拉機駕駛員：坐在駕駛台上，一拉操縱桿，機車就轟隆隆地啟動了，在一馬平川不見邊際的黑土地上，你就只管開吧，開多快都行。她怦然心動，跳出一個念頭：我到這裡來開拖拉機吧！

那次行程的高潮是在雁窩島——853 農場的四分場。雁窩島面積有 200 多平方公里，土壤肥沃，但三面環水一面是沼澤，進島的惟一通路，是那片被稱坐「大醬缸」的沼澤地。當年為了開發雁窩島，26 歲的共產黨員羅海榮一人推著兩個柴油桶鳧水前進，不幸被沼澤吞沒；一個進島的家屬要臨盆，可是沒有大夫，也沒有其他女同志，兩個小伙子用一個刮鬍子刀片，為雁窩島上的第一個女嬰接了生。這一個個或豪邁或悲壯的故事撞擊著北京學生的心，他們激動地提出：畢業後我們要到雁窩島來，現在就簽名！沈寶英搶先把她的名字留在了雁窩島上。

回到北京，沈寶英他們就寫出了上山下鄉的申請書。學校、教育局和團市委，都捨不得把這麼多優秀學生骨幹放走，他們想出種種理由挽留，但是學校沒能留住他們。1964 年 9 月，32 名北京各校的優秀共青團員乘車北上，來到雁窩島，落戶在雁窩島。他們最集中地體現了那個時代青年人的特點：堅決聽黨的話，熱情，具有獻身精神和崇高的理想。

比沈寶英他們早一年，也是在大豆搖鈴的秋季，也是在雁窩島，來了一個個子不高，臉龐圓圓的北京姑娘，身上穿一件洗得發白的藍衣服，腳上穿一雙半舊的農田鞋，平平常常，普普通通。她說話不多，老愛抿著嘴笑。到生產隊的第二天，隊長照顧她，讓她去食堂幫助擇菜，她卻說：「大家都下地，幹嘛偏把我留下？」她拿起一把鐮刀，跟著大夥兒一道割大豆去了。

她的名字叫朱玉珍，誰也沒有想到她是朱德的孫女兒，連隊長賀鐵軍也沒想到。一直到八年之後，賀鐵軍才知道了她的真實身分。「一點

架子也沒有，一點嬌氣都沒有，根本看不出來是中央首長家的孩子，可樸實了，後來當了衛生員，還給隊裡的婦女接過生呢！」賀鐵軍感嘆地說。

原北京市委書記、常務副市長萬里同志的長子萬伯翱，18 歲高中畢業，就穿著父親在戰爭年代穿過的灰軍裝，按照父親的囑咐，帶著家裡給的 15 元錢，到河南西華縣黃泛區農場當園藝工人去了。他住的是草房，睡的是通鋪，點的是自製的煤油燈，每月吃九塊錢的大鍋飯伙食。春節到了，大部分老職工都回家和親人團聚去了，宿舍裡幾乎走空了，萬伯翱心中湧起一股孤獨，一陣淒涼，他真想回家去看看，又怕爸爸不答應，就給媽媽寫了一封信。

他很快就收到了信，信是爸爸寫的，既有掛念之情，又有勉勵之意，信中還抄錄了一首鄭板橋的詩：「咬定青山不放鬆，立根願在破岩中，千磨萬擊還堅勁，任爾東西南北風。」

「萬老大」沒有辜負父親的期望，他下鄉一年半之後，就成為河南省上山下鄉積極分子報告團的成員，周恩來、賀龍和當時的北京市長彭真，都對萬伯翱的表現和萬里送子務農的行動給以讚揚。

原農墾部副部長兼東北農墾總局黨委書記張林池的長女張曉華，1963 年高中畢業後，到當時全國最大、機械化程度最高的友誼農場，在五分場二隊參加農業生產勞動。張家素有簡樸的家風，子女穿的是帶補丁的衣褲，吃的是食堂大灶的伙食，身上沒有一點「嬌」氣和「驕」氣，所以張曉華下去之後很快就跟隊裡的職工搞得很熟，融入他們之中。

〈關於動員和組織城市知識青年參加農村社會主義建設的決定〉中說：「應當號召我們的幹部，特別是負責幹部，以身作則，帶頭動員自己在城市不能升學、就業的子女下鄉務農」，這「對於移風易俗，改變社會風氣，推動城市的動員工作，有重大作用，應當大力提倡」。一些

黨的負責幹部甚至高級幹部，都響應黨中央的這個號召，動員子女或孫子女上山下鄉，這一舉動在當時起了很好的作用，推動了大批城市知識青年下鄉務農的浪潮。

1965 年 9 月 25 日，《人民日報》的一則消息稱，自五十年代到 1965 年，全國有「百萬知識青年下鄉上山，成為新農民」。另據《中國勞動工資統計資料》提供的數字，1962 年秋至 1966 年夏，全國有 129 萬城鎮知識青年上山下鄉，其中插隊 87 萬，到國營農場 42 萬。

幾百萬中學生何去何從

由胡繩主編的《中國共產黨的七十年》，在講到「文革」期間上山下鄉運動的背景時說：「文化大革命」開始後，由於大學不招生，工廠不招工，商業和服務行業處於停滯狀態，城市初高中畢業生既不能升學，也無法分配工作。

上山下鄉這一運動最實際最直接最明顯的效果，是一下子就解決了已經積壓三屆的初高中畢業生的分配去向問題。

當時在校的中學生有多少？中央安置城市下鄉青年領導小組辦公室《關於 1968 年城市知識青年上山下鄉的請示報告》中說：全國 66-68 年三屆城鎮初、高中畢業生有近 400 萬人。而整個老三屆學生的總數，則超過了 1000 萬。中小學都人滿為患，無法接收新生。要恢復正常的教學秩序，當務之急是解決畢業生的分配問題。

有關這方面的第一個重要文件在 1968 年 4 月 4 日發出，中共中央、國務院轉發了黑龍江省革命委員會關於大專院校畢業生分配的工作報告。這一文件有兩個引人注意的地方，一個是第一次援引了毛澤東的一段指示：「畢業生分配是個普遍問題，不僅有大學，且有中小學」；再一個是第一次完整地提出了「面向農村、面向邊疆、面向工礦、面向基層」的分配方針，這就是後來所說的「四個面向」，按順序排在首位

的，是「面向農村」。兩個半月以後，6 月 20 日，〈關於 1967 年大專院校畢業生分配問題的通知〉中又提出「必須堅持面向農村，面向邊疆，面向基層」，「四個面向」成了「三個面向」，獨獨少了「面向工礦」。

1967、1968 兩年，全國的經濟形勢急遽惡化，一些工廠停產，城市就業機會大大減少。而農村是一個容量相當大的「廣闊天地」，理所當然地成了吸納城市畢業生的主要場所。

從青年人的政治方向上考慮，上山下鄉這條道路在「文化大革命」中始終作為正確路線給以肯定。1967 年 7 月 9 日《人民日報》發表的社論〈堅持知識青年上山下鄉的正確方向〉，最鮮明不過地表明了中央的觀點：「上山下鄉」的方向是「正確的，屬於革命路線」。所以，儘管過去的許多做法許多理論都在「文革」中間被顛了個個兒，但「知識青年上山下鄉」這面大旗卻沒有受到絲毫影響，依然被廣大的紅衛兵所信奉，所高舉。

對上山下鄉的宣傳也大大地加強了。先是老標兵出來發言，邢燕子和侯雋的文章同時刊登在 1968 年 6 月 23 日的《人民日報》上；接著是新典型引路在前，7 月 4 日《人民日報》上發表了「記北京知識青年蔡立堅到農村落戶」的通訊〈杜家山上的新社員〉，同時配發了〈越是困難的地方越是要去〉的評論，此外還有旅大市 15 名女青年落戶山村、山東三萬名知識青年在農村做出貢獻、黑龍江省兩萬名城鎮青年到邊疆安家落戶等一系列報導，形成了一個小氣候。

從 1968 年 4 月 4 日的中央文件下達開始，許多城市都按照「四個面向」的原則，開始了對「老三屆」（六六、六七、六八屆的高中初中畢業生）的分配。京津滬杭等畢業生數量多的大城市，都把眼睛盯向了黑（龍江）蒙（內蒙古）陝（西）山（西）等地域遼闊人口容量較大的省區，紛紛派人前往聯繫。此時是城市求助於農村。北京知青曲折記得

在一次安置會上，北京市幾位領導「懇求」幾個省的安置辦領導：「內蒙古的同志已經說了，再安置六萬，哪個地方能不能再安排一些？再給我們減輕點壓力！」市革委會的一位負責人甚至「雙手抱拳，作揖請求」各省請來的同志們「幫幫忙」，「求求在座各位了」。

毛澤東發出號令

上山下鄉運動的基礎在一天一天地擴大夯實。但是，如果沒有毛澤東在 1968 年底發出那段著名的最高指示，上山下鄉運動就形不成那麼大的聲勢和規模。一位著名學者在一次討論會上講過一句話：沒有毛澤東，就沒有聲勢浩大的上山下鄉運動，要搞清楚上山下鄉運動，就必須搞清楚毛澤東對這個問題的思考。

1968 年 7 月末的一個深夜，毛澤東緊急召見著名的北京紅衛兵五大學生「領袖」：蒯大富、聶元梓、譚厚蘭、韓愛晶、王大賓。其直接原因，是清華大學的武鬥已經持續了 100 天，而 7 月 27 日進駐清華大學制止武鬥的工人毛澤東思想宣傳隊，卻受到了學生們的阻攔和驅趕。

「今天是找你們來商量制止大學的武鬥問題怎麼辦。文化大革命搞了兩年，你們現在是一不鬥，二不批，三不改。鬥是鬥，你們少數大專院校是在搞武鬥。現在的工人、農民、戰士、居民都不高興，大多數的學生都不高興，就連擁護你們一派的也有人不高興，你們脫離了工人、農民、戰士、學生的大多數！」「如果有人繼續反對解放軍，跟解放軍打仗，毀壞交通工具，殺人放火，那便是犯罪，要堅決消滅之！」毛澤東對紅衛兵已經失望了：他們太狂妄了，太不聽話了。毛澤東在一年之前就希望他們「復課鬧革命」，「實現革命的大聯合」，希望整個局勢從天下大亂達到天下大治，可他們就是不聽，鬧派性，搞武鬥，到處製造事端。持續百日之久的清華大學武鬥，死亡 12 人，損失數百萬元。現在他才看清楚：貫徹執行他的思想和主張的忠實可靠力量，不是紅衛

兵而是工農兵。「7．27」是一個轉折點,毛澤東對紅衛兵的態度發生了巨大的轉變。

「8．18」是紅衛兵的節日,1968年的「8．18」,《人民日報》為「紀念毛主席首次檢閱紅衛兵兩周年」,發表了一篇〈堅定地走同工農兵相結合的道路〉的社論。社論説:「我們的國家是無產階級專政的國家,這個國家不需要輕視工農的知識份子」。

8月25日,中共中央、國務院、中央軍委、中央文革聯合發出〈關於派工人宣傳隊進駐學校的通知〉,要求「在革命委員會領導下,以優秀的產業工人為主體,配合人民解放軍戰士,組成毛澤東思想宣傳隊,分期分批進入各學校」。第二天《人民日報》發表了姚文元的長篇文章,裡面公布了一條毛澤東的「最新指示」:「實現無產階級教育革命,必須有工人階級領導,必須有工人群眾參加,配合解放軍戰士,同學校的學生、教員、工人中決心把無產階級教育革命進行到底的積極分子實行革命的三結合。工人階級要在學校中長期留下去,參加學校中全部鬥批改任務,並且永遠領導學校。」這篇文章的標題是〈工人階級必須領導一切〉!文章中還寫道:「凡是知識份子成堆的地方,不論是學校,還是別的單位,都應有工人、解放軍開進去,打破知識份子獨霸的一統天下,占領那些大大小小的獨立王國」。

這裡有一個重要的強調:工人階級才是領導一切的。到8月底,首都的59所大專院校全部進駐了工人毛澤東思想宣傳隊。此後這一辦法普及到全國各地的大中小學校,紅衛兵被全面地置於工人、解放軍的領導和管理之下,往日的輝煌黯然無光。由顧洪章主編的《中國知識青年上山下鄉始末》中認為:「這就標誌著狂熱的紅衛兵運動完成了自己的歷史使命。」由羅德里克．邁克法考爾和費正清主編的《劍橋中華人民共和國史》則認為,姚文元8月26日的文章「實際上宣告了運動的紅衛兵階段的突然終結」。

　　1955 年 12 月毛澤東發話：「一切可以到農村中去工作的這樣的知識份子，應當高興地到那裡去。農村是一個廣闊的天地，在那裡是可以大有作為的。」「全國合作社，需要幾百萬人當會計，到哪裡去找呢？其實人是有的，可以動員大批的高小畢業生和中學畢業生去做這個工作。」語錄裡邊的知識青年以教育者的身分出現，農村需要他們，是因為農村需要科學和文化。

　　1968 年 12 月毛澤東又說：「知識青年到農村去，接受貧下中農的再教育，很有必要。要說服城裡幹部和其他人，把自己初中、高中、大學畢業的子女，送到鄉下去，來一個動員。」在這段講話裡，知識青年以被教育者的身分出現，他們需要農村和農民，因為他們需要接受再教育。

　　13 年之間，教育者和被教育者的位置顛了個個兒。它標誌著知識青年上山下鄉的目的和意義已經發生了質的改變。

第二章　挺進

第一支隊伍

1967 年 10 月 9 日。北京。天安門前金水橋畔。

國慶節剛剛過完，節日的氣氛尚未消散。馬恩列斯的大幅畫像依然注視著長安街上熙來攘往的行人，孫中山的畫像則在天安門廣場上的人民英雄紀念碑前，睿智的目光與城樓上毛澤東慈祥的目光遙遙相對。

這一天平平常常，這一天又很不平常，一清早天安門廣場就聚了許多人，還打著橫幅，這情景使得過往行人心生疑竇：今天又有什麼重要活動？

這不是官方的活動，這是民間自發的活動。這個活動在當時顯得平淡無奇，而在後來卻被説得意義非凡。事情很簡單：有 10 個北京中學生要到農村去，到內蒙古的牧區去，去與貧下中牧相結合。這一天是他們出發的日子，這一天是親朋好友們送行的日子。

10 個青年人，穿戴整齊，英姿勃勃地走來了，他們在首都中學紅代會負責人、25 中高三學生曲折的帶領下走到金水橋前，面向領袖畫像整齊地站好，舉起右手莊嚴地宣誓：「最最敬愛的毛主席，我們遵照您的知識份子與工農相結合

的偉大指示，邁出了第一步，我們將循著這條革命大道一直走下去，走到底，永不回頭！」

10 個青年在人們的簇擁下，踏上長途公共汽車，出發了，北上了，向著遼闊無垠的大草原。很快，中央人民廣播電台就在新聞和報紙摘要節目裡廣播了他們的消息，緊接著《人民日報》也發表了社論。這件事一下子就在北京傳開了，在全國傳開了，在一大批正處於苦悶徬徨尋找出路的中學紅衛兵的心中，引起了劇烈的震盪。

這是「文化大革命」期間第一支有組織有影響的知識青年上山下鄉隊伍，他們是一場轟轟烈烈規模空前的大運動的先聲，有人甚至說，正是他們才引來了那場轟轟烈烈規模空前的大運動。

曲折是 25 中六六屆高中畢業生，由他參加發起成立的首都紅衛兵團，後來成為北京市最大的中學紅衛兵組織。曲折善於獨立思考，遇事有自己的見解，他成了首都中學紅代會政治部的負責人，主管宣傳喉舌《兵團戰報》。但是，三月份成立的中學紅代會，四月份就分裂為「四三」與「四四」兩派。整日爭吵不休。曲折對此深感厭倦，產生了上山下鄉的念頭。

曲折的這個想法並非一時萌生，他是個關心時事政治，積極要求進步的學生，邢燕子、董加耕、侯雋不只一次地燃起過他心頭的火炬。1963 年他初中畢業時，就想放棄升學下鄉務農，為此他找過作家趙樹理。趙樹理對他說，咱們國家雖然解決了石油的問題，但「兩彈」上天的問題沒有解決，「糧棉過關」沒有解決，你們青年人應該為國家的振興多學些文化知識。這樣，曲折考入重點高中繼續求學。1966 年高中畢業的時候，他又一次產生了放棄高考上山下鄉的念頭，而恰在此時「文化大革命」開始了。他後來回憶說：「我們當時無疑深受 60 年代初期青年學生樹立的那些榜樣人物的影響。那時候為了發展農業（或許還有精簡城市人口的需要），新聞機構曾大力宣傳到農村安家落戶的城市青

西雙版納去，建設我們國家的第二個天然橡膠基地。

伍穗平找來地圖，用手在上邊畫：「我主張去河口，西雙版納跟緬甸、老撾接壤，河口跟越南接壤，又有鐵路跟河內相通，要參加抗美援越，非去河口不可！」「對對，去河口，我們去河口！」那些自認為肩負著解放全人類神聖使命的紅衛兵，誰不想嘗嘗親手打美國鬼子的滋味！去河口的意見又占了上風。

西雙版納也好，河口也好，反正雲南是去定了。一個方案迅速地醞釀、成形、成熟。他們成立了一個核心小組，成員有王樹理、蘇北海、伍穗平、何龍江等人。伍穗平說：「我們這批人相對成熟些。」

1967 年 10 月，當曲折他們向北出發的時候，伍穗平、何龍江和張勁輝也向南進發了，他們身上帶著東城區紅代會的介紹信和大家伙湊的錢。這是一支三人先遣小組，任務是與雲南方面商談下鄉的事並能取得他們的同意。

火車停停走走，走走停停，在武漢還要轉一次車，整整坐了一個星期的硬板兒，腿都坐麻了。剛剛走出昆明火車站，就聽到了槍聲。這是他們頭一次聽到真正的槍聲，「這是越南戰場上的槍聲！」伍穗平腦子裡很快閃過一個念頭，他很激動。但是他錯了，這槍聲來自昆明市區，兩派之間武鬥正酣。

當時，雲南省革命委員會還沒有成立，最高權力機構是軍管會。軍管會邊疆組的負責人叫桑傳寶，是一位級別很高的軍人，他熱情接待了首都來的小客人，仔細看了他們的介紹信，笑了：「我很佩服你們的勇氣，我也很願意幫助你們，可是，事情並不像你們想得那麼簡單，你們要到邊疆安家落戶，必須經過上級批准。」「哪個上級？」「反正，我們省軍管會決定不了，你們北京市革委會也決定不了。」「那，就要找黨中央國務院了？」桑傳寶笑而不答。

三個人去時興沖沖，回來心忡忡，找誰去批准呢？要是沒有一個大

人物批准，這件事就要泡湯了。

有人提出：我們去找周總理，周總理一定會理解我們，幫助我們的。「對，找總理！」「可是我們怎麼能見到總理呢？」「總理很忙，不可能有時間聽我們詳細的口頭匯報，我們寫一個材料，找個機會遞上去，如果總理批示了，問題就解決了。」他們馬上坐下來，斟酌、措詞，充分陳述理由，寫好了一個報告。

11月下旬的一天，機會終於來了。東城區紅代會接到一個通知，要他們派代表，11月27日晚上到人民大會堂參加中央領導同志的接見，布置復課鬧革命問題。

中央領導裡邊會不會有周總理？但願會有周總理！

張勁輝、林力和張春榮幾個人趕到人民大會堂的時候，會已經開始了。他們進了南門，走進會議室，一眼就看到了主席台上的周總理。周總理坐在主席台的中央，正在專心聽一個紅衛兵的發言，幾個人高興得要跳，緊接著又沮喪的要哭：他們走得太急了，寫好的報告沒有帶來，這可如何是好？趕緊再寫一份！好在他們已經寫過一份，讀過多遍，許多話語和段落都記熟了，所以寫起來並不費力。三個人坐在後排，也不理會台上在講些什麼，只管小聲地嘀嘀咕咕，有人回憶，有人口述，有人筆錄，為了讓周總理能看得清，他們特意把字寫得大一些。

「我們是北京的中學紅衛兵，我們決心遵照毛主席的教導，走與工農群眾相結合的道路，堅決到雲南邊疆參加三大革命運動。我們經過幾個月的實際調查和親身體驗，深切地了解到雲南邊疆非常有開發前途，尤其是四大工業原料之一橡膠生產更需要用毛澤東思想武裝起來的人去開發。我們向毛主席、向黨、向人民、向革命前輩立下誓言：為加強國防、保衛祖國、打敗美帝國主義，為了給中國和全世界人民爭氣，我們志願到雲南邊疆做一名普通的農墾戰士，為祖國的橡膠事業貢獻自己畢生精力。」

「我們現在已經在組織上、思想上以及各方面做好充分準備，只等中央首長一聲令下，我們就奔向戰場！請中央首長下命令吧！我們再次堅決請首長下令！！」

信的末尾落款是「首都紅衛兵赴雲南邊疆農墾戰士」。

匆匆寫就，幾個人又輕聲讀了一遍。在總理休息的時候，他們遞上了報告：「總理，我們是東城區的紅衛兵，我們要求到雲南去參加邊疆建設，請您能支持我們的行動。」

總理接過報告，很快地瀏覽了一下，說：「你們也是來參加會的吧，剛才已經講了，馬上就要復課了，你們應該積極復課。」

「總理，我們都是畢業生，要是不搞文化大革命，我們都已經畢業了。」

「那好，你們的報告和想法我再詳細看看。」總理把他們的報告拿走了。

開完會，走出人民大會堂，不遠處電報大樓的鐘正好鳴響，「呀，都一點了！」初冬的夜風充滿了寒意，三個孩子不禁打了個寒噤，但他們的心裡裝著一個熱呼呼的希望：總理會支持我們的。

第二天上午，不，應該說是當天上午，東城區紅代會的電話機響了，一直守在旁邊等消息的王樹理、蘇北海、何龍江爭搶著拿起話筒。電話是市革委會打來的，要他們馬上到市革委會的接待辦公室去一趟。

一個中年女同志微笑著接待了他們，然後拿出一張細長的紙，那張紙正是張勁輝他們前一天夜裡在人民大會堂寫就的報告。報告的上方是周總理的筆跡：「富春、秋里同志：可考慮這個要求，請與北京市革委會聯繫一下　　周恩來」。旁邊還有李富春副總理的批示：「是否與雲南取得聯繫。」

按照李富春同志的指示，北京市革委會立即聯繫，雲南省很快來了人，帶來了意見：第一，歡迎北京青年去雲南參加邊疆建設；第二，為

了安全，不宜去紅河州的河口，建議去西雙版納；第三，人員最好不要多，50 人左右為宜。

但此時消息已經傳開，要去的人越來越多。五人領導小組開始從志願者中進行挑選，挑選的主要依據是個人的表現，而不是家庭出身。人員一個一個地選定，名單上最後有了 55 個名字，他們來自十幾所學校，以東城區的為多，以六六屆和六七屆的高中畢業生為多。1968 年 2 月 8 日，55 名北京知青登上了征程。

昆明市內，武鬥依舊，槍聲依舊，兩派依然劍拔弩張，但他們對來自首都的一隊知青都表現出極大的友好。55 個人打著一面紅旗在街上走，紅旗上寫著「北京知識青年赴雲南戰鬥隊」。這紅旗標明了他們的身分，也成了他們的保護傘。他們在昆明休整了兩天，洗澡、洗衣服、寫信，兩天後換乘汽車開拔。雲南軍管會考慮到武鬥的形勢，特意派了一個班護送。

汽車駛過元江的時候，伍穗平在車上大聲宣布，這條江經過河口一直流到河內，進入越南境內就叫紅河了。55 雙好奇的眼睛一齊射向車外，射向橋下的江水。汽車漸漸駛近西雙版納，駛近熱帶雨林，奇異的花，奇異的樹，引得車內響起一陣陣歡呼和驚嘆。七天火車，五天汽車，當他們 2 月 21 日到達位於景洪縣大勐龍的東風農場時，離家已經整整兩個星期。可是汽車繼續往前開，一直開到一個山坳裡，這裡是東風農場疆鋒分場五隊，一年以後這裡改為雲南生產建設兵團一師一團六營五連。55 個人就在這裡落腳了。

南京的燕子飛到了鄂托克

無論是曲折們還是伍穗平、何龍江們，在談到當時要下鄉的動機時都使用了同一個詞：厭倦。他們對無休止的派仗感到厭倦，對無意義的爭吵感到厭倦，他們對當時的自身處境不滿意。有一個學生在一篇日記

中寫出了這種自己對自己「不滿意」的心情：「我冷靜地思考了一下這些天的生活，腦子裡忽然迸出一個詞兒來：虛度！剛想到這個詞兒我嚇了一跳，再仔細一想我的確是在虛度。什麼叫虛度？虛度就是碌碌無為。保爾說，不因虛度年華而懊悔，也不因碌碌無為而羞愧。我們現在整天在幹什麼？我們在學知識嗎？我們在創造財富嗎？工人每天生產出產品，農民每天打出糧食，解放軍在保衛著祖國邊防，他們不聲不響地埋頭工作，我們卻趾高氣揚地侈談革命，究竟是我們在幹革命，還是工農兵在幹革命？我們對社會究竟做了什麼貢獻？」

紅衛兵要擺脫虛度，從厭倦中走出來，要再創一個壯麗的「輝煌」，所以他們選擇了上山下鄉。

1968 年的夏天，南京市南師附中、九中和二女中的一些學生，也發起了一場去內蒙古插隊的浪潮。先是南師附中的幾個學生，給國務院和內蒙古自治區革委會寫信，要求到內蒙古插隊，他們選定的目標是科爾沁，因為第一，文學作品中常看到科爾沁草原這個地名，第二，從地圖上看，科爾沁離邊境線很近，是反修前線。他們通過親屬的關係，得到了內蒙古自治區有關部門的支持。九中的同學動手稍微晚一些，他們圍著一張地圖看來看去選擇地點，最後選中了沙漠地區的蘇尼特、阿拉善、鄂托克旗和烏審旗，並給這些地方的革委會寫了決心書。8 月 23 日，在南京五台山體育館召開的一次群眾大會上，他們把這份決心書轉交給了許世友，第二天，市革委會的主要負責人就受許世友的委託，接見了南師附中、九中和二女中的同學，對他們要求去內蒙古的行動表示贊同。

8 月 27 日，正在焦急等待之中的九中同學終於接到了內蒙古鄂托克旗革委會的電報，電文中說：「我們高興地接到你校林聯勤、吳大同、黎亞明等 12 名紅衛兵小將響應偉大領袖毛主席的號召自願來我旗安家落戶的信，表示熱烈歡迎並堅決支持，對抱有與你們同樣思想的應屆畢

業生願來我旗牧區安家落戶，也表示熱烈歡迎。……望你們辦好一切手續，提前來電通知我們。」幾天之後，他們又接到烏審旗革委會內容相同的電報。南京市革委會認為，去內蒙古的知青不宜分散在幾個地方，還是安排在一個盟比較好，便於照顧也便於管理，他們就同這兩個旗進行了頻繁的磋商聯繫，初步決定安置 500 名南京知青。但是這個消息迅速在南京市的各個中學裡傳開，要求報名的人非常踴躍，有的同學甚至寫下血書，這樣，安置的人數又增加了一倍，達到 1000 人。

據當時在鄂托克旗革委會工作的海男說，當時鄂托克旗的態度非常積極，他們想接收全部南京知青，但這件事被全國勞動模範、烏審旗烏審召公社的女帶頭人寶日勒岱知道了，她提出這批知青不能全部給鄂托克旗，經過一番討價還價，最後商定，鄂托克旗接收 800 人，烏審旗接收 200 人。1968 年 10 月 21 日，1000 名知青乘坐的火車駛離南京火車站。

海男說：當時鄂托克旗有 25 個公社和農牧場，地廣人稀，交通不便。「公路大部分是自然路和二級土路，班車是些敞篷卡車，即便交通條件好的公社，也得隔日才發一輛班車，有的公社因沙大，汽車根本開不進去，只能騎馬或步行。鑒於牧區公社生活條件相對比農區公社強一些，因此決定 800 名南京知青全部放在 13 個牧區公社。」

這裡的牧區和錫林郭勒的牧區可沒法比，沒有那麼大的高原，也沒有那麼好的草原，這裡的草不是筬筬草，而是沙蒿。

1968 年 12 月 21 日，一個漆黑
寒冷而又熱鬧喧騰的冬夜

風聲越來越緊，政治空氣中有一種令人躁動不安又激動興奮的東西在悄悄地流淌。1968 年 12 月 21 日晚，一個漆黑寒冷的冬夜，一個熱鬧喧騰的冬夜。新華社第二天播發的一則報導說：

「從昨夜到今天，全國各大城市、中小城鎮以及廣大農村的革命群眾和人民解放軍指戰員，一片歡騰，紛紛冒著嚴寒和風雪，敲鑼打鼓，集會遊行，最熱烈地歡呼毛主席最新指示的發表。」

「在震撼夜空的歡呼聲、鑼鼓聲和鞭炮聲中，各地軍民抬著偉大領袖毛主席畫像和最新指示的語錄牌，揮動紅色寶書，舉行聲勢浩大的集會遊行。在歡騰的海洋裡，人們寫出了熱情洋溢的詩歌：北京傳來大喜訊，最新指示照人心。知識青年齊響應，滿懷豪情下農村。接受工農再教育，戰天鬥地破私心。緊跟統帥毛主席，廣闊天地煉忠心。」

當然，反響最強烈的是青年人，是中學生，因為毛主席的這條指示主要是針對他們而發。

也是在那個嚴寒的夜晚，成都市 19 中的紅衛兵高舉紅旗敲鑼打鼓，舉著「堅決要求到祖國最艱苦的地方去」的決心書，一邊奔跑，一邊高呼口號，朝四川省革命委員會湧去。由於行動快，態度堅決，他們得到一個光榮的任務——全校 1000 多人到川滇兩省交界處貧窮落後的渡口市農村去插隊。杭州市的遊行一直持續到午夜，市重點校杭州二中的紅衛兵向市革委會表示：不留城市，全部下鄉！

兩年前，衡量「革命」的標誌是破四舊，大串連，揭發批鬥走資派。兩年後，當紅衛兵的歷史使命已經完結，上山下鄉又成為衡量「革命」的最新標準。革命的熱情又一次迅速地在追求「革命」的紅衛兵心頭燃起，誰都惟恐落在後面。學校裡再次貼滿了鋪天蓋地的大字報、申請書甚至血書，報名的辦公室裡擠滿了人。「炸了營了」，「亂了套了」，有人用這兩個詞來形容當時的情景。更多的人形容説，真跟要上前線打仗一樣，都爭著搶著要走。

1951 年 1 月 3 日的《人民日報》上，登載了上海一位電車工人寄給毛主席的一張照片和一封信，照片上是三個可愛的同胎女嬰，電車工人在信中滿含感激之情，感謝黨和政府對他三個女兒的關懷撫養。17 年後

三姊妹一起中學畢業，一起報名去黑龍江生產建設兵團，她們的名字叫咸慕真、咸慕和、咸慕群。

中國第一部知識青年上山下鄉運動史的撰寫者杜鴻林，家裡是哥兒仨，哥兒仨在一篇聯合撰寫的文章中寫道：

「我們哥兒仨當過紅衛兵，接受過『紅太陽』的檢閱，『橫掃一切』號令一下，我們即刻衝鋒陷陣；『接受再教育』號召一下，我們哥兒仨腳跟腳奔赴廣闊天地。大哥去了寧夏，老二去了北大荒，老三去了晉東南。一家七口，分散在全國五個省市生活。老大一去 14 年，老二一去 7 年，老三一去 15 年，我們的青春年華幾乎全消磨在賀蘭山下、太行山上、完達山中。我們身體嘗到的苦楚，我們親眼見到親自聽到的他人的苦楚，完全不是知青文學所能全部反映出來的。」

三姊妹、三兄弟，是千千萬萬下鄉青年的代表，這樣的例子，這樣的故事，在那場聲勢浩大規模空前的運動中實在太多太多了。

上山下鄉，有插隊，有國營農場，有建設兵團，有本省的，有外省的，還有市郊的。除了京津滬等幾大城市跨省安置外，其他基本上都在省內安置。壓力較大的浙江、四川兩省分別與黑龍江、雲南聯繫，杭州寧波溫州青年去了黑龍江，成都重慶青年去了雲南生產建設兵團。原杭州市知青辦副主任任茂堂說，1968 年底「最高指示」一發表，浙江省就同黑龍江省聯繫，黑龍江省經過研究，同意接收一部分浙江青年，第一批是 1969 年 3 月出發，到黑龍江省合江地區的同江、富錦、依蘭等縣插隊，走了 3000 多人，整整三個列車；以後，黑龍江兵團也同意接收一部分，大興安嶺也要人，去黑龍江的人就多了起來。杭州市還有一批學生自願去了寧夏六盤山區的固原縣，那是一個缺水的貧困地區。

在一切去處中，最有吸引力的一個字眼是「兵團」，青年們都認為「兵團」是「兵」，鐵了心要去當兵。家長也感到兵團有解放軍管理，過集體生活，每個月有固定工資，送孩子去兵團心裡比較放心。那個時

代的青年人，都不甘平庸，渴望崇高，不甘寧靜，渴望激昂壯烈、建功立業，不甘做一個普通平常的工人農民，要去承擔起解放全人類的重任偉業。

　　1968 年到 1976 年，上海市的中學畢業生有 253 萬，下鄉 101.7 萬，占 40%，其中 1969 年到 1971 年這三年下鄉 61.1 萬人。1969 年到 1973 年這五年，杭州市下鄉青年約 12 萬人。

不讓下的硬要下

　　本書開頭講到的那個溫融雄，讀者們大該還都在惦記著他的命運。他成功了，他甚至比大隊人馬還提前 7 個多小時抵達昆明。因為知青坐的專列是臨時加車，常常要停下來給運行計畫內的火車讓路。當吳鶴翔他們來到下榻的昆明工學院時，溫融雄引人注目地站在歡迎的人群中，他高高地揮起臂膀，高聲呼叫著戰友們的名字。這支隊伍是最高指示發表以後來到昆明的第一批知識青年，溫融雄又是這批青年中最先到達的第一人，他堅決要求上山下鄉的戲劇性舉動，引起了趕來採訪的新華社記者極大興趣，記者饒有興味地詳細詢問了溫融雄的上山下鄉經過，並把他作為典型人物寫進新聞報導之中。有了最高指示，有了新聞輿論，溫融雄的行為得到了支持和鼓勵，他破例成為上海首批到雲南下鄉的第 1001 人。半年之後，他出席了東風農場和思茅地區的學習毛主席著作積極分子代表大會，成為那一批知青中的第一個先進典型。

　　溫融雄並非是那批上海下鄉青年中的唯一例外，就在他們乘坐的那列車上，還有比他隱蔽得更深更巧妙的「漏網之魚」。當年的上海知青、現在昆明大學任黨委副書記的卜安奇回憶說，徐匯區的張小妹，在同學們的幫助和掩護下，白天躲在廁所裡，晚上混在同伴中，居然躲過了老師的眼睛，跟同學們一起平安無事地抵達昆明。三個月後她才補辦好戶口關係，成為一名真正的雲南國營農場職工。26 年過後，她依然留

在雲南，在省裡某機關做負責人。

「文革」以前下鄉的沈寶英回北京去接知青，走的時候，火車車廂裡擠滿了人，分不清哪是批准了應該走的人，哪是沒批准非要走的人。不讓走的非要走，擠在車廂裡硬是不下車，沈寶英一遍遍地動員：「沒辦好手續的同學請下車！」但是沒有人下車。她的喉嚨乾了，嗓子啞了，可是毫無成果毫無辦法。一車人都拉走了，都拉到了北大荒。

「文化大革命」中的中學生是一群虔誠狂熱的信徒，「毛主席指示我照辦，毛主席揮手我前進」，誰也擋不住。

劉凱已經兩天沒回家了，自打他跟媽媽吵翻了離家出走之後，他媽就再沒見過他的影子。他媽開始還賭氣：我看你在外邊能挺幾天，有本事你就永遠別再回來，可是劉凱真的不回來，他媽就著急了。她先是把劉凱的弟弟派出去找，找了一天沒有結果，緊接著她就跟廠裡請了假，親自出馬了。

她先從劉凱平素最要好的那幾個同學家找起，那幾個同學都在家裡整理物品，打點行裝，做出發前的準備，他們都說好幾天沒看到劉凱了，還問劉凱到底走不走了。劉凱媽媽氣得說：人都找不到了，還往哪兒走！都是你們攛掇的！我們家都走了一口子了，他爸爸已經當插隊幹部去了，幹嘛非得讓我們再走一口子。

同學家找完了，就找親戚朋友家，她跟他們訴說著內心的焦急、憂慮：「這孩子可真不讓人省心，開頭鬧著要跟幾個同學去內蒙古，我不讓他去，我說內蒙古那地方都是少數民族，吃牛羊肉，你是海河邊上長大的，你吃得慣嗎？你沒看《蘇武牧羊》嗎？就是蘇武牧羊去的地方，冰天雪地，看不見人家，整天守著一群羊，在早那是發配犯人去的地方，幹嘛非要上那地方去。他說這是毛主席號召的，同學們都去。我說毛主席號召上山下鄉，也沒說非得去內蒙古呀，你回咱老家，上山東你

舅舅家去，也有個照應。他就不幹，跟我吵哇鬧哇，鬧完了就跑了，也不知道跑到誰家去了。要是真的在誰家藏著倒也好，我就怕他萬一出了什麼事，讓人給害了……」

劉凱哪兒去了呢？他躲到一個同學的舅舅家去了，那個同學叫王曉寧，他的舅舅舅母都是走資派，被關著辦學習班，寫檢查，不讓回家，家裡只有兩個孩子，住一大套房子，很寬敞，劉凱就住到他家去了。王曉寧舅舅家的兩個孩子都小，不會做飯，劉凱就每天幫著買菜，做飯，三個人處得很好，但劉凱心裡畢竟不踏實。王曉寧每天來給他通一次消息：「你媽媽今天又上我家去了。」「你媽今天上你二姨家去了！」「你媽已經讓人打電報把你爸也找回來了！」「你媽今天找劉老師去了！」「你媽找派出所報案去了，說你失踪了，可能讓人給害了，這下事情鬧大了，再不你乾脆回去吧。」

「我要是回去還能出得來嗎？一回去就哪兒也別想去了！我媽那脾氣你還不知道？」

「那你也不能老讓你媽這麼著急呀，再不，你給你媽寫封信，報個平安。」

「行，我這就寫，一會兒你幫我郵了。」

第二天劉凱媽媽就收到了這封信。她拿著這封信又嗚嗚地哭起來了。正好劉凱爸爸剛進家門，媽媽拿著這封信跟他訴委屈：「你回來了，你管管你這兒子吧，我是沒辦法了，非要上內蒙古，內蒙古那地方吃的都是牛羊肉，一股腥羶味，他在家一點羊肉不吃，還愛生凍瘡，在天津還年年生凍瘡呢，內蒙古那地方那麼冷，他能受得了麼？」

爸爸把信拿過來讀了一遍。

「媽、爸：我現在挺好的，這裡住的比咱家還寬敞，吃的也挺好的，餓不著凍不著，你們放心吧。去內蒙古的事我決心已定，走之前，我就不回家了，到了內蒙古我一定給你們寫信，望二老保重身體，不要

為我擔心。兒　　劉凱。」

　　爸爸讀完倒笑了：「孩子啥事也沒有，你也別著急別牽掛了，他非要走，就讓他走吧，下去鍛鍊鍛鍊，吃點苦也好。你看，我下去插隊，飯也吃得香了，覺也睡得好了。」媽媽火氣又上來了：「你沒著那個急，也沒受那個累，站著説話不腰疼，我這兩條腿都快跑斷了！這麼著，你回來了，劉凱的事我一點不管了，説咋辦，你就咋辦吧！」

　　後來爸爸説通了王曉寧，跟劉凱見了一面，問清了都要帶些啥東西，回到家裡一樣一樣地收拾齊了，裝包、打行李。他媽嘴裡抱怨著，手上忙活著，一會兒要給帶上這，一會兒要給帶上那，他爸爸説，這又不是去安家過日子，囉囉嗦嗦帶那些東西幹啥？他媽説，你怎知道不是安家過日子，這一去還能不能回來都難説。這一點他媽倒比他爸看得長遠，他爸以為兒子跟他一樣，下去幹個一年半載就回來了，他把問題想得太簡單了。

　　一直到了出發那天，媽媽才在火車站上看到劉凱。見到兒子她心裡一點氣也沒有了，一個勁地囑咐，一個勁地抹眼淚，劉凱雖然嘴硬，但心裡酸溜溜的，覺得對不住媽媽。

　　其實劉凱對上山下鄉沒有那麼多想法，什麼改造世界觀啦，接受再教育啦，他都沒想過，他只知道同學們都走我也走，毛主席號召的誰也攔不住。

　　曾經在 1966 年 8 月 18 日那天登上天安門城樓，為毛主席佩戴紅衛兵袖章的北京師大女附中的宋彬彬，沒有隨大隊人馬上山下鄉，而是跟一個要好的女伴一起，自行來到內蒙古錫林郭勒大草原，這時她已改了一個名字叫宋岩。可是那時阿巴嘎旗的知青辦有文件：凡是沒有經過組織，盲目流入的零散知青，一律不予接受安置，各社隊如果私自收留安置，旗裡不撥給安置費。公社不接收，宋岩卻堅決要留下，她和她的同

伴暫住在一個同學的蒙古包裡，一住就是幾個月。許多同學出面幫她到公社說情，後來額爾登烏拉大隊的牧民們又擠在一間土屋裡，整整為這件事爭論了一個晚上，說她在學校裡是個品學兼優的好學生，還是學生黨員，這麼好的青年不留下來太可惜。最後採用舉手表決的草原民主方式做出決定，宋岩才以合法的新牧民身分留了下來。

她能吃苦，樂於助人，工作能力又強，所以跟牧民跟同學們都相處得很好，受到大家的喜歡和愛戴。

1968 年，在上山下鄉的洪流中，北京還有一些學生自發地零星地去了西藏，其中有一支隊伍是 101 中、103 中和 33 中的十幾個同學組成的。戰若英說：「我們之所以選擇西藏，是那裡的貧窮、落後、愚昧以及那裡極其艱苦的地裡環境和氣候條件，吸引著我們去錘鍊自己的意志，召喚著我們去奉獻美好的青春，我們要在西藏實現自己的人生價值。」

準備工作是秘密進行的，因為當時沒有去西藏的任務。但這件事還是被中學的工宣隊知道了。一天下午，工宣隊把戰若英等人找了去，動員他們放棄去西藏的想法。牆上正好掛著一張中國地圖，戰若英走到地圖前，指著那一片褐色的區域動情地說：「這個地方是我們國家最貧窮最落後最需要人去建設的地方，我們就是衝著這裡的艱苦去的，我們要把自己的青春、知識和力量貢獻給西藏，貢獻給西藏的 130 萬翻身農奴。」雙方一直僵持到半夜，誰也說不服誰，學生們耍了個花招，虛晃一槍，口頭同意，方才得以脫身回家。

準備工作更加保密，並且決定儘早啟程，以防洩密，以防有變，以防節外生枝。他們在初冬的一個夜晚悄悄登上 351 次快車，先到了西寧，又換乘汽車，走青藏公路，經過十幾天的顛簸，經歷了種種高山反應，終於站在了雄偉壯觀的布達拉宮前。剛進藏時，他們被安排在拉薩

市第二招待所，食堂裡每天吃的是糌粑，常常餓肚子。商店的貨架子上幾乎都是空的，幾乎所有的日常生活用品，從衣服鞋襪到牙膏衛生紙，都要自己大包小包從內地帶來。就是在那樣的情況下，當聽說醫院的血庫裡沒有血了急需獻血的時候，戰若英和她的同學孫小梅還毫不猶豫地獻出了 450 毫升鮮血。

戰若英在西藏整整生活工作了 12 年，把她一生中最美好的青春年華貢獻給了那片雄渾粗獷的高原。

六口之家走了四口

包雷對北大荒早就有一種嚮往之心，不是想去工作，只是想去看看，在她想像中那是一個神祕的地方。

她考上高中那年，爸爸參加了一個工作組，到黑龍江的大慶，去總結抓思想政治工作的經驗。爸爸是上海總工會的秀才，那次去的人幾乎全是秀才。據說那次任務是薄一波交辦的。當時大慶剛出油，地理位置還保密，爸爸寄回家的信封上，寫的地址都是安達。爸爸去了很長時間，回來後，講了許多大慶的事情，講了好多黑龍江的景色：遼闊的黑土地，肥沃的黑土地，人煙稀少狼群出沒的黑土地，到了冬天則是茫茫白雪覆蓋著的黑土地。對於在人口稠密的繁華上海長大的包雷來說，那種景色太有誘惑力了，她在腦子裡想像著勾畫著那片黑土地，她真想親眼一睹那片神秘的黑土地。

但是四年以後包雷真的下決心要去黑龍江的時候，她可早沒了那種浪漫的情思。爸爸成了走資派，被關押挨批鬥，爸爸省吃儉用多年購置下的古字畫線裝書被查沒一空，那是爸爸最心愛之物啊！一家七口人擠住在一間 20 多平方米的屋子裡，每月生活費只有 65 元！在學校裡，這個過去深得老師和校長欣賞的「德智體全面發展的好學生」，成了修正主義的黑苗子，黑五類子女。太陽怎麼一下子就沒有了？天空怎麼一下

子就黯淡下來了？包雷感到壓抑，她再也笑不出來了。她是長女，媽媽把 65 元錢交給她，讓她安排一家人的伙食，她每天不必再去做那些費神的數理化習題，騰出腦子來，精心算計怎麼用那 65 元錢讓一家人吃飽肚子，而且能儘量吃得好一點。她買最便宜的菜，一毛錢一堆的包圓兒菜。

　　就在停課的日子裡，她們幾個在學校裡受人歧視的同學，一起到上海郊區的一個公社去勞動。那裡沒有冷臉和白眼，沒有造反派和大批判，只有河汊、菜地和稻田，她們可以高聲說話，開心地大笑，她們光著腳丫，把褲腿挽得高高的，在地裡走，在水裡走，學會了種菜、搖櫓和划船，真是開心，她們已經好久沒有這樣開心過了。包雷體會到農業勞動的樂趣，她想起了陶淵明筆下的桃花源，她有些樂不思滬了，她真想就留在這個地方，留在這個誰也不認識她，誰也不知道她是走資派女兒的地方幹農活，她覺得那是最幸福的事情了。

　　後來學校復課了，後來黑龍江農場來招人了，來的人在學校裡做了一個報告，那報告一下子勾起包雷對黑土地的嚮往，勾起她心底的夙願，她要去黑龍江，一定要去。要求去黑龍江的人很多，只能優先安排六六屆畢業生，優先安排出身好的紅五類子女。形勢對包雷很不利，因為第一，她不是六六屆而是六七屆高中畢業生，學校動員六七屆去崇明島的農場；第二，她的父親正挨批鬥，她不是紅五類。她的好友岳華來找她商量，岳華比她還不利，是六八屆的高中畢業生，分配還沒分到她們頭上，但岳華有個有利條件，她是學校革委會的副主任。

　　兩個人一塊去區革委會招待所，一塊找黑龍江來接知青的同志，軟磨硬泡地交涉了好久都沒有結果。她們的倔強脾氣上來了：要是不同意我們去黑龍江，我們就不回家！說完了，兩個人就走到招待所的大門口坐下來。

　　她們心裡也沒有底，她們不知道究竟能不能走得成。

　　岳華講起話來很快，嘰嘰喳喳的像小鳥，包雷則顯得沉穩持重，這不僅僅因為她大一歲，更因為她已經操持起全家的生計安排，生活的重負使她變得沉穩早熟。兩個人在一起，大部分時間是岳華講話。包雷偶爾插上一句，但她能把話講到點子上。岳華的腦子轉得飛快，不時想出一個又一個主意，包雷則對這些主意的可行性做出判斷。兩個人說著，聊著，時光就在這說話間從她們身邊悄悄地溜走。夜色越來越濃，月光越來越亮，招待所大樓裡的燈光一盞又一盞地熄滅了。此時已是九月初秋，子夜時分天涼如水，岳華的母親不放心，出來尋找女兒了。

　　老人已經 60 多歲，是街道上的積極分子。她雖然在感情上捨不得女兒走，但是在理智上她還是支持女兒走，因為這是革命行動，否則她也不好去說服動員人家。老人家很通情達理，她來陪伴不達目的不罷休的女兒，這是一種無言的支持。母親的加入，大大增加了她們的實力和她們的說服力。

　　夜半更深的時候，招待所的大門開了，一位男同志走了出來：「唉呀，真是拿你們沒辦法了，看來你們真是鐵了心，我們領導研究了半天，同意接收你們了！」

　　兩個姑娘一躍而起，心裡頓時盛滿了狂喜。

　　「老人家同意嗎？」

　　「不同意還能來陪我們？」

　　「這是兩張表，你們趕緊拿回去填一下，該蓋章的地方要蓋好章。三天之內辦好手續，遷出戶口和糧油關係，記住，就三天，到時候手續辦不完，可就是你們自己的責任了！」

　　岳華一把奪過那兩張表：「沒問題！」

　　回家的路上，她們興奮地商量著怎麼去辦手續，先辦什麼後辦什麼，哪一道關節可能會有麻煩，還要找哪個人去疏通一下，這幾天裡還要準備些什麼行裝物品等等。岳華的媽媽一句話也沒有講，女兒沒批准

的時候她去幫她們說話，女兒真的要走了她忽然感到有種酸酸的失落，她心裡很亂，還要考慮這三天裡給女兒帶些什麼。唉，這就是當媽媽的心啊！岳華突然放開嗓子唱了一句：「我們年輕人有顆火熱的心——」包雷打了她一下：「都幾點了，你要把人都吵醒啊！」對了，幾點鐘了！岳華媽媽看了一眼手錶：已經是凌晨一點十分了。

尹湘一直沒睡，她不時地看一眼手錶，為了不驚動老人和孩子，她關了電燈，在黑暗中靜靜地躺著，靜靜地想著。大女兒包雷還沒回來，晚飯也沒有回來吃，招呼也沒有打，都半夜了，她跑到哪裡去了？不會是出了什麼事吧？這年頭，什麼事情都可能發生，隨時都可能發生，一些你根本想像不到的事情，就在瞬息間發生了，大禍從天而降。尹湘的心裡沒有底，她儘量往好處想，自己安慰著自己：雷雷這幾天一直張羅著要去黑龍江農場，是不是又為這事找人活動去了？

走廊裡傳來腳步聲，門被輕輕地推開了，腳步很輕，躡手躡腳，但媽媽還是聽出來了，是雷雷回來了，她扭亮電燈，看到的是一張容光煥發的臉。「媽媽，我被批准去黑龍江了，三天之後就要出發！」

儘管尹湘有這種思想準備，但這消息還是來的太快太突然了：「三天就要走，這麼急？準備東西都來不及。」

「我跟岳華兩個人是特批的，別人手續都辦完了，我們是後補上去的。」女兒很興奮，一點離家遠行前的悲傷也沒有。

說心裡話尹湘不願意雷雷走。丈夫還在關著，每天挨批鬥，婆婆的肝癌已經到了晚期，下邊還有三個孩子，她一個人要照顧老又要照顧小，虧了有雷雷這麼個幫手。雷雷不僅成了她管家上的得力助手，在精神上也是她一個小小的依靠。尹湘對別人不好講的事情，可以跟她講一講，商量商量，她這一走——。這些話尹湘都沒講出來，她只是輕輕問了一句：「學校不是讓你們去崇明農場嗎？」

「媽媽，我想走得離家遠一點，我想到一個誰都不認識我的地方去，那樣我才能完全擺脫掉陰影！」

尹湘明白女兒說的「陰影」是什麼，她理解女兒，她自己又何嘗不想逃避開那個死死罩在她頭上的陰影，可是她不能，她對這個家庭負有責任和義務，那就讓女兒走吧，只要她高興，別拖著她一起在家裡受罪了，為了女兒，再重的擔子我一個人擔起來，尹湘決定了。但是她要對女兒說幾句話：「你自己選定的路自己去走，媽媽不會攔你，但是你一定要考慮好。上了路就要走到底，不能回頭！」說完，母親去給女兒熱剩飯。

奶奶其實也一直沒睡著，肝癌的疼痛折磨得她無法入睡，對孫女兒的惦記牽扯得她無法入睡。母女倆的談話她都聽到了。這時她支撐著從床上坐了起來：「雷雷，過來，到奶奶這兒來坐一會兒。你要走了？」

奶奶這句平常的話語，把雷雷滿腦子的興奮和驚喜一下子全打跑了，對老人的依戀和憐憫一下子湧上她的心，湧進她的眼眶。她是奶奶從小帶大的，她知道奶奶病情的嚴重程度，她知道奶奶每天被疾病折磨的那種痛苦的樣子，她知道奶奶已經有了腹水，已經不久於人世。她忽然感到有一種生離死別的感覺，一直到 28 年後她講起那一幕情景時，仍然是唏噓不止，不能自己。

奶奶摸索著從床頭的小櫃子裡拿出一個陶瓷罐，那是一隻盛鹽的罐子，平平常常，普普通通，上窄下寬，像半個腰鼓，表面上塗著一層釉，很亮。罐口有一個碗型的小蓋，碗蓋倒扣著，嚴絲合縫。奶奶用兩隻青筋暴露的老手摩娑著那個陶罐：「這是盛鹽的，能盛五斤鹽，你把它帶上。鹽可是好東西，到哪裡也離不了的，再苦的日子，有了鹽，醃點鹹菜就飯吃，日子就能好過些。你把它帶上。」奶奶一定也意識到了這是永別，她流著眼淚說完這幾句話，她把一生的體會都凝聚在這幾句話裡。後來雷雷在收拾行裝的時候，奶奶親手用線衣線褲把那鹽罐包得

嚴嚴實實，親手放進她的木箱裡。

　　奶奶在包雷離家半年後去世了。當時包雷正在深山老林裡架電話線，她請不下假來，也拿不出回家的路費。讀完媽媽的信，她捧著奶奶送她的那隻鹽罐，跑出帳篷，跑到一棵大樹下，朝著家鄉的方向，痛痛快快地大哭了一場。

　　三天飛快地過去了。包雷在這三天裡辦好了所有要辦的手續。媽媽幫助她收拾好了行裝，她的行裝很簡單，被子、蚊帳、茶缸都是四年前她參加八一體操隊時部隊發給的，基本上沒買什麼新東西。離家的前一天晚上，班裡的同學來看她，來了二十多個人，把一間屋子擠得滿滿的。每個人都準備了一件禮物，大部分是一個硬皮的筆記本，上面寫著勉勵的話、告別的話，在當時，一個硬皮筆記本要一塊多錢，對於中學生來說已經是一件很珍貴的禮物了。媽媽留她們在家裡吃飯，家裡實在做不出像樣的飯菜，媽媽煮了一大鍋麵條，給每個人盛了一碗，沒有那麼多凳子，大家就站著吃，一邊說話一邊吃，這頓麵條就成了包雷離家前的告別飯。

　　9 月 15 日是包雷出發的日子，那是一個陰雨天，雨下得很急很大，密集的雨點豆大的雨點劈哩叭啦打在馬路上，濺起一片白色的雨霧。媽媽去送她，弟弟妹妹也要去送她，只有奶奶出不了門，硬撐著身子下了地，硬撐著身子把孫女兒送到大門口，看著她一步一回頭地消失在瓢潑大雨之中。雖然打著傘，她們的衣服還是全都淋濕了，雨水從頭髮上流下來，順著面頰流下來，分不清哪是雨水哪是淚水，包雷只記得那雨水是鹹鹹的。火車站台上卻熱鬧非凡，鑼鼓喧天，人聲雜亂。包雷很快就被趕來送行的同學們包圍了，她顧不上跟媽媽說話，媽媽也沒有辦法跟她說話。火車開了，一個個熟悉的身影看不見了，一種全新的生活就從那一刻開始了……

　　包雷走後不久，包雷的妹妹包雨也走了，包雨的弟弟包豐也走了。

包雨去江西省峽口縣插隊，包豐去內蒙古的烏蘭察布盟和林格爾插隊。三個孩子，天南地北各一方。

不久，爸爸終於「解放」了，爸爸是在「火線」上解放的，解放了就得下鄉，不是當插隊幹部，而是當「帶隊幹部」，帶著知識青年一道下鄉。上海市下去了上萬名帶隊幹部，最高的行政級別是九級，全部去了黑龍江。包雷爸爸去的是呼瑪縣榮邊公社，那個公社就在黑龍江邊上，有八九個帶隊幹部，一百多個插隊青年。他跟著知青去修公路，住的是帳篷，帳篷扎在荒草甸子上，四周圍看不見人家也看不見炊煙，極目所望盡是半人高的荒草。荒草裡有很多蛇，早上起來穿雨靴，腳剛伸進去，蛇就噌地一下竄出來。

修公路要炸石頭，有一次遇到了啞炮，導火索點著了，炮就是不響。兩個上海知青自告奮勇去排啞炮，炮卻轟地一聲響了，兩個孩子當時就被炸死了。他們被葬在黑龍江畔，墓碑上的字是包雷爸爸寫的，大家都知道他是秀才，寫得一手好字。他在寫墓碑的時候，想到三個下鄉的孩子，他在心裡默默禱祝自己的三個孩子平安。

就在包雷爸爸寫墓碑的時候，包雷的奶奶進入了彌留之際。孫子孫女和兒子一個一個相繼離家而去，深深地刺激了老人，她的病情發展很快。老人在昏迷恍惚之中，嘴裡常常呼喚著兒子和孫子孫女的名字。她最後的願望是能在臨死前再看他們一眼，但她這個最平常的願望卻無法實現。老人懷著深深的思念和遺憾撒手人寰。尹湘剛剛料理完婆婆的後事，她自己久病臥床的父親也突然逝去。尹湘的日子一點也不比丈夫和兒女們好過，她一個人承受著接踵而來的打擊，一個人支撐著這個家。她給分散在天南地北的四個家庭成員寫信，按照她們的要求去辦各種事情，購買和郵寄各種物品，她要完成四個人交辦的任務，她這裡是四個人的大本營、後勤部、指揮中心和聯絡中心。多少次她累得要倒下，但她在心裡告訴自己說我不能倒下，有我在就有這個家在，有這個家在他

們幾個人的心裡就會好過些。家——這是天南地北四個人心裡的一座航標、一個燈塔。

不想下的也得下

1968 年 12 月 22 日，是中國知識青年上山下鄉運動史上的一個分區點、分界線，上山下鄉有了完全不同的意義和方式：在那之前只是安置畢業生的一條重要途徑，在那之後成為全體畢業生非走不可的必由之路；在那之前是號召式的，在那之後是命令式的；在那之前基本上是自願的，在那之後更多是強制的；在那之前是部分的，在那之後是全體的，是「一片紅」。「一片紅」這個詞最早出現於 1968 年 9 月的「全國山河一片紅」，而現在是中學畢業生上山下鄉一片紅，一個不漏。

浙江蕭山的陳洪興，本來已經分配去工廠，12 月 23 日上午 9 點多鐘班主任老師來通知他：工廠的名額一律取消，畢業生全部去農村插隊。他的命運在兩天之內就變了一個樣。杭州市在 1968 年 12 月之前的政策是 30% 的畢業生留城，70% 下鄉，最高指示一出，改為百分之百全部下鄉！上海楊浦區法院副院長劉忠定回憶說，上海市六六、六七、六八屆畢業生都有一部分留城的、參軍的，到了我們六九屆，就只有上山下鄉這一條路，校革委會說，因為毛主席已經有了指示。那時去的地方有黑龍江、雲南、江西和安徽。大家都覺得黑龍江太冷，雲南太遠，比較之下還是去江西和安徽插隊最好，一是離家近，二是氣候條件跟上海差不多，三是有大米吃。江西和安徽一下子成了好地方，要求去的人很多，所以首先要照顧獨生子女，我是班幹部，要帶頭，所以報名去了雲南。劉忠定說，當時如果不下鄉，就有人 24 小時上門做動員工作，三班倒，直到家裡同意下鄉，直到派出所遷出戶口才肯罷休。知識青年上山下鄉運動後來出現的一切弊端，一切後遺症，都在這個「一片紅」上。

　　1969 年成為建國以來知識青年上山下鄉人數最多的一年，一共有 267.38 萬人。

　　上山下鄉成為一件政治任務，學生所在單位、家長所在單位和家庭所在的街道，幾個方面協同作戰多管齊下，編織成一張密密實實的網，就像大除四害那年月裡捕捉麻雀的網，誰也休想漏過去。重點是做家長的工作，家長要承受各個方面的壓力，每日每時的壓力——上班時來自單位，下班後來自居委會。

　　1968 年張治林只有 16 歲，身高一米四，體重 54 斤。媽媽壯起膽子去找學校的工宣隊，說女兒又矮又小又黑又瘦，能不能晚一兩年再下鄉，工宣隊師傅回答：「革命不分年齡大小長的高矮胖瘦，當年參加紅軍的放牛娃也是又小又瘦，如今不是都成了老革命？」

　　就這樣，上山下鄉的大紅喜報貼在了張治林家門上。她看著那張喜報心裡想：這比起三年前紅衛兵貼在我家門上的「抄家通告」簡直是一個飛躍了，因為現在別人強制我去革命了，而那時是不准革命的。於是她帶著一床舊蚊帳布改成的「新被蓋」、一件媽媽穿過的爛毛絨衣、一張燈草席和一個印著「廣闊天地大有作為」的茶缸下去了。

　　但是幾年之後當她在廣闊天地裡吃盡種種苦頭的時候才恍然大悟：「抄家通告」失去的僅僅是「金銀珠寶細軟」，而那張大紅喜報要她付出的卻是她的整個青春。她說，我寧願再來一百次抄家，也不願要那張喜報。

兩個心酸的故事

　　從哈爾濱去佳木斯，走公路，要經過依蘭縣。依蘭縣是個山清水秀的地方，松花江自西而至，牡丹江從南而來，兩江在此相遇相融，合二為一，繼續東行。依蘭縣的歷史很久遠，傳說中曾經是宋代時期金國的都城，名曰五國城，被金國擄走的宋代徽欽二帝，就關押在五國城的一

口枯井裡，坐井觀天。

六十年代末，依蘭縣接收了兩批杭州市的下鄉青年，每一批有千八百人。他們自西子湖畔錢塘江邊而來，在松花江畔金國古都品嘗著生活和勞動的苦辣酸辛。

我們的好友力群，就是這兩批青年之一，她給我們講過這樣兩個故事。

第一個故事發生在下鄉的那一年。

杭州市清泰街道有一個女青年，叫馮月文，她的父親是個開私人診所的醫生，「文革」中遭到批鬥。馮月文是個獨女，既無兄長，又無姊妹，而且患有很重的腎炎，但街道上不肯放過她，每天來人到家裡動員，在她家裡辦學習班，一遍又一遍地學語錄。父母開始還能保護她，後來他們連自己都無法保護，整天被拉去鬥爭批判，哪裡還顧得上可憐的女兒。不下鄉既成了父母的罪狀——破壞革命運動，也成了女兒的罪狀——與反動家庭劃不清界線。19歲的馮月文悄悄地報了名，悄悄地整點行裝，她不敢把這個消息告訴衰邁的雙親，她不願在他們那血跡斑斑的心靈上再劃一道口子。

父母畢竟是父母，他們最了解女兒，最敏感地注視著女兒，他們心裡已經明白了女兒的意願和舉動。母親最後一次硬著頭皮，壯著膽子，去找市裡的上山下鄉辦公室，她申辯著：我們不是捨不得女兒走，她實在是有病啊，她的腎炎很嚴重！她拿著醫院的診斷給他們看，可是沒有人看，沒有人理會她。可憐的老人找了一個沒人的地方坐下來，靜靜地哭了一場，她哭得好痛快，在家裡她從不敢這麼酣暢淋漓地痛哭。她知道，一切都已不可挽回，她不知道，女兒此去幾時能回。

馮月文坐上了火車，一列專為知青增開的火車向著遙遠的東北方出發了。她在火車上就犯了病，病得很急，很兇。幸虧她帶著藥，父親給她帶了滿滿一大書包藥，幸虧火車上配了一名醫護人員，於是給她輸

液。葡萄糖藥瓶從行李架上懸掛下來，隨著火車的震動而搖晃，馮月文看著潔淨透明的液體一滴一滴落下，就像一滴一滴的眼淚。她心中忐忑，充滿了不安：這才剛剛啟程，勞動還沒有開始，今後不知還會怎樣，我受得了嗎？我吃得消嗎？她的眼淚也一滴一滴落下來。這眼淚打動了同行的夥伴，他們去找送他們的工宣隊：「馮月文這個樣子，怎麼能參加勞動，她不適合下鄉，她沒有辦法勞動，應該把她送回杭州，把她留在杭州！」工宣隊應允了。黑龍江省本來就有三不收的政策：身患重病者不收，父母審查未結案者不收，高度近視不收。工宣隊答應到目的地後，馮月文將隨他們一道返杭。

這列火車的終點是佳木斯，下了火車轉乘汽車，是解放牌大卡車，知青們或坐或蹲，擁擠在一起。汽車駛出佳木斯市區，便轉上一條黃沙鋪就的公路，疾駛的汽車捲起了公路上的沙塵，飄灑在知青們頭上身上臉上，此時正是秋末冬初，放眼看去，四周草木枯黃，一片蒼涼景象，青年們開始議論，開始不滿：怎麼是這種地方，跟原來講的不一樣嘛，還要把我們拉到哪裡去？車廂裡開始有了小小的騷動。

汽車不理會這小小的騷動，繼續馳跑前行，暮色時分，在一個公社停下了。這個公社有個挺怪的名字：道台橋（道台是清朝的官吏）。低矮的土坯房，房頂苫的草已經發黑了，下了車要找廁所，轉來轉去找不到，經人指點，原來是用炕席圍起來的一小塊地方，糞坑上搭著幾跟木頭，坑裡的糞便已經溢滿，這些城裡來的孩子嚇得捂著鼻子跑出來，他們從來沒見過這麼怕人的廁所。

騷動變成了抗議，變成了反抗，憤怒的知青把工宣隊圍起來：「這裡的情況跟原來講的不一樣，這種地方我們不要待，我們不要待！我們要回杭州，回杭州！不把我們帶回去，你們也別想走！」工宣隊囁嚅著：「我們也沒來過，我們也不知道，情況都是聽他們講的……」

馮月文經過一路的顛簸，連說話的力氣都沒有了，她疲憊極了，找

了個地方坐下來，靜靜地看著那激憤的一幕，看著事態的發展，她只想著一件事情：我要回杭州，我要回家，工宣隊已經答應過了，他們答應帶我回去，我要跟他們走。

工宣隊被這群知青嚇住了，如驚弓之鳥，他們知道，急了眼的知青們是什麼事都幹得出的。他們悄悄地一合計，早走為上。趁著夜半更深，趁著勞累的知青正在酣睡，他們偷偷摸摸地出了道台橋，趕到了依蘭縣，次日一早，就登上開往佳木斯的汽車，一溜煙地回杭州去了。

工宣隊走了，知青們氣得一頓罵，罵完了還得認命，分到大隊、生產隊，下地幹活去。工宣隊走了，甩下馮月文，公社可不管病號不病號，既然來了，既然交給我們了，那就得往下分，都得幹活，誰也不能例外。馮月文跟著兩個女友，住進了一戶老鄉家。第二天，她渾身浮腫，起不來炕，連下地去廁所的力氣都沒有。生產隊沒有大夫，沒法輸液，只能吃帶來的口服藥，她躺了兩天，社員們開始議論了：你瞅她，白白胖胖的，哪像有病的樣？就是嬌氣，怕苦，不想幹活！這些社員們不懂得：那哪裡是什麼胖，那是全身浮腫，是腎炎病情加重的症狀。

馮月文躺了一個星期，不想吃也不想喝，到後來，進入一種半昏迷的狀態。女友們心慌了，找到隊長，要求送她去縣裡的醫院。隊裡的馬車還要幹活呢，騰不出空來，再等兩天吧！又過了兩天，知青們在馬車上鋪了一床被子，馮月文已經不能行走，被人背上了馬車。馬車拉著白白胖胖的馮月文，向縣城進發。剛剛下過一場雪，雪不大，被冬日的車輪輾化，於是黑土路上有了泥漿。兩個女友一邊一個，守護著馮月文。馮月文已經神智不清，迷迷糊糊地進入彌留之際，她在昏迷之中感覺到車身的晃動，感覺到原野上呼嘯的風聲，感覺到射透了她眼瞼的冬日，這幾種感覺都是她未曾體驗過的，她感到新奇，她就在昏昏沉沉迷迷濛濛之中，帶著這幾種新奇的感覺沉入永久的寂寥之中。

幾天之後，道台橋多了一座土丘，土丘前放著一個花圈，那是分散

在道台橋公社幾個生產隊的知青們扎製的。花圈上的白紙條在寒風中瑟瑟抖動，嘩嘩作響，墳前的一夥知青誰也不作聲，他們中有好幾個人根本不認得馮月文，即便認得她的，過去也沒有多少深交，因為馮月文是一個沉默寡言十分內向的人，但他們都是「知青」，是一個車皮從杭州拉來的知青，單憑這一條就足夠了，他們沒有想到，剛剛一個月過去，他們中間就少了一個人，他們沒有想到，面對的是如此嚴峻冷酷的現實。馮月文走了，他們想到了自己，他們自己又會怎樣？前面有什麼在等待著他們？誰也不知道，誰也答不出，只有一種凶多吉少的不祥之兆。

第二個故事發生在一年之後。

第二年的寒冬到了，幹了一年，萬一新拿到了 47 元錢，這是他拿到的第一次分紅，這是他除了口糧之外一年勞動的全部所得。

除了興修水利、積肥，冬天的東北農村沒有什麼活計，社員們大部分時間守在熱炕上，一邊用裁好的廢報紙捲菸葉抽，一邊東一句西一句有一搭無一搭地嘮家常。這叫「貓冬」。對於知青，冬天是探家的季節，他們開始準備回家了。

萬一新也在算計謀畫：這 47 元錢，剛好夠他回杭州的路費，可要是把這些錢全當了路費，家裡的雙親怎麼辦？明年的日子怎麼辦？他是獨子，不能在家侍奉老人倒也罷了，總不能空著兩手進家門吧？明年的零花錢也要從這裡擠出一點，年邁的父母已經沒有能力在經濟上來貼補他，這些，他心裡很清楚。

於是他打定一個主意：逃票！

他把 47 元錢用一個手帕仔細地包好，仔細地藏在腳上穿的棉烏拉鞋裡，便跟著同伴小宋一道上路了。

那個年月，知青坐火車逃票是很普遍的事情，原因很簡單：路遙

遠，收入少，又想家。火車上查票的，也常把知青作為重點查驗對象。小萬跟小宋，兩家住得很近，從小就在一起玩耍，在一個學校裡讀書，又一道下鄉，是很要好的朋友。小宋家境好一些，買了車票，兩人用這一張票，順利地從佳木斯到了哈爾濱，又順利地登上哈爾濱開往上海的火車。小萬是個老實孩子，從來沒幹過違法的事情，頭一次無票乘車，心裡自然緊張，眼睛不時地往車廂兩頭張望，一有風吹草動，就坐立不安，慌得不行，像隻膽小的兔子，提防著隨時可能襲來的危險。他的神經就這樣緊緊地繃著，從白天繃到黑夜，從哈爾濱繃到長春，火車過了四平、鐵嶺，火車漸漸逼近了瀋陽。此時已是夜半時分，車廂裡，坐著的站著的，或已昏昏入睡，或是昏昏欲睡，小萬緊張了一天，也迷迷糊糊地打起盹來。

正在此時，車廂裡有了小小的騷動，一幫子人從前面的車廂走過來，慌裡慌張地往後面的車廂走，一邊走一邊通風報信：查票了，查票的來了！

小萬一下子睡意全無，他的第一個反應就是躲到廁所去，可是車廂兩頭的廁所已全部鎖死，看來這一次是計畫周密的「清剿」行動。他推醒了正在昏睡的小宋，告訴他：查票的來了，我往後邊去，實在不行就從火車上跳下去，你幫我把東西拿下車，在瀋陽火車站候車室裡等我，反正這裡離瀋陽已經不遠了。小宋剛從昏睡中醒來，懵懵懂懂地還不知發生了什麼事情，等他頭腦反應過來，小萬已消失在車廂的盡頭。

查票的過來了。查票的過去了。小宋向窗外望去，窗外正下著大雪，遠處有一間茅屋，茅屋裡露出一點微弱的燈火，除此而外，什麼也看不見，是一片漆黑的世界。他為自己的朋友擔起心來：這樣大的風雪，這樣深的黑夜，這樣荒涼寒冷的地方，他能安全地跳下去嗎？他能順利地走到瀋陽去嗎？

40分鐘之後，瀋陽站到了，小宋帶著他自己的行李，還有萬一新的

行李，在候車室裡焦急地等候。一天過去了，萬一新沒有來，兩天過去了，萬一新沒有來，三天過去了，萬一新還是沒有來。萬一新啊，你在哪裡，你是已經登上了南下的火車，還是出了危險和意外？小宋沒法再等下去了，再等下去他的車票也要作廢，他的身上已經沒有多餘的錢，他帶著一肚子的焦急和疑慮，登上回杭州的火車。

剛剛邁進家門，母親又驚又喜地叫起來：「你還活著呀，你可回來啦，你沒有死呀！」說著就抱著兒子哭起來。小宋著急地問：「萬一新呢？他回來了嗎？」母親哭得說不出話來，好一會兒，才斷斷續續地告訴他：萬一新死在半路上了，瀋陽鐵路局已經打來電報，他的父親已經趕去了。

萬一新的屍體是在鐵路邊發現的，他的後腦上有一個洞，像是被榔頭擊打的洞，這個洞要了他的命。然而他的死亡過程死亡原因，都不得而知。屍檢的時候，從他的棉烏拉鞋裡找到了 47 元錢。

一個是病女，一個是獨子，依照 1973 年以後調整的知青政策，他們本來是可以留城的。但是在 1969 年不行，1970 年也不行，結果，馮月文死於去縣醫院的途中，萬一新死於回杭州的途中。

第三章 磨練

　　知青是什麼？知青就是兵團戰士、農場職工、生產隊的社員，所不同的僅僅在於，他們是從學生脫胎、從城裡而來的兵團戰士、農場職工和生產隊社員。從學生到知青，是一個苦難的歷程，幾乎每一步都滴淌著汗水和血水。在這個漫長的過程中，有人在苦熬著，度日如年；有人在苦煉著，以堅強的信念作為支撐；也有人苦中尋樂，他們是「少年不識愁滋味」。

在楊武兵站的一場誤會

　　成千上萬的中學生，從踏上出發的火車或汽車那一刻起，一段舊的生活就徹底結束了，而一段未知的全新生活已經開始，他們的身分變了，他們已經不再是叱咤風雲的革命小將，而是「接受貧下中農再教育」的知識青年。他們自己並未意識到這一點，他們在思想上、感情上、心理上都缺乏足夠的準備，身上依然保留著一些原有的思維方式和行為特點，對新生活的嚴峻性缺乏足夠的估計。

　　陳洪範下鄉那年正好20歲，如今已近半百。他對將近30年前發生的那些往事始終記憶猶新，甚至一些日期和數字都能脫口而出，絲毫不差。

「我們是六九年 3 月 2 號離開上海的，那一批走了 1029 人，到雲南思茅地區瀾滄縣插隊，坐了三天火車，3 月 5 號晚上 10 點多鐘到昆明。出了站，把我們全都拉到昆明一中，就住教室，教室裡空空蕩蕩的，什麼也沒有，我們就睡在地板上，好在每個人都帶了毯子。6 號 7 號放假兩天，8 號早晨汽車來了，不是城裡那種公共汽車，而是帶帆布篷的大卡車，就是這種卡車也不夠，我們得分成三批走。我是最後一批，10 號離開昆明。」

「從昆明到瀾滄，路上要走五天。第一天我們的汽車走了 200 公里，到楊武，那裡有個兵站，我們就在兵站吃飯、休息。吃完飯，有人把碗亂扔，院子裡到處是碗，到處是剩飯，搞得很髒很亂，很不像樣子聯想到在昆明的時候有的知青在大街上搶東西，我們幾個學校的頭頭就聚在一起開了個會，感到這個樣子破壞了自己的形象，怎麼去接受再教育？當時我們還是挺革命的，挺注重自己形象的。我們商量，先在兵站停留兩天，辦學習班，整頓好了再下去。」

「第二天早晨，我們把這個想法跟送我們的工宣隊師傅講了，他們不同意，說那怎麼行，要整頓也得到下邊去整頓，不能在這裡中途停下來。送我們的汽車是昆明運輸公司的，有十幾輛，開車的司機也不同意，說他們的工作是有計畫的，趕回昆明去還有其他任務，不能在這裡等我們。這樣，我們就跟上海的工宣隊和昆明的司機發生了分歧，雙方誰也不肯讓步，一下子僵在那裡。兵站是不管我們的事情的，他們只管接待我們住一夜，吃一頓飯，其他事情跟他們沒有關係。工宣隊對我們施加壓力，各個擊破，其他幾個學校的頭頭都頂不住了，他們來找我，說我們還是走吧，到了瀾滄縣再說。我說要走你們走，我不走，既然這個話是我講出來的，就不能再收回來。結果，到快吃午飯的時候，其他學校的知青都上了汽車，汽車開走了，只有我們學校的十幾個人留在兵站上。」

「兵站的解放軍看我們不走，很反感，認為我們是搗亂份子。他們説你們住在這裡不行，會影響我們的工作，我説我們不會向你們提要求，添麻煩。我們找了一間空房子，就坐在裡面，沒有人理睬我們，沒有人給我們做飯吃，我們只能吃自己從上海帶來的食品。有的同學開始擔心了，後悔了。他們心裡沒有底，我心裡也沒有底，但是我想，部隊跟昆明有專線聯繫，他們肯定會把我們的事情報告上去。」

「兵站沒有多少人，大約就是一個排，每天的事情就是做做飯，給過往的軍車加加油，他們看我們老老實實地在屋子裡坐著，很好奇，就來跟我們聊天，問我們為什麼不走。我們七嘴八舌地把事情講了一遍，他們説，噢，原來是誤會了，你們的想法也有道理，好了，既然是這麼個情況，那就吃飯吧，看你們怪可憐的。解放軍本來就熱情好客，給我們端來了白米飯，兩個炒菜裡都有肉。有個女同學是回族，不肯吃，他們又拿小鍋單獨炒了一盤雞蛋。那頓飯我們吃得香極了。」

到了第三天下午，昆明果然打來了電話，要找上海知青。

陳洪範去接：「喂，你是誰？」

「我是上海靜安區革委會的。你們有多少知青在那邊，叫什麼名字，目前情況怎麼樣？」

原來這件事已經驚動了上海，説是有十幾個知青不見了，雲南到處是山，到處是大森林，要是走失了，那可不是一件小事情！上海方面果斷決定，派出靜安區革委會的一個副主任，還有上海中學紅代會的一個負責人，火速趕到昆明。他們得知十幾個人平安無恙，才舒了一口氣。但接電話的陳洪範心裡反倒不踏實了，自從大隊人馬走後，他心裡一直在嘀咕：我們的做法究竟對不對？會不會受到批評和處分？主意是我出的，決定是我做的，我會不會被打成反革命？他對著手裡的話筒，極力解釋他的想法，申述他的理由，他急切地問了一個幾天來一直縈繞在心的問題：我們的行動是不是革命行動？電話那一頭傳來明確答覆：我們

完全理解你們，你們不要有其他想法，儘快趕到思茅去，我們在思茅會面。

第二天早晨，來了一輛汽車，也是帶帆布篷的卡車，陳洪範他們跟楊武兵站的戰士們依依不捨地告別，又在路上顛簸了兩天，顛進了西雙版納，顛到了思茅，上海來的兩個人，已經在地區革委會等候他們了。一見面，靜安區革委會副主任和顏悅色地告訴他：「你們的想法有一定道理，上山下鄉，就說明你們已經走上了革命道路。但是，今後還是要增強組織紀律觀念，認真接受再教育。」副主任問陳洪範還有什麼要求，陳洪範提出：第一，我們這幾天沒有很好休息，路上跑累了，在思茅休息兩天再走；第二，我們不能再坐卡車了，顛得受不了，用一輛客車送我們。這兩個要求都得到了肯定的答覆。那天晚上，陳洪範他們在思茅的財貿學校裡，睡了離家以來最安穩最甜美的一覺。

「從思茅到瀾滄，還有兩天的路程，第一天住在景洪，第二天日暮時分趕到了瀾滄。先到的知青，全都在縣裡等待我們，不見我們到來，他們不肯到公社去，因為他們聽到種種傳言，說我們失踪了，說我們被關起來了，據說鄰國的電台都廣播了。雖然我們不是一個學校的，但是這件事情卻讓我們親近起來。有人問：你們挨打了？我們莫名其妙，說沒有呀。他們說那衣服上帽子上怎麼有許多墨汁？原來我們有一個同學，從家裡帶了一瓶墨汁，放在旅行包裡，旅行包放在汽車的貨架上，中途墨汁灑了出來，我們都在打瞌睡，誰也沒注意，結果出了笑話。」

那次事件給陳洪範他們一個教訓：這裡不是上海的學校，這裡已經是社會，社會上情況要比上海的學校裡邊複雜得多，光憑一股熱情一股闖勁是絕對不行的，紅衛兵那一套做法在這裡吃不開。

全體知青在瀾滄縣辦了幾天學習班，學習如何增強組織性紀律性，然後分配到各個公社和大隊。陳洪範又是最後一批走的，日期是 3 月 25 號，距離從上海出發的日子，已經過了 23 天。

和蘇聯一江之隔

這是我們的一位好友下鄉後給家裡寫的第一封信，記述了下鄉沿途的所見所聞所思所感，也記述了對新生活的最初感受、第一印象，透露出昂揚的格調。

爸爸、媽媽、小剛、小強：火車 7 月 4 日上午 10:38 分徐徐離開北京，奔向富饒美麗的三江平原，我校只有三個女生哭了，其他同學情緒很好，一路上很快活。火車速度很快，向前飛奔，車窗兩旁一望無邊的綠色田野，一排排整齊的樹木似閃電般掠過，景色總是這樣。第二天早上，整個車廂開始集體請示，然後天天讀，天天讀不大好，大概都塌不下心來。下午三至四點學習一小時，火車在哈爾濱停車約半個小時，兵團首長上車來看我們，我和首長握了手。很多學生在站台上歡迎我們，手裡拿著一個用厚紙板做的「忠」字，給我們演了節目。第三天早上三點多鐘到達佳木斯，市民和工人、學生夾道歡迎我們，並喊口號「向北京支邊青年學習！」我們喊「毛主席萬歲！」在這兒開了歡迎大會，開完會我們就上船了（東方紅 10 號）。原定六點開船，因江面霧大，推遲到九點半才開船。雙珍貴珍等三人在哈爾濱下車到市裡去玩，結果誤了火車，他們後來乘晚上九點多鐘的火車去佳木斯。小英和小越兩人直接跟車到了佳木斯，坐船要檢查兩次船票，第一關兩人混過來了，但第二關上船時，五個解放軍還有服務員把著船口，收一張票進一個人，他們沒有票，無奈只好不去了，船開動，小英揮淚告別。

「東方紅 10 號」駛在松花江江心。松花江水很渾，有些像長江水一樣，七號早上三四點鐘駛進黑龍江，這時天已經亮了，東北亮天很早。船的一邊是中國大陸，一邊是蘇聯土地，兩邊都長著很高的野草

和樹叢。船有時離蘇聯只有幾十米遠，房屋、人、電線、小狗都看得很清楚。他們岸邊有瞭望哨，我們沒有。在舊的平房中，站著一幢乾淨的樓房，這可能就是蘇修軍官和他們家屬的住宅吧。我們還看見有一片房子都是空的，可能蘇修把居民趕到離邊界很遠的地方去住或把他們集中起來住了吧。轉過來後，到了烏蘇里江，此江的水比松花江的水清多了，我們站在船的最高處，風景非常好，但我形容不出來。

　　縣城到了，老遠就聽到鑼鼓聲，下了船，還是夾道歡迎，我們走成單行，三人一橫排，邊唱歌邊呼口號。這兒的人都很熱情，對我們都很關心，來的當天晚上我們就看了一場電影《列寧在十月》，第二天看了兩次宣傳隊演的節目，開了歡迎大會，現在我們正在辦學習班，約七天，大約 17 號我們就開始往各連隊分了，我們全排（我校男女生）寫了決心書，要求到最艱苦的連隊去。這兒的同志因多是從部隊上來的，因此我看團結緊張嚴肅活潑三八作風比較好，很謙虛，也較民主，革命委員會很突出政治，突出階級鬥爭，自我批評精神也很強，待人熱情忠厚誠懇，我一定很好地向他們學習。

　　可能再過一兩個月，秋收完畢，去天津或上海再接來一批知識青年，那我們就成了「老」的了。可能明年還要去北京接人。這兒油很多，菜總是浮一層油，一月每人一斤，豆腐很多，因自己生產大豆。我們就和蘇聯隔一條江，真不大相信，以江心為界，游泳、划小船都要注意，過了界他們就找我們碴兒了。我們發布票了，一人 33 尺，比北京多一倍，近兩倍，用到今年年底。你們需要什麼布來信，寄些錢來，我買了布再寄回去。33 尺我沒法用。

　　最後，希望我們在世界革命心臟北京和反修前哨共同努力學習毛澤東思想，積極參加文化革命，關心政治，在政治舞台上做一名優秀的戰士。另外，以後是否能給我不斷地寄些《參考消息》來，這兒除每天早上聽半小時廣播，什麼也看不到，報紙過四天才能看到。

志群 1968 年 7 月 14 日

「我要回上海！」

　　當年凡是在黑龍江生產建設兵團三師、六師待過的知青，沒有人不知道福利屯這個地方，沒有人不記得福利屯這個地方。

　　福利屯很小，是一個只有幾萬人口的小鎮；福利屯又很大，每天來往進出的人口有上萬人，是一個很大的客運中轉站，從哈爾濱、佳木斯、雙鴨山方向開來的火車從這裡駛過，通往寶清、富錦、同江、撫遠、饒河諸縣和兵團三師、六師各個團部的長途汽車從這裡發出。福利屯在知識青年上山下鄉運動中熱鬧起來了，每天在這裡上車下車換車的旅客中，有相當一部分人是知識青年，他們給這座小鎮這個小站帶來了生氣，也帶來了生意，飯館多起來了，旅店多起來了，新的客運線路也一年年地多起來了。

　　1968 年深秋的一天，一列從上海開來的專列，滿滿地載來了 1000 多名「上海阿拉」。他們大都穿著草綠的「仿軍裝」，肩上背著手裡拎著大大小小各種各樣的包，按照各自的學校和城區，在廣場上站好了隊伍。那麼多人，一下子就把站前小廣場塞滿了。坐了三天兩夜的火車，一些人顯得有些疲憊，但是站在每支隊伍前面打紅旗的人，卻都那麼精神煥發。

　　各農場的人來了，各農場的車也來了，大都是解放牌卡車，也有零星的長途客車。這些車裝上人，裝上行李，把廣場上的青年人一塊一塊地切開，一塊一塊地拉走，拉往友誼農場、五九七農場、雙鴨山農場、萬寶農場……廣場上漸漸空了，只剩下約 400 人的一支隊伍。

　　兩男一女三個人急匆匆近乎小跑著來到他們跟前。「對不起呀，我們去聯繫住的地方，讓你們在這裡久等了，同學們，歡迎你們到我們農

場去參加開發建設。」一個 30 多歲的中年男子熱情地對他們說。「我們場離福利屯比較遠，在邊境上，那裡是反修鬥爭的前哨，所以能分到我們場的同學，都是經過嚴格的政審，都是各方面沒有問題的，是很光榮的！」

這短短的幾句話，把年輕人的熱情和激情鼓動起來了。那個舉大旗的青年帶頭呼起口號來：「打倒帝修反，扎根邊疆幹革命！」「永遠忠於毛主席，反修到底不回頭！」在那個年代，人們創作這類又響亮又合轍的標語口號的能力是很強的，幾乎誰都能不假思索地脫口而出。

農場的同志也受了感染，受了感動：「我們農場條件比較艱苦，位置也比較遠，離這裡還有 800 多里路，是幾個農場裡頭最遠的一個，坐汽車要走一天，而且還有一段是山路。為了安全起見，也為了讓同學們能休息一下，今晚我們就住在福利屯，明天一早再出發，住的地方，可能條件差一些，大家將就一下吧。男同學一會兒跟我走，我姓孔，同學們就管我叫老孔好了。這位女同志姓汪，叫汪紅，女同學跟她走，她跟你們一樣，也是知識青年，從北京來的，比你們早來了兩個月。」

一群青年人這時才注意地打量起汪紅來：她也是一身「仿軍裝」，但顏色不如上海的好看，上海知青的衣服是草綠色，而汪紅的顏色偏黃。她梳著短髮，右側一綹頭髮用橡皮筋扎起來，這是當時女青年裡邊最簡單最省事最常見的髮式，肩上也背一個黃書包，書包蓋上用紅絲線繡著「永遠忠於毛主席」。他們一下子對這個樸實的姑娘有了一種親近感，因為他們的身份相同。他們一下子就圍住了汪紅，急不可待地向她提出各種各樣的問題。

「農場到底是啥樣子？」「你見過狍子嗎？那裡真的是『棒打狍子瓢舀魚，野雞飛到飯鍋裡』呀？」「農場冷嗎？會不會凍掉鼻子？」「人家才來兩個月，還沒過冬天，怎麼知道？」「農場吃甚麼？阿拉可是喜歡吃米飯！」「到北大荒是來吃艱苦的，又不是讓你來吃大米的，

崗都（傻瓜）！」

　　人群開始蠕動，開始行走，老孔衝著人群又大聲地喊了一句：「還有一件事情，各學校帶隊的負責人，吃完了晚飯到我這裡來一下，都帶上花名冊，因為我們那裡是邊境地區，路上經過邊防檢查站要檢查人數！」

　　400多知青分散開，住在幾個旅館裡，安頓好了，吃完晚飯，天就黑了。男知青們住的是大通鋪，一鋪大炕，從這頭到那頭能睡五六十人。女知青受到照顧，住的是號稱「三人間」的小房間。其實這種「三人間」，不過就是在一鋪大炕上，用三合板一段一段地間隔開，三合板和炕面都用牛皮紙糊過，牛皮紙上又刷了黃色的桐油，在昏黃的燈光下，「三人間」是黃澄澄的。三合板離炕面之間有二三寸的空隙，人手可以從下面伸過來。汪紅把大家安頓好了，跟同屋的兩個女生正說話，就有一隻手從那三合板下悄悄伸過來。一個姑娘嚇得大叫起來，隔壁卻傳來一片哈哈哈的笑聲，原來是幾個同學在惡作劇。「嚇死我了，這是啥旅店哪！」

　　這邊驚魂未定，那邊屋子裡又叫了起來：「媽呀！這是啥東西？」「虱子！」「虱子？」「太齷齪了，太齷齪了！」汪紅連忙跑過去，只見三個上海姑娘都擠在炕沿邊上，炕裡是攤開的鋪蓋，被子褥子都是黑乎乎的，被頭更是一片油黑，靠近縫線處，有幾個白灰色圓鼓鼓的小蟲子正在蠕動。她們看見汪紅進來，一把拉住她的手：「我們不要住這裡，這裡太齷齪了！」

　　不住這裡住哪裡呢？方圓幾里的小鎮上，只有這麼幾家旅店，基本上都是這種水平。汪紅安慰了她們一會兒，又去找服務員交涉。服務員毫無辦法，因為她什麼事情也做不了主，最後找到了旅店的負責人，她很不情願地從庫房裡找出兩匹白布來，給每個鋪位加了一條「白床單」，也就只能如此了。女青年們把褥子掃了又掃，看了又看，直到確

認沒有「小白蟲」了，才鋪上那條剛剛扯好的「白床單」。至於那床黑被子，她們再也不敢碰它，恨不得把它扔出去，「太可怕了！」

汪紅正在忙著幫女孩子們鋪床單，聽見外面有人在喊她，喊得很急，是上海女孩子的聲音。「又出了什麼事？」她趕緊走出來。

「大進中學的袁文文肚子疼得厲害，躺在那裡直打滾！」

汪紅隨著那個女青年進了一個「三人間」，一位上海姑娘「唉呦唉呦」地捂著肚子在炕上叫喚，白淨細嫩的臉上滲出了汗珠，幾縷頭髮濕漉漉地黏在額頭上。

「她怎麼了？」汪紅問同室的一個姑娘。

「她晚飯都沒有吃，一直說肚子疼，有人給她找了兩片藥吃下去，可是不見好，越疼越兇了！」

「你快想想辦法吧，她是我們班的團支部書記呢！」一個怯生生的聲音說。汪紅從沒經歷過這種事情，她不過比她們早下鄉兩個月，年歲都差不多，她一時也沒了主意。「得上醫院吧？」有人說。這句話提醒了汪紅：「對，趕緊上醫院！找幾個男同學來，找身體好、有力氣的，背她去！」

好在鎮裡唯一的一家醫院離旅店不太遠，幾分鐘便到了。值班的是個戴眼鏡的男醫生，四十多歲，姓李，他讓袁文文躺在診台上，又是聽又是按肚子，袁文文又高聲叫喊起來，叫得幾個青年人好緊張。汪紅一個勁地試探著問醫生：「她是什麼病，不要緊吧？」大夫也不說話，檢查完了坐在桌前，在診斷書上寫道：急性闌尾炎，須立刻手術。

袁文文聽到「手術」兩個字，又嚎啕大哭起來：「我不要手術，我不要手術，我要回家，我要回上海！」

老孔也趕來了，他走得太急，呼呼地喘著粗氣問醫生：「能不能不做手術，給她打打針，消消炎，保守治療？」

「她的闌尾已經化膿了，不但要做手術，而且必須立刻做手術，手

術要是不及時，就有可能穿孔，那可是生命危險！」

老孔、汪紅和幾個上海青年都勸袁文文動手術，可袁文文反來覆去就是那一句話：「我不要手術，我要回上海！」老孔説：「你非要回上海，也得等病好以後再説，現在是治病要緊。大夫不是説了，你不做手術，有生命危險呢！」

大家都七嘴八舌苦口婆心地勸，又七手八腳連背帶攙，把她送進一間病房。護士指著一張空床説：「讓她住那兒！」

床很髒，牆上有一塊塊的血跡，袁文文又哭喊起來，還用手指著床鋪，指著牆，用上海話哭訴著，汪紅聽不大懂她究竟講的是甚麼，就問旁邊的一個上海知青，那知青告訴她，袁文文説這裡有虱子、臭蟲，這牆上一塊一塊的都是臭蟲血，這麼髒的醫院能治好病嗎？她説她死也要死在上海。

「阿拉也是上海人！」一直沉默不語的李醫生突然激動地冒出一句上海話。大家都一愣，袁文文的哭聲立刻止住了。原來袁文文還懷疑這裡的醫生水平差，把她的診斷搞錯了，把手術做壞了，雖然她講的是上海話，但李醫生全都聽懂了。李醫生本來是上海醫科大學的畢業生，分配到這裡工作已經 11 年了。他臨床經驗豐富，福利屯的人做手術，都點著名要找李醫生。

一屋子人都沉默著，一屋子人都在看著李醫生。他穩定了一下自己的情緒，走到袁文文的床邊：「我是一個大夫，我要對你的病情負責任，你的情況很緊急，如果不及時把化膿的闌尾切除掉，就會造成腸穿孔，還可能引起腹膜炎。現在做手術，是一個小手術，要是等到穿孔了再做手術，可是個大手術了，麻煩要多得多了。」為了緩和一下氣氛，他換了一種詼諧的口氣對袁文文説：「你還不相信我這個上海老鄉嗎？」

袁文文低著頭不做聲。李醫生把手術簽字單遞給她，她看了一遍，

又猶豫了一下，簽上自己的名字，老孔在單位負責人一欄裡簽了自己的名字。

李醫生對身邊的護士說：「通知手術室，馬上做準備！」一會兒，袁文文就被推走了。

大家都焦急地守候在手術室的門口，大約過了兩個小時，手術室的門開了，李醫生手裡拿著一個托盤走出來，等在門外的人呼地一下朝他擁上去。他摘下口罩，端起手裡的托盤給大家看：「好險，再遲半小時肯定就要穿孔了！」

忙完了醫院裡的事情，已經 10 點多了，老孔安排了兩個女同學留下照看袁文文，要其他同學趕快回去好好休息，明天一早還要趕路。汪紅走到旅店門口，昏黃的路燈下站著三個人，看樣子，他們已經在那裡站了很久，看到汪紅，就急匆匆地迎了上來。

「你是汪紅吧？我們有事情要跟你談。」首先開口的是個上海女同學。

「行，咱們到屋裡去談吧。」

「不，我們就在這裡談好了，他們倆個男生，到我們女生房裡也不方便。」

「好，你們說吧。」

一個男同學開口了：「我先向你介紹一下吧，我們三個都是上海松江中學的，他們倆是兄妹倆，他叫周勝利，是我同班同學，她叫周和平，比我們矮一屆，是六七屆高中生。我們現在遇到個麻煩事，想請你幫忙，你也是知識青年，一定能理解我們的心情。」

「那當然。」汪紅回答得十分爽快。

「這次下鄉，本來他們兄妹兩個都報了名的，但是他們的父母都是幹部，被打倒了，成了『走資派』，所以政審誰也不合格。後來兩個人找到學校的工宣隊講了好半天，工宣隊最後同意說兄妹倆只能來一個，

哥哥就把這個名額讓給了妹妹，但是哥哥又不放心妹妹，所以也跟著我們大隊人馬悄悄地混過來了。本來他們想就這麼一直混過去，到了農場，生米煮成熟飯，死活留下就是了，可是今天才知道，還要過檢查站，還有解放軍站崗檢查，所以我們只能求你了，請你幫助給說說情，讓周勝利也一道去農場吧。」

「求求你了，幫幫我哥哥吧。」周和平的聲音裡已經帶著哭腔。

「袁文文不是住醫院了嗎？她不是想要回上海嗎？就讓周勝利來頂替她好了。」

「這倒是個辦法。」汪紅說。「不過，這事我做不了主，我得去請示老孔，你們等一下，我去找他！」汪紅很理解周家兄妹的心情，她很想幫助他們，她在老孔面前極力幫他們說情，但是老孔說，這個名單是黑龍江省招工辦和上海市安置辦共同定好的，咱們沒權改動它，別說咱們倆，就是咱們農場也沒那個權力，咱倆的權力，就是把名單上的人平平安安地接回去，別的，啥也管不了。老孔的解釋無懈可擊，汪紅說不出話來了，她只能告訴周家兄妹：愛莫能助，實在沒有辦法。周家兄妹不死心，又去找了老孔，還是不成，看來，他們只能在福利屯分手了。

第二天一早，八輛大客車在車站前的空場上一字排開，上海知青們按照自己所在的學校和名單上了車，汪紅一輛車一輛車地清點著人數，在3號車門口，她看到了正在告別的周家兄妹。兩人都是眼淚汪汪，難捨難分。汪紅對周和平說：「上車吧，一會兒就要開車了。」她又轉向周勝利：「希望明年能到我們農場來，我陪周和平一塊到福利屯來接你！」

馬達響起來，汽車啟動了，開走了，車後揚起一股塵土，塵土遮擋了周和平的視線，她伏在座椅上，又嗚嗚地哭起來。在這一刻，她那堅定的決心產生了一些動搖，她很想跟哥哥一道回上海去，她甚至有些羨慕哥哥能回上海去。

當天下午，周勝利也離開福利屯，坐火車返回上海。

一週之後，袁文文刀口癒合，在同伴的陪同下，趕往農場。

女孩子的腿泡彎了

「五一」剛過，棉褲還沒脫呢，就得下水田整地了，把撂了一個冬天的稻田裡放進水去，用水把僵硬的土地泡軟，然後用人工整平，這叫「水整地」。整地是最苦的，大約要整近一個月，等到六月初開始插秧的時候，水就溫乎多了。

剛解凍的松花江水冰涼冰涼，還帶著冰碴呢，通過水渠流進稻田，潘德勤帶著她那個排的女生就下地了。她們的裝束很滑稽：光著腳，棉褲腿用剪子豁開，繫在腰上，她們就這樣走進冰涼冰涼的水田裡，靠兩隻腳和一把鍬把地整平。水淺的地方到腳脖子，深的地方到腿肚子，剛進去的時候還覺得涼，一會兒就不覺得涼了，兩隻腳兩條腿全凍麻了，沒有知覺了。

從早上七點半到晚上五點半，一群女孩子要在冰涼冰涼的水田裡泡一天，午飯在地裡吃，誰也不上岸，誰都硬挺著，潘德勤想起了指導員在動員大會上講的那兩句文謅謅的詞兒：「北國的五月雖已是春回大地，然而久凍的土層仍充滿了寒意。」

上了岸可就知道疼了，颼颼的西北風一吹，泡了大半天的腿全裂開一個一個的小口子，滿腿都是。水把肉皮泡脹了，風把肉皮吹乾了，一脹一縮就裂口子了。

晚上回到宿舍裡，第一件事就是燙腳，洗臉盆裡盛上一盆熱水，兩隻腳往裡一放，滿屋子都是叫聲：「媽呀！」「唉呦」「疼死我了！」「唉呀媽呀！」一個個剛裂開的口子，熱水一燙能不疼嗎，可是必須要燙，不能不燙，為的是把寒氣燙出來，不然要得病，燙完了再抹上蛤蜊油，一盒蛤蜊油用不了兩天，抹得滿腿都是，第二天照樣下水田。

　　每個人的炕頭上都貼著一張小紅紙，每張小紅紙上是一條豪言壯語：「舉紅旗邁闊步奔赴農村，頂藍天踏荒原壯志凌雲」，「為人民吃大苦青春似火，為革命挑重擔冶煉紅心」……

　　秧插上了，苗長高了，吐穗了，變黃了，水稻豐收了，該收割了，可是女孩子的腿變彎了，有的朝裡彎，O形，有的朝外彎，X形，關節變形了。有個女孩子上廁所，蹲下就起不來了，都是十六七歲的孩子，身體還沒長成呢，哪受得了這種罪。今天潘德勤回想起那段日子，還能感到一股冷颼颼的涼氣從腿上漫起。

難割的麥子

　　有一些知青中的「先進分子」，以一種堅強的毅力支撐著自己。

　　麥子黃了，麥子熟了，麥子長得有齊胸高，沉甸甸的麥穗耷拉著腦袋，罕見的大豐收，1956年建場時來的老鐵道兵都說，從來沒見過這麼好的麥子，他們也不會想到，從來沒見過這麼難割的麥子。

　　那是1969年的7月，郭慶晨下鄉遇到的第一個麥收，那時他在連裡當排長。

　　兵團收麥都是機械收割為主，要讓康拜因那龐大的傢伙上陣，得先給它打出跑道來。郭慶晨領著他那個排十幾個小伙子，一人拿著一把鐮刀下了麥地。北大荒的麥地真大呀，彎下腰去你就割吧，割到吃晌午飯的時候還是望不到邊。成熟的麥子秸稈很脆，鐮刀磨得快快的，右手一揮，齊刷刷倒地一片，這活幹起來真痛快，低下頭去是黃澄澄的麥，直起身來是藍澄澄的天。

　　跑道剛打完，天就開始下雨，緊一陣慢一陣，等了兩天，一點放晴的意思也沒有，有句老話說：「麥熟一晌，龍口奪糧」，麥收是最緊張的季節，麥收季節最怕下雨。連長一算計，500垧麥子剛割了不到十分之一，等不得了，就召開全連動員大會，說康拜因下不去地，就打人民

戰爭，一人發一把鐮刀，明天除了伙房做飯的，全都下地。

在雨中割麥，郭慶晨可再也找不到那種灑脫俐落的感覺了。麥子淋了雨，秸稈發艮，地上全是泥，挪不動步。青年們一邊割一邊罵老天爺。那雨慢慢悠悠不住地下，足足一個禮拜沒見過晴天，1956年建場時來的老鐵道兵說沒見過這麼大的雨，1968年來的小青年說我們一來就趕上了。

麥地飽和了，地上就有了積存的雨水，積水一點一點漲高，漫過了腳脖子，漫過了腿肚子，一直漫到膝蓋了。麥地泡成了稀泥，一腳踩下去，拔腿都困難。水靴沒法穿了，只能穿繫鞋帶的球鞋，郭慶晨家裡正好寄來一雙新球鞋，是當時最有名的「雙錢」牌，他下鄉時還帶了一雙「雙錢」牌，兩雙球鞋倒換著穿。整整一個麥收，天天穿著濕鞋在水裡泡，天天兩隻腳泡得煞白，肉皮抽縮。等麥子收完了，兩雙「雙錢」球鞋全讓水泡糟爛了。

雨中割麥，喝水也難，吃飯也難。送水的牛車只能把水送到地頭，再找人往地裡邊送，麥地已經成了沼澤地，送進去也走不遠，頂多走上三五十米，所以越割得快越走得遠越喝不上水。郭慶晨是打頭的，他找了個水壺，每天裝一壺水背在身上。吃飯也是難事，知青們就盼著那一聲吆喝：「吃飯囉──」可飯送來了，又誰都懶得往地頭走。

等到收工的時候你往地裡頭看吧，頭巾、衣服、草帽、水壺、鐮刀，到處都是，那是幹活的人幹累了幹熱了，順手放下的，誰都懶得再蹚著稀泥回去拿了──寧可不要了也不願回去拿了，兩條腿都累癱了。

那一年的麥收從七月一直割到九月，割了42天，將近一個半月，創下了紀錄。割下來的麥子也拉不回去，就在地裡放著，一直等到上了凍再去脫穀。脫穀的人哪一次都帶回一批戰利品：頭巾、衣服、草帽、水壺、鐮刀……都是割麥時丟下的。等到脫粒的時候，麥穗上已經沒有多少「粒」可脫了，麥粒早都掉得差不多了。

郭慶晨回憶起那一場麥收說，那種幹法真是勞民傷財，得不償失，但當時的口號是「麥子就是政治」，「搶回麥子就是最大的政治」。最後全團麥收總結的時候還講了一條很重要的成績：鍛鍊了全團職工一不怕苦二不怕死的精神！

麥收忙完了忙秋收，割大豆，郭慶晨累得發高燒，燒到三十九度五，炊事班給他做了兩大碗雞蛋麵條，他掙扎著坐起來吃，吃完了說：「再來兩個饅頭吧！」炊事員全樂了：「你是真病還是假病？」他自己也樂了。

第二年麥收的時候，郭慶晨就調到了團部宣傳股，同伴說：這下你好了，不用耍鐮刀把了。他笑笑說：耍筆桿子比耍鐮刀把還累呢。他辦《麥收戰報》，白天跟著團領導的車下去了解情況，晚上回來寫稿子、排版、印刷，一條龍作業，第二天早上再帶著剛剛印好的《戰報》下連隊去。每天出一期，夠緊張的。整個麥收期間，郭慶晨 12 點鐘之前沒有睡過覺，有時要到凌晨兩三點鐘，一點也不比割麥子輕鬆。郭慶晨說，要說苦、累，那兩個麥收是我一生經歷中最厲害的，有了那兩次經歷，以後多累的活多苦的差事都不在話下。有一次師裡要匯報材料，郭慶晨一個人三天三夜趕出了六萬字的材料。六萬字，按正常速度，就是抄也得抄幾天啊！

下鄉的經歷鍛鍊了郭慶晨堅強的毅力，「有這碗酒墊底，什麼樣的酒都能對付！」後來他不論到了哪個崗位上哪個單位裡，都是一把硬手一把好手，他懷念那段吃苦的經歷，感激那段吃苦的經歷。

盧小飛說她糊里糊塗地就當上了大隊青年突擊隊的副隊長，她不知道為什麼要讓她來當這個副隊長，或許是她爭強好勝能幹活？或許是她性格開朗敢說話？反正隊裡定下就是她了。

盧小飛的確能幹，她自稱是「一個熱情洋溢的人」，而這「熱情洋

溢」恰恰就是當幹部的基本條件之一。老鄉看知青，第一個標準就是能不能幹活，盧小飛偏偏就是能幹活！陝北女人不幹的活，她幹！老鄉說她幹不了的活，她硬幹！春天積肥她專撿大筐，裝得跟男人一樣多，男人都說她不行，她把牙一咬，硬是挺下來了，到今天肩膀上還有厚厚的繭子。耕地扶犁是男人們的活，小飛硬是要幹，一副犁杖有幾十斤重，拉犁的牛又欺生，她兩隻手緊緊抱著犁杖走一天，到晚上胳膊累得抬不起來。她擔著 105 斤玉米走過五里路，她背過 108 斤一口袋的綠豆，下一道坡再上一道坡，她背著一捆高高的莊稼，倒栽蔥從山上滾下去，兩隻手上扎了 36 根刺。這些事情至今她一件一件記得很清楚。

最苦的活是掏大糞。那年冬天，七個女生六個都回家了，就剩下小飛一個。冬天沒別的活，小飛自告奮勇要和男社員一起去掏糞。陝北的女人從來不幹這活，冬天都是在窯洞裡做些縫縫補補的家務，但小飛要開這個先例。一天的定額是三擔糞，天不亮就得起來，擔著一副又沉又笨的木桶，直奔那一個個秫秸稈圍起來的廁所，跟搶寶貝似的。起得早才掏得到，起晚了，三擔糞上哪兒找去。糞桶裝滿了，要挑上山，堆在一起，摻上泥土，攪拌均勻，這叫「蘸糞」。當小飛掏完了三擔糞，挑著空桶從山上走下來，太陽才剛剛完整地露出一個圓圓的紅臉。小飛的褲腳上沾著糞，糞桶裡散發出大糞的臭味，但她心裡卻很得意，很自豪。肚子餓壞了，拿起饅頭就吃，滿不在乎，這時候的饅頭真好吃，特別軟，特別甜。

小飛又掏又蘸，跟著男社員一起整整幹了一個月，她幹得一點也不比他們少，但是到月底記工分，男社員一天記 10 分，小飛只給記 6 分。後來隊幹部也覺得過意不去，就開會研究小飛的工分問題，小飛也是個「長」，自然也參加會議，但對自己的事情她不好發言。就這麼一件事，幾個人摳來摳去，最後終於有了一個統一意見：一天給小飛加 0.3 分，那年一個工合七毛五分錢，0.3 個分是兩分錢，為了小飛這兩分錢，

幾個隊幹部整整研究了半個多鐘頭。小飛又生氣又好笑。

　　我們坐在《人民日報》五號樓前的花壇上，聽盧小飛講述她二十多年前的勞動經歷和思想歷程。「那時候特好勝，也可以說比較『左』吧，我非常看重艱苦勞動對自己的磨練，認為越是苦越是累越能鍛鍊自己，但有的時候是以一種極端的方式，自己折磨自己。當時我讀了車爾尼雪夫斯基寫的《怎麼辦》，書裡的革命者拉赫美托夫那種嚴格的斯巴達式的生活，給我的影響很深，還有孟子講的『天將降大任於斯人』，我當時覺得越能吃苦越光榮，這是由衷的。」

上什麼山唱什麼歌

　　北方的土地是遼闊無邊的，北方的風是粗礪的，北方的格調是粗獷豪爽的。那些吃稻米長大的江南知青，到了北方改吃白麵和五穀雜糧，幾年之後，一些身材苗條瘦弱的女孩子長得胖胖的壯壯的，有人說是整天幹活飯量大了吃胖的，有人說是北方的白麵饅頭養人，把她們給「發」起來了。

　　劉金銘的適應能力強，從上海到農場，從江南到塞北，她很快就調整好了自己的心態和情緒，很快就學會了各種農活，無論在情感上還是在肉體上，她都沒感到有過多麼難以忍受的痛苦。

　　坐了三天三夜的火車，吃了三天三夜的餅乾麵包，真想好好吃頓飯。這是到連隊的第一頓飯，飯一端上來，大家都樂了：蛋炒飯！滿滿地盛上一大碗，一吃，不對喲，硬硬的不像是雞蛋，再一問才知道，那一粒粒黃的是玉米糝（sǎn）。許多人把筷子擱下，回宿舍裡吃上海家鄉的食品去了，但劉金銘還是把滿滿一碗飯都吃光了。從那頓飯開始，不管吃什麼，粗糧也好，麵食也好，白菜土豆粉條三大樣也好，她都拿著那個足足可以盛兩斤水的大號茶缸，滿滿地盛一缸子，下面是飯上面是菜，菜蓋飯，坐在那裡慢慢地把一缸子飯菜吃光。飯桌上凍著冰碴，嘴

裡哈出的氣是白的，她照樣吃得很香。一道來的女友看著她那副吃相，既好笑，又羨慕。劉金銘從來不從上海帶零食回來，所以她始終食慾很好，飯量很大，原來在上海生下的胃病，在北大荒倒治好了。一直到返城 10 年後，她擔任了上海延安製藥廠的廠長，每天中午在食堂吃飯依然是三兩飯兩個菜，許多男同志都吃不過她。「我的肚皮在北大荒撐大了！」她一邊用手比劃著一邊大聲笑著說，「我剛下去的時候體重只有90 斤，過了兩年就長到 140 斤，整整長了 50 斤！」

劉金銘在農場待了 10 個年頭，不僅沒有得關節炎腰肌勞損那些個知青常見病，而且原來的毛病也都治好了。「主要是我會幹活，會使巧勁。幹活的姿勢很重要，姿勢不對，幹起來又慢又累。」劉金銘說她比較會幹活，男孩子一般也幹不過她，割地，不管割穀子，割大豆，一天6 根壟，1200 米一根，6 根壟就是 7200 米，15 里路，她割得蠻快。「我最拿手的是在場院上扛麻袋，兩個『搭肩』的麻袋抬起來，我就這樣一鑽，把麻袋扛起來，肩膀的位置一定要找好，腰一定要挺起來，走三級跳板走上去，心裡覺得很自豪，那些男孩子都羨慕。他們跟我比賽，較著勁幹，場院上的勞動氣氛一下子就起來了，大家說說笑笑，越幹越有勁頭，一點不覺得累，反而挺開心的。」劉金銘開心地笑著憶當年，我們從她的笑聲裡能夠想見她當年的威風形象。

劉金銘當班長時，她帶的那個班是四好班；後來當排長，她那個排是四好排；她當了指導員，她那個連隊是四好連隊。她一直是在生產第一線幹，「後勤一天也沒幹過。」直到後來當上了團裡的副政委，她也常常下連隊，有時候沒有車就一個人走著下連隊，要走幾十里路，一個人在荒野上走路，心裡也挺害怕。下去了就幹活，從春天一直幹到秋天，她覺得在地裡幹活很開心，跟大家在一起很開心，她不願意坐辦公室。

她說：「人哪，就得到了什麼山上唱什麼歌。」

　　要是不下鄉，張霖不會打魚，也打不了那麼多魚。

　　張霖記得 1972 年那年魚特別多，他們打魚點 8 個人，四個老職工常常回家，他們一走就剩下四個青年人，一個北京的，一個上海的，一個溫州的，一個鶴崗的。那年魚可吃夠了，兩個大魚簍泡在江水裡，每個簍裡有七八十條魚，天天吃頓頓吃，也沒油，就是用江水煮，加點鹽，再放上辣椒，吃到後來見著魚就噁心。

　　他打過最大的一條魚有 600 多斤，是條大鰉魚，魚籽在鍋裡炒成一塊一塊的，拿出來當餅子吃。現在可吃不著了，現在鰉魚籽金貴了，加工完了出口，800 美元一公斤。

　　那年開春，5 月份，正是打鰉魚的季節。一天晚上，老職工王世榮跟張霖說：走，跟我去打兩網！兩個人划條船就出去了，一條船兩副槳，張霖打前槳，他們去的是 4 號灘，專出鰉魚的地方。下了網，蹚了200 多米，江面上「叭」地一下子打起來一個水柱，好傢伙，有 3 米多高，緊接著『啪啪啪』一連又是幾個水柱，魚尾巴也露出來了。是條大鰉魚，那傢伙比人都有勁！張霖有些害怕。王世榮說：「趕緊拉網！」他拉不動啊，那麼大的傢伙，有好幾百斤！張霖幫他一塊拉，那網死沉死沉的，跟墜了個大鉛砣子似的，還直撲棱。好幾次張霖差點讓它給撲棱到江裡去。網一點一點拽上來了，魚頭露出來了，乖乖，有缸口那麼大，血紅的眼睛瞪著，瞪得張霖好害怕，王世榮抄起一把砍鉤，「叭」地照準魚身砍了上去，鰉魚痛得一抽搐，船身隨著猛地一歪，差點翻過去。張霖嚇得趕緊把船找平，但船裡已湧進不少江水。等三把砍鉤都砍上去，鰉魚沒勁了，折騰不動了，慢慢地老實了。這時張霖才發現，他們的船已經被鰉魚拖出了六七里地，都見不到小島了，得趕緊往回划！

　　天全黑了，拖著那麼個大傢伙，又是頂水，又跟魚折騰半天了，真費力氣呀！兩個人使足了勁，一點一點往上頂，終於見到小島了，終於把船靠近岸邊了。回到打魚點上，已經是後半夜兩點了，幾個人正為他

們著急呢。把那條鰉魚拖上來，量了量，4米多長，秤了秤，600多斤。

榆樹通上有個魚亮子，魚亮子就是一塊低窪地，江水上漲的時候水和魚一起漫進來，趕在退水之前插上釺子下上網，江水退完了亮子裡就光剩下魚，這種捕魚辦法最省事，可謂低投入高產出。也是5月份，打完鰉魚不久，江水還冰涼呢，張霖去擋亮子。擋亮子也是個苦差事，不是苦在插釺子上，是苦在扎猛子上。下水之前，先點好兩堆火，然後脫得光光的，用酒搓身子，全身上下搓一遍，搓得血液奔湧，全身發熱，趁著熱呼勁一個猛子扎下去，江水一下子就涼透了心，趕緊把釺子一個一個插上，趕緊划水上岸，上了岸趕緊烤火，這時手腳凍得都不大好使喚了。烤了前胸烤後背，一定要烤透了，把涼氣全都烤出來，要不然就落下病。這個時候蚊子也糊上來了，叮著咬，一邊烤火一邊打蚊子，劈哩叭啦地打。張霖說，擋亮子那活一般人幹不了，今天想起來還覺得透心發涼。

退了水再去，兩個連在一塊的水泡子，有200多平方米，一米多深的水裡黑壓壓撲棱棱的全是魚，密密麻麻地一條擠著一條！光大鯉魚就收了4000多條，最大的47斤，還有鯽瓜子呢，鯰魚呢，鰲花呢，鯿花呢，懷頭呢，最大的一條懷頭有400多斤，從它肚子裡掏出12條鯉魚來，那鯉魚都有一尺多長！那一次打了6噸魚，一萬二千斤！

在大興安嶺打山火

大興安嶺年年都要著幾場山火，大興安嶺的人年年都要撲幾次山火。山火多發在秋末或是初春，那時，樹葉落了，樹枝枯了，柔嫩的枝條失去了水分，咔巴一下就能折斷，有個火苗子就能點燃。起火的原因，一是人為，最常見的是做飯或吸菸不慎起火；二是火車跑動中，車輪與鋼軌摩擦生發的火星引燃路旁的野草；三是雷電所致，大興安嶺是有名的雷電區，雷電擊傷擊斃人畜的事件哪年都得有幾起。有一次，一

幫青年人在山間作業，忽然大雨突至，青年人擠進一頂帳篷避雨，最後鑽進帳篷的人就站在門口。「喀嚓」一聲巨雷，站在門口的小伙子只覺得左腿一陣麻木就失去了知覺，原來閃電擊中他的臀部，穿過左腿入地，結果一條左腿廢掉了。

年年起火，年年打火，大興安嶺有個常年設置的重要機構——護林防火指揮部。指揮部有密布的網絡，有通訊聯絡設備，有豐富的打火經驗。一旦火起，監測點立即用報話機報告火情，大隊人馬即刻浩浩蕩蕩出動，動輒就是上千人。有時能坐一段火車或是汽車，但絕大部分要靠兩條腿走路，原因很簡單：林子裡沒有路，更跑不了車。直昇飛機也盤旋而起，監視火情，投運物資，那陣勢十分宏偉壯觀，真正是一場人民戰爭。由於組織工作做得好，又有豐富的經驗，所以在打火中雖然免不了有零星傷亡，但大的事故很少發生。

在深山老林中打火，比在荒草甸子上打火要苦得多。常義在大興安嶺待了二年多，打過三次火，其中最苦的一次，是 1970 年 4 月末那場火。那天晚上九點多鐘，小伙子們幹了一天活，洗了臉洗了腳躺下要睡了，突然接到打火的通知，各單位的基幹民兵立即緊急集合（打火多是以基幹民兵組織為單位），站好隊，簡單說了一下情況，每人發了一個工具袋，裡面有鋸子、斧頭、水壺、壓縮餅乾。鋸子斧頭是打防火道用的，水壺餅乾是給養。一千多人的大軍出發了。先坐了三個小時火車，到了大楊樹，下了車就步行進山，順著公路，一氣走了七八十里地，到了一個叫「一里」的地方，那裡有個打火物資供應站，有個倉庫，庫房裡常年儲備著各種打火用的物品，有工具，也有乾糧，乾糧是大餅、饅頭，都乾巴巴的，不知道放了多少日子。打火大軍在那裡進行休整，正兒八經地吃了一頓飯，吃的是玉米麵粥、乾饅頭和鹹菜，吃得那個香。在整整一個星期裡，那是吃得最好的一頓飯。

吃完飯，就進林子了。在大山裡打火與荒原上打火有一個很大的不

同，就是不知道火在哪裡，常義他們看不到火，也看不到煙，只有滿眼的森林和大山，嚮導手裡拿著報話機，按報話機裡的指示了解著大火的位置和火勢的走向。走著走著，就看到了著火的痕跡：立著的樹是黑的，躺著的樹也是黑的，地上蓋著一層草木灰，空氣中飄散著一股焦糊氣味。大隊人馬就跟著嚮導，懵懵懂懂地踩著草木灰往前走，去追蹤大火，尋找大火。走哇走哇，不停地走，走了整整兩個白天，又走了整整兩個黑夜，再走整整一個白天，接著又是一個黑夜，一千多人的隊伍在樹林裡走了整整三天三夜，不讓休息，不能睡覺，常義睏呀，睏得睜不開眼睛，邁不穩步子，誰不睏呀，20歲上下，正是能吃能睡的年齡，晝夜兼程行軍，人睏馬乏，可是誰也不敢停下來，在這深山老林裡掉了隊可是最危險的事情。領導也怕有人掉隊，前面傳來命令：每個人抓緊前邊人的背包帶，走著走著就睡著了。腳底下有石頭，有朽木，有塔頭墩子，還有沼澤，沼澤裡的水，有的地方齊膝，有的地方沒腰，一腳踩空掉下去，褲子就全濕透了。大興安嶺緯度高，地勢也高，雖然是四月底了，還都穿著棉褲，溼透了的棉褲穿在腿上是啥滋味？冰涼，死沉。一千多人長長的隊伍，就這麼跌跌撞撞，磕磕絆絆，迷迷糊糊地往前走，誰也不知道什麼時候才是頭，什麼地方才是頭。有發牢騷的，有氣得罵娘的，但是沒有停下來不走的。三天三夜過後，常義他們這一千多人終於趕到了火頭的前邊。這時一個命令從前頭傳過來：原地休息待命！就盼著這句話呢，盼了三天三夜了，小伙子們，壯漢子們，把工具包往地上一扔，把大皮襖往草地上一鋪，倒頭就睡，倒頭就著。

　　這羊皮襖可真是個好東西，知青到了大興安嶺，發的頭一件東西就是大羊皮襖，每人一件，都是光板皮子，沒有襯裡也沒有罩面，衝裡的一面是一寸多長的羊毛，光板衝外，日子一久，光板就黑了，髒了，也沒人刷沒人洗，反正圖的是個暖和。別瞧樣子不好看，卻是離不了身的東西，一年裡除了最熱的幾個月，從秋到春都離不了身，打火隊員有一

條紀律：什麼時候也不能扔了羊皮襖！

剛睡了不到兩個鐘頭，前邊有人高喊：火來了！火來了！快起來！趕緊起來！不起來就燒死了！正睡得香呢，誰願意動彈？誰也不願意起來。有人迷迷糊糊地說：燒吧，燒死也不起來！翻了個身接著睡。民兵連長排長都急了：非把他們都踢起來不可，使勁踢！人都起來了，都懶洋洋的，動作慢慢騰騰。每人拿出斧子，砍了一根大樺樹枝子，把上頭的小枝杈都打掉。這根樺樹枝就是打火的工具，每人拿在手裡，瞪著眼睛，盯著前方的山。

當時的地理形勢是：兩山之間有一塊地勢低窪的草地，草地上打了防火帶。常義他們在這邊的山上，火將要從對面山上過來，等大火燒到了防火帶，就全體出動把火打滅。常義心裡好緊張，他不知道這場火究竟有多猛，有多大，會不會燒死人，能不能打得滅。他心裡正在嘀咕，忽然看到對面山上出現了一股煙，在陽光的照耀下，那煙不是烏黑的，而是淡藍的，在樹林上方輕輕地抖動，飄盪，忽忽悠悠地衝著他們這邊飄蕩過來，看不出兇狠歹毒之心，卻似有輕盈美麗之態。常義被它迷住了：難道這就是那場可怕的大火嗎？正在這時，風向陡地一變，北風變成了東風，飄悠而來的火猛地掉轉了方向，扭過頭向西飛馳而去，速度極快，就是最快的駿馬也追不上它，倏忽之間，林子刷地變成一片黑色，真是閃電一般。常義看傻了，驚呆了！

打火指揮氣得一跺腳：「又沒等上，再追！」這一追，又是整整兩天。

水壺裡的水早喝光了，遇到小河或是小溪，就再灌上一壺，遇不上就只能喝草甸子馬蹄坑裡的水，水裡有許多紅色線狀蟲子，據說那是孑孓，蚊子的幼蟲，也顧不上是什麼了，拿茶缸舀一缸子，用手絹兒一蓋，咕嘟一大口喝下去，再嚼一口壓縮餅乾。

有一天，整整走了一天見不到水，不少人水壺早就空了，只能忍

著，常義省著喝，水壺裡還剩一點兒，走在他後邊的小王，渴得實在受不了，晃了晃常義背著的水壺，感覺到水的晃動。他知道水的珍貴，他也知道連自己都捨不得喝的水輕易不會讓給別人喝，他小心翼翼地試探著問常義：我渴得不行，讓我喝口水行嗎？常義轉過身，挺豪爽地把水壺遞給他：喝吧！小王喝了一口又遲疑著說：再喝一口行嗎？喝吧！還是豪爽的回答。這珍貴的兩口水，讓小王感動，讓小王難忘。事過半年之後，小王還跟常義念叨起這件事：常義呀，你那兩口水救了我了，你這人太好了，我沒想到你還能讓我喝第二口！

出來日子多了，帶的餅乾也吃完了，有一天，斷糧了，沒吃的了，偏偏又趕上「五一」節，指揮部決定空投食品。飛機來了，一麻袋一麻袋地向下投麵包、豬頭肉。青年人看到袋子投下來，都一窩蜂地跑過去搶，有人都一天沒吃東西了。豬頭肉的袋子重，一著地叭地就摔裂了，豬頭肉有油，沾上了草木灰怎麼擦也擦不乾淨。四五天沒聞過肉香了，沾了草木灰也要吃。麵包就豬頭肉，吃完了，哪個人的嘴巴子都是一片黑。

白天太陽一出來，熱得恨不能光膀子，皮襖根本穿不住，晚上山風一吹，穿上皮襖還冷得發抖。「五一」那天晚上，找了一片草地宿營，可是誰也睡不著，不是不睏，而是太冷，大伙就點起一堆一堆的篝火，腳衝著篝火躺一圈兒，怕跑了火，還得有人輪流值班看著火。常義守在火堆旁，頭頂上是漆黑的夜空，四周圍是黑黝黝的森林，草地上一堆堆篝火那麼明亮耀眼，除了燃燒的樹枝劈劈叭叭，什麼聲響都沒有。山林裡的風，到了晚上就小了，弱了，它們跑了一天也累了，也要歇會兒了。常義頭一次看到這麼奇異好看的景象，也感受到一種神秘的氣氛，那種景象那種感覺，以後他再也不曾經歷過。

到了第五天晚上，他們終於追上了那場該死的大火。那是在一個山凹裡，山凹裡是一片草地，還有塔頭墩、沼澤，沼澤裡的水有沒腰深。

火是隨著風走的，白天風大，火就飛快地跑，夜間風息了，火就悄悄地待在山凹裡養精蓄銳。指揮部趕緊抓住這個時機，調兵遣將，把一千多人馬分佈在周圍的山上，將火團團圍住。部署妥當，發出號令，各路大軍就從四面八方向中間打火。滿山都聽得到口號聲：「下定決心，不怕犧牲，排除萬難，去爭取勝利！」「共產黨員跟我上！」「共青團員跟我上！」他們掄起樺樹枝條，狠命地撲打。受了五天的苦和累，根子全在這場火上呢！憋了五天的一肚子氣，全發洩在這場火上了！人多氣盛，包圍圈一點點地縮小，火勢一點點地減弱，黎明時分，這場燃燒了一個星期的大火終於被撲滅了。

高興勁自然是沒得說，任務完成了，苦日子熬到了頭，明朝就可以打道回府，班師回朝。山林裡的火打滅了，心裡的火苗子竄起來了，大家議論起幾天能趕到家，回去之後怎麼洗，怎麼吃，怎麼睡，睡他個三天三夜，吃他個盤空碗光。山林裡幾天來頭一次聽到了笑聲，笑聲此起彼伏，可是沒多久，這笑聲就變成了「唉喲」。剛才打火出了一身汗，貼身的衣服全濕透了，在黎明前的黑暗中讓山風一吹，來了個透心涼，涼得牙齒打顫，幾個人抱成一堆還是沒用，只盼著趕快天明，出了太陽把衣服曬乾就好了。

哪成想這一天就沒見太陽。太陽沒出來雨卻下起來了，開始是小雨，慢慢成了大雨，雨點越下越大越下越急，青年人一個個只能用羊皮襖蒙著腦袋在樹根底下蹲著。吃也沒的吃了，睡又沒法子睡，又冷又餓又睏。想趕緊往回走，但是指揮部不同意，說怕有未熄的餘火，人走之後死灰復燃，打火成果前功盡棄。指揮部為了安定軍心，每人發了一個大餅，那餅邦邦硬，不知道究竟放了多少日子了，不要說嚼不動，啃都啃不動，至多能在上面啃出一個淺淺的牙印來，這餅怎麼吃呀？沒法吃！有幾個人不聽命令，硬是走了，結果後來受了處分。絕大部分知青真是服從指揮，就在雨中一直待了 6 個小時，一直待到中午 12 點，指

揮部說雨已經下了 6 個小時了，估計餘火全部澆滅了，好了，完成任務了，可以往回走了。雨還在下，皮襖棉褲浸透了水，增加了十幾斤分量，本來就餓得沒力氣，這下更邁不開步了。常義今天憶起當年的情景時說，那時候也真有毅力，硬是咬著牙、頂著雨走了 90 里山路，夜裡 10 點走到了「一里」。到了「一里」，雨也停了。

「一里」有儲備倉庫，倉庫裡有饅頭，第二天早晨太陽出來了，開始分饅頭，饅頭乾得都裂了，有白麵的，也有黑麵的，分到黑麵饅頭的不樂意，非要吃白麵的，就動手去搶，結果打起來。實際上，並不是非要吃那白麵饅頭，而是心裡窩著火，憋著氣，要找個出氣的地方，找個碴把它發洩出來。大鋸片子都掄上去了，把腦袋都砍傷了。

他們回到加格達奇的時候，樣子狼狽極了，大皮襖上全都是泥，棉褲上也全都是泥，臉是黑的，手是黑的，腳是黑的，整個一群黑鬼。從車站到宿舍，一路上都有人圍著看，跟看怪物似的。今天幾號呀？4 號？噢！算了算，整整出去一個星期，一個星期像一場夢。

回到單位，第一件事是吃飯。人人都跟餓鬼似的，狼吞虎嚥了一頓。第二件事是燒熱水洗澡。常義脫光了衣服一看，自己把自己嚇了一跳：除了大腿根往上、腰往下這一段，其餘地方全跟魚鱗一樣，一圈一圈一塊一塊全是黑的，成了「魚精」了！洗了一遍又一遍，一盆一盆端出去的全都是黑水，有人把棉褲也洗了，一盆一盆的全是泥湯。

那種罪，真不是人遭的！

沒有一點修飾，沒有絲毫遮掩，中國農村荒涼、貧窮、艱苦、險惡的一面，徹底無遺地展現在青年人的面前，一點兒詩情畫意也沒有，一點兒浪漫情調也沒有，這場景就像一根殘酷的木棒，一棒子就把姑娘和小伙子們打蒙了。這生命中難以承受之重，像一陣狂風一陣暴雨，把許多人心裡邊熱情的火一下子就撲滅了。上海作家趙麗宏經常想起 20 多

年前在一座海島上插隊時的情景和心情：「那時，總是一個人站在堤岸上看日落，看太陽輝煌而黯淡，最後被海水吞沒，於是夜幕迅即降臨，黑暗不動聲色地籠罩一切⋯⋯當時的感覺，自己彷彿是海邊一棵無依無靠的蘆葦，是寒夜中一隻流離失所的孤雁，孤獨，惆悵，根本看不見何處是光明的前途。」他用文學的語言和修辭的手法，概括了廣大知青剛剛面對荒野時的真實心境。

第四章　求學之夢

大學之門砰然關閉

1966 年 5 月，濃濃的春意溢滿了北京城。樹上的葉子完全綠了，淺淡的綠變為深重的綠，疏朗的綠變為濃密的綠，綠蔭遮擋住強烈的陽光，老人和孩子們在綠蔭中下棋品茶聊天嬉戲。天氣太熱了，熱得人心煩意亂食慾不佳。夏天快步地逼近了，升學考試也快步地逼近了。

26 中位於北京崇文區，它的前身是有名的匯文中學，老牌子的重點校，但初三和高三的同學心裡依然惴惴不安，因為這畢竟是一生中的一個「坎兒」，決定前途的重要時刻。

就在大考臨近的日子裡，就在這個天氣燥熱的五月，中央戲劇學院兩位老師走進了 26 中。他們是來招生的，文藝學院需要有文藝特長的學生，文藝院校的招生總是提前進行。他們提出要求，學校按照他們的要求推薦學生，被推薦的學生一個一個來了，談話，提問，朗讀課文，做幾個簡單的形體動作。兩個老師不動聲色，用鷹一樣尖利的眼睛辨別著，挑選著，他們的視點漸漸集中在一個學生身上。這個學生的確與眾不同：當過學生會主席，組織過學校的文藝匯演，自己也登過台亮過相，他的學習成績出眾，文科理科都相當不

錯，尤其文章寫得好，獲得過全市少年兒童徵文大賽一等獎，連續幾年他都是學校優良獎章的獲得者。

這個學生的名字叫蕭復興。

但是蕭復興壓根兒沒有想過去讀戲劇學院，他心中的目標是北京大學，像他這樣名牌中學裡的尖子學生，完全具備向全國文科最高學府衝刺的實力。戲劇學院，就是演戲唄，這跟他的想法他的目標他的追求差得太遠了。

可是戲劇學院的老師就是相中了他，就是看好了他，就是不肯放過他。他們幾次找他談心做工作，他們告訴他，戲劇學院培養的並非全都是演員，從今年開始他們就要培養一批既有表演能力又有寫作能力，能編能導又能演的新型學生，而蕭復興正是這種新型學生的苗子。兩位老師情意真誠，話語懇切，還領他去戲劇學院參觀。蕭復興是個很重情義的人，他被他們感動了，打動了。他參加了中央戲劇學院的招生考試，順利地通過了初試，又順利通過了複試。就這樣，在全國高考開始之前，在那個燥熱的五月裡，蕭復興的前途就被決定了。他不再感覺到天氣的燥熱，精神上和體力上一下子都放鬆了，他只要安心等待九月一號的開學典禮了。26中是一所男校，小伙子們有的向他祝賀，有的為他惋惜，也有人投過來妒忌的目光。蕭復興在輕鬆欣喜之中又感到若有所失：他失去了有可能念北大的機會。

也是在那個五月裡，上海一所著名女校的尖子學生，升學的前途也被決定了。

小雷不是畢業班學生，她正在讀高二，但是，因為她太出眾了，所以機遇過早地降臨了。數學比賽，她得過第一，作文比賽，她也得過第一。她思想好，是共青團員，她還有一項特長——從13歲起就是一級體操運動員，曾經作為海軍體操代表隊的成員參加過國內的一些比賽。

德、智、體，三者俱優，全面發展。

就在 1966 年的春天，她參加了一次奇怪的考試。考試在校長辦公室裡進行。但校長不在，只有一個陌生的中年人監考。參加考試的人很少，而試題的範圍卻很廣，古今中外，天文地理，什麼都有，大部分都是教科書以外的東西。那監考人只說這是一次摸底考試，別的什麼也沒說，考完了，他把全部試卷裝進一隻信封，當著大家的面用糨糊封好口，就帶走了。小雷一直覺得那監考人很神秘，那次考試很蹊蹺。

到了五月份，學校開始收下一學期的書本費了，班主任老師告訴小雷：你不要交費了，讓你媽媽明天到學校裡來一趟。媽媽來了，媽媽得到一個讓她意想不到喜出望外的消息：小雷考上了留法預科生，下個學期去北京，先補習一年法語，然後出國！這突如其來的喜訊讓小雷幾乎不敢相信，這時她才明白那次考試的目的。

原來，上海市根據國家的計畫安排，要從高二年級同學裡選拔 20 名優秀生出國留學，10 名男生，10 名女生，小雷有幸考取了，憑她的實力考取了。

閩西南是一片山地，屬於武夷山脈的南段，永定縣雖然不像長汀、龍岩、上杭那樣出名，但在第二次國內革命戰爭時期也是中央革命根據地的一部分，曾經因《世界大串連》那部長篇報告文學而出名的張月生，就是永定一中的學生。

張月生是縣裡出了名的學生，考高中的時候，他的成績是全縣第一，愛惜人才的校長一下子就看好了他，給他訂下的奮鬥目標是清華。

校長不僅有目標，而且有措施，他給張月生做出規定：只准讀數理化方面的書，不准涉獵文藝類圖書，不准看小說看文學作品，不論外國的中國的古典的當代的一律不准看。圖書館接到了這個通知，圖書館嚴格執行這個通知。為了實現那個艱巨的目標，張月生必須做出犧牲。

他是山村裡長大的人，山村裡的孩子都能吃苦，他立下志願發憤苦讀，果然出類拔萃，如鶴立雞群。1965 年全國落實毛主席關於教育改革的指示，永定一中規定，教師有權推薦尖子學生免考，結果張月生的數學物理化學語文外語政治，所有的科目全部免考。期末複習是學生們最緊張的時候，張月生反而是最輕鬆悠閒的時候，他真想找幾本小說來讀，可是誰也不借給他，無奈，只好解題、讀外語。1966 年 5 月，學校提出來，讓高中二年級的張月生提前參加高考，他聽到這個消息很高興，躊躇滿志充滿自信，投入了高考前的總複習。

全國一片讀書聲，這一片讀書聲在 1966 年的 6 月戛然而止。

1966 年 6 月 6 日，在中央人民廣播電台廣播了「全國第一張馬列主義的大字報」五天之後，北京女一中的高中畢業生給毛主席寫信，表達了「徹底砸爛一切舊教育制度的決心」。接著，北京男四中的畢業生也貼出倡議，提出今後的大學應該「大量從工農兵中吸取在階級鬥爭中經過考驗的革命者入學」。對於那些滿懷信心就要跨入大學校門的優等生，這是兩個可怕的消息，優等生們一邊溫書，一邊忐忑不安地注視著時局，再緊再忙，每天早晨 6 點 30 分他們也要準時收聽中央人民廣播電台的廣播。噩耗終於降臨，6 月 13 日，中共中央和國務院發出通知，決定徹底改革高考制度，「1966 年高等學校招收新生的工作推遲半年進行」。很快人們就明白，推遲的絕不僅僅是半年，大學招生遙遙無期。

蕭復興、小雷和張月生們，在「熱烈擁護黨中央英明決定」的同時，內心裡也感到了一種失落，一種悲哀，甚至是一種破滅。輝煌的、厚重的、誘人的大學之門在他們面前緩緩關上，緊緊關死，不留一條縫隙，只有「砰」的一聲沉重巨響，他們美好的幻想就在這「砰」的一聲中破滅了，已經展現在他們面前的那條灑滿陽光盛開鮮花之路被這扇大門堵死了。「文化大革命」改變了「老三屆」的前途，越是出色越是優

秀的學生，對這一點的感受就越是明顯。他們沒有其他路選擇，他們只有一條路可走：上山下鄉。

大學之門悄然打開

誰也沒有想到大學還能恢復招生，大學恢復招生是在四年以後。

1970 年 6 月 27 日，中共中央批准了全國兩所最著名大學的一個報告：〈北京大學、清華大學關於招生（試點）的請示報告〉。大學部分恢復招生，這在極「左」思潮猖獗的當時，不啻是一件事關路線的大事，如果沒有上層決策人物的首肯，兩所大學不可能敢於觸及這樣一個敏感問題，在那個風雲變換的年代，它很可能會招來禍害。最大的可能性是，中央的考慮和決策，借助於兩校之口來提出。「大學還是要辦的」，這實在是國家的需要，「支援世界革命」的需要，「自立於世界民族之林」的需要。

「社會主義的新型大學」肯定要明顯區別於「資產階級知識份子統治下的舊大學」，這首先表現在招生對象、招生辦法上。

什麼樣的人可以上大學？《報告》所附的《報告（試點）具體意見》規定，招生條件是「政治思想好，具有三年以上實踐經驗，年齡在 20 歲左右，有相當於初中以上文化程度的工人、貧下中農、解放軍戰士和青年幹部」，此外「還要招收一些有豐富實踐經驗的工人、貧下中農，他們不受年齡和文化程度的限制」。招生辦法，則是廢除考試制度，「實行群眾推薦、領導批准和學校複審相結合的辦法」。

10 月 15 日，國務院正式通知各地，招生試點開始進行。這一年，全國高等學校一共招收了工農兵學員 41870 人。1971 年，繼續實行試點招生辦法，招收了工農兵學員 42420 人。兩年加起來，不過八萬四五千人。這兩年的招生由於是試點性質，只在小範圍內悄悄地進行，既未大面積地展開，也未大加渲染地聲張，更不為廣大知識青年所熟知。在兵

團，在農場，在一些生產隊，零零星星地有人走了，知青們用羨慕的眼光目送他們，用羨慕的語氣談論他們。留下的人，誰都盼望自己能有這樣的機遇，誰也不敢奢望這幸運的機會有朝一日可能降臨到自己的頭上，因為那名額實在是太少太少了，幾乎是百裡挑一呀！

大面積大規模的招生，從 1972 年開始，那一年全國招收了 133553 名工農兵大學生，大大超過了前兩年的總和。那一年大學招生工作從「試點」轉為「鋪開」，那時知識青年終於意識到「上大學」並非遠不可及高不可攀，自己也有可能成為「幸運的一員」。

八仙過海

上學的心願是相同的，但不同的人懷有不同的目的。

對於一部份在校期間就好學上進成績優異的知青來說，大學重新招生的消息重新燃起了他們心中的理想之火，重新給他們提供了求學深造的可能性，儘管這種可能性依然遙遠而渺茫。每天簡單繁重的勞動，周圍純樸厚道的農民，無法滿足他們強烈的求知欲望，無法進行一種深層次的精神交流。他們想充實頭腦卻苦於無書可讀，他們渴望提高自身卻找不到博學的師長，精神的發展受到了物質的限制，於是他們有了一種窒悶感，於是他們渴望改變生活環境與生存狀態，上大學正是解決這一矛盾的最好出路最佳選擇。

對於大多數知青而言，上大學除了是一個學習的機會，它更是一條冠冕堂皇的返城途徑。不用煞費苦心地編出各種自欺欺人的理由，也不用顧慮別人指責自己不安心不扎根，就可以名正言順地、光明正大地、光榮體面地回城去。

但是上大學也決不是一件容易的事情，因為畢竟想上的人多，錄取的人少，所以儘管人人想上，但也都在心裡邊掂量著自己的實力、自己的把握。

　　在農村，真正有希望的是兩種人，一種是勞動表現好、群眾威信高的，他們可以通過正路被推薦選拔上大學，農民衡量人的標準是肯吃苦能幹活，老實巴交，這樣的知青一般都能比較早地獲得上學機會；還有一種是有關係有熟人有權勢的，他們可以通過歪路走後門上大學。走後門也有兩種走法，一種是從城裡走起，大學招生單位帶著名單下來，與知青所在地的領導交涉或是交易，把人帶回去；另一種是從農村走起，把具有決定權的人買通，一路綠燈推薦上去，這後一種在農村插隊青年中尤為明顯。有時在一些社隊，生殺大權就掌握於一人之手，「我說是誰就是誰」，用不著群眾推薦、民主選送，甚至連那個形式也不走。在那些地方，「後門」比正門靈驗，「會來事兒的」比「能幹活兒」的靈驗，所以，每當一有招生的消息傳來，下鄉知青們就像聽到了運動場上的發令槍一樣，立即各懷著心腹事分頭行動忙碌起來，各有各的「目標」，各有各的門路，各有各的高招。

　　「插隊知青上大學，全憑隊長一句話」，這是一些地方的流行說法，也是一些插隊知青的切身體會。隊長的擇生標準，常常取決於個人的好惡，而不同的隊長又有著不同的好惡。公正清廉的隊長，會挑選那些真正出色的知青；圖謀私利的隊長，會藉此機會謀求物質上甚至是肉體感官上的享受。但一般說來不論前者還是後者，都不會死死留住那些知青中的優秀份子，這是插隊青年與兵團青年在上學問題上的不同之處。這是因為，第一，插隊知青擔任農村社隊幹部的本來就寥寥無幾；第二，農民們壓根兒就不相信插隊知青真的能夠扎根久留，也不願意這些人扎下根來跟他們爭工分搶口糧吃。農民知道，這些城裡學生早晚得走，只不過是什麼時候走，以什麼形式走的問題。

　　劉敏回憶說那是她生平第一次去送禮，去為了實現一個個人的願望，一個完全公正合理的願望而向當權者獻媚、乞求。

　　她是在天黑以後走進大隊長家的，她特意選了這麼個時候，因為她

不願意被人看見，她覺得這是件丟人的事情。要不是看見村裡的插隊青年一個個都快走光了，要不是她住的那間土房裡只剩她一個，晚上睡覺直害怕，要不是同伴們一再地慫掇她開導她，她怎麼也不會幹這種事。她走進大隊長家的時候，一家人正坐在炕上吃晚飯，除了大隊長抬了一下眼皮，從塞滿食物的嘴裡擠出「來了」兩個字以外，其他的人看都沒看她一眼，彷彿進來的不是一個人，而是他們家裡的一條狗或一隻貓。劉敏感到一種卑微和屈辱，她更加膽怯，囁嚅著說完了那句她默念了一路的話，把家裡寄來的那包沉甸甸的東西往炕頭一放，就逃跑似地退出來了，她依稀聽到大隊長的嘴裡又咕噥出幾個字：「我知道了。」他知道嗎，那包東西花去劉敏父親一個半月的工資！他知道嗎，劉敏的母親此時正病在床上，她是個家庭婦女，不享受公費醫療。

幾乎在每一個有插隊知青的農村，幾乎每到招生招工的名額一下來，就成了隊長書記們家裡的喜日子。但並非花了錢送了禮的就一定能有效果，這種時候，就要看禮物的厚薄、隊長的好惡、本人的表現等等因素了。

那一年，劉敏被推薦上了地區師範學校。

珍珍如今在中國科學院的一個直屬研究所裡工作，她是所裡的業務尖子，她的職稱是研究員，相當於教授。

珍珍至今感謝母親當年到處找人走後門，使她能在 1972 年就上了大學，而且是北京大學物理系。她說，那是我一生中的一個轉折，它給我提供了一個機會，創造了一個條件，使我能在一個適合我發展的環境裡充分施展我自己，充分顯示我自己，我充分地利用了這個機會和這個機會給我提供的環境，我對當時學校裡搞的各種運動不感興趣，拼命地吮吸，就像一塊乾透了的海綿，一塊乾得裂了縫的土地，說實在的，當時真是快乾透了，在黃河邊上的鹽鹼地裡幹了三年活，幾乎什麼都忘

了。我到處借書，常常去找老師問問題。開始我是班裡的黨小組長，後來黨員都對我有看法，說我「白專」，有忽視政治的傾向，改選選掉了我的黨小組長職務。我倒更高興，無官一身輕，可以多看書，反正我是黨員，政治上有了保護傘。當然，工農兵學員學的那點東西是遠不夠用的。粉碎「四人幫」之後，第一年招考研究生我就去考了，我就考上了。研究生畢業後我又出國進修了兩年。應該說，我的運氣是不錯的，跟我的同齡人相比，特別是跟我最要好的朋友秀芹相比，我是幸運的。我常常想起秀芹，上中學的時候，她各方面都比我強，在學習方面比我強得多。如果她也有個「後門」，如果她也有我這樣好的機遇，她今天肯定要比我強。

秀芹家裡六個孩子，她是老大，母親又沒有工作，八口人全靠父親的六十幾塊錢過日子。但說來也怪，那麼重的家庭負擔，那麼差的家庭環境，她卻有極好的悟性，理解能力極強，她又具有她那種家庭孩子的一個共同優點：用功。所以她的學習成績不光在班裡總是穩居榜首，在學年裡也是出類拔萃的。她參加過市裡的數學比賽，得了二等獎，她還是市級的三好學生。

她跟珍珍是同一批下鄉的，她能吃苦，懂得關心人，常常幫助照顧在優越的環境中長大的珍珍。鋤地割麥子，她的壟老是挨著珍珍的壟，割一段就回過頭來接珍珍一段。珍珍把它當成最可親的人，最可信賴的大姐姐。珍珍上學之後，一再寫信催促秀芹想辦法上大學，也幫她想了一些辦法，可是秀芹家裡一點勁都使不上，普普通通的工人，老實巴交的工人，拮据的經濟條件，連過日子都緊緊巴巴，只能靠秀芹自己去努力。按表現，她絕對可以上大學，絕對有被推薦的資格，即使只有一個推薦名額也應該是她的，可是想上學的人太多了，不光知青想走，隊幹部公社幹部縣裡幹部也想把他們的孩子送走。縣裡一個勞動科長的女兒，在村裡一共待了不到一個月，也占了村裡的名額上大學走了。這種

本事這種能力秀芹怎麼會有呢。她只能「認命」，只能像一根浮在水面上的小草葉，任憑生活的河流沖著她走，沖到哪裡就是哪裡了。1975年她得了肝炎，從此徹底失去了進大學讀書的機會。

珍珍和秀芹，兩個要好的姑娘，兩個優秀的姑娘，兩個命運迥異的姑娘，因為她們出生在不同的家庭裡，珍珍通過「後門」得到了她本該得到的東西，而秀芹卻永遠無法得到本該屬於她的東西，她的道路在冷冰冰的「後門」面前戛然停止。

另一個在內蒙古生產建設兵團下鄉，後來通過「後門」上了大學的姑娘這樣說：「走後門當然不對，我也不願意走後門，這也是被逼出來的。我從小學習就好，如果沒有文化大革命，肯定順理成章的上大學。我在兵團四年，不能說表現不好。可按當時的標準，我的表現不能算最突出，又不如某些人會和領導搞關係，更沒有往領導家裡送過禮。取消了文化考試，全憑推薦，我不去爭，也決輪不上真正埋頭苦幹的人。上學以後，班裡一些同學由衷地說：『沒有無產階級文化大革命，就沒有我上大學的今天。』我可從來不說這種話，沒有文化大革命，我上大學也不用走後門。可是話又說回來，比我有才幹，應該上大學的人，多著呢，他們沒有上，我卻上了，當然是沾了權力的光，確實不公平。臨走時，好友們給我送行，說了許多勉勵的話，我卻灰溜溜的，心裡總是懷著幾分歉疚。」

強者落馬

就上大學的機會而言，插隊知青要比兵團和農場知青多一些，因為兵團和國營農場知識青年集中，數量多，一個有幾千名乃至上萬名知青的團（場），一年也就是有幾十人百多人的指標，比例在幾十分之一；而農村插隊知青，點多面廣佈局分散，一個公社幾十個人，一年也能分到幾個十幾個名額，比例就高達十分之一甚至幾分之一了。

　　半夜，電話鈴聲把石鐵林吵醒了。他睡在連部裡，值班、看電話，因為四個連職幹部裡只有他一個是單身漢。電話是他在師部機關裡當幹事的一個「哥兒們」打來的，告訴他一個秘密消息：上海招生的人已經來了，師部已經把招生名額分配到各團了。朋友叮囑他：機會難得，莫錯過，要及早下手！這個電話鬧騰得石鐵林既興奮又緊張，一夜沒睡著。

　　第二天早晨，他帶領全連出完了操，就去找指導員，指導員一手拿著扁擔一手拎著鐵桶，正要去挑水，石鐵林把一副鐵桶接了過來，兩人邊走邊說。指導員是1958年來農場的老轉業兵，石鐵林跟他關係很好，所以毫不隱瞞地把這件事和盤托出，末了他十分誠懇地說：我這輩子最大的願望是上大學，最大的遺憾是上不了大學，指導員你要是真心對我好，就成全我這一回。指導員的話講得也很真誠：「你小子是幹大事情的人，真把你窩在這裡，也實在是委屈了你，要為你想吧，該讓你走，可是要為連隊工作想，為長遠建設想吧，又不能讓你走，唉，我這心裡頭也是矛盾哪，不光連裡的工作離不了你，我這心裡頭也離不了你呀！」

　　幾天之後連裡開了個領導班子會，研究推薦上大學的人選，幾個連幹部雖然都不願意讓石鐵林走，但最終還是一致同意推薦石鐵林。名單報到了團裡，石鐵林的工作重心也跟著名單轉到團裡，他請了一天假，上團部去了。

　　石鐵林在知青幹部中間也是個知名人物，所以跟團機關的人很熟，組織股、幹部股、軍務股、參謀長、主任，他挨著個地轉開了。有人跟他打哈哈，有人勸他留下來，有人熱心地幫他出主意。參謀長漲紅著臉，聲色俱厲地批評了他：「麥播這麼緊張，你不堅守在崗位上，為了個人的事情跑到團裡來，還好意思找首長，你這是失職！上大學，那是組織上考慮的事情，組織上讓你去，你就高高興興地走，組織上讓你留

下，你就高高興興地留在團裡，這才是共產黨員的態度！」石鐵林從沒見他發過這麼大的火。後來在全團春播總結大會上，團長還不指名地批評了「有一個連隊的青年幹部，在生產大忙的時候，跑到團裡來找首長，鬧著要上大學。這種做法，說明他根本不夠一個上大學的標準，政治思想這一條他就不夠！」

石鐵林的努力不能說沒有成果，一個星期之後，團部通知他到衛生隊參加身體檢查，這時麻煩出現了。一位很年輕的大夫在他的心臟部位聽了好一會兒，皺著眉頭說：「你的心臟有點毛病，二級雜音。」「不會的，我身體好得很，從來沒有得過病。」不管身體強壯的石鐵林怎樣解釋，甚至近乎哀求，他還是莫名其妙地被淘汰出局。參加體檢的四個連職幹部裡面，走了兩個女生，一個上了華東師大，一個去了外語學院。石鐵林恨透了那個體檢大夫，但他也不能不替自己的心臟擔心。一個月後他再次來到衛生隊檢查心臟，他特意找了一位副隊長、「文革」前哈醫大的畢業生，副對長反覆聽了好一會兒，結論是「心臟完全正常」。石鐵林疑惑不解地提出了上次體檢時的結論，副隊長笑而不答。石鐵林此時終於心領神會：責任原來不在那位大夫，他只是奉命行事而已。「想讓你走你就走得了，不想讓你走你休想走得成。」石鐵林上大學的機會就這樣名正言順地被剝奪了。

這種情況在生產建設兵團絕非僅有，有人稱之為「卡兩頭，放中間」，最差的走不了，最好的也走不了，放行的是那些中等偏上的知青。

為什麼最優秀的走不了？因為領導要留住骨幹，為兵團的長遠建設考慮。

同是知青幹部，為什麼又有人能走得了？有這樣一些知青幹部，他們思想意識不錯，幹活肯吃苦出力，能以身作則，能團結同志，但思想水平和工作能力偏弱，擔當連級幹部實在有些勉為其難，幹得很吃力。

團領導也覺為難：撤換吧，他們沒有明顯的錯誤；留任吧，他們缺少應有的能力。把他們送去上大學，就成了一個兩全其美、皆大歡喜的最佳方案。在上大學的知青幹部中間，有一些就是這樣被「選送」走的。

石鐵林後來還是上了大學，那是在粉碎了「四人幫」恢復了高考招生制度之後，他憑自己的實力考入了中國人民大學。時間整整晚了五年半。

周曉紅大膽唱了一聲反調

周曉紅的膽子可真是不小，她幹了一件讓全國都大為吃驚的舉動。她發起召開了一個討論會，討論的題目是：上山下鄉是不是知識青年唯一的革命路？

這還用問嗎？當然是唯一的革命路了。毛主席在 30 年前就明確講過，提出這個問題本身就是要引起認識上的混亂，就是別有用心，一些人憤憤地想。

周曉紅當然懂得這些，她在 1967 年底就來到黑龍江，先於那條著名最高指示發表一年之前，應該說，她在走上山下鄉革命道路方面，認識早行動堅決，對最高指示的理解應該比別人更深一些才是，但恰恰相反，她對這條道路的「唯一性」產生了懷疑，在一片擁護和讚揚聲中大膽唱出了一聲反調。

她之所以敢於懷疑這樣一個重大的命題，是在傳達了林彪叛黨出逃的中央文件之後，她的思想好像一下子放開了，你想啊，連最最忠於毛主席的副統帥都是假的，那什麼不能是假的，什麼不能去懷疑？她下鄉之後經常思考的一個問題就是：難道這些城市裡下來的青年人，就要在這黑土地上勞動一輩子嗎？難道就讓這些接受過中學教育的青年人把頭腦裡的知識一點一點淡忘掉，讓思維一點一點遲鈍萎縮嗎？她對此想不通，她覺得青年人還應該有另外的一條路。

　　就在這時傳來了大學招生的消息。當時她在團報導組，一聽到這件事腦子裡飛快閃過的第一個念頭就是「應該上大學」！她長久思索的那個問題一下子就有了答案：對於上山下鄉知識青年來說，扎根農村是革命道路，上學深造也是革命道路，這兩條路，哪一條都無法替代另外一條，因人而異，殊途同歸。因為，國家不光需要普通勞動者、普通農民，也需要科學家、醫生和各種專業人才。周曉紅把自己的這一想法名之曰「二元論」。她先是在報導組內公開了這一想法，得到了同事們的一致贊同，然後他們以團報導組的名義召開了這個討論會。周曉紅的用意，是要闡述和宣傳自己的「二元論」，尋求更多的理解者與支持者。

　　他們找來開會的，都是有些名氣有點頭腦的知青，大部分是團部的，也有一些來自連隊，通知到的幾乎都來了，會議室裡坐滿了。當主持會議的周曉紅在會上把自己的觀點一亮出，立刻引來一片議論聲：這個想法太大膽了，太突然了，太好了，太離譜了，太妙了，太不像話了，太荒謬了，太可笑了……。就像一顆火星燃著了一鍋油，火苗騰地竄起，辯論頓時展開，各種觀點一下子就亮相了。請來的都是青年人裡頭的精華，都是有頭腦善言詞的，劍拔弩張，各不相讓。「二元論的提法是反馬列主義的，兩條革命道路的提法是反毛澤東思想的！」這是最尖銳的一條反駁意見。

　　有人說，周曉紅，你這是一種背叛行為，背叛了毛主席對咱們的期望，背叛了你自己上山下鄉的初衷。

　　馬上有人站起來反駁：毛主席對我們的期望是什麼？最大的期望是改變農村貧窮落後的面貌，沒有文化，不掌握科學知識，用甚麼去改變面貌？

　　「路線是決定一切的，我們首先要看這個問題究竟符不符合毛主席的革命路線，還是什麼人鼓吹的下鄉鍍金的反動路線！」

　　「毛主席早就說過……」

「但是馬克思早就講過……」

總的說來，支持者少，反對者眾，連最要好的朋友關力都著急地把周曉紅拉到一邊說，你怎麼敢講這些話，你這不是鼓動知青不扎根嗎？那可不是小事，要是有人給你上綱上線，就成了政治問題了，你想過嗎？

「當然想過，可是你想過嗎，本來我們都是名牌中學的學生，應該升入名牌大學的，現在既然大學恢復招生了，我們為什麼不理直氣壯地去爭取，我們有這個權利，也有這個責任，我們應該成為有用的人才，為國家作更多的貢獻，不能再這麼一天天地把青春消磨光了。」

那次引起了爆炸性反響的討論會開過之後，團領導找周曉紅談過一次話，很嚴肅地批評了她。一些本來對她印象很不錯的老同志也說：周曉紅，你有思想有熱情，本來是個很不錯很有發展的青年，但是你幹了一件錯事一件蠢事，你把自己的形象破壞了，你讓我們失望。周曉紅卻不後悔，她始終堅持自己的觀點，始終為自己的目標努力，並且終於如願以償，1973 年她進入上海化工學院學習。但是討論會的陰影還是影響了她的入黨問題，對此周曉紅覺得委屈：我在北大荒實實在在地幹了六年，因為這一件事情就抹煞了我這六年的一貫表現，我認為這是不公平的。

事情的確有些奇怪：工農兵上大學被宣傳為社會主義的新生事物、上層建築領域鬥批改的成果、「文化大革命」的偉大勝利，但在一些地方（主要是一些生產建設兵團和國營農場），上大學卻又被看做不安心農業生產、不扎根農村的表現，被看做一種害怕艱苦想「曲線返城」的錯誤思想傾向。石鐵林那個團的參謀長和團長的觀點帶有普遍性：「上大學，那是組織上考慮的事情，組織上讓你走你就高高興興地走，組織上讓你留下你就高高興興地留下，這才是共產黨員的態度。」「鬧著要上大學，這種作法本身就說明他根本不夠一個上大學的標準，政治思想

這第一條他就不夠！」從這後一句話裡我們聽出一股味道：越是想走就越不讓你走！

一塊石頭傷了一大片人

1972 年 5 月 8 日，國務院科教組轉發了一份〈北京市革命委員會科教組關於高等學校試辦補習班的報告〉。報告中說，北京 11 所高校招收的工農兵學員文化程度參差不齊，初中以上文化程度的只占 20%，初中程度的占 60%，相當小學程度的占 20%。某大學數學系的學生，竟鬧出「1/2+1/2=1/4」的笑話。如果這樣的人也能上大學，那還叫什麼大學？

針對這一問題，國務院科教組〈關於高等學校 1973 年招生工作的意見〉中提出，招生工作要「重視文化考查，了解推薦對象掌握基礎知識的狀況和分析問題解決問題的能力，保證入學學生有相當於初中畢業以上的實際文化程度」。1973 年的招生工作因此增加了一項文化考試的內容。

這件事引起了江青一夥的不滿和抵制。張春橋惡狠狠地攻擊說：文化考查「這樣搞法，把無產階級寄予希望的青年卡在門外，使修正主義有希望，無產階級沒有希望。」毛遠新則幫腔說：「這實在是大有資產階級反攻倒算之嫌」。「四人幫」們在尋找時機，尋找武器，他們終於找到了一塊反擊打人的石頭，這就是遼寧省興城縣白塔公社寒山大隊下鄉青年張鐵生。

6 月底的一天，正是夏鋤大忙的時候，張鐵生扔下鋤桿，急匆匆走進興城縣中學，參加大學招生的統一文化考查。他心裡沒有底。語文考試是一篇作文，題目是〈學習為人民服務的體會〉，他得了 38 分，數學考試他及格了，得 61 分。最後一天考理化，這是他最沒有把握的一

科，儘管是開卷考試，可以翻書翻資料，但他一看試題還是蒙了，勉勉強強只答了三道小題，後來得知僅得了 6 分。

大勢去矣！張鐵生的心涼了。情急之中他想起了準備好的那封信，他把信拿出來，唰唰唰地匆匆謄抄在試卷的背面。

　　尊敬的領導：書面考試就這麼過去了，對此，我有點感受，願意向領導上說一說。本人自 1968 年下鄉以來，始終熱衷於農業生產，全力於自己的本職工作。每天近 18 個小時的繁重勞動和工作，不允許我搞業務複習。我的時間只在 27 號接到通知後，在考試期間忙碌地翻讀了一遍數學教材，對於幾何題和今天此卷上的理化題眼瞪著，真是心有餘而力不足。我不願沒有書本根據地胡答一氣，免得領導判卷費時間。所以自己願意遵守紀律，堅持始終，老老實實地退場。說實話，對於那些多年來不務正業、逍遙浪蕩的書呆子們，我是不服氣的，而有著極大的反感，考試被他們這群大學迷給壟斷了。在這夏鋤生產的當務之急，我不忍心放棄生產而不顧，為著自己鑽到小屋子裡面去，那是過於利己了吧。如果那樣，將受到自己與貧下中農的革命事業心和自我革命的良心的譴責。有一點我可以自我安慰，我沒有為此而耽誤集體的工作，我在隊裡是負全面、完全責任的，喜降春雨，人們實在忙，在這個人與集體利益直接矛盾的情況下，這是一場鬥爭（可以說），我所苦悶的是，幾小時的書面考試，可能將把我的入學資格取消。我也不再談些什麼，總覺得實在有說不出的感覺，我自幼的理想將全然被自己的工作所排斥了，代替了，這是我唯一強調的理由。

　　我是按新的招生制度和條件來參加學習班的。至於我的基礎知識，考場就是我的母校，這裡的老師們會知道的，記得還總算可以。今天的物理化學考題，雖然很淺，但我印象也很淺，有兩天的複習時間，我是能有保證把它答滿分的。自己的政治面貌和家庭、社會關係等都

清白如洗，自我表現勝於黃牛，對於我這個城市長大的孩子，幾年來真是鍛鍊極大，尤其是思想感情上和世界觀的改造方面，可以說是一個飛躍。在這裡，我沒有按要求和制度答卷，我感覺並非可恥，可以勉強地應付一下嘛，翻書也能得它幾十分嘛！但那樣做，我的心是不太愉快的。我所感到榮幸的，只是能在新的教育制度之下，在貧下中農和領導幹部們的滿意地推薦之下，參加了這次學習班。我所理想和要求的，希望各級領導在這次入考學生之中，能對我這個小隊長加以考慮為盼！

白塔公社考生張鐵生

在一次全省大學招生文化考察座談會上，毛遠新聽說了這件事，他立刻調閱了張鐵生的答卷，如獲至寶，異常欣喜。在他的策畫下，7月19日，《遼寧日報》以〈一份發人深省的答卷〉為題，發表了張鐵生的信，並加了編者按語。毛遠新在審看校樣時，用紅鉛筆刪掉了這封信裡「自我表現勝似黃牛」和「我所理想和要求的，希望各級領導在這次入學考生之中，能對我這個小隊長加以考慮為盼」之類的話語，他想把這個典型的境界體現得更加完美高尚一些。

三個星期之後，《人民日報》在8月10日的頭版頭條位置轉載了〈一份發人深省的答卷〉，編著按中說，「這封信提出了教育戰線上兩條路線、兩種思想鬥爭中的一個重要問題，確實發人深省」。話雖不多，但是把問題提到了思想鬥爭路線鬥爭的高度。不久，江青就在一次講話中捧出了張鐵生：「遼寧有個張鐵生，了不起，他敢反潮流。今年考大學的時候，正是農忙，他是生產隊長，沒有工夫準備功課，考試時答不上卷，寫了一封信，說有人不勞動，準備功課，我不能放棄工作去準備功課，我不能那麼無恥。」她把張鐵生吹捧為敢於「反潮流」的英雄。

在毛遠新的直接干預下，張鐵生在秋風颳起的時候，帶著志得意滿的微笑走進了遼寧省鐵嶺農學院，他終於如願以償。入學不久，在省委的直接授意下他入了黨，當上了學院領導，在 1975 年 1 月召開的四屆人大一次會議上又當上了全國人大常委會委員。

張鐵生這塊石頭打出去了，一時間社會上掀起一股抨擊文化考查的濁浪，大學招生中重視文化考查的作法被批判為「舊高考制度的復辟，對教育革命的反動」、「是資產階級向無產階級反撲」，主張搞文化考查的那些同志成了攻擊的主要對象，一些文化基礎好文化課考得好的考生也受到牽連，一些堅持學習文化知識的青年受到了批評，他們想憑學識憑實力爭得一個深造機會的願望再一次破滅了。

萬郁文家有十分可怕的社會關係，她的父母都跟一個在《毛澤東選集》開卷第一篇文章裡就遭到批判的人物有著十分密切的關係，這個人叫戴季陶，《毛澤東選集》註釋中說他長期「都是蔣介石反革命的忠實走狗」。

萬郁文的母親是戴季陶的姪女，萬郁文的父親是戴季陶的私人醫生，這樣的家庭出身，她除了下鄉勞動沒有其他出路。

插隊期間，她十分寂寞和孤獨，沒有甚麼親密的同伴，也沒有甚麼人關心她，所以她很想看書，從書裡去尋找愉悅尋找慰藉。可是那年月書很難找到，除了《毛澤東選集》和《毛主席語錄》。

隊裡有一個被遣送回鄉監督勞動的右派，過去是城裡中學的一個語文老師，語文老師有個女兒叫鳳妹子，年歲跟萬郁文相仿。她們兩人都是「黑五類」子女，都有一種受人歧視的屈辱感，這相似的身分和相似的感覺使兩人漸漸接近了，熟悉了，有了共同的話語，有了相通的心靈。一天在田裡割麥子，休息的時候萬郁文小心地試探著問鳳妹子：「你爸原來是教語文的，你家裡書一定很多。」

「好多書都燒掉了，現在沒有甚麼書了。好像還有一本《唐詩三百首》。」

「真的？」萬郁文驚喜了。

「啊，不不，我記錯了，過去有一本的，搬家的時候都賣掉了。」

萬郁文知道鳳妹子在說謊，趕緊信誓旦旦地向她表示：看完就還，絕不損壞，絕不借人，絕對保密。鳳妹子沒有說話，因為這事她做不了主，書是爸爸的，借與不借要爸爸說了算。

兩天後的一個晚上，鳳妹子悄悄地來了，她從衣服底下拿出一本書：「我爸說，年輕人多學點知識好，但是他要你千萬保密，讓別人知道了，他要挨批判的。」

從那以後，萬郁文不再害怕孤獨的夜晚，每天都期盼著孤獨的夜晚，她在孤獨的夜晚裡關好門，坐在土屋裡，坐在油燈下，靜靜地讀書，默默地抄書，這是她一天中最美好的時刻，最幸福的時刻。她讀完了《古代漢語》、《現代漢語》，讀完了《歷代文學作品選》和《外國文學作品選》。她把她喜歡的詩文抄下來，大段大段地抄，甚至整本整本地抄，她在這個時刻忘記了世人的白眼，忘記了勞動的艱苦，忘記了殘酷的階級鬥爭和路線鬥爭，心中充滿了歡欣和愉悅。她從那時起，感到白天過得太慢而夜晚過得太快。

聽到 1973 年大學招生要考試的消息，萬郁文的心裡立刻充滿了陽光，她天真地以為時來運轉了，又要憑分數靠本事吃飯了。她參加了考試，她對自己的考試成績很有把握，對擇優錄取充滿了信心，每天都焦急地盼望著錄取通知書。

一天，她正在田裡薅秧子，看到了剛剛從公社回來的會計。萬郁文向會計打聽消息，會計說，公社裡有一份錄取通知書，好像是他們大隊的。萬郁文一分鐘都不願耽誤，扔下秧子撒腿就往公社跑，她跑得太急太猛，一腳重重踩在秧耙的鐵釘上，鐵釘深深扎進她的腳掌，鮮血一下

子就湧出來。但是萬郁文忘記了疼痛，顧不得包紮，她以為福音就要降臨到自己頭上，這不過是福音降臨之前的最後一點災禍。她一跛一瘸地找到公社，找到了分管文教的公社書記，書記認得她，很惋惜地告訴她：「你考試的成績很好，本來第一批上大學的名單裡邊有你，可是，張鐵生的事情出來之後，你就被刷下來了。這次招生還是以出身為主⋯⋯」

萬郁文突然感覺到腳底的劇痛，那麼清晰，那麼強烈，那劇痛沿著神經傳導，一直疼到心房。她感到一陣暈眩，一下子就跌倒了。

從此萬郁文絕了高考的念頭。

幡然醒悟

鍾志民走出系會議室的時候，心情變得沉重而鬱悶，入學一個月來那種新鮮、興奮、欣喜的感覺一點也找不到了。他的好心情全讓今天傳達的那份文件搞壞了。

那份文件是〈中共中央關於杜絕高等學校招生工作「走後門」現象的通知〉，1972 年 5 月 1 日發出。他印象最深的是那幾句話：「對檢查出違反招生規定的問題，應及時向當地有關黨、政、軍領導機關反映。各級領導機關要採取有效措施，予以制止和糾正。今後，如再有幹部濫用職權、違反招生規定『走後門』者，除對有關幹部進行嚴肅處理外，也要把學生退回。」系總支書記念到這裡的時候，鍾志民如芒在背，渾身不自在，向來優越的鍾志民，突然感到一種自卑。

1969 年 1 月，江西瑞金縣的徵兵工作已經進入尾聲的時候，正在沙洲壩公社大布村插隊的鍾志民，找到了縣人武部。

「我要參軍，我爸爸也是軍人。他叫鍾學林，在福州軍區政治部工作。」

人武部的同志開始態度生硬，聽到他爸爸的名字，語調一下緩和下

來：「你怎麼現在才來，太晚了嘛，這樣吧，先填一張表在這裡，我們再想想辦法看。」

縣人武部把一名體檢已經合格的青年農民擠掉，騰出來的名額給了鍾志民。這樣，在沙洲壩只待了三個月，掙了四五十個工分的鍾志民如願以償，他收拾好行李匆匆走掉的時候，不少社員還沒有認清他的面孔。他在部隊裡表現很好，兩年以後入了黨，當上了班長，受到領導的器重。當大學恢復招生的消息傳來時，鍾志民再次求助於他的父親，走進了南京大學的校門。

他喜悅的心中充滿了陽光，陽光下確有一種揮之不去的陰影。那就是離開部隊之前的一些幹部戰士對他「走後門」的議論和譏諷。他為上大學而欣喜，又隱隱地為上大學而羞愧，他甚至不好意思給戰友們寫封信去。這種內心深處的矛盾在一年半的大學生活裡始終困擾著他，後來在開門辦學期間，他更加深切地感受到人民群眾對「走後門」的強烈不滿，這個有覺悟的小伙子萌生了退學回部隊的念頭。

1973 年趁暑假回家的機會，他回了一趟江西老家。他的老家在瑞金，離沙洲壩不遠的葉坪公社，那裡還住著他的幾個堂兄。

位於贛閩邊界武夷山下的瑞金，是一個讓人肅然起敬的地方，1931 年至 1934 年曾經是中央蘇區所在地，毛主席領導的中央工農民主政府就設在這裡。鍾志民的爺爺當年是村裡的蘇維埃主席，為了掩護紅軍，被白匪軍殺害了。奶奶把三個兒子都送出去參加了紅軍，倖存下來的只有鍾志民的父親，他是三兄弟中最小的一個，參軍那年只有 14 歲，後來跟隨紅軍長征到了陝北。鍾志民的大伯父在戰鬥中負傷後在家養傷，被地主還鄉團活活砸死在床上，二伯父在長征途中過草地時犧牲。這些家史，鍾志民聽父親講過多次，而這一次，他從堂兄和村子裡其他老人的口中，又聽到了更豐富的細節，他一邊聽，一邊想像著他的爺爺、奶奶、伯父，想像著 14 歲時的父親是個什麼樣子。他神思飛揚，心情激

盪，一股莊嚴而神聖的情感在心胸中湧動。村前有一條大河，名叫綿水，鍾志民常常一個人坐在綿水邊上，望著靜靜流淌的河水靜靜地沉思：我在一個有著光榮傳統的家族裡出生長大，共和國的五星紅旗上有我們鍾氏家族的鮮血，我不能愧對先人，不能給鍾家抹黑！瑞金之行，使鍾志民受到了一次革命傳統教育，他知道，一個革命者的後代，一個共產黨員，應該做出什麼樣的選擇。

暑假過完了，鍾志民在這個暑假裡完成了一次思想上的嬗變。當他再次走進南京大學的校門時，心裡是從來沒有過的坦然。9月28日，他正式向南京大學黨委遞交了退學申請報告，申請「把我退回部隊去」。校黨委經過研究，給他的答覆是：問題發生在1972年中共中央19號文件下達以前，不在退學範圍，可以不退；同學、教師對你反映較好，沒有退學必要；學了一年半，再退回去對國家也是個損失。

事情暫時擱置下來。11月，鍾志民作為工作隊的成員，到蘇北阜寧縣宣傳黨的「十大」會議精神，他從群眾給縣委提出的尖銳意見中，再一次深刻感受到人民群眾對「走後門」那種深惡痛絕的憤慨，同時「十大」的政治報告中也提出要糾正「走後門」之類的不正之風。回到學校以後，鍾志民再次明確地向校黨委表明了自己的態度：不僅要退，而且要退到底，退回部隊，退回農村！

1974年1月18日，《人民日報》在〈一份退學申請報告〉的標題下，發表了鍾志民的退學申請報告，1月27日又刊登了一則消息──鍾志民的父母積極支持兒子退學的革命行動。消息說：「鍾學林、黎明立即給南京大學黨委發了一封電報，表示完全支持鍾志民的退學報告，並且對自己過去的錯誤做了自我批評。」2月26日，辦好了一切退學、退伍手續的鍾志民，又回到了曾經生活過三個月已經闊別五年多的沙洲壩公社大布大隊百花園村。他埋下頭，彎下腰，在艱苦的勞動中磨練自己的筋骨和意志，第二年就被選為生產隊副隊長和黨小組長，還被選為縣

裡的勞動模範。第三年，縣委調他到團縣委工作，他表示：服從組織上的安排，但不離開農村，不拿工資。他成了一個不脫產的團縣委副書記。

七十年代初期突出表現在參軍上大學問題上的這股「走後門」之風，是一個複雜的現象。「走後門」之風猖獗是在「文革」之中，一批「暴發戶」手裡有了權，發跡之快，連他們自己都覺得驚訝，於是充分利用執掌的那部分權力大撈一把。這是典型的暴發戶心態，他們的素質決定了他們的心態。這是「文革」中「走後門」之風興起和盛行的主要原因。當年有一副頗為流行的對聯：「老子有能兒返城，老子無能兒務農──比爹」，它充分反映出廣大人民群眾對這股風氣的憤慨與無奈。「走後門」，敗壞了黨的形象，敗壞了黨與人民群眾的關係，刺傷了老百姓的心。

換一個角度看，「走後門」也是怨而無奈的知青家長們，對上山下鄉運動的一種反抗：通過正當途徑無可奈何的，就通過非正當途徑去獲取。也有少數獲得了「解放」被重新安排工作的老幹部，參與和介入其中。「走後門」真正形成大氣候，是在 1972 年，這一年是全國大規模大範圍招生的頭一年，也是一大批老幹部得以「解放」復出的一年。1973 年 6 月全國知識青年上山下鄉工作會議的第八期簡報中說：「山西反映，國家計委一副主任子女，『走後門』參軍回北京，不通過下面就把戶口轉走。」「雲南反映，省委在討論處理『走後門』時，對『走後門要退回』的提法，兩次刪去……」國務院知青辦簡報第 11 期說：「（黑龍江建設兵團）獨立二團 1969 年接收北京軍隊子女 240 名，1970年走掉 204 名，其中 104 名任何手續都不要。」

《人民日報》登出鍾志民的報導之後，全國出現了一股退學退役之風。從 2 月 6 日到 2 月 21 日，半個月之內，在各省報紙上公開登出退學申請報告的就有十五六個人。

　　1974年2月20日，中共中央發出〈關於「走後門」問題的通知〉，
〈通知〉說：「在批林批孔運動中，不少單位提出了領導幹部『走後
門』送子女參軍、入學等問題。中央根據毛主席的指示，認真討論了這
個問題。中央認為，對來自群眾的批評，領導幹部首先應當表示歡迎。
但是，這個問題牽涉到幾百萬人，開後門來的也有好人，從前門來的也
有壞人，需要具體分析，慎重對待。當前，批林批孔剛剛展開，又夾著
走後門，有可能沖淡批林批孔。因此，中央認為，這個問題應進行調查
研究，確定政策，放在運動後期妥善解決。」

　　此通知一出，反「走後門」的問題一下子就不再提了，因為毛主席
講話了。

第五章　扎根和拔根

老工人的「絕招」

在整個上山下鄉期間，返城的問題自始至終苦苦纏繞著幾乎每一個知青，從下鄉的第一天開始，一直到終有一天離開鄉下為止，他們千方百計地要解決它，實現它。而對於上山下鄉的倡導者和各級領導者來說，最大的問題是如何使知青們安心留在農村，亦即扎根問題。扎根與返城，這是一柄雙刃劍，這是站在兩個不同立場上，對同一個問題兩種截然相反的觀點。

在上山下鄉期間，有一個流傳很廣的故事，我在黑龍江一個農場的招待所裡，聽上海知青李春濤完整地講述了它。

有個蹬平板三輪車的老工人，家裡只有一個獨生兒子，獨生兒子也下了鄉。眼看著單位裡、街道上的一些知青，與兒子同時下鄉的一些同學，陸陸續續回城了，老兩口心裡真著急，可是又毫無辦法。老工人知道知青辦是管辦理返城手續的地方，沒事的時候就蹬著三輪車老在知青辦大門口轉悠，有一次，一個家長指著剛剛走出來的一個中年男人說，看見了嗎，那就是知青辦主任，管事的，辦返城，只要他一句話，全有了。

老工人眼睛一亮，他心裡有了目標，他跟貓似的盯上了這個目標。其實主任才是貓，兒子的命運掌握在主任的手裡。老工人琢磨開了：怎麼能想法跟他說上話呢？主任每天進出大院，身邊都有人，常常圍著好幾個人，主任常常帶著一臉不耐煩的樣子跟他們講話，別說跟主任說上話了，就是想靠近他也難。老工人琢磨了好久，終於想出一個主意。

一天，主任下了班剛走出大院，一輛平板三輪車從門前疾駛而過，他躲閃不及，被車撞了一下，倒在馬路上。蹬三輪的就是那個老工人，他趕緊跳下車，問撞了甚麼地方摔得疼不疼，說我得趕緊拉您上醫院。主任本來一股火，一看老工人這麼著急這麼實在，火氣消了一半，說沒啥大事，不用上醫院。老工人說那不行，是我撞了您，我得對您負責，要不然我這心裡也不踏實。他連攙帶拽，把主任扶上了三輪車，直奔醫院。

老工人這一下撞得相當有水平，既撞倒了人，又沒撞到要害處，既有傷痛又不是甚麼大不了的傷病，到了醫院拍了片子檢查完了，大夫說不用著急，休息幾天就好了。老工人付了所有的藥費檢查費，又把主任送回了家。

老工人心裡別提多高興了，他可認識了主任的家，他可有了個去主任家的理由。從打那天開始，每天下了班他都登門看望，也不買什麼貴重的物品，只表示出誠心誠意的關切與焦急。知青辦主任也是個實在豪爽的人，他跟老工人越嘮越相投，一來二去的兩人成了知心好友。老工人沉得住氣，對兒子的事隻字不提。直到有一天，主任告訴他一個喜訊：「我兒子要結婚了，請你來喝喜酒，一定要來！」老工人聽了這話，緘默不語，面有淒楚之色。主任好生奇怪：「孩子結婚是喜慶的是呀，老哥，你怎麼不高興啦？」

老工人長嘆一聲：「唉！看到你兒子，想起了我兒子。」

主任忙問：「咱倆認識這麼久了，我還沒聽你說過你兒子的事呢，

你兒子做什麼工作呢？」

「別提了，就這麼一個兒子，下鄉六七年了，也回不來，混得沒個人樣兒，跟你兒子沒法比！家裡就我們老兩口兒！難哪！」

「嗨，這事兒你咋不早說，按政策，你兒子也應該回城，這事兒，包在我身上！」

「這事兒你能幫上忙？」

「這種事兒正歸我管！」

「嗨，你咋不早說，我找了多少人打聽，都沒轍！」

「這事兒得怪你，你咋不早說！」

過了沒多久，老工人的兒子按困退返城了。

它很可能是人們杜撰出來的一個故事。李春濤說他曾經問過某市知青辦的人，那人說這個故事純粹是「瞎扯淡」。但是有那麼多人津津樂道地講述它，傳播它，從七十年代一直講到九十年代，就因為它反映了群眾中一種普遍而強烈的情緒：對「走後門」的憤憤不滿之情，對於返城的急切之情。

爸爸，我不同意你這拔根教育

遼寧出過一批知識青年典型，其中在全國頗有名氣引起轟動的也有四五個。他們中間有男有女，有埋頭苦幹的，也有反潮流的，埋頭苦幹的終究也變成了反潮流的，最後都身不由己，或深或淺地涉足於政治鬥爭之中，成為「四人幫」反黨奪權的工具、走卒、幫兇。他們曾經輝煌過，耀眼過，他們最終都暗淡了，被人民所遺忘，被歷史所淹沒。

就在張鐵生頭角嶄露，在全國大紅大紫的時候，遼寧省又有一個革命知青典型緊隨他之後破土而生。

〈一份發人深省的答卷〉在《遼寧日報》上發表了一個月之後，1973 年的 8 月 20 日，當時尚屬遼寧省管轄的赤峰市煤礦系統有一個幹

部，給他插隊的兒子悄悄地寫了一封信，向他通報了一個消息。

「春澤：當前有一事和你談一下，你要有個準備，不過現在還不需要和別人講，即上級有指示，在煤礦工作的職工子女用人時優先採用。現在礦上準備要補充人員，這次有可能將你抽回來（這次要男的，不要女的）。」

這位父親深知他的兒子是一個「革命性」極強的青年，因此在信的末尾特意叮囑他：「如果決定了，通知你時，要無條件地執行。如果公社等部門徵求你的意見時，也得聽盟煤炭局和我的意見，對這個問題不准有其他的想法，必須回來。（機會難得呀！）爸爸」

這時，他的兒子，翁牛特旗玉田皋公社插隊青年、剛剛入黨兩個月的柴春澤不在隊裡，他在赤峰市，參加昭烏達盟團委組織的學習吳獻忠有線廣播大會。柴春澤在會上發了言，發言中提出了「扎根農村60年」的口號。會議開完，本來可以順便回家看看，但他打消了這個念頭。他覺得自己剛剛表完決心，在行動上也要做出個樣子來，於是急匆匆地趕回玉田皋。

回到青年點，一位同學很神秘地把他拉到一旁，交給他一封信。同學的神秘表情，引起他的詫異，拿過信一看，沒甚麼好奇怪的，信封上的字體很熟悉，是父親寫的。他想把信撕開，翻過信封來卻發現封口的地方蓋了一個父親的印章。這事的確有點蹊蹺，過去父親寄信從來沒有這樣「神秘」過，他一下子聯想起同學那「神秘」的表情。更讓柴春澤生疑的，是信封的封口處有些摺皺，好像被人拆開過，又重新粘好的。他把信匆匆讀完，立刻感到了事情的嚴重性。父親那溢於言表的喜悅完全沒有激起他一點歡愉，反倒激起了他的反感，他想起自己剛剛在全盟廣播大會上發出的誓言，對這突如其來的消息，第一想法就是「此事不妥」，「我剛剛向全盟的知青，向盟團委的領導表示過要扎根農村，怎麼能出爾反爾呢？怎麼能掉過頭來就反悔呢？」

　　柴春澤下鄉之前是赤峰市第六中學紅衛兵團的團長、市紅代會的副主任，1971 年底中學畢業時最先貼出上山下鄉的決心書，下鄉的時候他又放棄了去爸爸所在的赤峰縣，儘管那裡離家近，條件好，他還是選擇了條件艱苦的玉田皋，他的文章〈上山下鄉幹革命〉，登在了《昭烏達報》上。他是一個有名氣的人物，他是一個心強好勝有榮譽感的青年。

　　中午，雲彩遮滿了天空，一會兒，雨就淅淅瀝瀝地下起來了。下雨天不用出工，是知識青年最喜歡的天氣，他們吃完飯就躺在炕上，心滿意足地呼呼大睡。柴春澤卻著急寫信。他想好了，這封信一定要寫得精采、漂亮，既能說服父親，又有理論的高度。柴春澤想起了在盟裡大會上的發言稿，那稿子讀過之後別人都說寫得好，他把那份稿子找了出來，大段大段地抄了下來：

　　　敬愛的爸爸：您好，近來工作一定很忙吧！8 月 20 日來信已於 8 月 31 日上午收到。爸爸，看完您這封信後，我心情不平靜的程度簡直無法形容。在黨的培養教育下，在貧下中農的再教育下，特別是最近學習吳獻忠同志先進思想和先進事蹟以來，我腦子裡所想到的是如何為共產主義在農村廣闊天地奮鬥終生的問題。同是一個黨領導，同是一個陽光照，同在農村幹革命，同奔共產主義大目標，吳獻忠做到的，我為什麼沒做到？作為一個共產黨員，我感到問心有愧。因此，我最近發下誓言，向前看——共產主義金光閃。途無限，扎根農村爭取奮鬥 60 年！向前看——征途仍然有艱險。講路線，建設農村不獲勝利心不甘！向前看——世界風雲在變幻。立大志，誓為全球紅遍決裂舊觀念。……我，作為貧下中農的後代，下鄉到這裡兩年來，並沒有為這裡大變快變做出大的貢獻，黨和人民在我剛剛邁出走與工農相結合道路第一步的時候，就給予了我很大的鞭策和信任，讓我先後出席了旗、盟、省團代會，出席省知識青年批林整風講用會，被選為旗團委員、大

隊團總支副書記，最近又加入了偉大、光榮、正確的中國共產黨。我
怎麼才能對得起黨的培養、貧下中農的再教育呢？難道我還有甚麼理
由不應扎根農村、建設農村，把我的一切獻給敬愛的黨，獻給我國農
村面貌的改變，獻給人類的解放事業嗎？……

　　咱們家出身是貧下中農，咱們都是共產黨員，我們的根本利益就
是消滅私有制，決裂舊觀念，而一切重工輕農，重城輕鄉，只顧個人
利益的思想，都是建築在私有制基礎之上的。存在決定意識，正是如
此，《共產黨宣言》指出：「共產主義革命就是同傳統的所有制關係
實行最徹底的決裂；毫不奇怪，它在自己的發展過程中要同傳統的觀
念實行最徹底的決裂。」……爸爸，我現在百分之百地需要你對我進
行扎根教育，我不同意你這拔根教育。

　　當天晚上，柴春澤就在全體團員大會上，宣讀了父親的來信和他的
復信。事過 19 年之後，他說：「接到父親的來信，作為兒子，何嘗不
知道這是對我的關懷，我又何嘗不想回到那溫暖的城市、溫暖的家中去
呢？但是不行，同學們在看著我。我下鄉那天就曾代表知青在千人大會
上發言表決心，之後又曾返城 20 天以現身說法動員其他知青下鄉，我
半路當了逃兵，別說沒資格當一名黨員，簡直沒資格做人。我只能豁出
去了，在農村扎根就扎根吧。」

　　關於「扎根」的討論就這樣在玉田皋的青年點開展起來，團員帶
頭，三十幾名團員紛紛給父母寫信，表示要「決裂舊觀念，當鐵心務農
的扎根派」。

　　不久，昭烏達盟召開知青工作會議，盟領導又安排柴春澤到會宣讀
了他的信。新華社記者獲知了這一情況，把它寫入內參中，內參擺在了
遼寧省委書記毛遠新的案頭。

　　張鐵生的走紅主要靠了毛遠新的鼓譟，柴春澤的崛起也是毛遠新起

了關鍵性作用。發現張鐵生的喜悅還沒有從這位省委書記的心頭消退盡淨，柴春澤的信又使他興奮不已。無論文字水平還是理論水平，這封信都比張鐵生那封要高出一籌，一讀完他就對秘書連聲稱讚說：「柴春澤的信寫得好！」遼寧可真是人才迭出，他又有文章好做，又有功勞好擺了。他吩咐秘書：馬上把省委宣傳部和《遼寧日報》的負責人找來！

　　1973 年 12 月 20 日，《遼寧日報》在〈小將的挑戰〉標題下面，發表了〈柴春澤同志給他父親的信〉，不僅加了編者按語，還配發了評論員文章〈一篇生動的路線課教材〉。緊接著，一個由《遼寧日報》記者、《昭烏達報》記者和昭烏達團盟委組成的寫作班子一頭扎入玉田皋，採寫長篇通訊〈柴春澤的信是怎樣寫出來的〉。長篇通訊剛剛完稿，柴春澤的信就在《人民日報》上發表了，這一天是 1974 年 1 月 5日，距《遼寧日報》發表〈小將的挑戰〉僅有半個月時間。第二天，1月 6 日，長篇通訊〈柴春澤的信是怎樣寫出來的〉發表在《遼寧日報》上。

　　這裡有一點改動，《遼寧日報》刊載柴春澤復信的標題是〈小將的挑戰〉，《人民日報》轉載時則以〈敢於同舊傳統觀念決裂的青年〉為題。柴春澤在他的信裡把「一切重工輕農、重城輕鄉」說成是「建築在私有制基礎之上的」「只顧個人利益的思想」，緊接著就引用了《共產黨宣言》中那段關於「同傳統的所有制關係實行最徹底的決裂」、「同傳統的觀念實行最徹底的決裂」的著名論述，顯然，《人民日報》注意到並強化了柴春澤的這一思想，編者按中把「扎根農村、建設農村」說成是「與輕視農村、輕視農業勞動的舊思想、舊觀念實行最徹底的決裂」，這樣就把「扎根」同「決裂」聯繫起來，把「扎根」上升到「決裂」的高度。

真的要扎根？

1974 年 2 月 19 日，佳木斯火車站前聚集了一千多人，喊著口號迎接自動申請退伍返回兵團的鄭小豐。鄭小豐是 1968 年到黑龍江兵團的北京知青。1971 年 2 月，在非徵兵期間，他通過父親的關係，到黑龍江省軍區警衛營二連當戰士。1974 年 1 月 29 日，他給連黨支部寫了一封退伍申請報告，這份報告加了編者按發表在瀋陽軍區政治部主辦的《前進報》上。調查附記中說，黑龍江省軍區黨委於 2 月 2 日做出決定，批准鄭小豐同志的退伍申請，並號召省軍區全體幹部戰士學習鄭小豐同志敢於同舊傳統觀念決裂的革命精神。鄭小豐在那份退伍申請報告中寫道：

「我是下鄉以後通過『走後門』來部隊當兵的，與工農相結合的道路只走了一段，也可以說剛剛開始就停下來了。這並不是說下鄉以後就不可以當兵，而是怎樣入伍，為什麼入伍？通過正當手續，為保衛組國當兵，這是光榮的事，可是我不是這樣，通過『走後門』入伍，入伍後為了返回城市，離開農村，這樣當兵不是為革命，而是為自己，這樣的思想基礎是當不好兵的。所以，我提出申請，請批准我退伍，回到農村去，把沒有走完的路接著走下去！」

鄭小豐勇敢地袒露說，他是想通過入伍來達到返城的目的，而他退伍重返兵團，正是要表示扎根農村的決心。在那個年代裡，對於下鄉知青來說，扎根不扎根，成了革命堅決不堅決、與舊的傳統觀念決裂徹底不徹底的最重要的標誌。

一批扎根的典型出現了。這些典型大都是聽毛主席的話、積極響應黨的號召、下鄉之後一貫表現較好、思想穩定的知識青年，他們出於內心的真誠，帶著一種自我犧牲的精神，堅定地表示要扎根農村一輩子。還有一個有趣的現象：這些扎根知青以女性為多。

　　1973年3月5日，是毛澤東發出「向雷鋒同志學習」號召10周年，黑龍江生產建設兵團在這一天推出了一個「雷鋒精神鼓舞我扎根邊疆」的典型馮繼芳。馮繼芳是1963年到農場下鄉的哈爾濱青年，1964年她就被樹為黑龍江省下鄉知識青年標兵，1965年又入了黨。這期間，她父親病故了，根據勞保條例，馮繼芳可以回城接班就業，母親精神不好時常犯病，更盼她趕緊回來。馮繼芳想到雷鋒甘做革命螺絲釘，黨把他擰在哪裡就在哪裡發光的精神，說服了母親返回了農場。她學習雷鋒，幹一行愛一行，她養的雞多生蛋，她養的牛多產奶。1967年有人鼓動她鬧回城，她堅守在生產崗位上，常常一幹就是一個通宵。1970年大學招生的消息來了，其中有一條標準是勞動鍛鍊三年以上，馮繼芳是極少數具備這條標準的人之一，但她認為「上大學是革命的需要，留農村也是革命的需要，我們只能讓黨來挑選自己，決不能自己去挑選革命工作」。後來，她又動員她的弟弟妹妹下鄉，來到生產建設兵團。馮繼芳的最大特點是「服從」和「安心」，是「黨叫幹啥就努力幹好啥」，從來不好高騖遠，從來沒有非分之想，在知識青年中間，能做到這一點的，實在為數寥寥。

　　1969年，配合「一不怕苦二不怕死」的教育，曲雅娟成為黑龍江生產建設兵團的「一號典型」；1973年，配合扎根教育，馮繼芳成為黑龍江生產建設兵團的「頭號標兵」。知青標兵的轉移，反映出對知青思想教育重點的轉移，「扎根」教育成了頭等重要的教育。

　　在對下鄉知青的教育和管理上，兵團和農場抓得比較緊而插隊青年鬆散得多，多數農村根本不相信知青能扎根，也不願意知青在他們那裡扎根。當年北京知青下鄉的時候就流傳過一句話：「要吃饅頭上東北，要想自由上陝北」，意思是說東北的國營農場和建設兵團雖然生活條件比較好，但管理也嚴格，陝北農村儘管生活條件差，但是鬆散自由。在「扎根」教育上也是這樣，北京插隊知青竟說：陝北從來不搞扎根教

育。

在知青上山下鄉之初，兵團農場嚴格禁止青年談戀愛，甚至把男女青年之間的談情說愛當成有傷風化的道德品質問題而大加批判，但是從1972年開始，不僅對談戀愛的口子漸漸放開，而且鼓勵青年人在兵團農場安家立業，因為安了家就安了心，扎了根。而對青年人來說，在農村安家則意味著自己把返城的大門關死，是「鐵板釘釘，走不了啦」，所以，在農村安家需要勇氣。

各地的下鄉知青，從 1972 年開始，都有一些人陸陸續續結婚了，有知青跟知青，也有知青跟復轉軍人，跟農工，跟農民，跟牧民，他們中以高中學生為多，這是因為年齡的關係。六六屆的高三畢業生，到了1972 年至少也有二十五六歲了，他們很實際地面對生活，很實際地考慮問題，他們不懼怕農村的艱苦，樂觀而充滿信心地開始新的生活。

後來，扎根的宣傳逐漸升級，除了宣傳「招工不走、大學不上」的典型，又開始宣傳讀完大學回農村，參軍復員回農村的扎根典型。

1973 年秋天，最早一批上大學的工農兵大學生畢業了，黑龍江生產建設兵團主辦的《兵團戰士報》上陸續介紹了王世英大學畢業回連當農工、天津師範學院畢業生陸伯如大學畢業回到 45 團 18 連當農工、哈爾濱醫科大學畢業生魯明回到 48 團衛生隊工作，以及雙鴨山市師範學校畢業生張仁杰回到 6 團工作等事跡，此外還有哈爾濱青年王穗退伍後重返邊疆幹革命的事跡。

王穗是 1968 年到黑龍江生產建設兵團 11 團 31 連下鄉的，1970 年調回哈爾濱，1971 年參軍入伍。按規定，她從城市入伍，復員以後可以回城市安排工作，但是她聽到復員的消息後，立即向黨支部表示了重返邊疆務農的態度，隨後又寫了決心書。父母要她回城當工人，可是她認為「務工務農不僅是一個職業選擇問題，現在工農之間、城鄉之間、腦力勞動和體力勞動之間還存在著差別，有志氣有抱負的革命青年要到最

艱苦的地方去，為縮小三大差別多吃苦，多貢獻力量。」王穗還給她的父母做工作說：「你們都是從革命戰爭年代的艱苦歲月裡過來的人，抗美援朝時，你們把我放在鴨綠江這邊，積極履行國際主義義務，一心想的是打敗美帝解放朝鮮，保家衛國。現在你們還應該保持那股勁。我們新一代也要把老一輩的這種革命精神繼承下來發揚下去，要像雄鷹一樣迎著風浪展翅高飛，不能像雛雞一樣偎依在翅膀下。」王穗終於說服了父母，他們支持她回兵團去，還送給她毛主席著作和勞動工具。

一些先進知識青年自願留在農村留在邊疆參加農業生產建設，這是一種有志行為，他們的決心得到了老一輩無產階級革命家的讚揚。

1975 年 9 月，全國農業學大寨會議在山西省昔陽縣召開，有 12 名知識青年代表應邀出席了會議。他們中除了老知青代表邢燕子外，基本上都是「文革」期間下鄉的知青代表：朱克家、薛喜梅、程有志、柴春澤、戈衛、高崇輝、肉孜古麗、曾昭林、張登龍、林超強、劉裕恕。一批名氣很大的人物聚在了一起。9 月 15 日，當時主持中央工作的鄧小平在開幕式上講話，提出了實現四個現代化的問題，針對我國農業基礎薄弱的現狀。提出了實現四個現代化的關鍵是農業現代化，這些話深深地鼓舞了到會的知青：農業在國民經濟中的地位這麼重要，中央對農業這麼重視，我們就該一輩子獻身農業。12 個人聚在一起商量，邢燕子說，咱們應該聯名給毛主席寫一封信，表示我們的決心！好哇，寫吧！大家選中了朱克家和柴春澤兩個人執筆，他們在這封信中表示：要在兩三年內「把自己所在的社隊建設成為大寨式的先進單位」。

鄧小平看到這封信很高興，他指示：「建議全文或摘要在報紙上發表，以鼓勵下鄉知識青年。」毛澤東也看到了這封信，他批示道：「應發表。可惜來的人太少，下次應多來一些。」這封信經過報社編輯的加工修改，10 月 28 日在《人民日報》、《光明日報》和《北京日報》上同時發表。那次大會閉幕以後，12 個人就懷著一股豪情一種志向，分赴

自己的崗位，使足力氣要大幹。

但是在「四人幫」把持下的輿論宣傳，把扎根教育推向了極致，要求所有的知識青年都一輩子扎根農村，這就未免太不近情理也太不現實了。大學恢復招生，可是上大學被看作「不扎根」；城裡工廠需要工人，可是招工進城被看作「不扎根」；家裡有困難，困退返城更被看作「不扎根」。總之，堅定的「革命派」就是不能上大學，不能進工廠，不管家裡發生甚麼情況都絕不返城。按照這種理論，大學沒法辦了，工廠沒法辦了，城裡的商業服務行業沒法辦了，全國青年只能從事農耕這個唯一的行業。這種搞法，不僅知識青年不答應，國家的經濟建設也不答應。

典型的苦衷

還有一種知青，硬被樹為「扎根」典型，一旦成為扎根的典型，那麼不管你願意不願意，你都必須扎根，只能認命了。

王冬梅至今還記得李素文給她們九個同學寫的那封信，那封善意的信決定了她一生中第一次重要的選擇。

她是七四屆初中畢業生，1974 年，正是吳獻忠、張鐵生、柴春澤大紅大紫的時候，她們那一屆學生充分接受了三大典型的影響和教育，血管裡奔湧著躁動的熱情。她們想到北大荒去，因為那裡艱苦，又是生產建設兵團，但是分配方案中沒有去北大荒的任務，幾個女孩子一核計就給李素文寫了一封信。

一天，《遼寧青年》的一個記者專程來到旅大，找到了 56 中學，找到了王冬梅，他帶來了李素文寫給他們的回信。記者告訴王冬梅：去北大荒是跨省下鄉，遼寧沒有跨省下鄉的任務，手續不好辦。遼寧也有艱苦的地方，比如昭烏達盟就非常落後，非常艱苦，遼闊的大草原地廣人稀，非常需要青年人去開發建設。昭烏達盟草原是 1969 年從內蒙古

自治區劃給遼寧省的，這片土地當時佔遼寧省土地面積的三分之一，而人口只佔全省的十分之一，省裡的意圖，就是要利用知識青年的力量去開發建設這塊地方。幾個女孩子嘰嘰喳喳地一番討論商量，作出了決定：好吧，就去昭烏達盟。

1974 年的上山下鄉動員，已經不像 1970 年那麼好做，上山下鄉的弊端日益暴露，上山下鄉的熱情日益衰減，為了煽起青年人心中的火，需要「典型引路」。為了這種「需要」，王冬梅她們就成了典型。在「文革」中，典型實際上是一種工具，是用來宣傳，用來煽動，用來造輿論的。6 月 20 日，《旅大日報》登出了一篇通訊，通訊的題目借用了王冬梅的一句壯語：「先輩開路不怕死，我們走路何懼難」。通訊記述了「應屆畢業生王冬梅等九名小將立志昭烏達盟插隊落戶的事跡」。後來，《遼寧日報》也發表了長篇通訊〈小鷹展翅——旅大市 56 中應屆畢業生王冬梅等九名同學選擇革命道路紀實〉。6 月 9 日，旅大市委召開大會，並作出決定，號召全體中學生和下鄉知青向王冬梅等九名同學學習。王冬梅在大會上講話說：「不戀旅大風光美，願去草原戰風沙」。這句話成了他們那批青年人的口號。又過了兩個月，8 月 9 日，王冬梅為首的 119 名旅大青年向昭烏達盟草原進發。在王冬梅等九名女同學事跡的帶動下，先後有 3000 名青年到昭盟下鄉。

下鄉第二年王冬梅就入了黨，擔任了大隊黨支部書記。她成了 1974 年遼寧省的知青典型。但典型帶給她的是甚麼呢？典型面臨著更多的機會，但典型必須扎根，要扎根就必須放棄這些機會，否則就不再是典型。王冬梅在十年之後回憶起當年的心情時這樣描述過：

「我想上大學，想得發瘋，但我心甘情願不去；我不想扎根農村，我害怕嫁給牧民，但我心甘情願留下，並且準備在這荒蕪、落後、愚昧、貧窮、邊遠的地方待一輩子。誰也沒強迫我，我自己願意，我堵死了自己上大學的路，還以為自己是個悲壯的勇士。」她反問道：「我是

那個時代的寵兒、驕子，但這些難道不是那個時代對我的傷害，對我靈魂的深深傷害嗎？」

這是一個典型內心裡的真實活動，做這樣的典型，難道不是一種痛苦？!但遭受痛苦的不僅僅是她本人，還連帶著她的家庭。

王冬梅的父親叫王興安，是瀋陽軍區的一個副團長，1976年夏天，部隊開始進行幹部轉業工作，這項工作向來有難度，部隊首長也要抓典型，這個典型抓到了王興安的身上，誰叫他是典型的父親呢。他們用女兒做榜樣來教育父親，動員父親帶頭轉業，並且步女兒的後塵，帶領全家去昭盟。「你女兒是全省青年學習的榜樣，當父親的，不能給女兒臉上抹黑呀，不能落在女兒的後面呀！」「小將挑戰了，老將能打退堂鼓嗎？」這些話講得句句都在理上，王興安無辭以答，找不到任何辯駁的理由，他只能服從，於是他也成了典型，不僅是送女下鄉的典型，而且是舉家北遷易地落戶的典型。王興安的名字也出現在報紙上，《前進報》、《旅大日報》、《解放軍報》和《光明日報》。

在1976年8月2日的《光明日報》上，登出一篇王興安的署名文章〈父母要支持子女扎根〉。王興安從大女兒講起：「我們全家人都為她走毛主席指引的這條光輝道路而高興而自豪。」接著講到二女兒：「玉梅也表示畢業後到昭盟去扎根農村幹革命。」最後講到他自己：「五月間，我就向師、團黨委寫了申請。現在，我們全家已經做好了準備，只要黨一聲令下，我們就馬上出發去昭盟，為支持社會主義新生事物、建設社會主義新農村貢獻自己的力量。」

一個月以後，王興安舉家遷往赤峰，直到1980年才重新回到大連。王冬梅認為這件事她有不可推卸的責任，她為此「後悔萬分」。

典型的墮落

知識青年的志氣和熱情是很可貴的，但青年人有自身的弱點，熱情

有餘而經驗不足，對社會的複雜性認識不足，如果再有虛榮心，追逐名利，那就很容易被利用，走向自己的反面。跟著好人走正路，跟著壞人走歪路，這是「文化大革命」中許多青年典型的一條深刻教訓。

其實，遼寧省第一個在全國出名的知青典型，既非張鐵生也不是柴春澤，而是一個女性名叫吳獻忠。1973 年 2 月 15 日，《人民日報》就在頭版頭條的位置刊登了通訊〈青春獻給新農村——記下鄉知識青年吳獻忠扎根農村革命的先進事跡〉，那時，張、柴二人還都是無名之輩。

撫順市下鄉知青吳獻忠最突出的事跡，就是下鄉之前不留城，下鄉之後不進城，招工不走，上大學不去，她是一個扎根農村鐵心務農的典型。

1968 年秋天吳獻忠初中畢業之後，撫順市第六中學準備讓她作為「學生骨幹」留城，但她第一個報名到黑山縣太和公社耿屯大隊插隊。下鄉之後她幹活不怕累，給農民扎針灸治病，很快受到農民的擁護，第二年就入了黨，當了公社革委會副主任。又過了一年，城裡招工的機會來了，她向黨支部表示：不參加招工評選，留在農村幹革命。大學招生的機會也來了，先是省內大學來招生，村裡、大隊、公社一致推薦她，她卻要求留在農村。接著，清華大學這樣令多少知青朝思暮想的第一流名牌學府向她招手，公社黨委和縣有關部門商量，決定要把她送到毛主席身邊去上大學，她仍然不為所動，「甘願在基層當一輩子農民」。再後來，上級要調她到公社擔任團委書記，當國家正式幹部，她堅決要求不拿工資拿工分。吳獻忠真是鐵心務農，鐵了心要在黑山縣太和公社耿屯大隊扎根。機遇對於吳獻忠實在是太慷慨了，接二連三地賜予她，她卻視而不見賜而不受，堅定地走自己的路。

吳獻忠完全是心甘情願的，就像她的名字，她要在所有的方面奉獻出自己的忠誠——對黨、對領袖。她的奉獻得到了黨和領袖的肯定，得到了政治上的報償。1973 年 8 月 24 日是吳獻忠政治生涯的頂峰，她坐

在了人民大會堂裡，參加中國共產黨第十次全國人民代表大會開幕式。華燈齊放，一圈圈明亮的白熾燈緊緊簇擁著中心那顆紅色五角星。吳獻忠的眼睛緊緊盯著主席台，她看到了自己心中的聖像。在 1249 名代表中間，吳獻忠和朱克家代表著「文革」中，下鄉的 800 萬知識青年，一女一男，一北一南，人數雖少，卻有著極廣泛的代表性。此時，張鐵生剛剛有了點名氣，而柴春澤的父親正在給兒子寫那封隱密的信。

「十大」歸來，遼寧全省掀起了學習吳獻忠的高潮，聲勢之大，組織工作之細實屬罕見。許多單位培訓了吳獻忠先進事跡報告員，成立了紅小兵、紅衛兵宣傳小分隊，吳獻忠的先進事跡在遼寧幾乎家喻戶曉。

一個知識青年的地位達到這份兒上，絕對不是好事情，但旁觀者清，當局者迷。吳獻忠已經成為毛遠新手裡的一個木偶，他手裡緊緊攥著操縱木偶的吊線，她卻對此渾然不覺。吳獻忠這個扎根典型，慢慢變成了「四人幫」的政治工具。

1974 年 1 月，毛遠新親自決定讓團省委召開學習吳獻忠座談會，吳獻忠既激動又有些不安。座談會快要結束的時候，她懷著一種崇敬和感激的心情聽毛遠新講話，把他的話盡可能完整地記在筆記本上。「現在是新舊交替的時期，要老老實實在下面當幾年黨支部書記，你當三年黨支部書記就有發言權了。」毛遠新話裡有話：幾年之後就要到上面了，就要委以重任了。

不必等到幾年之後，毛遠新很快就對吳獻忠有了安排，座談會開過不久，吳獻忠接到通知，到工農幹部學習班深造，而且擔任副組長。這個學習班，是毛遠新為了培養扶植自己的勢力辦的，他很懂得這樣一點：幹事情非得有「自己人」不行，他選擇的培養對象，都是那種涉世不深，缺乏經驗，對毛主席無限熱愛，對「文化大革命」無比擁護的人。

從這時開始，吳獻忠越來越深地陷入了毛遠新為她設好的圈子裡，

越來越深地捲入政治鬥爭之中，她的視野不再僅僅侷限於耿屯大隊和太和公社，思慮的不再單單是個人怎麼鬥私批修吃苦出力氣，她放眼錦州市、遼寧省乃至全國，開始思慮階級鬥爭和路線鬥爭這樣的重大問題。這個學習班真是沒有白上，吳獻忠的鼻子靈了，眼睛亮了，她一步一步地走向了自己的反面。

知識青年的命運如此，知識青年提出的一些口號的命運也是如此。在 1975 年農業學大寨會議上，「扎根」的意義是為了改變農村的落後面貌，實現農業現代化；到了 1976 年「反擊右傾翻案風」運動中，「扎根」又被「四人幫」利用，成了「批鄧」的一個組成部分。「四人幫」把「扎根」這個口號接過去，把鄧小平說成是反對扎根鼓吹拔根的復辟勢力代表，煽動廣大知識青年起來批鄧。這樣，1976 年在知青上山下鄉這個問題上出現了一場「扎根」與「拔根」的大辯論。

據曾在國務院知青辦工作過多年的顧洪章同志介紹，這場大辯論的開展，還有一個重要的背景，這就是毛澤東的一段批示。在「文化大革命」期間，毛澤東就知識青年上山下鄉問題做過三次重要指示，第一次是 1968 年底的那段「動員令」，第二次是 1973 年寫給李慶霖的復信，這兩段指示早已家喻戶曉，而第三次指示卻鮮為人知。

顧洪章同志向我們提供的資料說，1976 年 1 月 19 日，陝西省咸陽市北杜公社楊家寨大隊回鄉青年周榮光和復員軍人王元成，寫信給毛主席黨中央，信中說：「招工為什麼只能從城市來的人裡招，農民就應該是『世襲』的嗎？為甚麼城市學生就應當當工人，農村學生就該當農民？甚至有一些知識青年，名字下鄉了，人還在城市，只因夠了兩年時間，不經貧下中農推薦，就也當了工人。這樣做能夠純潔工人階級隊伍嗎？有利於鞏固工農聯盟嗎？有利於縮小三大差別嗎？」這封信，請當時任國務院副總理的吳桂賢轉呈。

吳桂賢在調中央工作之前，是陝西咸陽西北國棉一廠的紡織女工，

全國勞動模範，大概正是出於這種「同鄉」的考慮，周榮光王元成才把信寫給了她。吳桂賢感到他們在信中提出的問題很重要，於是又做了一些調查，2 月 1 日，她寫了一封信，連同周榮光、王元成的信一起轉送毛主席。吳桂賢在信中說：「咸陽地區 1968 年下鄉的知識青年已經在七〇、七一、七二年三次招工中基本走完。去年招工，下鄉兩年的知識青年又大都返城。一些青年農場被拆散。這實際是鼓勵倒退，『勞動鍍金』，早下早上來。這種規定，對知識青年上山下鄉這一新生事物，不是維護，而是拆台。」

1976 年 2 月 12 日，毛澤東在這封信上做了如下的批示：「知識青年問題，似宜專題研究，先做準備，然後開一次會，給以解決。」與上兩次指示不同的是，毛澤東的這個批示講得很含糊，他只是說這個問題很重要，要「專題研究」，「給以解決」，但是他對信中的觀點未置可否，也沒有講出他自己的傾向性意見。毛澤東的批示做出不到五十天，就出了「天安門廣場事件」，「批鄧」驟然升級升溫，知青問題自然被暫時地冷落一旁。這樣，毛澤東的這一指示並未大範圍地、大張旗鼓地在全國宣傳，他的貫徹落實主要是在上層進行，國務院成立了一個籌備小組，為「開一次會」「做準備」。籌備之中的第二次全國知青工作會議，初步定在 1976 年 11 月召開，雖然後來由於毛澤東逝世、「四人幫」倒台等全國政治形勢的重大變化而一再推遲，但是在整個七十年代全國僅有的兩次知青工作會議，都是在毛澤東的批示與促動下召開的。毛澤東並沒有忘記知青，他還在關注和關心著知青。

「四人幫」是最善於利用毛澤東的某項指示而加以影射大搞政治運動的，他們以毛澤東的指示為引機，煽起了一場「扎根」與「拔根」的大辯論，並給鄧小平戴上一頂「拔根復辟的罪魁禍首」的帽子，把廣大知青硬拖入「批鄧」之中。在「文革」的最後一年，「扎根」問題被提到了階級鬥爭甚至是反復辟的高度，毛遠新控制之下的遼寧省在這場批

判中仍然走在了前面，1973 年那一次的風雲人物是張鐵生，這一次打頭陣的是柴春澤。

湖北省武漢市，有個女孩子叫張靜，張靜 1975 年下鄉插隊，但下去之後發現現實的農村與她原來想像中的農村相距甚遠，因此產生了動搖。張靜在苦悶之中想起了「勇於同傳統觀念徹底決裂」的柴春澤，於是寫信向遠在遼寧的柴春澤求教。她在信中向柴春澤提出了六個問題：1. 怎樣把共產主義遠大目標與實際行動結合起來？2. 怎樣對待學習馬列、毛主席著作，怎麼學法？3. 怎樣磨練自己，刻苦改造世界觀？4. 怎樣樹立扎根思想？5. 怎樣把自己培養成革命事業的接班人？6. 什麼是農村的階級鬥爭？

柴春澤的確愛鑽研理論，並努力用當時流行的理論來分析一切解釋一切。從 1976 年 3 月到 5 月，柴春澤一共給張靜寫了七封信，在這七封信裡，他把知識青年上山下鄉運動和扎根問題拼命上綱，把知青上山下鄉與「深入批鄧反擊右傾翻案風」相聯繫，攻擊鄧小平和「黨內資產階級」是破壞上山下鄉運動的罪魁禍首，號召廣大知青「學會同黨內資產階級做鬥爭，同資產階級對著幹」，「還要鬥十年、幾個十年，一直鬥到共產主義在全世界實現。」這些信在煽動知青「批鄧」方面，起了很壞的作用。

當時，遼寧團省委為了配合「批鄧」，正準備在知青中開展一場「扎根與拔根」的「大辯論」，毛遠新的親信看到柴春澤的信十分高興，兩次批示，讓把這些信印發下去組織學習。5 月 4 日，《遼寧日報》首先刊出張靜的兩封信和柴春澤的前三封回信，不久，《湖北日報》發表了柴春澤的七封信。

1976 年的夏天是炎熱的，氣候在升溫，「批鄧」在升溫，「扎根」的調子也在升溫。6 月中旬，遼寧省召開了一次全省上山下鄉知識青年座談會，這實際上是一次鼓動知青參與「批鄧」的動員會。會上，遼寧

省委負責人煽動知青「把眼睛盯住中央」，「警惕納吉重新上台」，「頭上的角要磨得尖尖的，刺要長得硬硬的，要敢於放炮，給上面的領導放炮」。在這種挑唆下，以吳獻忠、柴春澤、張鐵生為首的 19 名知青代表，聯合寫了一封給全省人民的公開信，信的標題是〈向「拔根」復辟的罪魁禍首鄧小平猛烈開火〉。這封信 6 月 12 日寫出，7 月 13 日在《遼寧日報》發表，第二天又在《人民日報》頭版頭條的位置轉載。

關於扎根拔根的辯論在升級，煽動知青「批鄧」也在升級。7 月 17 日，國務院知青辦把柴春澤的七封信印發各省市自治區知青辦。7 月 29 日，《光明日報》正式發起了「堅持知識青年上山下鄉的正確方向——關於怎樣扎根農村幹革命的討論」，〈編者的話〉中說鄧小平是「拔根」復辟的罪魁禍首，第一期討論的內容是柴春澤致張靜七封信的摘要。

扎根問題，在「文革」中經歷了三個階段，最初，它本來是知識青年對理想和前途的思考，是對生活道路的一種選擇，是一部分先進青年為改變農村面貌和改造世界觀而做出犧牲的一種表現；接著，在極「左」思潮的宣傳下，扎根成了知識青年革命與不革命的最高標準，要求知青把它由選擇之一變為唯一的選擇，由動員扎根幾乎變為了強迫扎根；最後，「四人幫」來插手了，他們把扎根與返城的矛盾上升為扎根與拔根的矛盾，又把拔根與扎根說成是復辟和反復辟的鬥爭，最初由一批先進青年懷著理想和熱情高聲呼喊出來的這個口號，至此被納入了「四人幫」篡黨奪權的整體部署。扎根的口號裡塞入了他們的黑貨，扎根調門喊得最高的激進青年則或輕或重或淺或深地上了賊船陷入泥潭，成了他們利用的工具。

柴春澤有兩個最著名的口號，從這兩個口號中可以看出他上賊船的軌跡。1973 年他的口號是「扎根農村 60 年」，1976 年他的口號是「一反潮流幾千年」，前者是個人決心的表示，後者是參與政治鬥爭的呼

喊。他們成了一股被人利用的政治力量，這就導致了他們的墮落。

　　前面講到過的那個大連青年王冬梅，也參加了 1976 年 6 月份那次全省知青座談會，成為那封〈致全省人民公開信〉的 19 名作者之一。當時能榮膺其中，是一種榮譽，但半年之後就成了罪狀，剛滿 20 歲的王冬梅受到審查和批判，這種審查從 1977 年持續到 1979 年，審查一結束，她就考入了大學。以後，她以總分數全年級第一的成績畢業，當了一名記者。

第六章
要把孩子們安置好

陌生的農村

下鄉一個月之後，包宇才懂得了她們四個知青處境的艱難。燒柴要自己砍，吃菜要自己種，每天要跟社員一樣出工，幹一樣重的農活。平時手裡沒有錢，連看病的錢也要家裡寄來。她們比社員優越的只有一點——插隊頭一年的口糧是國家供應。

四個人裡包宇年歲最大，三個人選她當集體戶的班長。江西農村真是苦，一年要種兩季水稻。最累的是八月份的「雙搶」，早晨兩三點鐘就得下地，在水田裡一泡就是一天。偏偏包宇腿上生了一個很大的瘡，她不肯休息，照樣下地。為了不落後，她夜裡就起來去拔秧，秧苗拔回來，別人還在酣睡，她卻開始下水田插秧了。

包宇的秧插得又快又勻，誰見了都說好，插秧這活最累腰，一天幹下來，腰疼得直不起來，可是收工回來還得燒飯，還得侍弄菜地，否則就沒有菜吃。但她們還是常常沒有菜吃，因為實在沒有多少時間和力氣去侍弄菜地。沒有菜吃就挖野菜，甚至往白水裡加點鹽加點油，當湯下飯。實在想吃菜了，就端著一碗飯，到農民家裡去要點菜吃，村裡的農

民對她們還是蠻好的，都同情這些「城裡來的娃娃」。

包宇要強，再累的活計，再苦的日子，她都頂下來了，她的出勤率是知青裡邊最多的。幹到年底一算帳，一個勞動日的分值只有 5 分錢，整個知青集體户是超支户，一分錢拿不到，反而倒欠生產隊的錢。

到 1973 年夏天為止，洶湧的上山下鄉浪潮已經裹挾進 880 萬知識青年，其中「文革」期間下鄉的有 758 萬；除去參軍招工上大學的，當時在鄉的還有 595 萬人，其中插隊 400 萬人，兵團和農場的 195 萬。這些人中間，5.9 萬人入了黨，83 萬人入了團，24 萬人被選進各級領導班子，這是作為主流成績反映上來的。作為問題反映上來的主要是兩個 30%：全國有 30% 以上的知青生活不能自給，要靠家裡資助，個別嚴重的地區達到 60%-70%；全國有 30% 的知青點沒給知青蓋房。

知青的口糧頭一年都是由國家撥給，不要生產隊操心，所以第一要緊的是住房。房子可不是説蓋就能蓋起來的，不要説正兒八經的磚房、土坯房和土窰洞了，就是簡易的馬架子、地窖子、茅草屋，也得備料、施工幹上幾天，還得看天氣，冬天不能施工，雨天不能施工。所以有些知青長期借住社員的房子，有的住倉庫、寺廟甚至放棺材的祠堂，住在馬棚裡的，夜裡醒來能聽到老馬咔哧咔哧咀嚼草料的聲音。他們來的太急了，太倉促了，農村還沒有做好準備呢，物質的準備和精神的準備都沒做好。

知青有的才十五六歲，還是些孩子，天性好動，免不了淘氣，甚至有惡作劇。肚子餓了，偷點隊裡的紅薯、嫩玉米吃，嘴巴饞了，有人去偷老鄉家裡養的雞，有時相互之間鬧點矛盾還會動手打上一架。唉，真是添亂，真是麻煩，平安無事的村子裡一下起了多少風波！四川的插隊知青有種流行的打扮：上身海魂衫，下身綠軍褲，農民一看到這種打扮的小伙子就心生戒意，多了幾分警惕，趕緊關好自家的門，趕緊點點自

家的雞。他們實在有些害怕。農民跟知青之間有了芥蒂。

最讓農民不高興的是知青來了搶了他們的工分，佔了他們的利益。地還是那麼多地，糧還是那麼多糧，尤其在人多地少的南方農村，本來鍋裡的粥就緊緊巴巴的並不富裕，現在一下子又來了一幫分粥吃的「和尚」，農民能沒有意見？農民心裡頭能高興？他們就想法子把知青的工分壓得低一些，幹同樣的活，農民拿 10 分，男知青只拿 8 分，女知青僅拿 6 分，這是常有的事，知青能沒有意見？知青心裡頭能高興？

知識青年有文化，愛海闊天空地高談闊論，講起話來嘴無遮攔，有股子狂傲勁，讓一些農村農場的幹部聽了不舒服，特別是對那些敢給領導提意見的人。「得找個機會整整他們」，那些心胸狹隘的幹部在內心裡暗暗地說，「這地方過去還沒有人敢跟我這麼說話呢！」

城裡的姑娘也比農村的姑娘嬌媚動人得多，她們的皮膚是白嫩的，她們的衣服穿得很得體，她們有的是家裡的獨女或嬌女，身上有種嬌滴滴的味道，她們在城市文明的薰陶下長大，走路說話微笑，都有著與農村姑娘截然不同的風度和氣質。有些村幹部團幹部農場幹部連隊幹部悄悄地起了歹心。

知識青年上山下鄉，說是接受再教育，貧下中農可沒那個想法。誰去教育？怎麼教育？村裡頭一天到晚種地幹活，誰有閒心去研究那個？隊幹部想：嗨，就是安排他們幹活唄，跟社員一樣，下地，上場院，割稻，插秧，別的啥也不要說，就是個普通勞動力，啥叫再教育？這就是再教育！

睡在一口棺材下面

1968 年 8 月下旬的一個夜晚，一列火車緩緩駛入大石寨車站，慢吞吞地停下來。昏昏沉沉正在打瞌睡的張羽農被人推了一把：「快點，下車了！」他費勁地睜開發澀的眼睛，才發覺車廂裡的人已經走了一半

了。他趕緊跳了起來，從行李架上取下背包和挎包，慌慌張張地朝車門走去。

外面正在下小雨，細細的雨絲落在他的臉上，涼涼的，很舒服，把他的睡意驅走了，腦子一下清醒了。他聽到尖厲的哨聲和集合的喊聲。借著火車站那幾盞電燈透出的昏暗光亮，300多個背著背包的小伙子和姑娘擁擠著，推搡著，在隊伍中尋找著自己的同伴和自己的位置。

「唉呀，你別推我呀！」「我的背包呢？誰看見我背包了？」「劉禮紅——」「三排在哪？誰是三排的？」……

一陣長長的騷亂之後，隊伍終於站好了。「都把手電筒拿出來，別說話，一個跟著一個，出發！」這是指揮員發出的命令。

天特別黑，沒有星月，也看不見燈光，不知這是啥地方，不知要去啥地方。路特別滑，儘管張羽農十分小心，他還是在一個拐彎的地方摔倒了，褲子上背包上都沾了許多泥，兩隻手上黏糊糊的，手電筒的玻璃片也摔碎了。上火車時的那股興奮勁一下子跑了大半，不知是讓雨澆的還是摔跤摔的，他的心緒一下子變得很壞。他在心裡罵著這條泥路，這場小雨，這連燈也沒有的環境。前邊後邊已經有人罵出聲了：「我操他媽，這是甚麼鬼地方，早知道這樣子老子就不來了！」

「哎喲——」隨著一聲叫喊，又有人摔倒了。張羽農想像著摔倒同學那泥糊糊的衣服、黏糊糊的雙手，心裡產生了一種感官上的厭惡，他只盼著快點到達目的地，到了宿舍裡好好洗洗身上的泥，踏實安穩地睡上一覺。

長長的隊伍，長長的一溜手電，在長長的泥濘小路上行走，誰也不知道要到哪裡去，誰也不知道還要走多遠。

隊伍終於停下了，男女生分開，張羽農他們這撥男生被帶進一間大庫房。

好大的庫房喲，足有三四個籃球場那麼大！裡面空空蕩蕩的，啥也

沒有，只掛著幾盞馬燈，地上有幾支蠟燭，忽閃忽閃的，散發出昏黃微弱的光。「把我們領到這地方來幹啥？」張羽農心裡正犯疑惑，聽到一個硬梆梆的聲音：「地上是鋪，趕緊找地方，解行李，趕緊睡覺，其他事情明天再說！」

　　這時張羽農才看清楚，地上鋪著兩溜木板，這邊一溜，那邊一溜，他蹲下去用手摸了摸，木板潮乎乎的，還帶著毛碴，看來是剛剛用大鋸破好的，還散發著一股楊木的清香。木板有薄有厚，有寬有窄，高高低低的，木板跟木板之間有棱，有縫。天哪，這裡就是宿舍？這裡就是床鋪？就在這裡安營扎寨了？張羽農心裡最後的一點希望也破滅了，他那個舒舒服服睡一覺的希望破滅了，出發前他心裡那些個興奮、激動、光榮、自豪的感覺一下子全沒影兒了，蕩然無存了。看見別人都在搶地方占位置解行李，他也趕緊找了個位置把行李放下來。幸好他的背包外面包了一層油布，沒有淋濕，可是繩子全濕了，發澀，結又打得緊，屋裡光線又暗，看也看不清，解又解不開，他氣急敗壞，有一陣甚至想用刀子把繩子割斷，但他還是把這個念頭打消了：在今後的日子裡，這根繩子不知還有多少用處呢！，

　　鞋都濕透了，腳濕漉漉的，沒法洗，他找出毛巾乾擦，擦得很仔細，每個腳趾頭、每個趾頭縫裡都擦了，擦完腳，鋪開行李，他呆呆地坐著，看著，一屋子人都在忙碌，解行李，鋪行李，脫衣服，動作快的已經鑽進被窩裡去了。到處都有人在咒罵，各種惡毒的字眼都用上了，在這種時候，咒罵是他們唯一的發洩方式。女孩子還有另外一種發洩方式，從庫房外傳來了她們的哭聲，嗓子很尖，聲音很響，屋裡的男生有了新的咒罵對象：「哭喪哪？三更半夜的，哭個屁！」

　　有人在出出進進，有人在地上走動，有人拿著手電筒滿屋裡找失落的東西，搖曳的燭光在牆壁上投下他們巨大的影子，黑乎乎的影子隨著燭光跳動而不停地搖動。張羽農想起他小時候讀過的童話，他覺得那晃

動的影子很像一個個狂笑亂舞的魔鬼，而這座巨大的庫房就像一個空曠的山洞，他心頭襲上一陣恐懼。

一切都跟他想的不一樣，完全不一樣，失望深深地壓在心頭，他後悔了，可是後悔也晚了。

那一夜，張羽農竟然睡得很實、很香。

跟四川姑娘魏澤比起來，張羽農的住處應該說要好得多了。

魏澤一個人來到大巴山區的一個山村插隊，到了隊裡天就快黑了，隊長把她領到生產隊的保管室裡，裡面很乾淨，剛剛收拾過的，擺著一張新桌子，一張新木床，床上鋪了厚厚的稻草。牆角還有新砌的爐灶，新買的鐵鍋。魏澤對這個新家很滿意，很喜歡，可是到了晚上她才發現，這個新住處太可怕了！

她先是聽到頭頂的房樑上有窸窸窣窣的聲音，是老鼠跑動的聲音。她不禁有些害怕，趕緊點上煤油燈，又拿出手電筒朝房樑上照，這一照不要緊，原來房樑上還橫放著一個木箱，再細一看，呀，原來是一口棺材！唉呀嚇死人了！棺材是放死人的，裡面有沒有死人！魏澤一下想起從前聽過的那些屍體呀鬼魂呀的故事。她想哭，又不敢哭，她想另外找個睡覺的地方，可是初來乍到，誰也不認識，去找誰呢？沒有辦法，在這人生地不熟的山村，在這漆黑孤獨的夜晚，她只能住在這裡，只能睡在一個有口大棺材的屋子裡，睡在那口大棺材的下面。躺在床上，一睜眼睛就能看到那口大棺材，真倒楣！

煤油燈亮了一夜，魏澤靠著那點光亮來給自己壯膽。好容易捱到雞叫了，天亮了，鬼魂不會出現了。魏澤第一件事情就是去找隊長：「隊長，那屋裡的樑上有口棺材，嚇死人了。你幫我解決一下吧，要麼換個地方住，要麼把棺材抬走！」隊長想了一會兒，說，現在隊裡沒有別的空房，換地方恐怕不行，這口棺材是公社王書記的老丈母娘的，一直放

在這裡，我也不敢得罪王書記。兩個辦法一個也行不通。魏澤只得硬著頭皮住下去。她每天晚上都點著煤油燈睡，即使有油燈的光亮她仍然無法睡實，朦朧中保持著警覺，一有風吹草動立刻睜開眼睛。每月供應的煤油，幾天就用光了。她沒有了油燈壯膽，只能在黑暗中入睡，勞動了一天，實在太睏了，稀裡糊塗地也就沉沉睡去。魏澤說：「這口黑漆漆的大棺材成了我在農村的陪伴，它躺在上面，我睡在下面，一直到我調離農村。」

安置費不翼而飛

　　李大光去內蒙古巴彥諾爾盟杭錦後旗紅旗公社插隊，那個地方風沙大，不打糧，一畝地播上 60 斤麥種，最多收回來二三十斤，社員收入本來就低，所以都不歡迎知青。大隊分不下去，就讓生產隊抓鬮，抓著幾個算幾個。沒抓著的都高興壞了，李大光那個隊抓了八個，隊長讓社員數落得一年都沒抬起頭來。

　　在川西平原插隊的成都女知青張治玲，個頭長的小，生產隊裡給她評定的工分標準是每天三個工分。那一年每個勞動日值（10 分）是 0.17 元，三個工分僅合 5 分 1 厘，這是她一天 10 個多小時的勞動報酬。她下鄉七年，最多的一年掙了 1200 個工分，可是由於分值低，那一年她反要倒補隊裡 17 元錢。在人多地少的四川省，農村的勞動力本來就過剩，農民的收入本來就不高，知青來了，掙工分的人多了，工分值自然就更低了，無形中影響了農民的收入，侵犯了農民的利益。所以，這種地方的農民自然不歡迎知青來下鄉。

　　成鉗對北大荒的印象是一個字：冷。氣候是冷的，人情是冷的，村裡的氛圍是冷的，隊幹部的語氣和表情從來都是冷的。他們這幫小青年在一塊多次議論過：隊長會不會笑？

　　涼秋九月，塞外草衰，到了 11 月，已經是滴水成冰了。社員們家家戶戶都升起火牆，燒起熱炕，嚴嚴實實的屋子裡，有一種融融的暖意。但是成鉗他們那間宿舍，既無煙囪，又無爐蓋板，沒有辦法燒火，只能乾凍著。土炕開始是涼的，後來是冰涼，再後來是冰冷，沒法睡人，小伙子們就在冰涼的炕上搭一些木板，睡木板。早晨睜開眼，第一眼看到的就是牆上的霜，一指厚的霜，晶瑩潔白的霜，茸茸的，像小動物的絨毛，在杭州從來沒見過。好看的霜花激發不起一點浪漫的情調，他們全都蜷縮在被窩裡不想出來。

　　煙囪哪去了？爐子上的蓋板哪去了？都讓主人拆走了。主人哪去了？主人是特嫌份子，全家都遷往內地去了。邊境形勢緊張，怕他們裡通外國搞破壞。

　　本來成鉗他們有國家撥的安置費，本來隊裡說好了要用安置費給他們蓋房子，可是地基剛打好就停工了，至今還在那裡擺著，隊裡把他們安排到老鄉家去住。住老鄉家的房要付房錢，住了半年，隊裡說知青的安置費花光了，沒錢了老鄉就不讓住了。正好，有兩戶內遷戶剛剛遷走，知青就搬進去了。內遷的老鄉把能帶走的東西全都帶走了，只剩下兩間空蕩蕩的土房和兩鋪光禿禿的土炕，連炕席都沒有。

　　七月八月好對付，九月十月能將就，到了十一月日子就難捱了。知青去找隊長要煙囪，要爐蓋板，要煤，隊長說煙囪沒有，爐蓋板沒有，給你們拉一車煤吧！第二天隊裡就拉來一馬車煤，那煤烏禿禿的，一點兒光澤也沒有，成鉗他們試著在炕洞裡燒，不管劈柴燒得有多旺，煤一壓上去火就滅，原來煤裡邊盡是石頭，原來這是一堆放了好幾年沒人要的煤，煤裡那點可憐的有機質，早就在風吹日曬中流失光了。知青們氣得直罵，罵也沒有用，沒人管他們，只能自己救自己。「要創造人類的幸福，全靠我們自己」，他們唱著《國際歌》開始行動了。

　　成鉗說，那個時候知青偷東西，都是逼出來的，因為誰也不管，手

裡又沒錢。要分紅得等到年底。

潘陽軍區前進歌舞團到邊境地區來慰問演出，成鉗的好友小周那時正在學小提琴，苦於無師可求，他就繞到俱樂部的後面，趴著窗戶，看歌舞團的小提琴手如何調音，怎樣練琴。後台很熱鬧，演員們正在化妝，屋子裡面熱氣騰騰，爐子上坐著一把鐵壺，壺裡的水燒開了，鼓得壺蓋一竄一竄地跳，白色的蒸氣從壺嘴裡呼呼地冒出來，窗戶上掛滿了細細的水珠。小周隔著水珠尋找小提琴手，成鉗卻一眼就盯上了爐子上的那十幾節煙囪，他心裡猛地掠過一陣狂喜。

演出結束了，觀眾散場了，知青們卻不肯走，七八個人圍著俱樂部的看門老頭，七嘴八舌地發議論。有人模仿相聲演員的樣子和語調，一幫人就一陣又一陣地哄堂大笑，在這笑聲的掩護下，成鉗正領著另一撥子人，緊張地在後台拆煙囪。

爐火還沒有熄，煙囪還熱得燙手，但是顧不得了，等不及了，他們用毛巾和手套墊著，使足力氣往下拔。窗外有人接應，拆下一節運走一節，一節節煙囪全部運回宿舍去了。他們心裡好不得意，結果最後一節沒拿穩，掉到舞台上，「咚」地一聲，在空曠的劇場裡響起了清晰響亮的回聲。這響聲引起看門人的注意，他說：「甚麼聲音，我得去看看！」知青們卻拉著他不讓走，正糾纏間，傳來了成鉗的喊聲：「平安無事嘍──」這是事先預定的暗號，示意事情成功，於是知青們也高聲喊著：「平安無事嘍──」一哄而散，把莫名其妙的看門人，留在了俱樂部的大門口。

煙囪有了，煙囪安好了，可爐蓋板沒有，沒有爐蓋板的爐子怎麼用？有人偵察之後又想出了一個主意：郵電所的爐子在外屋，爐蓋板是新的，偷他們的！

一天，郵電所裡來了五個知青，五個人都來買郵票，每人買兩張。他們慢騰騰地掏錢，慢騰騰地付款。屋子裡邊買郵票，屋子外邊偷爐蓋

板。北方的爐子是磚砌的，紅磚砌成四四方方的爐壁，上邊放一塊四四方方的爐蓋板，爐蓋板的中間是爐圈，大的套著小的，一環套著一環。紅紅的爐火把爐蓋板燒得火熱，但是小周不在乎，他找來一根鐵條，用力一撬，就把爐蓋板撬了起來，幾個人拿著棍子一挑，一套爐蓋板就挑走了。

俱樂部來告狀，郵局來告狀，狀子告到公社的劉副書記那裡，被告都是知青。劉副書記是江蘇人，五十年代末轉業來到東北，他理解這些孩子們的難處，但處在他的地位，又不好為孩子們辯解，只得把事情壓下了之。可是他怎麼也沒有想到，這些偷上了癮的知青，竟然偷到了他的頭上。

一天夜晚，他在公社裡值班，一個人坐在燈下看書。看著看著起了睏意，正要鋪開行李睡覺，忽然聽見院子裡邊有響動，他拿了手電出來，煤堆旁邊有一群黑乎乎的人影，打開手電一看，原來是知青，一人手裡一把鐵鍬，正往一個大木槽子裡邊裝煤，他惱了，高聲喊到：「你們的膽子也太大了，偷到公社來了，哪個是頭，出來講話！」

挺身而出的是成鉗。他認得劉副書記，劉副書記也認得他。「劉副書記，我們沒有辦法，我們都要凍死了！」

「你們隊長說，給你們拉了一車煤！」

「那種煤根本沒有辦法燒，裡邊盡是石頭，你去看看好了，要是能燒的話，我們不會跑到這裡來的，我們真是沒有辦法了！」

劉副書記的語氣緩和下來了：「你們隊裡怎麼搞的，安置費全都給了他們，房子也不蓋，煤又不肯買，他們把錢都用到哪裡去了！」

「隊長說安置費早都用光了，我們也不曉得他是怎麼用的，我們也不曉得到底有多少錢。」

劉副書記心裡明白：知青的安置費被隊裡挪用了。

挪用知青安置費的現象，在農村是很普遍的，只是程度不同。挪用

的原因大體上有這麼幾個：一是隊裡實在太窮，缺錢；二是農村幹部一開始就不相信知青們能長久地住下來，能在這裡扎根，「要是真把這些錢都用在他們身上，那不白瞎了！」第三，許多地方的農村本來就不歡迎知青，而知青的一些惡作劇和偷竊行為，更加深了農民的反感和不滿，「有錢也不往他們身上花！」

可能是由於語言和生活習慣的不同，到北方插隊的南方知青，與當地農民的關係大都比較冷漠，成鉗說，他們跟農民基本上沒有交流，除了在一塊兒幹活很少來往，沒有事，他們從不到社員家裡去，社員也不到他們屋裡來，走在路上見到了，彼此連個招呼也不打，農民的臉上老是那一副漠然的神態。

下鄉後的第一個春節，成鉗是在村裡過的，知青大部分都走了，只剩下他跟小周兩個人。知青點的炊事員是個鶴崗知青，他走的頭一天，用最後一點玉米麵蒸了幾個窩窩頭，用最後一點油作了一鍋湯。他對成鉗說：「糧食一點也沒有了，油也沒有了，你們自己想辦法吧！」

那一年的秋天霜來的早，早霜把未長成的莊稼都打死了，是個災年，分口糧的時候隊長告訴知青：「你們的口糧等過了春節再分！」過冬的菜也是隊裡分的，社員家裡都有菜窖，把分到的白菜土豆蘿蔔放進窖裡，要吃一冬。知青口糧分不到，菜也分不到。「反正你們也沒窖！」隊長說。

炊斷糧！這可是件大事！成鉗跟小周整整餓了一天一夜，到第二天中午實在挺不住了，兩個人上隊長家裡去了。隊長家裡正在吃飯，炕上擺著小飯桌，玉米麵餅子冒著熱氣，散發著香甜的氣息，真誘人！兩個人拿起餅子就吃，這比知青做的餅子好吃多了。

「隊長，我們斷糧了，你要再不給解決，我們就天天上你家裡來吃飯，總不能讓我們餓死吧，咱們是社會主義國家！」

隊長沒辦法，下午就從倉庫裡給他們秤了100斤玉米。整粒的玉米

没法吃，成鉗跟小周扛到公社的糧食加工廠，磨成了玉米麵。

那個春節，他們倆天天吃玉米麵，頓頓吃玉米麵，玉米麵餅子，玉米麵窩頭，玉米麵糊糊。甚麼菜也沒有，只能喝鹽水湯。過完了春節才給知青結帳分口糧，成鉗從年初到年尾整整幹了一年，分了 32 元錢，是知青裡邊分錢最多的一個，大多數人都是倒欠隊裡的錢。

「領袖像事件」

對知青來説，體膚之苦還好忍受，最難耐的是精神上的折磨。

松花江流過了哈爾濱就進入了中下游，江面漸漸展寬，水量漸漸變大。松花江中下游最大的城市是佳木斯，與佳木斯隔江相對有個蓮江口農場。蓮江口農場過去是個勞改農場，在知青上山下鄉的高潮中，勞改犯遷走了，農場用於安置滾滾而來的知識青年。

李鐵是個很帥的小伙子，國字臉，白淨的皮膚，濃黑的瞳仁，濃黑的頭髮，他有一條好嗓子，又有很高的音樂天賦，音樂課上學唱新歌，老師剛剛教過兩遍，他就能完整流暢地唱下來，旋律之準樂感之好聲音之嘹亮，令老師驚嘆。學校裡哪次文藝匯演也少不了他，他因此而有了名氣，有了傲氣，「這小子挺狂」，人們嘴上這樣議論，心裡還是喜歡他。他父親是一所中學的校長，母親是報社的老編輯，他是家裡的獨子，母親的寵兒。

李鐵聰明，又愛耍點小聰明，學習不大努力，每次考試老在 80 多分。他没吃過苦，也没發過愁，整天哼哼呀呀地唱，得意地炫耀他那條好嗓子。

1966 年的夏天李鐵第一次嘗到了屈辱的滋味。他的父親成為走資派被打倒，他的母親也受到批判，他的地位幾天之內一落千丈，成了黑五類、狗崽子。他一下子蔫了，像是遭了寒霜的花兒，再也没有了那股得意的「狂勁兒」，再也聽不見他那高而嘹亮的嗓音。他覺得抬不起頭

來。他們那個大院裡抬不起頭的孩子有好幾家，幾個孩子盡量少露面，不出門，離「大革命」「大批判」躲得遠一點。

上山下鄉的高潮來了，李鐵像是甩包袱一樣很快地離開了他那個家庭，來到了蓮江口農場。這裡是一個新組成的集體，這裡沒有人知道他是狗崽子，儘管勞動很累，但是他的精神壓力小一些，心情要好一些。

李鐵的性格大大改變了，他不愛多說話，對甚麼都不搶不爭，大家對他的印象是兩個字：老實。又老實，又長了一副招人喜歡的模樣，自然得到大夥的喜愛。那時每天早晨上工要排隊，還要舉著一個毛主席畫像，舉毛主席像的「光榮任務」交給了李鐵，畫像黏貼在一塊木板上，木板有一個長長的木柄，李鐵每天上工下工，就舉著這個木板走在隊伍的最前面。

下鄉不到兩個月，發生了這樣一件事。

那時正是隆冬，每天在場院上脫稻穀，李鐵到了場院上，隨手把毛主席像往稻草垛上一插，就去幹活。

冬天的原野是空曠的，空曠的原野上風是很大的，稻草垛又很鬆，不知道甚麼時候，插在稻草垛上的毛主席像倒了。這本來是一件平常普通的事情，倒了，再扶起來重新插好就是了。就是這件當時誰也沒注意到的事，幾乎毀掉了李鐵。

那時每天晚上都有總結會，總結會主要不是總結工作，而是總結思想，鬥私批修。李鐵他們排裡有個男生，來自一所工讀中學——學校不好，他家是富農成分——出身不好。或許正是由於這兩個劣勢，他才更加急於表現自己。在總結會上，他把毛主席像這件事情講了，他說：李鐵對我們偉大領袖毛主席十分不尊重，他不是把毛主席像好好地插在那，而是把毛主席像往那一扔就走了，這是甚麼問題？這是對毛主席他老人家的態度問題！他嚴肅而又氣憤地說。

對毛主席的態度問題，這可是畫分革命和反革命的分水嶺呀！有人

十分氣憤地喊起來：李鐵，你說，這是怎麼回事？李鐵，你用心何在？李鐵，你對毛主席是甚麼感情！屋裡的氣氛在急遽地升級。李鐵哪見過這陣勢，他嚇壞了，他無力地辯解著：「我沒——」在這個關鍵的時刻有人又提供了關鍵的情報：「他爸是走資派！」這一下，問題的性質可就嚴重了。「打倒——」有人帶頭喊起了口號。

各個排的總結會，要逐級向上匯報，於是這件事匯報到分場。分場聽匯報的是一個原勞改農場的幹部，他立刻查了李鐵的檔案，又派人搞了他的外調，証實了他的的確確是走資派的孩子。問題定性了：反革命！發洩對偉大領袖毛主席的不滿！反對毛主席！那年月正是狠抓階級鬥爭的年月，愁的是沒有活靶子，喜的是終於找到了一個活靶子。管勞改犯的幹部把管勞改犯的那套辦法又拿出來了：馬上把他看起來，隔離反省！全分場大會批判他，連裡排裡每天批判。每次批判會上他先要自報家門：我是走資派的狗崽子李鐵，我反對偉大領袖毛主席罪該萬死！白天勞動讓他幹最苦最累的活，晚上批判會讓他 90 度大哈腰，早晨他要先起來給食堂挑好做飯的水，給知青們挑來洗臉水，帥氣的小伙子迅速地憔悴下去。

李鐵的媽媽聽到了消息，急匆匆地趕到農場來看他，一見面她幾乎不敢相信，這張骯髒憔悴的臉就是那張白淨俊秀的臉嗎？這木訥無語的人就是他那活潑好動的兒子嗎？她不相信自己的兒子是反革命，她相信兒子的良好素質，可是她的辯解是無力的，無效的，無結果的。她要陪兒子住幾天。早晨，天還黑黑的，兒子就被看守人員叫起來，她也跟著穿衣起來，兒子去挑水，她就坐在炕沿上發呆。善良的母親沒有能力保護自己的愛子，她的臉也跟著憔悴下去。

女生排排長潘琴看著李鐵媽媽愁雲滿面的神色，看著她單薄瘦弱的身影，看著她每天默默無語地跟在李鐵旁邊去下地去挑水，在食堂裡排著隊給兒子買飯端菜，心裡充滿了憐憫和同情，她真想去幫幫她，真想

對她說一句安慰話，可是她該說些甚麼？她又能幫上甚麼忙呢？她僅僅是一個接受再教育的知青啊。

十六七歲的孩子，還未成年，如何能受得了這麼大的壓力？李鐵的精神終於崩潰了，他得了精神病，要到外地的精神病院去治療，來農場接他的，還是他的媽媽。潘琴永遠忘不了那一幕：清瘦的母親一手提著沉重的行李，一手領著癡呆的兒子，一步一步地走遠了，消失在原野上，消失在寒風裡。潘琴站在修整水渠的工地上，一直看了很久很久。

幾年之後，潘琴考上了大學，離開了農場。暑假裡她回家度假，一個明媚的夏日，她在江邊公園裡漫步，忽然遇到了李鐵。小伙子的臉色很好，白裡透紅，又恢復了英俊，那對瞳仁還是烏黑烏黑的，但瞳仁裡似乎少了些甚麼。究竟少了甚麼？潘琴苦苦地想，噢，是靈氣，少了靈氣，幾年前，那雙黑黑的眸子裡飛動著多少聰穎的靈氣呀！潘琴問他：李鐵，你的病好了嗎？好了。你現在幹啥呢？沒工作，在家待著呢。你媽媽好嗎？挺好的，就是頭髮都白了。他神情那麼平靜，既沒有憤忿，也沒有抱怨，彷彿甚麼也沒發生過，甚麼也沒失去過，「但是，他失去了多麼重要的東西呀，那失去的永遠也尋不回來了。」潘琴在心裡默默地想。她為李鐵的平靜而高興，她又為李鐵的平靜而悲哀。雲彩在天上慢慢地飄，柳樹枝在頭頂輕輕地搖，公園裡的一切都那麼美好，潘琴的心卻被一段往事的回憶嚙咬著。

社會是複雜的，人際關係是複雜的，而知識青年們是比較單純的，他們缺少處理各種矛盾的經驗，也缺少自我保護的警惕性。「老三屆」們的確如他們自己所說是「生不逢時」：剛剛獨立地走上社會的時候，偏偏趕上的是一個遍布著陷阱的社會。他們懵懵懂懂地闖進這個社會，父母親友師長都不在身邊，無人幫助無人指點，就很容易或是由於太幼稚或是由於太衝動而做出一些錯事、蠢事來。

生產建設兵團的一個女知青班，剛發了工資，一個女生的錢就找不見了。她急得在宿舍裡一邊找一邊嚷，同班的幾個女生都趕緊表態：「我沒拿！」「我沒看見！」只有天津知青小杜沒有吭聲。她平時就不愛講話，對別人的事情也不大關心，「管你們丟錢不丟錢，跟我沒關係。」她常常是這樣一種處世態度。很自然的，她就成了唯一可疑的對象。

班長找她談心，排長也找她談心，她們不好直截了當地把話挑明，不好一口咬定是小杜偷的錢，只能拐彎抹角撲朔迷離閃爍其詞。小杜不是傻子，她當然聽明白了，她也不做更多的解釋，就是一句話：我沒拿，反正我沒拿。不管班長排長講多少話，她只有這一句話。指導員聽說了這件事，有些惱火，讓他們「加大火力」，全班開會動員她把錢拿出來，不拿出來第二天就開全連大會。小杜只是哭，不講話。會開完了，大家都躺下睡覺了，她還是坐在炕沿上哭，哭得宿舍裡的人心煩，睡不著覺，有人就氣惱地喊了一句：「想哭上外邊哭去！」小杜一欠身蹦到地上，抬腳就出去了，一夜沒有回來。

第二天班長趕緊向排長報告，排長向指導員報告，指導員讓全連人去找，營區裡找遍了，營區後邊的小山上也找遍了，又派人到團部去找，都毫無結果。指導員有警惕性，當時正是冬天，江河都已封凍，「她會不會叛國投敵，跑到老毛子那頭去了？」指導員趕緊向團裡報告了這個可疑的情況。

連隊有兩口井，一口在馬號，是餵牲口的；一口在食堂，是做飯用的。開春以後，天氣漸漸暖和，大夥覺得食堂那口井裡打出來的水有股臭味，臭味一天比一天衝，又過了幾天打出來的水裡還發現了黑色的毛髮。副連長說，這井日子久了，該掏一掏了，就派人下去掏井。下去的人一腳踩到軟綿綿的東西，用手一摸是個人，嚇得大聲叫起來。上邊的人聽到叫喊，趕緊搖動轆轤把他拉了上來。小杜終於找到了。小杜在井

裡沉睡了一冬天。連裡的人喝了一冬天泡著小杜屍體的井水。

　　很簡單的一件事情，處理不當，就出了一條人命。

不殺不足以平民憤

　　1973 年 8 月，北大荒上響起了兩聲槍聲。應聲倒地的是兩個現役軍人，一個叫黃硯田，一個叫李耀東，一個是黑龍江生產建設兵團 16 團的團長，一個是 16 團的參謀長，一個 49 歲，一個 48 歲，一個是四三年入伍四四年入黨，一個是四三年入黨四四年入伍，都是有著 30 年黨齡軍齡的老八路。他們的罪名是奸汙迫害女知識青年。與此同時，國務院和中央軍委聯合發出 104 號文件，把黃、李案件通報全國縣團級以上黨政軍部門。通報的措詞十分嚴厲，指出當前摧殘迫害上山下鄉知識青年是「兩個階級兩條道路兩種思想激烈鬥爭的反映」，要求各級黨委「全面地嚴格檢查這類案件，依法懲辦以法西斯手段殘酷迫害知識青年和強奸女知識青年的犯罪份子，堅決殺掉其中罪大惡極、民憤極大者，並大張旗鼓地宣判，以達到殺一儆百的目的。」104 號文件發布之後，各地都公判處理了一批迫害下鄉知青的案件，殺了一批罪大惡極者。由於當時正在風口浪頭上，所以有個別案件在事實上和量刑上不甚準確，有偏嚴偏重的傾向（如黃硯田李耀東一案 1983 年複查後撤銷了原判決）。

　　1973 年 5 月底，新華社雲南分社的兩名記者，到滇南的一支部隊裡去了解批林整風的情況。採訪很順利，也很平淡，但是在返回昆明的時候，他們卻見到了令人吃驚的一幕。

　　在途經生產建設兵團 4 師 18 團團部所在地的金平縣時，汽車出了點故障，拋錨修理，記者在等候修車的時間裡，看到有幾個年輕人被看管著勞動，記者好奇地向人打聽，才知道他們都是知青，是「5.13」反革命暴動事件的參加者。

知青成了勞改犯，而且不是一個而是一群，這顯然很不正常，非常反常，作為新華社的記者，敏感性與正義感俱備，他們對 18 團的知青問題作了一些調查，調查就從「5.13」反革命暴動事件開始。

5 月 11 號夜晚，18 團 1 營 18 連發生了一起企圖對女知青強行施暴的事件，女知青發覺後大聲呼救，住在旁邊的男知青趕來，將流氓一頓痛打。5 月 13 日，流氓糾集了一群人，在 18 連大打出手，揚言要「踏平 18 連」。有的男知青被打得頭破血流，有的女知青受到了侮辱和調戲，更多的知青躲進宿舍不敢出來。正當知青節節敗退之時，一個個頭不高的「小四川」忽然從廚房裡殺將出來，他手拿一根木棒，衝著歹徒們一陣猛掄，一下子就掃倒了一片。小伙子姓黃，平時就急公好義，專愛打抱不平，其他知青見狀，趁勢揮舞著鋤頭扁擔一擁而上，戰局頓然改觀，知青大獲全勝。這時連隊指導員出面了，他火冒三丈，拔出手槍對空鳴響，然後厲聲命令把打架鬧事的知青統統都抓起來。18 連是武裝連隊，連裡也有武器，小黃這個愣小伙子眼疾手快，一把搶過來一支衝鋒槍，嘩啦一聲頂上了子彈，一些氣憤的知青也把老式步槍端了起來。刀出鞘箭上弦，形勢頓然緊張。

雙方都拿著槍，雙方的槍膛裡都頂著子彈，只要有人用食指輕輕扣動板機，就可能有人飲彈倒下。情況十分危急，氣氛十分緊張，有的女知青嚇呆了，有人馬上去打電話。情況馬上報告到團部，一名副團長馬上帶領警衛連趕來。持槍的知青被包圍了，知青手裡的槍被繳械了，50名知青被當場抓獲，連夜審訊，最後拘留了小黃等 15 人。這次事件被定性為「5.13」反革命暴動案，首犯小黃被正式逮捕，其餘十幾人先在各連隊巡迴批鬥，然後管制勞動兩年。

這是 18 團迫害知青最典型最嚴重的一起事件，但不是唯一的一起。在 18 團，捆綁吊打知青的事件相當多，記者在調查中了解到，全團 31個單位中有 23 個單位都發生過。捆綁吊打有各種花樣，各種名稱，比

如：猴子撈月、老牛扳樁、吊半邊豬、背扁擔、跪磚碴、跪劈柴加踩扛子等等。

兩名記者寫出的《關於雲南生產建設兵團摧殘迫害知識青年的情況反映》，登在新華社 7 月 4 日的《國內動態》第 241 號上，送到了中央領導人的辦公桌上。7 月 5 日葉劍英批示：「事態嚴重，請電告昆明軍區派人查報。」7 月 6 日周恩來批示：「先念、登奎、德生、國鋒、洪文、東興同志：此等法西斯行為，非立即處理不可。……只要 18 團被控事件屬實，應請省委、軍區立即派人主持，首先將這個團部負責人停職交待，並開群眾大會宣布此事。……省委、軍區要負責保護這些受摧殘的知識青年。」7 月 6 日李先念批示：「內中有些人不是共產黨，是國民黨，至少是國民黨行為。不知為甚麼得不到糾正？省委、軍區難道說一點也不知道嗎？」

遵照中央領導同志的指示，中共中央和國務院派出了聯合調查組赴雲南邊疆進行調查，8 月，調查報告作為中央文件通報全黨。

迫害知青的問題一點一點揭露出來，問題越揭越多。

獨立一營有個營長叫賈小山，1947 年在解放戰爭中入伍，打仗很勇敢，多次立功受獎，還在敵人的砲火底下搶救過好幾次戰友，但也因為調戲婦女犯過大錯。獨立營下面管著十幾個連隊、兩千多個知青，43 歲的賈小山在這裡簡直是個土皇帝，被他捆綁吊打過的男知青有七十多人，其中有的致殘，被他強奸的女知青有二十幾個。直到 1973 年，一名上海女知青兩次投河自殺，賈小山的事情才暴露出來。

一師二團六營的張國亮，原來是瀋陽軍區「雷鋒團」的一個排長，他們部隊到中老邊境執行戰備任務，張國亮作為骨幹留在了雲南生產建設兵團，由排長擢升為指導員。他很能幹，開荒、築壩、各種大會戰，比誰都幹得猛幹得歡，他曾經跳下激流救人，也會和風細雨地做思想工作，為此獲得過上級嘉獎，還榮立過一次三等功。張國亮是許多知青心

目中「真正的解放軍」、「優秀的部隊幹部」。但是這個「英雄」漸漸生出了邪念，1971年，張國亮借談心為名，強奸了第一個女知青。他當了三年指導員，強奸了幾十個女知青，其中有的多次墮胎。

李先念看了張國亮的材料後，十分氣憤地說他「和日本鬼子差不多」！

惡有惡報。1973年11月28日，雲南生產建設兵團在景洪召開宣判大會，判處迫害知識青年的罪犯賈小山、張國亮等四人死刑。昆明軍區一位副司令員指示：一定要將罪犯押回原單位公判，以平民憤。

李慶霖告狀

各種各樣的知青問題越來越多，通過知青反映到公社、縣裡和地區，反映到團部、師部和兵團司令部；通過知青家長反映到市裡和省裡的知青辦。可是那幾年還正在轟轟烈烈的高潮中，知青辦也好，司令部也好，主要精力還在忙於動員下鄉，忙於接收和安置，他們對這些陸陸續續反映上來的問題，有一些是沒有引起重視，有一些是抽不出人力來調查，更重要的是沒有條文遵循，沒有力量解決。誰也不敢多講問題，只能講形勢大好，只能講廣闊天地煉紅心，一代新人茁壯成長。於是，大多數的信訪都石沉海底沒有回音，知青和知青家長們的聲音，實在是太微弱了。

有一個人發出了強有力的聲音。因為他直犯龍顏告了御狀，他越過了縣地市省諸級機關，一下子就把信寫給了毛主席。恐怕連他自己也沒有想過這封信能寄達毛主席的案頭之上。

福建省莆田縣因盛產荔枝而聞名，人稱「荔城」，城郊公社下林村有個小學教師李慶霖。李慶霖有兩個兒子，大兒子到莆田縣山區插隊，年年口糧不夠吃，隊裡從來不分紅，沒有錢買菜，沒有錢看病，連個固定的住房也沒有。小兒子眼瞅著也到了下鄉的年歲。李慶霖在情急之中

生出一個大膽的念頭，1972 年 12 月 20 日他瞞著家人，花了兩個多小時，執筆上書毛澤東：

　　我有個孩子，叫李良模，是個 1968 年的初中畢業生。1969 年，他聽從您老人家關於「知識青年到農村去，接受貧下中農的再教育，很有必要」的教導，毅然報名上山下鄉。經政府分配在莆田縣山區——秋蘆公社水辦大隊插隊落戶務農。在孩子上山下鄉後的頭 11 個月裡，他的口糧是由國家供應的（每個月定量 37 斤），生活費是由國家發給的（每個月 8 塊錢），除了醫藥費和日常生活中下飯需要的菜金是由知青家長掏腰包外，這個生活待遇在當時，對維持個人在山區的最低限度的生活費用，是可以過得去的。當國家對上山下鄉知識青年的口糧供應和生活費發給斷絕，孩子在山區勞動，和貧下中農一起分糧後，一連串的困難問題便產生了。首先是分得的口糧年年不夠吃，每一個年頭裡都要有半年或更多一些日子要跑回家吃黑市糧過日子。在最好的年景裡，一年早晚兩季總共能分到濕雜稻穀 200 來斤，外加 300 斤鮮地瓜和 10 斤左右的小麥，除此之外，就別無他糧了。那 200 斤的濕雜稻穀，經曬乾揚淨後，只能有 100 多斤。這麼少的口糧要孩子在重體力勞動中細水長流的過日子，無論如何是無法辦到的。況且孩子年輕力壯，更是會吃飯的。在山區，孩子終年參加農業勞動，不但口糧不夠吃，而且從來不見分紅，沒有一分錢的勞動收入。下飯的菜吃光了，沒有錢去再買；衣褲在勞動中磨破了，也沒有錢去添置新的；病倒了，連個錢請醫生看病都沒有。他如日常生活需用的開銷，更是沒錢支付。從 1969 年起直迄於今，孩子在山區務農以來，他生活中的一切花費都得依靠家裡支持；說來見笑，他風裡來，雨裡去辛勞種地，頭髮長了，連個理髮的錢都掙不到。此外，他從上山下鄉的第一天起，直到現在，一直沒有房子住宿，一直是借住當地貧下中農的房子。目

前，房東正準備給自己的孩子辦喜事，早已露出口音，要借房住的上山下鄉知識青年另找住所。看來，孩子在山區，不僅生活上困難成問題，而且連個歇息的地方也成問題。毛主席：您老人家號召知識青年到農村去，我完全擁護；叫我把孩子送到山區去務農，我沒意見。可是，孩子上山下鄉後的口糧問題，生活中的吃油用菜問題，穿衣問題，疾病問題，住房問題，學習問題以及一切日常生活問題，黨和國家應當給予一定的照顧，好讓孩子在山區得以安心務農。現在，如上述的許多實際困難問題，有關單位都不去過問，完全置之不理，都要由我這當家長的自行解決，這怎麼行呀？有朝一日，當我見閻王去，孩子失去家庭支持後，那他將要如何活下去？我真擔心！今年冬，我的又一個孩子將要初中畢業了，如果過不了明春的升學關，是否再打發他上山下鄉呢？前車可鑒，我真不敢去想它！

李慶霖的這封信的末尾說：「毛主席：我深知您老人家的工作是夠忙的，是沒有時間來處理我所說的事。可是，我在呼天不應，叫地不靈的艱難窘境中，只好大膽地冒昧地寫信來北京『告御狀』了，真是不該之至！」

這封信是整個上山下鄉運動中一份十分珍貴的材料，它的珍貴不僅僅在於真實地袒露了一些插隊知青的困難處境，更在於它在一定程度上改變了千千萬萬知青困難而又無奈的處境。

毛澤東讀完了這封信十分震驚，在此之前他還從沒聽到過這方面的消息。自從 1970 年盧山會議以後，患了一次嚴重的肺炎開始，他的健康狀況一直不佳，1971 年「9.13」事件極大地刺激了他，緊接著一場嚴重的肺心病襲來，這位年近八十的老人已經難以外出視察，他只能久居深宮，依靠聽匯報看材料來了解下情。報上來的，都是知識青年積極響應他的號召踴躍上山下鄉的先進事跡和各地如何做好上山下鄉工作的經

驗介紹，李慶霖的信使他第一次知道了另外一方面的情況。怎麼能這樣對待下鄉的孩子們！他也是父親，他也有過兩個兒子，他完全能理解李慶霖的心情。他又把那封信拿起來，目光停留在末尾的幾句話上：「我在呼天不應，叫地不靈的艱難窘境中，只好大膽地冒昧地寫信來北京『告御狀』了」，是呀，一個縣城裡的小學教師，無職無權，有甚麼辦法呢？毛澤東被一個平民百姓的命運打動了，他生出惻隱之心。他把菸頭在菸灰缸裡重重地一捻，拿起一支筆來親自給李慶霖寫回信：

「李慶霖同志：寄上 300 元，聊補無米之炊。全國此類事甚多，容當統籌解決。毛澤東 1973 年 4 月 25 日」

寫畢，他把中央辦公廳主任汪東興找來，要他從自己的稿費中取出 300 元，把信和錢通過郵局寄出。此時距李慶霖寫信的日子，已經過了四個月，這封信為什麼經過如此漫長的日子才到達毛澤東的手中，我們無法考查，但它終於能到達毛澤東的手上，實在值得慶幸，不光是李慶霖一個人的慶幸，也是廣大下鄉知識青年的慶幸。毛澤東的信，使知識青年上山下鄉工作在 1973 年有了一個明顯的轉變，一些久拖不決的問題終於得以解決，一批犯罪份子被繩之以法，知青的待遇和境況有所改善。最為重要的一件大事是，召開了全國知識青年上山下鄉工作會議，制定了全國統一的知青政策。

姍姍出台的知青政策

毛澤東親自給一個小學教師寫信的舉動，表示出他對知青工作的不滿意，此外他還感到，一些消息被封鎖了，一些真實的情況難以到達他的耳邊，這比知青工作的失誤更讓他難以容忍。毛澤東過去就曾經用寫信這種方式來表示過內心的不滿，比如那封著名的關於〈紅樓夢研究問題〉的書信。所以這一次，政治局和國務院都有些緊張，他們努力從信的字裡行間去揣測毛澤東的用意和心情。

　　4月27日，也就是毛主席給李慶霖覆信後的第三天夜晚，周恩來主持召開了一次專門研究知青工作的重要會議，這次會議是中央開始重視解決知青問題的一個信號，是制定和調整知青上山下鄉政策的開端。會議的地點在人民大會堂福建廳，從晚上9點一直開到次日凌晨1點多。

　　周恩來親自主持會議，他先念了毛主席的信，接著十分動情地說：毛主席給李慶霖同志寄去300元錢，這說明我們對知青工作沒有抓好。主席要考慮的事情那麼多，我們不能再讓他為知青的事情操心了！會上決定，儘快召開一次全國知青上山下鄉工作會議。

　　「五·一」過後，國務院組織了13個調查組，進行上山下鄉工作調查，5月31日，中央工作會議印發了調查組提出的〈關於當前知識青年下鄉工作中幾個問題的解決意見〉，周總理要求各地同志把這個文件帶回去討論。6月，中共中央把毛主席給李慶霖的覆信和李慶霖給毛主席的信，作為中發（1973）21號文件下發全黨。在這一系列準備工作的基礎上，由國務院召開的全國知識青年上山下鄉工作會議，6月22日在北京前門飯店召開。華國鋒親自主持會議，28個省市自治區、11個大軍區和新疆、內蒙古、黑龍江、廣州、雲南五個生產建設兵團的代表參加。這是一次相當重要的會議，它對知青工作中的問題提出了統籌解決的辦法，對一些政策性問題做出了具體規定。會議開了一個半月，之所以開得那麼長，一個重要原因是，越開揭露出來的問題越多越嚴重，嚴重程度遠遠超過了原來的預想。先是7月初新華社反映雲南兵團4師18團捆綁打罵青年問題的那份內參，接著，國務院知青辦的一份簡報專門反映了建設兵團的問題，涉及的兵團有內蒙古、新疆、黑龍江、江蘇、廣州，涉及到的問題有管理粗暴、奸汙知青、毒打知青、工傷事故等等，死亡人數有1300多人！中央領導對一些現役軍人奸汙知青的問題十分氣憤，李先念、李德生講話都提出，對於問題嚴重、罪大惡極的要殺頭，否則不能平民憤。

那次大會的主要成果，是一個報告和兩個草案。《關於全國知識青年上山下鄉工作會議的報告》經毛主席閱後，作為中央文件下發。報告的兩個附件是：《關於知識青年上山下鄉若干問題的試行規定草案》和《1973 年到 1980 年知識青年上山下鄉初步規劃草案》。前者是一個政策性文件，後者是一個未來七年的規劃。

《報告》提出了統籌解決知青上山下鄉問題的六條意見，其中包括：縣以上黨委都要建立知識青年上山下鄉領導小組和得力的辦事機構，並由一名書記主管；切實解決知識青年在口糧、住房、醫療等方面的實際困難，國家對生活困難的插隊青年要給以必要的補助，安置經費要適當增加；對有缺點錯誤的青年要耐心說服教育，絕對不能採取簡單粗暴態度；堅決剎住「走後門」的不正之風，今後領導幹部「走後門」的，不但要把他們的子女退回去，並且要給予紀律處分；對於以法西斯手段殘酷迫害知識青年和強姦女青年的犯罪份子，要按其罪惡依法懲辦，對於罪大惡極，不殺不足以平民憤的，要舉行公判，堅決殺掉。

報告中點名表揚的優秀知青有，雲南勐臘山寨的上海知青朱克家、河北涿鹿縣的插隊知青程有志、陝西延川縣的北京知青孫立哲、知青烈士金訓華等。

《關於知識青年上山下鄉若干問題的試行規定草案》中規定，有特殊情況的城鎮中學畢業生可以留城，大體有五種情況：病殘不能參加農業勞動的知青不動員下鄉；家有特殊困難的知青可以不動員下鄉，這主要指父母年老多病或死亡，弟妹年幼生活不能自理而又無人照顧的；獨生子女或多子女身邊只有一個的，不動員下鄉；中國籍的外國人子女不動員下鄉；父母雙亡年滿 17 周歲的孤兒原則上不動員下鄉。歸僑學生下鄉主要安排到華僑農場。下鄉青年的年齡延長到 17 周歲。這些政策網開一面，為留城開了活口。《草案》對下鄉知青的實際生活困難也提出了解決意見，將下鄉知青的安置經費由原來平均每人 230 元-250 元提

高到近 500 元，其中到農村插隊落戶的和到集體所有制場隊的，南方各省每人 480 元，北方各省每人 500 元，到內蒙古、新疆等地牧區的每人 700 元，到建設兵團和國營農場的每人 400 元。到高寒地區的每人另加 40 元冬裝補助費，到黑龍江、內蒙古、雲南等邊遠地區插隊的補助兩次探親路費。在口糧方面，規定插隊知青頭一年按各地標準由國家統銷供應。參加集體分配後既要體現按勞分配的原則，又要給予必要的照顧。正常出勤，應不低於當地單身整勞力的實際吃糧水平。所在社隊口糧水平過低的，由國家統銷給予補助。此外對醫療、住房等具體問題也做了規定，如規定給每個知青建房 8-10 平方米。

這次全國知青工作會議，對知青政策進行了調整，部分地糾正了知青工作中的一些失誤，在一定程度上緩解了知青的生活困難。

史衛民、何嵐所著的《知青備忘錄》中說，1973 年那次知青工作會議，「實際上成為知識青年上山下鄉運動由高峰轉向低落的重要標誌」。其理由有二：第一，在知青的安置方式上，「已不再強調過去那種與貧下中農同吃同住同勞動的分散安置辦法，而是希望上山下鄉知識青年相對集中，便於管理並有利於解決生活問題；同時，也不再強求向邊疆貧困地區大量輸送知識青年，因為有許多不好解決的實際困難，而是挖掘城鎮郊區社隊的潛力，盡可能在遠近郊區安置下鄉知識青年。」第二，在插隊知識青年的前途上，一些地方「已經認識到有下必有上，造成良性循環，於是在安置新的中學畢業生時，大多已經考慮到城市的回收問題，有的城市（如北京市）已開始採用一屆頂一屆的辦法，如 1974 年的畢業生下鄉後，即安排 1972 年下鄉的知識青年大批招工，知識青年下鄉鍛鍊的時間為二至三年。這樣做的結果，使得 1973 年後下鄉的知識青年在農村的時間遠比在此之前下鄉的知識青年在農村的時間短。」實際上，從 1974 年以後，北京的中學畢業生就都安排到郊區的幾個縣裡插隊，基本上沒有去外省下鄉的了。

第七章　魂繫荒原

　　如果說，在知青上山下鄉動員階段最常用的一段毛主席語錄是「知識青年到農村去，接受貧下中農的再教育，很有必要」，那麼知青下鄉之後使用頻率最高的一段語錄，要數「我贊成這樣的口號，叫做一不怕苦，二不怕死」了。這條語錄最早見諸報端，是 1969 年 8 月 1 日，在兩報一刊紀念建軍節的社論〈人民軍隊所向無敵〉裡面。

　　「紅衛兵」們在數日之內甚至一夜之間變為「知識青年」之後，最先感受到的便是艱苦，生活的艱苦，環境的艱苦，勞動的艱苦，以及由於遠離家人和文化生活的貧乏所引發的感情之苦等等，他們用以戰勝艱苦的武器，就是「一不怕苦二不怕死」，這八個字真正成了知識青年的口號，成了天天都要誦讀的座右銘——在學習會上，在批判會上，在油燈下寫進每天的日記裡，寫進遙寄遠方親人的書信裡。

　　與「一不怕苦二不怕死」這段語錄相聯繫的還有一段語錄：「下定決心，不怕犧牲，排除萬難，去爭取勝利。」這是〈愚公移山〉中的一段話，寫於 1945 年。雖然兩段語錄相隔 24 年，卻有著緊密的內在聯繫，「下定決心」與「兩不怕」相比較，在語態上有著更強的力量和氣勢，更口語化，更便於誦讀，更容易激發起誦讀者的信心、勇氣和勁頭，它

既可以看做是「兩不怕」內容的具體化，也是實現「兩不怕」目標的憑恃和途徑。

他們過早地消失了

關於艱苦的程度以及知識青年們怎樣不怕艱苦，適應艱苦，我們在前面的篇章中已有很多的敘述。現在要談及的，不是「一不怕苦」，而是「二不怕死」。讓我們來看一看，千千萬萬的知識青年們，一大群二十歲左右的孩子們，是如何面對著死亡這個人生中最險惡的課題、最嚴峻的考驗，他們是怎樣懷著理想主義的自豪感去蔑視死亡，甚至為了表現出自己的英雄氣概而撲向死亡，儘管這種死亡有時並沒有實際的價值。這裡的「價值」，主要是從物質的角度、經濟的角度而言，也就是說，死亡並沒有能夠避免物質損失，減少經濟損失，反而大大加重了物質和經濟上的損失——年輕生命的損失。有的時候，不是一條兩條，而是幾條十幾條，甚至幾十條年輕的生命。

這種以保護和救助或屬國家或屬集體的物質財富（如森林、草原、羊群、房舍、電柱等等）為目的的舉動，雖然常常並沒有達到目的，但是救護者在救護中所表現出來的勇氣和理想主義色彩，都理所當然地得到了肯定和讚揚。他們的事跡登在報紙上，印在小冊子裡，成了對知青進行政治思想教育的最好素材，於是，就有更多的青年人在胸膛中升騰起激情，學著他們的樣子，加入救護者的隊伍，有更多的知青救護者，胸中懷著莊嚴神聖的感覺，無畏而又常常是無謂地倒下去，倒在山火的烈焰裡，倒在洪水的波濤裡，倒在各種各樣的事故裡，倒在祖國壯麗的大地江河裡，他們過早地從知識青年的隊伍中消失了，永久地消失了。

這批逝去者中，有相當一部分是知識青年中的優秀分子、英才精華，渾身上下展示著理想主義的色彩。他們生前就有著牢固的思想基礎和出色的表現，他們在一剎那間的義舉都決非偶然，這些人後來被稱作

烈士，樹為英雄，有的成了全國聞名的青年典範。他們中間的第一人，是上海知青金訓華。

金訓華是上海市吳淞第二中學的六八屆高中畢業生、上海市中學紅代會常委。1969 年 3 月，他參加上海市革委會上山下鄉辦公室組織的知識青年學習訪問隊，去了一趟黑龍江。他第一次看到了那麼藍的天空，那麼廣闊的黑土地，黑土地與藍天在遙遠的極目處擁抱在一起，他這時才感覺到，樓房連著樓房弄堂連著弄堂的大上海，是多麼的使人壓抑，還是在大平原上更舒暢更痛快！

一回到上海，金訓華就開始張羅上山下鄉，他發起成立了赴黑龍江插隊落戶聯絡站，組織了幾十名同學。他做通了媽媽的工作，還帶走了 16 歲的妹妹金士英。5 月 25 日，他們乘坐火車從上海啟程，向著黑龍江進發，金訓華帶著三十幾名青年，來到遜克縣遜河公社雙河大隊。遜克縣靠著黑龍江，不通火車，位置偏遠——金訓華給自己選了一個艱苦的地方。

金訓華 5 月下鄉，8 月犧牲，在雙河大隊只生活了 77 天，兩個半月的時間。這兩個半月裡，他幾乎每天都堅持學習毛主席著作，不斷地檢查自己，剖析自己。他堅持寫日記，在日記中嚴格地審視自己，毫不留情地批判自己。

他在 7 月 17 日的日記中寫道：「下午感到肚子痛，本來不想出工，但想到當前生產這麼緊，人手這麼少，我一個人不出工不要緊，影響不好。通過勞動，肚子也不那麼痛了。這說明對我們青年，尤其是知識青年來說，勞動也能解除一部分疾病。我們可以在改造思想的同時，改掉身上的一些弱病。我決心在刻苦地改造思想的同時改造自己的體質。」

他在 8 月 10 日的日記中寫道：「上午一人捆一壟麥子，下午看來還是『拿個子』比較輕鬆，但是一壟幹下來，又覺得還不如捆麥舒服。這說明頭腦裡不用毛主席思想去占領，資產階級思想就必然去占領，就

會拈輕怕重，逃避思想改造。我要堅持學習，用毛澤東思想武裝頭腦，不斷前進。」

從他的日記中我們可以看到，金訓華總是把自己的任何一個微小的弱點，提到原則的高度，然後用毛澤東思想作為武器，狠狠地斥責和批判。這是那個時代先進青年所共有的特點，也是他們之所以能夠成為先進人物的一個重要原因和條件。「每做一件事，就想想是否符合人民需要；每說一句話，就想想是否符合毛主席思想；每走一步路，就看看是否走在毛主席革命路線上。」金訓華在 7 月 26 日寫下的這些話，是他做人的最高準則。

雙河大隊的位置，在遜河和沾河的匯合點上，「雙河」就是因此而得名。8 月 15 日，一場暴雨，江河橫溢，農田被淹沒，大樹被沖倒，雙河兩岸一片汪洋。

介紹金訓華事蹟的長篇通訊〈活著就要拚命幹，一生獻給毛主席〉中這樣寫道：

> 下午四時許，金訓華正帶著民兵修壩防洪，生產隊長老姜忽然跑來對民兵連長老賈說：「堆在河沿上的一百五十根電柱被水泡上了，有被洪水沖走的危險……」
>
> 「保護電柱要緊，這任務交給我！」金訓華還沒等姜隊長說完，就向民兵連長請求戰鬥任務了。連長讓他帶領五名民兵前去搶救。
>
> 剛跑到河邊，見有兩根電柱已被一股急流捲走。此時河水正以每秒鐘七八米的流速向下傾瀉，電柱像箭一樣向下沖去。小金萬分焦急，一邊跑，一邊甩掉身上的衣服，大喊一聲：「跟我下，馬上撈！」小金首先跳進大河。
>
> 「追不上了，快回來！」生產隊長知道小金正犯著胃病，怕他支持不住，發生意外，小金堅定地回答：「不要緊，走！」

　　小金在急流中與洪水展開搏鬥。一個巨浪把他打入漩渦，他從水裡拱出來，向電柱猛衝。又一個巨浪把他打入漩渦，他從水裡拱出來，繼續向電柱猛衝。第三個巨浪又一次把他打入漩渦，他還是頑強地把頭拱出來，繼續向電柱猛衝。

　　三次衝擊，小金露出水面一次比一次低，離河岸一次比一次遠，但他卻一次比一次更高地攀上「一不怕苦，二不怕死」的思想高峰。

　　衝上去，衝上去，抓住電柱就是勝利！小金離電柱只有一米遠了，這時，又一股漫句子上的洪水沖進大河，呼嘯著向他蓋去……

　　金訓華生前是民兵排長，最愛穿軍裝，經雙河大隊貧下中農要求，解放軍有關部門批准，金訓華穿上一套綠軍裝入殮。經大隊黨支部討論，縣核心小組批准，追認金訓華為中共黨員，遜克縣革委會作出了向「一不怕苦，二不怕死的共產主義戰士」金訓華學習的決定。

　　1969 年 10 月 27 日，《黑龍江日報》和上海的《文匯報》、《解放日報》發表了長篇通訊〈活著就要拚命幹，一生獻給毛主席〉。12 月 3 日，新華社播發了〈金訓華同志日記摘抄〉和《紅旗》評論員文章〈革命青年的榜樣〉。《紅旗》是黨中央的機關刊物，「革命青年的榜樣」——這是黨報黨刊自「文革」興起以來，給予一個青年人的最高評價，由此奠定了金訓華在中國青年運動史上的一席之地。1970 年 1 月 21 日，全國發行了一張「革命青年的榜樣」的郵票，這張郵票依據一張宣傳畫設計而成，畫面上，激流之中的金訓華一面奮力划水，一面大聲呼喊，表現出一種英雄氣概。在中國郵票史上，為一個知青出一張郵票，是獨一無二的。

　　樹立金訓華，意義有兩條，第一是他走上山下鄉的道路，第二是他不怕死。金訓華是第一個把「一不怕苦，二不怕死」最高指示具體化了的知識青年典型。

「兩不怕」精神

就在新華社播發〈金訓華日記摘抄〉和《紅旗》雜誌評論員文章後的第三天，黑龍江生產建設兵團首次活學活用毛澤東思想積極分子代表大會在佳木斯市召開。那次會議規模隆重而盛大，在黑龍江生產建設兵團史上既是空前的，也是絕後的。

地處三江平原腹地的佳木斯，忽拉拉一下子湧來了那麼多穿黃棉襖的人，南腔北調，口音各異。大會的正式代表有上千人，集中了兵團六個師和直屬單位的精華，此外還有一批用生花妙筆為先進代表寫典型材料的「秀才」們。全兵團的先進人物濟濟一堂，全兵團的「秀才」也濟濟一堂。那真正是一次群英盛會。盛會在兵團機關俱樂部舉行，那個俱樂部在佳木斯市的各劇場中堪稱一流，樓上樓下全部坐滿，大燈小燈一齊開放。主席臺上坐著一批資歷和級別都令人起敬的兵團領導、省革委會省軍區的領導，他們之中有好幾名將軍、老紅軍。

那也是一次知識青年的聚會，在代表中，知識青年占了近一半，在大會發言中，知識青年占了近三分之一，而各代表團的通訊報導員們則幾乎全部是知識青年。他們是黑龍江建設兵團知識青年中的精華。知識青年為那次大會增添了生氣，也為寒冬之中的佳木斯增添了生氣，他們畢竟是在城市裡長大的，現在又重新進入了一座城市，儘管佳木斯不大，在經過了相當長的一段艱苦生活之後，知青們更加感覺到城市的溫馨，城市的可親。他們抓緊中午休息時間去逛街，逛商店，逛書店，尋購那些久已想買而在連隊和團裡一直買不到的物品和書籍，到照相館裡去拍一張照片，更有少數幸運者，在大會上還巧遇校友甚至朋友，真讓他們驚喜不已。吃飯的時候最能體現出知青們的戰鬥力，操場一般大的餐廳裡擺滿了大圓桌，肚子裡長時間缺少油水而又正是能吃飯年齡的小伙子和姑娘們，平時一個月甚至幾個月才能見到一頓葷腥，而今頓頓有

肉，心裡暗暗高興，雖然因為要顧及代表的身分而故意裝得文明有禮不慌不忙，但悄悄地都緊盯著自己愛吃的菜，加快著節奏，轉眼間就把一桌飯菜吃個精光。十天會議開完，人人臉上有了光彩，肚子裡的物質食糧恐怕比腦子裡的精神食糧更讓他們留連難忘。

那次大會的基調是「一不怕苦二不怕死」。哈爾濱知識青年、一師七團五營的副營長曲雅娟，被安排在整個大會的第一個典型發言。曲雅娟就是個不怕苦不怕死的典型。

1969 年 3 月 18 日晚上，曲雅娟和戰友們一起鍘草。鍘草機隆隆地響著，皮帶輪飛快地轉著，曲雅娟的任務，是往機器裡續草。正幹著，突然機器停住了，原來是被草團堵住了，曲雅娟伸出右手，一把一把地從機器裡往外掏草團。當掏最後一把草團時，機器突然轉動起來，曲雅娟的右手和草團一下子被機器捲了進去。旁邊的戰友看見了趕緊過來幫她往外拽胳膊，胳膊拽出來了，但整個右手從手腕處起全被絞掉了，好幾根血管抽出來挺老長，血直往外冒，疼得曲雅娟汗珠往下淌。

她很快被送到了團部衛生所，衛生所的大夫給她包紮，包紮先要清理創面，要用剪刀剪去傷口上的爛肉，用鑷子一塊一塊摘出絞碎的骨頭碴子，真疼啊，刀子剜心似地疼，曲雅娟忍住了。團裡領導來看她，她急切切提出的問題是：「首長，我還能當兵團戰士嗎？」

後來她被送到哈爾濱去治療，大夫經過檢查，決定給她做齊骨手術，就是把斷手處的骨頭切去一塊，拉齊了。手術前大夫告訴她，這次手術是局部麻醉，拉骨頭的時候要疼。曲雅娟說：「不要緊，拉吧！」拉骨頭果然疼，一下一下，比斷手的時候還難受，疼得心裡直哆嗦。手術做完以後，整個右胳膊都腫起來了，一到晚上疼得更厲害，連躺都躺不下。曲雅娟靠什麼戰勝痛苦呢？她就是一遍又一遍地在心裡默誦毛澤東的語錄：「下定決心，不怕犧牲，排除萬難，去爭取勝利。」她用精神的力量來戰勝肉體的疼痛，從始到終，沒掉一滴眼淚，沒喊一聲疼。

手術後第三天，她就用左手握起拖把，在病房裡擦地板，用左手給同室的病友們送水、端飯、倒便盆甚至刷痰盂。

不久，中國共產黨「九大」開幕了，曲雅娟又用左手拿起筆來，寫出祝賀「九大」召開的文章。

她出院了，出院後，她沒有向組織提出任何要求，只表示要到最艱苦的地方去鍛煉自己。她回到了連隊，回到了戰友們中間，一同天天讀，一同參加訓練，她用左手拿著鐵鍬，用前胸抵住鍬把，挖土，撮砂子，到處找活幹。

曲雅娟的先進事跡不是在斷手的一剎那間，而是在斷手之後表現出來的堅強毅力，她以常人所少見的毅力，忍受了常人所難忍的苦痛，這對於一個二十歲左右的姑娘來說，尤其顯得難能可貴。

在大會上發言的典型一共有 31 個，若按行為類型劃分，最多的當數撲火，撲火的典型有三個。

印尼歸國華僑李凱堂，在團裡參加糧食工作會議時，團部醫院倉庫失火，他在救火中為了保護其他同志，一人獨撐住一堵快要倒塌的牆，最後他被那堵牆壓在底下，腰部嚴重血腫，腰椎骨折，下肢癱瘓。

二師 16 團一連的王廣發，在參加撲救一場山火中，發現兩個青年不見了，他返身衝入烈火，尋找營救那兩個青年，身上的棉襖棉褲都燒著了，臉和手都燒起了大泡，他想把衣服撕掉，但兩隻手已經不聽使喚，他就把兩隻袖子用腳踩住往下拽，衣服拽下來了，手上燒的泡和焦糊的皮也被袖口擼了下來。他說：「當時我很清楚，繼續前進肯定會被燒傷，甚至有生命危險，退出去，只要衝過幾米的火帶就到了安全的地方，我想，搶救階級兄弟，就是捍衛毛主席的革命路線，捍衛毛澤東思想。看著階級兄弟不救，活著也輕如鴻毛。」他最後終於找到了兩個戰友，原來他們倆早已衝到火帶的另一邊打火，沒被燒傷。

與四師 35 團九連安鳳清等七名知青撲救的那場火相比，李凱堂和

王廣發所經歷的火災實在要小得多。可以說，1969 年 3 月 31 日發生在 35 團九連的那場荒火，是黑龍江兵團第一場最有名的大火，參加撲火的北京知青安鳳清，作為七英雄的代表，被安排在第二天大會的第一個發言，她發言的題目是一句毫無特色的套話：〈胸懷朝陽無所懼，兵團戰士永向前〉，不知是出於哪個「秀才」之手抑或哪個領導之口。其實那次大會的所有典型經驗，全都經過了「秀才」和領導的精心加工，從團到師，從師到兵團，一級一級地加工，加工就是拔高、吹路子，就是挖掘出每一件具體事情背後的革命精神，挖掘出講用者高尚的動機，哪一個典型也逃脫不掉，否則他就無法成為典型。

　　1969 年底的中蘇關係十分緊張，「林副主席一號命令」已經傳達到全軍，給人以「戰爭危險迫在眉睫」之感。隸屬於瀋陽軍區又地處中蘇邊境線上的黑龍江生產建設兵團，自然責任重大，兵團的主要領導深深懂得這一點。大會的開幕詞是兵團第一副司令員顏文斌所致，大會的總結報告則由兵團第一副政委程克廉來做，他們都強調了準備打仗，強調了「一不怕苦二不怕死」，強調了這二者之間的密切關係──準備打仗，就必須要有一不怕苦二不怕死的精神，這是實現思想革命化的最高標準。

　　這樣，「一不怕苦二不怕死」的口號就在整個黑龍江生產建設兵團響亮地叫起來了，成了每一個兵團戰士、每一個知識青年追求的最高境界和目標。相當一部分知識青年形成了這樣一種認識：不管天災也好人禍也好，面對著危險和死亡的時候一定要衝上去，衝上去的就是英雄，即使死了也光榮；不敢衝的就是逃兵，即使活著也是孬種。於是，一些幼稚而又衝動的年輕人，在缺乏科學救災常識、缺少自我保護能力的情況下，幹出了一樁樁貌似驚天動地，實則意義不大的事情。

火中鳳凰

在兵團首屆積代會的典型中，還沒有一個獻身的烈士，但是在那次積代會後不久，很快就出現了，其中十分著名的一個，是四師的天津知青孫連華，他曾經作為知識青年的優秀代表，去北京參加了國慶 20 周年觀禮。

1970 年春末，剛剛入黨不久的孫連華去撲打一場草甸子裡燃起的野火。他揮舞著柳毛子枝條打，用整個身子向火海中滾壓著打，脫下上衣蘸濕了打。野火被撲滅了，這時打火的人們才發現他們已經深入到大草甸子 20 多里路了。草甸子就是沼澤地帶，上面是一人多高的荒草，草下是一米來深的冰水，水中是多年繁衍纏繞在一起的爛草根。有的地方，水深無底，人一旦陷進去，被草根纏住，就絕難生還。孫連華他們經過五個多小時的戰鬥，已經極度疲勞極度饑餓，現在又面臨著一場充滿了危險的考驗——如何走出這茫茫的荒草甸子。孫連華有意走在隊伍的末尾，做「收容」工作，幫助遇險的戰友脫離危險。天黑了，兵團戰士們蹚著泥水，踩著爛草，艱難地行進，孫連華穿著單薄的衣服，走在齊腰深的泥水裡，他發覺身邊的老王有些支持不住了，就攙扶著老王往前走，前面有一個戰友要倒下去了，孫連華又拚命向前一把扶住了他，同老王一道攙扶著他向前走，一直走到凌晨一點鐘，這時，他已經整整奮戰了十個小時。突然，孫連華陷進了更深的泥水裡，他再也沒有力氣拔出自己的雙腿了，他挺直地立在那裡，全身的力氣已經耗盡了。

一個優秀的知識青年離我們而去，在他正值青春年華的時候。黑龍江生產建設兵團黨委決定給他追記一等功，並成立了孫連華事跡調查組。1970 年 6 月 25 日，《天津日報》刊載了長篇通訊〈笑把青春獻給黨〉。

同是天津知青，同樣在黑龍江生產建設兵團勞動過的杜鴻林，在他

的《風潮蕩落》一書中寫到：「據熟知孫連華等幾位知青犧牲詳情的同志介紹，犧牲是可以避免的，那場荒火不用撲救也可能會自滅，當時人們就是那樣一種精神狀態，『明知山有虎，偏向虎山行』。其中也有某些領導瞎指揮的因素。事實上，在北大荒，每到秋天和春天總要放火燒荒，好開拓荒地，只要這種荒火不連上山林，一般不必去管它，會自己熄滅的。……孫連華所在的興凱湖地區，年年也放火燒荒，為什麼這次卻興師動眾地去撲滅荒火呢？包括孫連華在內的數位知青的生命是否可以免於犧牲呢？」

1970 年 11 月初，在兵團首屆積代會開過一年之後，撲火英雄安鳳清他們那個團又著了一場大火，這一次不在九連，而是一連方向。

火仍然是荒火，初冬季節，荒原上乾枯的野草很容易燃著，一著就是一大片，火焰最高處達到十幾米，遮天蔽日。35 團地處中蘇國境線上，一連又與蘇聯接壤，於是這次撲火就有了政治意義：決不能讓荒火燒過國界，這事關係著祖國的尊嚴。不愧是培育出「七英雄」的團，每個兵團戰士都懂得「火光就是命令」，都知道「明知火燒人，偏向火海衝」。有組織的，有自發的，有坐車的，有步行的，步行的攔住汽車爬上了汽車，救火的隊伍就這樣發展著擴大著，高唱著「下定決心，不怕犧牲，排除萬難，去爭取勝利」的語錄歌。許多人都赤手空拳，拿什麼去撲火，怎樣撲火，他們不知道，也不去想，只有豪情在胸中激盪。

35 團三連的北京知青宋世琦，在北大荒待了 11 年，11 年裡讓他最難忘懷的，就是 1970 年 11 月 7 日的那場火，當時，團軍務股要三連組織 60 人的撲火隊伍，但是到了火場邊清點人數時，竟去了 87 個。在撲火中犧牲的明海濤副參謀長身先士卒，領著團機關的隊伍率先進了草甸子，其後是工業二連，三連在最後，他們撥開齊腰高的荒草，向大火奔去。

那場火好大！在暮色中，烈火把天空映紅，幾十米內照得通明。三連的高連長有經驗，他下令點火，先燒出一塊防火道來，以保證救火者的安全。幾十平方米的火道剛剛燒出，風向突變，大火從三面向三連的人員猛撲過來，高連長大呼：「撤進火道！」87個人剛剛集中到狹窄的火道內，烈火濃煙熱浪就席捲而來，四周變成一片火海。這時高連長又喊：「快蹲下，脫下棉衣蒙住頭！」幾分鐘後大火如野馬般向西撲去。三連的知青一個沒少，可是團機關和工業二連，卻有14個知青在大火中獻出了年輕的生命。

宋世琦回憶說，大火過後，他借著火光看見不遠處的焦土上躺著四五個人，都是白花花的。跑過去一看，他們的頭髮和衣服已被燒光，仰面朝天，雙臂痙攣在胸前，已經沒有一點聲息。眼前的慘景使他驚呆了！

那場火繼續燒了三天，三天之後荒草燒光了，大火也就自動熄滅了。或許還是杜鴻林的話有道理。

被荒火吞噬的14個青年，來自北京、上海、哈爾濱，大的22歲，小的17歲。唯一的男青年叫傅強，他家裡生活條件不好，小小年紀就懂得生活的艱辛，省吃儉用，隔幾個月就給家裡寄一次錢。

死者之中的潘文宣，是著名工筆畫家潘絜茲先生的女兒，當時潘先生遭受批判，潘文宣也就成了「可以教育好的子女」。潘先生一直保存著當年女兒的一封書信，寫信的時間是1970年5月30日。

「要不到東北來，永遠也見不到這麼高遠的藍天，和藍天下這麼遼闊的田野。要是爸爸能到這為貧下中農的勞動和生活寫生，那一定能畫出讓工農兵喜歡的最美的畫來。爸爸近年的情況怎樣？身體好嗎？爸爸的錯誤是嚴重的。要是解放前爸爸不學畫那些帝王將相才子佳人的工筆畫就好了。希望爸爸能在這場觸及靈魂的大革命中，認真接受革命群眾的批判，努力改造自己，爭取早日站到毛主席的革命路線一邊來。咱們

家從爺爺那一輩就出身不好，但出身雖然無法選擇，今後的生活道路還是可以自己選擇的。望爸爸媽媽空閑時常常給我寫信，多說些家裡的事，寫得具體點，各種無關緊要的事都別忘了寫。和爸爸媽媽離開這麼遠，可真是想念你們啊。」

潘文宣故意把農村的生活說得美麗而浪漫，但詩意的語言掩飾不住內心深處的思念與傷感。信中沒有一個悲涼的字眼，卻透露著那麼深重的悲涼。潘文宣是潘先生的愛女，可以想見，愛女的死對身處磨難之中的父親，該是何等沉重的一擊！

在那場大火燒過整整 20 年之後，1990 年 11 月，在中國革命歷史博物館舉辦的「魂繫黑土地」北大荒知青回顧展上，展出了 14 位知青的遺像，展出了潘挈茲先生為女兒所作的一幅畫，那幅畫有一個美麗的名字：「烈火中的鳳凰」。畫上的潘文宣，依然清純、美麗，在她的四周，是燃燒著的火焰。

那次展覽的解說詞中還有這樣一句：據不完全統計，僅一師，七年之中有 100 餘名知青埋在了北大荒。全兵團有六個師。

雨中凋零的花朵

在祖國的青山沃野之間一共埋葬了多少年輕的屍骨，無人能夠說得準，說得清。在他們中間，帶著一種壯麗的情懷、喊著兩不怕的口號、毫無懼色地衝向死亡而被授以「英雄」或「烈士」稱號者，實在為數寥寥，更多的人，或死於一場突發性事故，或死於一場可怕的疾病，或死於大自然降臨的災禍，甚至死於自己的戰友之手。

張慶華在《北大荒的回憶》中說：黑土地到底掩埋了多少知青的生命，也許永遠無法精確到個位數，但據權威方面的保守估計，至少有五六百人長眠於北大荒。張慶華還說，到黑龍江下鄉的十幾萬名北京知青中，第一個捐軀北疆的，不是英勇壯烈的漢子，而是嬌小柔弱的姑娘，

她叫梁明，是位駐外商務參贊的女兒，才 16 歲。

梁明一下鄉就趕上麥收，就趕上下雨，康拜因下不了地，每個兵團戰士手裡一把鐮刀「龍口奪糧」。梁明是家裡的獨女，父母的掌上明珠，她像一朵嬌嫩的花兒，一下子走出幾千里地，一下子參加這樣繁重的勞動，怎麼受得了，怎麼吃得消？她很快就病倒了，高燒不退腹瀉不止。但她是個要強的姑娘，即使兩條腿軟得像一灘泥，還是搖搖晃晃地拿著鐮刀下地去。她終於昏倒在地頭上。

先是連隊的衛生員找來土黴素，無效；繼爾送到團部醫院搶救，為時已晚。梁明死於急性中毒性痢疾。至於病因，有人說是喝了不潔淨的生水，有人說是因為沒有廁所淋雨著了涼，也有人說是交叉感染所致。

16 歲的女孩子還未成年，嬌小的梁明剛剛離家就倒下了，她用她美麗的生命對上山下鄉運動發出一聲痛苦的呻吟，儘管這聲音很單薄很微弱。它發生在 1969 年的盛夏，其時上山下鄉正值高潮，大批知青狂湧而來。

梁明的父親，那位就要啟程赴任的商務參贊，聽到女兒病重的消息心急如火，儘管晝夜兼程，可他還是來晚了，趕到農場，看到的只是一座新墳。8 月，天氣正熱，農場又沒有冷藏降溫保存屍體的設施，只能匆匆入殮了。團裡領導聞訊趕來了，小心翼翼地詢問參贊有什麼要求。參贊閉上了眼睛，他不敢睜開，害怕一睜眼，淚水就會流出來，就這樣過了許久許久，他輕輕地，緩緩地，提了一個再簡單不過的要求，一個誰也想不到的要求：「給女孩子們蓋一所防風防雨的廁所吧。」

1970 年 10 月，一個颱風暴雨之夜，在海南島屯昌縣大峪谷裡，一個新建的宣傳隊駐地被呼嘯的山洪漫過，洶湧的洪水吞噬了 20 名女知青，她們都是宣傳隊員，鮮花一樣的容顏。

兩個月後，冰天雪地的北大荒上，兵團某師一個鋼鐵廠用炸藥爆破凍土，因炸藥雷管混裝引起爆炸，炸死兵團戰士五人。

又過了三個月，雲南德宏州，靠近中緬邊界的盈江縣，兵團三師13團的一個連隊。幹了一天活，大家都睡了，在萬籟俱寂的漆黑夜晚，只有一間茅草屋裡露出點點微弱的燈光，一名上海知青在偷偷地讀一本外國小說，美國作家德萊塞寫的《珍妮姑娘》，世界名著，但在當時絕對是禁書，一看名字就是禁書！這書是從一位北京女知青手中借來的，他只能在夜深人靜之時，借著一個用小玻璃瓶做的簡易煤油燈悄悄地偷讀。讀書的人也許是太累了，太睏了，深夜 12 點，他不小心碰翻了油燈。

他們住的都是竹牆竹床草頂的茅屋，火騰地一下就燃著了屋頂的乾茅草，並順著屋頂向隔壁房間蔓延，一溜五間茅草屋全著了。大火過後，住在相鄰一間屋裡的 10 名成都女知青全部遇難，她們剛剛來了一個星期。

內蒙古生產建設兵團二師 17 團宣傳隊，排演了芭蕾舞劇《紅色娘子軍》，這在文化生活極其單調的「文革」時期，在許多人還不知道芭蕾舞為何物的內蒙古，不啻是一件轟動性的大事。宣傳隊開始了巡迴演出，先是在團裡的各連隊演，接著到黃河南北的各個團去演。

從 20 團演出回來過黃河的時候，由於是逆流而上行走困難，幾個船工跳入水中，用纜繩拉著船走。宣傳隊裡有 10 個年輕英俊的小伙子，不忍心在船上坐著，也跳進齊腰深的水裡，加入了拉縴的行列。河水越來越深，船工們收起纜繩回到船上，而 10 個小伙子卻穿著長衣長褲，朝河對岸游過去，越游越遠。這時突然有人喊：「快數數人頭，好像少了兩個！」大家的目光立刻一起射向那一個個時起時落的小腦袋，一二三四……不好，是少了兩個。「救人啊，快救人哪！」河面上響起了急切淒唳的喊聲。

原來，由於穿著衣褲游泳，又是逆流而上，吹笙的賈生漸漸感到體力不支，發出了求救的呼喊，扮演洪常青的蘇士龍返身去救他但是嗆了

水，兩人一起被漩渦捲走了。黃河就這樣不動聲色地吞噬了兩個多才多藝英俊年少的小伙子！

知識青年的死，絕大多數是可以避免的，應該避免的。應該避免的卻未能避免，這裡面有領導者組織搶險和安全教育方面的責任，也有知識青年自身的原因。他們仍然帶有當年紅衛兵身上那種缺乏理性的衝動和盲目的熱情。幾年前，在破四舊中，這種帶著「革命」桂冠的熱情攪亂了整個國家的秩序和千萬個家庭的安寧，而今天，這種曾經傷害了許許多多善良人的「熱情」要來傷害知識青年自己了。

聽聽當年在知青中最流行的一些豪言壯語吧：「明知征途有艱險，越是艱險越向前！」「寧可前進一步死，絕不後退半步生！」「為人民利益而死就是死得其所！」「敢衝的是英雄好漢，不敢衝的是懦夫孬種！」「明知山有虎，偏向虎山行！」有的時候，這些單純的青年人簡直不是一不怕苦二不怕死，而是一怕不苦二怕不死，這些幼稚的孩子們在一些政治口號的煽動下，不惜拿著自己的生命去換取一頂「英雄」的桂冠。

悲壯的一幕

如果把整個知識青年上山下鄉比作一場威武雄壯的大戲，那麼這齣大戲中最驚心動魄的一幕，最悲壯感人的一幕，發生在內蒙古的錫林郭勒盟，在西烏珠穆沁的大草原上。就在這塊富庶美麗的草甸草原上，24年前的一場荒火，驚動了國務院總理周恩來，他一個電話打到內蒙古生產建設兵團五師師長辦公室，嚴厲詢問師長是否親臨火場指揮。

那場大火鋪天蓋地般席捲草原之後，寶日格斯台就出現了一座烈士陵園。69 名知識青年靜靜地、永久地躺在藍天白雲之下，綠草環抱之間。無邊的牧草黃了又綠，綠了又黃，24 個春秋就在這黃與綠的更替之中悄悄地流走，而他們，就一直靜靜地躺在那裡安睡，一聲不響，一動

不動，睡得那麼沉穩香甜。草原上的風兒在他們耳邊哼唱，白雲在寂寞的蒼穹遊蕩，不遠處，羊群在嚼囓著鮮嫩的青草，它們全都那麼輕，那麼輕，惟恐驚動了這些熟睡的孩子們。他們依然年輕，最小的 17 歲，最大的 24 歲，一如 24 年前，而他們當年的夥伴，如今都已額現皺紋，鬢染白髮，娶妻生子，日漸老態，他們的孩子也都有 20 歲上下，真是時光如水，歲月悠悠。

24 年過去，返城的知青們沒有把留在草原上的夥伴忘記，他們或是專程或是順路，從首都北京趕來，從「青色的城」呼和浩特趕來，從不同的地方不同的崗位趕來，通往山坡墓地的那條草原公路上，可以看到他們匆匆行走的身影，尤其是夏季，那時，水草正肥，大地一片濃綠，天空一片碧藍。在知青的聚會上，在報紙上，在書刊裡，時常有人提到他們講起他們，一篇篇回憶文字寫得深情而又深沉，那些沉甸甸地壓在作者心頭的往事，又沉甸甸地壓在了讀者的心上，於是，越來越多的人知道了那場大火，瞭解了那次災情……

1972 年 5 月 5 日中午，西烏珠穆沁草原上刮起了熱風，大風裹挾著燥熱，吹得人心緒煩亂，熱風中漸漸透露出一股煙味，那煙味越來越濃，像一個不祥的信號，借著六七級西北風，瞬間便傳遍了草原。

原來，二連的一個知青在蒙古包裡給打石頭的戰友們做飯，飯做好後，他把剛剛燒完的熱灰倒在了蒙古包外的灰坑裡。熱灰的餘燼燃著了野草，還沒有返青轉綠的枯草正是易燃的時候，淡淡的火苗借助著風威張狂起來，轉瞬間變成一場鋪天蓋地的熊熊大火，肆虐著、呼嘯著、滾捲著，撒歡兒一般向著東南方的四連猛撲過去。大火龍的後面，留下了一大片焦黑的草木灰。

東南方十幾公里處就是四連，這是一個組建不到一年半的新連隊，絕大部分成員都是知青，主要來自呼和浩特、集寧、唐山等城市。四連周圍的山上山下鋪著厚厚一層陳草，金黃色的陳草極易燃燒，因此四連

的處境十分危險。

四連的兵團戰士們都集合在操場上，聽連長慷慨激昂地作動員。「火光就是命令，火場就是戰場，黨和人民考驗我們的時候到了！」年輕的戰士們從來沒見過這樣的大火，也從來沒有救過火，誰也不知道等待他們的將是什麼，但是每個人都神情嚴肅，心情激動，準備著接受「黨和人民的考驗」。

一二三排各留一個班保護連隊，機運排在連隊後面開防火道，其他人兵分兩路，一路直接上後山迎著火頭撲打，另一路坐拖拉機向北繞到山後，再向溝裡插，與上山打火的人會合。迎著火頭打火是犯忌的，當地的農牧民打火都是在火頭後邊和兩邊打。當這個錯誤決定做出的時候，就已經預示著災難性的後果。

無論就職務而言，還是從撲火的表現來看，69個知青中最優秀的一個都是副指導員杜恆昌，他是69人中惟一的北京知青，惟一的軍隊幹部子弟。他是著名的北京男四中的高三年級學生，在中學裡就加入了黨組織，這說明他有很好的思想基礎，政治上成熟，這與家庭的影響教育有關。杜恆昌本來可以跟弟弟一起去部隊參軍，但是他要到更艱苦的地方去鍛煉自己。1967年11月，緊隨曲折他們之後，杜恆昌作為第二批赴內蒙古插隊的北京知青來到了遼闊的錫林郭勒大草原。

在插隊知青中，杜恆昌第一個把行李搬進了貧下中牧的蒙古包，第一個穿起了自己製做的蒙古袍，並且學會了蒙古語。草原上沒有電，卻有四季不斷的大風，杜恆昌懂得一些機械和發電知識，他要研製一台風力發電機。為了擠出一筆試製費，三個多月裡，他只吃鹽和炒米，省下錢來搞研究，終於製做了一台木製的風力發電機。別人不敢騎的烈性馬，他去騎，從馬上掉下來，被馬踢傷了右手腕，落下殘疾。領導照顧他，不讓他幹重活，他不同意，綁上沙袋，每天伸屈練腕力，割葦子的時候，他就用這只殘手創造了全連的最高紀錄，而在探家的時候，殘手

還端不穩臉盆。他參加了團裡的巡迴講用報告組，卻不講自己的成績，只講怎麼向別人學習。組織上推薦他上大學，他說：「草原邊疆就是最好的大學，貧下中牧就是最好的老師，我要在這裡上一輩子大學。」他們連隊是個新建連隊，小麥畝產只有三十幾斤，就在犧牲之前，杜恆昌還在煞費苦心地琢磨怎麼奪高產。

杜恆昌表現得異常成熟、出眾、老練，他有明確的目標，又具備實現這一目標所必需的學識、毅力和踏踏實實吃苦耐勞的精神。杜恆昌自然而然地受到知青們的擁護，得到領導的器重，組建兵團的時候，他被任命為連隊的副指導員，這是順理成章的事情——不選這樣的青年選誰呢？

在四連知青的眼裡，杜恆昌既是領導，又是老大哥，他們都稱呼他「老杜」，這稱呼中包含著愛戴、信任和敬意。

杜恆昌是出類拔萃的。他比金訓華大四歲，他跟金訓華有許多共同的優點，有許多相似之處，但是他比金訓華下鄉的時間更長，經歷的事情更多，如果仔細地搜集整理撰寫，他肯定是一個比金訓華更全面更豐滿的知青典型。

杜恆昌是一個優秀的指揮員，他頭腦清楚，富於理智，即便在鋪天蓋地的大火面前，仍然表現出清醒和理智。他把打火用的麻袋和掃帚裝上大車之後，猛然想起團裡發下來的那份〈關於防火救火工作的通知〉，那份通知發下來好長時間了，但因為全連在全力以赴地搶播小麥，一直沒有傳達。他知道，連裡的知青們幾乎沒有一點打火的常識，一定得把那份通知念一念，把注意事項講一講，讓他們知道該怎樣去打火，怎樣保護自己。可是，當他從連部的報紙堆裡翻找出那份通知時，全連戰士已經在連長的率領下奔向火場去了。

大火就像是一場大海上的龍捲風，呼嘯著，翻捲著，在狂風的助威下肆虐橫行，烈焰形成的高溫使人根本不敢近前，大火周圍幾米之內都

是缺氧地帶，即使能夠近前也會窒息而亡。

　　杜恆昌向山溝飛奔而去，他來內蒙古已經四年多，他打過火，也懂得該怎樣打火。他一邊衝著知青聲嘶力竭地高聲呼喊著「逆風往高處跑」，一邊用衣服包著頭衝進山溝的火海之中。這時，打火的青年們已經被烈火和濃煙團團包圍，他們此時已經沒有了打火的信心，只有求生的念頭，但是他們又不知道該向哪裡跑，出路何在，生路何在？在高溫少氧的環境裡，許多人已經喘不上氣，邁不動步，有人已經倒下去了……

　　杜恆昌衝進火海之中，尋找著戰友們的身影，一個，兩個……他找到了十幾個，他大聲呼喊著他們的名字，帶著這十幾個人衝出了火海，把他們領到安全地帶，一轉身又衝進了火海。第二次，他又領出了七八個知青，這時，他身上穿的衣服和包在頭上的衣服都燒爛了，臉上燒起了大泡，他太累了，真想喘口氣，歇一歇，可是一眼看見火裡有一個掙扎著的身影，他又不顧一切地衝進了火海。這一次他沒有出得來，一股沖天而起的烈焰很快吞沒了他的身影。被他救出來的那些知青見到這情景也急了，一邊高聲哭喊著「杜指導員」，一邊瘋了似地衝進火海。火頭更高，火勢更猛，這一次，他們誰也沒能再出來。

　　就在杜恆昌向火海馳奔的時候，18歲的蒙古族女孩力丁也在拖著患病的身子向著火海奔跑。她本來可以休病假，本來可以不參加救火，但是這個漂亮而又好勝的姑娘一聽到連長的動員聲，就毫不遲疑地站進救火的隊伍裡。

　　從幼兒園起一直到中學時代始終與她相伴的金環，用充滿感情的筆調留下了力丁美麗的形象，金環為這一節文字擬的標題是「力丁，我沒有留住的美麗姑娘」：

　　「力丁漂亮，同伴們都說她是『安琪兒』。1969年，她報考軍區文工團，1970年報考外地文藝團體，都因父母在『牛棚』挨鬥而斷送了前

程。力丁寫了血書，才被批准參加兵團。她的名字和她一樣簡單、純潔，她虔誠地相信到生產建設兵團是她最輝煌的前途。她要付出比別人多一倍、兩倍的汗水去接受再教育，因為她帶著一頂『可以教育好的子女』的『桂冠』。力丁為了能早日入團，和自己的好朋友查日斯、楊鴻原商量好，在連隊不過多接觸，以免被認為是『狗崽子』串通一氣。為了入團，她累得吐血都不肯上衛生隊。

「著火的前一天是青年節，連隊放假一天，她要到團部和一年多没見過面的同學相會，當然也包括我。她心裡充滿了喜悦。她哼著歌歡快地走著。5月的草原和力丁一樣充滿了青春活力，起伏的草浪忽明忽暗，嫩綠黛青，層次分明。忽然，她發現前邊道上有一個蠕動的黑點。她疾步跑過去，見是一個沾滿血污的小馬駒，粗心的馬倌不知到哪兒喝酒去了，母馬產後尋水不知去向，小馬駒抽搐著濕乎乎的身體，幾次欲站又重重地摔在地上，力丁用手絹給小馬駒擦乾血污，抱著它向馬倌的蒙古包走去。

「力丁趕到團部時，我們已買好聚餐的一切，單等這位姍姍來遲的公主。她兩眼腫腫地站在我們面前，大家愣住了。原來她剛才觸景生情，想起被關押著的爸爸媽媽。父母和女兒天各一方，她成了荒原上孤獨的馬駒。我看她好没情緒，便把她硬拽到我們三連去學騎馬。下午，她執意要走，怎麼也留不住，我只好騎馬送她到團部，她又步行近20里回到四連，當晚就病了。5月6日我從遇難者名單上發現她的名字時，我好後悔，當初，要是硬留住她……」

力丁以生命為代價，得到了共青團員的稱號。她是一個視榮譽如生命、視榮譽重於生命的理想主義者，寧可美麗地衝向死亡，也不願平庸地活在人世。而來自集寧的張建軍，就没有那麼多考慮，這個正在關禁閉的小伙子，没有那麼多革命激情，不懷一點功利主義色彩，就邁著大步衝進火海，他是69個烈士中惟一没被追認為團員的人。「因為他犯

有前科，還因為他從未寫過入團申請書」。但是他的弟弟妹妹卻因了烈士哥哥而安排了工作，他的父親母親也拿到了維持最低生活的撫恤金。作為六個孩子中的老大，他以另一種方式實現了「我是一個大男人，要靠自己的力量去養家」的誓言。這個健壯的小伙子是從禁閉室中跑出來的，關禁閉的理由很簡單，他沒有請假就偷偷跑到另外一個連隊去看妹妹，於是領導讓他寫檢查。他不會寫檢查，只想睡大覺，於是安然而臥，他在酣睡中被救火的喊聲驚醒，這個因為無組織無紀律而被關了禁閉的小伙子再一次違反了紀律，這一次他沒有受到批評，卻得到了他一生中最高的榮譽。

這場大火從 5 月 5 日中午 11 點 20 分燃起，一直到第二天下午 3 點熄滅，一直燒了 27 個半小時。這場大火吞噬了 150 平方公里草原，留下了 150 平方公里黑色的焦土，這個面積超過了三個大西洋上的百慕大群島或是兩個歐洲的聖馬力諾共和國。這場大火吞噬了 69 名活蹦亂跳的年輕生命，留下了 69 具難以辨認的焦屍，這個數字超過了歷年來草原火災死亡人數的總和！整個寶日格斯台一下子沉默了，不知道是被這可怕的事情嚇呆了，還是被巨大的悲傷壓垮了，總之它緘默無語，被一種壓抑可怕的氣氛籠罩著。

團部的現役軍人們全都集中到會議室裡開會，但是沒有人發言，誰也不知道該如何發言，該如何評判這場大火。這次撲火是壯舉，還是事故？該歌頌，還是該追究責任？他們腦子裡不停地轉動著一個婦女的形象，那是一個蒙古族女牧民，她因為自己的孩子玩火燒死了牧場的牛羊，就被判了七年徒刑，那一次燒死的只是牛羊，而這次燒死的是人，是 69 個人啊！團長政委的眉頭擰成了疙瘩，心裡壓上了石頭。團裡連夜寫好關於起火撲火的情況匯報，上報兵團司令部。一些連隊接到了通知：趕製棺材。他們連夜破木頭，鋸板子，釘釘子，沒有油漆，就在白木板上塗一層黑黑的墨汁。

　　一些聽到了消息的家長急於知道子女的情況，詢問子女安危的電報像雪片一樣打到寶日格斯台：「是否被燒了」「健康否？」「電告近況」。有的家長打了電報不見回音，就接著再打，一連打了好幾封，他們心裡著急呀！

　　兵團和自治區的領導立即聞風而動。起火的當天，內蒙古生產建設兵團正在召開黨委常委會，突然接到五師打來的緊急電報，兵團政委倪子文立刻帶著群工部長、衛生部長趕往火災現場。第二天，自治區黨委書記尤太忠也坐飛機視察災情。

　　大火過後，對這場火的評價，對撲火行為的評價，成為一個十分關鍵的問題，它既決定著死者的評價和待遇，也決定著生者的前途和命運。5 月 15 日，在災區待了整整十天的倪子文政委回到了呼和浩特，他在兵團常委辦公會議上，傳達了自治區黨委書記尤太忠的指示。尤太忠肯定這次滅火是保護國家財產的英勇行為，犧牲者一律按烈士待遇，就地集體安葬，並修建烈士陵園，召開隆重的追悼會，號召大家向烈士學習。這就給這場撲火行動定了調子，給死者以安慰，給生者以開脫。尤太忠的這段指示，至今還寫在烈士陵園陳列室的牆上。

　　死亡的 69 名知青，主要來自呼和浩特、集寧和唐山三個城市。呼和浩特的死者家長湧向兵團機關大院，力丁的哥哥說起他漂亮的妹妹時哭了，他說，草原失火根本就不該往火裡衝。舒寶立的父親說，我就這麼一個男孩，他媽也去世了，我依靠誰去？有的家長剛一聽到噩耗就昏厥過去，這消息太突然，太沉重，一點精神準備都沒有，一棒子就把人打暈了。有些出事後很快就趕來的家長，要求最後見孩子一面，兵團硬是沒有讓他們見，那些孩子都被燒黑了，燒焦了，有的燒得就像一段焦炭，根本無法辨清誰是誰。這樣的屍首怎麼能讓家長看？

　　兵團常委辦公會開完後，向死難者的家屬講了四條：犧牲者是毛主席的好戰士；一律算作烈士；各級領導都很重視；要幫助烈屬解決困

難。對死難者還追記了一二三等功，其中杜恆昌等四人記了一等功。除了前面提到的那個沒寫過入團申請書的知青，不是團員的全部追認了團員，12 名團員被追認為黨員。

6 月 12 日，《內蒙古日報》登出長篇通訊〈壯志凌雲〉，69 名死難者的英雄事跡第一次見諸報端，這篇報導掃去了 43 團領導眉間的烏雲。緊接著，兵團黨委的機關報《兵團戰友》報也以整版篇幅歌頌了撲火者的英雄壯舉。6 月 16 日，烈士陵園落成的日子，隆重的追悼會正式召開。

遠在貴州花溪空軍五七幹校的杜恆昌的父母杜士芳、張玉英，突然接到從呼和浩特發來的一封加急電報：您的兒子撲火犧牲，請於 16 日以前來連隊參加追悼會。他們一下子驚呆了，兒子春節是回家過的，走了才幾個月，怎麼就沒有了，犧牲了！張玉英不是杜恆昌的親生母親，但是母子之間感情非常好。老兩口商量了一下，決定兩人都去，他們坐飛機從貴州到了北京，然後轉乘火車到赤峰，趕到 43 團時，已經是 15 號的晚上。

追悼會上，六十幾位知青的家長哭成一團，家長哭，發言的人也哭，哭得追悼會幾乎開不下去。代表家長發言的是毅強的父親，他把毅強的妹妹也帶來了，讓她到哥哥的連隊接哥哥的班，「繼承烈士的遺志，屯墾戍邊，埋葬帝修反」。

追悼會開過之後，緊接著是一連串的會：授槍大會、報告會、表決心大會、表彰會，連長慷慨激昂地講述英雄撲火的壯烈事跡，全兵團掀起了一個學英雄的熱潮。沒有人再敢對「69 個知青死得值不值」這個最敏感、最容易引出一場麻煩的問題提出疑問，69 個知青被肯定了，其他一切問題便都解決了。

烈士陵園裡立著一座紀念碑，上面寫著：革命烈士永垂不朽。碑的前面是兩間烈士事跡陳列室，碑的後面是 69 座墳墓，排列得整整齊齊。

墓很小，呈方錐形，只有一米見方，墓碑是一塊石板，上面寫著烈士的名字。24 年過去，時光在墓碑間悄悄流淌，風雨在墓碑上留下痕跡，而今，墓上的水泥已經一塊塊地剝落，露出了裡面的紅磚，墓碑上的名字已經失去了鮮紅的顏色，變成淡淡的粉白，只有少數幾座墓碑上的名字用紅色油漆重新描寫過。年久失修的烈士事跡陳列室，門上掛著鏽鎖，只有掛在室內牆上的一張張照片，還是那麼英俊年輕。墓地四周全是青草，據說大火過後的第二年，草長得格外好，綠得發黑。當年杜恆昌他們開墾出的上萬畝耕地，如今已經全部退耕還牧，他要提高小麥產量的遺願永遠也無法實現。一切復歸於沉寂，一切復歸於自然，一切復歸於一片象徵著生命的綠色，無論是當年的兵團，當年的四連，還是當年的杜恆昌、力丁他們那一群生機勃勃的好青年。

據內蒙古生產建設兵團知青情況統計：1969 年至 1975 年，知識青年死亡人數為 225 人（不包括二師）。

寫完內蒙古的大火，不由得想起小興安嶺下的另一場大火。那場大火發生在 1976 年 3 月，正是春播時節，尾山農場六連的知青正在曬場上攪拌麥種。中午，距六連三里多地的小郎山著火了，山火向六連撲來。連部當即下令，馬上停止工作，上山打火。青年們就扛著鐵鍬、拿著掃帚向小郎山奔去。在打火中，有七名女知青不幸喪生，她們來自上海和哈爾濱，在打火中表現得很英勇，有人在倒下去的時候，手裡仍然緊握著掃帚。

事情發生之後，連隊領導寫了一份事故報告交了上去，整天憂心忡忡，等著上級的處分決定下來，但是卻遲遲不見動靜。

原來，當時主管新聞輿論的姚文元看到了一份反映尾山農場火災事故的材料，他在這份材料上批了十個字「偉大的戰士，可貴的精神」。這十個字不得了，等於肯定了打火者的英雄壯舉。敏感的上海報紙一馬

當先，首先登出了姚文元的題詞，並配發了歌頌七英雄的長篇通訊，於是「尾山七英雄」馬上成了知青的榜樣，先進的典型。1976年8月，中共黑龍江省委授予七英雄「英雄戰士」稱號，尾山農場也忙著重修墳冢。墓修好了，「四人幫」也下臺了，尾山山麓的墓地前，只留下一塊無字的石碑。

今天，在大批知識青年早已通過各種途徑陸續返城之後的今天，在北大荒的黑土地上，在內蒙古的大草原上，在陝北的黃土高原上，在西雙版納和海南島的熱帶亞熱帶森林中，在一些邊遠的窮鄉僻壤，安葬著我們的夥伴，我們的戰友，他們在上山下鄉中找到了自己的歸宿，靜靜地、永久地安睡在異土他鄉。他們因上山下鄉而逝，因英雄氣概而逝，因環境惡劣而逝，因有勇無謀而逝，因年幼無知而逝。不管具體的死因是什麼，他們都是英年早逝，我們都想把他們稱為「英魂」。

第八章　典型們

蔡立堅百感交集

在太原下了火車，安排好住處，我就斜穿過幾乎整個太原市，從城區的西南角趕到東北角的省委黨校，找到了蔡立堅。雖然我們是初次見面，但她卻像是對多年不見面的老朋友一樣親切，十分麻利地把手頭的工作處理完，說：「走，到家裡坐去！」

在山西插隊的知識青年中間，下鄉最早的是蔡立堅，名氣最大的也是蔡立堅，實際上，在「文化大革命」中間下鄉的知識青年裡邊，蔡立堅是第一個在《人民日報》上露面的個人典型。

蔡立堅原名蔡玉琴，是北京長辛店鐵路中學的高中生，班級裡的團支部書記，學校裡的學雷鋒標兵。她的下鄉插隊決心，萌生於大串聯之中。

1966 年 12 月 1 日，蔡立堅和一些同學組成的長征隊從北京出發，開始了步行串聯，途中，這支 19 人的隊伍產生了分歧，多數人直取遵義，而蔡立堅等四個人直奔延安。他們從河北的井陘經娘子關進入山西，在巍巍太行山的峰巒疊嶂之中艱難地跋涉。蔡立堅從一出場，就是一個主意很正的姑

娘,一個信念堅定的理想主義者。

12 月 28 日對蔡立堅來説是一個重要的日子,那天他們整整走了一天也沒走出大山。天越來越黑,路越來越難走,陳年的落葉在腳下發出沙沙的響聲,胡荊、刺梅的枝條把臉抽打得好疼,灌木林中有時會撲棱棱驚起一群野雞,或是飛快地竄出一隻野兔,讓本來心裡就不踏實的年輕人好一陣緊張。沒有燈光,沒有人家,只有夜空中幾顆寒冷的星星在眨眼睛。饑餓、寒冷和恐懼擠壓著四顆年輕的心。

忽然,從前面山腰上傳來一陣狗叫,循聲望去,隱約可見幾點光亮,那個小得可憐的村子叫杜家山,只有五戶人家 17 口人,屬榆次縣黃采公社,山高石頭多,出門就爬坡,又窮又閉塞。聽説來了北京的紅衛兵,一會兒全村的十幾口人全都跑來了,老的老,小的小,見不到一個壯漢。

火苗子在灶坑裡邊跳著,水和小米在鐵鍋裡面煮著,大娘和小姑娘忙活著做飯,幾個老漢向他們訴説著村裡的情況:杜家山窮得養不住人,男人往外跑,女人往外嫁,如今村裡就剩下這老的老小的小,四個半勞動力最年輕的也 47 歲了。老人動了感情,淌著淚水,用青筋暴露的老手沖窯洞裡一揮掃説:「這不是,全村的人都在這了,眼見得這村子就要絕戶了!」蔡立堅聽了這話,心裡猛地一震。

第二天早晨,天還沒有大亮,蔡立堅他們就動身了,走得匆忙顧不上跟鄉親們打聲招呼。出了村,還是爬山,當太陽露頭的時候,他們爬上了大羅山頂,蔡立堅坐在一塊石頭上回頭望去,正好可以俯視杜家山。在一片霞光之中,一位老人正挑著一擔水,步履蹣跚地爬一道坡,看著他那吃力的樣子,蔡立堅的心猛地收緊了:杜家山需要人哪!她冒出一個念頭:別人不願意去,我偏要去!從那一刻起,杜家山占據了她的心,牽扯著她的心,牽扯得她猶豫不定、舉步艱難。

她心情矛盾著往前走,走過了汾河水,走入了文水縣,走到了雲周

西村。這裡是劉胡蘭烈士的家鄉，有烈士的墓碑，有毛主席的題詞，一股壯烈的豪情從蔡立堅心頭升起。在離開杜家山280里的孝汾公路上，她站住了，一臉嚴肅地對三個戰友說：「我要回杜家山去！」

從這一刻起，她走上了一條荊棘叢生、曲折漫長的艱辛之路。

杜家山的鄉親們又驚又喜半信半疑地迎接蔡立堅，第一個見到她的大爺問：「妞兒，你怎麼一個人又彎回來了，莫不是丟下了什麼東西？」蔡立堅說：「大爺，我是來落戶的，不走了！」老人搖著頭說：「這咋可能，別玩笑！」鄉親們雖然懷疑她能否留下，卻實在希望她能真地留下，他們很快就騰出一孔窯洞，送來了土豆小米白麵、水缸面盆碗筷。第二天，二大爺到外村去買了一個算盤幾個本本，說：「你要是真不走了，就給咱當個會計、記工員，咱這山上沒個識字的。」蔡立堅心裡一熱，當天晚上就列出了全村勞動力記分的表格。

蔡立堅好強，自己挑水打柴，自己學做飯。她挑了一擔水還要走四五十度的陡坡，她砍了兩捆柴卻挑不回來，她實實在在地嘗到農村生活的苦了，她也實實在在地嘗到了杜家山人對她的一片誠心。一個多月之後公社來人說，你要是真心想來，就把戶口遷來。在一個大雪漫天的日子，蔡立堅回北京去辦戶口。鄉親們都依依不捨地來送她，有的用木鍁清雪開路，有的送來了紅豆、烙餅、煮雞蛋，嘴上沒說，但誰的心裡都在想：這姑娘肯定回不來了！

這姑娘真是差點回不來了。她的半身不遂的母親，已經在床上癱瘓了半年多，看到離家兩個多月的女兒，眼淚不斷線地往下掉，好半天才說：「人家長征都沒事，就你，一征把人也征沒了。」

開通的父親支持女兒，他幫蔡立堅做通了母親的工作。辦手續又耽誤了一些日子，1968年3月，北京市安置辦批准了蔡立堅去杜家山插隊的要求，學校召開了兩千多人的大會為她送行。剛滿20歲的蔡立堅，終於又回到了杜家山。她遠遠地就看到了那棵老松樹，那彎紅土窯，聽

到了熟悉的狗叫聲，再走近些，她看到了站在窯畔上的鄉親們，鄉親們正在向她望呢。蔡立堅的淚花在眼眶裡打轉轉，她奔跑起來，她在心裡呼喊著：鄉親們，我回來了，我帶著户口回來了！

在這段時間裡，杜家山又少了一口人，惟一的後生到外村當倒插門女婿去了，走了一個後生，來了一個姑娘。三個多月之後，7月4日，《人民日報》刊載了由山西晉中報社記者撰寫的通訊〈杜家山上的新社員——記北京知識青年蔡立堅到農村落户〉，同時還配發了評論文章〈越是困難的地方越是要去〉。

蔡立堅來杜家山時只是一隻孤雁，孤雁帶來了群雁，不久，她的母校同學劉淑琴等人來了，太原、榆次的青年來了，山西大學政治系學員王和平、周山湖也來了。在離杜家山不遠的杏林塔大隊插隊的朱維紅，在日記中寫到她第一次見到蔡立堅時的印象：「蔡立堅就是跟報上介紹的那樣，大熱的天兒還腰扎老貧農二大爺送的布腰帶，赤腳穿著雙山鞋，衣服上汗跡斑斑，頭髮蓬亂，胡亂用根什麼東西扎住，她的臉膛赤紅，手糙得像銼刀，猛一握手，又硬又有勁兒，我想跟她多聊幾句，可她怕耽誤幹活兒，老半天腰都不抬一下，杜家山人幹活真不惜力，天老黑了還沒有收工的意思。蔡立堅睡在二大娘家裡，一進村就去替大娘挑水，忙得不歇氣，我仍然找不到和她攀談的機會。杜家山這個集體顯得團結而有朝氣，大夥兒搶著幹活，開會搶著發言。」這篇日記是1968年9月1日寫的。到1968年底發表那條「知識青年到農村去」的最高指示時，杜家山已經有了18個知青，最大的24歲，最小的14歲，超過了杜家山的原有人數。最高指示發表的那天晚上，他們聚集在土窯洞裡，一遍遍地朗誦自己的詩：「十八顆種子四海來，十八顆種子山上栽，十八朵葵花黨灌漑，十八朵葵花向陽開。」杜家山人丁興旺，紅火起來了。

這些青年人幾乎承擔了全部農活，從開荒、播種、鋤地、追肥，直

到收割、打場、入庫。他們從圪針窩子裡開出 100 多畝荒地，還用自己的安置費給隊裡買了兩頭驢、40 隻羊。為了練鐵肩膀，他們每天下工後肩不離擔地爭著挑水；比掄大錘，學歐陽海能一氣掄打 180 下，下了工還要來個掄錘比賽。割穀子的時候，手指肚被穀子葉磨破了皮，露出鮮嫩的肉，毛刺一碰鑽心疼，劉淑琴說，光是糊裂口的膠布，用了也有好幾丈。知青們辦起了養雞場、小學校、醫療站、科學實驗小組，還成立了文藝宣傳隊。知青擔任了隊長、書記、會計、出納、保管員，幾乎執掌了杜家山的一切大權。他們搞種子優化，給莊稼施化肥，糧食產量當年就翻了番。一幫子爭強好勝的青年人，把杜家山鬧得紅紅火火，熱氣騰騰。

1969 年 9 月末，一個秋高氣爽的日子，蔡立堅脫下補丁摞補丁的破衣服，穿上同學汪俊英的新制服褲子，帶著從當年開荒地上種出來的一尺多長的穀穗、腳板子大的土豆，光榮地進京參加國慶觀禮。她和郭鳳蓮、申紀蘭等人住進了中南海，住在警衛戰士居住的一排平房裡邊，雖然這裡不如京西賓館寬敞闊氣，但與毛主席近在咫尺，這是多大的幸福和榮譽！

9 月 30 日晚上，蔡立堅拿著紅色的請柬走進了人民大會堂宴會廳，參加周恩來總理主持的盛大國慶招待會。10 月 1 日上午，她登上了天安門城樓，見到了毛主席，晚上，又在觀禮臺上看了焰火。那一次，她在北京一共住了半個月，參觀，座談，每天的活動安排得滿滿的，還受到周總理的接見。那年進京參加國慶觀禮的知青代表一共有 314 人，其中登上天安門城樓的有 30 人。

蔡立堅出名了，她的頭上也有了官銜：縣革委常委、縣委常委、團地委副書記、團省委常委、省革委委員……但是她對自己要求非常嚴格。上級兩次要推薦她去北京上大學，她都拒絕了，她表示：不改變杜家山的面貌，絕不離開杜家山。縣裡要給她轉成國家正式幹部，定行政

級別拿固定工資,她又拒絕了,說:「杜家山的老農掙多少,我就掙多少。」每次去縣裡開會,散了會縣裡總要用車送她。蔡立堅不習慣坐小車,尤其不願意一個人坐小車,所以總是悄悄地溜掉,跑 90 多里山路一個人走回來。有一次去縣武裝部開會,散了會已經是下午四點多鐘了,武裝部的田部長要用吉普車送她,可是車來了,人找不到了,蔡立堅已經出了城了。剛走了二三十里路,天就黑下來,路邊是一人多高的莊稼地,靜靜的,一個人也沒有,只有天上一鉤彎月看著她。她沒吃晚飯,肩上還背著一支剛領回的步槍,又累又餓,真想在這靜靜的大山上,在這散發著清香氣味的莊稼地裡睡一會兒。可是枕著田埂剛躺下,蚊子嗡嗡地叫著飛過來了,她只好繼續趕路。走著走著,前面在修路,公路斷了,蔡立堅轉悠來轉悠去,越走越不對勁,走了個把小時,到了一個陌生的村口。從一個院子裡傳出牲畜吃草打鼻的響聲,這是到了牲口棚了。蔡立堅上前去叩門,半晌門開了,出來兩個餵牲口的社員,他們看著蔡立堅疑惑地問:「杜家山的?咋跑到這裡來了?這是莊子公社呀!」外間屋裡拴著一溜牲口,裡面的小屋有半截土炕,他們說:「你就在這小炕上歇吧!」兩個男人說完就走了。蔡立堅餓壞了,想找點吃的,可是找來找去什麼也沒有。她小歇了一會兒就起身上路了,回到杜家山,天已大亮,社員們正要出工。

蔡立堅娓娓地述說著往事,沉浸在美好的回憶裡,那是她一生中最珍貴的回憶。房門響了,走進來一個魁梧健壯的男人,他是蔡立堅的愛人王和平。「家裡來客人了,從北京來的,你趕緊做飯吧,做點好菜!」蔡立堅給他派活。

王和平是慕蔡立堅之名,寧可不要大學文憑堅定地上了杜家山的;蔡立堅是被王和平那股子能吃苦能幹活憨厚樸實的性格所吸引,因而萌生了愛慕之心的。王和平割莊稼,手上磨起過 23 個小泡;修大寨田沒籮筐,他一個人進山割條子,三天磨破了兩條褲子,割回來的條子編了

32 擔籮頭、10 個大抬筐；蓋房子，十四五斤一塊的土坯，他一次能擔18 塊；掄钁頭開荒，別人一溜沒刨完，他兩溜都刨到了頭；他跟周山湖兩個人，鞋子上打過 20 多個補丁。杜家山的二大爺説：「這個人真能受，一個人頂七個，誰見了誰待見！」

蔡立堅從北京回來，就跟知青們商量怎麼學大寨，改變杜家山的面貌。

學大寨，就要「割資本主義的尾巴」，就要「大批促大幹」。知青們動員農民交出自留地，把各家各户的自留地收歸隊裡統一耕種，實行評工記分法，可是社員們不同意，1938 年入黨的老黨員揮舞著煙鍋子沖知青大嚷：「還讓不讓老農活了！」知青要在山上修造「小平原」，可鄉親們説，有那個功夫不如去積肥砍圪針，修一畝「小平原」要幾百個工，最多增產一二百斤糧食，要是把這些工用來砍圪針開荒，可以穩拿一兩千斤糧食。蔡立堅他們搞不明白了：貧下中農怎麼這麼保守、自私、落後！他們不理會老鄉們的反對，起早貪黑，花了百十斤炸藥，半個月時間，在山坡上造出了一塊僅有一畝四分地的「小平原」，可上邊來檢查的人還是不滿意，説他們是「小打小鬧」，要他們在溝底修水庫，在山上造大平原。

力氣沒少出，汗水沒少流，大批判沒少搞，可是到年底一算帳，糧食畝產不到 200 斤，人均口糧只有 300 多斤，每個勞動日分紅值只有三毛八分錢，村子裡還是破爛不堪，青年們吃的還是缺油少菜的伙食，頓頓窩窩頭，住的還是夏天漏雨冬天漏風的房子，分紅的那點錢只夠買鹽買醋。有一年冬天上級打來緊急電話，要杜家山的知青帶頭交售愛國糧，他們一合計，決定交售兩千斤。可是第二年開春青黃不接的時候，知青的口糧不夠吃，兩千斤愛國糧又拉了回來，所不同的是，他們送去的是穀子，拉回來的是小米。青年人心裡都憋著一肚子氣，最著急的是蔡立堅，她是主心骨，她是領頭雁，杜家山搞不好，理所當然她要負主

要責任。可是，大寨也學了，「平原」也造了，「三自一包」也批了，渾身的力氣都使出來了，她搞不清楚問題究竟在哪裡。

常常有人來找蔡立堅去作報告，談經驗，她外出的次數越來越頻繁，有時一走就是幾天。蔡立堅心裡感到不安，她不願意脫離勞動，可是來人常常拿出蓋著紅印章的信函，死磨硬纏，蔡立堅又是個不願意使人為難的人。一次她隨來人出村的時候，背後傳來一句「蔡大姐，有空來……」蔡立堅淚水奪眶而出，心裡充滿了委屈。她開始體嘗到孤獨的滋味，不能被親密的同伴所理解，那是多麼痛苦的事情！為了補償外出耽誤的時間，每次回來她一放下背包就扛起家什，拚命地幹，懷孕八個多月還扛著 80 多斤重的化肥袋子，從溝底爬到山頂。蔡立堅常常有一種負疚感，好像自己做錯了什麼，欠了同伴什麼，她要拚命地多幹，來彌補自己的過失。

這樣，蔡立堅身不由己地處於三種矛盾之中：她與一些知青產生了矛盾，她感到知青不理解她；知青與杜家山的鄉親產生了矛盾，她感到鄉親們不理解她；杜家山與「上頭」產生了矛盾，她感到「上頭」不理解她。種種矛盾集於一身，蔡立堅成了一個焦點。實際上，蔡立堅所經歷和感受到的，也是許多「先進」知青所經歷和感受的，因而她在整個上山下鄉的知識青年中間，具有一種典型性。

歷盡磨難的蔡立堅，在粉碎「四人幫」以後，卻經受了更大的磨難。當時她生完第二個孩子不滿一個月，就住進榆次縣委大院裡檢查錯誤，罪名是「反對學大寨」。後來工作組又開入杜家山，說杜家山是假典型，蔡立堅是精神貴族，要在知青中肅清她的流毒。她從大隊到地區的六項職務被全部撤掉，一擼到底。

杜家山的知青儘管對蔡立堅有意見，但他們是瞭解蔡立堅的。有知青站出來講話了：過去杜家山是什麼樣子，現在杜家山又是什麼樣子？過去杜家山窮得沒人願意待，現在杜家山通了公路有了電燈，耕地多

了，果樹多了，糧食總產增加了五倍，人均產量超過了千斤。要是沒有蔡立堅帶頭，杜家山就沒有那麼多知青，要是沒有那麼多年輕力壯的知青，杜家山就沒有今天的變化。同伴們的理解，上級領導的誤解，使蔡立堅又感動又委屈，終於有一天，她把自己關在一個老大娘家的廂房裡，盡情地哭了很久。她說，退一萬步講，什麼都沒有了，我還是個農民，我本來就是想當農民才到杜家山來的。中國有八億農民呢，可是沒有我這樣的反革命！

知識青年們都紛紛離開了杜家山，杜家山變得冷清了，蔡立堅堅決不走，她說不能反悔自己立下的誓言，不能反悔自己走過的路。她主動要求去做果樹管理員，得到批准後，就背著孩子上山了。

當年知青親手栽種的果樹園，如今野草叢生，一片荒涼，有的地方野草把果樹都沒過了。蔡立堅把孩子放在大樹下，自己扛著鋤頭，把一人高的野草刨倒，把石頭清理掉，把土坷垃打碎，給每棵果樹建起丈把寬的圓樹盤，幾百棵果樹都伺弄得乾乾淨淨，連根草苗子也看不到。她又擔上兩隻大桶，裝滿了糞肥，爬著陡坡擔上山去，把幾百棵營養不良的果樹全都餵了個飽。她背著藥桶給果樹打農藥，又下山向技術員學剪枝，荒蕪的果園又繁茂起來，有了生機。她要用自己的行動證明自己的純潔清白。在那些困難的日子裡，杜家山鄉親們的溫暖給了她極大的鼓勵。大爺給她送來肉和蛋，讓她不要壞了身子斷了奶餓了孩子，巧蓮嫂把她和孩子接到家裡，天天給她做熱湯麵。

1979 年 6 月 21 日，國務院知青辦的同志和省地縣知青辦的同志上杜家山來了，他們來看望蔡立堅了。他們肯定了蔡立堅上山下鄉的道路，稱讚她能在這麼艱苦的小山溝裡幹了這麼多年是件不容易的事情，他們告訴她，問題總會查清楚的。七月，縣委通知她到石圪塔公社擔任副書記。八月，她接到國務院知青辦的通知，到北京參加了全國部分省市自治區先進知識青年代表座談會，在會上發了言。8 月 28 日，《中國

青年報》發表了記述蔡立堅的通訊〈把青春獻給山區建設事業〉，蔡立堅上山下鄉的舉動重又得到了肯定。1980年，中共榆次縣委發文，對蔡立堅和其他被錯誤審查的同志給予平反。1981年春天，中共晉中地委宣布徹底為蔡立堅平反，恢復名譽。

1982年春天，蔡立堅考入了山西省委黨校優秀中青年幹部培訓班，1984年8月畢業後留校擔任班主任工作。在黨校這十幾年裡，她多次被評為學校和省直單位的優秀共產黨員、優秀工作者、優秀黨務工作者。當年蔡立堅是出色的，如今蔡立堅仍然出色，不論在上山下鄉的高潮裡，還是在高潮平息以後，不論在杜家山，還是在山西省委黨校。

她有一兒一女，女兒的戶口按政策已經轉回北京。二十多年前，蔡立堅離開父母，孤身一人從北京來到山西落戶，二十多年後，她的女兒又孤身一人從山西到了北京，闖蕩京城。如今女兒在一家中外合資的大飯店做事，工資收入、物質條件要比母親當年好得多，可是她感到寂寞和孤獨，常常想家。母親當年儘管物質條件極差，卻跟她的同伴們一起過得開心快活。已經近五十的母親說：不管別人怎麼說怎麼看，那一段歷史我過得很充實很快活，那是我一生中最難忘最寶貴的一段時光，有時想起來會笑，有時想起來會哭，酸甜苦辣喜怒哀樂我都嘗過了，我們那一代人經歷的事情和生活體驗，肯定要比下一代人豐富得多。

飯做好了，擺了滿滿一桌子。我們圍著桌子坐下來。蔡立堅揀了一個最大的雞腿放到我的碗裡，嘴上又講起了杜家山。王和平說：「你整天就離不開杜家山！」蔡立堅也有些不好意思地說：「晚上做夢夢見的也是杜家山，都這麼多年了，就是想它，忘不了它，我對北京的感情也不如跟杜家山深，等退休了，我就搬回杜家山去住，回去種果樹、辦小學。」其實哪裡等得到退休啊，王和平說，他們每年都要回幾趟杜家山，前年給杜家山買了1000棵蘋果樹苗，去年找到水利局要了兩萬元，幫杜家山解決了吃水問題。

　　我問蔡立堅：「你怎麼就那麼想念杜家山？讓你牽腸掛肚的是什麼呢？是杜家山的山水，還是杜家山的人？」

　　她很認真地凝神想了一會兒，笑著轉向我說：「都有吧？我自己也說不清楚。反正只要我一走近杜家山，心就怦怦地跳，就興奮得不行。我們當年住的房子，我們親手蓋的房子，有不少都拆了，二大娘家的一串窯都塌了，人去樓空，物在人非，曾經那麼興旺紅火的地方，現在又冷清了，回想起來，就像作了一場夢。想起那段歷史，真是叫人百感交集，啥也說不出！不管別人怎樣評價，我們在國家十分困難的時候，為國家分憂解難，到最困難最艱苦最需要人的地方去，我們是高尚的，比現在那些搞腐敗的人要高尚得多！有人說我們是狂熱，我就想，你們也狂熱狂熱嘛！

　　「我在杜家山啥都經歷過了，啥滋味都嘗過了，達到頂峰的滋味，跌入谷底的滋味，摔得真疼啊！我什麼苦都吃過了，什麼委屈都受過了，有句話叫『先死而後生』，我是曾經死過的人，現在我才有了扎實正常的生活。」

　　我在蔡立堅家的書架上發現了好幾本紀念冊，裝潢精美漂亮，經過主人的允許，我一本一本地打開，原來都是她的學生在畢業之前寫給她的留言。

　　「蔡老師，你以你的行動使我懂得了應該怎樣作人，怎樣作一個正直的人，誠實的人。」

　　「我是一個失去了母愛的人，但你就是我的母親，我的好媽媽，不管走到哪裡，我心裡會永遠記著你。」

　　「我從你身上看到了什麼是一個真正的共產黨員。我曾經對黨失去信心，我從你身上找回了對黨的信心，找到了當今社會上少有的東西——人與人之間的真情。」

　　「好人一生平安。蔡老師，我祝願您永遠幸福！」

　　蔡立堅在一篇題為〈難以忘懷的歲月〉的文章裡寫到：「我的青春年華，是在那座至今仍然使我魂牽夢繞的杜家山上走過來的，那是一段蒼涼悲壯難以忘懷的歲月，它記錄了特殊年代裡我們那代人苦苦追求探索的腳步，也真實地映襯了多災多難的祖國艱難曲折的歷程。」

苦難也是一種財富

　　啟宏一個人坐在黃浦江邊上，靜靜地看著江水發呆。他想起了二姐，想起了跟二姐一起逛外灘的日子，在他心裡，那是一些陽光明媚的日子，可今天卻是陰天。

　　啟宏九歲的時候父母就去世了，他是獨生子，沒有兄弟，只有兩個姐姐。大姐出嫁早，星期天他總是跟二姐一道過，姐弟倆有時在外灘坐一坐，看看江水和輪船，有時沿著狹長的南京路，一家店鋪一家店鋪地走過去，他們什麼也不買，只是好奇地看，因為口袋裡面是空的，頂多有幾毛錢，那是買公共汽車票的錢。二姐書讀得很好，本來可以考大學，可是為了小弟弟的生計，她作出犧牲，初中畢業後考入一所中專，中專畢業後分到北京的一個醫藥研究所，從此星期天就只剩下啟宏一個人。二姐每月一拿到工資，第一件事就是給弟弟寄去 15 元錢，那是啟宏一個月的生活費。

　　他在里弄食堂裡吃飯，在學校裡住宿，逢年過節，同學們都走光了，宿舍裡只剩下他自己，心裡空落落的。他一個人走到黃浦江邊，一個人靜靜地坐在那裡，一個人出神地看黃浦江靜靜的流水。他老是想起二姐，心裡湧上酸酸的滋味，家庭的變故，使他比他的同學們更早地體味到生活的艱難，比他們早熟，比他們懂事，他也因此受到同學們的信任，他們推選他當班長。

　　他的家庭狀況也引起校方的關注和同情。1967 年春末，當如火如荼的「文化大革命」正處於高潮之時，啟宏就得到了一個就業的機會，到

一家輪船公司去當海員。

轉過年來，當時還擔任上海市革委會正副主任的張春橋、姚文元，認為給一部分中學生在城裡分配工作的辦法不妥，應該讓他們都到農村去。這樣，已經當了一年海員的啟宏又來到廬山腳下，彭澤縣界，那是晉代詩人陶淵明當過縣令的地方。

一千五百年前，陶淵明不願為五斗米折腰，他以輕鬆欣喜的心境吟誦著「歸去來兮，田園將蕪胡不歸」的詩句，辭去彭澤縣令，復歸柴桑故里，採菊東籬下，種豆南山下，晨興理荒穢，帶月荷鋤歸，息交遊閑業，臥起弄書琴，怡然自得，悠閑自在；一千五百年後，啟宏為了生計來到此地，被一場滾滾洪流裹挾到此地。他找了一本陶淵明的詩來讀，讀到「雲無心以出岫，鳥倦飛而知還」這兩句，不覺心動：陶淵明是厭倦了官場，倦而還家，啟宏卻是無家可歸。上海是家嗎？上海僅僅是他的出生地、就讀地，他沒有家的溫暖，也就沒有家的依戀，對他來說，哪兒都一樣，真真是大丈夫四海為家了。

他從江西彭澤的農場，又轉到江蘇大豐的農場，緊接著，上山下鄉浪潮洶湧而起，他又乘上北去的列車，一直坐到黑龍江的北安。在站臺上開完了歡迎會，他們又換乘汽車，到了德都縣，五大蓮池農場，一個好聽的名字，一個有著美麗火山湖的地方。第二年這個農場就改為黑龍江生產建設兵團一師五團。

農場之初，啟宏的運氣相當不錯。他下鄉早，又是老高二的學生，到了連隊就當文書，不久又被借調到場部保衛科，搞外調。他跟著一位老同志，一老帶一小，關裡關外跑了許多地方。第二年開春，啟宏又到了龍鎮。

龍鎮在北安以北，是鐵路線的盡頭，從哈爾濱延伸來的鐵路到此戛然而止，再往前走只能改乘汽車。緊靠鐵路是龍鎮的優勢，所以兵團一師把一些直屬單位設置於此，其中包括師後勤部的物資批發站，那裡是

啟宏的新單位。

批發站當時只是空地一片，空地上只有一頂孤伶伶的帳篷，帳篷裡只有啟宏他們五個人，百米開外有一棵老樹，夜裡，一隻老狼就蹲在那棵老樹底下，沖著帳篷嗥叫，整整地嗥了一夜，帳篷裡的五個人一夜無法安睡。

批發站很快建了起來。房子多了，人多了，笑聲多了，狼嗥聲沒有了。啟宏成了五金採購員，經常跑哈爾濱，採購進貨。不久整黨運動開始，他又成了專案組的成員，因為他能寫材料，搞過外調，為人又忠厚可靠。他心情很好，跟領導和同志們的關係也處得很好，不論做什麼事情，他都實實在在地做好它。

當師後勤部一個副政委帶著一個工作組來到龍鎮，小鎮上的笑聲就一天比一天少了，而風聲卻一天緊似一天，經常有人被突然關押，突然隔離審查，頭天晚上兩個人還在一起說笑話，第二天早晨一個人就成了另一個人的階下囚、監管對象。人人緊張，人人自危，400多人的小鎮，不長時間就關起來二十幾個人，百分之四點五。

專案組給啟宏派任務了，讓他寫一個材料，把他同組的一個人寫成反革命。啟宏去找那個人談話，瞭解那個人的反革命罪行。他仔細地聽，刷刷地記，完了，拿著厚厚一疊記錄找到專案組說，這個人不是反革命，他不過是有點落後意識，這材料沒法寫。單純正直的啟宏以為他挽救了一個人，其實他非但救不了那個人，反而招來了殃及自身的災禍。

1969年12月，黑龍江生產建設兵團召開首屆活學活用毛主席著作積極分子代表大會，大會在佳木斯召開，一師的代表要在龍鎮集中，在龍鎮上火車。龍鎮熱鬧起來了，要歡迎，又要歡送，標語貼出來了，毛主席像掛起來了，招待所前搭起了彩門，彩門要貼上「敬祝毛主席萬壽無疆」九個大字。

下午五點多鐘，在龍鎮那個地方天已經擦黑了。啟宏從招待所門前路過，正看到兩個女孩子往拱門上貼那九個大字。她們個頭太小，站在凳子上不夠高，便把兩個凳子摞起來，摞起來的凳子搖搖晃晃不穩當，兩個女孩誰也不敢上，她們心裡好著急。急公好義的啟宏爽然相助，他個子高，手臂長，站在凳子上，正好夠到拱門。他先貼好一頭一尾的「敬」和「疆」字，再貼好正中間的「席」字，在兩個分區中點的地方，貼上「毛」和「壽」，最後剩下兩個字，一個是「萬」一個是「無」。字是隸書，天色又暗，小姑娘認不大清，啟宏在上面要「萬」，她們遞上了「無」，輪到要「無」字時，她們又遞上了「萬」。九個字貼完，啟宏兩手幾乎凍僵，渾身幾乎凍透，他不及細看，從凳子上跳下來，沖兩個姑娘喊了一聲「你們看看行不行？」然後迫不及待地一頭跑回溫暖的宿舍裡去了。就這樣，「萬壽無疆」變成了「無壽萬疆」。

次日清晨，批發站的教導員起得早，出來跑步鍛煉，第一個發現了這樁錯誤。他趕緊叫人，立刻把那條標語改了過來。啟宏在去食堂吃早飯的路上聽到這消息，嚇了一大跳。在那個年代，因為一條語錄一句口號而打成現行反革命的並不少見，無意的可以說成有意，責任事故可以說成政治事件。他搞過外調，搞過專案，不只一次地聽說過接觸過這類事情，心裡自然清楚它的嚴重性，所以早飯也沒顧上吃，就跑去找教導員，說明情況，承認錯誤，要寫檢查。教導員是部隊轉業下來的，他根本沒把這當成一回事，安慰了幾句，就叫啟宏趕緊去哈爾濱催一批貨。

啟宏當晚赴哈，三天後返回，回龍鎮那天正值元旦，火車車廂裡冷清空曠。他從列車的廣播裡聽到了兩報一刊的元旦社論，題目是〈七十年代第一春〉。

然而龍鎮卻沒有一絲春意，他一回到站裡，立刻意識到情況已經起了變化：專案組開會，不再找他參加。他預感到有一場災禍即將臨頭，

他也知道這時最危險的東西是寫在白紙上的黑字，一條條罪證都會從那裡面找出。他做了最壞的打算，把自己的日記和信件找出，就著走廊裡燒火牆的爐子，把它們全部化為灰燼。他剛把這件事情做完，就有人來找他開會，會議主持人劈頭一句就是：「啟宏的問題性質十分嚴重，是對偉大領袖的態度問題、立場問題，是大是大非的政治問題⋯⋯」啟宏未等那人把話說完，就開始大聲爭辯，接著發生一場激烈的爭吵，這場爭吵的後果，是他當天晚上就搬出了集體宿舍，住進了隔離審查室，24小時有人監管。

揭發批判開始了，罪行一件件被揭發出來，有十幾條之多。諸如：他從哈爾濱買回一些哲學書籍，組織青年成立學哲學小組，這個小組實質上是「反動小團體」；有一次唱歌，他故意把「槍聽我的話，我聽黨的話」唱成「黨聽我的話，我聽槍的話」；還有一條涉及到他和兩個姐姐的關係：「跟革命的大姐關係不好，跟反革命的二姐關係好」。大姐大啟宏近二十歲，出嫁又早，他是跟著二姐一道長大，自然在情感上更親近些，這有什麼可奇怪呢？真是應了那句話：欲加之罪，何患無詞？

滿院子貼的都是揭發啟宏的大字報，轟轟烈烈，鋪天蓋地，「挖出地平線下的現行反革命！」口號喊得山響，原來關押的二十幾個人全部放掉，集中力量對付他一個，他一個救了二十幾個，值了。四個人拿著槍，一天24小時看著他，啟宏成了龍鎮的頭號人物，沒有不知道他的，沒有不認識他的。他的名字還傳到省裡，成為當時正在開展的「深挖」運動中一個難得的典型案例——〈一個知青是怎樣變成現行反革命的？〉全省通報。挖出這個頭號敵人的人，自然也成了頭號功臣。

他態度極其不好，不肯認錯，不肯交待，頑固對抗，是一個「不肯投降」的階級敵人。那好，給他一本毛選，翻到 1260 頁，每天讀那篇〈敦促杜聿明投降書〉。那是毛澤東 1948 年在淮海戰役中起草的一篇廣播稿，劈頭一句是：「你們現在已經到了山窮水盡的地步」，末尾一

句是「總歸你們是要被解決的」！言辭通俗樸實，語氣斬釘截鐵。啟宏一邊在嘴裡讀，一邊在心裡苦笑：這是哪兒跟哪兒呀。一本 1400 多頁的毛選合訂本，只有那幾頁是黑黑的，每天被一雙黑黑的手翻來翻去，要念十幾遍甚至幾十遍，他至今還能流利地背誦全文。「你們想突圍嗎？四面八方都是解放軍，怎麼突得出去呢？」「我們一顆炮彈，就能打死你們一堆人。」這些句子白天晚上在他的腦子裡嗡嗡響。

後來讓他去勞動，勞動的時候腦子裡響的也是這些句子。他拉著一輛沒有馬的馬車，鐵製的車轅把他的胳膊劃出一道道長長的口子。每天早晨四點鐘起來，一個人要裝六噸煤，把一輛汽車和一個拖車裝滿。吃完了早飯，接著是掏廁所，當泥瓦工，什麼活都幹。吃完晚飯，還得給食堂挑水，招待所一個食堂，批發站一個食堂，供應站一個食堂，三個食堂九口大鍋，都是最大號的，還有 14 口水缸，一挑一挑，全部裝滿，一直幹到 11 點，幹到萬籟俱寂，四無人聲。

啟宏成了一個幹活的機器，成了一個動物，一頭牲口，他完全喪失了生活的興趣。他被剃了陰陽頭，幾乎整整一年時間沒換過衣服，沒洗過澡，襯衫上的汗水乾了又濕濕了又乾，結了厚厚一層鹽鹼，一碰直掉渣。

四五月份，天氣漸漸轉暖，啟宏這個反面教員開始上課了，他被拉到各個單位去輪流批鬥。他的兩隻手被反綁著，腿也捆上，像一頭要挨宰的豬，扔到汽車上，汽車在坑坑窪窪的路上顛簸，啟宏在車上被顛來顛去，從一個團拉到一個團，從一個連隊拉到一個連隊。有一次，在工程連，批鬥完了，幾個小伙子拿條麻袋往他頭上一套，劈哩啪啦揍了他一頓。他從痛罵聲裡聽出他們是北京青年，心裡湧過一陣悲涼酸楚，麻木的腦袋裡忽然湧出曹植那首七步詩：「本是同根生，相煎何太急？」我來自上海，你們來自北京，為什麼知青要鬥知青，知青還要動手打知青？

接下來，到他原來待過的連隊批鬥。那裡有他的同學、朋友，有跟他一起來的知青，來的時候他是帶隊的，現在成了反革命。他在臺上挨批，他們在台下喊口號打倒他。有幾個要好的同學，就是不喊口號，不肯揭發，他們說啟宏不是壞人，為這個他們受到了牽連，有的人甚至待不下去，只得調走了之。但是也有人站出來揭發，把他閒談時的一些話語當作罪證，說他講過「恩格斯的軍事著作有點唯武器論」，甚至有人說他是「十惡不赦」！這些人大大刺傷了他的心：多年的老同學老朋友，也反目為仇，落井下石，太不可思議了，活著太沒意思了，於是他想到了死。

一天深夜，他趁看守上廁所的工夫，悄悄跑了出去。批發站的院子裡，有一個還沒完工的大菜窖，他早就選好了那個地方。他在一根粗粗的橫樑上，掛上一根繩子，繩子有一個圈套，於是成了絞索，他看著那個絞索，想起了一本書，《絞刑架下的報告》。伏契克在就義之前，把他要說的話全都寫了下來，留傳下來，昭然天下，可是我的冤屈對誰言講，對誰訴說？如果我死了，又有誰能為我洗淨污垢，申訴冤情？自己的情況與別人不一樣，家裡只有兩個姐姐，二姐也成了「反革命」，指望她們絕不可能。如果自己不能把自己的事情搞清楚，就不會有人來給我搞清楚。我不能這麼糊里糊塗地死，我得活下去，終有一天我要讓大家看看清楚，我啟宏的心是紅是黑，是忠是奸！

那一個夜晚，啟宏對這件事情想開了：反正我豁出去了，什麼都不在乎了，什麼都無所顧忌了，我只等待機會，我只期待那一天，地下的火沖騰，把虛偽和醜惡燒個乾淨！

啟宏每天的勞動量太大，他的飯量也大得驚人，四十幾斤糧票不夠吃，32元工資也不夠吃。不夠吃怎麼辦？只能吃半飽，只能空著一部分肚子，沒有人會給他錢和糧票。可是有人在暗中支援他，他去食堂買飯，給一元錢，找他二元或二元五角錢，給一斤糧票，找回三斤糧票，

他並不認識那些炊事員，有時甚至看不清對方的臉，至今他也不知道那些人的名字，只知道也是一幫知識青年。他們使他感到了人世間的真情，使他知道：還有人信任他關心他，在暗中悄悄地幫助他，這個世界，這個社會，並不是一片漆黑。

整個 1970 年就這麼過去了。1971 年春天來到了，天氣一天天地變暖了，厚厚的棉衣穿不住了。有一天，啟宏正在院子裡把陳舊的標語刷乾淨，忽然聽到有人叫他：小啟，你過來！好親切的稱呼，一年多沒有人這樣稱呼他了，他驚異地轉過身，看到了一個五十多歲的老頭，一個穿軍裝的老頭，原來是個現役軍人，站在不遠的地方，正看著他，眼睛裡射出友善的目光。啟宏遲疑了一下：是叫我嗎？會不會搞錯了？那個現役老頭又叫了一句：小啟，你過來！啟宏停下手裡的活，慢慢騰騰地走過去。「你還記得毛主席給吳玉章同志六十壽辰寫的那段祝詞嗎？」啟宏腦子裡一下蹦出那段著名的語錄：「記得。」「那你給我背背看。」「一個人做點好事並不難，難的是一輩子做好事，不做壞事……」「好！你自己要對自己的問題有正確認識，你要相信黨，相信問題總會搞清楚的。」真是怪事，怎麼會讓他背這段語錄，這一年多總是讓他背「凡是反動的東西，你不打，他就不倒」，背「敵人是不會自行消滅的」。這個人是誰？他為什麼對我這麼友善？

後來啟宏才知道，他是師後勤部新來的政委，姓趙。趙政委上任後聽說了這個案子，就找了一些人瞭解情況，搞調查，接著，後勤部黨委開了一天一夜的會，專門研究啟宏的問題，兩種意見針鋒相對，很激烈，展開辯論。趙政委說，這個青年走了幾千里路到黑龍江來上山下鄉，怎麼能是一個反革命呢？他是響應毛主席的號召來的嘛，根據他的一貫表現看，這個青年不是壞人，不是階級敵人。會議最後形成一個意見：敵我矛盾，按人民內部矛盾處理。

幾天之後，啟宏被解除了看管，到裝卸連監督勞動。派給他的是雜

活兒，比過去輕多了：給宿舍燒火牆。當時連裡幹雜活的有兩個人，燒火牆的是啟宏，燒大水壺的是張德英，就是那員後來成為世界冠軍的乒乓驍將。但張德英不是監督勞動，她是一名兵團戰士。又過了一年，啟宏調到批發站當倉庫保管員，管棉布。工作很簡單：貨來了碼碼好，票來了付付貨。他把倉庫收拾得井井有條，乾淨整潔，工作上誰也挑不出他的毛病，一丁點兒也挑不出，真是沒的說。但啟宏從不多說一句話，他記住了「言多必失」、「禍從口出」，他沉默謹慎，對人多了一種戒備之心。

再後來，整黨開始了，趙政委帶著工作隊來到批發站，在整黨的後期，發展新黨員階段，提出了啟宏的入黨問題。趙政委說，啟宏不是現行反革命，他是受冤屈的，吃了許多苦，受了很多罪，但他工作一直幹得很好，勤勤懇懇，沒有怨言，這樣的同志是真正的好同志。1973 年 7 月 1 日，啟宏入黨了，連他自己也沒想到。後來他回憶起那段往事說，想想很可笑，反革命的事情還沒有個結論，就稀里糊塗地入黨了，有人說是趙政委把我拉入黨內的。

這個趙政委在啟宏的一生中起了重要的作用，在極「左」的大氣候下改變了啟宏的厄運。他真正懂得黨的政策，有正義感，有同情心，更重要的是他握有權力。

1974 年推薦上大學，一師批發站八個小單位，每個單位一票，啟宏得了滿票，文化考試，他又在師部考了第一。學校很好，是大連工學院，但他終於沒有去成，原因不明。經過了那樣一場大磨難，啟宏對什麼都想開了看開了，他樂天知命，心境平和地留下來，「久經滄海難為水」嘛！他聊以自慰的是，那麼多人投他的票，他得到了大家的認可。後來他調到師後勤部商業處，管計劃和統計。

1976 年，啟宏已經 28 歲，他同一個哈爾濱知青結了婚，準備就把根紮在農場了。但第二年恢復高考，400 分的滿分他考了 392 分，以如

此高分進入哈爾濱工業大學。入校後，他才敢正式給學校，給原農場寫了申訴材料。平反的時候，從他的檔案裡取出的黑材料有七八公分厚。

啟宏後來的路很順。1982 年大學畢業後，他被分配到哈爾濱鍋爐廠——全國同行中的排行老大，1990 年全國首批一級企業的頭一家。第二年他就評上了工程師，有了中級職稱，1984 年當鍋爐水系統的總負責人，1985 年去美國，與美方聯合設計以褐煤為燃料的 60 萬千瓦鍋爐。那幾年，他在技術上提高相當快，一年一個大臺階，大跨步地往前走，往上走。領導器重他，同事也喜歡他，因為他從不張揚從不炫耀自己，從來不鬧一點是非，只知道埋頭實幹。1987 年，他開始參與工廠的生產管理，做生產處的處長，全廠的生產總指揮。1992 年他又升任副廠長，掌管財務、企業管理和計算機。如今，啟宏是全國規模最大的發電設備製造企業——哈爾濱動力設備股份有限公司的副總經理，高級工程師。

啟宏在談到他這一段先苦後甜的經歷時說，我雖然當了「反革命」，吃了很多苦，但遇到趙政委以後這一段還是比較順利的。苦難也是一種財富，它使我懂得了為人處事要設身處地替別人著想，再一個就是害人之心不可有，防人之心不可無。過去我是大咧咧，以為這個世界一切都很美好，人們的心理都很簡單，不曉得有些人會為了自己的利益去坑害別人。挫折和磨難使啟宏學會了如何為人處事，如何適應社會的複雜性，如何處理人際關係，這是他以後能順利發展的一個重要原因。

小燕的「憂國憂民」意識

啟宏是規規矩矩的老實人，尚且挨整，那些思想活躍敢想敢說的青年人，就更危險了。在各地區下鄉青年中間，北京青年是最愛關心國家大事，最愛議論國家形勢的，因為他們來自天子腳下，京畿之地，消息靈通，北京人又素來好評說朝政，北京的紅衛兵又繼承和發展了這一傳統。

當啟宏在東北的黑土地上被批判鬥爭的時候，西部的黃土地上，也發生了另外一樁性質相似的事情。

儘管司機一看到路軌上躺著個人就果斷地拉下了制動閘，但巨大的慣力還是推著火車向前馳跑了一百米才緩緩停下。司機師傅沒等火車停穩就心急火燎地跳下車，順著路軌往後找人，於是他就看到了那個姑娘。

她的頭部和背部已經被火車撞傷，兩隻手卻死死抓著一個書包不放，那書包鼓囊囊沉甸甸，裡面裝的都是書和本子。她不是橫臥在鐵軌上，要是那樣她肯定軋死了，她是順著臥在路軌中央，所以僥倖揀了條命。事後她說她想保留一個完整的屍首，不願意身斷三截。

司機馬上找汽車，送醫院，還好，傷得不很重，沒有生命危險。翻了翻書包裡的物品，才知道她是個知青，而且是北京的知青，看樣子不過十八九歲，模樣長得挺秀氣。好好的一個姑娘，怎麼要尋死呢？司機想不通，醫生也想不通。

這個女知青是誰？她為什麼要尋此短見？

她有個好聽的姓，姓燕，我們就叫她小燕吧。小燕是北京市女八中的六七屆初中畢業生，她有一個愛思索愛提問愛探求的頭腦，問題就出在她這顆頭腦上。如果她也跟農民一樣，就是幹活，掙工分，別的啥也不想，如果她也跟其他知青一樣，隨遇而安順其自然，有氣就發發牢騷，甭那麼叫真兒，也許就不致於鬧到這個地步。偏偏她就是好認真。

她插隊的地方在山西雁北地區，雁北在雁門關以北，是山西最北邊的一個地區；她插隊的陽高縣，又是雁北地區最偏北的一個縣，再往北不到 30 里就是內蒙古了。她插隊的那個村，冬天冷，夏天旱，一個整勞力幹一天掙一毛七分錢，女知青只給記 5.3 分，還不到一毛錢。有的年景麥子播下去，到夏收種子都收不回來，全旱死了。

　　小燕進村的第一個感覺是一片黃：地是黃的，窰洞和土牆是黃的，到了黃昏的時候看不清哪是房子哪是土，找見一扇門，才知道是有人家了。她那個知青點一共 10 個知青，她是出工最多的一個，一年幹下來，倒欠隊裡 18 塊錢，自己養活不了自己，連買鹽的錢都沒有，只能寫信找家裡要。家裡每月寄生活費來，開始每月寄 10 元，後來寄五元。這跟她想像中的農村可截然不同啊，報紙上廣播裡每天宣傳的農村可不是這個樣子啊。

　　這裡的農民也跟她想像的不一樣。村幹部不下地幹活，整天在村子裡轉悠，吆三喝四的，農民家裡窮得什麼也沒有，衣服穿得破破爛爛，村裡的孩子老愛上知青屋裡來轉悠，他們一來知青屋裡準丟東西，鉛筆鋼筆啦，香皂手帕啦，都是些小東西，小燕她們又好氣又好笑，繼而覺得孩子們很可憐，以後孩子再來就告訴他們：想要什麼就跟阿姨說，別偷偷摸摸地拿。

　　最讓她無法忍受的是政治文化生活的貧困。村子裡看不到報紙聽不到廣播更甭說看電影，也沒有電，天一黑，村子裡就一片漆黑，除了狗叫啥聲響也沒有，家家把門關起來睡覺了，他們睡得早起得也早，他們是真正的兩耳不聞窗外事，他們也不想去聞窗外事，一點也不「關心國家大事」。

　　村裡有五個女知青，一個調走了，一個回家了，另兩個住一處，小燕單住一處，孤伶伶的一個人，連個說話的伴也沒有，真憋悶，真寂寞，真難以忍受。她就養成了記日記的習慣，在油燈下，在日記本上，傾訴自己的孤獨和苦悶。

　　這時，村裡來了一個「壞分子」，叫王永，是陽高縣城裡的一個工人，兩口子下放到村裡來勞動改造，兩口子說話都是北京口音，這是鄉音哪！這鄉音使小燕產生了一種鄉情，她願意跟他們在一塊兒說說話。這王永偏又是個愛說話的人，除了保留著北京的口音，他還保留著北京

人愛關心國家大事愛議論國家大事的習慣，他壞事就壞在這張嘴上，雖然戴上了「壞分子」帽子，還是改不了這愛說話的毛病。他把小燕當成他忠實的聽眾，天南地北地講開了，他的思路開闊，講中國的經濟實力不行，所以中國的國際地位不高，講中國不能光搞文化革命，還得搞好經濟建設，中國要是不重視經濟建設遲早要「勢衰」。他有很多新鮮的見解，讓小燕聽著吃驚，一琢磨又覺得有理。她把自己的看法記在日記本子上，她也開始思考一些發生在村子以外，除了幹活吃飯記工分以外的大問題、理論問題。

五月底，縣裡開了一個知青表彰會，小燕也去了，會上一共去了幾十個北京知青，有小燕一個學校的，也有一個班的，她真高興，可看到親人了，可有了說話的機會了，她把憋在心裡的一肚子話盡情地跟她們傾吐。她發現她們也有類似的苦悶、類似的感受，大家在一起越講越相投越說越激奮，有一個老高三的大姐姐說，我們自己開一次會吧。

那次會是背著會務組悄悄召開的，有幾個知青預感到不祥之兆事先就躲避開了。那次會上真是議論風生，各抒己見，群情激奮，談到農村的現狀，談到農民的現狀，談到知青的現狀，憤憤不滿之情溢於言表。小燕說，在學校的時候，我們也去過北京郊區的農村，參加過麥收勞動，看到過京郊的農民，那裡的農村跟這裡的農村相距不過四五百里遠，差別實在太大了，真叫人難以想像！究竟哪裡的情況代表了真實的中國農村，是京郊的農村，還是陽高的農村？解放已經 20 年了，為什麼農村還是這麼落後，農民還是這麼貧窮，跟報紙上廣播裡每天講的情況完全不一樣啊！

還有人在發言中對知青的管理、知青的待遇，甚至上山下鄉這種做法，都提出了尖銳的指責。主持會議的高三大姐姐說：革命事業接班人難道就是這樣培養的嗎？我認為，培養接班人的工作有偏差！一群年輕氣盛的青年，一群不知天高地厚的青年，就聚在一個離北京不過幾百里

之遙的縣城招待所裡，議論著「朝政」，發表著不合時宜的見解。好在沒有人揭發舉報，但這件事情還是令縣革委會的領導不滿、不安。

那次會開過以後，小燕回到村裡，照舊下地出工、照舊獨自思考，又開始了孤伶伶的日子，她把自己的思想清理了一下，把滿腦子的問號歸納成了 10 個問題，寫在筆記本上，其中包括知識青年問題、階級鬥爭問題、如何改變農村面貌的問題等等，甚至還有個人崇拜的問題。她在日記裡寫過這樣的話：「糖紙上也印語錄，丟在大街上，讓人踩來踩去，這是熱愛毛主席，還是褻瀆毛主席呢？」她重又陷入苦悶。她有時還去找王永，但她不願把自己的想法講給王永聽，畢竟他是「壞分子」，她對他還保持著幾分應有的警惕。那麼滿腹話兒向誰訴說呢？

她想起在北京讀過的《新民學會會員通信集》，五十年前，毛主席通過書信的形式，同會員之間交流思想，甚至他的一些很重要的思想，都是在寫給蔡和森的書信中提出來的。小燕懷著一種強烈的探求真理的欲望，開始給她的幾個好朋友寫信了，她的想法很簡單，就是求索，就是想在這種探討中找到真理，找到答案。因為她選擇的通信對象都是一些關係要好，又有一定學識水平的人，所以她在信中毫不隱瞞自己的觀點，毫不注意詞語的選擇和措詞的斟酌，家裡每月郵來的五元錢，有很大一部分就花在信封信紙郵票上。可是一封封信寄出去，反響淡淡，回音寥寥，或許是他們無暇，或許是他們無意，或許是他們對這些重大問題也無法做出回答。事實上，在那個年代裡，誰也無法做出準確的回答。

不久，一打三反運動開始了，一打三反工作組進村了，隊長是一個 1947 年參加革命的老幹部，過去是一個公社的黨委書記，姓劉，他剛剛得到「解放」尚未安排工作，所以他想好好地在一打三反中表現一下自己，表現自己階級鬥爭覺悟的提高，表現自己完全能夠勝任一項重要的工作。他要好好地抓一抓階級鬥爭。

　　第一個他要抓王永，因為王永是壞分子、階級敵人，他要抓出階級敵人的「新動向」。王永被帶來，不老實交待，好，脖子上掛上大車軸，在火邊烤他，看他老實不老實！村裡還有一個所謂的「富農」，也被帶來了，不老實交待問題，就吊起來打，看他講不講！

　　劉隊長把小燕找了去，說你跟王永接觸比較多，你要揭發他的問題，小燕說我們在一起就是瞎聊，沒什麼正事。隊長不信，讓村裡的幾個知青給她做工作，小燕拗不過，就找了幾篇日記拿給劉隊長看，劉隊長看得很仔細，一邊看，一邊往本子上抄寫。後來小燕就回家探親去了。

　　在她回北京的這段時間裡出了一件事：她的一個朋友，把她寫的信交給了領導，可能是那人從小燕的信中隱隱地感覺到一種危險的味道。這樣，問題一下子就變得嚴重了、複雜了，上升到階級鬥爭這個當時指導一切工作的「綱」和「線」上去了。那邊的領導把信轉到了小燕插隊的陽高縣革命委員會，縣革委會又布置到正在她們村裡搞一打三反運動的工作組。小燕回村以後，劉隊長要看她的日記，小燕說私人日記是受憲法保護的，你無權看我的日記。劉隊長說你不好好接受貧下中農的再教育，這樣很危險。小燕說，我們下鄉快兩年了，村子裡什麼變化也沒有，我們起了什麼作用？一點作用也看不到！我感覺到的只是一天天地被農民同化，這根本不是毛主席所講的再教育，再教育不應該是這樣子。劉隊長講不過小燕，就派人監視她，下地幹活有人監視，下雨天在屋裡看書寫信也有人監視，有的時候監視她的人還背著槍，搞得誰也不敢跟她講話，誰也不敢跟她來往，不知道她究竟出了啥問題。小燕自己也搞不懂究竟有啥問題，但她感到一種很大的壓力，她感到孤立無援，感到自己力量的弱小。「我沒有觸犯任何法律，為什麼要這樣對待我！」她想找個講理的地方。到哪裡能找到講理的地方？到縣裡？工作組就是縣裡派來的。看來只有回北京，如果北京市革委會也不能主持公

道，我就只有去闖中南海了，我相信毛主席肯定會理解我的，肯定能為我說話。對，回北京，只有回北京才能把問題說清楚！她跟工作隊說：我想回家！工作隊倒沒阻攔，或許他們覺得小燕在村裡成了個負擔。可是回北京沒有路費呀，小燕去找隊裡的會計借錢，會計說賬本上一共只有五毛多錢，不能借。「那就只好逃票啦！」小燕想。她還從來沒坐過逃票的火車，可是眼下只有這一條路可走啦。

　　1970 年 9 月 1 日，小燕今天還清清楚楚地記得那個日子，天挺好，是個大晴天。她們村離五官屯有 30 多里路，五官屯有火車，一大早她就上路了，隨身帶的物品很簡單，只有一個書包，書包裡裝了她的八本日記和一些照片。儘管她走得很急，但是當她趕到五官屯的時候還是晚了，早班火車已經開走了，只能等晚上的一班車。小燕找了個地方坐下來，靜靜地捱時間。

　　她忽然洩氣了，勇氣和信心一下子全沒有了：我沒有車票能上得了車嗎？即使上了火車查票的也會把我趕下來；即使我能回到北京，進得了中南海嗎？中南海是毛主席黨中央住的地方，肯定闖不進去，站崗的解放軍再把我當壞人抓起來，我說得清嗎？小燕這時完全變了一個角度，更實際地來考慮她的處境，她覺得找不到一個主持公道、能為她洗清罪名的地方，她對這個社會絕望了，對這個世界絕望了。她一下子想起一個最要好的同學，那個同學跟她一道插隊同住一間窯洞，下鄉不久就回北京去治病，治了很久也治不好，最後自殺了。聽到自殺的消息，小燕難過了很久，她怎麼也弄不明白那同學為什麼要自殺，甚至不相信她會自殺，可是此時她一下子理解了她的同學：自殺，這是一條多麼好的出路啊，離開這個醜惡的世界，擺脫掉人世間所有的煩惱，那是一種最好的辦法，那是一種最好的去處！小燕定定地望著那兩根在太陽底下的鋼軌，鋼軌發著耀眼的光，她站了起來，衝著那兩根耀眼發亮的鋼軌走去，這時，她聽到了火車的鳴叫聲……

　　小燕的傷治好了，出了醫院她就進了看守所，審問開始了。其實那不是審問，那是批判，不允許她申訴自己的觀點和想法，不允許她為自己辯解，只是把一頂頂大帽子扣到她的頭上，一頂比一頂嚇人。半年之後，召開了宣判大會，小燕因「書寫反動信件，散布反動言論，惡毒攻擊黨中央毛主席，惡毒攻擊知識青年上山下鄉運動」，被定為現行反革命，判刑二年，到榆次日化廠勞動改造。

　　那個工廠是一個勞改單位，做毛巾圍巾肥皂洗頭膏之類，小燕在那裡搞基建蓋樓房拉沙子抹泥牆，活是累一點，但是生活不苦，宿舍條件食堂伙食都比插隊的村裡好得多，可以看報看電影，一個月還有六元津貼，小燕真是很喜歡這個地方。兩年以後刑滿釋放，聽到林彪「571」工程紀要中把知識青年上山下鄉說成是「變相勞改」的時候，小燕一下子就想起了她那段勞改生活，「插隊生活還不如勞改生活呢！」她腦子裡一下轉出這個念頭，可是她什麼也沒說，她不敢再那麼沒遮沒攔隨心所欲地講話了。同她在一起勞改的，都是些政治犯，有基督教徒、一貫道首，還有大學教授、回鄉知青，大多是有文化的人，彼此相安無事。在無產階級專政的國家裡，在極「左」思潮泛濫的日子裡，積極響應毛主席號召下鄉插隊的小燕，服完了她的兩年刑期。1972年10月刑滿釋放，她又回到了陽高縣，又回到她插隊的那個村。

　　村裡的知青幾乎都走光了，招工的招工，上學的上學，回城的回城，人去屋空，光陰依舊，小燕想起自己這二年的遭遇，不禁感慨萬千，悲從中來。村裡還是那麼窮，工分還是那麼低，跟從前不同的是村裡有了電，有了電燈和電磨。最讓她感動的是村裡的農民不歧視她，還跑來看她，支書和隊長說：上邊來調查你，我們都說你在這裡表現挺好，能幹活，不怕吃苦。小燕聽了這幾句平常樸實的話哭了。

　　被沒收的五本日記，釋放的時候只還給她兩本，晚上在孤燈之下，她翻看自己的兩本日記，那裡有她的豪言壯語，有她對自己的嚴格要求

和嚴厲批判，那裡邊充滿了鬥私批修的精神。「我有什麼罪？我錯在哪裡？即使我有錯誤的想法，那也屬於人民內部矛盾，不應該用專政的手段來對待我呀。警察、監獄都是無產階級專政的工具，是對付階級敵人的，難道我是階級敵人嗎？」小燕的思想依舊那麼活躍，兩年的服刑生活改不了她愛思索愛探尋的習慣。她越想越氣，拿起筆來給周總理寫信，要求復查她的案子，要求中央派人來調查，要求上前線去，參加抗美援越戰鬥，她想，我要用我的行動來證實我的無私，我的清白，我的忠誠。她甚至還給周總理寫了一封血書。

但是這些信件全都沒有回音，不知道是周總理看到了無暇顧及，還是周總理根本就沒看到，被中間某一個環節的什麼人給卡住了。那就給省裡寫信，給北京市知青辦寫信，申訴自己的冤情，她甚至還去過太原，找過省高級人民法院，可是她得到的，要麼是「好好工作，相信黨相信組織」之類的空話，要麼乾脆就毫無反響。

小燕不像啟宏那麼幸運，她沒有遇到一個敢於仗義執言主持公道的領導，所以她孤立無援，冤案難翻，只能聽從命運的安排，混跡於農村青年之間。她的北京口音漸漸改變成當地口音，她身上的知青味道一天天地減少。

1976 年 1 月，小燕因母親患有嚴重的心臟病而困退返城。

1980 年 9 月，山西省高級人民法院責成陽高縣法院為她平反，除了一紙平反證書，還有 100 多塊錢的「經濟損失補償」，而小燕最想得到的那三本日記，卻始終沒能要回來。

如今，小燕在北京的一所大學裡工作，談起當年的那些事情她顯得十分平靜，沒有激動甚至也沒有一點怨忿。當時報紙上剛剛登出李鵬總理在延安地區接見下鄉知青的一段講話，小燕說，我覺得李鵬對知青運動的評價很完整，這麼多年了，這麼大的一場運動，國家是該有個公正全面的說法。她還說，知識青年身上體現了中國知識分子的一種傳統美

德，這就是憂國憂民的意識。

這句話給我的印象很深，我一下子就想起了二十幾年前在雁北山區
裡思考著國家命運的那個年輕姑娘，就為了這「憂國憂民的意識」，她
付出了多大的代價！但是小燕沒有因為政治上受挫而頹喪消沉。回到北
京以後，她從一個普通工人幹起，一直在奮鬥，在不斷地充實和完善自
己，直到現在還在參加中央黨校的函授學習，學習外語，學習經濟管
理。她依然有信仰、有追求，依然在十分關注國家的前途和命運。我默
默地望著她，什麼也沒說，心裡卻漸漸升起一股敬意，我想起了一些比
她順當得多處境好得多的人，還時不時地要嘆息、要抱怨幾句，而她目
前所做的僅僅是「接待工作」，是一個小小的「科級幹部」。

跟好人在一起

比起在山西插隊的北京知青蔡立堅和小燕來，在安徽插隊的上海知
青祝慶軍處境要順當得多，經歷要簡單得多。在上海某大學政治系的一
間辦公室裡她回述插隊往事的時候，始終用的是一種輕鬆的語調，臉上
是一種輕鬆的表情，經常說著說著就笑起來，笑得很開心，農村生活沒
有在她的心上投下陰影，留給她的只是愉快美好的回憶。

祝慶軍跟小燕一樣，也是幹部子女，「文革」前，父親在上海市委
黨校工作，母親是一個區的衛生局長，她自己，是一所市重點中學的三
好生，六七屆的初中畢業生。

1969 年的春節，祝慶軍家裡沒有一點節日的喜悅，卻籠罩著壓抑沉
悶的氣氛。爸爸媽媽還戴著「走資派」的帽子，還在挨批鬥受審查，他
們的問題能不能夠解決，何時能夠解決，看似遙遙無期；祝慶軍和她的
哥哥，又要上山下鄉，去農村插隊了，下去以後他們能不能回來，何時
能夠回來，亦未可知。飯桌旁，每個人都有一種前途無望的感覺，但誰
都不肯講出這種感覺，只是默默地吃飯。電燈發出幽幽的光，那飯菜好

沒滋味。

那是祝慶軍過得最不開心的一個春節，卻是祝慶軍記憶最深的一個春節。春節一過她就跟哥哥去了安徽。

他們去的那個縣在安徽的東部，雖然緊鄰著富饒的江蘇，卻是一個貧窮落後的地方，而他們所去的大通公社，被稱作那個縣的「西伯利亞」，其狀況可想而知。他們來到生產隊時，村子裡人跡冷落，顯得很空曠，原來許多人家都出去要飯了，一家一家的。隊長說，年年這樣，現在正是鬧春荒的季節，去年分的糧食都吃光了。

隊裡有一百多口人，一千來畝地，地裡光禿禿的，沒有莊稼，城裡長大的祝慶軍第一次體味了「荒涼」。但是，與許多知青不同的是，面對貧窮與荒涼的祝慶軍兄妹，心裡生出的不僅是悲涼和傷感，還激發出一種使命感，「改變貧窮匹夫有責」！或許這是受了家庭的薰染，30 年前，他們的父母就是懷著這樣的使命感參加了革命。

祝慶軍說起話來很快，嘰嘰喳喳的透著興奮，她這樣講述當年剛下鄉時的心情：「我從一下去就沒有接受再教育的感覺，那麼落後的農村，那麼貧窮的農民，我們不能接受那種教育，畢竟我們代表了知識的一面，文明的一面，我們的使命是改變農村！」

幾個上海知青在祝慶軍兄妹的鼓動下，開始勾畫起改變農村的藍圖，每天晚上湊在油燈下，一臉嚴肅的神色，一本正經地思考，白天則在村裡搞調查。那時正是農閒，沒有多少活計。他們制定了一個規劃，而那個規劃能否實施，要看能否得到隊長的支持。

生產隊長是個既有農民的淳樸，又有靈活的頭腦的人，他的女兒 19 歲，跟祝慶軍一樣大，所以他把祝慶軍他們當孩子看待。他喜歡這些孩子，也心疼這些孩子：從大城市到鄉下來，吃苦受罪，多不容易。空閒的時候他很願意到他們這裡來坐坐、聊聊，聽他們講一些城裡的新鮮事兒、國內國外的重要事兒，祝慶軍他們就借機獻出謀劃好的計策。

「隊長，咱們村裡不能老是這麼窮啊，毛主席說窮則思變，咱們得改變面貌。」

「咋個改法？」

「毛主席說，世間一切事物中，人是第一寶貴的，人的因素第一，所以先要把人找回來，馬上春播了，沒有人，地種不好，來年還是受窮。」

「找回來？回來吃啥？」

「我們知青有口糧啊，我們分一點出來，幫助最困難的農民。」插隊知青，第一年的口糧是國家撥給的商品糧。

隊長笑了笑，心裡暗想，你們那點糧，管得了幾個人，村裡人吃糧可不像你們，個個都是大肚子漢，但嘴上沒說什麼。他感謝孩子們的好意，他懷疑孩子們的能力。

外出要飯的人陸陸續續回來了，村子裡人多了，熱鬧了，有了生氣。知青進村，成了全村人最大的話題，知青的住處，成了村子裡最熱鬧的地方。到了晚上，沒有廣播、沒有報紙、沒有電燈，公社的放映隊一個月才來放一次電影，村民們，特別是年輕人，就相邀著去看知青，聽他們講「城裡人的事」，吃什麼、穿什麼、住什麼樣的房子，房子裡擺什麼樣的傢俱（廁所蓋在房子裡，不可思議！）馬路上跑什麼樣的汽車……。在他們心目中，上海是一個神聖而又神祕的地方，那裡的任何一點細微瑣事，都讓他們覺得有趣、新奇。他們從知青的介紹中了解著、想像著那高不可及的另一個社會，另一種生活方式。日子長了，慢慢熟了，祝慶軍他們就教村民們學文化、認字、唱歌，唱「敬愛的毛主席」，唱毛主席語錄歌，村裡的年輕人來得更多更勤了。

春耕開始了，幾個知青要搞科學種田的實驗，他們去找隊長要實驗田。隊長不相信他們能搞出什麼名堂來，又不願意打擊他們的積極性，反正隊裡的地也多，就找了一塊給他們種。種什麼呢？隊裡的大田作物

主要是種玉米，廣種薄收，畝產只有二三百斤。知青也種玉米，他們翻看書本，依照科學，要種出高產的玉米。

隊裡的玉米種得很稀，知青要搞合理密植，密植必須要施化肥，而化肥是要縣裡批的。幾個青年人膽子大，就跑到縣裡去批化肥。到了縣裡一問，巧了，縣委的郭書記就是在他們村裡勞動改造過的那個「走資派」。當初祝慶軍剛到隊裡時，就聽說有這樣一個人，她好奇地去看他。他正在給牲口鍘草，冷冷地看了祝慶軍一眼，冷冷地問：「你是從哪裡來的？」

「我是上海來的知青。」

「我是走資派，你最好不要到我這裡來。」

「我不怕，我爸爸媽媽也是走資派，但他們都是革命幹部。我認為你也是革命幹部。」

幾句話一下子就融去了「走資派」心裡和臉上的冰霜，他在這荒僻的鄉村裡遇見了一個理解他的人，他的話漸漸多了起來。祝慶軍漸漸地瞭解了他的歷史，知道他曾經是北平的大學生，還參加過著名的「一二‧九」運動。

祝慶軍很喜歡跟他談話，可惜不久他就被召回縣裡，「三結合」進了領導班子。

他們就徑直去找郭書記。郭書記把一個姓陳的縣長找來，聽知青們七嘴八舌地講理由：「玉米抽穗之前一定要上化肥，不然穗就抽不出來，我們的實驗就要失敗，如果我們失敗了，那科學就被愚昧戰勝了。」郭書記笑著對陳縣長說：「你看，問題還挺嚴重。如果大家都能這樣來關心農業，我們縣的農業就一定能搞上去了。」

陳縣長給他們批了化肥，還找了個拖拉機幫他們拉了回去。化肥及時施到地裡，玉米豐收了，每畝比農民不施化肥的要多出好幾百斤。社員們看到了合理密植的好處，懂得了科學種田的道理和威力，科學種田

在隊裡一下子就推開了。

　　知青們盡其所能地幫助隊裡發展生產。隊裡要買水稻良種，沒有錢，知青們就每人找家裡要了 50 元，借給隊裡買稻種。上海市給下鄉知青點支援一批農機具，祝慶軍他們想盡辦法給隊裡弄來一台拖拉機。拖拉機剛要來，就趕上麥收，隊裡用機械脫穀，很快就幹完了。那年麥收趕上下大雨，鄰近的幾個生產隊麥子都沒收完，遭了災。祝慶軍還幫助隊長出主意：那些年年外出討飯的，糧食不要一下子全分給他們，一個月給他們一部分，省得他們吃糧不會安排算計，甚至把糧食拿去賣掉。

　　幾年之後，當知青們離開這個隊時，隊裡的面貌已經大大地改變了：糧食打得多了，沒有人出去討飯了，工分值高了，沒有超支戶了，這裡面，自然少不了知青們的一份功勞。知青帶給生產隊的，不僅僅是幾個勞動力，更主要的是他們帶來了科學、文化、知識，帶來了先進的農機具，按祝慶軍的話說，他們用他們所代表的知識和文明，對農村的貧窮和愚昧有所改變，當然，這只是在一定的程度上和一定的範圍內。

　　但是最讓祝慶軍難以忘懷的，不是他們當年如何改變了農村，而是農民給予他們的厚愛，那是一種最質樸聖潔的愛，不帶任何功利色彩的愛。

　　村裡的農民非常淳樸、善良、寬厚，他們總是說：這些孩子可憐哪，這麼一點大就離開父母。他們總是盡其可能地給知青以幫助。

　　知青自己起火做飯，菜要自己種，豬要自己養，一天勞動回來，精疲力竭，動也不想動，誰還有心思去伺弄那些豬呀菜呀的，所以知青的豬崽老也長不大。隊裡的飼養員大媽就把豬崽帶走，跟隊裡的豬放在一起養，她還蠻有理由：豬崽給知青們養要養死的！豬崽漸漸長大了，知青們覺得老是隊裡給養不大好，就把豬趕回來，可豬每天還是要跑到隊裡去吃食。知青的豬吃了一年隊裡的食，到了冬天長大了，養肥了，社

員們又幫他們把豬殺掉，把肉醃起來，放到來年慢慢吃。

種菜也是這樣，婦女隊長給他們拿來菜秧，幫他們栽上，他們也不去管，反正經常有社員給他們送菜來，他們不愁沒菜吃。農民這樣講：我們多澆一擔水，知青就多一籃菜。

那個地方燒的都是草，有麥草、稻草，也有野草，曬乾了，捆成一捆一捆的。隊裡分草的時候，每次總有許多散草，分到最後隊長就問：散草怎麼辦？大家就說：給知青算了，他們不會割草。有人就幫著把散草運到知青的宿舍去。

幹活的時候，隊長把知青跟社員分在一起，末了囑咐一句：知青不會幹，你們教一教。於是，鋤地的時候，鋤在前面的社員總會回過頭來接落在後面的知青一段，割麥的時候，挨著知青的農民總要多割幾壟。

祝慶軍說，農民從來不計較我們幹多幹少，幹快幹慢，對我們十分寬容。我們的工分，跟隊裡沒出嫁的女孩子一樣多，那些姑娘可比我們能幹多了，她們比結了婚的婦女還能幹，但是她們不計較。隊長老是說：這些知青能下來勞動，就不容易了，不能要求他們幹多幹少。大娘們則是另一種心情：哎呀，這麼白的臉，在太陽底下曬成這個樣，作孽呀！

實際上，村裡的農民是把知青當成「客」來看待的，而且是大城市裡來的「貴客」，而且是客客氣氣地對待，「要不是上山下鄉，哪個農民家裡也請不來這樣的貴客呀！」他們非常清楚他們自己跟知青之間的巨大差異和差距，他們懂得二者根本不是一家人。「你們總要回城裡去的，就算走不了，也得嫁人吧，嫁人你不會嫁給村裡的農民吧，總得找個城裡人吧，結了婚還不是得進城去？」村裡的大娘們這樣對祝慶軍說。

隊長更是個聰明人，他從一開始就不相信知青們能在這裡「扎根」，但是他不動聲色，長於心計，充分利用好上邊給予知青的優惠政

策。

政策規定，撥給每個插隊知青一些蓋房子的木料，不少村裡拿了木料去，不給知青蓋房子，挪作他用，但是這個隊長拉來木料，全給知青蓋了房子，他親自規劃設計，五六個知青，卻蓋了一大排房子，蓋得很好很漂亮，足有八間。其實他蓋的是隊委會辦公室，哪一間是隊委會，哪一間是會計室，哪一間是開大會用的，他都算計得好好的。「知青總要走的，知青走了就作隊委會。」他在心裡暗暗思忖。有一間打算作庫房的房子，很大，他就讓知青堆草放柴禾。房子的後邊還挖了一條深溝，「這樣安全。」他說。他考慮的既是知青的安全，也是將來隊委會的安全。

明知知青要走，但是在內心裡，農民真希望他們能長久地留下來。「給我們做乾女兒吧！」許多大娘大媽看似玩笑實則試探地跟祝慶軍說。「我們來接受再教育，還不就是你們的親女兒！」祝慶軍一邊笑著說一邊巧妙地把這個話題岔開了，她內心裡有一個原則：絕不在這裡認乾親，她不願意捲到一種說不清楚的關係裡面去，儘管她知道農民絕無惡意。

即使作不成乾女兒，大娘大嫂們還是對她親熱得不行，給她買布做件大襟衣裳，給她納底子做雙鞋。大襟衣裳她實在不願穿，但有時為了讓她們高興也穿一下；大娘們做的布鞋她卻很愛穿，比城裡買的舒服多了。作為回報，她每次回上海探親，也給她們捎些東西回來，多是糖果、小食品、肥皂、洗衣粉之類。農民是實心實意待知青好，知青也實心實意幫隊裡辦些事情，所以他們之間的關係處得相當好。

在外村插隊的同學來看他們，沒有什麼東西吃，祝慶軍就跑到地裡去摘嫩玉米，煮熟了招待他們。第二天祝慶軍去找隊長：「隊長，我犯了個錯誤，我們摘隊裡的玉米吃了。」隊長說，喜歡吃就多摘一些。晚上，他帶來滿滿一籃子。祝慶軍愛運動，村邊有個池塘，很深，是個

「鍋底塘」，祝慶軍夏天去那裡邊游泳，她游得很好，很開心，農民勸阻她，說那是個「鬼塘」，淹死過人，祝慶軍不在乎，照樣游。

後來，隊裡有了招工指標，哥哥先走了，去了滁縣。第二次縣裡來招工，祝慶軍又把機會讓給一個女友，她說那個女友太老實，活動能力不強。祝慶軍留在村裡，成了知青標兵，入了黨，當了幹部：公社常委、縣委委員。但她是不脫產的幹部，她的關係仍然在大隊，平時仍然在隊裡參加勞動。隊長經常來找她商量工作，她也經常給隊裡出一些好主意。花生豐收了，年底，祝慶軍分到了 100 斤花生。她去縣裡開會，縣委書記問她：「小祝，你回上海帶些什麼呀？」「帶花生！」「帶多少花生？」「100 斤！」書記笑了：「你算算看，要是每個知青都帶 100 斤花生，我們縣裡的花生不是都讓你們給帶光了嗎？」祝慶軍也笑著說：「如果每個知青都像我一樣幫著隊裡提高花生產量，你算算全縣可以增產多少花生？」書記說：「你厲害！」

縣委書記給了祝慶軍很大的幫助，很好的影響，祝慶軍至今還牢牢記著書記當年告誡她的兩條：一條是不要跟人，要跟組織，跟路線，另一條是女孩子不管到誰家裡去，一定要兩個人一道去。這麼多年，她一直牢記不忘。1972 年，祝慶軍被推薦上了大學，安徽勞動大學的政治系，是由安徽大學、安徽師範大學、合肥教育學院的政治系聯合組成的，在宣城縣附近的馬谷山下。

祝慶軍插隊的那個地方原來是新四軍的根據地，交通不方便，離集市又遠，人的商品意識很淡薄，旁邊幾個富裕些的村子，知青受到的待遇反而不如她們好，「因為那些村子的農民，菜可以拿到集市上去賣掉，他們的腦子要靈活得多。可能是越窮的地方農民越樸實。」祝慶軍這樣解釋說。

祝慶軍們是幸運的，他們在那個貧窮的村子裡得到那麼多真誠質樸的愛，大大沖淡了勞動的艱難和生活的苦澀，他們在村民們長輩般的蔭

庇佑護下，度過了一生中難忘的插隊生活。儘管他們與村民之間是油和水的關係，但村民的善良和淳樸，還是深深地影響和教育了知青，在知青的內心深處打下了烙印。祝慶軍的兒子這樣評價他的媽媽：你最大的缺點是對人太好了，最大的優點也是對人太好了。祝慶軍說：我這種品性是在插隊的時候養成的。

黑土地上的「白毛女」

路莛愛美，二十歲左右的姑娘誰不愛美，誰不希望自己美？美是一種資本，一種炫耀，愛美是每個姑娘的天性，可是二十歲左右的姑娘偏偏不敢美，因為愛美是「資產階級思想」，要做檢討受批判的。

可是愛美就像春天桃樹上的花苞，壓是壓不住的，心靈手又巧的路莛，用十分隱蔽十分狡猾的手法，看似不經意卻實則有心計地悄悄打扮著自己。

她今天在辮子上紮一根紅頭繩，就像年三十晚上的喜兒，明天她又在髮卡上纏一圈紅毛線。她想穿件花衣服卻又不敢，就找塊紅布，剪成一朵小花，縫在衣服上一個顯眼的地方。她說：衣服破了，補個補丁。誰也不好說什麼。

路莛喜歡紅色，在那個渾身上下灰黃藍的年代，一點點紅色的點綴是多麼招眼，離著老遠，就能吸引來注視的目光。

路莛是團宣傳隊的主角，她嫌自己的眉毛太淺，每次演出化妝時，就用眉筆重重地多塗一會兒。戲演完了，她故意拖延著不洗臉不卸妝，或者是粗促地洗兩把，讓紅臉蛋和黑眉毛的痕跡能多留幾時。

第一次探家回上海，她突然發現自己的臉比上海姑娘的臉黑，她著急了：「媽媽，我的臉怎麼這麼黑呀？」

「你整天在外邊跑，風吹太陽曬，自然就黑嘛！」

「那我怎麼才能把臉變白了呀，就像大街上的那些上海姑娘？」她

自己琢磨，配了一個方子：甘油加麵粉，調成糊狀塗在臉上。塗了一個星期，果然見效，她發現自己的臉比剛回來時白多了。媽媽說，那不是麵粉的功效，那是因為你不在太陽底下跑了。

回到團裡，路葒悄悄地把這個方子跟同伴們講了，同伴們仿而效之，天天往臉上塗白麵，結果路葒挨批評了。

如果沒有「文化大革命」，沒有上山下鄉，路葒準能成為一個相當不錯的舞蹈演員，她天資很高，有那份才氣，有那份靈秀。上小學的時候她是少體校游泳班的小隊員，蛙泳達到了國家二級運動員的標準。少年宮的老師看到她就叫起來：「你這麼好的體型不學跳舞？你天生就是跳舞的材料！」她看中了路葒纖細的身材、柔軟的腰肢和可愛的模樣。小姑娘，誰不喜歡文藝，誰不喜歡跳舞，舞臺比競技場對她有更大的誘惑力。她離開了碧波蕩漾的游泳池，走進了琴聲優雅的練功房。

真讓那個老師說中了，路葒天賦高，悟性強，身體條件又極好，她很快就在舞蹈隊裡脫穎而出。1965 年北京的解放軍藝術學院來招生，一眼就看中了她。路葒考取了，她喜滋滋地想像著自己穿上軍裝的模樣，飛快地跑回家去把這個消息告訴給媽媽。

可是，那時毛澤東已經在文藝界的整風報告上聲色俱厲地做了那段著名的批示：「……最近幾年竟然跌到了修正主義的邊緣……」文化革命五人小組已經成立，評《海瑞罷官》的文章正悄悄地在上海某一座樓房裡加緊炮製。就在路葒焦急地盼望去北京的日子裡，她接到了入學延期的通知，從此她就失去了穿軍裝上軍藝的機會，失去了做一名專業舞蹈演員的機會。

1968 年 9 月 5 日，「百分之百可以留城」的路葒登車北上，到了北大荒的一個農場，作為魯迅中學上山下鄉的發起者之一，路葒的誓言是「壯志未酬不回家，三年之內不探家」。她每天晚上就著小油燈，在日記上狠狠地揭露自己，批判自己，什麼「割大豆落在別人後邊了」，

「揚場時站在上風頭了」等等,她拿著毛主席語錄這把鋒利的手術刀,嚴肅而又嚴厲地剖析自己,毫不留情!

秋天過去了,冬天來了,北大荒的冬天是相當冷的,路荭從來沒經歷過這麼冷的天,沒見過這麼大的雪,她們的宿舍漏風,還漏雪,外面下大雪,屋子裡下小雪,雪花落到被子上,落到臉上,涼絲絲的,路荭忽然想:我就要在這裡過一輩子嗎!我這一輩子都不能跳舞了嗎!她害怕了,這是下鄉以後她頭一次感到害怕。

她估計錯了。她在連隊裡只待了一年半,團裡成立文藝宣傳隊,要排演革命樣板戲,自然少不了像路荭這樣大名鼎鼎的人物。

他們那個宣傳隊裡真是人才濟濟,有能唱的,有能吹能拉的,還有能跳的,比如路荭。宣傳隊排演的第一個戲是全場的《智取威虎山》,一炮打響,演遍全團,接著又排《紅燈記》。大家越演心氣兒越高,覺得老是演京劇不過癮,正在這時芭蕾舞《白毛女》的電影上演了,嘿,咱們演《白毛女》吧!一群不知道天高地厚的小青年,開始是半真半假地說笑話,說著說著就當真了。「路荭是學跳舞的,就讓路荭演喜兒!」今天路荭講起當年的事情還說:那個時候膽子真大,宣傳隊裡沒有一個人真正看過芭蕾舞。

於是成立了兩個隊,一個舞蹈隊,一個樂隊,樂隊的隊長是個拉大提琴的北京青年,叫王成永,他看著電影記樂譜,然後再分成總譜,他的主意特別多,大夥都戲謔地叫他是「陰謀家」。舞蹈隊也是一遍一遍地看電影,看完了自己體會自己琢磨自己學著比劃。從北京買了幾雙芭蕾舞鞋回來,穿上了練立足尖,練得腳趾出血,鞋都脫不下來,後來就改成踮著腳尖跳。路荭的悟性就是好,看了兩遍電影就會跳了。

《白毛女》排出來了,《白毛女》上演了,這可是一件大事,先是在團裡演,以後又去師裡演,一個團一個團地演。當時整個黑龍江兵團只有兩台《白毛女》,兩台《白毛女》裡頭的喜兒都是上海青年。

　　路菈回憶説：夏天去連隊演出，過一條河的時候，船翻了，大家都先去搶樂器。冬天去林場演出，半路上刮起了大煙炮，風雪漫天，找不到路，汽車開到溝裡去了，溝裡的雪有齊腰深，汽車陷進去就出不來。荒郊野外，氣溫是零下 30 度，一會兒水箱裡的水就上凍了，汽車滅火了。五六點鐘天就黑了，有的女孩子想起過去聽老職工説過，刮大煙炮經常死人，嚇得哭起來了。帶隊的是團部的宣傳股長，現役軍人，他説咱們得走，在這裡待著非凍死不可。一群年輕人上路了。好幾個男隊員堅持要抱著樂器走，説沒有樂器就沒有武器了，股長説別瞎扯了，這個時候最要緊的是保住人，人比樂器重要，毛主席説人是第一可寶貴的。當時的情況真是很嚇人，黑燈瞎火的，前不著村後不著店，大雪有沒膝深，看不見路，誰也不知道該往哪個方向走，純粹是瞎矇瞎走。如果迷了路，找不到人家，在這荒郊野外非凍死不可，我們都想到了死，心情非常緊張，越是害怕，走得越急，連嚇帶累，全都出汗了，衣服都濕透了。走了一個多小時，看到燈光了，我們都叫了起來，高興極了，這下有救了，那是一個連隊的馬棚，裡邊有一鋪炕，我們男男女女 20 多人就擠在那鋪炕上睡了一大覺，真是累壞了，也嚇壞了。一直到今天路菈想起來，還覺得可怕。

　　路菈在黑土地上過了她的跳舞癮，圓了她的跳舞夢。下鄉之前和回城以後，她再也沒有那麼開心地跳過。

五玲

　　1969 年春節前夕，烏蘇里江畔的黑龍江生產建設兵團三師某團，舉辦了一次大型文藝會演，會演的主力，是剛來的北京、上海、哈爾濱、佳木斯知青。那次會演成了一場知青的才藝展示，水平之高聲勢之盛，轟動了整個團部整座饒河縣城。

　　晚會的大軸，是三連知青演出的大歌舞《全世界少年兒童熱愛毛主

席》，由五六個段落組成，其中有非洲的黑人孩子，有印度的大吉嶺小姑娘，還有蘇聯的小卡佳，展現了五大洲的異邦風采，十分熱鬧好看。主力演員都來自北京的育才，那是一所很有名的重點學校。

印度的「大吉嶺小姑娘」出場了，她披裹著一塊紅綢布，腦門上點了一顆紅痣，旋風一般沖上舞臺，就像一團紅色的火焰，她一個人邊歌邊舞，在舞臺上騰躍、燃燒，舞蹈動作幅度大，節奏又快，她气喘吁吁，以致不能很好地歌唱。她的舞蹈說不上多好，但是很賣力氣，甚至有一股「張牙舞爪」的味道，觀眾們都很喜歡，給了她很久的掌聲。

舞跳完了，「大吉嶺的小姑娘」裹著一陣風，旋轉著沖進後臺，一副得意的神采，就像打了勝仗的將軍，胖臉蛋紅紅的，眸子亮亮地問她的同伴：「我跳得怎麼樣？」

「哎呀五玲，幸虧舞臺結實，要不然讓你給跳塌了！」

「這才有氣勢呢，大吉嶺的小姑娘要造反要革命，毛主席說過，革命就不能溫良恭儉讓。哎哎，你把我裙子踩了，這可是我的被面，回去你給我洗呀！」原來她披裹的那塊紅綢，是拆下了自己的被面。

她叫五玲，1950年生的。過了幾個月，五玲調到了團部政治處宣傳股的報導組。

其實五玲最大的特長不是寫稿子，而是表演。她模仿能力極強，學什麼像什麼。她能說北京琴書、天津快板、山東快書、河南墜子，她學樣板戲的李奶奶、阿慶嫂、楊子榮，還有反派的胡傳魁、小爐匠，學誰像誰。她也會學宣傳股乃至政治處的每一個人，神態，聲音，語氣，把他們的特點加以誇張，惟妙惟肖。她腦子靈活，出口成章，張嘴就來，隨口編出一個個段子：「鏘離格鏘，鏘離格鏘，說的是，五月十三這一天，兵團戰士到江邊，一個個精神的小伙子真雄壯，驚動了東海的老龍王……」只要有她在，一定有笑聲。人們都以為，五玲是個無憂無慮的姑娘，她心裡永遠是一塊光明的天地。

　　1970 年 8 月，正值麥收，最忙的時節，五玲接到一封電報。她立刻請了假，坐上通往寶清縣的客運班車，急匆匆去往她姐姐下鄉的那個團。

　　一周後，她回來了。

　　從饒河去團部，先要乘船到西通，再換乘汽車。那天，小客輪緩緩離開饒河的碼頭，順流而下，清澈的烏蘇里江水，在盛夏的陽光下像一匹烏黑發亮的綢緞，銳利的的船頭好似一把鋒利的剪刀，把這巨大光滑的綢緞一破兩半。太陽很毒，陽光很強，人們怕曬，都躲進船艙，只有一個人獨自站在甲板上，伏著船欄看江水。那是五玲，她躲開熱鬧的人群，心事重重，鬱鬱寡歡，那雙會說話的眼睛裡失去了光彩，被愁雲遮蓋。

　　原來她是去處理姐姐的喪事，她姐姐死了，是自殺！

　　姐姐比五玲大三歲，是老高三，她學業優秀，聰明漂亮，初中時以全校第一名的成績獲得金質獎章，被保送到著名的師大女附中。文革初起，她敢給工作組提意見，先是被打成反革命，後來又成了英雄，但她在這場折騰中患上了嚴重的失眠症。1968 年初，她率先積極報名去了北大荒，兩年後得了紅斑性狼瘡，檢查治療期間，北京的醫生又確診她患有「憂鬱型精神病」。當時，媽媽已經被下放到陝西一個偏遠的小城，姐姐不能久居北京，也不能去到媽媽身邊，她沒有家，沒有治療養病的條件，她只能回到兵團。回團的當天晚上，她就服下一整瓶安眠藥，從此長睡不起。五玲和遠在河南勞動的哥哥趕去處理喪事，他們趕到時，只看見一座寫著「××之墓」的孤墳。

　　噩耗並未休止，不久，五玲的哥哥，北京外貿學院正等待分配、大學一年級就入了黨的好學生，在農場的廚房裡，用菜刀砍斷了脖頸。

　　在此之前，五玲還是一個小女孩的時候，就已經經歷過類似的傷痛了。

　　她爸爸是北京公安部一家大醫院的院長，因為在反右中保護了院裡的知識份子，被定為思想右傾，受到嚴厲批判，他想不開，內心十分痛苦。一個初秋的傍晚，五玲正和女友們在大院裡跳皮筋，跳得滿頭是汗，爸爸從外面走回來，站在金色的夕陽裡，帶著慈祥的微笑，看了她好一會兒，他很少這樣關注過她。他摸摸五玲濕漉漉的腦袋，又摸摸自己的口袋，掏出一顆水果糖，五玲一直記得，那是她最喜歡吃的酸三色。爸爸進屋去了。不一會兒，屋子裡傳出一聲沉悶的手槍聲。

　　一家人，至此已經走了三口。都是自殺。

　　五玲回來了。五玲有了些變化。在眾人面前，在辦公室裡，她依舊有說有笑，只是話語少了，笑聲不那麼亮了。有時她默默不語，似沉思狀。她的事情大家隱隱約約知道一點，但都不瞭解詳情，她不說，誰也不好問。宣傳股報道組的同事，特別是幾位老轉業軍官，對她的憐愛裡又多了一些憐憫，他們小心翼翼地，既表示關心，又怕傷了她的自尊。

　　組織股的小王說，五玲在宿舍裡悄悄哭過好幾次，但是一見到人，就抹幹眼淚，彷彿什麼事也沒有。這個二十歲的姑娘啊，把一切都悶在心裡，獨自承擔著巨大的傷痛。她的心真是很硬！

　　第二年春天，團部機關搞人員精簡，政治處主任找她談話，讓她到五連去當排長。大家都捨不得她走，送行時，她一句話也不說，只是笑笑，應付似的笑。那一次精簡，原本說要減掉多少人，但真正減掉的只有五玲一個。事後，有一次政治處主任也不無惋惜地說：這姑娘太苦了。但馬上又補了一句：她家裡的問題也太複雜了，那麼多自殺的，要是她也走這條路，我們就麻煩了！

　　五玲走後，再也沒到團部來。宣傳股的人都惦念她，常常感慨地談起她。秋天，芭蕾舞《紅色娘子軍》的電影拷貝來了，那時的電影片子，都是由師部安排，一個團演完傳給下一個團，接力似地傳著演，《紅色娘子軍》是第一部彩色寬銀幕，要用特別的鏡頭特別的設備，只

在團裡演三天，團裡給放映隊專門配了一輛車，從早到晚馬不停蹄，從一個連隊趕到另一個連隊，盡可能多放幾場。團報道組的小李，搭車趕到五連去看電影，散了場，他去找五玲，五玲正組織她那個排的人站隊，只笑著說了一句：「大幹事，視察工作來了？」說完就去忙她的事情了。小李急忙喊了一句：「大家都很關心你，抽空回去看看！」她卻彷彿沒聽到，帶著她那一排女兵走了。

那年年底，五玲調走了，調到她媽媽下放的陝西去了。走時，她沒跟任何人告別，走後，她也沒給任何人來過信。大家又憐愛又憐憫地說，五玲的心真硬。

「文革」結束之後，1983 年春節，在人民大會堂的聯歡會上，我們意外地見到五玲，她從天而降般地走過來說：「這兩位好面熟啊，好像在哪兒見過？」是的是的，我們早就見過，我們十多年前就相識了！這意外的相逢使我們又驚又喜。她的臉上又有了光彩，依舊銀鈴般的嗓音告訴我們，她和媽媽都回北京了，她在人民大會堂工作，她爸爸的問題完全解決了，她哥哥姐姐受牽連的問題也解決了，「我這兩條腿都快跑成柴禾棍了，我這柴禾棍可是帶關節的，能打彎！」伶牙俐齒，典型的五玲語言！她媽媽站在旁邊，身材瘦弱，衣著樸實，只是微笑，我們望著她，肅然起敬，這位當年延安中央醫院的老資格革命者，承受了多少磨難！

我們又恢復了聯繫。有一年上海的戰友小孔來北京，五玲帶著我們參觀大會堂，她熱情開朗，好像跟誰都熟，走到哪裡都一路暢通，借她的光，我們多看了好幾個不對外開放的地方，還在萬人大禮堂裡照了像。

1998 年，她忽然打電話來，說要去美國了。一個星期天，她約我們到她家裡，勁松一幢靠馬路的單元樓房，從上午到晚間，談了整整一天，她把她家裡的事情，詳詳細細講給我們，她說，她從未這麼完整詳

細地講過。

第二年聖誕節，我們收到她一張聖誕卡，寄自休斯頓。後來又打過兩次電話，此後再無消息。我們說，這個五玲，心真是硬！

2008 年，她忽然托人捎來一些巧克力和一本書。那是一本休斯頓知青聯誼會編的《三色土——旅美知青的故事》。五玲在扉頁上寫道：「這段經歷我們曾共同走過，時隔四十年後的今天，依然記憶猶新。如果沒有昔日青春年少時，在『三色土』上的辛勤耕耘，便不會有今日黃金歲月裡在美利堅大地上收穫的豐碩成果。」書裡還夾了一張條子：「633 頁黑土地的照片有我，找找看。」

我們一下就找到她，依舊容光煥發，依舊開心的笑模樣，還燙了一個漂亮的髮型。休斯頓的大陸知青很多，經常開展活動，五玲又成了活躍分子，她走到哪裡都受歡迎。

這個渾身充滿了故事的姑娘，這個從不在人前流淚訴苦的姑娘，在遙遠的大洋彼岸，又會寫出什麼樣的新故事呢？

第九章
黑土地：輝煌的兵團史

開發建三江的有功之臣

1969 年 12 月初，正在北京接收一批知識青年的黑龍江生產建設兵團一師副師長王少伯突然接到一紙電文，要他「火速到兵團司令部報到」。

他是個軍人，懂得「服從命令是軍人的天職」。他立即找人買火車票，當晚啟程，急匆匆趕回佳木斯，急匆匆走出火車站，急匆匆走進火車站對面的兵團司令部大樓。

這座建於六十年代初的三層建築物，原來是東北農墾總局的辦公大樓，1969 年 10 月，黑龍江生產建設兵團司令部從哈爾濱遷移至此，從此就有了一大批身穿草綠軍裝的人出出入入。在二樓一間寬敞的辦公室裡，一位將軍面色嚴肅地向他宣讀了一項命令：任命王少伯同志為黑龍江生產建設兵團第六師師長。這不僅意味著升遷，更意味著一副重擔，一副常人難以承擔得起的重擔。將軍告訴他：六師的師長和別的師長都不一樣，這是責任最重大的一個師長，這個人選是經過了多次討論才確定下來的，希望你不辱使命。

走進這座大樓時他是心急火燎的，走出這座大樓時王少伯更加心急火燎。他旋即走馬上任，只帶著司機、警衛員和

一輛北京吉普。

黑龍江生產建設兵團的六個師裡，只有六師是在 1850 萬畝沼澤荒原上開發組建的，其中平原沼澤占了 93%！王少伯的任務就是開發這片沼澤荒原，把它變為良田，讓這片死寂的荒原上充滿歡聲笑語。

建三江開發之初，真的是「野鷄飛到飯鍋裡」，等到客人進了屋再拿著槍出去打，保證不耽誤開飯。天黑了不用瞄準也能打著麅子。中央電視臺攝製組來拍《英雄兒女戰荒原》的電視片時，還嘗到了剛剛打到的熊掌。幾年之後，這片荒原上就建起一個個連隊、一幢幢磚房，有了鷄鳴犬吠，有了裊裊的炊煙，有了京津滬杭哈各種不同口音的說笑聲。知識青年們給這塊死寂的荒原帶來了生氣。

從 1968 年到 1976 年，這塊土地上一共接納吸收了 44175 名來自京津滬浙黑五省市的知識青年，他們是開發建設建三江最主要的一支力量，占到職工總數的一半以上。沒有大批知識青年的到來和參與，建三江這塊肥沃而又難啃的黑土地，絕不會開發得那麼快那麼好，絕不會有今天美麗富饒的景象。八年間，建三江的耕地面積增長了 250 萬畝，平均每個職工每年生產糧豆 2444 公斤，上交國家商品糧 856 公斤。這八年間有六年盈利兩年虧損，盈虧相抵淨盈利 168.2 萬元。

進荒原，先要修築從二龍山公社到撫遠縣 235 公里長的國防幹線公路，七千人的築路大軍中 90% 是知青。開荒大軍的主體也是知青，他們開著火紅的東方紅拖拉機，在遼闊的荒原上撒歡兒奔跑，一台車一個班次開荒上百畝，最高的一個大班次開荒 140 畝。濃江河畔有一塊窪地，過去開荒的人們兩進兩出都没立住腳，27 團以知青為主的開荒營，在那塊窪地上一下子建起了 12 個連隊。在年輕的六師，機務戰線上的車長、駕駛員、修理工中有 80% 以上是知青，基建戰線的各技術工種中 60% 以上是知青，而文教、衛生、財會系統和連隊的「八大員」，則幾乎全部由知青擔任。

據《中國知青事典》中的數字，從 1967 年到 1976 年，十年間全國的生產建設兵團共接收知識青年 120 萬人，僅占同期整個上山下鄉人數的 8.56%。但是這 8.56%的聲音和影響、作用和能量，無論是在上山下鄉的大潮之中，還是在知識青年返城之後，都遠遠超過了占上山下鄉人數 80%以上的插隊知青。這其中最主要的原因是，生產建設兵團是準軍事化建制，兵團知青過的是集體生活，他們總是以一個個或大或小的群體形態來出現，來發言。一個連隊有上百名知青，一個團有幾千名知青，一個師一個兵團的知青就達到幾萬人幾十萬人，這樣多的喉嚨發出來的聲音是威武雄壯強大有力的。插隊知青就不同了，一個知青點，至多也不過一二十個人，一般的只有十個八個人，1100 萬插隊知青這個龐大的數字，被分割成一個個極小的單位，像撒芝麻鹽一樣零零星星地點綴在廣闊的農村天地裡，淹沒在八億農民之中。插隊知青是以個體的形態出現的。1975 年全國的生產建設兵團和國營農場加在一起，總人口不到一千萬，職工人數不到五百萬，知識青年約占總人口的五分之一，約占職工總數的一半，而全國的插隊知青僅占全國農村人口的八十分之一，約占農村勞動力的十幾分之一。

兵團知青和插隊知青的地位和作用也不一樣。在生產建設兵團的連隊裡，知識青年是主力、主體，不光會計、出納、文書、統計、衛生員、保管員這些職務絕大部分由知識青年擔任，而且有相當一部分連隊的連長指導員也是知識青年，在團部師部甚至兵團司令部機關裡，都有知識青年占據重要的崗位，擔任顯赫的職務，級別最高的擔任了兵團黨委常委，因此生產建設兵團的知識青年有一種主人翁的感覺，他們得到信任、參與決策。而農村的主力、主體永遠是農民，任何一個生產隊發出的聲音永遠是農民的聲音，勢單力孤的知識青年很難以一支獨立的力量來出現，來發言，即便放開喉嚨大聲呼喊，他們的聲音也要被農民雄厚粗壯的聲音所淹沒，很難引起社會的注意。鑒於這一對比，有人把兵

團的知青比喻為「成建制的正規部隊」，而把插隊知青比喻為「游擊隊」或是「散兵游勇」。

打仗為主，還是打糧為主？

生產建設兵團，是中國所獨有的兼具軍事與農墾雙重性質的軍墾組織，這種組織形式在上山下鄉的高潮中達到了極致和高峰，又隨著這個高潮的低落消失而衰退萎縮。今天保留下來的，只有一個成立於1954年的新疆生產建設兵團。

但是「兵團」這個詞語仍然經常可以聽到，主要是在四十至五十歲這個年齡段裡。「我是內蒙古兵團的」，「我是雲南兵團的」，「我是黑龍江兵團的」，「我是某師某團的」，「我跟某某某是一個連的」……在1990年底北京舉辦的「北大荒回顧展」、1991年春天成都舉辦的「青春無悔大型圖片回顧展」和廣州舉辦的「海南、廣東兵團知青回顧展」上，在這些年來頻頻舉行的各種知青聯誼活動中，都有一些鬍子拉碴的中年男子、一些想用防皺霜來努力消除面部皺紋的中年婦女，這樣確認著自己當年的身分和所屬團體，來尋找著今天他或她所應該屬於的那個聚會群。他們就像戰爭年代「找到了組織」那樣欣喜興奮，話匣子一下就打開了，二十幾年前的往事一下子就想起來，他們在這種無休止的回憶中變得年輕了，回憶比防皺霜有更好的療效，它能醫治心理上的衰老。「我是兵團的」，說這話的人大多至今還有一種自豪感。

當年能去兵團的人，確實都有一種強烈的自豪感甚至是優越感，下鄉青年的首選目標就是兵團。第一，兵團是「兵」，是「中國人民解放軍序列」，兵團的全稱是「中國人民解放軍某某軍區某某生產建設兵團」，解放軍的聲望在「文革」中達到了頂點，「全國學人民解放軍」是偉大領袖的最高指示，中學生奔著上兵團是為了「參軍」，為了能穿上草綠色的衣裳，所以「鐵了心要去當兵」。走的時候，真還發了一套

黃色或是草綠色的衣裳。第二，兵團掙工資，每個月有固定的收入，黑龍江是 32 元，雲南是 28 元，內蒙古兵團則實行供給制，每人每月的供給標準是 29 元，這跟那些掙工分、分口糧，年底分不到幾塊錢的插隊知青沒法比。這對那些家境困難甚至過早擔負起養家義務的青年，有更大的誘惑力。當然各省的情況不同，小兵團就要差一些，如浙江兵團開始每月只有 12 元工資，扣去 10 元錢的伙食費，發到每人手裡的只有兩元，直到浙江兵團撤銷的 1975 年，才漲到了每人 24 元。第三，去兵團的人要經過嚴格的政治審查，只有那些家庭歷史清白本人表現又好的才有資格，這樣就使得去兵團成了一件榮耀的事，令人羨慕的事，一些不夠條件的青年甚至為此寫下血書。

從 1968 年開始到 1970 年 10 月為止，全國一共組建了黑龍江、內蒙古、蘭州、雲南、廣州、安徽、福建、江蘇、浙江、山東、湖北共 11 個生產建設兵團，分別隸屬於瀋陽、北京、蘭州、昆明、廣州、南京、福州七大軍區。其中最大的黑龍江生產建設兵團，是在原東北農墾總局和黑龍江省農墾廳所屬的 93 個農（牧）場的基礎上組建的。此外，1969 年組建了江西農業建設師，1970 年組建了西藏生產建設師和廣西生產師。

湖北生產建設兵團組建的最晚，壽命也最短，1971 年組建，第二年便經中央軍委和國務院批准撤銷。黑龍江生產建設兵團的壽命最長，1968 年組建，1976 年宣布撤銷，存在了九個年頭。黑龍江、內蒙古、雲南、廣州兵團接收知青都在 10 萬人以上，被稱為四大兵團，赫赫有名。黑龍江兵團 1970 年底共有職工 57 萬人，其中知青 35 萬，占 61%；內蒙古兵團 1971 年有職工 10.1 萬人，其中知青 7.55 萬，占 75%；雲南兵團 1972 年底有職工 18.7 萬人，其中知青 9 萬多，占一半。1971 年廣州兵團 43 萬職工中，知青有 11 萬，占 25%。另據總參謀部 1972 年的統計，全國生產建設兵團共有職工 292 萬人，其中知青近 110 萬人，約

占 38%，三分之一強。

　　為什麼要組建兵團？原黑龍江生產建設兵團組織處副處長王殿林認為，組建兵團當時是大勢所趨，這個「勢」是指國際形勢，是國際政治鬥爭軍事鬥爭的需要。原兵團宣傳處韓處長則十分肯定地說，組建兵團就是為了準備打仗。1970 年 10 月全國生產建設兵團會議領導小組打給中央的報告中就說：「全國 12 個生產建設兵團，除新疆外，都是在無產階級文化大革命期間，在毛主席『要準備打仗』的號令下，以國營農場和農建師為基礎建立起來的。」

　　講到組建兵團這一決策的做出，就不能不回溯六十年代的中蘇關係。1964 年 10 月勃列日涅夫任蘇共中央第一書記以後，加快了反華步伐，在中蘇邊界增加軍隊部署，並且獲得了在蒙古駐軍的權利，在常設基地上部署的蘇軍部隊有好幾個師。據《劍橋中華人民共和國史（1966－1982）》中披露：「蘇聯把邊界地區部隊的數量從兵員不足的 15 個師增至 40 個師，後來更超過 50 個師，還讓部隊進入了更高級別的戰備狀態。蘇聯還配備了最先進的武器，其中包括核導彈和戰術核彈頭；補足了邊界地區各師的兵員，經常在水陸邊界線上巡邏……」這樣一種態勢，不能不引起中國決策者的高度警覺，生產建設兵團就是在這樣一種形勢下，一個接著一個地組建起來，出現在中華人民共和國東、北、西、南的邊境線上。除了與朝鮮接壤的吉林、遼寧兩省以外，其他凡是與周邊國家有陸地接壤的省和自治區，全都成立了生產建設兵團或是獨立農建師，而與蘇聯、蒙古接壤省區的生產建設兵團，都是力量相當強的。意味深長的是，新組建的黑龍江生產建設兵團第六師，地處撫遠縣境內，隔江相對就是蘇聯的哈巴羅夫斯克——遠東軍區司令部所在地。

　　但是從 1969 年 3 月珍寶島事件之後，由於諸種因素的相互作用，中蘇邊界的局勢並沒有進一步惡化，戰爭的危險並沒有進一步增長。而兵團首先是一個生產單位，絕非單純的軍事組織，主要任務不是「戍

邊」而是「屯墾」，不是打仗而是打糧。兵團的領導者們是在吃了許多苦頭之後才明白這一點的。內蒙古兵團説：「組建三年，花了三億學費，現在才知道兵團是搞農業生產的。」

讓我們看看在兵團組建之初，兵團的領導者們是怎樣認識這個問題的。1970 年 8 月 25 日至 10 月 5 日，全國 12 個生產建設兵團和西藏農建師的師以上幹部參加了國務院召開的北方地區農業會議，這是各路兵團勁旅的一次大會師，他們借此機會舉行了全國生產建設兵團會議，討論了「兵團的革命和建設問題」。會議領導小組在會議結束的時候給中央打了報告，強調要「走政治建軍的道路」，「要進一步貫徹執行古田會議決議和 1960 年軍委擴大會議決議，堅持四個第一，大興三八作風，開展四好連隊運動，加強連隊建設」，「把兵團建設成紅彤彤的毛澤東思想大學校」。在講到兵團的性質和任務時，報告説：「生產建設兵團是中國人民解放軍領導的一支武裝的生產部隊，既是生產隊，又是戰鬥隊、工作隊。平時以生產為主，勞武結合，亦兵亦農亦工；戰時一面作戰，一面堅持生產。」從這份報告中我們感覺到的是：兵團姓「兵」，要按當時解放軍大搞「政治建軍」的那一套辦法，來加強兵團建設。

於是，四好連隊五好戰士運動在兵團轟轟烈烈地開展起來了，而且成為兵團建設的主要內容。

無處不在的大批判

1971 年「9.13」事件之前，兵團與解放軍部隊一樣，思想政治工作的主要形式是開展四好連隊運動。

四好連隊的第一條是政治思想好，政治思想好就要開展革命大批判。大批判包括兩個方面：既批判劉少奇，也批判自己，批頭腦裡的私心一閃念，這就叫鬥私批修。下面是當年黑龍江生產建設兵團知識青年鬥私批修的幾個小故事。

　　五連的知青去七連拉砂子，路上有很深的車轍，坑坑窪窪的不好走，有人想打退堂鼓，思想不統一，矛盾出來了。怎麼辦？班長想起毛主席的教導：辦學習班是個好辦法，很多問題可以在學習班得到解決，就在半路上辦起了學習班，學習毛主席語錄。學完了，鬧彆扭的雙方各自作自我批評，批完了，大家繼續上路，圓滿完成任務。

　　上海知青兄弟兩人下鄉到兵團，哥哥當農工，弟弟去養蜂。蜂子欺生蜇人，幾天之後弟弟的胳膊被蜇腫了，腫得像藕節，還發高燒，燒到40度。哥哥看了心疼，去找指導員，要求給弟弟調換個工作，弟弟知道了這件事，反而埋怨哥哥說：你這不是愛我，簡直是害我，咱們下鄉不是來享受，是來吃苦的。於是哥倆坐在一起學習老三篇，批判劉少奇的「活命哲學」。

　　一班和二班爭當先進，有一天半夜緊急集合，執勤的戰士是一班的，他先把一班的戰士吹起來，再去吹二班，結果一班得了第一。一班長知道了這件事，馬上組織全班學習〈關於糾正黨內的錯誤思想〉，批判單純軍事觀點，深挖錦標主義的危害。全班戰士統一了認識，把「第一」的榮譽送給了二班，連長又把「開展革命大批判標兵」的榮譽獎給了一班。

　　那個時候經常開展路線分析，叫「一事一議一分線」，「遇事辦不辦，先把路線看，紅線就執行，黑線就批判」。人的眼睛真是銳利明亮，不管你多小的事情，都能給你上升到原則的高度。在地裡幹活幹累了，田間休息時大家坐在一起也要沒事找事地來一次「革命大批判」，靶子麼到處都有，隨手就能抓來一串，比如有人幹活慢是怕苦怕累，有人割地不乾淨是「單純軍事觀點」。

　　白天幹了一天，批了一天，晚上還要集中學，集中批。那時突出政治，思想工作抓得緊，幾乎每天晚上都有政治學習，「天天讀」是「雷打不動」的，學毛主席著作，鬥私批修，用毛主席著作批判自己頭腦裡

的「私」。鬥私批修先得要亮私，有時誰亮私越勇敢越徹底，亮出來的私越醜陋越可恥，誰就可能成為鬥私批修的榜樣和標兵，這叫「亮私不怕醜」；接著就要把亮出來的私心上綱上線，痛加批駁，這叫「鬥私不怕疼」。

一個知青趕馬車，他常常想：如果馬毛了就好了，馬毛了我一定要學習英雄劉英俊，勇攔驚馬，幹出點驚天動地的舉動來。一次馬真的毛了，知青勇敢地跳上馬車猛勒繮繩，可是轅馬野性發作，狂奔不已，車上的知青怎麼也勒不住驚馬。大車跑得飛快，顛簸得厲害，知青心裡慌了，地下的車老闆也急了，在後面高聲大喊：「危險，快下來！」知青一鬆手，從車上摔了下來。晚上在鬥私批修會上，他狠狠地批判了自己，說那一摔「把靈魂深處難以見人的『活命哲學』摔出來了」。

知青抽煙，打火機沒油了，想到油庫去灌一點，走到油庫門口，想到汽油是戰備物資，緊接著就聯想起「備戰備荒為人民」的最高指示。鬥私批修會上他狠狠批判自己說：如果每個人都去灌汽油，萬一有緊急情況，汽車沒油了怎麼辦！

麥收的時候下雨，康拜因下不去地，知青整天揮舞小鐮刀，進度慢浪費大又累人，大家都盼望著天晴了機械能早點下地。這也成了大批判的靶子，既批判怕苦怕累的「活命哲學」，又批把希望寄託在收割機上的「唯武器論」，一箭雙雕。

亮私亮出來的積極分子

有些人，就是靠了「亮私不怕醜，鬥私不怕疼」，當上了學習毛主席著作積極分子。

黃虹下鄉剛幹了一個多月，就開始了她的講用生涯。冬天兵團要積肥，領導分配她們幾個女生去刨廁所，這個活不累，因為糞便屎尿都凍成了坨坨。幹了一天，晚上照例是鬥私批修。黃虹開始講白天刨廁所的

時候如何鬥私批修:「糞渣濺到我的身上,濺到我的臉上,我感到挺噁心,我真想扔下鎬不幹了,這時我想起了毛主席的教導,糞是臭的,可我的思想比大糞還臭,我感到自己的臉上火辣辣的⋯⋯」黃虹口才好,講起話來有聲有色,很生動。正好指導員參加她們班的鬥私批修會,指導員說:這個講用講得好,應該到全連大會上去講。過了兩天全連開鬥私批修講用會,黃虹在大會上講用,成了連裡的典型。

不久,黃虹當上了連隊的衛生員。那幾年報紙上起勁地宣傳用針灸治好聾啞病人的事例,針灸療法一時走紅。黃虹也買了一套針,買了一本書和一張人體穴位圖,時不時地在自己身上扎兩針找針感,學著治牙疼治胃疼治鼻炎。後來連隊再開講用會,她又有了新的講用內容:一根銀針煉紅心,講她為了學會針灸,如何忍著疼痛冒著風險在自己的身上找穴位。正好團部宣傳科的一個人下來找典型,就選中了黃虹,指導員也表揚她說「老典型又有了新發展」。

這樣黃虹就出席了營裡的講用會,又出席了團部的講用會。她越講越熟練,加入了技巧,有了表情有了升降調,最後達到了脫稿講用的程度,聽得全場鴉雀無聲,聽得全場掌聲雷動。黃虹出名了,她參加了團部組織的巡迴講用團,一個連隊一個連隊地講,走到她自己那個連隊,她說啥也不講了,她說她那點事跡連裡早都聽膩歪了。

後來她又作為團部的典型參加了地區的講用會,參加了地區的巡迴報告團,到各個縣各個團去講用,足足走了兩個月。

黃虹她們連的知青有時在一起嘀咕:她不就是一個刨糞一個銀針嗎,她在連裡一共呆了不到三個月,有多少事跡好講的?也有人說,反正她在外邊講,外邊的人不知道她在連裡都幹了些啥,咱們也不知道她在外邊都講了些啥,管她呢!

兩個月後黃虹講用完回來了,她被調到團部衛生隊去了。連裡的知青都說黃虹的運氣好。

有家難回

麗莎打從 1968 年 10 月一下鄉，就盼著過春節，兵團接收知識青年的同志在介紹情況的時候說，一年一次探親假，往返路費都報銷，當時麗莎就計劃好了：春節就請假探家，她是這麼打算的，家裡也是這麼安排的。

過完了元旦，她就開始做準備，一邊托人買蘑菇買木耳，一邊在心裡琢磨著找個什麼樣的時機，找個什麼樣的理由，怎麼樣啟齒去向連長請假。晚上躺在被窩裡，她想的全是回家的事兒，她們宿舍裡的十幾個女生議論的也全都是請探親假的事兒，這時她才發覺：原來都想著回家過春節呀。她感到事情不妙，因為不可能批准那麼多人同時回家，她想好了，得先下手，明天就去請假！

第二天還是場院上的活兒，揚場，入囤。午休的時候，麗莎匆匆吃完飯就走進連部。連長正在捲煙呢，麗莎剛說了兩句，他就硬邦邦地把話截住了，隨手拿過一張《兵團戰士報》來：「給你看看吧，這是剛來的，知識青年給你們發倡議了，過年不回家，過革命化的春節，團裡剛才也來了電話通知，過年一個也不准假。你拿報紙回去好好學學吧，就你們女生事兒多，好幾個人都找過我了！」

《兵團戰士報》上登著獨立三團青年向全體兵團知青發出的倡議：過一個革命化的春節！倡議書裡號召全體知識青年「春節不返城，不下鬥批改戰場，堅守戰鬥崗位，就地鬧革命」。

從 1969 年 2 月 6 日開始，每期《兵團戰士報》上都有對倡議書的響應，知識青年表態「過年不回家」，知青家長也表態「支持兒女安心邊疆建設」。三師的北京知青王玉鋒接到父親寄來的一個郵包，用木盒子裝著，大家都以為裡邊裝的是年貨，好吃的，有人猜是醬肉，有人猜是糖果，等小木盒子打開，裡面是幾個飯糰子，用玉米麵、豆腐渣和樹

葉做的。父親在信上說，這是特意給他做的憶苦飯，讓他別忘了本，堅守崗位，好好工作。連隊加強了這方面的教育，天天組織學習報紙上的文章，讓每個人都表態，麗莎也表了態，她知道不表態是通不過的，她對回家的事情徹底失望了。

剛下鄉的知青都盼著能回家過第一個春節，這主要是因為農村與城市的巨大反差，強烈地引發了他們對親人和家的思念，女孩子尤甚，她們想躲回到那座熟悉的、已經生活了十幾年的城市裡邊去，哪怕是短期的暫時的也好，她們實在害怕眼前這個陌生的新環境。

為了穩定軍心，每到春節之前，兵團的報紙上總要大造「堅守崗位過春節」的輿論，這種輿論不是以上級機關發布強制性命令的形式出現，而是以知識青年自己發倡議書的方式刊出，這樣說服力就更強，連隊幹部做工作也就更好做。「知青發出的倡議，你們能不響應？」

1970 年 1 月 13 日的《兵團戰士報》上，除了一封二師 17 團「堅守戰鬥崗位，春節不回家」的倡議書，還刊登了兩封信，一封是母親寫給小虹的，教育女兒要像樣板戲《紅燈記》裡的李鐵梅那樣，「打不盡豺狼絕不下戰場」，另一封是知識青年楊淑珍寫給團組織的，堅決表示「先保國後探家」。這兩封信都未寫明單位，令人對它們的真實性生疑。

1971 年的春節來得早，所以輿論工作也抓得早。還在上一年的 12 月 15 日，《兵團戰士報》上就登出了 14 團 16 連和 23 連全體知青的倡議書，倡議書不僅提出過一個革命化的春節，而且提出「過一個革命化戰鬥化的冬天」！這項宣傳並未就此而止。上海知青李援朝，下鄉 8 個月想家想得厲害，又請不下假來，就給哥哥寫信，讓他弄一份假證明寄來。1 月 23 日的《兵團戰士報》上，刊出父親給他的一封電報，電文是「高舉毛澤東思想偉大紅旗，堅守邊疆，不許擅自離開戰鬥崗位」。這電文更像是一句政治口號，究竟是實有其事，還是杜撰而出，已不得而

知，但當時知識青年為了請假回家，讓家裡寄來假證明的事情確實不少，這些證明的內容大多是父母親病重之類，所以這封電報具有相當的代表性。

兵團裡的現役軍人

兵團曾經輝煌過，在兵團中真正輝煌過的是現役軍人和知識青年。

生產建設兵團的人員主要由四部分人組成：現役軍人、知識青年、復員轉業軍人、內地支邊青年。前兩部分是六十年代末和七十年代初才蜂擁而至的「後來者」，後兩部分則是五十年代末六十年代初開墾荒原的「創業者」。現役軍人數量最少，卻擔任了自兵團、師、團一直到營的幾乎所有正職領導，內蒙古兵團的連隊主要領導也全都由現役軍人擔任，真正是「大權在握」。知識青年在職工中所占的比例相當大，在一些新建團新建連占了絕對多數，他們充滿了熱情、朝氣和活力，給兵團帶來了「城市季風」，那是一股浸潤著豐厚的文化知識、思想素養、生活習慣甚至衣著打扮在內的城市文明之風。

正是由於現役軍人的到來，兵團才有了半軍事化組織的性質，也正由於兵團是一個半軍事化的組織，才來了那麼多的現役軍人。黑龍江兵團的現役軍人有 4400 人，而內蒙古兵團的現役軍人則達到近 6000 人，他們隨著兵團的組建而來，又隨著兵團的撤銷而去，功過是非留給農場的人去評說，至今眾說不一。

在許多描寫生產建設兵團的文學作品和回憶錄中，現役軍人大多被描寫成不懂農業生產瞎指揮，用軍閥作風管理知識青年，捆綁吊打，奸污女知青，而在調離兵團時又狠狠地大撈一把，幾乎一無是處，一片漆黑。但事實並非如此，各個兵團的情況不一樣，但不論在哪個兵團，絕大多數現役軍人都是好的。一些知青與現役軍人結下了很深的感情，在他們成長的道路上，是現役軍人給了他們機遇，他們至今難以忘懷。

　　1969 年 4 月的一天，瀋陽軍區工程兵政治部宣傳處幹事林甸被領導找去談話，領導正式通知他，抽調他去黑龍江生產建設兵團工作。

　　當時剛剛 30 歲出頭的林甸，在政治部有「才子」之稱，這個才子年輕氣盛，甚至有些恃才自傲，「文革」中給領導貼過大字報。在討論去兵團人員的名單時，好幾個人出來替他說話，包括組織處長、幹部處長、秘書處長等關鍵人物，但林甸還是被列入了名單。上午找他談話，下午就收拾東西，第二天就啟程出發，林甸說走就走，啥話也沒說，自然，他心裡不會痛快。

　　1995 年 9 月 19 日，我在哈爾濱一所大專院校的院長辦公室裡見到他，此時他戎裝已去，老百姓打扮。他說，當時兵團組建需要大批現役軍人，派哪些人去？「文革」中部隊也有所謂的路線鬥爭，在瀋陽軍區機關，炮轟某某的就是犯了方向路線錯誤，這批人裡有相當一部分去了兵團。黑龍江建設兵團的現役軍人，有從瀋陽軍區機關來的，也有從各野戰軍抽調來的，大多數是六八年和六九年來的，整個兵團大約一共來了 4400 多人，其中相當一部分人很有才幹，素質相當不錯。當然，現役軍人幹部裡邊也有出了問題受到處理的，在我印象中大概一共處理了 30 來個，槍斃的有兩個，16 團的團長和參謀長，團級幹部受處分的有六七個。這些人的情況比較複雜，有些責任不能完全由他們來負，所以「文革」後大部分人的問題又重新處理。但是不管怎麼說，這些人只占整個現役軍人的一小部分，代表不了大多數。

　　林甸至今非常懷念兵團那段生活，懷念兵團的那些知識青年。他說，我六九年到兵團，一直到兵團解散，七八年的時間，剛來的時候只有 30 多歲，那時知青只有 20 歲左右，兵團機關大樓裡，充滿了生氣和朝氣，我覺得每天的生活都非常愉快，非常有意思，非常充實。我這個人性子直，有啥說啥，跟有些知青的友誼是打出來的。1970 年，22 團的 23 名工人，用了 7 個月時間，造了一條載重量 150 噸的自動駁船，

這在 22 團的歷史上是從來沒有過的，他們開著大船到兵團來報捷。22
團組織股的青年幹事是個北京知青，她打前站，興高采烈地到兵團機關
找到我，要先商量一個報捷的儀式。我向來反對報捷慶功這類形式主
義，就給她潑冷水說，你們的大船萬一在半道上出了故障怎麼辦，說嚴
重點萬一沉了怎麼辦，還報什麼捷？她一聽特別不高興，我們倆鬧了一
場小矛盾，當時搞得很僵。這一打倒打出了交情，以後我們成為很好的
同志。那個時候人都很單純，人際關係也都比較簡單，所以很好相處。
那個年代是解放軍威信最高的年代，知青對現役軍人非常崇拜，把他們
當成學習的榜樣，現役軍人也很愛才，提拔了大批有才幹的知青，所以
在黑龍江建設兵團，知青同現役軍人的關係和感情是不一般的。我一直
很懷念那些同志，很懷念那段生活，兵團撤銷的時候，我們都感到非常
可惜，應該說，當時現役軍人經過五年的鍛煉，已經走向成熟，也取得
了管理農業生產的經驗，在走向成熟的時候撤銷了，非常可惜。

　　林甸曾經幫助過許多知青，在工作調動上，在提拔使用上，甚至在
返城上大學問題上，他很理解這些知青，辦事通情達理，有些跟他並不
很熟悉的知青有困難找到他，他總是盡自己所能幫助他們，好事做完，
他就忘掉了，什麼禮也不收，甚至連一句感謝的話也沒聽見，因為有些
知青從自己所在的團直接回城了或是上學了。多年之後知青找到他表示
感謝，他都不記得自己做過的事情了。

　　1969 年 12 月至 1976 年 2 月任黑龍江生產建設兵團六師師長的王少
伯，離開兵團以後曾經寫過一篇文章〈終生難忘第二故鄉〉，這位不善
詞章的軍人，用實實在在的語言，傾吐了他對建三江的深切思念之情：

　　「我懷念第一故鄉，因為她給予我生命的機會，她培育我 13 個春
秋，她使我流連忘返，然而第二故鄉更使我難忘。第二故鄉——建三
江，她雖然沒有家鄉般秀美，但卻有她獨特的風采。在建三江創業八
年，從頭至尾每件事都記憶很深，因為在這裡有一段艱苦的創業史。建

三江的全體同志經過八年如同大慶人一樣艱苦創業，也是頭頂藍天，腳踏荒原，把亙古荒原、原始沼澤地開拓成為全國的商品糧基地，為國家作出了貢獻。這也是我一生中最難忘的時刻。」

小包的兩塊「敲門磚」
—— 知青與現役軍人的關係之一

　　與插隊知青不同，兵團的知青主要面臨的人際關係是與「兵」的關係，一種是現在的兵——現役軍人，一種是過去的兵——復轉軍人。

　　黑龍江生產建設兵團的現役軍人和知識青年的關係，大概是各路建設兵團中最好的了。現役軍人大都愛才重才，真正有才華的知青常常能夠得到提拔和重用，擔任連隊的連長或指導員，還有相當一批人被調到機關，團部、師部、兵團司令部，各級機關裡都聚集了一批年輕有為的青年人，機關是人才薈萃的地方，是令人嚮往的地方，機關裡的青年是令人羨慕的，他們有一個比較好的成長環境，可以看到更多的文件，聽到更多的信息，有更多的學習時間和學習機會，他們可以接觸到一些水平比較高素質比較好真正堪稱「師長」的人，所以他們提高得更快一些。

　　人們都說小包有兩塊「敲門磚」，憑了第一塊「敲門磚」，她進了團報導組，憑了第二塊「敲門磚」，她進了兵團報導組。但小包自己說：「不是我的敲門磚頭有多硬，是我遇到了兩個非常有水平的現役軍人，這兩個人對我有知遇之恩。」

　　1969 年春天，她剛下鄉不久，連隊裡就開始搞清理階級隊伍，她那個排裡有一個老職工，姓劉，是個貧農，因為在「文革」中跟隊長打過派仗，就被打成了階級敵人。小包很有些憤憤不平：老劉每天老老實實地幹活，為什麼把他打成階級敵人？她初出茅廬，不知深淺，提筆就寫了一份材料，說老劉雖然有缺點，但絕不是階級敵人，把他打成階級敵

人是錯誤的，這件事提醒我們，清理階級隊伍要防止擴大化。

材料剛剛寫好，正趕上團裡政治處的李主任下來檢查清理階級隊伍的情況，小包就把寫好的材料交給他。李主任看了材料，又在連隊開了一個座談會，回到團裡不久，就把那份材料以簡報的形式下發了。老劉平反了，隊長撤職了。不久小包就接到通知，抽她到團宣傳股去寫材料。夥伴們都向她祝賀，她自己也感到突然。

她惴惴不安地敲響了李主任辦公室的門，惴惴不安地坐在李主任的對面說：我家裡有些情況您可能還不太瞭解，我父親現在還在受審查。李主任笑了：你的檔案我都看了，那不算什麼大問題，你不要想其他事情，好好工作吧！

小包是重點學校的高材生，文字基礎好，愛思考問題，腦子很靈，所以李主任很欣賞她，很多材料都交給她去寫，寫典型材料、寫總結報告、寫新聞報導，常常是他先講一個思路，小包再提出自己的想法，經過一番爭論，形成最後的提綱。小包拘謹的心情漸漸放鬆，她思想活躍，愛爭論問題，李主任喜歡有獨立見解的年輕人。

既出於政工幹部的敏感，也憑藉了多年做政治工作的經驗，李主任一直在琢磨這樣一個問題：對知識青年進行再教育，究竟該怎樣搞法？這是兵團思想政治工作的一個大題目。他帶著小包到了 20 連搞調查，在那裡住了近半個月。20 連是個北京知青集中的連隊，團支部工作搞得有聲有色，有許多生動的例子，李主任把它們加以總結昇華，由小包執筆，寫成一份典型材料，20 連的代表拿著這份典型材料，一級一級地講上去，先是出席了團裡的講用會，又出席了師裡的講用會，最後出席了兵團的講用會，成了全兵團的典型，而這份材料，也就成了小包的第二塊「敲門磚」。

兵團講用會期間，兵團宣傳處的張處長把她找去，簡單地問了一下她的情況，過了不久，小包就調到了兵團報導組。

　　張處長是山東人，三十五六歲，小包對他的印象相當深。張處長是個很嚴肅的人，對人要求很嚴格，他越是喜歡的部下要求就越是嚴格，不輕易表揚人，但是談起問題卻相當有水平。小包一篇稿子寫好了，自己很得意，拿給處長去看。處長看了，只講三五句話，你再把稿子拿回來看吧，你會感到他的見解真是一針見血，入木三分，你再也得意不起來了，趕緊大刪大改吧！

　　張處長要求小包：每天要考慮十個問題，這些問題應該是當前兵團政治工作和生產建設中帶有普遍性的大問題，每個問題要有論點有論據，論據要有條理有層次，不一定要寫出來，但思路一定要清晰。這是一種思維的鍛煉，這種鍛煉使小包獲益終生，她為此至今深深感謝那位不輕易露笑臉的張處長。

　　高惠珠常常深情地回憶起她們那個師宣傳科。她說：「我們宣傳科裡真是人才濟濟，有參加過抗美援朝的老編輯，有在《前進報》幹了 15 年的老軍人，有金陵大學的畢業生，有解放前重慶大學的地下黨員、學生會主席。我的這些老師都相當有水平，能跟他們在一起工作真是幸運。那時我們常常在一起研究路子，寫典型材料，雖然其中有很多『左』的東西，但是鍛煉了我認識問題分析問題的能力、邏輯思維的能力、抽象概括的能力，這是我在兵團那幾年最大的收穫，對於後來我讀馬克思主義哲學研究生，都很有用。我們科裡學習氣氛很濃，我學了中國哲學史、歐洲哲學史和形式邏輯等，受用無窮。還有老同志們身上那種敬業精神、嚴以律己的作風、坦誠相見的同志關係、過組織生活時候那種嚴肅認真的氣氛，都是我回到城市以後再也沒有經歷過的，這對我人格的塑造起了很大作用。我的能力和水平，很大程度上都是那段時間鍛煉出來的，是老同志們傳幫帶出來的，在他們真摯的愛護和嚴格的要求之下，我覺得我那段日子一點都沒有荒廢，過得充實、快活。」

　　她常常回想起那些日子，回想起那些朝夕相處的老同志，一想起他

們，她的內心裡就湧動起一股激情。他們對她不僅是傳幫帶，還有體貼和慈愛。高惠珠說，她在北大荒過了七個春節，結婚之前從未回上海過過年，但每個春節都過得非常快活。「從年三十到正月初五，一家一家地吃個遍，什麼東西也不拿，兩手空空地去了，被當成上賓，大吃一頓，吃完了飯再吃一大把瓜子，拍拍屁股就走了，上俱樂部看電影去。有一年的二三月份，我大病了一次，我們科長的愛人把我接到他們家裡去住，說宿舍裡邊太冷，一天三頓飯都是她做給我吃，上廁所都不讓我出去，怕我受風。就是在家裡我媽媽照顧我，也不過就是這個樣子了！所以我常常想，我是在這些現役軍人和老轉業官兵的關懷愛護下成長起來的，我是幸運的。以後回到城市，雖然物質生活好得多了，但是再也沒有那麼好的氣氛，那麼好的人際關係，那麼多誠心實意幫助我的人了。我一輩子都要感謝北大荒！」

「三個志願你都給我報復旦！」
——知青與現役軍人的關係之二

　　邱柏一個人坐在宣傳股的辦公室裡讀馬克思的《論費爾巴哈》。他是團黨委的理論學習秘書，下個星期要給他們輔導這篇艱深的經典之作。除了遠處發動機突突突的聲響，什麼聲音都聽不到。氣氛很安靜，但邱柏就是靜不下心來，他在等消息，等待一個決定他命運的消息。

　　就在此刻，在走廊另一端的會議室裡，正在召開團黨委會，這個會議將要最後決定一個名單，決定一個推薦上大學的知青名單，在被討論的名單上，就有邱柏的名字。

　　這已經是邱柏第三次被列入討論名單了，前兩次，他還沒有調到團宣傳股，還在工程三連當排長，他清清楚楚地記得那兩次推薦的情況。

　　推薦上大學的競爭是相當激烈的，推薦的程序就跟選先進一樣，每個班有一個提名權，最後根據票數的多少來決定全連的推薦人選。邱柏

在連隊裡威信很高，但這種機會誰肯放過，誰能不爭？

邱柏懸著一顆心，聽指導員在全連大會上宣布「選舉結果」。連續兩年指導員都念到他的名字，連續兩年他都是全票當選，但是連續兩年他都沒有走成。事後指導員找他談話，肯定他工作出色能吃苦，對自己對戰士要求都很嚴格，「上不上大學，並不能證明一個人的表現，有些人不能上學，可能還有其他方面的原因，比如工作需要或是家庭方面的原因。」指導員閃爍其詞，向他暗示著什麼。

邱柏一聽就明白了，父親在解放前當過小職員，肯定是這個「小職員」在作祟。後來，父親的問題有了結論，作為一般問題處理，「歷史清楚」，這樣，邱柏解決了入黨問題，調入了團部機關工作，在今年的大學推薦中，他又在政治處獲得了滿票。

這已經是 1976 年的春天，邱柏已經 27 歲，已經大大超過了招生標準中「年齡在 20 歲左右」這一條，機會對於他來說格外珍貴，政治處裡好心的老同志正是因為這一點，才極力舉薦他的。邱柏知道，今年團裡有一個上海復旦大學新聞系的名額，那正是他所渴求的，時不我待，良機難得，他打定了主意要走。如果說前兩年他是聽其自然坐等別人來安排自己的命運，那麼這一次他要奮力一爭，自己來爭取自己的命運了。他開始行動，找了幾個團領導，幾個決策人，講明他的情況，申訴他的理由，他已經得到了幾個關鍵人物的同情。

眼下，決定他命運的會議正在舉行，吉凶難卜，他心緒不寧，焦急地等待著，留心地傾聽著，走廊裡任何一點微小的動靜，都能牽動他那根繃緊的神經。

這次會開得可真長，一直到夜裡 11 點鐘，走廊裡才有了嘈雜的腳步聲，邱柏知道：散會了。他一下站起來，急匆匆地走出辦公室，走到院子裡，他看到剛剛開完會的人一個一個地走出來，嘴唇緊閉，神色嚴肅，副團長、副政委、政委、幹部股長……他不敢上前去問，這個已經

決定了的名單，在這個時候還是保密的，誰也不會告訴他。他只想從他們的表情中得到一點暗示。一位跟邱柏關係很好的副團長走過來了，他看到了邱柏，他們兩個人的眼神對視了一會兒，邱柏滿懷希望地注視著那雙眼睛，但是那雙平日裡喜怒都行諸其中的眼睛，今天卻是出奇的冷靜，眼神裡有一種意味深長的東西，邱柏忽然感到一種不祥之兆。

最後一個走出來的，是文教科長，他負責招生工作的具體事務。那是一位 1958 年來場的轉業軍人，處事公平，待人真誠，他低著頭，走得很慢。邱柏輕輕地咳嗽了一聲，這是他獲取信息的最後一絲希望了，老科長猛地抬起頭來，看到了月光下的邱柏。他先是愣了一下，然後沖著邱柏輕輕地搖了搖頭。

邱柏後來回憶起那一刻的感覺：「就像有一盆涼水澆下來，劈頭蓋腦，我一下子從頭到腳都涼透了，傻呆呆地站在那兒，腦子裡是一片空白，什麼都沒有，什麼都不知道了。」

邱柏知道他是被誰否決的，儘管從來沒有人告訴過他那次會議的情況。從此他就起了變化，整整一個夏天，沒有好好上過一天班。他每天到一個水塘裡去跳水、游泳，他還有一個泳伴趙愛國，也是那次上大學的落馬者，索性剃了個光頭。

邱柏著涼了，感冒了，他去團部衛生隊看病。他走進診室，裡面正坐著一個現役軍人——古副團長，就是那個否決了邱柏的人。邱柏看見是他，扭頭就往外走。背後響起古副團長嚴厲的聲音：「小邱，一會兒到我辦公室去一下！」話很硬，冷冰冰的。

去就去，我又不怕你。看完病，拿好藥，邱柏去找古副團長。他重重地敲了一下門，不等裡面有反應就推門走了進去。古副團長正在看一份文件，他也不讓座，劈頭一句話就是：「你知不知道討論你上大學的時候是誰不同意你去？」「知道！」「誰？」「是你！」邱柏火氣很足，話說得很衝。

副團長沒有説話，場面冷了幾分鐘。突然他猛地一拍桌子：「好你個邱柏，敢把話講在當面，有種！你走吧！」

邱柏倒愣了：他找我究竟要幹什麼？難道就是為了説這幾句話嗎？但是走出古副團長的辦公室時，他的心裡舒坦多了，他覺得他的怒氣發洩出來了，沖著他要發洩的對象發洩出來了。第二天邱柏就開始認真上班了。

粉碎「四人幫」之後的第二年冬天，恢復了高考制度。這一次不是由幾個人開會討論來決定申請上學者的命運，而是憑實力、憑分數、憑真本事。邱柏又面臨著一次機會，這恐怕真的是他最後一次機會了。

初試，他考得很出色，全農場第一，初試成績公布之後，就開始填寫志願。邱柏此時頗費躊躇。

文件上規定的招生對象條件是：「20 歲左右，不超過 25 周歲，未婚。對實踐經驗比較豐富並鑽研有成績或確有專長的，年齡可放寬到 30 周歲」，而那一年邱柏已經 28 周歲。雖然招生的學校中仍然有復旦，但他已經不敢奢望，他自忖已經沒有了去競爭家鄉那所文科最高學府的實力，起碼在年齡這一項上他就沒有了競爭力。他在志願表上只填寫了黑龍江的文科：黑大、哈師院……他覺得這樣更把握更穩妥些。

第二天，古副團長找他。邱柏進了辦公室，古副團長正在看一張表，他仍然沒有客套，沒有讓座，開門見山：「邱柏，你想不想回上海？」「想！」「我看你不想。」「你怎麼知道？」「你這升學志願表上一個上海的學校都沒有，你怎麼回上海？」

邱柏這才看清，古副團長手裡拿著的正是他的升學志願表。「我沒有那個能力。」這時他的語氣軟了下來。

「你不是沒能力，你是沒出息！」古副團長沖著他大吼。

邱柏一下子被噎住了，噎得一句話也説不出來，他的心先是猛地一震，繼而熱乎乎地發燙，古副團長的話説得難聽，但他聽出了話語後面

的一片好心。

「你這張志願表作廢了！」古副團長嚓嚓兩下把它撕碎。「你坐下，重填一張，現在就填！」那口氣不容分辯，斬釘截鐵。

邱柏內心的戒心和敵意頓時消盡，他一時反倒沒了主意：「怎麼填？」他問古副團長。

「我說你寫！」古副團長用的是一種命令的語氣，沒有一點商量的餘地。「第一志願，復旦大學；第二志願，復旦大學；第三志願，復旦大學。」

「古副團長，」這是邱柏一年多來第一次這樣稱呼他，「這可不行，萬一考不上，我連條後路都沒有了。」

「要後路幹什麼，你有實力，你能考上，就看你有沒有這個膽量！」

「這是我最後一次機會了，我都 28 歲了！」

「所以你更要珍惜這次機會，回不了上海你要後悔一輩子！」

邱柏被古副團長的話震住了，他無言以對。古副團長是個真正的軍人，他的話裡充滿了膽量，而邱柏現在缺少的恰恰就是膽量，他想要穩穩當當地取其下，而古副團長堅決地要他去冒著風險「爭其上」。這半年多來邱柏一直以為自己是條硬漢，現在他才明白，現役軍人古副團長才是一條真正的硬漢。他的膽量也被這條硬漢激發起來了，熱血湧上胸腔，他要破釜沉舟地去做一次「最後的鬥爭」！

「好小子，上一次你敢當著我的面講真話，我就看你不是個孬種！趕緊回去抓緊復習吧！」

邱柏也是個講義氣的人，他被古副團長的義氣打動了，征服了，他要拚命了，為了自己能回上海，也為了不愧對古副團長。

他感覺良好地參加完全部考試，焦慮不安地等待著最後結果。

錄取通知書開始發下來了，有人拿到了，拿到的人欣喜若狂，沒拿

到的人忐忑不安，邱柏就在這忐忑不安的日子裡苦苦地煎熬著，這時他接到了古副團長找他的電話。

邱柏第三次走進古副團長的辦公室，這一次古副團長「史無前例」地站起身來迎接他：「坐下吧，等急了吧？告訴你，好消息來了！」古副團長的臉上也「史無前例」地帶著笑意。

「什麼好消息？」邱柏的心提到了嗓子眼兒。

「復旦大學錄取你了！」

「誰說的？通知書來了嗎？」

「已經到了師裡了，我剛跟師裡通過電話，這幾天我是每天一次電話。讓你考復旦是我的主意，你要是再考不上，還不得跟我拚命啊！」

「古副團長，太謝謝你了！」邱柏此時滿肚子的感激之情，卻不知道該說什麼好了。

「我還要謝謝你呢，你要是考不上，我這責任可就大了，我就成了罪人了，我已經當了一回罪人了。這幾天，我比你還著急呢！」

「古副團長，你是好人，謝謝你！」邱柏站了起來，他想要把這個好消息儘快地告訴他的夥伴們，儘快地告訴上海的家裡人。

「你能考上復旦，是你小子自己有本事！坐下坐下，再坐一會兒，以後我們再要見面可就難嘍！」古副團長的話裡忽然染上了一種傷感的色彩。

「我還會回來的，學校放假，我就回來看農場、看你們。我會永遠記著你們。」

「這話我信，可是你再回來的時候，我就不在了。」

「你也要走了？」

「我也要走了。兵團撤銷了，現役軍人要回部隊了，我的調動命令已經下來了，把你送走了我就開拔。你考上復旦，我就了卻了一樁心事，這是我在農場的最後一樁心事。好小子，別忘了我，以後走到哪裡

都別忘了我！」這位硬漢臉上笑著，語氣裡帶著一種深摯的感情。

激情在邱柏的胸膛裡洶湧著，他的眼睛一下子濕潤了，他有好多話要說，他卻什麼話也說不出來。兩個硬漢對立著，兩雙眼睛對視著，他們之間曾經有過怨恨，他們今天卻想緊緊擁抱。他要走了，他也要走了，他們兩人都要離開這裡，就在這即將分手的時候，他們才真正地彼此瞭解，或者準確地說，邱柏才真正瞭解了現役軍人古副團長，他曾經誤解他。正是這個曾經被他誤解的人，在最為關鍵的一搏中，激發了他的膽量和勇氣，使他找回了自我，重新認識了自我。

這是一個知識青年和一個現役軍人的友誼，這是兩個硬漢之間的友誼。

「你是首長的什麼親戚？」
——知青與現役軍人的關係之三

假期一天天過完了，歸期一天天臨近了，如今上海已經不是孫英的家，她自己的家在建三江，上海僅僅是她母親的家。她回上海來探望母親，同時接走自己四歲的兒子。

母親和弟弟忙著幫她整理要帶走的東西，鼓鼓囊囊的四個大包，每一個都沉甸甸的。這麼多東西，還要加上個四歲的孩子，對於一個已經不是知青的女人來說，負擔實在不輕。要是在早幾年，即使東西帶得再多一些她也不怕，不論坐火車走還是乘輪船走，她在出發的時候準能碰上同伴，即使不是一個師的，即使互相不認識，幾句話一說大家就都熟了，因為都有「上海知青」這個相同的身分，都是「同一個戰壕裡的戰友」嘛！一路上換車買票照看行李，大家都會互相幫忙互相照顧。但如今不同了，大返城的疾風已經刮過，只有零零星星南來的雁，絕少可以搭伴北歸的友。孫英看著堆在房間一腳的幾個大包，心裡犯愁了，她坐船走，上船的時候好說，有家裡人送，但是到了大連要買車票換火車，

沒有人接送哪行呢？她試著給幾個熟人發去電報，可這幾封電報無一例外地都被退了回來，有的是「查無此人」，有的是「地址不詳」。孫英簡直是無計可施了。

情急之中她忽然又想起一個人來。此人姓延，在兵團最為鼎盛的時期曾經擔任過黑龍江生產建設兵團第一副司令員。孫英跟他並不熟悉，只有幾面之交。孫英那時是六師黨委常委，分管青年工作，延副司令員來檢查工作的時候，她曾經向他作過匯報，以後又曾在幾次會議上見過面，延副司令員記得她，主動跟她打招呼。後來兵團撤銷了，延副司令員就回了大連。孫英想，延副司令員級別高名氣大，找他準好找。這麼想著，她就往大連衛戍區發了一封電報：「原兵團六師常委上海知青孫英探親帶孩子歸隊，擬於某月某日乘坐某班輪船抵達大連，如有可能請接站。」這封電報沒有被退回來，孫英想，可能是收到了。

她帶著小兒子和四個大提包上路了，一路上她心神不安：延副司令員是否真的接到了電報？延副司令員是否還會記得我？延副司令員能否安排人來接我？要是沒有人接站，我該怎麼辦？小兒子睡得很香甜，孫英卻一點睡意也沒有，就在她忐忑不安的思慮中，輪船鳴響汽笛駛入了大連港。

她把最大的兩個旅行包一前一後地搭在肩上，一個旅途中相識的婦女幫她領著孩子，孫英艱難地下了船。她焦急地用眼睛掃視著穿軍裝的人，一個穿軍裝的人也在用眼睛瞄著她。那是個年輕的軍人，他走過來了，向她敬了一個軍禮：「請問你是孫英同志嗎？」「是的是的，我就是孫英。」「首長派我來接你，來，把東西給我吧！車子在那邊。」年輕的軍人動作利索，接過了孫英肩上沉重的大包。

一輛黑色的紅旗牌轎車，把孫英母子送到了一個部隊招待所。

安頓妥當以後，年輕的軍人問孫英還有什麼事情需要他辦，孫英託他給買一張火車票，沉吟了一下，又試探著說：「如果有可能，我想見

見延副司令員。」

第二天孫英就接到電話，延副司令員請她到家裡去吃晚飯。那次見面孫英很激動，延副司令員跟她一起回憶起許多往事，談到當年組建六師的決定，談到那片遼闊的撫遠荒原，老將軍也激動起來，眼睛裡流露出神往的光彩，他説真想再回去看看那個地方。孫英告訴他，當年開墾出來的荒地，經過這幾年的熟化，漸漸進入了打糧的高產期，糧食生產得多了，但是知識青年都走了，人少了，留下來的，思想也大都不穩定，有一種失落感。老將軍感慨起來：知識青年，現役軍人，對兵團的開發和建設是有貢獻的，這是誰也抹煞不了的，有目共睹的，當然，我們缺少經驗，做了一些錯事蠢事，有許多教訓值得總結和記取，但是那段生活是難忘的，許多很好的知識青年是難忘的。孫英看得出，老將軍至今對黑龍江兵團有著很深厚的感情，而且至今在農場還有聯繫，他對許多情況都瞭解，有些事情甚至比孫英知道得還多。

那是一個愉快的晚上，席間話語不斷笑聲不斷，這樣的機會不會再有了，所以孫英很想能多待一會兒。時間無情，匆匆走掉，終於到了告別的時候。延副司令員的老伴給孫英裝了滿滿兩袋水果，一袋是蘋果，一袋是梨子，都沉甸甸的。

第二天，仍然是那個年輕的軍人來送孫英母子上火車。去車站的路上，他試探著問孫英：「你是首長的什麼親戚？」孫英笑了：「什麼親戚？什麼親戚也不是！」那軍人一臉的詫異：「那不可能，首長從來不用小汽車接送客人，只有對你是個例外。」

孫英一時百感交集，啞然無語。

「我最佩服的一個人」
——知青與轉業官兵的友誼之一

北大荒還有這樣一大批人，「他們大都在第三次國內革命戰爭時期

和建國初期參軍，滿懷著對黨的崇敬以及為人民革命事業獻身的精神，有的離家出走，投筆從戎，有的跟隨大軍南下，有的響應抗美援朝的號召，一齊投向人民軍隊這個大熔爐裡來了，年齡大都在二十歲上下，少數接近而立之年，經過戰爭考驗和現代化軍事訓練，從海陸空軍到炮兵、裝甲兵、雷達兵、防化學兵，從營連排長到參謀、助理員、軍醫、翻譯，真是行行俱全。有的參軍前就是大學生：交大、同濟、清華、北大、復旦、浙大、武大、川大、南開……幾乎囊括了全國各地的名牌大學，遍及理科、工科、文科等各院系，就是缺少農機、農藝的。有的來自軍事高等院校，包括哈軍工、高級步校、炮校、通信兵學校、軍醫大學等等。僅軍事翻譯人員就有 1000 多名，包括英文、俄文、法文、西班牙文、拉丁文、緬文……他們不僅脫下軍裝，而且改行向地球開戰了！」所以《北大荒移民錄——1958 年十萬官兵拓荒紀實》中驚嘆道：「北大荒真是尉官們的世界，一下子接納了如此眾多有文化、有專長的年輕『移民』。」作者鄭加真本人就畢業於復旦大學，參加過抗美援朝，回國後在軍委空軍司令部任參謀，爾後於 1958 年轉業，成為開發北大荒的十萬官兵的一員。這十萬官兵受黨教育多年，有參加革命戰爭的經歷，有良好的政治思想素質，有一定的政治理論水平，他們給北大荒奠定了極好的政治基礎、文化基礎，從某種意義上說，他們是對五十萬知青進行再教育的實施主體。

兵團都有報導組，報導組這個機構是從解放軍搬過來的，解放軍重視思想政治工作，重視抓典型和輿論宣傳，所以就有了報導組。

報導組主要設在團、師和兵團三級。報導組的任務主要是給新聞媒介撰寫新聞稿件，考核報導組，最主要的一項指標是見報率的高低。報導組還有一項重要的任務，是為先進典型寫講用材料，這項工作很有說道，參加上級機關的講用大會，你這個典型選得上選不上，除了要看典型本身的事跡過硬不過硬，還得看你這個材料寫得好不好。所說的好不

好，主要是指觀點新不新，境界高不高，形勢跟得緊不緊，這就要靠寫稿子的人「妙筆生花」了。軍隊思想政治工作的一項重要任務就是抓典型，由此決定了報導組的地位和作用。

報導員，雖然級別不高，卻是被高看的，因為他們是「秀才」。現已離休的黑龍江墾區《農墾報》副總編輯蘇佩，在兵團時期曾經擔任過三師的報導組長，他說：選報導員比選指導員的條件都高，第一政治條件要好，第二要有文字表達能力，第三還要有分析問題認識問題的能力。蘇佩說，報導組是個出幹部的地方，許多報導員幹了一段時間之後就提拔了，有的當幹事了，有的當秘書了，有的當團委書記了，然後再選一些人充實進去，所以報導組的人員流動性很大，常常更新。可以說，報導組是幹部的預備隊。1972 年底兵團開第一次通訊報導會的時候，全兵團有513個報導員，但後來出出進進的加在一起，能有兩千人。

黑龍江生產建設兵團對報導組人員配置要求是：大團配七名，中等團配五名，小團配三名，營裡要配一名，師報導組要有七至十名。兵團的六個師裡面，報導員人數最多的是三師，有 164 人，占整個兵團近三分之一，三師最大，人口、耕地面積和發稿率也占兵團的三分之一左右。

這些報導組，常常是老農場人員和知識青年的結合體。現役軍人一般不擔任報導組的工作，因為那是個有職無權的機構。現役軍人來後，老農場的宣傳理論幹部不好安排，就讓他們去搞通訊報導，這些人大部分是五十年代末開發北大荒的轉業軍人，有的參加過解放戰爭，有的參加過抗美援朝，有的是從部隊軍事院校來的，思想素質好，又有學識水平。報導組裡的知識青年是從全團的幾萬甚至十幾萬人裡面挑選出來的，有頭腦有思想，有一定的文字功底，自然也是出類拔萃的人物。這兩部分人到了一起，恰好可以互為補充相得益彰：老的沉穩，小的活躍；老的淵博，小的饑渴；老的閉塞，小的靈通；老的嚴謹，小的毛

躁;老的看問題全面,小的看問題偏激;老的大多對現役不以為然,小的個個對現役推崇備至;老的把他們多年積累的學識和優良的傳統作風一道傳授給小的,小的在一種思想活躍比較自由的氛圍中拚命吮吸充實自己,迅速地成長提高。這些知青在連隊的時候,最大的苦惱就是找不到可以解惑答疑的師長,難以尋見一起探討問題深交長談的同志,他們常常為此感到苦悶和孤獨;現在,這些師長和同志就在身邊,朝夕相處,在連隊時那種鶴立雞群曲高和寡的孤獨感頓然消釋。

蕭苞至今還清楚地記得在 18 團辦的那次報導員學習班,那是全師辦的第一次報導員學習班。她說,我的新聞大學就是從那次學習班開始的。

主持學習班的,是一個高高胖胖的人,「文革」前是東北農墾報的老編輯。後來接觸得多了,蕭苞才知道他在抗美援朝的時候就當過戰地記者,1954 年就轉業來到北大荒。老編輯給她的印象深極了,對她的影響大極了,一直影響到今天。「從事新聞工作一定先要搞清楚你為誰說話」,「好的新聞工作者應該是又做工作又當記者」,「記者的基本功是採訪,採訪的基本功是調查研究」……蕭苞今天還清楚地記得他在二十多年前講過的這些話,這都是黨的新聞工作者最基本最傳統的一些觀點。他給她提出的要求是:「你要寫 10 個調查報告,你必須要有 10 個調查報告打底,這 10 個調查報告寫完了,你才能真正瞭解農場,瞭解農業生產,瞭解基層工作,你才知道怎麼搞調查,你才有當記者的資格,有對社會現象發表評論和見解的資格。」

蕭苞真的很認真地按老編輯的話去做了,她參加了某團基本工資加獎金「兩結合」工資制的調查,參加了一個先進連隊青年思想工作的調查,她還獨自一人搞了某團改造白漿土的調查……。老編輯親自帶他們下去搞調查,一路上教給他們許多順口溜。看到電線,他就說「小機關看電線,大機關看天線」,這是戰爭年代的一條經驗,電線是指電話

線，天線是指電報天線。看看天氣，他能講出一大串看天氣的諺語。跟老編輯在一起，蕭苞有一種特別幸運的感覺，她暗暗慶幸自己在從事新聞工作一起步的時候，就遇上了這麼一位好老師。這種機會，這種運氣，在兵團的知青中間，只有極少數人能得到它。

在五師 50 團當過副政委的上海女知青劉金銘，用一種充滿敬意的語氣講到當時團裡另一個副政委王英武。「這個人現在已經病得很重，癱在床上了，但這個人是我下鄉以後最佩服的一個人，對我影響最大的一個人。他原來是轉業軍人，領導組織能力相當強，寫東西也寫得相當好，團裡的大報告幾乎全都是他寫的。現在在哈爾濱市委當秘書長的小方，是上海光明中學老高三的，文革前選定了要去法國留學的，那時在團宣傳股當幹事，是團裡的筆桿子，但他最怕王英武。王英武對文字的要求特別高。那時每次團裡開大會，報告都是張政委講，稿子都是王英武組織一幫子秀才在一起研究提綱，提綱定下來，再讓他們分頭去寫，寫完了再討論，再修改，常常要改好幾次。他這種嚴格的要求和嚴謹的工作作風，培養出一批秀才，全都是大秀才，小方是一個，現在新華分社當社長的張持堅是一個，其他還有文匯報的記者、華東師大的教授等等，真是嚴師出高徒。王英武不僅對工作要求嚴格，對自己要求也非常嚴格，經常在下面連隊跑，上山伐木他也去，結果砸了腿。他對我的教育和影響都很大，我從他身上看到了一個真正共產黨員的形象。」

「我們家不怕傳染」
——知青與轉業官兵的友誼之二

1990 年 11 月底，一個星期天，張劍來到中國革命博物館。他匯入門前那長長的人流，緩緩流入寬大的展廳，一進門就看到了那塊醒目的牌子：「魂繫黑土地——北大荒知青回顧展」。牌子的後面，是一排白樺樹，整整十棵。冬天的白樺樹，枝條上光禿禿的，張劍從那稀疏的枝

條上，一下子就感受到北大荒原野上的凜冽寒風，甚至嗅到了一股清冽的氣息。他一下子就找回了那種感覺，那種十多年不曾有過的感覺。久違了，白樺樹！

上山下鄉光榮證、乘車證，割草的大芟刀、割麥子的小鐮刀、棉手悶子、棉烏拉鞋、六十度的「北大荒」白酒、印著「獎」字的洗臉盆，還有那一幅幅珍貴的照片，太熟悉了，太熟悉了，一下子喚起他多少回憶，歡快的，美好的，苦難的，煩惱的……多少種滋味在他心裡邊翻湧攪動。他就這麼看著，想著，走著。

忽然，他在摩肩接踵的人群中看到了一張臉，一張十分熟悉的臉，他尋找了十幾年的臉。那張臉也在看他，張劍急切切地擠過人群，沖著那個穿藏藍色羽絨服的人衝過去。

他們面對面地站著。

「你是王營長吧？」「你是張劍？」

「王營長！」張劍只喊了這一聲，就再也講不出話來，他像一個小孩子一樣，撲在那個墩墩實實的男人身上嗚嗚地哭起來了。嗚嗚的哭聲驚動了參觀的人們，很快就有一群好奇的眼睛把他們團團圍定。墩實的男人使勁勸解著：「張劍，別這樣，走，咱們找個地方去！」他拉著張劍出了展廳，出了博物館的大門。

「王營長，這麼多年我一直在找你呀，我找你找得好苦！」

「我也一直惦記著你，你的病好了嗎？聽說你做手術了？」

「切了一個肺葉，沒事，啥事也沒有，你看，這不跟好人一樣？」

「唔，看著氣色還不錯，比那時候胖了，也成了大老爺們兒了，我都不敢認你了，站在那，心裡嘀咕了半天，要不是你認出我，我還真不敢跟你打招呼。成家了吧，孩子多大了？」

「王營長，走，上我家去，這就去，認認門，我爸爸跟我媽一直說想見見你，要好好感謝你呢！」

張劍現在還清清楚楚地記得 16 年前的那個中午。他在營部食堂吃
完了午飯走出來，地上鋪蓋著一層剛下過的白雪，太陽反射在雪地上，
晃得他把眼睛瞇了起來。他最喜歡這種雪後初晴的天氣了，他深深地吸
了一口清冽新鮮的空氣。大概是涼氣刺激了氣管，緊接著就是一陣劇烈
的咳嗽，止不住的咳，他已經這麼咳了一個多禮拜了，從衛生所拿了一
些止咳藥，都不管用，一點兒也不見好。咳著咳著，他忽然感到從胸腔
深處有一股熱乎乎的液體湧上來，湧到了嘴裡，滋味有點鹹，還有點
黏，他吐了一口，潔白的雪地上出現了鮮紅的顏色，真正是雪白血紅。
「我吐血了！」腦子裡反射出這個信號，他的神經一下子緊張起來。
「趕緊上衛生所！」他加快了腳步。

他越是緊張，越是加快腳步，咳嗽就越是劇烈不止，咳得那帶有鹹
味的液體不停地往上湧，不停地往外吐，一口接著一口，在皎潔的雪地
上離離拉拉地連成了一條線。張劍越發慌亂，他向四周看看，正是吃午
飯的時間，一個人也沒有，他忽然想：要是一直不停地這麼咳下去，血
咳完了人不就死了嗎！走到營部招待所的門口他停住了，在水泥臺階上
坐下來。

招待所的老戎隔窗看見他，慌忙跑出來，把他攙扶進屋，找了張床
讓他先躺下，然後打電話找衛生員。很快，衛生員小姚背著個藥箱子急
匆匆跑來了，小姚看見痰盂裡的血嚇了一跳。她當衛生員才一年多，還
是頭一次遇上這種情況，有些手忙腳亂。「哎呀糟糕，我沒帶止血藥，
我還得去拿止血藥！」

小姚取來藥，給張劍打了一針，又讓他吃了兩片鎮靜藥，咳嗽終於
停息了，血也被止住了。張劍鬆了一口氣，小姚鬆了一口氣，屋子裡的
人全都鬆了一口氣。

走廊裡響起咚咚的腳步聲，門猛地一下被推開了，王營長火急火燎
地衝進來，直奔張劍的床邊：「怎麼了張劍！你怎麼了！」他又轉向小

姚：「張劍是什麼病，要緊不？趕緊上團部吧！」

「是得趕緊上團部，我估計他有兩種可能，一種可能是支氣管擴張，一種可能是肺結核，咱們這裡藥不多，我又沒經驗，要是再咳血就麻煩了。」小姚真是很著急。

「我這就去找車，你趕緊收拾一下，咱們馬上就走！」他又俯身安慰張劍：「別害怕，有我呢！」王營長辦事雷厲風行，是有名的急性子，不一會兒，張劍就聽見了「東方紅」28拖拉機「突突突」的發動機聲。王營長挾著一件軍大衣返身進來：「來，把它穿上，穿暖和點，咱們上團部！」

張劍是營部的通訊員，小伙子機靈、勤快，幹活辦事都有「眼力見兒」，所以營裡的幾個領導全都喜歡他。王營長幾乎走到哪兒都帶著他。王營長是1958年轉業來的老鐵道兵，原來是農場的副場長，搞生產相當在行，兵團組建後安排他當了營長，「營長」是軍隊的官銜，但幹的還是生產上的事，他這個營是全團生產搞得最好的一個營。王營長家裡做什麼好吃的，也漏不下張劍，有人開玩笑說王營長待張劍比對他自己的兒子還好。王營長身體好，輕易不得病，偶爾有個小毛病也不吃藥不休息，挺兩天就過去了，所以張劍這一陣先是發燒繼而又咳嗽他也沒大當回事情，「就是著涼了，傷風感冒，幾天就好！」可是非但不好，反而厲害了，王營長一想到這，就覺得張劍的病他有責任，心裡一陣內疚：「怪我，都怪我！」他懊悔不已。

到了團部衛生隊，一透視一檢查，果然是肺結核，肺部有大面積陰影，浸潤型，活動期。「你這病傳染，得住院！」。醫生戴著口罩，只露出兩隻眼睛，憑口音張劍能聽出來：她也是知青。

王營長一個勁兒地刨根究底：這病厲不厲害，好不好治，住院得住多久，吃點什麼好？女醫生的回答不冷不熱：「這說不好，要看他自己的抵抗力。」「這很難說。」「當然吃些有營養的東西好了，像雞蛋豆

腐牛奶。」她似乎有些不耐煩。

「她是怕我傳染她。」張劍想，「還是知青呢！」

護士把他們領到走廊最盡頭的一間病房。這屋子一面是火牆，一面是冷山，靠火牆的兩張床上都住了病人，靠冷山的兩張床都空著，牆上有一層潔白晶瑩的霜花。王營長看了看說：「這屋子怎麼住，還有別的病房嗎？」他又翻了翻床鋪：「就一條褥子，這麼薄，還不得把人凍死！」護士說：「傳染病房就三間，都滿了，就這兩張空床了，隔壁有個病人要轉院了，等他走了你可以調過去。」王營長叫著小姚，把床往屋子中間挪了挪：「先將就兩天，明天我給你拿張皮褥子來。」

第二天上午，醫生剛查完房，王營長的愛人就來了，一手挾著條皮褥子一手提著個包。「老王今天開黨委會，來不了啦。沒車，我等了半天才截了個 14 連拉磚的車。先把這褥子鋪上，瞧這行李，多單薄，沒病也得凍出病來。這是給你煮的雞蛋，這是奶粉，營裡小賣部就剩這兩袋了，一會兒我再上團部商店買去。老王讓我給你燉隻雞，我說你這時候八成吃不進去，緩兩天再說。你說呢？要是想吃，我回去就給你燉。營部就是離這太遠，要不我天天給你做飯菜送來。哎，好好的，咋得這麼個病，都怪老王，對你不上心，昨天他一夜也沒睡好，那個後悔呀！」她又轉向同屋的兩個病友：「這醫院的伙食怎麼樣，吃得好不？」「好啥，饅頭老是黏的，天冷，麵發不起來。」「倒是天天有肉，比連隊強。」

王營長的愛人姓金，是鮮族人，待人真誠熱情，待知青尤其好，只要有知青到她家去，就恨不能把所有好吃的都拿出來。她到走廊裡走了一圈回來說：「行，燒火牆這個爐子能熱飯，我給你燉個小雞，現在天冷放得住，壞不了，你吃的時候，舀出來點擱爐子上熱熱，一隻雞夠你吃些日子。」第二天老金就端著一只小鋁鍋來了，裡面是一隻剛剛燉好的雞。

　　從此，王營長兩口子是「兩天不來，三天早早的」，奶粉、鷄蛋、白糖、燉小鷄，一直到老金腌的朝鮮鹹菜，張劍的床頭都堆滿了。過年了，張劍的病情也穩定了，王營長對醫生説：我把張劍接回去過年。營部來了個「東方紅」，把他拉走了，拖拉機一直開到王營長家門口，王營長跳下車説：「到家了，下車吧！」張劍説：「營長，我這病傳染，我回宿舍住去。」「啥傳染不傳染的，我們家人抵抗力都好，不怕那個，快下車！」老金也聞聲跑出來了：「你們宿舍裡探家的探家，返城的返城，人都快走光了，可冷了，就住這吧，小屋我都給你收拾好了！」

　　張劍在王營長家過了他兵團生涯中最溫馨的一個春節，也是他兵團生涯中最後的一個春節。過完春節，他就回北京去治療，先住了半年醫院，由於肺部有個空洞不能癒合，最後做了肺葉切除手術。他怕王營長家裡為他擔心，手術前後有將近半年時間沒給他們通信。而在這半年時間裡，王營長一家也有了很大的變化，他先是調到另一個團去當副團長，不久，湖南老家七十多歲的老父親給他辦好了返鄉的一切手續——他只有這一個兒子，固執的老人又説什麼也不肯來北大荒。自古忠孝不能兩全，王營長只得遵從父命，揮淚告別了他灑下過 18 年汗水的黑土地。從此，張劍和王營長音信阻斷，失去了聯繫。

　　他們有 16 年不曾見面了，16 年裡他們一直彼此思念著。王營長對張劍的病一直懷有內疚：「要不是我粗心大意，張劍得不了那麼重的病！」張劍對王營長一家則一直懷著深深的感激之情：「要不是王營長一家人照顧，我這病好不了！」

兵團的結局

　　許多人至今回憶兵團，懷念兵團，但兵團的輝煌只是曇花一現，很快就衰落下去。兵團畢竟不是軍隊，兵團的本質仍然是國營農場，兵團

的任務是生產經營種地打糧，而不是什麼四好運動政治建軍。把握兵團領導權的現役軍人們不懂得這一點，也不懂生產經營和種地打糧，這就決定了兵團的必然衰落。林甸說，他們把指揮部隊大兵團作戰的那一套辦法搬過來，用於指揮農業生產，做了一些違背客觀規律的事情，比如，不顧各團地理位置和氣候的差異，統一規定在某月某日之前播種、某月某日之前開鐮，還要進行檢查，有的連隊為了應付檢查，一個晚上就把還沒熟透的玉米全部放倒，結果影響了產量。

當時兵團的一個普遍問題是生產下降，經營虧損。全國的生產建設兵團和農建師，1971 年糧豆總產量是 50 億斤，1972 年下降到 46 億斤，1973 年又下降到 41 億斤；糧豆的畝產量 1971 年是 194 斤，1972 年是 175 斤，1973 年是 167 斤。1973 年 5 月，周總理在中央工作會議上批評了兵團機構龐大、非生產人員過多等問題，指出兵團要逐步把工資制改為工分制。1973 年 10 月，李先念副總理在一份《關於黑龍江生產建設兵團的糧食生產和預計交售情況》的調查報告上批示到：「這個兵團的生產情況，真有些像王小二過年，一年不如一年了，再不過問，恐怕明年要吃國家的糧食呢。」語氣嚴厲，語言尖刻。

1972 年的五六月間，解放軍總參謀部和國務院農林部聯合派出三個小組，對黑龍江、新疆、內蒙古、浙江和安徽等五個兵團進行了調查研究，他們在打給國務院和中央軍委的《關於生產建設兵團領導管理體制問題的調查報告》中寫到：「生產建設兵團的問題是多方面的，但是，其中一個重要問題是兵團建設方向和領導管理體制問題。……1969 年以來，新疆生產建設兵團以及其他新組建的兵團，突出了軍隊性質，過多地採取軍隊組織形式和領導方法，這樣，便和人員組成的社會性（隨著兵團職工家屬的不斷增加，這種社會性將越來越大）、生產經營的企業性不相適應。」

此後不久，就是一個一個兵團的相繼撤銷。《當代中國的農墾事

業》一書中寫到：「1972 年，經國務院、中央軍委批准，首先撤銷了武
漢軍區湖北生產建設兵團。這個兵團只存在一年時間，是組建最晚、撤
銷最早的一個兵團。1974 年經國務院、中央軍委批准，又撤銷了雲南、
福建、廣東生產建設兵團和廣西、寧夏農建師。1975 年鄧小平副總理主
持中央日常工作時，提出進行全面整頓的方針，加快了改變生產建設兵
團管理體制的步伐。這一年中，相繼撤銷了內蒙古、江蘇、安徽、浙
江、山東生產建設兵團和江西、西藏、甘肅、青海、陝西的農建師。
1976 年春季，撤銷了黑龍江生產建設兵團。各地生產建設兵團撤銷後，
省、自治區成立農墾局，各團改稱農牧場，農場集中的地區成立了地區
農墾局。黑龍江生產建設兵團撤銷後，成立黑龍江省國營農場總局，統
一領導全省國營農場，按農場地區分布成立了 11 個國營農場管理局。」

第十章
綠草原：蒙古包內外

走進錫林郭勒

坐火車走京包線，從西北方向出北京城。火車過南口過居庸關，過青龍橋過八達嶺，這些地名聽著都那麼熟悉，小學六年級語文書裡，講詹天佑的那篇課文裡都講過，有的學校組織春遊也來過，可是此刻，整個一列火車的中學生們，沒有幾個對車窗外的景色發生興趣，他們都在想自己的心事：離別的悲痛，對未來的憧憬，第一次出遠門的興奮……各自沉浸在不同的情緒裡。

延慶、懷來、宣化，一路上盡是山。到了張家口，火車停下了，一列火車的知青全部在這裡下車。站臺上已經有許多解放軍在列隊歡迎，敲著鑼鼓，喊著口號。他們是 4618 部隊的，蕭萌心裡感覺很親近，因為他們學校的軍宣隊就是這個部隊的，據說整個東城區的軍訓團都是這個部隊的。

解放軍的大汽車把他們拉進解放軍的營房，熱水預備好了，飯菜預備好了，夜晚就睡在戰士們的床鋪上。第二天早上換乘汽車繼續趕路。這一批北京知青的目的地，是內蒙古的錫林郭勒盟。錫林郭勒和呼倫貝爾，是整個內蒙古水草最豐美、畜牧業最發達的地區，自從 1967 年曲折那一批知青去

了錫林郭勒之後，人煙稀少的錫林郭勒就成了北京知青蜂擁而往的地方。

汽車開始爬坡，開始進山，沿著公路盤旋而上，繞來繞去繞上一座山，前面又矗立著一片山，連綿不斷的山，望不盡的山，長長的汽車隊就在這群山之間盤旋繞騰，越走越遠，越繞越高，繞出了華北平原，向著內蒙古高原攀援。

遠遠的，群山之間出現了一片斷壁殘垣，車上的小戰士是個四川兵，很愛說話，他指著那片破敗的殘牆高喊著：「快看，長城！」車上的知青們都呼啦一下站起來，大睜著眼睛朝遠處看。汽車越駛越近，長城也看得越來越清楚。「嗨，這也叫長城啊？」「這跟八達嶺根本沒法比！」大夥正這麼議論著，忽有一陣勁風從兩山之間的豁口迎面吹來，蕭萌不禁打了個寒噤：好清涼的風，好乾爽的風，把北京帶來的一身暑氣，把一路上顛簸的汗水，頓時吹得乾乾淨淨。「狼窩溝，這裡是狼窩溝！」四川籍的小戰士大聲報著地名。這地方蕭萌聽說過，再往前不遠，就是張北縣了。張北，顧名思義就是張家口以北，多通俗的名字，張北高原俗稱「壩上」，海拔已經比北京高出了 1000 多米！張北是一個重要的地理分界點，從華北平原上內蒙古高原，這裡是一個高臺階。

出了長城，就是塞北，到了壩上，就進了草原。塞北的風是涼的，塞北的天又藍又高遠，塞北的景色跟北京大不一樣：北京此時還是一片濃綠，樹冠上繁茂的枝葉遮擋著火辣辣的太陽，而塞北已是一片枯黃，黃葉開始衰敗萎縮，就要走完它們的「一歲一枯榮」；北京的風還是熱的，吹得你心煩意躁，而塞北涼涼的風吹得你清醒而冷靜；北京還是酷熱的夏，壩上已是清涼的秋。造成這種種差異的，就是那個 1000 多米的海拔差。

雖然還沒進入內蒙古，但草原已經過早地把它的真面目展現在知青們的面前。從小在城裡長大的孩子們，看慣了樓房、樹木和汽車的孩子

們，視野在這裡一下子打開了，真正是一無遮攔，一馬平川。什麼叫「遼闊」，什麼叫「廣大」，這些早就念濫了寫濫了的詞兒，今天才真正明白了它們的含義。從一輛輛汽車上發出了一陣陣驚訝、讚美、感嘆、歡呼的聲音，但在蕭萌的心裡，卻一下子浮現出兩句古詩文：「涼秋九月，塞外草衰」。這是哪篇文章裡的？他努力在腦子裡搜尋。啊，對了，是《李陵答蘇武書》，接下來的幾句是：「夜不能寐，側耳遠聽，胡笳互動，牧馬悲鳴，吟嘯成群，邊聲四起，晨坐聽之，不覺淚下……」不知是被眼前的景色所感，還是被李陵的詩文所感，蕭萌的心裡罩滿了一種悲涼，他就懷著這種悲涼告別了生養他的華北平原，進入了陌生的、在他心中充滿了浪漫情調的內蒙古高原。

來內蒙古牧區插隊，是蕭萌自己的選擇，他之所以作出這種選擇，完全是由於讀了一本著名的蘇聯小說，蕭洛霍夫的《靜靜的頓河》。1967 年的秋冬和 1968 年的春天，在那些百無聊賴的日子裡，蕭萌讀了好多書，他的父母都在出版社工作，他有很好的讀書條件，自己家裡的書，鄰居家裡的書，同學家裡的書，凡是能找得到的中外名著，他幾乎都找來讀了。他每天沉浸在一個個故事裡，故事的主人公不同，發生的國家和地區不同，情節和格調也各不相同，有美麗的，雄壯的，崇高的，傷感的，浪漫的，詼諧幽默的。那些書裡面，最使他著迷的，是發生在頓河流域的那些故事：遼闊的大草原，靜靜的頓河水，河邊上那個 300 來戶人家的韃靼村，村裡那些生性彪悍的哥薩克，哥薩克人那種豪爽奔放的性格、無拘無束的生活，厚厚四大本書裡的故事，充滿了異族風情，充滿了濃艷厚重而又斑斕紛呈的色彩，引得蕭萌心馳神蕩，心嚮往之。故事裡那種豐富的生活與現實中單調乏味的生活形成巨大的反差。恰在此時，去內蒙古插隊的消息傳來了，蕭萌怦然心動：內蒙古不也是大草原嗎？不是也有豪爽的牧民和高大的駿馬嗎？他懷著急於擺脫乏味和平庸的急迫，懷著對草原生活的憧憬，興沖沖地報了名。

汽車駛過了張北，就開始折向東北，折向錫林郭勒，1967 年底和 1968 年初、中期到內蒙古插隊的北京知青，幾乎全都安排在那裡，到蕭萌他們去的 1968 年秋天，錫林郭勒的北京知青人數已有 4000 之多。

在蒙古語裡，「郭勒」是「河」的意思，錫林郭勒，意為「丘陵之河」。《地名志》裡說：「清順治、康熙年間，在錫林河一帶的 10 旗均設札薩克，會盟於河北岸的楚古拉干敖包崗上，故命名為錫林郭勒盟，沿用至今。」全盟的總面積有 20 萬平方公里，而人口只有 80 萬，平均每平方公里只有 4 個人。難怪蕭萌說，不少大隊，地界比內地一個縣還大，人口卻比內地一個生產隊還少。

錫盟當時有九縣一旗，北京知青主要安排在北部靠近中蒙邊界的東烏珠穆沁（簡稱東烏）、西烏珠穆沁（簡稱西烏）和阿巴嘎等幾個旗。盟相當於地區，旗相當於縣。這幾個旗都是牧區，都有良好的草原，而烏珠穆沁草原尤為著名，它有豐足的水源，有肥厚的土壤沉積層，以「烏珠穆沁」命名的馬、牛、羊，都是著名的優良品種。「烏珠穆沁馬體態勻稱，線條舒展，耐粗放，耐勞苦，並以獨特的『快走』見長，騎起來極為平穩舒服。在東烏珠穆沁，這種馬的毛色多為青色，在西烏珠穆沁，則多見雪白的『走馬』。」而烏珠穆沁羊則以肉鮮味美而聞名，大量出口國外，是餐桌和宴會上的佳品。

藍天之下，大地之上，惟有望不見邊的草原，惟有健壯肥美的牛羊，惟有蒙古包和騎在駿馬上的牧人，草原像綠色的潮水，隨風湧動，綠潮之上蕩漾著放牧者的歌聲，歌聲隨風飄蕩，嘹亮而悠長。這就是錫林郭勒，這就是烏珠穆沁，這就是北京知青所融入的新家園。

虱子的故事

蕭萌和他的五個同伴住進了一座蒙古包，這裡是他們新的「家」。他們平生頭一次走進了蒙古包，雖然一路上已經看到過不少蒙古包。包

裡很寬敞，很高大，不像蕭萌原來想的那麼擁狹。地上鋪好了羊毛氈，厚厚的，足有兩三寸，散發著一股膻味，地中間有一個小爐子，爐子上坐著鍋。他們急不可待地把行李扔在羊毛氈上，解開、鋪好，然後重重地把身體拋在上面，啊，好舒服，好解乏！一路上，光是汽車就坐了三天，路不好，七高八低的，骨頭架子都快顛散了，再加上坐火車、牛車，足足折騰了近一個星期。一顆顛簸不定的心這時才算有了著落，才踏踏實實地安頓下來。

蕭萌開始打量起他們這個新家：白白的羊毛氈是新鋪的，爐灶是新砌的，鐵鍋是新買的，就連整座蒙古包都是新的，新的東西看著就是舒服，給人一種整潔的感覺。這裡就是新家了，他們就要在這裡長久地住下來了，跟牧民一樣，騎馬、放牧、喝奶茶，整天在一種濃重的膻味裡，日出而作，日暮而歸。這種日子要過多久呢？一年兩年？三年五年？蕭萌忽然有些害怕，他不敢再想下去。門敞開著，茫茫的暮色和草原的氣味從那裡悄悄地漫進來，老額吉的咳嗽聲和器皿碰撞的聲響也從那裡傳進來。還有一股燃燒的煙味，這種煙味很特別，不是燒煤，不是燒草，也不是燒木柴的味道，他們燒什麼呢？景色是新奇的，聲響是新奇的，氣味也是新奇的。

蕭萌揚起手臂，看了一下手錶——那是離京之前爸爸送給他的——五點三十五分，這個時候，爸爸媽媽已經下班了，他們是已經到家了，還是正在蹬車回家的途中？奶奶這會兒都把晚飯做好了，如果天氣好，她會搬個小板凳，坐在院子門口，手上總是有幹不完的零碎活，嘴裡跟鄰居們聊著天，可心思卻在胡同口上。那是蕭萌最熟悉的一個場景了，每天放了學，他一走進那條胡同，看見的就是那個場景，從小學到中學，只要天氣好，一年四季奶奶都會坐在那裡等他。現在奶奶再也等不到自己的孫子了，她還會每天坐在院子門口，沖著胡同口張望嗎？思緒一轉到奶奶身上，蕭萌的心裡一下子什麼也沒有了，只剩下一個奶奶，

一切的情緒，一切的回憶，全讓奶奶一個人給壓下去了，緊接著，有一種酸酸的味道猛烈地從心底裡翻湧上來，湧到嗓子眼兒，湧進眼眶裡……

有個身影走進蒙古包來了，蕭萌從那瘦小的輪廓認出來，是大娘，不，應該叫額吉。額吉的臉是黑紅色的，草原上的風在她臉上刻滿了長短深淺不一的皺紋，黑白相雜的頭髮，編成兩條細細的辮子，那辮子一定有好長時間沒有梳理和清洗過，亂蓬蓬的，上面沾著些乾草棍兒。

幾個小伙子一下都坐了起來，他們不知道應該怎樣打招呼，應該說些什麼。他們聽大隊書記介紹過，因為知青的安置費還沒撥下來，這蒙古包是額吉家裡給買的，那麼這包裡嶄新的羊毛氈和鐵鍋，一定也是額吉家裡給買的了，爐灶一定也是他們砌的了，這麼大的蒙古包，得好幾百塊錢吧！幾個北京學生懷著感激的心情，友好地注視著走進來的老額吉。

額吉的嘴裡嘮嘮叨叨地說著什麼，手裡還拿著東西，她說的是一種蒙漢間雜的語言，蒙古語詞彙和漢語詞彙交替著從她嘴裡蹦出來。蕭萌認真聽著，努力理解著，那意思大概是說，走了這麼遠的路，一定走累了，一定餓了，好好歇一歇，該吃一頓飯了，這麼小的年紀，就離開了家，跑到草原上來，可憐見的，可憐見的，額吉家裡就是你們的家，有什麼難處只管對額吉講好了，額吉會關心你們、照顧你們的……

老額吉嘴裡絮絮叨叨地說著，手上不停地幹著，她用帶來的乾牛糞點著了爐火，蒙古包裡立刻瀰漫起一股蕭萌剛剛聞過的那種怪味。額吉又用鍋燒上水，放進一些切好的羊肉乾，開始燒羊肉湯。她那雙抓過了牛糞和羊肉乾的老手，現在開始和麵、揉麵，把麵糰擀成麵片，再切成麵條。她幹得不快，但是很熟練，嘴裡的話始終沒停過。她誰也不看，眼睛只盯著羊肉乾、白麵糰和手裡的刀，仿佛這些話不是講給六個小伙子，只是自言自語講給自己聽的。她不說一句客氣話，也沒有一點過分

親熱的表示，就跟每天在她自己的蒙古包裡、在她自己的兒女中間一樣。

一陣忙活之後，蒙古包裡溢滿了一股誘人的香氣，羊肉麵條做好了。老人又從自己的蒙古包裡拿來一摞碗，滿滿地盛了六大碗。「吃吧，吃吧！」然後，她坐在羊毛氈上，瞇起眼睛，心滿意足地看著孩子們那副狼吞虎嚥的吃相，眨眼的工夫，一鍋麵條就吃得乾乾淨淨。老人轉身出去，又給他們端來了奶茶。

額吉把香噴噴的羊肉麵條和真摯的親情帶進了知青的蒙古包，此外她還給知青的蒙古包裡帶來了別的東西。

小伙子們吃飽喝足，再也懶得動彈，倒頭便睡，甚至連衣服都不想脫，一路上他們太興奮太乏累了。宋明家忽然感到腿上一陣奇癢，他迷迷糊糊伸出手去撓，過了一會兒還是癢，挨著他睡的陳星也被一陣刺癢鬧醒了。兩個人氣急敗壞地坐起來。

「是受風了吧？」宋明家說。他以前得過風疹，那是一片紅色的小疹子，也是癢得厲害。找出手電筒來照，撓過的地方確是紅紅的，但是沒有疹子，紅的是一條一條的紅道子，剛剛被指甲撓出來的。

躺下再睡，還是癢。陳星的手忽然抓住一個小蟲子，他趕緊打開手電筒一照，白白的，中間黑乎乎的，肚子圓鼓鼓的，氣得他用手使勁一掐，肚子破了，裡面冒出紅色的血，沾了他一手。宋明家叫了起來：「虱子！」他哥哥去農村勞動，回來的時候衣服裡面就有虱子，所以他認得。

「怎麼會有虱子？誰身上的？」

「不會呀，咱們從北京來，哪兒會有虱子呢！」

「我知道了！」宋明家恍然大悟了：「額吉，準是額吉帶來的，剛才她正坐在咱們倆的鋪位上！」

他們倆這麼一鬧騰，蒙古包裡的幾個人都醒了，睡眼惺忪地起來看

虱子。陳星和宋明家火燒火燎一般，把衣服全都脫了下來，仔細翻找，連陳星捏死的那隻在內，一共是五隻。「我的天，額吉身上至少有一個連的兵力！」

「以後不讓她進咱們的蒙古包！」

「咱們的蒙古包？這是額吉家裡花錢買的，你不要搞錯了！」

「不讓她進來不可能，誰幫咱們做麵條、燒奶茶呀？」

「咱們自己學著幹，自力更生！」

「說得倒輕巧，明天就讓你幹，你幹得了嗎！你給做一頓麵條試試！」

「既然你這麼歡迎額吉，讓她來了坐你那兒，你願意嗎？」

「只要額吉願意，我沒意見。還說接受貧下中牧的再教育呢，見到幾個虱子就大驚小怪，嚇成這個樣子，要是連個虱子都怕，乾脆回北京算了，北京沒虱子！」張一軍不愧他的綽號「將一軍」，他這幾句話一說完，誰也不吭聲了。

蕭萌一直沒吭聲，儘管額吉身上有虱子，但他心裡就是喜歡額吉，看見了額吉，他就想起了奶奶。雖然額吉跟奶奶長得一點都不一樣，說話的聲音也不一樣，但是額吉臉上的神態和說話的語氣像奶奶，那股絮絮叨叨的勁兒也像奶奶，最重要的是她跟奶奶一樣，渾身上下散發出一種慈祥。慈祥這種東西是從內心裡自然流淌出來的，既裝不出來也做不出來。慈祥的額吉使蕭萌感受到一種信賴感和安全感，有額吉在，他那顆忐忑的心踏實多了。

這是他們到草原落戶的第一天，既感受到了蒙古族老額吉的慈愛，也嘗到了挨虱子咬的滋味。虱子是一種生活方式的產物，是蒙古民族逐水草而居的遊牧文明的產物。從這一天起，蕭萌他們就走進了這種生活方式與文明，很快，他們幾乎人人都長了虱子，不論男生還是女生。兩種文明、兩個民族之間的相互溝通與交融就從這時開始了，對於牧民來

説，他們只不過是沿襲著千百年來的傳統，而對於知青來説，他們卻要改變十幾年來的生活傳統，衣食住行全要改變。

最可信賴的朋友

雖然烏力吉一家對知青相當好，但董黎明卻感覺日子一天比一天難捱。嘴唇起泡了，喉嚨腫痛，臉上也起了小疙瘩——她上火了。她没法不上火，天天吃的是上火的伙食，天天是羊肉炒米奶皮奶豆腐，就連喝的茶也是奶茶，她家是浙江人，在家裡喝的是清淡爽口的綠茶，每頓飯桌上都少不了綠葉子的蔬菜，可是下鄉快四個月了，没吃過一根菜葉子。董黎明在家裡是最能吃菜的，媽媽叫她「菜扒子」，洗好的黄瓜西紅柿，她空嘴能吃滿滿一大盤子。現在倒好，不要説鮮靈靈的蔬菜根本見不到，就連點葱花也没有，她真納悶兒：草原上這麼多地，阿媽阿加他們為什麼不種些菜呢？一年到頭不吃菜怎麼能受得了呢？

菜吃不上，用水也難。董黎明他們剛來的時候，吃的用的都是泉水，離蒙古包不遠的地方有一個泉眼，水從那裡汨汨流出來，很涼，很清，還有一點甜，但水量很少。那裡原來是一個自然形成的凹坑，知青來了，把那個坑挖大，使它有更大的容量，能盛更多的水。可是，一畫夜滲出的水至多不過三四桶，阿媽一家要吃要喝要用，七八個知青要吃要喝要用，那一點水哪夠呀！女知青愛乾淨，剛來的時候還不時地洗呀涮呀，很快她們就發現這種生活方式在草原上根本行不通，有限的水資源不允許，畢竟吃喝是第一位的，保證做飯煮茶之後剩下的水，才能做洗涮之用，剩下多少，就只能用多少。

後來，天涼了，風緊了，草衰了，泉水也一天比一天少了，終於有一天早晨，整個草原都凍僵了。當董黎明和她的同伴穿著厚厚的蒙古袍，提著水桶來到泉邊時，看到泉窩窩裡空空的，土是僵硬的，泉眼乾涸了。董黎明感到一種恐懼：老天，没有水可怎麼活呀！她驚惶失措地

跑回去，把這個消息告訴了額吉，額吉正在點火，她頭都沒有抬一下，坦然地安慰董黎明：「別害怕，孩子，老天爺馬上就會給我們送水來，快下雪了，快了！」

就像老天爺聽見了額吉的祈禱一樣，天一下子就暗下來了，奶茶還沒燒好，細碎的雪花就飄落下來，紛紛揚揚的，像輕盈的白蝴蝶。這是草原上的頭一場大雪，從這天開始，雪水就替代了泉水，成為最主要的生活水源。每天早晨，董黎明用一把大飯勺子滿滿地裝上雪，就著爐子上的一點餘熱把雪融化了，化好的雪水只有半勺多一點，嘴大的人還不夠一口喝的。她用胳膊和身體挾著勺子，把那點可憐的雪水倒在手上，抹在臉上，再用手胡亂地擦兩下，算是象徵性地洗了把臉。男知青更乾脆，抓兩把雪，在臉上一抹，一擦，省事了。

來到草原快四個月了，四個月裡沒有洗過一次澡。可是牧民一年到頭都不洗澡，這事董黎明一想起來就覺得可怕。在家的時候，大院裡就有浴池，每個星期洗一次，夏天就要天天洗，當然大部分是在自己家裡洗。一想到洗澡這件事，董黎明就覺得全身有一種黏黏的感覺，甚至有一種小動物在皮膚上蠕動爬行的感覺：別是我也生虱子了吧！沒有水，洗不了澡，洗不了衣服，不生虱子才怪！董黎明想起烏力吉一家人天暖的時候坐在太陽下，夜晚擠在油燈下抓虱子的情景，簡直不寒而慄。一個吃菜，一個洗澡，要是熬上幾個月還行，如果一年到頭都是這個樣子，怎麼受得了哇！董黎明後悔了，後悔當初沒聽哥哥的話，跟他一塊上黑龍江兵團去。

同在東烏旗，分在額吉淖爾公社插隊的夏航同學則在她的日記中這樣寫到：「我已經學會了騎馬、放羊、趕牛車、用缸車拉水，還會用牛糞點火做飯。我們會像牧民一樣，祖祖輩輩地不吃菜不洗澡，學習貧下中牧的優秀品質，連這些也在內，才是徹底地學。」

雖然董黎明和夏航的態度不同，想法不同，但她們對環境的感受是

相同的，她們都感受到一種巨大的差異，這不僅是城市文明與農牧文明的差異，而且有漢族文化與蒙古族文化的差異、農區文化與牧區文化的差異——這是到牧區插隊與到農區插隊的一個重要區別。

牧區與農區的確有很大的不同。

牧區與農區的景色不同。草原上，見不到茅草屋泥巴牆，聽不見公雞打鳴鴨子嘎嘎叫，沒有豬圈、場院和糧食垛，沒有成群結隊出工的人群。這裡只有牧草、牧畜和蒙古包，牧畜的數量遠比人多。

牧區與農區的生產方式不同。牧民的主要勞動對象不是莊稼而是牲畜，主要的勞作不是種植而是牧養，收穫的不是植物而是動物，他們的生產季節不是依春播、夏鋤、秋收和冬藏來劃分，而是依接羔產仔、藥浴防疫、剪毛、配種、宰殺而劃分。牧區的生產周期不是莊稼的生產周期，而是馬牛羊的生產周期。

生產方式的不同決定了生活方式的不同。牧區不是定居，而是逐水草而居，牧民承襲著祖祖輩輩幾千年傳下來的游牧生活方式，一塊草地吃完了，再去尋找一塊新的草地，所以他們的生產資料和生活資料必須簡單而輕便，隨時能夠拆卸運走，包括他們最主要的財產馬牛羊，也包括他們棲身立命的蒙古包。

農區也養禽畜，養的是雞犬豬，農家的雞犬豬叫家禽，家畜是靠人餵養的；牧民的牲畜沒有那個「家」字，牧民的馬牛羊是驅趕到大草原上放養的。牧民不但自己是自由的，他們的牲畜也是自由的，在一望無邊的草原上，視野極其廣闊，活動天地極其廣闊，這種廣闊的生存空間和自由自在的生存方式，形成了蒙古民族開朗豪放剛健直爽的性格，也改變著知青們的性格。

在農區插隊的知青，一年四季永遠有幹不完的農活，各種各樣的農活，而牧區一年四季只有一項最主要的活計，就是放牧。牧區知青不必在夏天四五點鐘就被鐘聲或哨聲喊起來去鋤大田，或是在三四點鐘就迷

迷糊糊地下地去割小麥，他們沒嘗過那種苦滋味。就勞動強度而言，牧區大大低於農區，而就經濟收入來説，牧區知青又明顯高於農區知青。蕭萌在內蒙古呆了五年多，他説那五年裡從來沒有缺過錢。想想也是，一頭牛羊值多少錢，一斤小麥玉米又值多少錢？

　　如果説農區插隊知青感覺到的艱苦主要是勞動強度方面的，那麼牧區插隊知青感覺到的艱苦則主要是生活習慣方面的。城裡人的衣食起居與農村相近而與牧區迥異，因為中國是個農業大國而非畜牧業大國，城市與農村聯繫的緊密程度，遠甚於城市與牧區的聯繫程度。用一句不甚準確卻十分通俗的話説，農區的衣食住行是取之於土地上生長的莊稼，牧區的衣食住行則取之於草原上放養的牲畜。「讓我們最不習慣最難適應的就是這一點。」董黎明説。

　　知青在牧區插隊的組合形式，一般是一兩戶牧民，加上一兩個蒙古包的知青，成為一個生產集合體，放養幾十匹馬、幾百頭牛、一兩千隻羊。要是在夏季和秋季，放牧是一件讓人高興的，甚至帶有浪漫色彩的工作：藍藍的天上白雲飄，白雲下面是望不見盡頭的綠草地，悠閒的牛兒羊兒遍地散開，吞嚼著多汁的鮮草。陽光是明亮的，空氣是清新的，草原是寧靜的，氣氛是安詳的，除了單調乏味的風兒在輕聲哼唱，牛羊在咯吱咯吱地吃草，什麼聲音也沒有。在城市裡哪曾見過這樣的意境。城市是自然的人化，而草原卻是「人化」痕跡極少的自然。放牧的知青，可以放開喉嚨唱歌，可以躺在草地上遐想，只是沒有人可以説話，只是寂寞常常襲上心頭。在曠野之上，董黎明常常產生一種特別想説話的欲望，找不到人，她就跟牛説話，跟羊説話，其實她是在自己跟自己説話，傾吐內心的獨白。她有一肚子話要説，對父母的思念，對城市生活和中學時代的留戀，對未來的茫然，還有隱在內心最深處但時時發作的抱怨和後悔。不便對人講的話，找不到人可以講的話，她都可以放心大膽地向牛羊傾訴，儘管牠們對她的傾訴無動於衷，但牠們永遠不會出

賣她，牠們是最可信賴的朋友。可惜這些朋友只能單向傾訴，不能雙向交流。日子久了，董黎明對牛羊漸漸地生出一種親近感和依戀感，只要跟牠們在一起，她就不寂寞，不孤獨，連她自己都覺得奇怪。遼闊的草原上，太缺少人了，太缺少可以交流情感的朋友了。

　　牛羊的確是知青最可信賴的朋友，它們無私地把自己整個兒地奉獻給了知青。知青們每天吃的是牛羊肉，喝的是牛羊奶，穿的是皮袍皮褲，燒的是牛羊糞，住的是用羊毛氈搭成鋪就的蒙古包，運輸工具是老牛拉的勒勒車——衣食住行，哪一項離得了牛羊，哪一天離得了牛羊？青草本是不能燒的，但是青草在牛羊的肚子裡走了一遭再排泄出來，就變成了燃料，真是奇妙！在茫茫的草原上，牛羊真正是人類最忠實的朋友。但是董黎明和她的夥伴們是經過了多麼長的時間，才逐漸地適應了這種嶄新的生活方式。

奇特的解手方式

　　董黎明穿上那件足有 30 斤重的老羊皮得勒、那雙齊膝的氈疙瘩，幾乎邁不開步，走不了路。她惱了，一屁股坐在氈子上就要脫靴子。老阿媽一把抓住她：冬天冷哩，風雪大哩，不穿靴子要凍壞哩！董黎明還沒見過草原上的風雪，不知道草原上的風雪到底有多厲害，但阿媽的話總不會錯的。她試著走了幾步，走出了蒙古包。

　　夕陽的餘暉把草原染成了金子的顏色，在一片金子的背景之上，她看見幾個同伴都是這副打扮，都在跌跌撞撞地學走路，不禁覺得十分滑稽，噗哧一下笑出聲來。嚴靈瞥了她一眼說：「笑什麼，看看你自己，整個一個小狗熊！」一群女孩子哄然大笑。這時，從男生的蒙古包那邊又傳來了小提琴拉出的「梁祝」，幾乎每天在這個時候都能聽見這支曲子，那旋律十分的纏綿委婉，似有深深的思念和無盡的哀怨。嚴靈說：「這幾個多情的梁山伯，又在那兒想他的小九妹了。要是他們穿上羊皮

袍子和氈疙瘩拉梁祝，那才好看呢，非把祝英台嚇跑了不可！」

這邊幾個女孩子嘻嘻哈哈地笑著，那邊三位男子漢卻毫不理會，依舊聚精會神，旁若無人，在草原的夕陽下，在暮秋的涼風中揉弦、運弓，不知他們是沉浸在古代美麗的愛情故事裡，還是沉緬於思鄉的柔情中。董黎明什麼話也沒說，她喜歡這旋律，以前在家裡媽媽放這張唱片的時候她就喜歡，但此時的感受與那時的感受絕不一樣，她覺得只有在這遠離家鄉的地方，她才對這早就熟悉的旋律產生了深切的共鳴，才真正理解了這首著名的曲子。

蕭萌也喜歡這支曲子，雖然他不會拉小提琴。他總是雙手交叉抱臂，站在一旁，看他的夥伴們全身心投入地拉琴。這曲子讓他忽而悲涼憂傷，忽而欣喜激動，一顆心忽而提起忽而落下，忽而輕鬆忽而沉重，種種複雜奇妙的感覺從他後背上一陣陣湧過，他卻找不出一個詞兒來準確地說出這種感覺。每天，當他獨自一人面對著草原的時候，腦子裡總是浮現出一個詞：茫茫。他覺得，中國幾千年的文化雖然創造了那麼豐富的詞語，但此時此地，只有這個詞最準確最合適最恰如其分了，它不僅準確恰當地形容了草原，而且準確恰當地表達出人在面對草原時的內心感受。「茫茫」裡面，包容著無邊無際的「遼闊」和「廣大」，包容著未被開發的「原始」與「荒涼」，「茫茫」中還透散出一股「野」味。當蕭萌默念著「茫茫」這個詞的時候，內心裡就會升騰起一種豪放蒼涼的感覺，一種孤獨淒愴的感覺。面對草原，他常常會不由自主地想起這樣的詩句：「日月之行，若出其中，星漢燦爛，若出其裡……」那是曹操面對大海發出的慨嘆，眼前這隨風湧動的大草原，不就像那洶湧起伏的大海嗎，所不同的，只是顏色。

有吃喝就要拉撒，有攝入就要排泄。草原上沒有廁所，也沒有可以遮擋身體的樹木、房屋或是土牆，男生不在乎，隨便找個地方都能解手，女生就不同了，她們膽小，羞澀，總要找個隱蔽的地方才行，於是

就借蒙古包當掩護，躲在蒙古包的後面去解手。天氣熱了，日子長了，漸漸地從蒙古包的後面散發出一股不雅的味道來。一天，嚴靈和董黎明正在蒙古包後面「例行公事」，忽然阿媽大喊大叫著跑了過來，兩個驚慌失措的姑娘雖然聽不大懂阿媽的話語，但她們從阿媽憤怒的表情上已經明白：東窗事發，她們不該選擇這裡作為「排泄」的場所。她們不好意思地站了起來，臉上是一副愧疚的表情。

她們都見過蒙古族婦女的解手方式，蒙古族婦女都是走到草原上，走到離蒙古包遠遠的地方，她們不需要什麼「天然屏障」，蹲下來的時候，一襲長長的蒙古袍就是最好的遮擋，蒙古袍寬大的下擺，把她們身下的那塊土地遮擋得嚴嚴實實，這就足夠了，不管四周有沒有男人。這就是草原上的廁所，這就是草原文明。沒過多久，這些女知青們也都接受和學會了這種奇特的解手方式，而且運用得很熟練，她們都覺得這種方式很方便，這也是「入鄉隨俗」吧。

知青們在改變著自己原來的生活習慣，向牧民們學習著草原生活的新規矩，他們努力要讓自己靠近牧民，變為牧民，在衣食住行方面都像一個真正的牧民。

可愛的牛糞

天變得真快，國慶走進蒙古包裡吃飯的時候，還是一片湛藍湛藍的晴天，吃好飯出來，天空就被一片厚厚的鉛灰色的雲彩遮蓋得嚴嚴實實，一絲藍顏色也看不見了，好像是一個畫匠，拿著一支巨大如椽的畫筆，飽蘸著濃濃的色彩，飛快地把整個天空給塗抹了一遍。這個氣勢恢宏的畫匠就是風，一陣緊似一陣的風，在天地之間呼嘯作響的風。

10 個知青都來自呼和浩特，四個女生六個男生。場裡撥給他們一大一小兩個蒙古包，還有 47 頭牛，大都是些老弱病牛。一個老牧民領著他們和那群牛在白雪覆蓋的草原上走呀走，走了好久，最後指著一個地

方説，就把包紮在這兒吧。他又指著周圍的一片雪原説，就在這片牧場
上放牛吧。他幫著知青們鏟去厚厚的積雪，在凍土地上把兩個蒙古包紮
起來，就掉頭走了，雪原上撒下了 10 個知青。從那天開始，男生住大
包，女生住小包，10 個人開始了自食其力自力更生的放牧生活。沒有人
管他們，也沒有人幫他們。少年不知愁滋味，10 個人白天放牛，晚上吃
過飯就聚在一起唱歌講故事，自由自在的日子，好開心的日子，那群衰
弱的病牛整天聽見歌聲不斷笑聲不斷，也受到了鼓舞和感染，眼睛裡有
了光彩，增強了求生的欲望。

　　可是眼下畢竟是嚴寒的冬季，是草原上最冷的季節，是草原上最可
怕的季節。果然，從西伯利亞刮來的風要給他們點顏色看看了。

　　天變得很快，風來得很猛烈，國慶自從來到草原，還從來沒有看見
過這麼大的風，如果光是颳風倒還罷了，風中又挾裹著雪花，雪花一會
兒密密地落下來，一會兒又被風夾帶而起，在狂風中飛舞，在雪原上旋
轉，像一片白色的蛾子，越聚越多，越來越密，遮蓋了天空遮蓋了雪
原，天地之間只剩下這片狂飛亂舞的白蛾子，別的什麼也沒有，什麼也
看不見。

　　10 個城裡長大的孩子，被這場巨大的暴風雪駭呆了，他們躲進了蒙
古包，把門關緊，把每一個漏風的縫隙堵嚴實。他們驚魂未定地坐著，
聽著包外呼號的風聲，聽著夾在風裡面的「哞哞」牛叫聲。那些可憐的
弱牛，那些本來就弱不禁風的瘦牛，它們已經被暴風雪打倒在地，趴臥
在牛欄裡，只有淒涼的哀鳴，沒有反抗的力氣。知青們想起了那兩頭頑
皮的小牛犢，他們勇敢地衝進白毛風，衝進牛欄，把兩頭小牛犢拉進了
女生住的那座蒙古包，至於別的牛，他們實在無能為力管牠們了。

　　「雖然孤零零地被暴風雪圍困著，但我們正值不知愁的年齡。」20
年後國慶回憶説。

　　暴風雪在蒙古包外肆虐地狂叫，蒙古包裡的故事會和歌詠比賽卻漸

漸進入高潮，10個不知愁的孩子聚在羊油燈那搖曳的光亮之中，懷著又興奮又害怕的心情，聽「故事簍子」鴻革講鬼怪的故事，講福爾摩斯的故事，「綠色屍體」、「一隻繡花鞋」、「四簽名」……聽完了，女知青嚇得不敢回自己的蒙古包去，可是聽完了還想聽，越害怕越刺激越想聽。

　　有一天下午，故事會開得正熱鬧。寶來出去解手，好半天也沒回來。寶來本來就是個不大愛說話的小伙子，他在不在場都引不起人們的注意，加上大夥又都聽在興頭上，所以誰也沒察覺。後來，有人說：「外面好像有人叫喚。」他這一說，大家都豎起耳朵來聽，果然，在狂風的呼嘯聲中確實有人在喊，聲音很淒厲，像是遇到了危險時的呼救。「寶來不在了！」有人驚叫了一聲。每個人都飛快地掃視了一下包裡的人頭，「一定是寶來！」這一說，大家才如夢初醒，腦子裡都不約而同地飛快閃過一個字：「狼！」九個人迅速穿戴好，掀開包門衝了出去，有人還順手拿了打狼的傢伙。「寶來──寶來──」九條嗓子一起扯開了喊，那聲音剛出口，就被風吹得無影無踪，他們使足了力氣放聲再喊：「寶來──寶來」喊完了，用手攏著耳朵細聽，終於聽見了微弱的回聲：「哎──」大家高興壞了：還好，人還在。他們喊喊走走，走走再喊，終於見著了人影，一夥人驚喜萬分地沖那人影撲過去。寶來什麼事情也沒有，沒有狼，在這種天氣裡狼也躲在自己的窩裡不敢出來了。寶來只是迷失了方向，找不到蒙古包了。其實他離蒙古包只有十幾步遠，但暴風雪把蒙古包整個地遮蓋了。有了寶來的教訓，再出去解手，都是幾個人搭伴兒去，誰也不敢一個人出去，既怕迷路，也怕故事裡的那些鬼，男生女生都怕，連講故事的鴻革也怕。

　　三天過去了，暴風雪一點停的意思也沒有，四天過去了，暴風雪更加凶狂了。知青們倒不在乎，他們有吃有喝有說有笑，物質生活和文化生活都安排得既充實又多彩，他們甚至有點喜歡這種天氣，正是這種惡

劣的天氣給他們創造了這種熱鬧歡樂的氣氛和生活，不用放牧，不用幹活，蒙古包裡整天笑聲不斷。

他們也常常想起那些弱牛，有時也去看一眼那些弱牛。「牛真可憐，牛欄裡的雪都這麼深了！」國慶回到蒙古包裡，用手在膝蓋處比畫了一下。

「我們也沒有辦法，救不了牠們。」

「咱們是無能為力愛莫能助呀！」

是呀，這種鬼天氣，到哪裡去找草料，到哪裡去找個背風暖和的地方？只能聽天由命了！

其實，牛如此，知青也如此，只不過開始他們還沒有意識到這一點。

「人在自然面前，永遠是渺小的。」能言善辯的鴻革把他的故事擱在一邊，忽然發出一陣感嘆。

「不對，毛主席講過，人定勝天，人的因素第一！」立刻有好幾個聲音反駁他。

「這種天氣，你能戰勝得了嗎？你怎麼戰勝？你不是只能老老實實地呆在蒙古包裡頭，連那幾頭老牛也救不了嗎！」

剛才那幾個拉出一副雄辯的架式，準備用「最高指示」進行「大批判」的人不做聲了。任何大道理在這場暴風雪面前都沒有用，都顯得那麼軟弱。還是馬克思說得對：批判的武器代替不了武器的批判。

晚上，吃完了世奎做的熱乎乎的羊肉麵條，大夥的精神頭又上來了，正議論著今晚的「文娛活動」怎麼安排，世奎忽然冒了一句：「牛糞快沒了。」這句平平常常的話嚇了大夥一跳，濃濃的興致一下子全沒了。他們忽然從多日的浪漫情調中回過味來：生活可不光是整天唱歌講故事，還要吃飯，還要取暖，第一位的是生存哪！在這暴風雪的天氣裡，黑乎乎的牛糞比什麼都寶貴比什麼都重要，沒有牛糞，吃什麼？燒

什麼？

「哎呀媽呀」有人叫了起來：「這白毛風不知得刮到哪天才能停，這冰天雪地的，没牛糞不要了命了！」

歌也甭唱了，故事也甭講了，趕緊先研究牛糞問題吧。幾個女生勇敢地提出：「我們那個小蒙古包白天也没人，就晚上回去睡覺，乾脆別點火了，停一個爐子，能省出不少牛糞呢。」

「那你們夜裡多冷啊！」

「我們多蓋點唄！」

「把我們男生的皮袍子也拿去！」

蒙古包外的溫度有零下 40 度，不生火的蒙古包裡，溫度比包外高不了多少，簡直就是個冰窖。國慶她們四個女生，把被窩鋪好，把能壓能蓋的衣服物品全都壓上蓋上，然後穿著衣服鑽進去，再把頭嚴嚴實實地蒙住，要不然臉就凍壞了。第二天早上起來，頭髮上掛著一串一串的小冰溜子。要刷牙，轉身去找牙膏的時候，牙缸裡的水就凍上了，連牙刷都凍住了。

女生的蒙古包裡還有兩個「小客人」，那兩頭可憐的小牛犢。牠們除了冷，還有餓，它們已經好幾天没吃草，一點玉米料也早吃光了。餓極了，它們什麼都吃，什麼都咬，咬襯衣，咬被子，吃女生的腰帶，搆著什麼吃什麼。

看到女孩凍得那副淒慘可憐的樣子，男生大動惻隱之心：「乾脆，搬到我們蒙古包裡來住吧，人多了還暖和。」幾位女生先是面有難色，扭捏了一會兒，就答應了。在這種生死存亡的時候，還顧及什麼呀，反正都是穿著衣服睡覺，白天大傢伙不是都嘻嘻哈哈隨隨便便地呆在一起嗎？誰的心裡都很純淨，誰的心裡也没有那些個骯髒的東西。男同胞十分熱情地歡迎，他們讓出蒙古包裡最好最暖和的地方，又全體出動，幫著女生搬行李，搬羊毛氈。小蒙古包裡更加冷清了。兩隻小牛犢用可憐

巴巴的眼睛看著知青們有説有笑地走了，厄運卻一步一步地離牠們近了。

聲嘶力竭的老天爺終於感到乏累了。當日夜不停的暴風雪呼喊到第六天的時候，它的底氣不足了，它的勢頭減弱了。10個青年人一起走出了蒙古包。

展現在他們面前的是怎樣一副景象啊！暴風雪在五天裡把一切都改變了：草地没有了，營盤没有了，牛欄没有了，沙丘没有了，只有一種東西，就是覆蓋了一切的雪，只有一種顏色，就是銀子一樣的潔白。草原是白的，營盤是白的，牛欄是白的，隨便你往哪裡看，全都是白色的。那一群牛已經蕩然無存，甚至看不出它們身體的輪廓，大雪先是覆蓋了牠們，然後狂風又把覆蓋它們身體的積雪抹平，一米高的牛欄整個地被大雪填平了，已經與茫茫的雪原連成了一片。暴風雪這個殘害生靈的屠夫，把屠殺的現場完全掩蓋起來了，不露一點屠殺的痕跡。那些可憐的牛！

對知青來説，最可怕的是最後一點牛糞也已燒光，最值得慶幸的是恰在此時雪住風停。10個人全體出動，尋找可以燒火的東西。在雪原之上，露出一些乾枯的野草，稀稀落落，孤孤零零，衰弱地在寒風中搖晃。草棍很細，只有毛衣針般粗細，但它畢竟是可以燃燒的，大家就分散在雪原上，去折那些乾草棍，一根一根地折，湊夠了一把，就放到麻袋裡。風依然很硬，天依然很冷，肚子裡饑腸轆轆，手凍得不好使喚，可是為了吃飯，為了取暖，為了生存，他們不能不幹，不得不幹。天黑了，打著手電筒繼續幹，一直到11點多，他們才精疲力竭地拖著三麻袋草棍走回蒙古包。誰也没有心思説笑話了，誰也没有力氣講故事了，10雙餓瘋了的眼睛緊盯著地中央的那口鍋，恨不能就把那口鍋吃下去。

草棍不禁燒，所以只能做一頓最經濟最簡單的飯。世奎先在大黑鍋裡放了一塊羊油，白色的羊油塊慢慢融化為清亮的液體，當受了熱的液

體開始冒煙時，世奎又放進幾碗小米翻炒起來。蒙古包裡漸漸有了一股炒米的香味。唾液在青年人的嘴裡泛出來了，他們都使勁忍著，急不可耐地等著。

「午夜 12 點，我們一人分到一小碗炒米吃起來，乾硬的小米味雖香但難以下嚥。剩下的草棍化了一點雪水，我們就用溫吞水把黏在喉嚨裡的小米送下去。」國慶回憶說。

那是他們 10 個人插隊生涯中最難忘的一頓飯，恐怕也是他們一生中最難忘的一頓飯。

風雪的餘威又持續了兩天，一直到第八天夜裡才完全停息。這八天裡，10 個知青體驗了許多，領悟了許多：無憂無慮的歡樂，生死相依的友誼，斷炊斷火的恐懼，對牛群愛憐而又無力救助的愧疚與自責……他們看到了大自然的威風、神奇和凶殘，感覺到自身力量的微弱與渺小，他們一下子成熟了，長大了。

「如果暴風雪繼續刮上幾天幾夜，我們會不會像那群牛一樣呢？」事過之後，他們心有餘悸，不只一次地這樣想過。

在暴風雪中

草原上最可怕的敵人是狼，最可怕的天氣是暴風雪——對牛羊如此，對知青也是如此，如果單憑自己的力量，他們很難戰勝凶殘無比的天敵，草原上的知青絕對離不了牧民的幫助。

草原的春天來得晚，已經是五月了，嫩綠的小草才出土冒尖，高的也不過兩三寸長，剛剛沒過腳脖子。新出土的小草嫩嫩的，茸茸的，水分足足的，味道美美的，嚼了一冬天乾草的羊兒，頭一埋下去就再不抬起來，只顧香甜地吞食嚼咽。但是草太小了，羊吃得太快了，所以春天放牧常常要跑很遠的路。

鳳鵑和珊珊看護著羊群，一個在左一個在右，防止那些貪吃而又不

守紀律的傢伙走散了。她們要不停地轟趕不停地吆喝。要是在夏天就好了，草長高了長密了，找一塊草地，讓它們可勁兒吃去吧，吃上一天也吃不完，放牧的知青往草地上一倒，聊天也行，看書也行，哪用得著這麼費心費力氣！

中午的時候，她們看見了兩座蒙古包，一座是烏力吉家的，一座是知青的，那裡住著五個男生。鳳鵑和珊珊跟烏力吉一家和那幾個男生都很熟，常來常往——到蒙古包裡去喝碗熱乎乎的奶茶吧！

知青的那座包裡是空的，烏力吉家那座包裡有阿媽在，她熱情地歡迎兩個姑娘，忙著在鍋裡添上水，開始燒茶。草原上的牧民向來好客，而阿媽又格外喜歡這兩個姑娘，她問她們餓不餓，要和麵給她們做羊肉麵條吃。真想吃一碗熱乎乎香噴噴的羊肉麵條，真想在阿媽的蒙古包裡多待上一會兒，到了阿媽的蒙古包裡，總會有一種「家」的感覺、「家」的親情，阿媽那慈善可親的話語和面容，常常讓她們不由自主地想起自己的媽媽。

蒙古包外的風聲更響了，雪花從包頂飄進來了，落在鐵鍋裡，落在地氈上。「都五月了，還下雪？」珊珊不經意地問了一句。

「可別小看這五月的雪，一邊下一邊化，化完了再凍冰，比冬天的雪還厲害，能把人和牲畜都凍死！」

聽了阿媽這幾句話，鳳鵑一下慌了，趕緊跑出去看羊，可是哪裡還有羊的影子，曠野上，除了白茫茫的大雪，什麼也看不到了。

「珊珊，快走，羊不見了，得趕緊找羊去！」

珊珊一聽也急了：「咱們往哪個方向去追呀？」

阿媽這時也趕了出來：「羊群準是順風跑，順著風追！」她返身又從蒙古包裡找出兩件舊皮袍子，大聲命令著：「穿上，趕緊穿上，要不你們會凍壞的！哎，這天氣，連碗奶茶也沒喝上。」阿媽嘮嘮叨叨地嘆息著，看著兩個姑娘跑遠了。

　　珊珊和鳳鵑在蒙古包裡坐了不過幾分鐘，連鍋裡的水還沒燒開。
「羊群不會跑得太遠。」珊珊在心裡祈盼著，可是兩人追了半個多小
時，依然見不到羊群的影子，真是急死人！茫茫曠野之上，濛濛風雪之
中，只有兩個姑娘在奔跑，她們不辨東西南北，不知羊在何方家在何
方。退，退不得；追，追不上。「我們會不會迷路，我們會不會凍
死？」鳳鵑和珊珊兩個人的腦子裡都閃過相同的念頭，但是她們誰也沒
有說出來，誰也沒敢說出來，她們害怕說出來會嚇著對方也嚇著自己，
其實她們自己已經很害怕了，一隻恐怖的大手緊緊攫住了她們的心。可
是她們還是在跑，她們不能不跑，她們必須要把羊群找回來！

　　「看，羊蹄印！」珊珊驚喜地叫起來。的確是羊蹄印，還沒被風雪
蓋住。「一定就在前邊，不遠了，咱們快追！」兩個跑得精疲力竭的姑
娘這下又來了精神，她們看到希望的火光在前面跳閃。

　　終於聽到「咩咩」的羊叫聲了，看到順風傻跑的羊群了，兩個姑娘
一陣狂喜，拚命追上去，大聲地吆喝叫喊攔阻，揮舞著牧羊鞭在風雪中
跑動。可羊群就是不肯停下，不肯掉轉頭。她們急眼了，用鞭子使勁地
抽打羊群，羊群終於停下了。牠們使勁擁擠在一起，不安地叫著，慢慢
把頭掉轉過來。現在牠們面對著暴風雪，她們也面對著暴風雪，風雪的
勢頭一點也沒有減弱，大片大片的雪花落到臉上，落到皮袍上，落到羊
身上，融化了，化為雪水，再慢慢地凝固，結為晶瑩的冰粒。最可怕的
事情正在發生。牠們跟她們一樣，對暴風雪也有一種恐懼，在暴風雪面
前牠們只想逃跑，不想反抗，因為逃跑要容易得多，而反抗太難了。

　　鳳鵑和珊珊此時心裡倒踏實了許多，因為她們追上了羊群，攔住了
羊群，跟一大群羊在一起，要比孤零零的兩個人在一起膽子壯。在風雪
瀰漫的草原上，在孤立無援的處境中，這群有生命有血肉能呼吸能跑動
的羊，是她們的同伴她們的慰藉她們的依靠。可是這群羊又是這樣不聽
話，不配合，不解人意，它們有時慢騰騰地走幾步，風頭一大就想掉過

頭去順風跑走，按這個速度，什麼時候才能走回家？

天色一點一點暗下來了，風雪的勢頭也稍稍小了一點，珊珊看了一眼手錶，已經三點半了。「天黑了怎麼辦？草原上沒有參照物，很容易迷路的，要是迷了路，要是再碰上狼……」珊珊不敢往下想了，她的淚水流出來了：「今天怎麼這麼倒霉！」

鳳鵑則感到了餓。早晨她什麼也沒吃，中午去阿媽家喝奶茶是她的主意，那時她就有些餓了，她很想喝碗奶茶，吃些炒米。「阿媽幹什麼總是慢慢騰騰的，」她在心裡邊埋怨著，「要不然，也不會耽誤那麼半天。」肚子一餓，身上就越發覺得冷，啊，還是阿媽的蒙古包裡好啊，可是阿媽的蒙古包在哪裡呢？

兩個人一邊趕羊一邊想著各自的心事，雖然誰也不講話，但彼此都心照不宣，她想到的，她一定也想到了。不管怎麼害怕怎麼著急，她們只有一條路：往回走，把這群該死的羊趕回去，除此沒有別的出路。

突然她們聽到了喊叫聲，那聲音被風刮得時有時無時斷時續。「是狼！」珊珊腦子裡首先閃過的就是這個念頭。「一定是狼，狼發現我們了！」珊珊要哭出聲音來了。鳳鵑此時倒沉得住氣，她用手攏著耳朵仔細聽了一會兒，高興地叫起來：「是喊我們呢，喊咱倆呢！」珊珊也攏起耳朵來，沒錯，是一個男子漢的聲音，聽得越來越真切了：「嗨——喝咿，珊珊，鳳鵑——」

「哎——我們在這呢？」兩人一起扯開嗓子，聲嘶力竭地大叫起來。

白茫茫的風雪中出現了一個黑點，那黑點越來越近，越來越大，馬蹄聲也越來越響了。看清了，終於看清楚了，是烏力吉，阿媽的兒子烏力吉，他騎在馬上那麼高大英武，就像從天而降的天兵天將。兩個幾乎絕望的女孩子一起朝他撲過去，滿滿一肚子的委屈這時「哇」地一聲噴湧而出，在親人面前，可以痛痛快快地大放悲聲了。

　　「別哭了，咱們趕緊把羊群趕回去！」烏力吉立在馬鐙上，熟練地用手裡的套馬桿套上一隻頭羊，那頭羊此時毫不反抗，乖乖地跟烏力吉往回走。這些欺軟怕硬的畜生！

　　羊群踏上了回家的路，烏力吉在前面領路，鳳鵑和珊珊在後面轟趕。天漸漸地黑了，風漸漸地小了，雪漸漸地停歇了。兩個姑娘看不清烏力吉的身影，但能清楚地聽見他不斷發出的呼喊聲：「嗨──喝咿！嗨──喝咿──」多好的烏力吉呀，有他在，就什麼也不怕了，不怕天黑，不怕迷路，不怕有狼，更不怕對付不了這一群羊！

　　知青跟牧民的感情就是這樣結下的，這豈止是莫逆之交，這是生死之交啊！

　　草原上的牧民在影響著知青，遼闊的草原本身也在改變著知青，城裡來的知青在草原上變得成熟、開朗、豪放、胸襟坦蕩，只有在大草原上他們才能夠變成這樣，所以他們感謝草原，懷念草原，回城以後又一趟趟地跑回去看望大草原。他們把對草原的殷切思念寫進一本書裡，當時擔任內蒙古自治區政府主席的布赫，給這本書題詞說：「草原上的人們永遠記著這一代青年」。

第十一章
黃土高原：到革命聖地
幹革命

一年裡頭最冷的是一月，在 1969 年的一月，二萬六千名北京知識青年分幾批踏上了陝北高原。

北京安置知識青年，絕大部分是向東向北，向著黑吉遼肥沃的黑土地，向著內蒙古綠色的大草原。1967 年和 1968 年都是如此，為何在 1969 年開年之初，選中了西北這塊植被稀少、土質貧瘠的黃土地？在採訪和交談中，一幫子知青大都推測說，這恐怕主要是出於「再教育」的考慮。陝北是老根據地，老區人民有著光榮的革命傳統，當年陝北人民用延河水和小米養育了工農紅軍和黨中央，現在工農紅軍和黨中央再把他們的孩子送回陝北來，讓陝北老鄉養育革命的「下一代」。黨中央對陝北老鄉們寄予著厚望，陝北知青裡也的確出了一大批人才，其中有不少從政的，一直當上了國家部委的司局長。難道真的是陝北老鄉擅長再教育？

走進聖地

火車只通到銅川，再往北，就得坐汽車了，不是那種有座的客車，而是解放牌大卡車，在北京城裡只用它拉貨。知青們一個緊挨一個擠坐，開始還說說笑笑，還有歌聲，慢慢地，一股寒意沿著伸不直的兩條腿往上竄，腳麻了，腳僵

了，車廂裡歌聲消了，語聲少了，只有陳舊的馬達發出的吭哧吭哧的聲響。汽車滿載著知青，吃力地駛入宜君、黃龍、黃陵、洛川、富縣、宜川、甘泉，駛入延安、延長、延川、志丹、安塞，大片起伏的黃土地也駛入了知青的視野。這一帶恰在鳳翔、銅川、韓城一線以北，按照地理劃分，正是黃土高原的中部，俗稱陝北高原的地方。

趙小陽進陝北的那天，正值一場大雪，大片的雪花靜靜地飄灑，天地之間茫茫一片，不見村莊，不聞犬吠，只有向前奔馳的汽車和向後奔馳的高原。趙小陽腦子裡驀地跳出兩句詩：「山舞銀蛇，原馳蠟像」，對了，眼前看到的，正是「山舞銀蛇，原馳蠟像」啊，他興奮地喊了起來！

33年前的冬天，誕生於湘江之畔的毛澤東，經過二萬五千里的長途跋涉來到陝北，他看到的，可能就是這種景色。北方獨有的大雪，高原獨特的地貌，與長征結束之後就像一個歷盡艱險的疲憊旅人終於尋到一塊可以立腳生息之地的那種喜悅，全都融在了一起，四十歲出頭的毛澤東豪情大起，詩興大發，填寫了那首氣勢磅礡的《沁園春·雪》；33年之後趙小陽踏上這塊嚮往已久的傳奇土地，這塊在中共黨史和中國革命史上發生過極其重要作用的土地時，內心裡不僅響起了毛澤東的詩句，還升騰起一種莊嚴神聖、興奮激動的感覺。他望著那些綿延不斷的丘陵和縱橫交錯的山梁在想，如果它們會說話，每一座丘陵每一道山梁都能講出一段二三十年前紅軍、八路軍和解放軍的經歷，都能講出一個著名的戰役，都能指給你看元帥和將軍們當年留下的那些遺跡。它們就是見證人，它們就是歷史啊！

陝北吸引著知青，在那些上山下鄉十分積極的北京中學生心目中，陝北的誘惑力絲毫不亞於黑龍江和內蒙古的生產建設兵團。這裡是紅色根據地呀，這裡是黨中央住過13年的地方呀！第一次國內革命戰爭、抗日戰爭、解放戰爭時期，這裡就是共產黨的大本營、司令部啊！論歷

史，論資格，誰能比得上陝北，誰能比得上延安？！早幾個月去了山西的燕陵生後來聽到去陝北的消息，又急又氣地在日記裡寫到：

「……聽說下批人到延安，氣死了。自己紅祖宗的老家，見也見不到更出不了什麼力。延安人、延安地多好啊，從小我就深深地愛上了它，結果差一點沒去成。黃黃的土，紅紅的臉，白白的頭巾，藍藍的天，減租減息，鬧土改，婚姻自主，我愛它。沒法子，鬧革命不分地區，好好幹吧！延安，我一定去看你。」

但是極目所望，千山萬壑，樹木冷落，人煙稀少，知青的心頭又浮起一種蒼涼的感覺。

陝北高原山溝交錯的地貌，是遠古時代冰川沖刷的結果，而植被稀少水土流失卻是人為所致。一些陝北老鄉說，過去這裡的樹也不少，後來人多了，一下子增加了好幾萬人，這麼多人要吃糧要燒柴，漸漸地，陝北高原就成了現在這個樣子。富縣往北是全國水土流失最嚴重的地方。過去在學校裡學地理，只知道陝北一帶是黃土高原，到了陝北才知道，黃土高原的地貌還有塬、梁、溝、川之分。這區別都是雨水沖刷切割造成的。有的地方，溝壑很深，立陡立陡的，垂直高度可達幾十米，如果不小心，會失足從塬上跌下去，稱為「掉崖」，北京知青就有好幾個掉崖摔死的，像延長縣安溝公社的張大力、宜川縣雲岩公社的常翠等。

河谷兩岸平緩的地方叫川，氣候較濕潤，水源又充足，是種糧的好地方，日子自然也要富裕一些，因此人稱「米糧川」。

夏季溝裡常發洪水，所以老鄉大都住在塬上，但塬上用水緊張，常常要到溝裡去擔，一上一下有時要走一里多路，遠的甚至有三四里路。

朱玉娟回憶起插隊的日子說，最難的是用水，最怕的是擔水，擔水這活主要的倒不是累，而是險，今天想起來都後怕。你想啊，那種路不是修出來的，而是人在崖坡上踩出來的。崖坡很陡，又都是黃土，下雨

下雪，就成了光溜溜的「滑梯」，即使空著手走都要小心翼翼的，何況再壓上幾十斤的一副水桶。坡是斜的，要是把擔子撂下了，小半桶水就灑沒了，所以擔上水桶就得一口氣擔到底。朱玉娟說，每次挑水，我們都是幾個知青一塊去，如臨大敵。後來村裡用毛驢馱水，毛驢活忙，還得拉磨拉莊稼，這樣水要限量分配，隊長想了個辦法，發水票，一張票是一馱，兩桶水。開始隊長照顧我們五個知青，兩天給三馱水，後來毛驢活多了，改為三天兩馱水，合一天一桶多一點。這些水首先得保證做飯和飲用，除了吃喝，只能剩下個桶底子。我們剛下鄉時愛乾淨，下了工回來就洗呀涮呀，後來用水緊張了，早晨沾一塊濕毛巾，幾個人挨排在臉上抹一遍，就算是洗臉了，一兩個月洗不上一次頭，洗不上一次衣服。生存環境的改變，把我們的生活習慣都改變了，把我們的尊容也改變了，整天蓬頭垢面的，剛下鄉的時候笑話村裡那些婆姨，現在樣子還不如婆姨們體面呢，虱子也生出來了，每天晚上幾個人湊在油燈下抓虱子。有一次毛驢病了，兩天沒拉水，我們累得實在不想下溝去挑水，就跑到牲口棚裡舀了兩盆餵牲口的水做了一頓飯。現在講起這些事來覺得好笑，但那時心裡只有一種悲涼和凄慘。人的適應能力是很強的，到了那個時候，那種環境，只想著能吃飽肚子睡個好覺，別的什麼乾淨啦衛生啦臉面啦儀表啦，統統都顧不上了。

說這些話的時候，我們正面對面地坐在王府井南口的麥當勞餐廳裡，桌上有乾淨的托盤、雪白的餐巾紙和精美的巨無霸，還有奶昔、啤酒和可樂，朱玉娟似乎對這些吃食都不感興趣，她的神思蕩回到25年前的黃土高原上去了，蕩回到那兩盆飲牲口的水上去了。

齊立航還在上小學的時候，就常聽爸爸媽媽講延安，當年爸爸是中央黨校的，媽媽是魯藝的，有時他們的老戰友來了，幾個人一道坐在客廳裡聊天，聊著聊著就聊到了四十年代，聊到了延安。媽媽的好朋友廖阿姨會情不自禁地哼唱起「夕陽輝耀著山頭的塔影」那段好聽的旋律。

廖阿姨的嗓子真好，齊立航和姐姐最愛聽她唱歌，媽媽說她當年在魯藝裡頭就是個「名角兒」。只要廖阿姨一起頭，爸爸媽媽就會隨聲附和著唱起來，他們的眸子變得明亮，閃著光彩。姐姐悄悄地告訴齊立航：他們是在回憶自己的青春呢，回憶他們青年時代最美好的那一段時光呢……

父輩的回憶引發了晚輩的遐想，齊立航內心裡早就湧動著一個願望：一定要上延安去，看看延安，領略延安，感受延安。現在如願以償，終於來了。類似齊立航者不在少數，許多知青的父輩曾經在延安工作過、學習過，在陝北打過仗甚至流過血負過傷，現在，這些青年人懷著一種「老革命後代」的優越感覺，到爸爸媽媽當年幹革命的地方幹革命來了！

窯洞裡住進了北京娃

知青中還有一批志向更宏大的人。

清華附中有一批全國最早的老紅衛兵，他們由於較早地介入了「文化大革命」，有一種較濃厚的參與政治的興趣和較強的救國救民意識。陶正談到他們當初到陝北插隊的初衷時說，他們是帶著「徹底改變農村落後面貌」的志向下去的，他們始終認為自己是先進的，根本就沒打算什麼「接受再教育」。他們有一個宏偉的計劃：先從一個村、一個生產隊做起，先搞社會調查，摸清那裡的階級狀況和經濟狀況，然後「看準機會」奪取生產隊大權，搞一個共產主義的烏托邦樣板，再以此作為試點進而「改造中國」。陶正說，我們上山下鄉的動機很明確，就是要改造中國。他們到陝北時，還帶去了紅衛兵的旗幟和印刷工具，辦起了《紅衛兵通訊》，白天幹活，收工回來寫稿子刻鋼板搞印刷，然後發到全國各地去。

毛澤東在 1958 年說：卑賤者最聰明，高貴者最愚蠢。

　　毛澤東在 1968 年說：知識青年到農村去，接受貧下中農的再教育，很有必要。

　　在毛澤東看來，勞動人民比知識分子更高明，生長於窮鄉僻壤的農民比浸潤於城市文明的知識青年更高尚。

　　知識青年可不以為然，不論在上山下鄉之前，還是在上山下鄉之中，他們都沒把自己看得那麼低，也沒把農民看得那麼高。這種根深蒂固的優越感，有的人溢於言表，有的人深藏內心，有的人即使在道理上對毛澤東的指示堅信不疑，在潛意識裡也有一種本能的排斥，其中幹部子弟尤甚。

　　知青們高看自己，老鄉們也高看知青；知青不相信「接受再教育」，老鄉也並未認真思考過「實施再教育」。原因很簡單：知青是讀書識字的「文化人」，知青是「城裡人」，尤為重要的一點，這些知青是「北京娃」，是從毛主席身邊來的娃，陝北老鄉把對毛主席的崇敬之心，不自覺地融入了對知青的印象之中。

　　許多地方都鄭重其事地舉行了歡迎儀式。在延川縣關莊公社舉行的儀式上，清平川裡幾十個村莊的老鄉們，除了不能行走和離不開身的都來了，大華代表知青上臺講話，他往下一看，黑壓壓的一片，「把這山下村莊所有的空地都擠滿了。孩子們臉上抹了些紫紅的顏色，幾十支隊伍興奮地跳著，大鼓、腰鼓、鑼鈸擂得轟天價響，會場上空瀰漫著一片黃塵，看得出人們是由衷地高興。」這場面像是過節，比過節還熱鬧。這麼高的規格，哪裡是迎接接受「再教育」的「知識青年」，分明是隆重接待「上面」來的「貴客」。

　　知青能引得老鄉們如此動情還有一層重要的原因：陝北太閉塞了，生活太單調了，能夠讓他們興奮歡悅的事情太少了。事後大華聽人說，除了 1935 年紅軍到達陝北，1947 年胡宗南軍隊重點進攻延安，這是第三次外地人大量到此。有意思的是，1935 年 10 月中央紅軍到達陝北吳

起鎮的時候人數不足三萬，而 1969 年來陝北插隊的北京知青也是不到三萬人，這不到三萬人的知青裡面，有一些就是那不到三萬人的紅軍的後裔。

　　歡迎會開完了，知青整體被一塊一塊地分解開安排到各村去。不是村村都有，一般只選那些條件稍好的村隊，而位置過於偏僻環境過於惡劣的地界無緣。分到了知青的大隊，就敲著鑼鼓，簇擁著把知青接走，好像知青給他們爭來了臉面爭來了榮譽，分不到知青的村隊就只有羨慕的份兒，眼睜睜地看著人家興高采烈地把知青接走。

　　從進村的那一刻起，從真的置身於陝北老鄉之中的那一刻起，這些優越感極強的青年人，內心裡那股子熱情和興奮勁很快地暗淡下去了：怎麼是這麼個窮地方？怎麼是這麼幫子傻老鄉？

　　趙小陽他們還沒進村呢，遠遠地，就看見村子口黑壓壓地站了好些人，漸漸走近了，看清楚了：抱孩子的婆姨，頭上圍條黑乎乎羊肚手巾的漢子，拄枴杖的老人，流鼻涕的娃娃，恐怕全村的人都來了，眼睛定定地看著他們。趙小陽被看得有些不好意思，他把頭掉轉過去，碰上的還是傻呆呆的眼睛。「真傻，這幫人！有什麼好看的！」趙小陽在心裡說。

　　村裡人的眼神跟著這十幾個知青的身子挪動，腳步也跟著挪動，前呼後擁的，一直把他們送到一孔窯洞前。

　　在半路上，趙小陽問村長：這地方能不能聽廣播？半導體收音機效果好不好？村長說去年拉過一次廣播線，響了沒幾天就斷了，半導體收音機還從來沒見過，一會兒進了村得開開眼。

　　他來了，要趙小陽把那「會說話的小盒子」拿出來看看。趙小陽就坐在炕上，把半導體收音機拿出來調試，這一下把人引來了，一個擁著一個，把他團團圍定，後面的看不見就大聲嚷嚷，往前推搡，一村子人都想擁到這小窯洞裡邊來。村長急了：出去出去，都出去看去！

　　場院上擺了張小桌，桌子上還墊了一塊紅布，紅布上「供」著那個神奇的「小盒子」，老鄉們跟敬神似的，圍成一圈看趙小陽擺弄。「小盒子」偏偏不爭氣，興許是挪了個新地方，認生。趙小陽撥了半天只撥出兩個台，還不清楚，雜音很大，一會兒嗚嗚地響，一會兒尖聲地叫。不管怎麼說，總是聽見了聲響，老鄉們的眼睛裡都透射出敬畏的目光，有個小伙子自以為是地解釋開了：那尖叫聲是狼，那嗚嗚響是哭，狼要吃人，把人嚇得直哭。知青們都樂了，他們彼此擠著眼睛，會心地開懷大笑，笑的是老鄉的無知。圍著看的鄉親們也跟著笑了，他們不明白知青們笑個啥，只是跟著傻笑，兩個抱孩子的女人咧開的嘴裡露出一口黃牙。「可能一輩子也沒刷過牙！」趙小陽想，「這就是貧下中農呀，就接受他們的再教育呀，那還不都得讓他們給教育傻了呀？」

　　劉莉莉她們五個女生，進村的頭一頓飯是在隊長家裡吃的，隊長的婆姨是個手腳麻利的女人，灶臺上支起了餄餎床子，細細的灰白色蕎面餄餎從床子上壓出來，落入開水翻滾的鍋中，幾個女生覺得新鮮，一邊看一邊議論一邊猜測著那細麵條的滋味。這時，隊長的婆姨拿起一塊黑黑的布，就是當地自家織的那種粗土布，但已經看不出布的本色和紋理，她先用那塊布擦鍋臺，然後又用它擦飯桌，最後拿著那塊布十分麻利地擦飯碗擦筷子，她擦得很仔細很賣力，把每個碗的裡裡外外都擦到了，這是待客呀！擦完了，餄餎也煮好了，每人盛上一碗，擺在桌上，桌上還擺著拌麵的稍子、辣子，看著那冒熱氣的餄餎，看著擦得乾乾淨淨的碗和筷子，莉莉一點食欲也沒有了。

　　趙小陽他們村，7 個知青裡有 4 個是幹部子女，雖然家長有的靠邊站了有的被打倒了，但家裡日子還算寬裕，下鄉頭一年知青一切花銷都要家裡邊寄，趙小陽他們花錢的手腳都很大。下鄉不久，他就學會了抽煙，上供銷社買煙都買高檔的。「那時村裡最好的也就是『飛馬』和『黃鐘』，」趙小陽坐在他辦公室的沙發上，手裡夾著「紅塔山」對我

説，「我們知青買煙都是整條整條地買，村裡的老漢都是抽捲煙，農村青年有時顯闊氣買一盒紙煙，也是揀最便宜的，九分錢一盒的『晨鶴』。二隊的知青更牛，他們嫌推磨太累，就買一頭老毛驢磨糧食，老毛驢便宜，十幾塊錢就能買一頭，買了也不好好餵養，用上一兩年，死了再買，反正他們對十幾塊錢也不大在乎。」在生活水準上，知青比老鄉優裕，這一點連狗都能分辨得清，即便穿得再破，那狗也能分得清哪是知青。

由於水土不好，加上近親結婚，所以「憨憨（即傻子）」很多，幾乎哪個村裡都有幾個，有本村長大的，有外村嫁過來的，衣冠不整，蓬頭垢面，只會定定地看著人或是吃吃地傻笑，這些個憨憨，使知青心中的陝北老鄉形象更加暗淡。知青們每天晚上躺在用老鄉打來的柴禾燒的熱炕上，聽著西北風夾著沙土打著窗紙沙沙作響，議論著這些天的見聞和感受，其中的一個話題就是老鄉的呆氣、傻氣、窮氣、臭氣，「漢」們和「婆姨」們成了某些知青嘲笑的對象，有時是背後竊竊恥笑，有時就當著面放肆地大笑。

知青們是自視清高，老鄉們是自慚形穢，知青們是居高臨下地俯視老鄉，老鄉們是自下往上地仰視知青，這是下鄉之初一種十分普遍的心理。

老資格的放羊漢

自以為高貴的趙小陽們錯了，他們大錯特錯了，陝北這地方絕對不能小看。從 1935 年 10 月中央紅軍長征到達吳起鎮，到 1948 年 3 月 23 日黨中央領導機關在吳堡縣川口東渡黃河前往晉察冀解放區，毛主席和黨中央在陝北住了 13 個年頭，經歷了十年內戰、抗日戰爭和解放戰爭三個歷史時期，這裡是新中國建立之前黨中央居住時間最長的地方，這裡的土地上演出過威武雄壯的史詩，陝北老鄉在這些史詩裡擔當過重要

的角色。日子長了，聽得多了，慢慢熟了，知青才察覺到：土裡土氣的人堆裡，藏著龍臥著虎呢，相貌不揚的老鄉裡，有些人具有將軍般的革命資歷呢。

　　隊裡分派趙小陽跟著一個姓劉的老漢去放羊。開頭一陣子他嫌那個老漢身上有股子味，晌午的時候把衣服脫下來抓虱子，還一口一口地吐黏痰，就老是躲得他遠遠的，老漢喊他他裝聽不見，拿著本書看。有一天老漢問他看的是啥書，他說是毛主席寫的書，老漢一聽到「毛主席」三個字眼睛放亮了，咧開嘴笑了：唉呀，毛主席可是能人呀，對我們可好哩，過年的時候還到我家裡來，給我拜大年哩！趙小陽嘴上沒說話，鼻子裡「哼」了一聲，心裡說：吹牛吹得也太離譜了。老人看他那副神態，急了：咋？你不信？我還給毛主席送過信呢！紅軍剛到陝北那年在瓦窯堡開會，我還給毛主席站過崗呢，毛主席開會開累了，抽著煙出來溜達，還問我叫啥名字，是啥地方的人，毛主席可好了，老是笑呵呵的。那次會開的日子可是不短，有七八天，開完了會，彭德懷就領著紅軍過了黃河，上山西去打日本……嗬，這老漢還知道黨史呢，趙小陽半信半疑地趕緊翻毛選的注釋，老天，一點不差！這老漢了不得呀！一個多月來趙小陽頭一回親親熱熱地叫了一聲「大爺」。老漢高興了，話匣子也打開了：「1945年那一回，毛主席要去重慶，跟蔣介石談判，我們都不願意讓他去呀，我大（爸）說，那是蔣介石使的計謀呀，要害毛主席呀，可不能中他的奸計呀！毛主席不怕，非要去，誰勸也不聽。臨走那天我們都上飛機場去送他，也有部隊的，也有鄉親們，毛主席戴著個白帽子，圓的，挺老大，上了飛機，走到門口，他就站在那達，把帽子摘下來了，用手拿著，沖著大夥一揮，我們知道，他是跟我們告別呢！毛主席自打1935年來陝北，10年了，沒離開過這地方，這一次要走了，我們真怕他這一走就回不來了，替他捏一把汗呀。到底毛主席福氣大，蔣介石不敢動他一根毫毛，他跟蔣介石簽了協定，又平平安安地回來

了。」

趙小陽心裡漸漸升起敬意，但仍未打消疑慮，就問他：你是哪一年參加革命的？「1935年麼，就是毛主席他們來陝北的那一年麼，瓦窯堡會議就是那一年年底開的麼。那年我就入了黨了，村子裡不少人都是那陣子入的黨……」趙小陽吃了一驚，乖乖，比我家老子資格還老呀！傲氣十足的趙小陽這一回被鎮住了。

晚上他說起這回事，幾個人其實早都掌握了一些情況，1934年入黨的這村裡還有三個呢，民生他爺爺就是跟著程子華的部隊從河南過來的。給八路軍、解放軍當過挑夫、嚮導的就更多了。彭德懷、朱老總甚至王明、高崗，他們都見過，都能講出一堆故事來，誰和善，誰不好說話，誰架子大脾氣大好訓人，誰口才好能做報告……搞不清他們的故事裡面有多少是真的，多少是摻進去的水分。

在延安縣插隊的馬蘇元，年三十的晚上到大隊飼養員張文德家裡去過年。張文德的婆姨60歲上下，問他認識延濱不，她說她奶過延濱。原來延濱是許光達的孩子，這讓小馬吃了一驚。接下來的話更讓小馬吃驚，她說她還給主席佬奶過娃，她說那女娃瘦瘦的，娃她娘可講究了，每次奶娃都喊人端盆淨水讓她先洗乾淨。馬蘇元問她：那你能見到毛主席了？婆姨點點頭說，主席佬大高個，待人和善，不愛說話。馬蘇元驚詫不已，那婆姨卻講得隨意平淡，沒有一點炫耀的意思，沒有一點居功自傲的味道，甚至也沒有一點光榮自豪的感覺，就像在講一件普通的家常事。馬蘇元問：您老怎麼不去趟北京，看看延濱，也看看那女娃？她搖搖頭，挺堅決地說：奶個娃算甚了，人家當年給了咱錢，吃喝也好，咱不去麻煩人家！延濱來看她時給她留了一個記地址的紙條，她也沒有收好，因為她壓根就沒想去，「咱不去麻煩人家！」她把這些事講得越平淡，她那張掉了大半口牙、布滿了皺紋的臉在馬蘇元心中就越不尋常越顯高大。幾天後馬蘇元為了印證這件事，又問過村裡幾個年歲大的老

漢，他們說：咱莊當年駐的是軍委總供給部，大概有這麼回事。他們對這件事的評價是：受苦人婆姨給人家奶了個娃，算個甚！

在延安延長延川志丹等幾個縣，許多村裡都有老紅軍，老八路，有的還是參加過二萬五千里長征，從江西雲南貴州四川走過來的，他們從不主動提起那段光榮史，也不覺得自己比村裡其他人有什麼特殊，他們跟別人幹一樣的活，拿一樣的工分，過一樣的日子，不顯山不露水地淹沒在芸芸眾生之中。

這些個貨真價實的老革命，把那些自命不凡翹尾巴的知青鎮住了，光是他們的資歷就足以讓知青們驚訝，他們那種漠視資歷的態度，更是大大地震撼了知青們的心靈。「比咱老子資格還老呢，人家不自傲，咱們有啥可狂可傲的？人家才是真革命真高大呢！」老鄉們以一種不動聲色的平和，把知青們鋒芒畢露的傲氣打倒了，至少是部分地打倒了。事後趙小陽寫了這樣一篇日記：

「自打進村以後，我一直不把那些滿身土氣的老鄉放在眼裡，自以為父親是部級幹部，三八年的老革命，出身高貴，自命不凡，今天我才知道，這村裡比我父親資格老的人多著呢，光老紅軍就有八個，其中有老陝北紅軍，也有跟著毛主席長征到此的江西蘇區紅軍，他們從不居功不自傲，從不吃老本，只想著立新功。我卻以父親的老資格作為自己驕傲的資本，相比之下太渺小了，太可笑了，我一定要擺正自己的位置，做小學生，虛心地向他們學習。

「我在敬佩的同時，又為他們憤憤不平，他們為革命做出了那麼大的貢獻，今天卻依然過著苦日子。張老漢告訴我，當年陝北紅軍要過黃河解放全中國，有些陝北籍的戰士戀故土，不想過黃河，就領了兩塊大洋回家種地去了，村裡好幾個老紅軍就是這麼留下來的。唉，當年一念之差，今日天壤之別，張老漢說他的戰友裡面，如今有當軍區副司令、副省長、市委書記的，還有當中央委員的，他們留在村裡的幾個卻依然

是住窯洞點油燈的老農民，這公平嗎？我跟張老漢說我要寫信反映這個問題，他卻跟我急了，一個勁說使不得使不得，說他們過得挺好，有糧食有婆姨，知足了。這些人，讓我敬佩，又讓我無法理解，他們完全有過好日子的資格和權利，他們為什麼不去爭，也不肯讓別人替他們去爭呢？」

這就是陝北老鄉的思維方式、人生哲學。

知青們先是被「陝北老鄉」顯赫的資歷鎮住了，繼而又被他們那種漠視資歷的態度鎮住了。一種無言的「再教育」就這樣開始了。「陝北老鄉」們那種安於貧窮、樂天知命的生活態度，開始對知青們施加著影響，這種影響在「陝北老鄉」一方完全是無目的無意識，而在知識青年一方卻感受到它的厲害。

餓著肚子咋搞階級鬥爭

快過年了，過年是陝北農村一年中最大的喜事，因為一年到頭，只有過年的時候才能把各種好吃的東西吃個夠、吃個遍。不管男女老少，過年的最大心願就是一個「吃」。房東家的立柱對張立昌說：「想要日，啥日子都行；想要吃，就得等過年。吃比日還難！」張立昌聽了心想：老天，怪不得老祖宗說：「食色性也！」

家家戶戶都在忙活著蒸白饃、炸油糕、釀米酒。上邊有指示，讓知青在農村跟貧下中農一塊兒過年。小吳拎著半口袋剛磨好的白麵走進窯洞，告訴張立昌：「唉，要飯的又來了，在場院那兒呢，大毛他們想攆走，老鄉還不讓，護著要飯的不說，還給他們拿糧食呢。」

這幾天村裡老有要飯的，有吹著嗩吶來要的，有抱兒帶女來要的，一撥一撥的。知青最討厭這些要飯的，大家討論過，一致的看法是：城裡人還不在城裡吃閒飯呢，要飯的肯定大部分是好吃懶做的二流子。不勞動者不得食，對這些人不能可憐遷就！那些要飯的也害怕知青，躲著

知青，看見知青過來就遠遠地繞開了。張立昌是插隊知青的頭兒，他怕大毛他們跟老鄉發生衝突，急匆匆地說了聲「走！」一幫知青去了場院。

場院上，村裡的幾個老人正圍著兩個要飯的漢子說話，張立昌一眼就看見房東大娘——立柱他娘。立柱他娘正在問話呢：「咋？又沒收下？」

漢子答：「嗯，沒收下，遭了雹子，噼里啪啦，莊稼全打光了。」

「就來你們兩個？老人孩子跟來了麼？」

「老人走不動，婆姨在家照看著，孩子在那邊廢窯裡等著呢。」另一個漢子說：「拉扯著孩子，像啥樣子呢？」

「咱也是漢子，出來要吃食，臉紅哩！」

「老人婆姨在家裡吃啥呢？」

「等著我們要下，拿回去哩。」

這時立柱他娘看見了張立昌，趕緊一把拉住他：「他們帶著證明哩，不是壞人，都是貧農！」

那兩個漢子驚恐地趕緊從懷裡掏出一張紙：「茲有我公社×××、×××貧農成分，因遭災外出要飯，特此證明」。

要飯的也有證明，真是新鮮事。張立昌仔細打量那兩個漢子：黑黑的臉上有刀刻斧鑿般的皺紋，拿證明信的那雙手上有老繭，有裂口，腰裡掖著一個黑不溜秋的毛巾口袋，從那毛巾上還能看出幾個字：「×動模範」，張立昌想，前邊肯定是一個「勞」字。他又抬起頭來看那漢子，漢子也正怯生生地看他，張立昌的心一震：那漢子的眼睛裡裝著多少愁苦！

房東大爺端著一升穀子來了，還有幾個老鄉也都拿來了糧食，有一升的有半升的，大部分都是玉米，也有端著大碗拿著幾塊乾糧的。房東大爺倒完了糧食往回走，張立昌跟上了他：

「大爺，咱們村糧食也不富餘，這個給法給得起呀？」

「遭了災，有啥辦法？就靠鄉親們幫一把，要是不幫，他指靠誰哩？都是人哩，都要吃飯哩。」

大娘也跟了上來：「他們家裡也有老人婆姨孩子，都餓著肚子哩，咱過年，他們也要過年哩。」

這幾句話重重地敲打在張立昌的心上，他跟旁邊一個知青說：「把咱那沒磨的玉米也拿兩升來。」大娘趕緊攔住他們：「可不能哩，給一升就不少了，還有來的哩，上頭人，年年有災，比咱苦哩！」

默默跟在後頭的大毛一直沒開腔，這時他喊了一句：「我去！」撒腿跑開了。

後來知青才知道，延安以北的安塞、榆林、綏德幾個縣，被稱為「上頭的」，那些地方無霜期短，雨水又少，幾乎年年有災，雹災、霜災、旱災，所以年年都有出來要飯的。

房東大爺大娘那些話，讓張立昌他們知道了要飯的都是些啥人，為啥有這麼多要飯的，該怎樣對待要飯的。陝北要飯的多，陝北要飯的好要，走到哪家門口，也能要塊乾糧，老鄉吃啥，就給要飯的拿啥，老鄉心善，儘管自家也不富裕。他們沒有那麼些爭啊鬥啊的階級鬥爭觀念，他們有一副富於同情憐憫的慈善心腸。在對待要飯這個問題上，知青認同了、接受了老鄉的看法，也模仿起老鄉的做法。

農民的命運、農民的遭遇，在打動著知青，感化著知青，在這打動和感化中，知青身上悄悄融入了農民的血脈，階級鬥爭路線鬥爭觀念卻變得淡薄了，他們開始站在農民的角度上來看問題，用農民的眼光來判斷是非，標誌著這個重要轉變的是，他們終於懂得了這樣一個真理：吃飯穿衣遠比路線鬥爭重要！

知青身上這種帶有根本性質的變化，與他們對饑餓的體嘗與感受是分不開的。在一次座談會上，李銳同志談到他 1960 年代初在北大荒度

過的那一年半勞動改造的經歷,他說,我體驗到世界上最可怕的事情是
挨餓,我對饑餓有了一種恐懼感。那些過去在城市裡每個月按照糧本上
的定量吃供應糧的插隊知青,同樣有了這樣的認識。黃土高原水土流失
嚴重,土地貧瘠,無霜期短,災多,儘管知識青年分糧受到照顧,但他
們在災年裡也吃過麥麩、穀糠。吃不上肉饞得慌,知青把滿身臊腥味的
狐狸肉也燉著吃了。剛下鄉時他們慷慨地把兩合面的饃饃和路上吃剩的
麵包都給了要飯的老鄉,很快他們就體會到當時老鄉說的「莫送,留
著,上了山就沒得吃了」這話的豐富蘊意。有了挨餓的體驗,才能真正
理解「歷來為繁茂蕪雜的意識形態所掩蓋著的一個簡單事實:人們首先
必須吃、喝、住、穿,然後才能從事政治、科學、藝術、宗教等等」這
樣一個真理(恩格斯〈在馬克思墓前的講話〉)。最基本的生活資料的
生產,即種地,比一切革命活動都更重要,在挨餓的體驗中,知識青年
學到了真正的唯物論,懂得了真正的馬克思,他們的思想深處那個被稱
為世界觀的東西,由此而發生了變化。

安貧樂命的陝北老鄉

　　知青對陝北施加著影響,陝北也對知青施加著影響,究竟哪一種影
響更厲害?

　　江宛柳她們七個女孩子不顧縣裡的規定,歷盡千辛萬苦衝破層層封
鎖逃回北京去過年,回來之後公社通報,並要隊裡對她們進行嚴格教
育。「黑瘦矮小的隊長舉著那根盛滿莫合煙葉的大煙袋,臉上沒多大表
情地說,教育個啥呢,回來了麼,回來了就好麼。」江宛柳決心用行動
彌補過失,她拚命地幹活,幹活時不慎用鑊頭刨了隊長的手,隊長三天
沒出工三天沒有一個工分。鄉親們用不滿的眼光譴責她,隊長卻「用那
纏了紗布的手舉著莫合煙袋,難得地笑了一下說,沒啥,受苦人麼,好
活」。他到公社去為知青請功,特別提到江宛柳,說她年紀最輕表現最

好。

　　馮家村的人到高家窪來砍柴，知青梁亞明領命去「擋柴」截道。他一手拎棍，一手持菜刀，還帶著一條狗，蠻橫地截住了打柴的隊伍，掄起菜刀把捆柴的繩子砍斷，燒柴散了滿地。那夥打柴的人裡，有一個年輕的壯漢是復員軍人，他要奪回柴禾，被一個老漢攔住了。

　　半年多之後，梁亞明為了抓住一個招工的機會，趕夜路奔縣城，偏巧碰上狂風大雨，河水暴漲，梁亞明從山坡上跌下，摔傷了腰腿，癱倒在河灘上，雨越下越大，河水越漲越高，梁亞明卻一動也不能動，任憑河水漫過腳，漫過腿，漫上了腰。這時他看到一道手電筒的光亮，聽到一個老漢跟一個年輕壯漢說話的聲音，天，竟然是到高家窪打柴的那父子倆。他們也認出了他，那壯漢說，你不是去年冬裡擋柴的「英雄」嗎？小夥兒，你也有今天？你狗日的還敢從馮家村過？老漢卻催促他說：還不快救人，還囉嗦個啥？老漢和壯漢把他架上河岸，扶進土窯，給他喝熱呼呼的開水，吃焦黃的烤玉米，給他烤乾了衣服，老漢想留下梁亞明，壯漢卻知道招工是件急事情，知青就盼著早點招工走呢，他抄起一根木棍遞給梁亞明，就護著他走進漆黑的夜幕裡，一直送到縣城。第二天梁亞明順利地通過了考試，不久就離開了陝北。他至今也不知道那父子二人的姓名。

　　知青畢昆在批鬥會上，打了所謂的「叛徒」邢榮兒一個嘴巴，夜裡，他聽見隔壁邢榮兒的娘和婆姨在嗚嗚哭。過了些天，隊裡分派畢昆跟邢榮兒一塊幹活，邢榮兒主動搶了重活幹，畢昆他們知青雖然幹的是輕省活，但一天下來還是累得不行，晚上回到窯裡連飯也不想做。這時，邢榮兒的娘打發邢榮兒的婆姨端著一個瓦盆走過來，裡面是一盆熱湯麵，白白的薄麵條，綠綠的萵苣葉，上邊漂著油花，底下臥了雞蛋。吃完了，畢昆過去還瓦盆時，看到他家裡晚上吃的是黑乎乎的糜子饃，「據說是最不好吃的東西」。

　　知青劉丹華是隊裡的赤腳醫生，社員二海有個胃疼的毛病，一犯病就疼得蜷縮在炕上起不來，劉丹華每天上他家裡給他扎針，二海總覺得過意不去，總是一臉的歉疚。一天晚上下小雨，天黑路滑，劉丹華不小心滑倒了，褲腳沾了些泥，二海見了慌得手足無措，好像做了多大的錯事，扎完了這個療程他說什麼也不肯再扎，說心口一點兒也不疼了。從此他到處宣傳說知青把他的老胃病治好了。一年之後二海死於胃癌，原來他的胃一直疼得厲害，他寧願忍受病痛的折磨，也不願意再讓劉丹華每晚來給他扎針。

　　這就是「再教育」，這是非常厲害的再教育，這種教育方式沒有說教，只有身教。知青沒能改變陝北，陝北卻深深地影響了知青。

　　陝北老鄉安於貧困的生活態度更讓知青們吃驚。

　　陝北老鄉真苦，一眼土窯一鋪土炕，灶臺上一口鐵鍋，窯洞裡兩個木箱，加上幾口盛放糧食的缸缸罐罐，就是全部家當，一家六七口人，只有一兩床棉被，孩子們就靠著燒熱了的炕席過夜。除了年節，一年四季炕桌上的菜總是老三樣：一碟鹽，一碟辣子，一碟酸菜，客人來了，把那碟酸菜添得上了尖，就算招待客人了。為了省燈油，燈盞裡常常是半截子油半截子水，水沉到底下，油浮在上頭。延長一帶出石油，老鄉們就找一個油礦，挖些黑乎乎的油底子來代替燈油。糧是隊裡種的，布是自己織的，現錢是很難分到手的。到年底分紅的時候，有的隊裡把分錢戶跟欠錢戶一一相抵，就算平賬了，因為欠錢戶永遠拿不出錢來，所以分錢戶也就永遠拿不到現錢，大家都習慣了，誰也不說啥。吃糧靠隊裡，零花錢只能靠餵雞養豬，豬要到年底養肥了才能賣，就好像銀行裡的零存整取，平時的花銷只能靠雞下的蛋。婆姨臨做飯時發現沒有了鹽，就用碗端著幾個雞蛋上代銷點去買，娃娃們要買上學用的鉛筆本子，也是揣上幾個雞蛋去供銷社。小媳婦大閨女要進城趕集了，也是拎著十幾個幾十個攢下的雞蛋，上供銷社去變賣成現錢。那時候雞蛋的收

購價是每斤 4 角 8 分，雞蛋生得小，差不多要 20 個才能賣上一塊錢。1972 年周總理視察延安時流著眼淚說：「沒想到解放這麼多年，延安的人民生活還這麼苦，甚至比黨中央在延安的時候還苦，那時候家家戶戶還都有幾缸小米幾甕酸菜。」

　　老鄉的生活狀況令知青們震驚，但更震驚的是老鄉對待貧窮的那種態度，那是陝北老鄉的人生哲學。

　　身處困苦之中的陝北老鄉，對生活從不抱怨，更無憤慨，不管是收成不好缺糧吃，不管是娃娃病死無錢治，自留地上長的洋芋玉米被公社的檢查組一股腦收走了，他們也只會沖著檢查組的背影罵上一句「我日他先人！」毛主席說窮則思變，可他們並不想變個活法，只是循規蹈矩地承襲著祖輩的生產方式和生活方式，在貧苦中始終堅守著一種樂觀平和的心境，不羨慕誰，不妒忌誰，不想模仿誰，「前輩子人都是這麼過來的，咱咋不能這麼過？」這是他們戰勝一切物質欲望的精神武器，他們說：「沒有是個愛，有了是個害」。

　　他們的另一個精神武器是認命。清華附中的胡鎮江有一次在一個瓜地裡吃瓜，跟看瓜的老漢聊了起來，嘿，那個老漢當年跟蘭州軍區司令員冼恆漢是一個團的，兩人一個當團長，一個做政委。攻占榆林之後，老漢想老婆，跑回家住了幾天，以後再去找部隊就找不到了，從此解甲歸田。胡鎮江深深為老人惋惜，老漢卻十分認真地告訴他：娃，這是命！「那你現在可以去找冼司令員嘛，讓他給你安排個事幹，即便看大門也比你看瓜地強！」「娃，這是命，命裡沒有的，求不得啊！」胡鎮江的心震撼了：我的天，這就是陝北老鄉，這就是陝北老鄉用以抵制物質誘惑保持內心平衡的精神支柱。

　　到了這時知青們才發現，他們跟陝北老鄉最根本的區別正在這裡：老鄉們認命，知青不認命，老鄉們不爭，知青卻拚命去爭，要上學要招工要回北京，就是不甘心在這裡埋沒在這裡沉淪在這裡過一輩子。老鄉

們把內心的物欲一個一個掐死，知青的心裡整天翻騰著各種各樣的欲望，苦心積慮地尋求機遇尋找門路去改變自身的處境——一切的煩惱、焦慮都由此而生。知青可以欽佩陝北老鄉那種安貧認命的處世態度，但永遠無法認可和接受那種處世態度，在樂命安貧這一點上，他們永遠無法與陝北老鄉達到契合。

也有達到這種契合，在精神上真正融入陝北老鄉群體的知青，儘管數量極少。他們永遠留在了陝北高原上，永遠留在了農村文明之中，他們像陝北老鄉那樣過日子，也完全接受了陝北老鄉對於人生的看法。二十多年前下鄉的時候他們被稱為知識青年，被老鄉稱為「北京娃」、「公家兒的」，但是今天他們從外到裡從形象到內心，都幾乎無異於一個真正的陝北老鄉。

周強曾經講過一個這樣的「北京知青」。

他下鄉的時候是老初一，資質不高，在學校時就留過兩次級。母親早就不在了，父親有病，是很重的病，家裡房子小，兄弟姊妹又多，回京探家，家裡連回陝北的路費都拿不出，他騎著父親的一輛舊自行車蹬回了陝北。家裡根本沒有重新接納他的可能，返城的希望十分渺茫。他招工進了縣辦水泥廠，兩年後水泥廠停了產，他沒啥本事，有病，又有點窩囊，就到北京知青戶去蹭飯吃，周圍百十里的知青戶都吃遍了。再往後就豁出臉面上街要飯吃。

有一天，從米脂縣下來個要飯的婆姨，男人死了，帶著兩個孩子，水泥廠的工會主席幫助一說合，給那知青做了媳婦。他有了家，他得養活這個家，他背石頭、推車、當小工，幹些力氣活，勉強維持著過日子。天氣涼了，活也難找了，婆姨跟孩子沒有戶口要吃高價糧，他實在撐不起這個家了。這時他想起了他還有最後一點資本：他是個北京知青。他揣上僅有的五塊錢，一家四口走了100多里路來到延安。周強見

到他的時候，說他「沒一點精氣神兒，臉墨黑，乾巴巴的，一張嘴，牙掉得不剩幾顆。身上穿件破舊的黃衣服，光腳套雙舊懶漢鞋，腳趾頭就伸在光天化日之下。」周強的感覺是：「這哪像是北京知青，連山溝裡的農民都不如！我沒法想像，農民都脫貧致富了的今天，北京學生竟還有淪落到這種地步的！」

周強給他找了個掙錢多的活兒，挖電線桿的坑，每個坑一米見方一米五深，挖一個給 10 塊錢，管這項工程的也是個北京知青，把剩下那七個坑的工錢加到 20 塊，都給了他。可是期限快到了，他連兩個都沒挖出來，又找了個人來幫忙，那個後來的挖了 4 個，他才挖了 3 個，周強看著他那營養不良體力不佳的樣子，說不清是憐憫他還是恨他，一個能從北京騎著自行車蹬到陝北的漢子，怎麼混到了這個份上！

後來周強帶他找到延安行署接待處，要求解決工作問題，又找到知青處，要求解決他老婆的農轉非問題。兩個部門早都聽說過他的情況，答應想辦法解決，分手的時候，周強把身上的 20 塊錢全都掏給他。一年之後，他來看周強了，穿了件人造毛的防寒服，人也胖了，精神多了，他說他的問題都解決了，縣裡給他安排了工作，在一家工廠燒鍋爐，每月 70 塊錢，他媳婦也解決了農轉非（由農村戶口轉為非農村戶口），在鎮上一家商店當售貨員，每月 60 多塊錢，他們在鎮上租了間房住。可是從鎮上到縣裡有 30 多里路，他兩頭跑太累，也增加了經濟負擔，這一次他來找行署，想從縣裡調到鎮上去，「他說如果這件事辦成了，他就再沒有什麼要求，就安安穩穩地過日子了。他臉上露著自信與滿足的微笑。」

能守著婆姨和娃娃，在陝北的一個小鎮上，住在每月 15 元租來的房子裡過日子，這就是他最大的願望，最高的要求。他在陝北高原上找到了歸宿。他能憑藉「北京知青」的身分，過上優於陝北老鄉的生活，但是他的精神世界無異於一個陝北老鄉。他那滿足的微笑，激發起周強

的一番感慨：「按說我該為他高興，畢竟他從最艱難的處境中擺脫出來了，可那會兒我的心情反倒一下子沉重起來。我想起剛剛收到的北京老同學的信，告訴我誰正在辦出國，誰當了公司經理，誰為了評高級職稱和領導幹了一架。人是要往高處走的，當然這高處的意義很寬廣，那是新的目標，新的天地，我瞭解我們這一代人，只要衝出去了，目標定在多高的位置，都不過分。他也是我們的同齡人，他只有一個要求，就是這個把工作從縣城調到家門口的要求，這是他最大的奢望。」

寄希望於下一代

小雅走到村口的時候，那場面使她驚呆了：前面不遠的地方，黑壓壓地站著一大群人，有扛著鋤的，那是要下地去的，有牽著驢的，那是要馱水去的，有拄著枴的老人、抱著吃奶娃娃的婆姨，那是平時很少出村的。井家大隊第二小隊能走動的人，怕是全都來了，就是隊裡開會，人也難以來得這樣齊，小雅一出現，誰也不講話了，七八十雙眼睛一齊射向她、望著她，目光隨著她的腳步一點點地移動。怪不得她從窯裡出來，這一路上都顯得那麼安靜，見不到一個人影，原來人都跑到這裡來了。小雅這時才知道，她在村裡人心目中的分量有多麼重，她的心裡有一陣熱乎乎的東西往上湧，湧到了嗓子眼兒，湧到了眼眶裡，眼眶裡頓時一片濕潤……

不知怎的她一下想起兩年前她送好友連連回北京治病時的情景，也是這個季節，也是這個村口，也是這條路，只有她、連連和一個趕毛驢的老漢。連連騎在毛驢上，渾身上下打不起一點精神，兩條小辮像兩把經了霜的小草，蔫蔫地耷拉著，兩隻眼睛也毫無光彩。連連什麼話也沒說，不知是她病得沒有力氣說話，還是沉重的心情壓得她說不出話。毛驢馱著她瘦削弱小的身影漸漸遠去，消失在長天之下莽原之上，消失在從西邊壓過來的濃重的烏雲之中。她就那麼孤零零地走了。不久北京傳

來消息說連連死了，死因是惡性傷寒。

插隊知青裡面，連連是小雅最要好的朋友。

那一次是小雅在村口送好友，這一次是鄉親們在村口送她，好友是回北京治病去的，她是回北京上大學去，連連是蔫頭耷腦孤零零走的，她是全村人眼巴巴送走的。鄉親們的真情讓她感動，連連的遭遇又引發了她的傷感，這兩種本來互不相干的情緒攪在一起，小雅有點受不了啦，她真想放開嗓子，痛痛快快地大哭一場。

鄉親們迎過來，往她手裡、書包裡、口袋裡塞東西，幾個煮鷄蛋，兩個白麵饃，幾把紅棗，一些核桃……老鄉家裡拿不出更好的東西。小雅使勁推讓著：「拿不了啦，吃不了這麼多，留著給娃娃們吃吧。」她操著一口陝北話，她是全村知青第一個會講陝北話的，到現在她還隨口就能冒出幾句。但推是推不掉的，口袋裡塞滿了，書包裡塞滿了，兩隻手裡也塞滿了。她騰不出手來掏手絹，只能任眼淚盡情地往下淌，像兩條小溪，輕快地滑過面頰。

其實她跟老鄉已經告別過了。她要上大學的消息一傳開，家家都來找她吃飯，她把全村的人家吃了個遍。她買了20張宣傳畫，簽上名字，也挨家挨戶地去送過了，所以她沒有想到今天還會有這麼大的一個場面。是因為她幹活捨得出力氣？是因為她是大隊的婦女主任？是因為她是村裡的赤腳醫生，收了工跑前跑後地去給病人打針送藥？是因為她拿出自己的錢從北京給村裡買來一大堆藥，老鄉家的孩子生急病她半夜起來跑到公社去給找大夫？……反正，這兩年半時間她給鄉親們做了許多事情。

全村六個女知青，第一個學會挑水的是她，第一個學會砍柴的是她，第一個學會推碾子磨麵的也是她。冬天的早上，沒柴了，餓著肚子，拿根麻繩往腰裡一紮，到很遠的溝裡去打山棗刺。山棗刺長得比人還高，好不容易砍了一捆，背起來從溝底往上爬，快爬到溝沿上了，腳

一滑，一捆柴就全散了。一早上白幹了，想哭也哭不出來。

老牛慢騰騰地走，架子車發出吱吱的響聲，車上放著小雅的行李。從村裡到公社這段路有 15 里，隊長張志榮親自來送她。張志榮有四十多歲，話語不多，但小雅能感覺到他那顆實實在在的心。缸裡沒水了，上他家去舀，灶裡沒柴了，上他家去要，水和柴在村裡都是稀罕物，吃水要到溝裡去馱，一去一回要一個鐘頭，燒柴要到很遠的溝裡去砍，近處的早都砍光了。插隊第二年那個春節小雅是在村裡過的，因為過完了春節就要整黨，她當時已經是大隊的婦女主任。六個知青走了五個，就剩下她一個人孤零零地住在一孔空蕩蕩的大窯裡。張志榮說，住到我家裡去吧！他家院子裡有一孔放雜物的小窯，他收拾出來，把炕燒得熱熱的。陝北的冬天很冷，那一年雪又很大，夜裡小雅起來上廁所，張志榮聽到了，第二天就拿了個瓦罐過來。「夜裡就別出來了，外頭冷，凍著！」

那個春節，小雅過得很快活，幾乎家家都來給她送東西：這家送塊豆腐，那家送兩個糜子麵做的米黃，有人送一塊肉，有人送一些包好的餃子、幾個饃饃，她把這些吃食都放進面缸裡邊，常常打開蓋子看一看，光是看一看心裡也覺得很舒坦。

小雅上學走了，一走就是 13 年。這 13 年裡，每到春節她都收到一個包裹，鼓鼓的、沉沉的，裡面裝的是紅棗小米芝麻核桃，分裝成一個個小包，再縫成一個大包。郵包裹的布，是陝北農民自家織成的土布，粗糙、結實、針腳縫得很密。郵包裹的是張志榮，常常連封信也沒有，就是這麼一個包裹，一年一個……

1985 年 5 月，延安地委出面，邀請了二十幾個當年在陝北插隊的北京知青回延安，其中也有小雅。小雅高興壞了，她一接到通知就往村裡寫了封信，告訴張志榮說一定要回村去看看。

到了延安，日程安排得滿滿的，座談、參觀、訪問……舊地重遊、

舊事重憶，二十幾個人整天沉浸在歡樂和激動裡。第三天吃中午飯的時候，有人喊：「小雅，外頭有人找你！」小雅很奇怪：我插隊是在宜川，延安沒有熟人呀！她疑惑著走出來，門外站著一個老漢。頭上包著一條半舊的白羊肚手巾，身上穿著一件黑棉襖，臉上刻著密密的皺紋，他一把就把小雅拉住了：「小雅，還認得我不！」

「怎麼不認得，張志榮嘛！你怎麼找到這裡來了？」

「知道你要回咱村，你十幾年不回來了，怕你尋不著路，來接你呢！」

從村裡到延安有二百多里路呢，又沒有順腳的汽車，老漢是走一程路搭一程車，倒騰了幾次才趕來的。

小雅跟著老漢回村了。進村的時候天都快黑了。他們走的是一條馱水的小路，可老鄉們遠遠地就認出來了：是小雅吧，小雅回來了，小雅回來了！一會兒全村就都傳遍了。

又是家家戶戶請吃飯，每天早上一起來，院子裡已經有好幾家人站在那裡等了，搶新郎似的，實在吃不過來。有時就這家吃半頓那家吃半頓，一頓飯吃兩家。

小雅心裡邊惦記著一個小女子，滿村裡尋不著那個小女子。她問張志榮：「飛玲哪？咋見不著飛玲？」「嫁了，離這裡有十幾里地，都生了兩個娃了！」

小雅記憶中的飛玲，是個十五六歲的小女子，聰明伶俐，手腳勤快，幹活老是幹在頭裡，罵架也是伶牙俐齒，誰也不是她的對手。但飛玲的日子不好過，爹媽都死了，跟著哥哥嫂子過，哥哥參軍去了，家裡只有個精明刻薄的嫂子。小雅同情飛玲，冬天，一個窯裡的知青都回家了，就把飛玲找來作伴，給她補棉襖，還教她認字。

有一天割麥子，收工回來又累又餓，小雅連話都懶得說，進了窯洞就想吃飯。掀開鍋蓋，鍋裡是空的，摸摸灶台，灶台是涼的。那個值日

做飯的知青正在炕上躺著，冷冷地甩過來一句話：「我没做飯，今天累得慌，你們誰愛吃誰做吧！」

小雅去缸裡舀水，可缸裡也是空的！吃水要到溝裡去挑，來回要一個小時，背一背水要歇六歇，水背回來只剩一半。小雅此時哪裡還有背水的力氣。這時飛玲來了，悄悄塞給小雅一塊窩窩，就是玉米麵發糕。小雅知道，飛玲的嫂子絕不會讓她把家裡的窩窩拿給人吃的，飛玲是偷偷從家裡拿出來的。

小雅惦記著飛玲，她跑了十幾里路去看飛玲。走到飛玲家的窯背上，她叫人把飛玲找出來，離著老遠問：「你知道我是誰嗎？」

「你是小雅嘛！」飛玲一眼就認出來了。飛玲把三歲多的孩子扔在家裡，先把小雅送回村，又走了二十多里路把她送到汽車站。飛玲跟小雅有說不完的話，小雅在她心中打開了一扇明亮的窗子，把她帶進了一個多麼美好的世界。但小雅看到已經成為一個陝北婆姨的飛玲，心裡有一種深深的遺憾和歉疚：她没能把飛玲帶出來，没能改變飛玲的生活道路，飛玲的物質世界和精神世界，跟其他的陝北婆姨没有多大區別。

小雅把對陝北老鄉的摯愛、感激和同情，把對陝北的希望，寄託在陝北的孩子們身上，她每學期給張志榮的孫女交學費，因為張志榮的孫女上不起學。1993 年她得了新聞出版編輯的最高獎——韜奮獎，她從中拿出 1500 元錢，資助宜川縣五個上不起學的孩子念書。去年她那個村裡蓋學校，蓋了一半没錢了，她也解囊相助。

小雅說：等我女兒長到 15 歲的時候，我們一定帶她回陝北去一趟，因為我是 15 歲下鄉的，我愛人也是。

把對陝北老鄉的情誼傾注在孩子們身上，這種例子還有。

王新華在延安縣插隊，隊裡有個老漢叫米懷如。王新華在回憶陝北插隊生涯的文章裡這樣描寫：「土改時把米懷如劃成上中農，而後他個脾氣更是海來和善，眉臉上有人没人常掛個笑。倒運左眼生疾，角膜

炎，常年累月淌水，紅愣愣價像個爛桃子，須每幾分鐘用髒手揉搓。告訴他，只要一瓶氯黴素眼藥水就包他好，他笑笑：管他，受苦人命才值幾個錢，等不到眼瞎，早到死展了。且說且又從爛桃中擠出一股水。這情景，真讓人心顫。」王新華這樣評說米懷如：「我不知他是怎麼個活法，見病認病，見命認命，只要死不下，來什麼橫，什麼逆，也無哀怨，也無憤慨。」

後來王新華上了大學，又考上研究生，再後來他出了國，去了新加坡。可他就是忘不了陝北，忘不了長著爛桃眼的米懷如，他一趟一趟地回去看陝北，結婚的時候把愛人也一起帶回去，前後總有六七趟。後來米懷如老漢死了，留下個孤零零的小孫女桂蓮，桂蓮跟著哥哥嫂子過，每天給哥嫂攔羊，一年才掙 15 元錢。王新華把桂蓮帶到了北京，又帶到了廣東，最後落戶蛇口。陝北的小姑娘在經濟特區找到了一份工作。

勇敢的飢餓者

在整個上山下鄉的浪潮中，山西農村一共吸納了 50 萬來自北京和天津的知識青年，他們從北向南分布在雁北、忻州、晉中、臨汾、運城等幾個地區。

山西有著三千多年的農耕歷史，早在春秋時代就是有名的泱泱晉國，但是山西發展農業的自然條件並不好：東有太行，西有呂梁，山地高原和丘陵占了全省面積的七成以上；太行山、太岳山和中條山阻隔了來自東面和南面的暖濕氣流，加上地勢又高，所以與緯度相同的山東河北相比，山西氣溫偏低，降水偏少，許多地區十年九旱。只有發源於寧武、匯注於黃河的一條汾河水，自北往南穿省而過，流經的忻縣、太原、臨汾、運城幾個盆地，是全省的主要農業區。在六十年代末七十年代初，山西仍然是一個農業比較落後的省分，土地開墾程度在北方幾個省區中比較低，雁北一些地方的無霜期只有 120 天，五月飛雪，九月掛

霜，只能種蓧麥、土豆和一點春小麥，寧武縣有民謠説：「上了寧武山，少吃又無穿，除了蓧麥麵，就是山藥蛋。」

勞動是艱苦的，但與勞動比起來，更苦的是吃飯問題，當年到山西插隊的北京知青，頭一大難事莫過於一日三頓沒著落了。

謝建民回憶説：我們剛到陳家莊時，頭一頓飯是隊上管的。村裡宰了隻羊，饅頭、羊肉粉條，那幾乎是村裡最好的飯了。第二頓還是隊上管的——糠窩窩就鹹菜——憶苦飯，只摻了很少一點玉米麵的穀糠做成的窩窩怎麼也嚼不爛，只能像喝中藥那樣用白開水往下送。再往後就是把我們分散到社員家去吃派飯了。

但派飯是吃不長的，倒不是農民小氣，山西的農民雖然窮，但為人豪爽熱情，知青去了，許多人家都揀好飯做。十八九歲的年輕人，正是能吃的時候，天天吃頓頓吃，誰家也養不起。再説，知青不是來做客的，而是來受教育的，總不能天天在社員家裡吃派飯呀。於是，買了做飯的鍋，買了盛水的缸，買了刀杓碗筷，請社員幫忙盤了爐灶，知青的集體灶開伙了。

下鄉頭一年，知青的口糧由國家撥給。給多少？謝建民説：頭半年縣上給每個知青100公斤糧食，都是原糧，要我們自己進城找磨坊磨成麵。戈西賽夫説：插隊的頭一年，國家供應每個知青264公斤原糧。退皮碾磨之後，每月合20公斤成品糧，每天約0.65公斤。前兩個月，我們沒好好計劃，吃超了。開春後，儘管採取女生支援男生、乾稀搭配，多摻麩皮等辦法，但由於勞動量大，仍然不夠吃，經常餓得睡不著覺。幾位女同學説地裡長的「刺菜」（一種野菜）能吃，我們就在上工休息和收工後挖刺菜，用玉米麵包菜團子，果然十分好吃，肚子也填實了些。後來刺菜的刺越長越硬，就不能吃了。

在家裡，每月有國家定量供應的商品糧，只知道餓了就要吃，吃就要吃飽。在家裡這麼吃行，到了山西，糧食分的少，肚裡油水小，每天

的勞動量大，再這麼吃就不行了。這些建國後出生的孩子們，體驗到了啥叫「挨餓」，啥叫「恐慌」。

戈西賽夫回憶說：三夏大忙的季節，各生產隊都辦起了農忙灶，蒸的白麵饃饃管夠吃。第一天吃下來，同學們個個眉開眼笑。這個說一天吃了五個四兩的大饃，那個說吃了七個八個，女同學們都不好意思報數，只是低頭哧哧地笑。我也算了算，從天不明跟大車拉麥，到天黑拉完最後一車，竟吃了13個大饃饃。一直到三夏結束，我每天都吃10個以上。到了冬天，我們才嘗到了挨餓的滋味，每天只能喝稀玉米麵糊糊，男同學每頓能喝兩飯盒，至少有3斤水，女同學也能喝一飯盒。我經常跟大車出村賣石灰，早晨喝了稀糊糊，再帶上兩個墨水瓶大小的玉米麵餅子。這兩個小餅子，就是我裝卸三四千斤石灰，在寒風中跑幾十里地的全部乾糧。

魏光奇插隊的沁縣後泉村，坐落在太岳山腳下，四面環山，除了溝就是坎，全村沒有一塊水澆地，農民每年的平均口糧不到150公斤。知青每月只有22公斤原糧，吃超了就要挨餓。22公斤原糧，去皮去糠後只能剩18公斤。好心的農民叮囑他們：吃飯可不能放開肚——這就是貧下中農再教育的第一課，也是最重要的一課。

山西小麥少。宋明那個村，每人每年只能分上三四十斤麥子，而傅作梅下鄉的定襄縣山村，第一年每個人只分了4斤麥子，合3.2斤白麵，春節吃一頓，中秋端午吃一頓，就沒有了。每次探親回來，大家都從北京帶些大米，不過那時大米緊張，每次也就帶二三公斤，捨不得吃米飯，有個頭疼腦熱的時候，熬點大米粥喝。

那時白麵是稀罕物，難得吃上一頓白麵條，難於在家時吃餃子。朱維紅在榆次縣呆了一個星期也沒吃上一頓麵條，食堂裡只給他們吃摻了榆皮麵的紅麵餄餎，吃了很不好消化。後來到了石圪塔公社的杏林塔大隊，才吃了一頓大隊招待的麵條，還是澆肉的，那是來榆次吃的第一頓

好飯。

宋慶光他們從縣城步行了十多公里路，進了村，安頓好行李，天就擦黑了。民兵隊長根喜對大夥說，天太晚了，歡迎會改在明天開，現在準備吃飯。肚子餓得咕咕叫的宋慶光，坐在一塊青石板上想，這是進村的第一頓飯，肯定差不了，準有肉吃。結果怎樣呢？

「開飯了，我們魚貫走進廚房，只見先進去的人端著一大海碗很快折出來，碗裡熱騰騰地冒著氣，是麵條湯。或許是正餐的前奏吧？我想。待走進門，早有一位大爺樂呵呵地將一碗麵條湯雙手捧過來。我接過碗迅速地向四周搜索著，昏暗的燈光下，除灶臺上這鍋麵條湯外，再無別的什麼可吃的東西。我悻悻地走出，同大家一樣蹲在地上吃湯。我不大甘心，用筷子在碗裡翻找，希望能發現點肉絲肉片之類的『精華』，但完全讓我失望了。」

這頓叫宋慶光大失所望的麵條，卻在圍觀的孩子和村民中引發起另一種熱烈的議論。

「喝麵哩！看，大學生們喝麵哩！」

「嘖嘖，真個香哩！」

「伢婆（媽媽），我也想喝麵！」

一碗沒有葷腥的麵條湯，讓宋慶光大失所望，卻引來村民們驚羨的目光，兩種不同的估價不同的感受，折射出兩種不同的人生經歷和人生體驗。後來，在年終只分到幾斤「金貴的麥粒」後，宋慶光們才懂得了那頓「接風」麵條湯的價值。

麵條是待客的，剛進村的知青是「客」。可他們畢竟不是來做客的，而是來當學生、當社員、當勞動力的。他們應該跟社員們一樣下地幹活，一樣評工記分，一樣起伙做飯。自己做飯，就得算計著吃，調劑著吃，不光沒有那麼多白麵，甚至沒有足夠的糧食。他們想起了貧下中農老師的再教育——吃飯可不能放開肚。

魏光奇發出感慨：人的適應能力之大是無法估量的。幾乎是一夜之間，我們這些北京的「大學生」們便學會了山區老百姓的吃飯方式，每日三餐，一乾兩稀。兩稀是指山西的合子飯：幾把小米，加上些瓜菜，煮成一大鍋湯，開鍋後下點玉米麵或高粱麵的「擦疙瘩」。主食是定量的，每頓飯都要過秤，不夠吃就多加些水，直到可以灌飽為止。有一次，大號搪瓷碗他灌了五大碗，放下碗拍拍肚皮，好像豬八戒，當時魏光奇就想，人的胃肯定要比人體解剖圖上畫的那個大得多。灌得多，排洩就多，男女生宿舍夜間用的便盆，都由小號換成了大號，每天早上都是滿滿的。最好過的是秋天，秋天的合子飯裡有豆角、紅薯、南瓜、土豆、蘿蔔，品種多，分量足。最苦的是春天，村子裡凡是能吃的樹葉全都被吃光，連小腳老太太都會上樹，真是一大奇觀。

糧不夠，菜來湊，水來湊，只求一時填飽肚子，不論質量如何，不論什麼東西。但是菜也並非永遠充足。夏天多一些，儘管品種不多，什麼菜下來了，就整天吃什麼菜，青茭下來吃青茭，西葫蘆下來吃西葫蘆，天天吃，頓頓吃。到了冬天，就只有窖藏的白菜蘿蔔。冬去春來，白菜蘿蔔也吃光了，就剩下沾滿了白鹽花的鹹菜，與其說是吃菜，還不如說是吃鹽。有一年春天傅作梅他們到大橋工地上去當民工，每天幹的是超強度的體力活，收了工只能吃鹽醋餄餎，就是在茭子麵上撒點鹽，再澆點醋。知青點的菜基本上只有一種做法：熬，或者叫做白水煮，原因很簡單——沒有油。直徑一米的大鐵鍋，熬一鍋西葫蘆最多也就放半小勺油，或是學著老鄉的樣，用油布刷蹭蹭鍋底就炒菜，菜裡邊見不到一點油星星。

到了夏天，幹活的地方遠一點，中午趕不回去吃飯，就得帶幾個饃，天熱，有時候帶的饃一捂，就發餿了，起黏了，拉絲了，知青們照吃不誤，什麼衛生啦，生病啦，這個時候都顧不上去想，饑不擇食，填飽肚子最要緊。

陳家利他們青年點沒柴燒了，六個男生天剛剛亮就奔了離村二十多公里的龍王廟。砍柴倒還容易，背柴就難了，一百多斤挓挓哄哄的柴禾捆背在背上，火辣辣的太陽頭頂上曬著，腳底下的路細得如羊腸一般，路兩邊全是荊棘、酸棗棵、蒼耳子、羊角菱，把兩條褲腿劃得嘶嘶啦啦的響。山坡陡峭，石多路險，六個小伙子汗水殺得眼睛疼，幾趟柴背完，解放鞋底的花紋都磨平了，鞋裡面血、汗和泥混到了一起，腳跟成了黑紫色，人累得躺在地上就不想再起來。該吃飯了。解開裝饃的口袋，口袋裡冒出一股難聞的氣味，拿出饃來用手一掰，黏糊糊的已經拉了絲。壞了！昨晚把饃蒸好，就放到面口袋裡，捂了一夜，又曬了大半天，饃全餿了。有人說：「正好帶著大蒜，能殺菌解毒。」六個人大蒜就饃吃起來。

久不沾葷腥，極饞肉。但是，不到逢年過節或是婚喪嫁娶，全村根本見不到一點肉星星。李正果他們知青點，一次打賭，賭注是雞。那時候，窮山村裡的雞真是便宜，10 元錢買了大大小小 11 隻雞，22 個人，正好兩個人一隻。雞還沒煮熟，誘人的香味就從鐵鍋裡飄逸而出，溢滿灶間。年輕人急不可耐了。有個同學拿大鐵杓撈起一塊雞肝，燙得直咧嘴，也還是吞下去了，大家一看，都等不及了，圍著鍋邊撈雞雜碎、雞血塊吃，不一會就把這些零碎都撈吃完了。這時高三年級的一個大個子同學來了，他沒吃到雞雜碎，就從鍋裡拎起半隻沒有煮熟的雞說：「不管熟不熟，我就吃這半隻了。」別的同學一看有人吃雞了，也都紛紛下手撈自己的那半隻雞。沒有煮熟的雞，肉不離骨，得費很大勁才能把雞肉啃下來，半天也嚼不爛，乾脆就囫圇著吞下去，有的地方還有紅色的血絲，有股腥氣。第二天，有的人噁心，有的人嘔吐，好幾個知青鬧了病。

那個年月，知青們真是饞，什麼肉都敢吃。山西雖然地方窮，吃東西說道還挺多，不吃魚頭、不吃蛇、不吃青蛙，知青們可不管那些。邢

小群説：那年夏天，我們七個知青齊出動，到 15 里外的水田裡捉青蛙。男生下水，用棍子打，女生蹲在地塄上收拾，太陽沒落山，我們就剝了多半籃子田雞肉。回村，點火支鍋，放些油，用紅糖一炒，再放些葱、薑、黑醬，肉沒燒熟，香味就飄散開了。村裡的孩子邊跑邊喊：「知青吃蛤蟆哩，知青吃蛤蟆哩！」我們讓孩子們嘗嘗，他們都嚇得往後縮。從此村裡傳開了：知青啥肉都敢吃。

　　知青説：吃一次肉就好像過一次年，過去在家裡做一桌菜，也不如在鄉下吃一次肉有滋味。

　　最高興的事莫過於過年吃餃子了。不管男的女的，一個人少則五六十，多則過百，聽了真能嚇人一跳。王治平他們青年點，22 個人包了 1600 餃子，平均一人 70 多個。她回憶説：我負責燒火，風箱拉得呼嗒呼嗒作響，紅紅的火焰竄得老高，一會兒工夫水就開了。一次煮 200 多個，一出鍋就一掃而光。大家吃著、聊著，伙房裡熱氣騰騰，每個人都吃得鼻尖上冒了汗。張崇菊吃完後，把我換下來吃餃子。我最愛吃剛出鍋還沒癟肚的餃子，一口咬下半個，真好吃，從離家到現在，還是第一次吃餃子呢！我 5 個一組數著數吃，一口氣吃了 12 組，60 個大餃子，才覺得肚子差不多了，放下碗筷，1600 個餃子只剩下十幾個了。

　　譚新國他們那裡更厲害，殺了一口豬包餃子，13 個人吃了 1800 多個，平均每人 140 個，其中還有 6 個女生。

　　饑餓像一塊巨大的烏雲，緊緊地籠罩在知青們的頭頂，他們同饑餓展開了鬥爭，以不同的方式、不同的代價、不同的結果。一位北京知青饑不可耐，偷了 30 斤玉米，被看場院的狗發現，追得滿山跑，不小心跌進山溝摔死了。

　　饑餓與貧窮是連在一起的，農民的收入完全取決於糧食產量的高低，糧食打得少，工分值就低，到了年底，沒有多少「紅」可分。有些地方，勞做一天只掙幾分錢，日常花銷、回家的路費，常常要靠家裡寄

來，所以，郵遞員總是受歡迎的人。

知青苦，農民更苦。但是在苦水中泡大的農民自己不覺苦，在甜水中長大的知青一眼就看出農民的苦。

1969年春天的一個早晨，知青王國全跟農民一起下地去撒糞。吃早飯了，王國全的早飯還是玉米麵餅子。對面坐著一個五十多歲的漢子，也在吃早飯，他的早飯是摻了穀糠的窩頭。由於穀糠摻得太多，窩頭很鬆散，他只得用兩隻手捧著那窩頭吃，嚼上一會兒，才艱難地嚥下一口。吃窩頭的漢子並無異樣的感受，看著他吃窩頭的王國全，卻在受難般地想像著嚥糠下肚的感覺，他說：「我看著他終於吃完了那窩頭，才深深舒了口氣，並且暗自慶幸我們插隊知青享受著每年264公斤口糧的待遇，有純玉米麵餅可吃。」

知青們的生活即使再苦，比起農民來還是要好得多。第一，他們的口糧有基本保證；第二，他們有後援，回一趟家，就要帶回幾大包沉甸甸的各種吃食，偶爾還會有郵包寄來。他們有指靠。農民指靠誰呢？都是窮親戚，都是鄉下人，誰也差不多，誰也靠不上，那就只好受窮，窮得連分得的那一點小麥和棉籽油也捨不得吃，要拿到集上去換食鹽換火柴。

混跡於鄉土之間，知青每天都在觀察著農民，認識著農民，追憶當年情景，最讓他們難忘的是農民給他們的關照和幫助。

在白田村插隊的方曉黎，鄰居是一戶老實巴交的農民，老漢已近花甲，大娘極富同情心，獨生子二牛的年歲跟知青一般大。寒冬之際，幾個知青糧已不多，柴已燒盡，斷頓了。打這以後，二牛常常把知青盛情邀至其家，飽餐一頓「菜飯」。柴禾嘛，二牛家的柴堆任知青拿取。二十年來，方曉黎常常回想起山裡人的那句話：「咱山裡雖窮，可人性好哇。」

陳家利他們上山打柴，帶的饃吃光了，又累又餓，六個小伙子連合

拉一輛車的力氣都沒有了，他們好不容易找到一戶老鄉家。一個漢子招呼知青進屋，屋子裡黑乎乎的，女主人坐在鍋臺前，懷抱著一個吃奶的孩子，旁邊站著兩個小男孩。案子上擺著一屜黃色的玉米麵饃，兩屜黑色的紅薯麵饃，那漢子二話不說，就把剛蒸熟的玉米麵饃往他們懷裡塞。小男孩扯著女人的衣服說：「娘，我也要吃黃饃。」女人說：「蛋蛋聽話，娘一會兒給你壓紅薯麵餄餎吃。」

　　能不感激鄉親嗎？能不懷念鄉親嗎？艱苦之中磨難之際結下的友情，是最真摯最難忘的。

第十二章
紅土壤：驚心動魄的
最後一幕

西雙版納：絕不僅僅是個種植橡膠的地方

知識青年上山下鄉運動的最後一幕，是知識青年大返城。整場戲在這裡結尾，整場戲也在這裡達到了高潮。所有的矛盾都在這裡爆發，所有的怨氣都在這裡發洩，最根本的問題也在這裡得到了最根本的解決。高潮過後，硝煙散盡，風暴平息，一切復歸於平靜。而這場戲演得最為驚心動魄的地點，是在雲南的國營農場。

《中國知青部落》的作者郭小東，借書中「知青領袖馬司令」之口，講了如下一段話：「我敢說，雲南知青在促使全國知青返城這件事上，是作出貢獻的。沒有我們雲南知青的請願，豁出命來爭取中央對知青問題的注意與重視，知青那麼快地大規模回城似乎不大可能。」

知青大返城，實質上是全國的知青對上山下鄉運動的最後一場鬥爭，最後一次反抗。

在雲南下鄉的知青共有十餘萬人，他們主要來自上海、北京、重慶、成都和昆明，其中上海青年 4.76 萬人（包括郊區農村青年近兩萬人），成都和重慶青年 4.1 萬人，昆明青年 3.3 萬人，北京青年的數量最少。兵團接收了 9.5 萬人，占

了絕大多數。

雲南生產建設兵團 1970 年 3 月 1 日正式成立，兵團司令部没有設在省會昆明，而是設在西雙版納的思茅，下轄四個師，一師在西雙版納州，二師在臨滄地區，三師在德宏州，少數團場在保山地區，四師在紅河地區。其中一師最大。兵團的現役軍人有 2700 多名。1974 年 9 月昆明軍區發出撤銷雲南生產建設兵團建制的命令，10 月 29 日兵團撤銷工作結束，改為國營農場。

西雙版納是一個傣族自治州，在傣語中，「西雙」是「十二」的意思，「版納」是明朝時傣族統治者劃定的提供負擔的單位，一個「版納」是一個單位。西雙版納位於滇南瀾滄江兩岸，氣候濕熱，林木茂盛，屬亞熱帶季風區，曾有「綠寶石」之稱。西雙版納的土壤絕大部分是紅壤，《辭海》上說，紅壤是「在暖濕氣候和常綠闊葉林作用下發育而成的土壤，分布於熱帶和亞熱帶地區。土中鐵鋁豐富，呈紅色，一般酸性強，有效磷少。紅壤地區氣溫高，雨量多，生長季節長，是我國稻、茶、絲、甘庶的主要產區。」

西雙版納是繼海南島之後的第二個橡膠林生產基地。橡膠樹最早產於巴西亞馬遜河流域的熱帶雨林，《大英百科全書》中說，它的生長帶僅限於赤道南北 10 度以內的熱帶地區。橡膠樹最怕兩樣東西，一個是寒流，一個是颱風，常常是颱風一掃，倒伏一片。西雙版納地處北緯 21 度以北，緯度偏高，而且海拔高達 1000 米左右，但它北有高原，擋住了南下的寒流，又沒有颱風的危害，這是比海南島優越的地方。西雙版納是我國第二個橡膠生產基地，但它絕不僅僅是個種植橡膠的地方，它還曾經是雲南生產建設兵團首腦機關的所在地，在雲南兵團撤銷之後，在這塊紅土壤上，知識青年又演出了整個上山下鄉大戲中最為驚心動魄的最後一幕。

到雲南上山下鄉的知識青年，雖然北京來的最少，但北京卻來的最

早，時在 1968 年初，伍穗平他們那批，俗稱「北京五十五」。55 個人全都安置在西雙版納景洪州的東風農場，後來改為雲南生產建設兵團一師二團。全團 2.3 萬職工中知青有 1.7 萬人，占 74%。在雲南生產建設兵團，這個團一直是先進團。

上海第一批去雲南，時在 1968 年末，1000 人，就是吳鶴翔他們那批，也是全都到了西雙版納的國營農場。那支千人大軍審查挑選都很嚴格，所以素質很好。第二批進滇的上海知青是 1969 年 3 月 2 日離滬，就是陳洪範他們那批，數量比第一批大得多，原定要去三萬人，實際去了一萬多一點。這一批是插隊，也是到雲南插隊的惟一一批上海知青，在 1971 年秋天雲南省大招工中，這批上海知青絕大部分進城當了工人，以文教和服務行業為多。當時在思茅縣革委會工作的陳洪範說，思茅縣只有一條街，從這頭到那頭，除了一家民航售票處以外，商店、銀行、加油站、電影院、旅社、飯店、汽車售票處，幾乎哪家單位都有知青。到 1970 年末 1971 年初，上海知青赴滇下鄉就基本停止了，後來，在雲南插隊的上海知青朱克家出了名，當上了黨的「十大」代表，上海又掀起一股要求去雲南的小浪潮，但最終只批准了幾個人。

到雲南下鄉最多的是四川青年，來自成都和重慶，他們直到 1971 年才姍姍遲來，那時北京和上海的知青已經停止進滇。重慶姑娘陳際瓦回憶說，從 1971 年的 3 月到 8 月，重慶知青開始出發，幾天走一批，每批千人左右，一共走了 24 批，總計有兩萬多人，先坐火車，經遵義、貴陽、六盤水、曲靖到昆明，再換乘汽車，分赴在西雙版納的一師和在紅河的四師。

獨身穿越原始森林的姑娘

陳際瓦，這個名字很怪，她是 1954 年出生的，那一年召開日內瓦會議，父親就給她起了這麼個怪名字。1971 年，她剛剛 17 歲，初中畢

業，趕上下鄉，四川省的上山下鄉絕大多數是在本省插隊，惟一出省的兵團就是去雲南。青年人，誰不嚮往中國人民解放軍的序列，誰不嚮往去抗美援越的前線，報名要去雲南的人排起了長隊，審查自然也格外嚴格。陳際瓦得知自己被批准的那天，既高興又自豪。

她是第 11 批，四月份走的。她到了西雙版納，被分在一師二團。汽車一直把他們拉到營部，營裡殺了一口豬，高高興興地吃完了豬肉，嘴巴上的油還沒擦乾淨，又要上路，這一次汽車換成了拖拉機，拖拉機一直把他們拉到四連，但四連仍然不是他們的終點，前邊還有很長的路，前邊的路一直伸進了大山，窄窄的、彎彎的，不能走車，只能靠兩條腿一步步地量。

這段路要過一條溝，翻兩座山，溝裡有條小溪，小溪裡有一些大石頭，人就踩著大石頭一跳一跳地走過去。好在每個人的行裝都不多，他們以為兵團跟解放軍部隊一樣，服裝被褥臉盆茶缸什麼都發，所以都是輕裝簡從。陳際瓦她們幾個女生把褲腳高高地挽起來，把鞋子脫下來，提在手中，踩著石頭小心翼翼地往前走，走得很慢。後邊的男生不耐煩，一個勁兒地催，陳際瓦心裡一慌，一腳踩空跌入水裡。水不深，剛剛沒過腳踝骨，溪水又清涼又清亮，看得見水裡的小魚和砂石，陳際瓦感覺很愜意。這時她看見一個瘦瘦的姑娘，肩上扛著一個大麻袋，步子走得很急，從後邊趕了上來，她一腳踩在滑膩的石頭上，麻袋失手落進水中，麻袋裡邊裝的是滿滿的捲心菜。陳際瓦剛想過去幫她一把，姑娘卻很有力氣地提起麻袋一悠，就勢扛在了肩上，歇也沒有歇一下，繼續快步向前走去，叫陳際瓦心裡好生佩服。到了連裡才知道，那姑娘原來是上海青年。

「五一」節很快就到了，知青們一直在盼著「五一」節，以為過節了總能改善改善伙食，解解饞。可 11 連是個新建連隊，沒有養豬，自然也沒有豬肉吃，上海姑娘扛回來的那一麻袋捲心菜，吃得還剩下一顆

半，一顆半捲心菜煮了一鍋湯，全連五十多個人，喝著一鍋捲心菜湯過了一個「五一」節。

「五一」節晚上營裡演電影，是革命樣板戲《紅燈記》，全連列隊去看電影，電影演完已經是凌晨一點多了。

離連隊還有八九里路呢，還得一步一步走回去。老戰士路熟，走得快，手裡的馬燈忽閃忽閃地在前邊閃，一會兒就沒影了。陳際瓦她們是頭一次領略西雙版納的夜景，覺著新鮮，覺著神祕，有點恐懼，又有點刺激：那黑黝黝的樹林裡藏著什麼呢，那碩大的樹冠上藏著什麼呢？大樹後面有一個黑乎乎的影子，像是躲著一個人，幾個姑娘停下來，心裡嘀咕，躊躇不前，每人找了一根棍子，壯著膽子走過去，哈，原來是一根粗壯的青藤！姑娘們哈哈一陣大笑，笑聲蕩過一條小溪，又蕩過一座大山，蕩近了連隊，而從連隊的方向，卻傳來一陣哭聲。

陳際瓦急匆匆地推開了宿舍的房門，第一眼看見的是正在流血的兩條腿，接著看見了一張哭泣的臉。她急忙問：「怎麼了？」

「螞蟥，螞蟥咬的！」

「我這裡有酒精棉球！」說著她就翻自己的提包。

「沒用的，」副連長馬紅澤冷冷地說，「螞蟥吸了多少血，傷口就要流出多少血，血不流完是止不住的。」馬紅澤是雲南知青，她的經驗要豐富得多，她像一下想起了什麼：「際瓦，快看看你的腿上有沒有挨咬？」

「不會的。」陳際瓦的兩條腿不疼也不癢，什麼感覺也沒有。可是當她就著昏黃的馬燈提起兩條褲腿，才看見自己的大腿也在流血，一道一道地往下淌。她最怕血，也最怕螞蟥，她覺得螞蟥就藏在衣服裡邊，嚇得一邊大叫一邊脫衣服，把脫下來的衣服捲成一團，狠狠地扔了出去！副連長幫著陳際瓦一處一處地數，一共有 17 處，也就是說，有 17 條螞蟥爬上她的腿，吸了她的血。儘管副連長說那血是止不住的，陳際

瓦還是用酒精棉球不停地擦，一會兒，地上就扔滿了一堆殷紅的酒精棉球。

後來陳際瓦明白了，夜間涉溪水走路，走在前邊的人把螞蟥驚動，走在後邊的人就要挨咬。自從那次叮咬過之後，她就不再害怕螞蟥，螞蟥也很少叮咬她了。她過了螞蟥這一關。

西雙版納大山多森林多，大山和森林對陳際瓦來說也是一關。當她面對著大山和森林的時候，心情複雜而又矛盾：她熱愛山林宏偉壯美的景色，深深地被它們吸引，她又害怕山林中的毒蛇野獸，對它們懷有一種深深的恐懼。1971 年秋天，營裡搞生產大會戰，陳際瓦那時已經調到營部做宣傳報導工作，兩個人辦一張簡報，一星期要出四期。他們白天跑連隊搜集素材分發簡報，晚上寫稿子刻鋼板挑燈夜戰，好不緊張。夜裡的緊張陳際瓦倒不怕，她打怵的是白天走山路跑連隊，全營有 13 個連隊，雖然兩個人分頭跑，也常常要到晚上八九點鐘才能跑得完。一個十七八歲的女孩子，單身一人在原始森林裡轉悠，也實在難為她，何況陳際瓦膽子小，在家裡連貓都害怕。剛開始的時候，她老覺得後邊有人跟著她，不停地回頭看一眼，後來膽子漸漸大了，甚至還打死過幾條蛇。有一次，天快黑了，她在山道上遇到一個傣族漢子，臉黑黑的，眼睛怪怪的，背著一只背簍，樣子有點凶，從前面走過來。陳際瓦停下來，她真希望此時能再有一個人出現，她向四處張望，可是除了颯颯的山風，除了越來越暗的樹林，再也沒有別的人，只有這一個越走越近的傣族漢子，只有這一條狹長彎曲的小路。兩個人的目光相遇了，陳際瓦的每一根神經都繃緊了。

那漢子張口了：「天快黑了，你一個人走路要當心！」冷冷地甩過來這一句話，他又冷冷地走遠了。陳際瓦忽然感受到一顆溫暖善良的心靈，她長長地吁出一口氣，加快了腳步，幾乎飛一般地朝營部跑去。再後來，她找了一頂軍帽戴在頭上，帽檐壓得很低，把頭髮全部遮蓋住，

讓人分不清她是男是女，這樣她覺得更安全些。

　　陳際瓦今天的職務是重慶市政府政策研究室副主任，回憶起在雲南生產建設兵團度過的日子，她充滿了懷念之情：「那段經歷對我最大的影響有兩點，一個是使我瞭解了中國少數民族的真誠和淳樸，一個是我從幾位優秀的基層幹部身上懂得了應該怎樣做人、怎樣待人。」

　　她那個連隊的副連長馬紅澤，個子矮矮的，人瘦瘦的，只比她們四川知青大三四歲，但顯得很成熟，對自己要求很嚴格。她宿舍裡的馬燈總是全連滅得最晚的一盞，晚上她要看書學習，如果半夜下大雨，她一定要爬起來，打著手電，到女生宿舍裡查看有沒有漏雨；早晨她又起得最早，帶著知青出操。她有婦女病，一到例假期就肚子疼，但是參加勞動總是幹最重最累的活，每次上山回來，都要給伙房扛兩根枯樹做燒柴。她還有很強的組織能力，連隊裡的許多事情都要她來張羅。「她真是能幹，我們那時都有些怕她，但是遇到麻煩事又總是去找她，覺得連隊裡只有她最可靠。」

　　還有一個人是營裡的教導員陳阿甲，他從來不在辦公室裡坐著，天天下連隊，參加勞動。他隨身帶著一把刀，沒有路走的地方，他就用刀砍出一條路來。有一次，他愛人和孩子都病了，他又要下連隊，愛人死死揪住他的衣服不撒手，陳阿甲抽出刀來，把愛人揪住的那塊衣襟一刀割斷，又下連隊去了。營裡的知識青年，沒有一個不佩服他。陳際瓦至今憶起這些還很激動：「我從他們身上懂得了應該怎樣做人，怎樣當幹部，怎樣對待工作和事業。一個社會，只有每個人都少索取多奉獻，這個社會才能進步，如果大家都光想著怎麼多撈一把，這個社會就糟糕了，就要衰落了。」

　　陳際瓦 1979 年頂替退休的母親返城，從一個區黨校的普通辦事員幹起，一直不停地努力工作，勤奮學習，先是到市委黨校進修，又考入省委黨校學習，直到今天還在攻讀碩士研究生，把每周的兩天休息日全

都搭在聽課上。她工作很忙，常常要加班，家裡孩子又小，負擔很重。她說：「我活得很累，這個累是我自找的。想一想兵團的那段生活，兵團的那些基層幹部，我就覺得應該這麼幹。」

京滬渝昆四地知青的恩恩怨怨

陳際瓦的經歷、體驗和認識，只是雲南知青中的一部分，陳衛國則有著完全不同的經歷、體驗和認識。

陳衛國坐在河邊用石子打水花，他專揀那種薄薄的片狀石子，盡可能水平地向河面上打去。石子飛快地擦過水面，彈起，落下，再彈起，再落下，在水面上濺起一串水花。他數著：一、二、三、四……最多的一次竟打了 13 處水花。他得意了，一屁股在河邊上坐下來，這時他才發現，在他周圍已經圍了一群小孩子。他越發得意起來：「告訴你們，我打水花在八連就是第一，到了你們三連肯定還是第一！」

幾個孩子都不說話，只用一雙雙好奇的眼睛盯著他，他們覺得這個知青好奇怪：頭髮留得那麼長，一件襯衫是花的，連女知青也沒穿過這麼花的衣服。還有，他為什麼不上山去砍壩，一個人在這裡打石子玩？這時，從河對岸的山上傳來呼喊聲，接著是一聲沉悶的巨響：又一棵大樹被砍倒了，這棵樹一定不小。

一個男孩愣愣地問了一句：「你咋不去砍壩？」

陳衛國認出來，他是指導員的兒子，剛到三連那天指導員找他談話的時候，這個孩子來找他爸爸要錢買本子。他心裡騰地竄起一股怒火：你爹管我，你這個小毛孩子也來管我！為什麼不去砍壩？就是你爹不讓我去，你爹讓我在家寫檢查，你爹光看見我用鐵鍬剁掉了張福奎的腳趾頭，他怎麼沒看見那一夥四川知青打我一個人！哼，別以為我陳衛國好欺負，我陳衛國在八連怕過誰，哪個四川知青敢惹我！你爹找我談話說這裡不是八連，三連是先進連隊，先進連隊又怎麼樣，今天要讓你們知

道我的厲害！

陳衛國一把拉住指導員的兒子，那個男孩只有八九歲，掙扎著要跑，可他哪裡拗得過氣力蠻橫的陳衛國。陳衛國一直把孩子拉到了河中心，那裡的水幾乎沒到了孩子的胸口。孩子害怕極了，哭喊著，尖叫著，陳衛國用力按住孩子的腦袋往水裡揿，哭喊聲和尖叫聲聽不見了，水面上冒起一串水泡，孩子手腳一頓撲騰，漸漸沒有了反應。陳衛國這時才意識到問題的嚴重，他趕緊把孩子拖上岸，孩子已經處於昏厥狀態。遠處傳來女人的哭喊聲，陳衛國抬起頭來，看見一個婦女正往這邊跑來，「大概是指導員的老婆。」他這麼想著，轉過身，朝另一個方向快步走去。

陳衛國知道指導員絕不會放過他，他多次嘗過連隊幹部的厲害。在八連的時候，他領著一幫上海青年同重慶青年打群架，氣得紅了眼的連隊幹部就經常沖著他嚷：把他捆起來！一個小時之後，陳衛國再次聽到了這句話。指導員把這句話一說完，就有幾個人拿出一條在水裡泡過的棕繩，結結實實地把他綁了起來，那繩子真厲害，一直勒進了皮肉，他疼得使勁喊叫，可是毫無用處。指導員狠狠地罵了他幾句，就匆匆回家看兒子去了。

在雲南兵團曾經流傳過這麼幾句話：上海知青掌權把子，北京知青掌筆桿子，昆明知青掌算盤子，重慶知青掌槍桿子。曾經在臨滄地區耿馬縣二師八團下鄉的上海知青劉忠定解釋說：北京知青最關心時事政治，最愛議論政局形勢，筆桿子又強，所以在機關當秘書的也最多。四川知青個子矮，但是體力好，最能吃苦耐勞，他們講義氣，抱團，誰要是有了難處受了欺負，別人就會挺身出來拔刀相助。四川姑娘潑辣，愛講話，整天嘰嘰喳喳說個不停，嘴巴厲害不饒人，有句話叫「三個四川姑娘可以趕條街」，只要有她們在就熱鬧了。她們手也巧，會做菜，喜歡自己動手改善伙食。鬧返城的時候，四川知青鬧得最厲害。上海知青

幹活不如四川知青，但是腦子靈活，有一種優越感，不大看得起四川和昆明的知青。昆明知青賬算得精，在連隊當司務長的最多，但是他們不抱團，個人顧個人，比較鬆散。四川和昆明的知青都喜歡讓上海知青從家裡帶東西，帶得最多的是服裝。當時上海時興一種「經濟領」，就是假領子，昆明知青開始嘲笑，說上海人買不起襯衫，穿半截子襯衫，不到半年，他們也穿起來了，他們說這種領子好看又好洗，本來昆明知青是不大穿襯衫的。

在各路知青裡邊，重慶知青打架最厲害，鄧賢在《中國知青夢》中也寫到：「與年紀稍長的北京、上海、昆明知青相比，四川知青（含成都、重慶）尤以性格蠻勇和好打架鬥毆著稱。『文化大革命』全國武鬥，成都、重慶造反派曾經創造出陸、海、空三軍立體戰爭的壯觀局面，遙遙領先於全國武鬥水平。」重慶知青最主要的打架對手，是上海知青，他們有時是在一個連隊裡打，有時是幾個連隊合起伙來打群架，也曾動過棍棒，也曾出過人命。打架之風盛行，與管理方法不當有關，連隊幹部捆綁吊打知青的現象也時有發生，因此有些連隊裡知青與幹部的矛盾相當尖銳。若論管理水平之差、打架風氣之盛、人際關係之緊張，雲南兵團恐怕是全國各生產建設兵團裡邊最突出的了。

負重的探親

雲南農場的勞動條件和生活條件之差，在全國也是十分突出的。

雲南農場以種植橡膠為主，當時橡膠是國家十分緊缺的戰略物資。好幾個知青向我們介紹過種植橡膠樹的全過程：先是砍壩，用斧子和鋤頭把一片森林砍倒，其中不乏兩人合抱的大樹，不乏十分珍貴的原始森林；接著是曬壩，砍倒的大樹在火辣辣的太陽底下曝曬兩三個月，把滋潤的枝條裡面的水分曬乾；然後是燒壩，點一把火，把曬乾的大樹燒掉。這時，一片茂密的森林就變成了一片焦黑的土地，在黑色的灰燼下

面，是酸性的紅壤。在酸性的紅壤上面整地，修梯田，挖橡膠樹穴，這是最苦最累的活，然後栽上育好的樹苗，精心侍弄，一般要到5~7年以後才能割膠。伍穗平說他一到連隊就種橡膠樹，在連隊裡呆了六年，從沒割過膠。

西雙版納草長得快樹長得快，就是菜長不好。有人說是因為地下水位太高，爛根，有人說因為從五月到十月都是雨季。常年吃的只有捲心菜、茄子、韭菜、辣椒等單調的幾種，伍穗平說最好長的是南瓜，滿山都是，吃得見了就噁心。劉忠定說，二分之一時間有菜，三分之二時間喝韭菜湯，知青戲謔當時的伙食是「九（韭）菜一湯蛋炒飯」，因為白米飯裡邊加著三分之一的玉米，知青開始把黃澄澄的玉米當成了雞蛋。沒有油，茄子是蒸了吃或是用炭火烤了吃，小辣椒也是用炭火烤軟了，撕開，加點鹽拌著吃。在雲南不吃辣椒不行，因為太潮濕，有瘴氣。《詞典》上說，瘴氣就是「熱帶或亞熱帶山林中的濕熱空氣，從前認為是瘴癘的病原」，而瘴癘則是「亞熱帶潮濕地區流行的惡性瘧疾等傳染病」。許多人到了西雙版納都爛腿，先是紅腫，發癢，越撓越厲害，流黃水，特別是雨季最厲害，他們的腿上至今還留著瘡疤。

住的房子是竹子搭成的，睡的床是竹子搭成的，放木箱的架子也是竹子搭成的，如果箱子長時間不開不曬，裡面就會發黴長毛。開荒的時候蛇很多，螞蟥很多，有的蛇還爬到宿舍裡，盤在竹床下，一些女孩子怕蛇怕得要命，夜裡不敢起來解手。就連雲南的小蟲子都欺負知青，土蜂蜇人，蜇死過一個女知青，螞蟻也有毒，皮膚挨了咬就紅腫。

對於北京和上海知青來說，雲南還有一苦，是交通苦。去雲南的路途太遙遠。「北京五十五」之一的陳光說：從北京到昆明，火車要走五六十個小時，那時成昆線還沒通車，要從廣西那邊繞著走。到昆明下了火車，還得坐三天半汽車才能到景洪，從景洪到農場還有60里，單程也要走一個多星期。上海知青吳鶴翔回憶說，到昆明下了火車，第一件

事情就是趕緊找長途汽車。那個時候帶的東西多，要從家裡帶許多臘肉豬油鹹菜什麼的回來，兩年一次探親假，有的人要把兩年用的東西都帶回來，因為雲南東西太少，市場空空的，還得給別的同學捎一點，至少要帶三個大旅行包，都是鼓鼓囊囊，死沉死沉的。把兩個旅行包繫起來，往肩上一搭，手裡再提一個，要跑著步去找汽車，搶座位，那股緊張勁，跟打仗差不多。從景洪到我們下鄉的那個地方還有 100 多里路，路不好，一下雨就不通車，我們就截拖拉機，嚇得拖拉機看到知青就跑，我們就追，追上了，先把旅行包甩上去，人再爬上去，要不然，就得在景洪住上兩三天。

物質生活的艱苦，精神生活的單調，加上管理不好，到七十年代中期以後，在知青中間就出現了男女同居的現象，開始是個別的，後來發展得很普遍，男生和女生，晚上睡到一個蚊帳裡邊去。在兵團沒有撤銷的時候，這種事情連隊幹部還管一管，以後越來越多，大家都習以為常，就很少有人去管了。我們在採訪中聽到一個個關於知青同居的故事時，心裡邊是沉甸甸的，那絕不僅僅是年輕人在生理上的一種需求，更表現出知青當時的絕望心情，那是他們在絕望之中的一點歡娛，一種自毀，一種自暴自棄。他們不可能沒有想到後果，但他們已經不顧後果，「豁出去了，管他呢，反正是沒有出路了，反正就是這個樣子了，何不苦中尋樂呢！」在那個極「左」的年代裡，在那些原本十分規矩的知青們純潔的內心裡，男女同居未婚先孕是一件丟人可恥的事情，但凡還有一些上進心，但凡還想到今後個人的發展前途，他們也不會那樣肆無忌憚。當這些十分珍惜臉面的人已經不再顧及臉面的時候，當他們對自己的前途已經完全失望的時候，爆發那樣一場震動全國的大事件，就完全是在情理之中了！

上海女知青死於醫療事故

　　西雙版納最早種植橡膠的地方在橄欖壩。橄欖壩在景洪縣境內，1948 年，一位華僑在這裡種下了從泰國帶回來的橡膠苗，從此西雙版納才有了橡膠樹和橡膠林。後來橄欖壩成為一個農場。再後來橄欖壩成為雲南生產建設兵團一師四團。

　　距第一次栽種橡膠樹苗 30 年後，橄欖壩又因知青的一次大舉動而再次聞名。一起偶然的醫療事故，成為雲南知青大返城風潮的導火索。

　　中國社會科學院近代史研究所的劉小萌博士寫到：

　　「1978 年 8 月，橄欖壩農場發生上海女知青徐玲先因醫療責任事故導致難產而死的惡性事件，引發了知識青年抬屍遊行示威，遊行者向州委所在地、西雙版納首府景洪進發。西雙版納墾區黨委對這起事件迅速作出以下決定：一、醫生的問題是人民內部矛盾，要作深刻檢查；二、屍體要馬上處理；三、對破壞抓革命促生產和聚衆鬧事的首要分子，要堅決打擊，絕不手軟。試圖用高壓手段迅速平息這場風波的做法，反而起到激化矛盾的作用，情緒激憤的知識青年不斷加入到遊行者行列中，隊伍如滾雪球般擴大，對死者個人的沉痛哀悼，已經演變為對知識青年集體命運的抗爭。

　　「雲南省委決定多做工作，不要激化矛盾，立即採取了三項措施：一、對農場領導的嚴重官僚主義和失職行為給予嚴厲批評，責成他們向知青們檢查道歉；二、答應知青們的合理請求，並為死者舉行追悼會；三、請州委及農場通知死者家長及上海市知青辦，請他們來西雙版納共同料理後事。在省委的直接干預下，一場風波暫時平息下來，但是誘發知識青年聚衆請願的病灶沒有去除。不久，一場風暴崛然而起。」

　　這場風暴，是知青要求返城的風暴，返城才是他們的最高要求，醫療事故不過是一個引子、一個藉口。後來雲南省革委會和國務院調查組

的《調查報告》中也說:「知青請願、罷工的惟一要求是返回城市。這個要求普遍、堅決、強烈。東風農場的知青對調查組說:你們解決我們的問題,一是讓我們回去,一是派兵鎮壓,沒有其他辦法。勐捧農場有的知青說:不回家是死路一條,寧可殺頭,也要回家。勐滿農場二分場八隊一知青串連了五六個人,準備好汽油,聲稱五一節前不解決他們回家的問題,先離婚,然後到上海市最繁華的地方自焚。當調查組到勐臘、勐捧、勐滿、勐定、盈江等幾個農場時,都發生知青向調查組圍攻、跪哭不起、哀求回家的事。」

累積成山的問題

背景之一:面臨巨大就業壓力的城市,想慢慢解決知青返城的問題。

粉碎「四人幫」以後,黨中央撥亂反正,對「文化大革命」當中的許多錯誤做法加以糾正,知識青年們面臨著一個改變自身命運的契機,他們想要抓住這個契機返城。

當時曾經任國務院知青辦副主任的沈寶英向我們介紹說:1978 年和 1979 年,黨中央和國務院的領導同志對知識青年的問題都非常重視,因為社會上對這個問題呼聲很高。當時有這樣兩句話,一句是李先念同志講的,叫「四個不滿意」:知青不滿意,家長不滿意,農民不滿意,國家不滿意。還有一句是「國家花了 70 億,買了四個不滿意」,這句話是指從 1962 年到 1979 年,國家財政花在上山下鄉上的錢累計有 70 個億,實際上是 75 億多。這樣就提出了兩個問題,一個是上山下鄉的路子對不對,一個是對那些還留在農村的知識青年如何解決。知識青年當然希望返城,家長也有這個要求,呼聲很高。1978 年的 9 月和 10 月,國務院和中央政治局先後開了三次重要會議,華國鋒、葉劍英、鄧小平、李先念等領導同志都出席了。當時總的意見是:第一,上山下鄉的

方向還是要堅持，這樣才能穩定大局；第二，今後的發展方向是少下鄉或不下鄉；第三，要調整政策，做好穩定知識青年的工作。對於知識青年大批返城的問題，當時中央還是想要適當地控制一下，因為城市裡一下子解決不了那麼多人的就業問題。

　　1996年春天，在北京三里河的一幢公寓裡，趙凡同志在接受我們的採訪時說：大批的知識青年下鄉，引起了四個不滿意：一個是知識青年不滿意，一個是知青的家長不滿意，一個是接收知青的農村和農民不滿意，因為安置知青增加了他們的負擔，最後一個是社會不滿意。國家花了很多錢，卻招來這麼多人不滿意，勞民傷財，得不償失，但誰也不敢在會議上公開批評這件事，誰也不敢講知青回城這句話，因為知識青年上山下鄉是毛主席講的，當時還是「兩個凡是」占上風。另外還有一個實際困難，就是當時城市的安置壓力很大。1978年的時候李先念同志講話說，全國整個工業多了兩千萬人，如果知青再返城，就更難以招架。特別是上海北京這樣的大城市，覺得知青一下子都回來，要吃要住要就業，這些問題難以一時解決，解決不好就會給社會增加不安定因素，所以他們想緩一緩，拖一拖，慢慢來。不是不想解決，而是想要慢慢地解決，城市接收部門想慢慢來，下鄉知青想快點來，這樣知青的不滿情緒就增加了。雲南知青鬧事，實際上就是這麼個原因。

　　當時在中央領導同志的講話裡邊，在新聞輿論的宣傳上，對上山下鄉都是肯定的，認為「在知識青年上山下鄉工作上，毛主席的革命路線始終占主導地位，上山下鄉的方向完全正確。」《人民日報》1978年1月25日發表的評論員文章也是：〈堅持知識青年上山下鄉的正確方向〉。

　　1978年10月31日至12月10日，推遲了近兩年的全國知識青年上山下鄉工作會議終於在京舉行，會議開了40多天，最後形成了兩個文件，一個是〈會議紀要〉，一個是〈國務院關於知識青年上山下鄉若干

問題的試行規定〉。12 月 12 日的政治局會議專門研究了知識青年的問題，並批准了這兩個文件。中央在要求各地立即傳達貫徹這兩個文件的同時強調：解決知青問題要從鞏固和發展安定團結形勢這個大局著眼，小局要服從大局。〈紀要〉中提出：今後若干年內還要繼續動員知識青年下鄉，但下鄉人數將逐漸減少，城市中學畢業生分配實行進學校、上山下鄉、支援邊疆、城市安排四個面向的原則，留城面要逐步擴大。

背景之二：以病退、困退、頂替等途徑返城的人數迅速增加。與此同時，返城的政策也在稍稍地鬆動，返城的口子在悄悄地打開。

先是 1977 年 11 月 8 日國務院批轉了公安部〈關於處理戶口遷移的規定的通知〉，〈通知〉中說，上山下鄉知識青年，因病殘或家庭有特殊困難，符合國家規定，需要返回市、縣家中的，經市、縣知識青年上山下鄉辦公室審查同意，准予落戶。此後，病退、困退返城的人數迅速增加。

接著，《人民日報》1978 年 1 月 25 日的評論員文章中，在講了一番「堅持知識青年上山下鄉正確方向」的大道理之後說：有一部分知識青年將要繼續升學，或者回到城市參加工業、商業等方面的工作。但是，大多數知識青年將要繼續留在農村。

1978 年 6 月 2 日，國務院頒發了〈關於工人退休、退職的暫行辦法〉，其中第十條規定：工人退休、退職後，家庭生活確實困難的，或多子女上山下鄉、子女就業少的，原則上可以招收其一名符合招工條件的子女參加工作，招收的子女，可以是按政策規定留城的知識青年，也可以是上山下鄉知識青年。一個月以後，國家勞動總局又對這個〈辦法〉制定了若干具體問題的處理意見，其中規定：工人退休、退職後需要招收的子女，原是城鎮知識青年，現已是國營農林牧漁場正式職工的，可以商調，國營農林牧漁場應給予照顧。自此，有了「頂替」一說。按「頂替」政策回城的，以上海知青為多。

　　此外，1977年底大學恢復高考招生，一大批知青參加了高考並被錄取。

　　越來越多的同伴，通過上大學、病退、困退、頂替等途徑走掉，越來越多的返城信息，一刻不停地攪動著那些無法走脫者的心。

　　到1978年的秋天，在「文化大革命」中間上山下鄉的1600多萬知識青年，留在農村的只有800多萬人，大約一半人都通過各種方式走掉了。而在雲南下鄉的十萬餘知青中，走掉的不足四分之一，到1978年底，雲南省國營農場還有知識青年7.55萬人，其中最多的是上海知青，有3.7萬人，占49%；其次是四川知青，有3.2萬人，占42%；昆明知青還有3600人，占5%；北京知青有2900人，占4%。

　　背景之三：雲南農場知青問題積累成山。

　　雲南省革命委員會和國務院調查組在1979年1月22日《關於雲南省國營農場知青鬧事問題的調查報告》中，分析了「引起知青鬧事的原因」。《調查報告》這樣寫到：

　　這次鬧事有它的歷史原因，雲南農場知青問題，積累成山，長久未得解決。

　　（一）有些地方動員知青來雲南時，不實事求是。去四川省動員知青時，有人把經濟落後的西雙版納吹成天堂，把「建設兵團」說成解放軍，說什麼「西雙版納是頭頂香蕉，腳踩菠蘿，伸手就是滿把花生」。還說在建設兵團「穿軍裝，發被褥」等。許多人在這一片美好的宣傳中，滿懷激情來到農場，有的連被褥也沒有帶。來了一看，完全不是那麼一回事，但也回不去了。

　　（二）生活條件太差。現在知青住的房子還有不少是陰暗、潮濕、漏雨的茅草房。東風農場四分場九隊、十二隊有些知青住的房子，全部沒有門，女知青用塑料布遮一遮，男知青乾脆不擋。由於各種副食、日用品很少，知青回家探親時，都帶一些生活必需品回來。有些知青每次

要帶足兩年用的東西，旅途艱難不說，還常常因為超重被罰款或沒收。東風農場一個知青因帶的草紙、肥皂、榨菜超重，被昆明車站檢查人員罰款 74 元。還有個青年帶了 20 斤食油，因超重，要沒收，雖經苦苦哀求也不行，青年一氣將油統統倒掉。知青談到這些情況泣不成聲，說這些食品都是爸爸媽媽一家人嘴頭上省下來的。農場的惟一文化生活是看電影，但在邊遠的分場、生產連隊長期看不到電影，有時為看一場電影往返要跑幾十里路，回來時天已經亮了。

（三）少數基層幹部對知青的管理簡單、粗暴，個別的還貪污受賄，違法亂紀，打擊報復。「兵團」時期的生產連隊幹部，多是現役戰士擔任，方法簡單，強迫命令，捆綁吊打知青的事，時有發生。知青紛紛反映他們在「四人幫」橫行時期受到的虐待，由此造成了一些冤案、假案、錯案，僅東風農場就達 400 多件，至今還沒有完全解決。該場八分場二隊知青吳語龍，1977 年 4 月被誣為盜竊犯，在沒有任何證據的情況下，遭到捆綁吊打和遊鬥，以致打成殘廢。事後公安部門查清，偷東西的是當地的一個傣族盜竊集團，和吳語龍根本無關（已做處理）。有些基層單位還制定了一些不恰當的管理辦法，例如有的規定加班勞動遲到一小時記事假一天；到了下班時間，地裡活未幹完，拒絕繼續幹的，全天不算出工；政治學習不參加，扣發工資；因病未癒超假的，按事假處理；探親超假十天的不報銷旅費，有的還扣發工資，不予報銷探親期間的醫療費等等。

有的基層幹部勒索知青從家裡帶來的東西，發「知青財」。還有少數壞人調戲、奸污女知青。不完全統計，僅東風農場從 1970 年至 1974 年就有 30 名基層幹部因奸污女知青，情節惡劣，受到刑事處分，遭到他們迫害的女青年有 100 多人。這種事情雖做過處理，近幾年少了一些，但還時有發生。

（四）社會歧視。探親途中旅館不願安排知青住宿，常常被迫露宿

街頭；即便接受，也是安排在被褥很髒、又陰又暗的房間。

（五）交通不便，探親困難。有的生產隊沒有公路，回趟家要步行，搭牛車、馬車、汽車，幾經周折，約七八天才能到達昆明。逢年過節，交通擁擠，在昆明往往還要等上一個星期，回來又是如此。遇到雨季，困難更大。旅途受阻時間長了，錢糧用光，只得步行回農場。有的青年是一路哭著回家，又一路哭著回來。東風農場 12 分場上海知青張建榮，來場三年後才回家探親，批給 59 天假，路上花了 33 天，因怕超假，提前離家，到達農場還誤了兩天，因為超假，農場不給報銷路費。由於生活條件太差，就是原來一些滿懷革命豪情主動報名來邊疆的青年，也感到難以忍受。他們說：「剛來時，滿懷豪情，熱血沸騰，而現實生活如冰水澆身，苦上二三年還可以堅持，如今七八年甚至十年了，實在不能再忍受了。」

上述種種，積怨很深。過去由於「四人幫」的干擾破壞，對提意見的動輒打擊報復，因此，知青敢怒不敢言；而今發揚民主，允許講話，按他們的話說，「蘊藏在心底的火山爆發了」。我們深深感到，這次雲南國營農場知青鬧事，有其主觀和客觀的原因，絕不是少數幾個人煽動起來的。

在此之前，1976 年 7 月，西雙版納農墾分局知青問題調查組在寫給上級的《關於橄欖壩農場八分場現狀的調查報告》中，就曾經發出過「這種狀況再也不能繼續下去了」，「再發展下去，真要出大事」的警告。但是警告並沒有引起應有的注意。

1978 年 11 月景洪農場開始罷工

由橄欖壩刮起的風暴，中心很快就轉移到了鄰近的景洪農場。之所以會轉移，是因為一個上海知青的登場。他叫丁惠民，景洪農場十分場學校的庶務員，素來默默無聞，幾天之內卻成為風雲人物。1978 年 10

月底,由他執筆,起草了一封〈致鄧副總理的公開聯名信〉,信中反映了知識青年的窘困處境,訴說了要求返城的強烈願望。信中這樣寫到:「我們農場知識青年以最誠摯的心情向您——鄧副總理懇切呼救,請幫助我們回到自己的家鄉吧!」這封信徵集到近千人的簽名,可是寄出之後沒有回音。11 月 16 日,仍由丁惠民執筆,又發出了第二封給鄧副總理的聯名信,這封信同樣沒有回音。

他們沒有就此罷休,他們的活動在步步升級:寫信不行,那就上北京,找中央領導接見,當面陳述我們的要求和理由!四十幾名知青代表,祕密地在景洪召開了一次聯席會議,決定成立一個北上請願團,進京請願。他們起草了一份寫給華國鋒和鄧小平的請願書,廣泛徵集簽名,並以募集捐款的形式,為進京請願團籌措經費。與此同時,知青罷工也開始了,丁惠民所在的景洪農場十分場最先貼出了「行動起來,大罷工,大返城」的〈罷工宣言〉。罷工迅速蔓延,很快就波及到除黎明農場之外的西雙版納墾區七個農場,還波及到河口、金平、文山、臨滄、德宏等地的五十多個農場。

雲南省革委會和國務院調查組的《調查報告》中說:「11 月下旬,省委派常委農林政治部主任帶工作組到西雙版納各農場勸解無效。11 月 30 日籌備總組確定發動捐款,準備經費,要求州委批准到北京請願,州委沒有同意,進行了勸止。12 月 2 日東風農場七、九兩個分場開始罷工,並燒掉生產工具。12 月 7 日籌備總組開會,9 日發出罷工宣言,有 7 個農場的知青參加了罷工,只有黎明農場沒有參加。12 月 12 日罷工人數達到 3.04 萬人,占知青總數的 70%。」

蓄積已久的能量在爆發出來的一剎那是相當猛烈的。

雲南知青王瑞林講起他們那個農場的情況:知青把多年積壓下來的氣都撒出來了,有些連隊的知青把菜全部吃光,把豬全部殺光,到場部遊行,打著小旗子,上面寫著「打回老家去」,「樹高萬丈落葉歸

根」。當時我在場部工作，有一天夜裡，聽見拖拉機突突突的聲音，拉來了好幾車知青，要找場長。到場長家裡找不到人，就砸東西，又到場部食堂，把雞殺掉，把豬殺掉，飽餐一頓，然後走光。第二天早上我們起來，看到食堂周圍是一地雞血一片雞毛。有一天農場的保衛科長說，知青要炸大樓，他給我們都發了槍和棍棒，24 小時輪流值班，保衛大樓，當時的氣氛十分緊張，幾乎各個連隊都鬧，只是程度不同。真正大鬧的是少數，反對鬧事的也是少數，大多數人是內心裡支持鬧，希望鬧成了能夠返城，但又不敢大鬧，這種人是大多數。

《調查報告》中說：「罷工期間出現了一些打砸搶的行動，傷害了一些幹部，給國家財產也造成一定損失，僅東風農場就有 16 個幹部挨打，其中重傷一人。東風農場場長王文希的家裡被砸。黎明、東風、勐滿農場，以及西雙版納州農墾分局，都發生過大批知青搶飯吃的現象，有的吃過飯以後，把飯碗也摔掉。至於圍鬥幹部，各場都有發生，有的還強拉住幹部和他們一起絕食。有的知青還散布了一些反動言論。」罷工還造成了經濟損失，「僅西雙版納州八個農場，由於知青罷工，去冬今春應開荒 11 萬畝，只完成了一萬多畝；已定植的橡膠樹，有 90%左右沒有管理；橡膠苗圃 4800 多畝，也有 60%左右沒有管理；備耕工作（擬種黃豆二萬畝、花生 2.2 萬畝、玉米 5.6 萬畝、甘蔗一萬畝）基本上未動。勐捧農場六分場知青在國務院三條指示廣播以後，還把鋤頭、砍刀等勞動工具架在一起燒掉，並把 40 畝已經發芽的油菜全部毀掉，損失有三四千元。有的生產隊還把母豬和小豬殺光了。」

12 月 12 日，省農墾總局張澤民同志帶領省委工作組到達西雙版納，找罷工帶頭人丁惠民等談了話，勸止北上。

當年在雲南省知青辦工作的上海知青陳洪範，曾經參加了張澤民帶領的工作組，去西雙版納解決問題。他回憶說：

工作組的組長是省農墾總局一個姓張的局長，成員有農墾總局的三

個同志和省知青辦的三個同志,一共有七個人。當時省委催得緊,從昆明到景洪,正常情況下少說也要走三天,我們坐車一天半就趕到了。一到景洪,當天晚上就聽匯報,州委書記和州里的農墾局長作匯報。當時知青已經把州政府圍起來了,導火索是孕婦死人的事件,知青認為農場不把知青當人看,生孩子出了危險都不去搶救,於是組織罷工,要上北京告狀,提出要回家。當時丁惠民不露面,上邊也摸不清知青的組織底細,只聽說有一個八人的勤務組,他們身邊都有保鏢。後來我瞭解到丁惠民是景洪農場 10 分場的小學老師,我弟弟原來曾經跟他在一個連隊,我就托人給他帶話,說我是某某的哥哥,如果有可能的話想見個面。當天晚上丁惠民帶了幾個人來,悄悄地把我找出去,他們談了知青的許多問題,我說這些問題都要解決,但是你們不應該鬧,鬧也鬧不回去。後來丁惠民提出一個方案,他說,我退一步,你們也退一步,我不上北京去告狀,但我們罷工期間的工資要照發。我把見丁惠民的情況跟張局長講了,他很高興,在開會討論丁惠民方案的時候,我提了個意見:不要講知青罷工,講他們停工,停工期間我們不發工資,但是發生活費,一天大約是一塊八毛多,這樣知青的要求也滿足了,罷工的問題也回避了。這個意見在會上通過了,但是向省委匯報以後,省委不同意。這樣知青的要求沒有得到滿足,他們認為我們工作組說話不算數,又鬧了兩三天。這時,趙凡同志帶領國務院的工作組來了。

1978 年 12 月昆明火車站上劍拔弩張

由知青組成的兩批北上請願團從景洪出發,先後抵達昆明,人數有數十人之多。雲南省委十分緊張,組織省農墾總局、知青辦和團委出面與知青代表座談,做說服勸解工作,但是一點效果也沒有。昆明市的街頭上出現了大標語、大字報、慷慨激昂的演說者和募捐者,省城一時風緊。就在這越來越緊的風聲中,12 月 22 日晚上,一批北上請願團的知

青代表登上了開往北京的 62 次列車。昆明火車站先是百般阻止他們上車，阻止不成，便停開火車。12 月 24 日晚。當請願團的知青無法登上火車時，便鋌而走險，採取了臥軌的過激行動。臥軌持續了一天一夜，火車無法開出。

　　當昆明火車站上劍拔弩張、硝煙漸濃的時候，丁惠民卻使用了聲東擊西的策略，他帶領另一批北上請願團，12 月 23 日晚上，在昆明以西 18 公里的一個小站，悄悄地登上了由昆明開往成都的 190 次火車，四天以後，到達北京。

1978 年 12 月末趙凡飛往昆明

　　1978 年 12 月 25 日，黨的十一屆三中全會閉幕以後第三天。趙凡急匆匆地趕到北京西苑機場，在發動機的轟鳴聲中匆匆登上舷梯，機艙內已經坐了幾個人，除了雲南省委書記安平生，還有貴州省委書記馬力。趙凡同他們簡單打了個招呼，就挨著安平生坐下，想更多地從他那裡瞭解一些情況。安平生告訴他：省農墾局的領導認為這件事的背後有黑手，是壞人鬧事。趙凡感覺到問題的嚴重性，他的心情有些沉重──處理這樣的問題，在他還是頭一次。

　　具有劃時代意義的中共十一屆三中全會，1978 年 12 月 18 日至 22 日在北京舉行。會議剛剛結束，中共雲南省委書記安平生接到省裡打來的電話，告訴他一件十分緊急的事情：國營農場的知青無票強行上車，要去北京請願，鐵路公安人員進行阻止，他們就在昆明臥軌，不讓通往北京的火車開出！問題重大，安平生馬上將此事報告中央。

　　中央指定剛剛在全會上增選為政治局委員的王震同志負責處理此事，他多次通過中央辦公廳和國家農墾總局瞭解事態的發展，並及時向中央報告。中央經過研究，作出安排，決定派調查組火速趕往昆明處理此事。調查組的組長，一個是農林部副部長兼國家農墾總局局長、國務

院知識青年上山下鄉領導小組副組長趙凡，他一身兼二任，既管農墾又管知青，另一個是國務院知青辦副主任許法。

一到昆明，趙凡首先解決知青臥軌的問題，他帶著調查組和省革委會的同志趕到火車站看望知青，又會見了他們的代表，苦口婆心地講道理，答應儘快解決有關問題，很快與知青達成了協議。持續一天一夜的臥軌知青撤走了，火車通車了。緊接著，調查組分赴西雙版納、臨滄、德宏、紅河、保山等地區的國營農場，進行調查和說服教育知青的工作。趙凡率領的一個小組晝夜兼程，驅車直奔西雙版納。

趙凡是晉察冀邊區出來的幹部，從 1946 年黨組織派他到北平從事地下工作開始，他的工作一直沒有離開北京。新中國成立後，他的第一個職務，是北京市委副秘書長兼辦公室主任，接著做農村工作部長、市委書記處書記、副市長，一直主抓農業。1978 年 2 月他重新恢復工作，仍然是抓農業，所不同的是由抓北京市的農業變為抓全國的農業，由抓人民公社的農業變為抓國營農場的農業。農業問題是種地打糧的問題，而眼前面臨的卻是知識青年的處境問題，它比單純的農業問題要複雜得多棘手得多。

吉普車在山野間馳跑，忽而旋下低谷，忽而又盤上山巔，此時北京正值數九隆冬，是一年中最蕭條的景色，而西雙版納卻繁茂如春，油綠的葉子在亞熱帶的陽光下閃著光澤。趙凡對這一切都無心欣賞，他全神貫注地思考著面臨的難題，思考著該如何回答知青返城的強烈要求。

《調查報告》中說：「去西雙版納的調查組於 12 月 30 日到達景洪，聽取了自治州黨委關於知青鬧事情況的匯報。12 月 31 日到 1 月 2 日，在景洪召開了八個國營農場黨委書記會議，研究了如何妥善處理知青鬧事，以及國務院調查組開展工作的問題。1 月 3 日調查組分頭進入各個農場。1 月 13 日、14 日又召開了農場黨委書記、調查組長會議，匯報了情況，總結了經驗，部署了下一步工作。去德宏的調查組於 1 月

2 日到達芒市，與知青進行了 30 多次座談，接觸了 3000 多人次。去臨滄、紅河、保山的調查組，也和知青、農場幹部、廣大職工群眾進行了廣泛的接觸。通過十幾天的調查，基本上弄清了知青鬧事的情況、原因，研究提出了一些解決農場知青問題的措施。」

1979 年 1 月勐定農場千人絕食

勐定農場在耿馬縣境內，是滇西各農場中規模最大、種植橡膠樹最多、知青最集中的一個農場，共有知青 7000 多人，其中成都知青最多，有 5000 多人。從西雙版納點燃的大火，很快就燃燒到這裡，這裡的情緒甚至比西雙版納還激動。

當西雙版納的局勢漸趨穩定的時候，一封中央辦公廳的急電送到了趙凡同志手上，電文說，勐定農場的知青已經絕食三天，要求見國務院調查組的人，要求給他們一個明確的答覆，他們說見不到國務院調查組的人絕不吃飯，電文要趙凡火速趕往勐定農場。

趙凡同志回憶說：「聽到這個消息的時候已經是下午三點多了，我說連夜走，我們調查組的幾個人，坐了一輛軍隊的吉普車就出發了，整整走了一天一夜，第二天下午趕到。當時絕食的知青很多，有上千人，氣氛很緊張。知青們對全國知青會議的兩個文件有意見，特別是對關於國營農場的知青不再辦理病退、困退這個規定表示不滿，認為這樣他們就失去了回城的希望。農場的幹部也很緊張，我對他們說，知青不可怕，知青有什麼可怕的，跟我的孩子一樣，我的四個孩子都是知青，兩個在山西插隊，兩個在甘肅。我們先到招待所，找了七八個知青代表談話，他們全都是訴苦，生活苦，勞動苦，離家太遠，交通不方便，超了假還要受處罰，還有不正常死亡的現象。他們的要求只有一個，就是要求返城要求回家。有苦嘛，就要讓他們講出來，發洩出來了，心裡才好受些。我跟幾個知青代表談了一夜，把他們的要求、他們的情況都摸清

楚了。

「第二天上午，絕食的知青全都集中在一個大廣場上，坐得滿滿的，大約有千八百人，黑壓壓一片，知青見到我們中央調查組的人來了，就喊口號，喊『我們要回家！』有許多人還大哭起來，哭得很響。我先亮明身分，我說我是國務院派來的，我是農林部副部長兼國家農墾總局局長，是專門來調查知青問題的。國務院對知青問題很重視，要我們來瞭解情況，你們有什麼要求都可以講，但是要吃飯，要愛惜自己的身體。我也是知青家長，我有四個孩子在農村下鄉，所以我完全能理解你們的心情。你們不吃飯，我們心裡很著急，因為我們關心你們的健康，黨中央很關心你們的健康。對你們的要求，黨中央很重視，會認真研究處理，但是你們要給我們一個時間，因為我們要向中央和國務院匯報，還要同你們所在的城市商量，你們這麼多人，返城這樣一件大事，我們這幾個人也決定不了。你們給我們一個時間，我們一定解決好處理好。我把這些話講完，誰也不哭了，都覺得我們是解決問題的態度，有解決問題的誠意。

「當時我們就感到，知青返城的要求不解決是不行的，這個問題不解決，再怎麼樣做工作也沒有用，事態就無法平息下去。我們一方面向國務院匯報，一方面就同北京、上海、成都、重慶這幾個城市聯繫，希望他們在接收知青返城這個問題上能有一個積極的態度。我們的調查組裡就有這幾個城市知青辦的代表，他們趕緊給家裡打電話商量。開始幾個城市的態度都不積極，都不同意大批知青返城，因為當時各地都在撥亂反正，落實政策，哪個城市都有一大堆問題要處理，一下子回來這麼多知青，要就業，要吃飯，要住房，這是一個很大的負擔，城市也確實有很大的實際困難。最後是四川省先表態，省委經過討論以後，說我們四川的知青我們負責，凡是按照政策應該回來的，我們都接收安排。當時國務院是李先念主持工作，國務院把四川的態度告訴上海，上海談到

接收知青的壓力太大，因為數量太多，當時大量搞病退，已經批了三萬，待批的還有八萬，但最後還是同意了。當時雲南的國營農場裡邊，最多的就是這兩個地方的知青。

「我們調查組處理知青的問題，感到最不好解決的是兩個問題，一個是雲南省農墾部門有人老想從知青裡頭抓壞頭頭，老想用搞階級鬥爭的那一套辦法去解決知青的問題；再一個就是上海和四川的代表一發言就說知青不能回去，回去不好安排，城裡非大亂不可。當然這不是他們個人的意見，是市里的意見。當時我的看法很明確，這絕對不是壞人鬧事，不能當成鬧亂子，那樣肯定處理不好，我們是用疏導的辦法，惻隱之心人皆有之嘛，只有理解了知青的心情，才能處理好知青的問題。處理完之後調查組給中央寫了一個報告，我和安平生都簽了名。」

知青大返城

趙凡同志所說的那份報告，就是《關於雲南省國營農場知青鬧事問題的調查報告》，由雲南省革命委員會和國務院調查組共同起草，報告裡提出了解決知青問題的六條處理意見：

「知青鬧事的情況，已基本查清，根據中央（1978）74 號文件精神，切實解決好雲南知青鬧事問題，有利於安定團結，有利於全黨工作著重點的轉移。雲南省委和調查組一致認為，由於這些農場均處於邊境民族地區，為了穩定邊疆，適應當前反修鬥爭和戰備的需要，應根據雲南邊疆農場的特點和條件，採取以下措施。

（一）雲南國營農場是國家的重要橡膠生產基地，發展前途很大，應當切實搞好各項建設事業，使廣大知識青年感到在農場大有可為。通過細緻的思想工作，使盡可能多的知青自願留在農場。堅決不願留場的，經與有關省、市協商同意，採取如下辦法解決：(1)辦理病退、困退；(2)父母退職、退休，由子女頂替；(3)勞力多餘的，進行調工；(4)

上海郊區農民，按上海市意見，回去當社員；(5)參軍復員的，回到父母所在地安置；(6)農墾部門在當地辦中專和技校招收一部分知青。分期分批處理解決。

（二）已婚知青，處理不好影響也大。和當地青年結婚的，應盡量動員留下，不回城市；各城市的男知青與女知青結婚，應相互照顧，允許到一方城市落戶。但應說服少回上海。

（三）知青當中的一些冤案、假案、錯案，還沒有解決的，要切實加以解決。有錯必糾，這是關係到實現安定團結的大問題。

（四）有的知青提出要清算過去積存下來的經濟賬，例如超假的探親路費和回城看病醫藥費的報銷問題，以及一些不合理的罰款等等，這些事情，都應實事求是地由農場妥善解決。

（五）對這次知青鬧事中，少數有打砸搶行為的人，一般應著重批評教育。但對情節特別嚴重，並造成惡果的，應當切實查明事實，追究法律責任。對這些人不加追究，不足以保衛社會主義法制，亦不能平民憤。

（六）對被打的幹部，要進行慰問、鼓勵和表揚，經濟上有損失的，應追究退賠，還有困難的由國家給以補助、救濟。」

這六條裡最重要的一點是，對「堅決不願留場的知青」，同意「辦理病退、困退」，這就打開了知青返城的口子，這是知青們最大的勝利，實質性的勝利。

大的原則決定了，下一步進入實施階段，而實施階段的工作重點在接收知青的城市方面。為了協調，1月21日，在昆明市召開了有北京市、上海市、四川省和雲南省幾個方面的領導和知青辦負責人參加的緊急會議，雲南省委書記安平生在會上講話說：現在情況已明，辦法有了，解決問題按照中央、國務院的六條決定，對全省七萬多知識青年，儘量做工作，願意留下的都歡迎，不願留下的都返城。

　　知青是急不可待，歡喜若狂，開始了場面壯觀的「勝利大逃亡」。陳洪範說，開始辦理手續的人排起大隊蓋公章，後來大家等不及，就用一根繩子，把一顆公章吊在日光燈下面，誰都可以蓋，隨便怎麼蓋。王瑞林說，有些知青，把門窗拆了釘箱子，把電話線剪了捆箱子。也有的人什麼東西都不要了，害怕政策有變，搭上一輛汽車就往家裡跑，說實在話，那時知青也沒有什麼值錢的東西。

　　當時知青返城的問題能夠得以較快解決，還有一個很重要的因素，就是中越邊境的局勢很緊張，中央已經決定要打一場自衛反擊戰，為了準備打仗，必須保證邊境地區的穩定，必須保證一個安定可靠的後方。戰爭的需要，促進了知青返城問題的解決，加快了解決的速度。2月17日，中越邊境自衛反擊戰正式打響。陳洪範回憶說，那些天，在通往中越邊境的公路上，白天跑的是交通車，晚上跑的是軍車，交通車往北開，軍車往南開，交通車上拉的是返城的知青，軍車上拉的是軍人和軍火。

　　由丁惠民率領的一批請願團到了北京以後，在天安門廣場和西單等地貼大字報，後來國務院有關部門同他們接談，達成了復工以後發工資的協議。1979年1月4日，國務院副總理王震和民政部長程子華接見了請願團。王震雖然對知青的處境表示理解，但他更主要的是批評了知青的請願活動。他說：現在要大治了，再也不能允許那種動盪不安的無政府狀態了，這樣鬧影響不好，回去以後要作自我批評。他還意味深長地要求知青以國家民族利益為重，為安定團結實現四化貢獻力量。

　　中央表示的態度出乎請願團的意料，接見的當天晚上，他們就給雲南發去復工的電報，這封電報一月七、八日才傳到西雙版納，但是沒有產生多大效果，有人說丁惠民代表不了他們，不聽他的。第二天，請願團就乘車返回雲南。後來，王震副總理接見丁惠民等人的消息在報紙上刊登出來。1月23日，在昆明緊急會議已經召開、知青返城的決策已定

　的形勢下，丁惠民等請願團成員給王震發了一封電報，對前一段的所作
所為做了自我批評。

　　由雲南省開始的知青大返城波及到全國，黑龍江生產建設兵團的知
青返城，也在 1979 年達到了高潮，通過病退、困退先後返城的有 35 萬
人之多。到 1983 年統計，墾區尚有知青兩萬人，其中本省知青居多，
京津滬等大城市的知青僅有 7000 餘人，到了九十年代，留下的知青還
剩下萬餘人。在山西省下鄉的 50 萬北京、天津知青，到 1985 年 4 月，
只剩下 1.5 萬人。

第十三章
在希望的田野上

　　知青大返城的激烈硝煙散盡了，頭頂上還是高遠的藍天；知青大返城的洶湧浪潮捲過了，腳底下還是堅實的土地。這塊土地上還有知青在，儘管他們顯得孤孤零零，形隻影單，儘管他們已經不是一個獨立的群體，已經消散在老職工的隊伍中。

兩個境遇懸殊的女知青

　　1995 年的秋天，我在黑龍江省建三江墾區採訪。建三江有一個農貿市場，投資 150 萬，一年的成交額有兩千多萬，是整個黑龍江墾區最大的農貿市場。農貿市場歸工商局管理，工商局長是個哈爾濱知青，叫崔玉亭，他帶我去參觀他的「勢力範圍」。

　　農貿市場大門口，有幾個擺攤兒賣菜的，他指著其中的一個婦女問我：「你猜，她是什麼人？」

　　那是一個矮小瘦削的女人，身高不到一米六，面色發暗，皮膚粗糙，眼角堆滿了魚尾紋，魚尾紋向上下擴展，清晰地刻在髮際和額頭，她上身穿一件半舊的紅毛衣，下身穿一條黑褲子，她顯得憔悴，甚至有些枯槁，連那兩條細細的辮子也烏禿禿的沒有光澤。她正在向一個存放自行車的人收

費，身旁還有一個菜攤，一塊塑料布上擺放著幾顆大白菜、一些青椒和大蔥。

「她是個知青，還是個北京知青，你能想像到嗎？」

老崔的話讓我的心先是猛地一沉，緊接著騰起一股悲哀：她身上哪裡還有一點知青的影子？既看不出「知識」，也早已經不年輕，即便在那一溜排開的賣菜的婦女裡面，她也是比較土氣，毫不起眼出眾的一個。我一下子就被擊中了，被這個面容憔悴、存車賣菜然而卻有著「北京知青」眩目光環的女人擊中了，被她的處境和命運擊中了。

「他們兩口子都在工程連，連裡沒活幹，開不出工資，照顧她，給她找了這麼個事兒，讓她上這兒來看自行車，一天給 10 元錢。」老崔說。

她姓金，是六九屆，海淀區的，下鄉不久母親就死了，家裡生活困難，她就在農場成了家，愛人是本地的，返城的時候她就沒有走。現在兩個孩子都大了，一個 18 歲，一個 20 歲，都是大小伙子，按北京的政策，允許有一個孩子把戶口遷回北京，可是繼母不同意，寫信來說：要是孩子自己有地方住，可以把戶口落在我這兒；要是沒地方住，我這裡也不接收。「這樣也好，大人孩子都在這兒，誰也走不了，都在這兒死守著吧！」她解嘲地說。「就是孩子沒工作，他想做買賣，又沒錢，過日子都困難，哪兒有錢給他做買賣呀！」她說這些話的時候，神情和語氣跟她旁邊那些賣菜的女人一樣，沒有絲毫的抱怨，「知青」頭銜已經不能帶給她任何特殊的照顧。不，應該說還是有一點，她比她們還是有優越的地方：畢竟她有一份固定的工作，這使她能有一份相對固定的收入。

老崔對我說：「走，我再帶你去看一個知青。」

農貿市場裡是一片熱鬧的景象，國慶節和中秋節都快到了，家家都要置辦過節的貨物。我們到了一家肉食店，招牌上寫著「高家香腸

店」，門口用大字寫著：正宗哈爾濱紅腸。推門進去，店鋪不大，一排櫃檯把屋子一隔兩半，更顯得狹窄。有幾個客户正在嘻嘻哈哈地跟店主人侃著價錢，説話很隨便，看樣子都是這裡的老主顧。店主人是個女的，看上去 40 歲左右，穿一件綠毛衣，戴一條珍珠項鍊，一邊應酬一邊算帳，手指靈活地在計算器上按來按去，報出一個價錢：「六百零七塊四毛！」

「就把那零頭抹了吧！」上貨的男人一邊掏錢一邊説。

「行，六百零七塊，四毛不要了。」

「四毛錢還值得一抹，六百塊，湊個整，行不？」

「你這小子就會占便宜，行，過節了，給你個優惠。」

「大姐，我這錢沒帶夠，剛才上了點別的貨，花冒了，先賒著你的吧。」

「那不行，我這兒都是現錢買賣，一手錢一手貨，從來不賒帳！我這兒的規矩你也不是不知道。」女店主腦瓜靈活，精明幹練，乾淨利索地處理著店裡的業務。她一眼看見我們：「呀，局長來了，你看我這屋裡亂的，也沒個地方坐。」

「這是北京來的記者，專門來看你的，聽説你發財了，要採訪你。」老崔也跟她開著玩笑。看來他們也熟。

「呦，我這有啥好看的，誰説我發財了，比我有錢的多得是。再能算計還能算計過你們，掙點錢也都讓你們給收走了，一會兒這個稅一會兒那個費的。」她把手裡的事情交給旁邊一個小伙子，走了過來。

「你這裡生意不錯呀，多少錢一斤？」我問。

「我這都是批發，五塊五一斤。」

「一天能賣多少斤？」

「也就二三百斤吧。」

「不止吧，」老崔知道她的底細：「平均下來算，怎麼也得五百

斤。」

「哪有那麼多呀！」女店主嘻嘻哈哈地把話題岔開：「他們都說我這兒的紅腸好吃，都愛上我的貨，這倒不假。」

「她這兒的紅腸是好吃，可好賣了，這市場裡這麼多賣紅腸的，我還就認她這塊的，別的地方的不行。」一個來上貨的人插嘴說。

「你是從哪裡來的？」

「饒河。」

「饒河也跑到這裡來進紅腸？」我有些驚訝，因為饒河離這裡有二三百里地。

「這算啥新鮮，到我這裡來的哪裡的人都有，饒河的，撫遠的，勤得力的，因為就我這裡是正宗，真是從哈爾濱肉聯廠學來的。我大爺就是哈爾濱肉聯廠的，他給我們當技術指導。這市場裡賣紅腸的都說是哈肉聯，蒙人！真正哈肉聯的就我這一家！」

老崔瞭解情況，他說這個店的紅腸的確好，市場裡頭賣肉製品的，就數她這裡的生意最好。

「你這裡的紅腸都是自己加工的嗎？」我問。

「我愛人管加工，我管銷售，全都是自己做的，保證沒假貨。」

「一天做多少斤？」

「這兩天快過節了，賣得好，一天得做四五百斤。」

「他做得過來嗎？」

「雇了五個幫工的，他一個人哪能做得了那麼多！」

我在心裡粗算了一下，她一天的營業額至少也有四五千塊，一個月在十萬元以上，加工廠有幫工，店鋪裡也有幫工，她的日子過得相當不錯了。

這也是知青，一個幾乎看不出一點知青味的哈爾濱知青，她那種跟客戶周旋的本事，很有點阿慶嫂的風度。她跟大門口那個看自行車的北

京知青相比真是天壤之別，一個在天上，一個在地上，一個紅紅火火，一個冷冷清清，一個大展鴻圖，一個一籌莫展，一個腦瓜靈活善於經營幹起了一攤興旺的事業，一個無計可施無可奈何無望地面對著遙遠的前途。二十幾年前她們是一樣的：都是兵團戰士；二十幾年後她們也是一樣的：都留在了北大荒這塊土地上。但她們的生活，她們的結局又是那麼的不一樣。還有我身邊這個老崔，他也是知青，他又是另一種命運，另一種結局。就跟返回城裡的知識青年一樣，留在黑土地上的知青也是各自走著不同的道路，各自走向不同的結局。

七星農場幼兒園園長吳美英講起話來老是笑，露出白白的牙齒，雖然已經是 40 多歲的中年婦女，模樣還像個俊俏的小姑娘。她下鄉後幹了八年農工，但她就是愛唱歌，想唱歌，可惜一直沒有這樣的機會。

這個機會在 1978 年知青大返城以後才姍姍來遲，降臨到吳美英的頭上。她當上了學校的音樂老師。僅僅一年以後，領導又讓她上幼兒園工作。她是哭著去的，心裡很不情願，但是很快她就愛上了這個工作，愛上了幼兒園裡那些天真可愛的孩子。吳美英說，幹啥我就想幹好啥。每次回上海探親，她都通過各種關係去參觀幼兒園，學習他們教育孩子的方法，為了參觀上海市幼兒玩教具展覽，她費了很大的勁才弄到一張入場券。回農場路過哈爾濱，她聽說市教育局正在舉辦幼兒智力全能競賽，又徒步走了三個多小時的路跑去觀看，回到農場就仿而效之。經過幾年的鑽研，幼兒園的六門課程、七種教育手段她樣樣得心應手，成了省級優秀教師，她領導的幼兒園也成了墾區一類園所、全省兒童工作先進集體。

吳美英的愛人是雞西知青，他們有兩個女兒，老大按照上海市的政策回了上海，老二在農場上重點中學。她開朗地笑著說：「我到哪裡都碰上了好領導，總是有人關照我，所以我一直比較順利，沒受到太大的

挫折。我這個人就是一直往前走，一直很樂觀，苦點累點不算啥，我不灰心喪氣。我每次回上海，弟弟妹妹他們都說，你快點回上海來吧，農場的東西都別要了，回上海肯定比在農場掙錢多，日子過得好。可是我跟農場已經有了很深的感情，跟這裡的孩子有了很深的感情，十年裡我教育了多少孩子，現在這些孩子上小學了，上中學了，見到我都很親熱。我捨不得這些孩子，我在這裡挺滿足。」

留下不走的人，有各種各樣的原因。

曲偉麗說：七九年大返城的時候，我的一切病退手續都辦好了，各種診斷都齊全了，為啥沒走？一個是當時我在團部商店當調撥員，別人都走了，我要是再走，工作就撂下沒人幹了；再一個是我正好懷孕，哈爾濱家裡條件不好，沒房子，回去以後再一時沒工作幹，連生孩子住院都沒地方報銷，所以想想還是不走了。

崔玉亭說：七七年我在工程連當副連長，招工返城的指標下來了，開始定的是我，我把機會讓了。連裡有個女知青，外號叫「珍妃」，家裡特困難，沒有父母，就倆弟弟一個妹妹，我讓給她了。

許軍國是一個農場公安分局的教導員，開始也想走，可是回上海瞭解了一下情況，就改主意了。他在農場的地位不錯，住房條件相當好，如果回上海，公安局肯定進不去，他身體又不好幹不了體力勞動，家裡的居住條件也很緊張。左右一權衡，他決定不走了。

茅春：這一輩子心靈都不會安寧

有留下不走的，也有走了又回來的，千方百計使了好大的力氣返城了，又千方百計使了好大的力氣回來了。

1979 年的春末夏初，上海金陵路上的一家飯店裡，來了一個小伙子。他叫茅春，機靈、勤快、能幹，他是頂替他退休的母親，剛剛從北大荒回來的。飲食服務行業向來是女多男少，能幹的小伙子一是不願意

來，二是來了留不住，而茅春是白天幹完晚上幹，別人請假他頂班幹，有時一天幹兩班甚至幹三班，什麼條件也不講，什麼要求也沒有，這個能幹的小伙子很快就引起了領導的注意，被提拔作門市部的主任。

茅春也引起了姑娘們的注意。他有文藝天才，1971 年一下鄉就到團部的文藝宣傳隊，跟如今成為著名作家的蕭復興在同一個隊。他演過京劇《沙家浜》，演過話劇《艷陽天》，吹拉彈唱都能來上兩下子。返城以前，他是農場管理局商業處的團委書記，返城不久，他就參加了上海財貿系統的文藝宣傳隊。茅春成了個招眼的人物，一些年歲大的老職工打聽他有沒有對象，要給他當紅娘，他很爽快地回答：有了，也是農場的。他的回答讓老職工失望，更讓那些矚目於他的姑娘們失望，她們有些嫉妒那個農場的姑娘，但是很快她們就看到了那個姑娘。

那姑娘姓劉，是農場管理局商業處的衛生員。細說起來她也應該算是上海人，她父親是上海奉賢人，母親是寧波人，後來轉業到了北大荒。大概是秉承了父母的遺傳基因，小劉姑娘長得苗條清秀，亭亭玉立，她跟茅春好了兩年多了。自從茅春回了上海，她就六神無主，心緒不寧，她怕他變心，怕他毀約，這種事情在「大返城」中實在太常見了。她很快就追到了上海。她看到茅春他們飯店裡盡是些小姑娘，跟他很隨便地開玩笑，就更加擔心。茅春說，既然你那麼不放心，乾脆咱們結婚吧！他不顧家人的極力反對，1979 年 10 月，簡單而匆忙地把婚事辦了。

父母和親屬本來就不同意這樁婚事，小劉又沒戶口沒工作，她的處境可想而知。茅家住房很緊張，父母和弟弟睡在下面一間大房裡，小兩口住閣樓。閣樓很小，茅春的工資又少，兩個人還要給家裡交伙食費，日子過得挺緊巴。茅春買了一台縫紉機，讓小劉學繡花，繡襯衣領子，繡臺布枕套。小劉白天在家裡繡，茅春下了班就拿出去賣。他怕同學和同事們看見，就戴上一頂破帽子，上車站上碼頭。車站和碼頭有戴袖標

的執勤人員檢查，抓住了還要罰款，茅春整天提心吊膽的，一天也賣不了幾個錢，小劉繡了一大摞，都壓在家裡。她白天在閣樓上蹬縫紉機，閣樓上光線很暗，她圖省錢又捨不得開電燈，日子一長眼睛也花了，看不清東西。難啊，過日子好難好難！手頭緊，住房緊，家裡人又不歡迎，小兩口沒有嘗到蜜月的甜美，卻懂得了生活的苦澀。

晚飯後和休息日，有事沒事他們都一道出去走走，反正總比呆在小閣樓上強。街上熙來攘往的行人，店鋪裡眼花繚亂的商品，處處透散出大都市的氣派。上海真是繁榮，建三江絕對沒法比，可這繁榮不屬於他們，他們也不屬於上海，他們每天在觸摸著現代的物質文明，卻難以享受這現代的物質文明。他們身居於上海之中，卻游離於上海之外，只有當回憶起兵團往事的時候，他們才感到一些歡娛，只要話題一轉到現實，兩個人就再沒有了說下去的興致。他們不敢往下想，他們不敢懷孕，不敢要孩子，他們沒有撫養孩子的經濟能力和物質條件，他們的前途一片渺茫。終於有一次，小劉試探著說出了那句她憋了很久的話：咱們回農場吧？茅春沒說話，兩隻眼睛死盯著黃浦江。

有一天，農場管理局商業處的馮處長找到他家裡來了。馮處長到上海出差，小劉的父母托他來看看這小倆口的日子過得怎麼樣。馮處長沒有想到他們過得這麼難，他一支接一支地抽煙，茅春也一支接一支地抽煙，只有小劉一個人講話。這是自打來上海以後她第一次盡情地傾吐，訴說著自己的委屈，訴說著生活的難處，說著說著，眼淚掉下來了。馮處長說，不行就讓小劉回去吧，還回商業處，還當衛生員。小劉一聽就說：「那我回去！」語氣很堅決，語調中充滿著喜悅。她在上海呆了不到一年，走了。

接著就是兩地分居，她一年來兩趟上海，一趟探親假，一趟事假。工資本來就不多，為了攢路費，她天天早上不吃飯，中午和晚上吃饅頭夾鹹菜，她似乎只為了這一個目標生活：去上海看茅春！他在上海的日

子同樣清苦，天天吃一毛錢一碗的陽春麵，清湯麵條裡只有一點綠色的蔥花；抽煙抽最便宜的飛馬牌，兩毛八一盒，再買一盒三毛五的大前門，同事和朋友來了就抽這個。小劉一年跑上海兩趟，坐火車要花錢，給公公婆婆同事朋友買東西要花錢，兩口子啥錢也攢不下，焦頭爛額，經濟上緊張極了。

有一次，茅春回農場去探親，商業處領導知道他的難處，關心地說：茅春，不行你也回來吧，你走了以後團委也沒再配書記，回來了還幹你的團委書記。茅春沒吭聲。嘴裡沒吭聲，心裡卻在嘀咕，回上海這一路上他都在思考這件事情：小劉來上海幾乎毫無希望，她來不了，老是兩地分居，大老遠的來回跑也不是個事，回農場也有回農場的好處，那邊人熟，辦什麼事情都方便，可父母絕對不會同意，為了給我辦返城，他們使了多大的力氣。真苦悶啊！

回到上海以後，這個愛說愛笑愛唱的小伙子變得寡言少語，整天憂心忡忡的。一天，有個人來到飯店找他，來人是管理局的工會主席孫英。孫英也是上海知青，他們很熟，他一直把孫英當成一個可信賴的大姐。茅春見到孫英喜出望外，他可找到了個說心裡話的人。孫英說，管理局黨委讓我來看看你們，看看你們返城的知青日子過得怎麼樣，如果太困難的話，就把你們接回去。孫英的話不多，就是這麼平平常常的幾句，茅春的眼淚卻流出來了，「就把你們接回去」，這不是還把我們當成自家人嗎，當成農場的孩子嗎！在大姐面前茅春終於把話匣子打開了，把他在上海無人可講的苦悶煩惱憂慮一股腦地傾吐出來了，末了他也表了個態：我想回農場去！他就這樣決定下來。

一家人都反對他的決定。他們家親戚多，每天晚上都有人來，一撥一撥地，連說帶勸，跟開批判會似的，沒完沒了地數落他。姑姑說，你就不該在那裡找對象，你還怕在上海找不到對象！父親說，你在兵團，人家對你好，姑娘來了，你給買點東西，陪她玩玩，就算報答人家了，

就把你們的事情了結了，結果你不聽我們的話，硬是要結婚。你走錯了第一步，現在又要走第二步！他的一幫子要好的朋友聽說了，罵他：你缺心眼啊，哪有你這麼傻的！

茅春只有一個弟弟，家裡就這哥倆，父親氣得飯也吃不下，天天罵他，但是茅春已經下了要走的決心，他琢磨著怎麼去做老人的工作。

一天下班回家路過電影院，他看了一眼貼在售票處窗口的海報，那上邊寫的是《一江春水向東流》。茅春心裡一下有了主意，他買了三張電影票，硬拉著兩位老人去看電影。散了場出來，老頭老太太眼圈都紅紅的，眼睛裡都濕濕的。

茅春問他們：「這個電影好看不好看？」

「好看，那個張忠良太壞，忘恩負義的東西！」

茅春趕緊因勢利導：「你們不讓我回黑龍江，不就是讓我學張忠良嗎！人家姑娘對我那麼好，我不能害了人家呀！」

父親一時無語，他惱了：「你走，你走，你要是真的走了，以後就再也不要登我家的門，我不認你！」

上海這個地方，進不好進，出也不好出。茅春把請調報告打上去，第一關飲食服務公司就沒通過。飲食服務系統歷來是女多男少，像茅春這樣能幹的小伙子尤其少，上邊已經看好了他這棵苗子，打算重點培養他，怎麼肯輕易放過他。公司不放，茅春就把報告直接打到市勞動局，可是幾個月過去，仍然沒有消息。他心裡著急，跑到勞動局去問，他說：我不是要調進上海，我是要調出上海的，是給上海減輕負擔的，你們怎麼還不批！接待他的是一個上了年歲的女同志，她覺得很奇怪：到這裡來辦調轉的，全都是要進上海的，還是頭一次聽說有人要調出上海回農場呢！她問清了事情的原委，被茅春感動了，說你真是個好小伙子。她從高高的一摞材料裡找出茅春的材料，說下個星期例會，第一個先討論你的問題。

　　茅春的報告終於批下來了，茅春拿著批文到派出所去辦理手續。那是他最難受的一天。十年前他第一次把戶口遷出了上海，那時他還不懂得戶口的珍貴，隨著大流稀里糊塗地就遷走了，走了之後他才懂得了「戶口」意味著什麼，尤其是城市戶口，上海戶口。為了重新取得上海的戶口，他盼了十年，想了十年，十年後當他終於拿到了上海戶口，卻又要親手丟掉這個戶口。上一次遷出戶口，他是被動的盲目的，而這一次他卻是主動的自願的，上一次是人家要他走，這一次卻是他自己要求走，如果這一次再走掉，他的戶口可能就永遠也回不來了！

　　他手裡拿著戶口本，在派出所的門口走過來走過去，想過來想過去，就是不敢進派出所的門，此時他才感到了這件事情的嚴重性。他乾脆坐在人行道邊上，整整坐了一上午。他心裡好矛盾好難受。事情就是這樣怪：辦不成的時候，你千方百計要辦成它；真的辦成了，反而又遲疑了猶豫了。此時打退堂鼓還來得及，因為戶口還拿在他的手裡，但已經走到了這一步，他怎麼能再打退堂鼓呢！他狠了狠心，推門走了進去。

　　戶籍員是個年輕的姑娘，那姑娘看完茅春的材料後用詫異的眼睛看了他一眼，然後從桌子上的幾個圖章中挑選了一顆，圖章是長方形的，上面只有兩個冷冰冰的字：註銷。姑娘把這兩個字蘸上了紅色的印油，小心地蓋在戶口本上茅春的那一欄裡，輕輕用手按了按，然後把它拿起，於是茅春的名字下面留下了「註銷」兩個紅色的字。茅春的眼淚隨著那顆圖章忽地一起落下，嘩嘩不止，他躲開姑娘詫異的目光，接過戶口本，逃跑似地走出了派出所。

　　1971 年 10 月，茅春隨著大批知青到了黑龍江生產建設兵團六師 57 團，1981 年底他揣著自己遷出來的戶口又回到了黑龍江國營農場總局建三江管理局。1995 年深秋，我在建三江管理局的一次知青座談會上，見到了這個因為重返農場而出了名的「上海知青」。

　　座談會的召集人、管理局工會主席孫英這樣介紹茅春：「茅春忠實於他的愛人，為了愛情又從上海回來了。」一位哈爾濱老知青打趣地插了一句：「戶口誠可貴，愛情價更高！」一屋子人轟地一下笑起來。隨著轟然而起的笑聲，我心裡蕩起一股敬意：為了真摯美麗的情感，寧願捨棄大城市的優裕生活，這種在五十年代經常可以聽到在六十年代偶爾可以聽到的故事，今天聽來卻仿佛是一個傳說，一個神話，在青年人越來越看重實際和實惠，理想主義的色彩越來越發暗淡的今天，茅春顯得多麼稀少，多麼可貴，多麼崇高。

　　我問他：你回來之後過得怎麼樣？

　　「剛回來的時候沒房子，商業處給了我一間青年宿舍，後來當上科長，才住上科長房。剛回來時啥也沒有，在上海的東西送人的送人，變賣的變賣，回到建三江，等於是重打鼓另開張，真正安家立業。

　　「回來還是當團委書記，後來當政工科長，搞政工，搞新聞報導，我對搞新聞報導很感興趣，每年發稿量都挺大，最多一年在省級以上新聞單位發稿 300 多篇，掙的稿費足夠全家過日子了，包括抽煙都夠了。1988 年商業局建了個華夏賓館，局裡看我能張羅，讓我去當經理，現在又回商業局了，搞工會工作。最近總局要組織文藝匯演，管局成立了一個演出隊，把我抽出來專門搞排練。」

　　孫英說：這幾年管局搞文藝匯演都是他張羅，導演、策劃兼創作，全能！

　　「愛人哪？」我想起了那個把他從上海拉回來的魅力十足的姑娘。

　　「她原來在商業局當調撥員，去年我說你下來吧，幹點別的，她就承包了一個舞廳。」

　　「你回來以後有沒有後悔過，想沒想過，如果不回來你現在會怎麼樣？」

　　「咋沒後悔過呢！說實在話，也許如果不回來情況會比現在好。我

回來的第一個損失是兩級工資沒有了。我在上海幹得不錯，拚命幹活，當了門市部主任，長了兩級工資，回來以後，上海的工資在這裡不好使，重新套級，一套就把那兩級工資套沒了。

「我當時在上海基礎打得挺好，在飯店裡是個小幹部，在楊浦區飲食公司團委也掛號了，剛回去時上海組織職工文藝匯演，我得了創作和表演的一等獎。後來家裡為了照顧我，把房子也調了，把原來的一大間換成了兩處，我父母和我弟弟住一處，另一處小一點的給我，雖然面積只有七平方米，但位置相當好，在淮海路上，那裡是上海最值錢的黃金地段，父母他們住到浦東去了，他們為了我，真是沒少操心沒少吃苦，當時他們的心情就是：只要能把我留在上海，讓他們怎麼的都行。我對不起他們！

「原來兩地分居不敢要孩子，回來以後生了個兒子，今年13歲了，上初一。孩子的戶口在上海，但我們沒把孩子放到上海去，我媽我爸年歲都大了，我爸八十多了，我媽七十多，跟我弟弟住在一起，弟弟的孩子也小，住房又不寬敞，孩子如果送回去，住沒地方住，管也沒人管，上海那麼繁華的地方，如果學壞了咋整，那時更後悔。我是這麼想：孩子如果有出息，到哪裡都有出息，他以後可以考學考回上海去；如果沒本事，走不了，也就只好在這了！」

建三江管局長征小學校的校長吳玉芬是哈爾濱下鄉的知青，她接上去說：「他們家孩子可好了，在學校是班長，在這裡生在這裡長，特別樸實，地地道道北大荒的兒子。孩子隨他爸爸，愛好文藝，是我們學校鼓號隊的指揮，就是個頭矮點。」

「我個頭就不高，『三等殘廢』嘛！」茅春揶揄地接了一句。

「對，孩子的個頭也隨他爸爸！茅春是我們學校家長委員會的主任，組織能力強，對我們學校的工作支持特別大！」吳校長說。

「我兒子是大年初七生的，我媳婦說你給起個名字。我想，孩子是

冬天生的，生在東北，就給起了個小名叫冬東，一個是冬天的『冬』，一個是東北的『東』。大名叫茅瑞，瑞雪兆豐年，象徵孩子以後有個好前程。我們的希望都在他身上了！」

「現在還想不想走？」我又問。

「如果說不想走那是假話，但是想走也沒有機會了。我回來已經十多年了，十四年了，這麼多年裡知青返城就沒斷過，一直有人走，走一個心裡動一次，走一個動一次，走的人越來越多，留下來的越來越少。但是回去先得有地方住，如果花一二十萬買房子，我們是沒那個能力。我在這裡住 100 平方米，上下水，兩個臥室，客廳 24 平方米，還有書房、廚房、餐廳、衛生間，外邊還有院子，前後院，還有 20 多平方米的小倉房，雖然不是樓房，但比上海的局長住的條件都好！」

「他家裝飾得可好了，跟賓館一樣。」

「茅春手巧，他家是我們這些人裡邊裝修得最好的。」

「你父母來過這裡嗎？」我又問。

「我爸不來，跟我賭氣，我媽想來看看又來不了，年歲大了，身體也不好。」茅春可能忽然勾動了他心底的哪一根弦，情緒低落下去。他用這句話結束了他的談話：「我們延東中學一起來了 28 個，走了 27 個，現在就剩我一個。」

茅春命中注定了不得安寧：沒返城時他不得安寧，返了城他還是不得安寧，從上海再返回農場他仍然不得安寧。他一直在尋求著安寧，為了安寧而不斷地改變著自己的生存空間，每一次改變都使他得到了安寧同時又失去安寧。他一輩子都不會安寧，命中注定了他那顆焦灼、騷動、不安的心靈。

那次座談會上我才發現，不安寧的豈止是茅春一個人，幾乎到會的每一個人，都裝著一顆不安寧的心靈。

張志香：退休了還得回哈爾濱去！

那是一次留在農場沒有返城知識青年的座談會，建三江管局工會主席孫英把這些人召集到一起，在留場的知青裡面，她是級別最高的、年歲最大的，是熱心腸的「老大姐」，是留場知青的「頭兒」。

48歲的張志香已經是三個孩子的母親，她現在的職務是建三江管局直屬學校的教務主任。她父親原來是哈爾濱一家大工廠的工程師，當初不同意她下鄉，她不聽，堅決報名下來了。父親不讓她在這裡找對象，她也不聽，跟一個六六年轉業的小伙子把喜事辦了。給人的印象，張志香是一個主意很正，性情開朗，肚子裡邊裝不住話的人，她一講起來就打不住，話跟流水似的嘩嘩地往外流。

「我們是八月份來的，坐船到大興農場，一下船心就涼了。那天正好下小雨，蚊子可多了，咬人可厲害了，我們一起來170多人，好多人抱頭痛哭。我沒哭，哭啥呀，哭也回不去了。我分到四隊，正好趕上麥收，在場院幹了兩個月。我能吃苦，反正人家幹啥咱幹啥。第二年我就到學校當老師，一直當到今天。我來這工資沒虧著，老師的工資挺高，現在啥都算上，一個月能有750塊錢。（孫英：比我掙的都多！）我愛人都沒我多，別看他是檢察院的副院長，他才七百零點。我仨孩子，兩個兒子一個姑娘（茅春：大豐收！）這你比不上。現在老大的戶口辦回去了，家裡在哈爾濱給我留了一套房子。我家姊妹六個，就我一個在外頭，他們覺得我挺虧，最苦的是我。（茅春：你還苦，家裡一個月1450塊錢的收入，要在過去至少是富農！）我父母都去世了，孩子回去沒人照顧。後來托了人，讓他到軸承廠上班，上班先要培訓一個月，剛學了半個月，他跑回來了，說啥也不上哈爾濱。前年讓他去上學，學費都交了，上了半年，他又跑回來了，說上學沒意思，要自己單幹。這老大真是不省心，他不聽你的。我也管不了他，順其自然吧！他要做買賣，我

給拿了一萬塊錢做底子，到現在這一萬塊錢也沒給我。

「老二在哈工大上學，去年連學費帶吃飯將近八千塊，前兩天開學剛走，我又給拿了五千，啥錢也沒攢下，掙點錢全給孩子了。（茅春：我們掙點錢，留下不都是給孩子的？孫英：等你老了，孩子都掙錢了，你就比我們有福了！）我們四個月沒發工資了，這次一下發了三千多塊錢，我尋思給存起來，剛要存，老張他家裡又來電報了，父親病危，三千塊錢全拿走了，到現在他也沒回來。

「最小的是姑娘，18歲，在這上高二，後年考大學，誰知道能不能考上？我跟她說，姑娘你好好上學，你要考上大學了，我就啥也不愁了，我省吃儉用砸鍋賣鐵也供你！」

我問：「你還想不想回哈爾濱呀？」

「咋不想呢！我想退了休回去，等退了休我也想做點買賣，因為我這人閒不住。現在放假的時候我也找點事做。有人說，張老師呀你給我整點麻袋，我顛巴顛巴也去，有人說張老師你給整點黃豆吧，我顛巴顛巴地也去，反正幹成幹不成也不用咱拿錢，不就是費點口舌嗎？我教過的學生對我都挺好，我下農場他們都幫我忙，給我找車，跑完了回來還給我接風。我都是放假去，也不影響工作，做點買賣也掙點錢花，現在雖然說都強調要講奉獻，可是沒有錢你走到哪裡也玩不轉。將來要是回哈爾濱買套房，得十幾萬，我上哪裡弄這十幾萬去！就得拚搏！我今年48歲，要是現在讓我退休我都幹，只要百分之百給我開工資，我跟校長都說了，退休了做點買賣還能掙點錢，等我老二畢業了有個好工作，姑娘再考上大學⋯⋯

茅春接了上去：「咱們就都回哈爾濱了！」

「哈哈哈⋯⋯」一屋子人都樂了，張志香也樂了，樂得好開心。她還沒說完，她還有話說：

「其實七八年大返城那時候我也辦回去了，關係全辦完了，我跟我

愛人辦的假離婚，到現在假離婚證還在呢，那時候不假離婚不行啊，走不了啊！（孫英：那你們還得再舉行一次婚禮！）我把包裝全打好了，米了麵了粉條了豆油了，裝了一大箱子，都運回去了。我跟我家老張商量，我說你自己在這吧，我得走了，我先回去。那時候我們老張在創業農場當幹事，齊參謀長跟我們住鄰居，齊參謀長來做我工作，說你們倆不愁吃不愁穿，回去幹啥，在這不也挺好嗎，你把老張一個人扔這你捨得呀！我說人家都回去就我不回去，好像就我沒本事。後來這個做工作那個做工作，我就軟心了。（孫英：還是捨不得你家老張！茅春：老張拉後腿把你給拉回來了！）反正現在說心裡話還是想回去，我姊妹六個就我一個人在外頭，在這啥親戚也沒有，人家過年的時候親戚拿著大包小包地串門，我家冷冷清清的，要是在哈爾濱，那該多熱鬧！」

過去是父母替咱們擔憂，現在咱們替子女擔憂

袁桂芳跟張志香一樣，也有兩個兒子一個姑娘，兩個大的都拿到了大專文憑，一個小的有中專文憑，她自己現在幹個體，租了個櫃檯賣日雜和建材。她愛人也是轉業兵，在管局公安局工作，是勞動模範。袁桂芳說，我下鄉這20多年吧，情緒一直比較穩定，即使現在也不想回去，為啥呢，一個是年歲大了，在這生活習慣了，要是回城，有些條件還真不如在這裡，像住房、菜園子；再一個我有一個幸福的家庭，我挺安心，也想得開。現在惟一發愁的就是孩子。現在有政策，知青子女戶口可以回城，我老二大專畢業戶口回去了，但是工作落實不了，他又回來了。要是沒有這個政策吧，一家人都死心了，都消消停停地在這過日子了，啥想法也沒有，現在是有政策，政策又到不了位，整得心裡頭兩頭都不踏實。我的想法就是：我們自己這輩子是獻給北大荒了，但是應該給我們把孩子的政策落實好，把工作給安排好。我們現在整天辛辛苦苦到處奔波，為了啥呢，還不就是為了兒女！

「誰說不是呢，要是沒有孩子，咱們也就不犯愁了，咱們自己這輩子也就這樣了。建三江這個地方建設得也不錯，某些方面比哈爾濱還好呢，這地方住房寬敞，環境好空氣好，也沒有那麼多人呀車呀亂亂哄哄的，吃得也不錯。回城的也有的住房挺緊張，還不如咱們呢。現在關鍵問題是為孩子前途著急！」說這話的，是管局工會的女工部長王鴻雁。

「唉！」一位臉龐圓圓的女同志發出一聲嘆息，「我們掙的那點錢，都給孩子鋪了鐵路了，不是孩子跑回來，就是我們跑回去，最起碼一年也得跑兩次！」她叫熊愛寶，是管局基建處的處長，上海知青。她頭髮剪得短短的，又戴一副眼鏡，滿屋子裡頭，就數她身上的知青味保留得最多。

話題漸漸轉到孩子身上，在座的都是父母，都有孩子，都有一顆慈愛的心，操不完的心，一講到孩子，他們的心就沉重起來，屋子裡的氣氛也沉重了。茅春用低沉的語調講了一個故事。一位哈爾濱知青的女兒返回哈爾濱，在一個賓館裡工作，工作條件很好，收入也不低，就是想農場的家，給她爸爸媽媽打來電話說我好想你們，你們也不來看我。前幾天偷偷跑回來了，在家住了三天，跟爸爸媽媽上歌舞廳去玩，又是唱又是跳，卡拉 OK 一氣唱了八首歌。她說我在哈爾濱從來也不唱，根本沒那個心情。前天晚上走了。兩口子說，我們一聽她打電話就掉眼淚，她在那頭掉眼淚，我們在這頭掉眼淚。

茅春的故事觸動了孫英心裡那根最脆弱的弦：「我小孩在上海讀書，期末考試還沒考完呢就吵著要他舅舅去買火車票，一天一天地算日子，著急要回來。一見到我們就說，可想你們了，可想建三江了！」她的眼圈紅了，她不敢再往下說了，她怕控制不住，自己把自己那根脆弱的心弦撥斷了。

「咱們這一代人吧，什麼都趕上了，文革下鄉的時候父母為咱們擔憂，現在改革開放了，咱們又得為咱們的孩子擔憂，整天牽腸掛肚地

……」張志香哽咽了，説不下去了。每個人的心裡都蕩起一陣悲涼。

「咱們這些人現在想啥呢，惟一的想法就是子女能比咱們好，別跟咱們似的，他們能有個理想的工作，有個幸福的家庭，咱們就心滿意足，啥也不求了！」袁桂芳説出了一個母親最樸實的願望。

王鴻雁説：「我們班下鄉的都回去了，就剩我一個人在外頭。全班五十多個同學知道我在哈爾濱學習，就一塊搞了個聯誼會。他們問我：你在北大荒幹啥呢？你咋不回來呢？我回答不出來，確實無話可説。七九年我返城的表都填好了，但是孩子小，我愛人也不同意，説你要是走咱倆就離婚，我也不能因為要返城就破壞我的家庭，把他一個人扔在這呀！我有一個好家庭，有一個好丈夫，這是我最大的幸福。我原來是連隊指導員，他是拖拉機手，我是黨員他是團員。有一年連隊推薦我上大學，他一聽説就急了，説你要是走咱倆就吹。我沒走，表態要做扎根派。後來他有上大學的機會，是八一農大，他也沒走。我們倆為了愛情都犧牲了上大學的機會。」

返城誠珍貴，愛情價更高。——茅春如此，張志香如此，王鴻雁也是如此。

王鴻雁講到了她的兒子：「我兒子小時候住在我媽家，我妹妹的孩子也在那，都是小男孩，兩個人打架啊，我一回去都告狀，我兒子告狀，我妹妹告狀，我媽媽也告狀。我説把孩子帶回來吧，我媽又不幹，説好像姥姥家容不得這個外孫子，一直到了上學的時候才接回來，今年又考上哈爾濱技工校走了。昨天來了封信，説可想家了。我們像他這麼大的時候就嘗過想家的滋味，現在我們的孩子又來嘗這個滋味，唉，一想起這些我就想掉眼淚，我們苦也就苦了，誰成想孩子也要受苦，親戚家再好，畢竟不是自己的家。有時候想孩子想得不行，就想乾脆讓孩子回來吧，可要是回來，孩子不也得一輩子都呆在這了嗎！」王鴻雁已是泣不成聲，説不下去了。

熊愛寶說:「返城的知青就體會不到這些苦處,他們父母在身邊,子女也在身邊。我們就希望他們返城了不要忘記我們留下的,特別是有點能力有點實力的,也為北大荒的建設盡點力,搞點項目,讓這些留下的知青也能富裕起來。」吳玉香接過這個話題:「現在報紙上使勁宣傳返城的知青又回來參觀農場了,回來探親來了,農場怎麼隆重地歡迎,又是開大會又是接見、照相、拍電視,可是怎麼不宣傳宣傳咱們這些留下來的人呢,宣傳宣傳留下的人怎麼為北大荒的建設貢獻光和熱呢,好像回城的才光榮,留下的就無能。」

時光從會議桌上悄無聲息地溜走,太陽匆匆地沉落下去,孫英這個會議的召集人,來為會議做總結了。

「今天我們知青到一起聊一聊,這種機會現在已經很少了,所以就顯得很寶貴。過去一講知青有多少多少,現在只占很小的比例,知青已經混合在職工當中了,1984 年管局統計還有兩千多人,八四年到現在,十年過去了,可能只剩下一千多人了,而且現在還在走,還在動蕩,這對我們留下的人肯定會有影響,但隨著我們年齡的增長,又經過 20 多年風風雨雨的磨煉,我們這些人是越來越堅強了。說實在的,即使真的能走,那心情也是很複雜的,最近有一個知青走了,上火車之前,他在地上抓了一把土帶走了。這裡也是祖國的一片土地,我們在這片土地上出過力流過汗,甚至還流過血,這片土地跟我們每個人都有很深的感情。如果有人說,你是因為你愛人是北大荒的所以才沒有走,那我覺得這樣評價是很不公正的。咱們這些沒有走的,不管幹什麼工作,還得拿出知青的勁頭來,幹就要幹好,幹得像個樣,為我們的第二故鄉獻計出力。另外我們對有困難的知青要多關心他們幫助他們,我們這些人都在機關,應該說是留下知青裡邊的佼佼者,有些在連隊的知青,條件比我們要差得多。咱們都有一頂共同的帽子,就是『知青』,將來即使我們成了老頭老太太了,這頂知青的帽子也還是要戴下去,我覺得這頂帽子

很光榮。」

在建三江管理局的領導層裡，知識青年占了相當大的比重。孫英給我數了一下：局長孟吉昌兩口子是五十年代的老知青，跟楊華同時代的人，哈爾濱莊的；黨委書記董世明兩口子也是知青，六八年下鄉的雙鴨山知青，此外還有廣播電視局長是天津知青，商業局長是哈爾濱知青，糧食局長是雞西知青……副處級以上的知青有十多個。還有一批在農場裡擔任場級主要領導幹部的，像前進農場的場長、七星農場的場長，都是知青。他們是留場知青裡邊的佼佼者，這裡面當然少不了孫英。

孫英：留場知青的老大姐

十年前我就見過孫英，那時她是建三江管局的宣傳部長，樸實、平易，一點架子也沒有，什麼事情都是她親自動手親自張羅，臉上總帶著微笑——真誠的、發自內心深處的微笑；十年後再見孫英，她還是那個樣子，還是那麼樸實平易，臉上還是那種讓人一眼就能看到心底的微笑，不同的只是職務的變化：由宣傳部長改任工會主席。

1968年，孫英在上海市第一師範學校讀書，師範學校當時沒有下鄉的任務，但是她們十幾個同學聯名給上海市革委會寫信，要求上山下鄉，要求去北大荒。這些熱情而又激動的姑娘為了能使她們的書信引起充分的重視，在信封上還插了一根雞毛，表示「十萬火急」。這封雞毛信果然起了作用，不久這些姑娘就來到了七星農場。分配工作時，領導要把孫英留在場部，她卻要求到最艱苦的地方去，於是她到了37隊農工班。

孫英從連隊的排長幹起，一直幹到了六師的黨委常委，全師知青中間職務最高的一個。1978年，當大批知青返城以後，領導說她年齡比較小，讓她做團委書記，幾年後又讓她做宣傳部長，又過了幾年讓她擔任工會主席，雖然變來變去有升有降，但她總是平靜地對待這一切，總是

帶著微笑接過新的職務新的工作，她老是那一句話：「幹啥都行，咱們挺滿足的，真的。」

我聽到關於孫英的許多故事，有工作方面的，家庭方面的，同志關係方面的，講故事的人，語氣中有敬重之意，聽故事的人，心中漸起敬重之心。孫英的愛人原先是兵團的現役軍人，有幾年身體不好，孫英一直盡心照顧他。又要幹好工作，又要安排好家裡的生活，她的擔子很重。後來公公婆婆又接過來一起住，孫英仍然承擔了許多的家務，只要她在家，飯常常是她來做；晚上，洗腳水都端到了公婆的面前。老公公有時精神不大好，犯起病來誰的話也不聽，只聽孫英一個人的。黑龍江墾區的著名作家、曾經擔任過省農場總局宣傳部副部長的鄭加真，有一次在說到孫英的時候讚嘆道：她身上集中了中國勞動婦女的傳統美德：勤勞、善良、賢慧、儉樸、能吃苦能忍耐、富於同情心等等，可以說她是中國婦女的一個典範。

孫英說，我們一起下鄉的那批總共有200多人，現在剩下的連10個都不到。這幾年陸陸續續地還一直有人在走，我的兩個最好的朋友都走掉了，她們都替我惋惜，因為我走不了，我自己倒不覺得怎麼樣。說這些話的時候她依然顯得十分平靜。我感覺孫英的內心深處是一泓清澈博大的湖水，靜謐安詳的湖水，不論多大的苦悶多大的煩惱多大的怒氣多大的憂愁，都會在這泓湖水中消釋溶解，蕩然無存。孫英能始終保持一種平和的心態，這是一種極高的境界。有一位著名的女作家曾經寫過一句著名的話：人的意志和堅強在於自身內心的平衡。孫英就具有這種平衡，所以她是真正堅強的，儘管她在外表上顯得柔弱單薄。

20年前孫英當過七星農場八連的指導員，八連有個老任頭，建國前就參加了工作，按政策規定應該享受離休待遇，但是他60歲那年農場給他辦了退休手續。後來老任頭明白了離休和退休的待遇不同，一年一年算下來，加在一起少拿好幾千塊錢，他就開始找，找到農場，找到管

局，他別人不認識，就認準了孫英，一到管局就找孫英，找得孫英的同事見了都煩，說這老頭又來了。可是孫英不煩，每次老人來找她，她都樂呵呵地接待。上了年歲的人，有時腦筋糊塗，說話囉嗦，耳朵又背，孫英就耐著性子聽他說，大著嗓門跟他說，幫他出主意，幫他打電話，幫他申訴。我去找孫英的那天，84歲的老任頭拄著根棍子又來了，顫顫巍巍地走上二樓要找孫英。辦公室的同志怕他又纏上孫英說起來沒完，就騙他說孫英不在，孫英卻聞聲自己走了出來。老人說：「孫英啊，這回問題解決了，給我補了兩千塊錢，都虧了你呀！」孫英攙扶他坐下，囑咐他把錢放好，要是不用就先存到銀行裡，存定期的，定期的利息多。老人走後孫英對我說：老頭沒兒沒女，怪可憐的，咱不管誰管。

　　孫英絕不是無憂無慮，她也有她的脆弱她的憂愁，她心裡有一根最脆弱的弦，那根弦的另一頭拴在她的兒子身上。「我小孩在上海讀書，一年只能暑假回來一趟，寒假時間太短，來不及。每次兒子回來，我們家裡比過年還熱鬧，每次送他走，心裡頭都難受好幾天。真不想讓他走，可是為了兒子的前途著想，還是得讓他走……」她的眼圈又紅了。

　　留在建三江的知識青年，都把孫英當成他們的頭兒，有了什麼難處，有了什麼想法，都愛找她商量，他們不僅把她當成領導，更把她看成是可親近可信賴的大姐，對大姐什麼事不能說呢？孫英的心裡，也裝著這些知青，特別是那些生活困難、至今仍然在生產隊裡幹農活的知青。「六隊還有一個女知青，就住在食堂旁邊。八隊有幾個上海青年，有點窩囊，日子過得不怎麼樣……」哪個農場哪個生產隊有哪幾個知青，她都在心裡邊裝著，甚至比那個農場的幹部都清楚。她在心裡記掛著他們。逢年過節救濟困難戶，她首先想到這些人，誰家的孩子多大，該穿多大的鞋子，誰家裡正缺點什麼，什麼東西分給哪一家最合適，她都有數。她盡其所能地幫助那些困難的知青，既出於一個工會主席的工作職責，也出於一個知識青年的同命相憐，更重要的是，她有一顆善良

的心。

她告訴我說，七星農場有個上海青年叫李福根，他跟他弟弟兩人是雙胞胎。為了讓弟弟留城，他主動下鄉，現在他們隊裡就剩下他一個知青。有一年他給我寫了一封信，我一看，信封信紙還是多少年前我們下鄉時候用的，我想他的生活一定很困難，就給他們農場的工會主席打了一個電話，讓他去看看，瞭解一下情況，幫助解決一些困難。過了幾天我又給工會主席打電話，他說他還沒去，他讓分場給那個生產隊打電話了。我一聽就挺來氣，馬上找了個車，拉著農場的工會主席、分場的工會主席一起到生產隊去。到了李福根家一看，家裡收拾得還可以，菜園子種得挺好，柴禾劈成一塊一塊的，碼放得也挺整齊，但是李福根的身體不大好，有氣管炎，他愛人有點發傻，兒子也傻乎乎的，念了五年書了，至今還在念一年級。李福根原來想把孩子辦回上海去，可是這個樣子回去了誰給照看？李福根除了說話還有點上海口音，其他再也找不出一點知青的影子。我看了挺難受。後來有一次召開知青座談會，我在會上把李福根的情況說了一下，大家都很同情，湊了五六百塊錢，又給他買了點衣服和日常用的東西送去了。每次上邊撥下來救濟物資，我都把好一點的衣服鞋子給他挑出來，他家裡人穿多大的衣服多大號碼的鞋子我們都知道。我跟他們農場的工會主席說，他是上海來的知識青年，還是要多照顧他。後來農場工會說每年給他買兩頭小豬崽，分場給飼料，李福根餵這兩頭小豬，就可以解決他家的零花錢了。「別的還能幫他什麼？也幫不了什麼。李福根在留下來的這些知青裡面，也算是一個方面的代表。」孫英說。

張春娟：黑土地上的勞動英雄

同是上海知青的張春娟，則是另一方面的代表。

創業農場 19 隊，是全農場最偏遠的一個生產隊，連條標準的砂石

公路都不通，地界搭上了鄰近的紅衛農場。

偏遠隊大都是新建隊，新建隊的生活條件都比較差，大返城的時候，19 隊的知青呼啦一下子幾乎都走了，68 個知青裡頭就剩下一個，24 個上海知青裡頭就剩下一個。張春娟眼看著一起來的或是腳前腳後來的戰友們、夥伴們，一個個，一撥撥，歡天喜地急不可待地離去，心中若有所失，泛起一股子酸酸的滋味。他們返城了，她卻留下來，孤零零地留在了偏遠的 19 隊，留在了北大荒的黑土地上。

不，她不是孤零零的，她有她的丈夫張憲金，還有她的一對千金、寶貝女兒。她捨不得憲金，她不願假離婚，所以她不走。

張春娟是堅決的，下鄉八九年了，什麼活沒幹過，什麼苦沒吃過？她當班長，帶著七個女知青蓋房子，光著腳丫在泥水中端估、和泥，她一天挑過 100 多擔水，累得手裡拿著個饅頭嚼著嚼著就睡著了。八個女知青，八天時間，堆起一棟房子。後來，她又當過司務長，柴米油鹽醬醋全管，連隊的食堂搞得紅紅火火，那時一到吃飯時間，食堂裡滿滿當當一屋子人，嘰嘰喳喳有說有笑。如今，食堂空了，食堂散了，在食堂裡吃飯的那些人都回城裡吃飯去了。張春娟就去種地。

1984 年搞聯戶農場，張春娟他們八戶職工聯在一起，每戶虧了 1470 元。種地還是靠天吃飯，收成好壞要看老天爺的臉色。恰在此時，家裡給她辦好了返城手續，又有了知青子女戶口可以回城的政策。那就走吧，回上海去，在哪不是幹，回上海興許能過得更好。家裡給了她一間 30 平方米的房子，臨街，是門面房，在寸土寸金的上海，房子就是安身立命的根本，就是發家致富的依靠。走！她決定了。

到場部去辦手續，一個辦公室一個辦公室地走過去，在材料上蓋上一顆顆紅印章。她敲開一個辦公室的門，裡面坐著一位分管財務的副場長。「你就是張春娟？你要走？你還欠著 1400 多塊錢呢！賬不還清不能走人，這是規矩！」語氣強硬，沒有商量的餘地。

　　張春娟的火氣一下子就上來了：哪個地方不是呆，哪的黃土不埋人！我不能就這麼窩窩囊囊地走，我得幹出個樣子給你們看看！我不走了不行嗎！兩句話，一股火，把返城的念頭燒沒了，想的全是明年怎麼爭這口氣。事情變化就這麼快，只在一瞬間。

　　第二年，墾區開始辦家庭農場，前一年欠了賬的職工心裡都沒底，不敢多包地，只是二三十畝、三五十畝地試探著，張春娟可不，她跟憲金一下子包了 450 畝！自己辦農場，選料、翻地、耙地、播種，哪一步也不敢懈怠，播種的時候，他們早晨三點鐘就起來，在播種機上一站就是十八九個小時，搶時間，搶季節。她又養了 20 頭豬，到年底一算帳，盈利一萬七！一年就翻過來了，欠的錢都還上了，還買了電視機、錄音機。當時交了糧食拿不到現錢，農場反過來給她打白條。張春娟很得意：我比誰都不差，我行！

　　這事如果發生在一個普通農場職工身上，本來不是什麼新鮮事，但這事發生在一個知識青年的身上，還是一個南方大都市的女知青，一下子就有了新聞價值。張春娟上了《黑龍江日報》的頭版頭條，上了《文匯報》和《解放日報》，上了上海人民廣播電臺。一天，正在家裡擇菜的老父親，從廣播裡聽到這條消息，還不敢相信那就是自己的女兒。

　　張春娟出名了。1986 年當上了省勞動模範，1993 年當選為第八屆全國人大代表，坐在人民大會堂裡，聽李鵬總理作政府工作報告，坐在會議室裡，跟省裡的領導一起討論國家大事。農場想調她到城建科，她不去，調工會女工部，她也不去，她就願意種地、養豬、幹活。

　　張春娟的政治地位提高了，她的魄力更大了。她是全隊第一個包地最多打糧最多的，現在她又是全隊第一個貸款種地的。1993 年，他們家種了 900 畝地，開始搞大規模經營，大豆畝產 280 斤，逼近墾區制定的 300 斤高產目標，那年她家盈利七萬二！1994 年，她家又包種了 800 畝地。

　　1995 年，張春娟的心氣兒更高，種了 1100 畝，占到全隊旱田的六分之一，其中 600 畝大豆，畝產達到 450 斤，按 19 隊安隊長的話說，是「創業農場頭一號」。農場在她的大豆地裡開現場會，場長書記都來了，各隊的隊長都來了。我也去那塊地看過：一條條長壟伸展過去，一直跟遠處的藍天相接，好大的一片地！大豆長得有齊腰高，葉子已經脫光，豆莢已經乾縮，變成了黃褐色，襯出裡面鼓脹飽滿的豆粒，在秋風中驕傲地搖頭擺腦。豆莢一層層數上去，有 12 層，密密地掛滿了植株。這麼高的大豆，這麼密的豆莢，實在少見。張春娟驕傲地站在地頭，站在九月的陽光下，聽著人們的讚揚和驚嘆，心裡一定很得意，她是這一片大豆的主人，她是這成績的創造者。那些如今已在城裡上班的戰友們，恐怕很少有人能幹得像她這樣出色，儘管他們生活在繁華的鬧市裡。這是她和他們的差異，她和他們的差距。

　　張春娟幹起活來相當潑辣。養豬是她的拿手活，每年至少養 20 頭。她餵養的一頭老母豬，去年春產仔時正趕上春節，她顧不上看春節晚會的電視，顧不上一家家去拜年，連著五天沒有脫衣服睡過覺，一直守候在母豬旁，怕它翻動笨拙肥胖的身體時不小心壓了它的孩子。豬舍太冷，她就把豬搬進屋裡，在屋裡吃屋裡拉。母豬一般每次產仔十個左右，產多了奶頭不夠吃，就扔掉了，她家的母豬一胎產 18 個仔，張春娟一個都不扔，奶頭不夠，她就買來奶粉沖了，拿著奶瓶子餵。奶粉都是「完達山」牌，最好的。豬崽喝著牛奶長大，18 個豬崽個個成活，個個健壯。秋天，母豬一窩又產了 13 個，同樣是個個成活，個個健壯。張春娟成了養豬能手，連老職工都養不過她。

　　張春娟的熱心在隊裡是出了名的。她的豬崽賣 200 元一隻，本隊職工買只要 150 元，實在沒錢的可以賒賬，等豬出欄了再給錢。她拿出 7000 元錢幫助隊裡的貧困戶脫貧。麥收時她負責場院上的工作，從家裡燒了開水，挑到場院上給大家喝。她每年都要拿出三五千塊錢去幫助別

人，告訴他們：啥時候有錢啥時候還！

　　大家選她當隊裡的工會主席，這個工會主席是個出了名的熱心腸，隊裡的大事小事，喜事喪事，誰有病了，誰家的孩子打架了，都來找她，找她幫忙，找她商量，找她評個理，找她拿主意。去年隊裡一個婦女生孩子，張春娟坐車陪產婦上場部。半道上孩子生出來了。臍帶也沒法剪，張春娟就跪在車裡，用手捧著嬰兒，一直捧到場部。她已經不再是一個上海知青，誰也不把她當成一個上海知青，她就是隊裡的一個普通職工，一個北大荒的女人，她和他們完完全全地融為了一體，她是他們中間必不可少的一員。

　　張春娟有錢了，這幾年每年都有幾萬元的淨收入。她的錢完完全全是憑力氣掙來的，每一個鋼鏰兒裡都有她一家人的汗水。那麼她的家是什麼樣，她自己的日子過得怎麼樣？

　　她的家很簡單：兩間住房，兩口子住一間，女兒住一間，此外還有一間十幾平方米的客廳。地是水泥地面，牆是白灰牆面，除了一台冰箱和一台彩電，屋子裡沒有任何貴重物品。傢俱都是在隊裡打的，一個自家做的小沙發已經修過好幾回，還醒目地擺放在那裡。張春娟是不講享受不會享受的那種人，她對生活的標準很低很低。她家是一排紅磚房緊把頭的一家，房山頭有兩個大豬圈，每個豬圈裡都有一頭大母豬。旁邊有一塊菜地，地裡種的蘿蔔，張春娟笑笑說，這裡空地多的是，只要你有力氣，隨便種一點，飼料就有了。她這話講得隨意而且輕鬆，好像這種活輕鬆得在她眼裡不值一提。她有的是力氣，她又積蓄了一筆資金，所以她充滿了自信：什麼都不在話下，什麼都難不倒她！

　　她有兩個女兒，大的 22 歲，戶口已經辦回上海，小女兒 20 歲，跟她住在一起。父母弟妹都來過這兒，都覺得她日子過得太苦太累，可張春娟對自己的日子很知足。她不想回上海，起碼現在不想。「上海那麼多人，我又不是什麼尖端人才，回去幹什麼，還不如在這種地呢！」的

確，論種地她絕對是一把好手。這裡說的種地，不單指體力的付出，更主要的是對土地的經營和管理。張春娟正在成為一個優秀的土地經營者，她在黑土地上找到了一個非常合適的位置，一個得心應手揮灑自如的位置。「將來等我老了，幹不動了，再回上海養老去，反正我在上海有房子！」

張春娟穿一件紫色外套，裡面是一件藍毛衣，她的皮膚是那種非常健康的黑紅色，原野上的太陽和原野上的風把它染成。一頭短髮，沒有用心梳理過，耳朵上有兩個金色的耳環，手上還有一隻做工不精的戒指。她的裝束、氣質，跟隊裡的其他女職工沒有什麼兩樣，知青的氣息在她身上消失殆盡。從下鄉到現在，張春娟始終在北大荒上一個新開發的農場裡，一個最偏遠的生產隊裡，一幹就是 25 年，四分之一個世紀沒有挪動過地方。北大荒把她留下來了，北大荒把她薰陶改變了。她終於真正地、協調地與北大荒融為一體，成為一名寥若晨星的、完全工農化了的知青！

第十四章
牽腸掛肚一片情

　　大批返城的知青，通過各種不同途徑重新取得城市戶口的知青，面臨著就業和住房這兩大新問題。他們中間有家境好的，有家境差的，有順利的，有坎坷的，有成功的，有苦苦求索而無果的，有洋洋自得的，有自慚形穢的。有一位知青說：真正優秀的知青，是那些回城以後重新創業，重新一點一點地站穩腳跟幹成事業的人。但這樣的人所佔的比例實在是太少了。

劉紅英：還在思念那片橡膠林

　　當年雲南國營農場有一個四川姑娘叫劉紅英，她以出色的業績贏得了很高的榮譽——她是四川和雲南兩個省的先進知青代表，她還是第四屆全國人大代表。

　　劉紅英是農場的割膠工，她最突出的事跡就是非常能幹，一天到晚地幹，一年到頭地幹，她出勤最多的一年達到363天，一年裡只休息過兩三天！她一個人管理27畝橡膠林，她管理的橡膠林裡一棵雜草也沒有，梯田修整得跟城裡的馬路一樣平。她愛橡膠樹愛到什麼程度呢？有一年冬天，三棵橡膠樹苗被牛撞傷了，她每天端一盆清水，給樹苗清洗傷口，又從自己的棉衣裡扯出棉花，用布條細心地包裹在樹

苗上，隔幾天換一次。她自己的腳上被刀砍過一條二寸長的口子，她都沒有這麼精心地護理過，她把樹苗看得比自己還重要。

每天天濛濛亮，膠林裡就傳出她挖土的聲音，晚上天黑盡了，她才一個人摸索著下山，偶爾營部演一場電影，她從來不去看。劉紅英為了這 27 畝橡膠林，幾乎犧牲了自己所有的業餘愛好、文化學習、娛樂活動，她的生活變得很單調，好像除了侍弄橡膠樹，她沒有任何喜好。西雙版納那一年四季灼人的陽光，把劉紅英的頭髮照曬得金黃金黃，一張娃娃臉上老是一副疲憊不堪的形象，她的衣服上經常結著一層薄薄的鹽晶。

那時一般連隊的橡膠樹幼苗成活率是 80%左右，劉紅英侍弄的 27 畝膠林達到 97%，是全農場幾萬畝橡膠林中最好的一塊。

劉紅英最美好的年華在橡膠林中逝去，後來她也返城了。返城以後幹什麼？城裡沒有橡膠樹，城裡不需要種樹能手，城裡需要的是有文化的人，而劉紅英缺少的恰恰就是文化，她沒有上大學，甚至也沒有讀完中學，她除了種橡膠樹也沒有其他的勞動技能。幹力氣活嗎？當年她倒是不怕，80 多斤體重挑過 120 斤包穀，連小伙子都服氣，可現在不行了，她的身體已經在長期的辛勞中垮掉了。她還能幹什麼呢，只能到一所學校裡去搞搞收發。搞收發是一個清閒的工作，劉紅英多少年都沒有這麼清閒過，把手頭上的事情處理完了，她一個人靜靜地坐在那裡，常常會不由自主地想起那片橡膠樹，那片橡膠樹苗早已長大成林了，早已經能割膠了，它們長得壯實嗎，它們的出膠率高嗎，有沒有生病的，有沒有被風刮倒的？她還會想到她自己，她沒有文憑，沒有學歷，沒有職稱，沒有適應城市生活的技能，甚至也失去了常人所有的健康，她把這一切都留給了橡膠樹了。她悲哀嗎？她後悔嗎？如果人能再生，她還會這樣過一輩子嗎？她說不清。

小雨：在上海打工的外省人

她既不是一個返城的知青，她也不是一個留下來的知青，她是一個在上海打工的外省人。

她叫小雨。媽媽説，一家人裡最苦的就是她了。

她家姐妹弟兄四個，她是老二，到江西農村去插隊，後來招工到縣裡當了老師，結了婚，生了孩子。愛人是當地的，返城時她失去了機會，誰讓她找當地人呢！但是為什麼就不能找當地人呢，感情還分地域嗎？

孩子長到 11 歲的時候，送回上海去讀書，住在姥姥家裡。姥姥很心疼這個外孫女，但是畢竟年歲大了，姥爺身體又不好。小雨探家的時候聽説爸爸住過兩次醫院，媽媽也住過一次，她心裡邊感到一陣內疚，認為是自己拖累了父母。她跟愛人商量：我們回上海吧！她在鎮教委裡當幹事，托了人，送了禮，走了後門，終於辦了個停薪留職。

「上海，我回來了！」這是她跟愛人提著沉重的行李走出火車站時，內心裡湧出的第一句話。多麼熟悉的上海，多麼陌生的上海，多麼親近的上海，多麼疏遠的上海，我生在上海長在上海，如今卻沒有上海市的戶口。上海容得下我？上海容不下我？她心裡沒底，不得而知。那一點淡淡的歡樂轉瞬即逝，前途未卜的沉重又重重地壓在了心頭。

虧了有父母，虧了有小妹和小弟，他們都來幫她，這是上海給予她的最大慰藉。開始她擠在家裡跟老人一起住，後來妹妹分到了一間新房，讓給她，總算暫時有了一個「家」，雖然這個「家」並不屬於她自己。孩子上學也是虧了妹妹，妹妹去找母校的老師：知青的孩子，不能讓他們也走知青的下場，在異省他鄉過一輩子吧？那老師知道很多知青的故事，樂意幫這個忙。

她到一所中學去代課。她工作踏踏實實，教了一個學期，那個班的

成績就上升到第二名。學校對她很好，但她還是離開了：一個星期 12 節課，一節課 4 塊錢，一個月是 192 塊。這是校長權限內所能給予她的最高標準了。她說我喜歡這個學校，我喜歡這個工作，但是我要生存呀！校長愛莫能助，無限惋惜地看著她走出學校的大門。

弟弟介紹她到一個外商老闆那裡去打工，他說那裡的收入肯定比學校多，但是要苦一點。她說我們下過鄉的人什麼苦沒吃過，什麼苦不能吃？挑著百十斤的蜂箱走七里山路，稻穀挑過 120 斤，修水利挑擔子，肩上磨出血來。

皮肉吃苦她不怕，但是她容不得齷齪，嚥不下委屈，她看不慣老闆娘的俗氣和勢利。那又能怎麼樣，這種苦也得吃，打工嘛，生存嘛，否則就適應不了上海。她咬緊牙關，去吃那種過去不曾吃過的苦。

過去的同學，過去的「插友」，聽說她回來了，都很高興，找個機會聚一聚。她看到了好多熟悉而又陌生的面孔，他們有的當教授了，有的當經理了，有的是報社的記者或出版社的編輯，一張張名片遞給她，熱情地讓她「有事情就來找我」。他們替她惋惜，為她嘆息：當初你本來是留城的，本來是不用下鄉的，要是你不下鄉……

是呀，當初她在班級裡是尖子生，那時她是他們羨慕的對象，但是今天坐在一起，他們衣冠楚楚，志得意滿，她遍體鱗傷，顧影自憐，她在他們面前生出一種自慚形穢的自卑感。「我沒有機遇，如果命運給了我機遇，我不會比他們中間的任何一個人差！」即便她沒有得到機遇，她是不是也比他們更強一些呢？她吃過的苦比他們任何一個人都多，她的肩膀比他們任何一個人都硬，她也點了一支歌，她喜歡那歌詞：「這一張舊船票還能登上你的客船……」

她在上海奮爭，跟不公平的命運奮爭。一個很巧的機會，我意外地見到她，聽她用沙啞的嗓音滔滔不絕地講述著這一切，她的語速極快，底氣十足，這語氣和底氣中透出一種自信。她的經歷使許多人嘆惋傷

感，但是她自己並不嘆惋傷感，她說我不抱怨也不後悔，我只希望我的孩子能圓我的夢想，我跟她說我們不能給你創造什麼條件，你的前途只能靠你自己去闖，孩子還算爭氣，自己考上了重點中學。我們自己是不行了，學業已經荒廢掉了，雖然也想學外語學電腦，但是已經沒有那個條件了。我還不知道將來會怎麼樣，但是只要有條件我就會去拚去爭。

　　她沒有城市戶口沒有自己的住房沒有一份固定的工作和收入，在大上海茫茫人海中，她跟那些來自外省的打工妹並沒有多大的差別。上山下鄉使她失去了很多很多，但是她不抱怨，她憑著在上山下鄉中磨煉出來的意志，不屈服地去跟命運抗爭。

雁莎：攪亂了寧靜的心緒

　　跟劉紅英和小雨比起來，雁莎回城後的境遇要好得多，路子要順得多。

　　自從 1978 年她隨大批知青返回北京之後，就像從風狂浪急的大海駛進了一個平靜的港灣，不，簡直是風和日麗下的湖泊，平靜得沒有一絲漣漪。經人介紹，她認識了一位副部長的兒子，很快他們就結婚了，她住進了兩間一套、帶有管道煤氣和浴缸的舒適公寓。經公公的一位老戰友幫忙，她被安排到某家報社做記者工作。上班第一天，她忽然感到一陣惶惑和恐懼，愛人卻滿不在乎地說：報社裡像你這樣的人有的是，怕什麼，他們幹得了，你就能幹得了！果然，雁莎憑她原來的一點文字基礎，憑她的聰明，經過幾個月的實踐，寫出了能讓編輯不皺眉頭的稿子。不久，她自己也成了編輯，因為丈夫不願她經常往外跑，她呢，也有些跑膩了。她總是服從丈夫，因為什麼事情在她來說都是無可無不可。她幹工作，不冒尖也不落後，她編採的稿子，不出眾也挑不出大毛病。他們有了孩子，是個女孩，於是家裡增加了人口，不是一口而是兩口，還有一個是請來的阿姨。雁莎每天上班、下班，回到家裡逗逗孩

子、看看電視，然後洗澡、睡覺，她幾乎沒有什麼煩惱，一切都有人安排好了，安排得順順當當。生活就像一條小河，緩緩地，不慌不忙地流淌。

然而她寧靜的生活還是被攪動了，彷彿湖水裡投入了一顆石子，泛起了一圈一圈的漣漪。那是五月裡的一個晚上，電視裡播映了一部電視劇，知識青年上山下鄉的題材，那裡面的生活、人物，對她來說是太熟悉了，更讓她意外的是，片子裡的一些外景鏡頭，竟是在萬山紅農場拍的，那裡是她勞動生活了整整十年的地方。屏幕上出現了一條小路，她忽然情不自禁地喊了起來：「就是這條路！」丈夫不滿地瞥了她一眼：「嚷什麼！」他理解不了她的心情，是呀，因為他沒下過鄉，可她就不同了，她下過鄉，種過地，修過這條公路，還當過小學教員。這部在藝術上毫不出眾的電視劇竟使得她激動不已，那天晚上她失眠了，這在她說來是少有的事情，她忽然憶起許多往事，憶起了許多人……

在修路隊那半年的生活，是雁莎一生中經歷過的最苦的生活。她們每天拿著斧子和大鋸，把線路內的大小樹木砍斷、鋸倒、清走。許多地方是水窪地，有時一腳陷下去，拔出來的只是一隻光腳丫。蚊子、瞎蠓、小咬三班倒，肆無忌憚地圍著你嗡嗡地叫，趕也趕不跑，又氣人又可怕，剛幹了一天，雁莎就覺得受不了啦。她先是一天一天地捱日子，後來簡直就是一個小時一個小時地捱著過，她盼望家裡能打來一封諸如「母病速歸」的電報（連裡有人就是接到這種電報請了假回家去了），或是自己能得一場重病，住進團部醫院的病房。可氣的是，長得並不結實的她，雖然每天累得筋疲力盡，但就是不生病。後來還是好心的指導員看她可憐，分配她到炊事班去做飯。

真是奇怪，當年那段苦得使她幾乎不能忍受的生活，今天回憶起來，卻是那麼甜蜜、溫馨，甚至讓她懷念和留戀。感情這東西是多麼奇妙和複雜啊，讓你無法說得清楚。她再也無法平靜，終於，她跟幾個戰

友一道，回農場去了一趟，又看到了那條公路，又看到了公路旁邊的那條柳毛河。

陳興橋圓夢

陳興橋回雲南去，只是為了圓一個夢。

陳興橋下鄉的時候只有 16 歲，還是個貪玩的孩子，在家裡他最小，特別淘氣。他隨著上山下鄉的人流，高高興興地報名去了雲南。他插隊的那個地方叫嵩明縣，離昆明不遠。他為什麼要去雲南，因為他經常聽他舅舅講過雲南，在他的印象裡邊，舅舅騎在一匹馬上，馬脖子上的鈴鐺發出清脆的聲響，樹上掛著熟透了的香蕉，樹下面是誘人的菠蘿，散發出陣陣香氣，那副情景浪漫極了，令陳興橋心嚮往之。所以他沒有跟哥哥一道去黑龍江。

媽媽把家裡的兩個樟木箱子都給他裝滿了東西，以為他這一去不知道哪年才能再回來，可是剛剛過了三個月兒子就回來了，他說那裡條件太苦幹活太累，吃不消。媽媽又驚又喜，問他回家買票哪裡來的錢，他高興地說隊裡把每個人的安置費都發給他們自己，一下去就給了一個存摺，上面有 200 多塊錢，花錢很方便。媽媽一聽就來氣了，把他一頓罵，罵回雲南去了，可是過了沒多久陳興橋又跑回來了，一年裡頭他回來過七次，把那點安置費都扔在鐵路上了。

嵩明縣的幹部把這些上海來的知青看得很高，去上海接知青的一個副縣長回來以後說，上海那個地方真是好，到了晚上就跟天堂一樣，真是好看！這些青年，要不是毛主席一句話，你拿八台大轎去抬他們也不會來，所以我們一定要照顧好他們！

陳興橋那個隊裡有五個上海知青，都是男孩子，都愛惡作劇，他們一起去趕集。農民賣雞蛋，可以用糧票換，一斤糧票換六個。幾個男生故意搗亂，拿著農民尋開心：「我拿一斤三兩糧票換雞蛋。」「我換四

斤九兩糧票的雞蛋。」農民腦子慢，算不過賬來，很著急，知青卻在那裡一個勁地催，說著說著兩邊就打起來了，打得很凶，陳興橋用二齒子打傷了一個人。結果，打架的農民受到處理，罪名是「毆打知青」，從那以後再也沒有人敢惹這些知青。

如今已經在上海開了好幾家飯店的陳興橋回憶起 20 多年前的那些往事，心裡充滿歉疚：「我們那個時候太調皮了，縣裡邊越是護著我們，我們就越是調皮。沒柴燒了就去偷，農民家裡有一輛馬車，他家裡邊一年的花銷都在這輛馬車上，可是我們就把這輛馬車偷來，用斧子劈成柴禾燒掉了。這一下闖了大禍了，那個農民要跟我們拚命啊，整個村子裡的農民都來了，有的手裡還拿著傢伙，我們也急了，手裡操起鐵鍬，兩邊的人就這麼對峙著，非常緊張。我們當時心裡邊很害怕，因為我們只有五個人，他們有好幾十人，動起手來我們肯定要吃虧，但農民不敢輕易動手，因為上邊規定不許毆打知青。後來公社的領導來了，才把這件事平息了。」

陳興橋在雲南呆的時間並不長，1972 年他就轉到黑龍江兵團他哥哥那裡去了，但是他一直忘不了他們劈掉的那輛馬車，忘不了他打傷的那個農民，那輛車和那個人沉甸甸地壓在他的心上，他覺得欠了雲南一筆情。

1994 年他去廣西開會，開完會想去雲南，可是買不到飛機票，只能繞道廣州。在廣州他買了許多學習用品：練習本、圓珠筆、鉛筆、橡皮、文具盒，全挑好的買，還買了一些兒童食品和兒童玩具，裝了滿滿幾個大紙箱，托運到昆明，又從昆明轉車到了他插隊那個地方。他把帶去的東西分成一包一包，挨家挨戶地去送。他找到了那輛馬車的主人，那個主人已經衰老了許多，幾乎認不出了，陳興橋給他帶去了一輛車，一輛解放牌大汽車，花八萬元買來的。馬車的主人先是不敢收，接著是再三感謝，陳興橋則是再三道歉，說當年我們把事情都給做絕了，一點

也不懂得生活的艱難。

陳興橋他們下鄉時候的房東，是個地主，當時村子裡數他家的房子最多最大，五個知青一人住一間，每間屋子裡有一張睡覺的木床，一個盛糧食的木櫥。老太太心眼很好，有時燒了好菜，就悄悄地給每個人的屋子裡放一點，可是知青不敢接近她，因為她是地主婆。陳興橋舊地重遊，老太太依然健在，用慈祥的眼睛看著他，就像看自己的兒子，一件一件講述當年的事情，記得還那麼清楚。陳興橋給她買了一台 25 英寸的大彩電，她感嘆地說可惜我家老頭子不在了。

他還去看了那個當年到上海去接他們的副縣長。他走進他的家，問：「你還認得我嗎？」副縣長看了他一會兒，準確地叫出了他的名字，讓他好感動。

陳興橋在雲南只呆了三天，他是報恩還願去了。雲南之行他花了十多萬。

跪拜父老鄉親

返城知青成了城市裡分布得十分廣泛的一個群體，他們幾乎分布在每一個行業裡，每一個機關裡，每一個工廠裡，他們開始經常聚會，或是以下鄉的地區為圈子，或是以下鄉之前的學校為單位，這種聚會主要是一種感情上的聯絡，感情上的需求。杭州市老三屆酒家的經理張洛平對我們說：人到中年必懷舊，我們搞這樣一個酒家，就是要給他們提供一個聚會的場所。

在上海，有一次我參加過一個小型的知青聚會，聚會的參加者，都是一些下了海發了財的知青，酒桌上的話題，也大多是生意方面的。酒桌上有一個女知青一言未發。回旅館的路上，她緩緩地說，現在知青也在分化，也在重新組合，有的人是利用知青的關係來賺錢，他們的交往是有選擇的，選擇那些對自己有用的關係，對自己有用的人，我很討厭

這種聚會。

除了各種各樣的知青聚會，還有一些人自發地組織起來，去回訪下鄉的地方，探望那裡的農民和農場職工。

黑龍江墾區的著名作家鄭加真對我們講過這樣一個故事。1993年6月，一支由100人組成的知青回訪團，回到了寶泉嶺農場管理局，管局的老職工以盛大的儀式歡迎他們，歡迎隊伍有上萬人，敲鼓奏樂放鞭炮，招待所大樓前面的大標語上寫著：「北大荒擁抱您，第二故鄉想念您」。這場面，這標語，這真誠的情感使百名知青激動不已，他們一下子憶起多少往事。聯歡晚會上，16名溫州知青朗誦了他們臨時寫成的詩歌，雖然草就的詩歌有些粗糙，但朗誦者火辣辣的情感深深打動了全場觀眾。節目演完了，隨著團長孫杰一聲「向第二故鄉的父老鄉親們行大禮」的指令，臺上的知青撲通一聲跪倒在地，齊刷刷地長跪不起，他們的眼睛裡是晶瑩的淚花，他們要跪拜養育過他們的北大荒和當年關心愛護過他們的老職工。台下的觀眾先是一愣，緊接著爆發出熱烈的鼓掌聲。

他們仍然是農場職工眼裡的「寵兒」

1995年9月下旬，黑龍江省的三江平原，俗稱北大荒的地方。還是黑土地，還是漫無邊際的原野，但是在這個季節裡，黑土地已經被金黃色的莊稼所覆蓋，大豆成熟了，玉米成熟了，過去在北大荒難得見到的稻子也大片大片地成熟了，原本肥碩的葉子把它們的最後一點養料輸給了果實，自己便悄悄地枯萎死去，而吸足了精華的果實，在秋風中得意地炫耀著飽滿的腦袋，引來一片讚嘆。誰都說，農場又是一個豐收年。

連接農場與農場、生產隊與生產隊的，仍然是那種砂石公路，公路依然是金黃色，在盛夏莊稼繁茂的綠色裡，它黃得耀眼，在秋天莊稼成熟的季節裡，它與金黃的原野渾然一體，渾然一色。

　　就在這樣的一條公路上，一輛大客車疾駛而來，又疾駛而過，馬達的轟鳴伴和著車廂內的歌聲和笑聲，驚飛了路邊莊稼地裡啄食吃的麻雀、喜鵲和烏鴉。

　　這輛汽車的目的地是 290 農場——1969 年到 1976 年它叫黑龍江生產建設兵團二師八團。汽車裡坐的，是當年二師八團的兵團戰士，後來返城的京津滬哈知識青年。他們來故地重遊，他們來應邀作客，他們來探親訪友，他們是 290 農場建場 40 周年慶祝活動請來的嘉賓。

　　290 是三江平原上最早成立的農場之一。1955 年 7 月，中國人民解放軍農建二師五團 1700 多名官兵，奉中央軍委的命令，從山東集體轉業，來到這片荒原。五團的前身，是中國人民解放軍步兵第 97 師 290 團。同年 11 月 21 日，黑龍江省國營農場管理廳正式命名這個農場為「國營 290 農場」。

　　車窗外的景色急急閃過，似曾相識，又不相識，這些當年的兵團戰士倚在車窗旁，努力回憶著，辨認著，依稀尋找著往昔的影子，但那影子怎麼尋不著，找不見？「近鄉情更迫」，他們好興奮，好心焦，每個人心裡都揣著一長串老職工的名單，每個人心裡都盛滿了濃濃的懷舊情意，他們用一種甜蜜溫馨的情調回憶起當年那段艱苦的時光。

　　上海知青陳桂英說，二十五六年前，我是一路抹著眼淚，從這條路來到 290 的。汽車跑了半天，也見不到幾戶人家，全是大片的荒地大片的莊稼，我的心越來越涼，後悔死了，害怕死了。十八九年前，我揣著返城的手續，心花怒放地沿著這條路離開了 290，當時真有一種大難不死逃離了苦海的感覺，我們幾個人一路走一路慶幸：可算離開了，終於要回家了！可是一別 18 年，我們卻越來越想念它，幾個人聚到一起總是回憶它。當年迫不及待地離開，今天又迫不及待地回來，這裡面的複雜情感誰也說不清楚。

　　場慶是農場的一件大事，場慶活動中最牽動人心的一件事是知青的

回訪。老職工們早就守候在招待所的院子裡，眾星捧月似地把剛剛走下車的知青圍在中間。晚餐是第一個高潮。在招待所簡陋的食堂裡，在昏暗的燈光下，擺滿了十幾張桌子，桌子上是大碗的蘑菇燉小雞，大盤的炒肉拉皮、大馬哈魚，滿滿當當的一桌子菜，散發出主人的真情厚誼。酒是肯定不會少的，農場自己做的「北大荒」！當年知青在的時候是 65 度，如今是 55 度，還是辣口辣嗓子，但是這酒哪能不喝！

蕭承先場長站起來敬酒了。他今年 40 歲，建場那年生的，跟 290 一般大，他是 290 的創業者之後，他父親就是當年從山東來此的農建二師五團轉業軍人。知青在的時候，蕭承先還是個學生，知青老師教過他，但那時未必會注意他，更不會想到 20 年後他會成為這個有 50 萬畝耕地、2.4 萬人口大農場的當家人。290 農場這幾年經營得很有成就，一直是黑龍江墾區的十大農場之一，每年生產糧豆十幾萬噸，獲得了國務院授予的「糧食生產先進單位」稱號和省委省政府授予的「上交糧食先進單位」稱號。

場部的一些老科長，一些連隊的老連長也來了，跟知青坐在一起，把多少年前的老事又一件一件地翻騰出來。我們這張桌子上，也有一個老連長，黑紅的臉上刻滿了深深的皺紋，他不善言辭只是微笑。知青們簇擁著他，不斷站起來給他敬酒。坐在我身邊的一個知青告訴我說，這個老連長，可厲害了，整天板著一張臉，但心眼特別好。有一次在江邊卸煤，一直幹到半夜，天又下雨，幹完活又冷又餓又睏，回來就想睡覺。剛躺下，炊事班就給我們送飯來了，饅頭和熱湯麵，他們說，是老連長讓給送來的。熱湯麵真好吃呀，再沒吃過那麼好吃的熱湯麵，吃完了，肚子也不餓了，身上也暖和了，大夥兒都感謝老連長，說他想得真周到。他就是這麼個臉上冷心裡熱的人。那個知青激動地衝著我講，老連長就坐在一旁靜靜地聽，一言不發，仍然只是笑，他不像知青們那麼激動，顯得很冷靜，可能是他經歷的事情太多了，也可能是他覺得這些

事情都很平常，不值一提。

　　我走出食堂，招待所的大門外，是一條新修的馬路，今天剛剛正式剪綵通車。路很寬，修得很好，路面是水泥的，綠化帶把它分割成快慢道，中間可以跑四輛汽車，來290農場這一路上，我們都沒見過這麼好的路！在一個國營農場裡，修這樣一條路可不是一件小事情，可不是一筆小費用。場部機關的辦公樓在一個十字路口上，那個路口的四角還有商店和俱樂部，因而那裡也就成了整個場部的政治中心、經濟中心和文化中心。

　　今晚俱樂部裡有一場彩排，是農場宣傳隊為場慶準備的一台節目。省城來的一個小有名氣的相聲演員，將在今晚的彩排中加演兩個段子，他明日一早就要離開，因此今晚的彩排就有了格外不同的意義。下午我在農場宣傳部，就看到要票子的人一撥接著一撥，要票子的電話一個接著一個，急促的電話鈴聲頻頻響起，宣傳部的張部長氣急敗壞地說：不接，他媽的，都是要票的！此時，兜裡揣著票子的，怡然地在俱樂部門前漫步，沒有票子的，依然在焦急地尋找，也有許多人知道自己找不到票子，只是想一睹笑星的風采，在深秋的夜色中等待。我從那些等待的人群中想到，農場的文化生活是多麼的單調。

　　商店早已關門打烊。十字路口的一角，支著兩個烤羊肉串的攤子，另一角擺著個賣小食品的床子，這就是今晚此地全部的商業活動。生意自然不會好，但零星的也總有的做。這裡沒有什麼流動人口，也不是交通要道，農場仍然是一個相對封閉的農業單位，農場的商業活動也難以繁榮。種地、打糧，加上基本上是自給自足性質的加工業——這些就是今天國營農場主要的經濟活動。

　　忽然我發現了一個人，一個正在橫穿馬路的人，那是剛剛和我在同一個飯桌上吃過飯的老連長。他走得很慢，一跛一跛地，顯然一條腿有毛病。他正向十字路口四個角裡最冷清的一個角走去，那是一個燈火闌

珊處，一個人也沒有。老連長跛著腿，避開了熱鬧，避開了人群，避開了簇擁他讚揚他的知青，悄悄地走進冷清，走進獨處，走進孤寂。他向一扇緊閉的大門和一排黑洞洞的窗戶走去，然後停下來，用一隻胳膊倚著窗臺，就斜靠在那裡，一聲不響，一動不動，冷眼旁觀著這個世界，等候著演出開始。他為什麼要避開那熱鬧的場面，避開那些簇擁他的知青，避開那一片讚揚聲？此時他是一種什麼樣的心態？我忽然從這個沉默的人身上，感到一種震撼的力量。

場慶活動的高潮，是第二天上午的慶祝大會。吃過早飯，鑼鼓聲就響起來了，中小學生組成的歡迎隊伍，從招待所的門口一直排到俱樂部的大門口，三十多名知青代表神采飛揚地從這狹長的通道中走過，他們依然是農場職工心目中的寵兒，是場慶活動中最受歡迎的角色。

會場裡真正是座無虛席，在這個莊嚴而隆重的場合，每個人心裡都湧起一股莊重的感覺。總局的代表講話，管局的代表講話，場長講話，老五團的轉業官兵代表講話，最後是知青的代表講話。代表知青講話的是當年的副政委、北京知青楊貴箐，她是所有發言者裡得到掌聲最多的一個，也是惟一提到了「參加兵團建設的中國人民解放軍軍人」的貢獻的人。就在前一天晚上，一位早已卸任的老場長還當著知青的面，把兵團時期的一位現役領導大罵了一頓。在對現役軍人的看法、同現役軍人的關係方面，知青同老農場的幹部有著很大的差異。

楊貴箐在發言中說：我們永遠是290人！這句勇敢而豪邁的話引來一陣掌聲。坐在我身邊的一位知青小聲嘟噥了一句：「那些留在農場的知青才是真正的290人。」然而真正的290人沒有可能站在這個講臺上講話，即便他們來講話，也不可能有這般自豪，他們在這些老同學面前，有一種自愧不如矮人一頭的感覺，甚至不願意到招待所裡去看望老同學老戰友。

老五團轉業官兵的代表在發言中說：我們是獻了青春獻終身，獻了

終身獻子孫。但是在整個大會和大會後的文藝演出之中，這些既獻終身又獻子孫的老軍人，卻把最多的掌聲給了知青。他們對知青實在是太寬容，太高看，太厚待了！

　　最受歡迎的一個節目是表演唱《知青老師》：「你手把手教我 a、o、e，一加一還有音樂和圖畫。做對了你就打小小的勾，做錯了你就打大大的叉。我記得那天雨下得很大很大，你送我們學生一個個回家。哦，知青老師你走了，也許您回到自己的家，知青老師您走了，黑板上還留著你的圖畫⋯⋯」

　　最後一個節目是知青表演的小合唱《說句心裡話》。「說句心裡話，290 是我的家，離別十幾年，夢中常常掛念它。說句心裡話，290 變化大，寬敞的馬路明亮的燈，人人精神煥發。啊，我們回來了，我們又回到了家，你添磚我加瓦，共同建設可愛的家。」當年團部宣傳隊的青年，回來了八個人，他們又站在了當年的舞臺上。韓家義說，當年我們就住在這個俱樂部裡，對每個房間都很熟悉，當年我們演出的獎狀還掛在那裡，讓我們又激動又感動。

　　農場專門召開了一個知青座談會，請知青們為農場的發展獻計獻策。上海知青忻賢峰說，我在 290 呆了 11 年，先是在 18 連，後來又到保衛股，最後到了一營。290 是我的第二個故鄉，對我女兒來說則是第一故鄉，她出生在 290。分別 20 多年了，但是老職工一見面就能叫出我們的名字，有的還把當年知青送給他們的小禮物保存著，讓我們很感動。昨天我見到一個老職工，他問我：你還認得我不？我怎麼也想不起來，他說，我一直記得你，七一年的時候全連開大會，要開除我的黨籍，你出來說了一句話，你說，他為黨做了這麼多年工作，總是有貢獻的，我們是否能保留他的黨籍。這句話我早就忘記了，他卻一直記了這麼多年。哈爾濱知青韓家義說，黃金有價情無價，千里難尋是朋友。在農場的時候對這兩句話體會得不深，返城以後，才真正體會到農場老職

工對我們的感情有多麼可貴。在我一生的旅途上，最好最難忘記的，是在農場結下的友誼交下的朋友。陳桂英說：農場第一教會我們怎麼做人，第二教會我們怎麼幹活，第三教會我們怎麼吃苦。佟文閣說，農場的變化太大了，我原來在場醫院工作，一下車我就找我們原來住過的宿舍，可是已經找不到了，我們栽下的那些扎根樹，走的時候還是光禿禿的，現在已經長成樹林子了。陳耀鈞和張劍荻夫婦在他們當年栽的扎根樹下照了一張相，扎根樹長得枝繁葉茂，栽樹的人卻早已遠走高飛。

老職工的子女也來了，他們對知青說：可想你們了，你們在的那時候多好，老說一些新鮮事，那時候可願意聽你們說話了，聽你們說話可有意思了，就願意你們上我家來。那年呼啦一下你們全走了，學校裡都沒有老師了，英語、物理、數學都沒人教了，多少年才緩過勁來！

是啊，說到知青大返城，多少人都說，對農場最大的打擊是人才的流失，專業技術人才的流失：連隊裡開拖拉機的機務人員走了大半，會計出納走了大半，場部醫院的醫生護士走了大半，而學校裡的老師幾乎全走光了。紅紅火火的事業一下子冷清下來，正常運轉的機器忽然停滯下來，歌聲和笑聲少了，字正腔圓的北京話和嘰嘰喳喳的南方話少了，老職工們在深深惋惜的同時也在心裡反思：早知道知青要走，當初還不如培養咱們自己的家屬和子女，雖然文化水平低一點，接受能力差一點，但畢竟靠得住啊！現在倒好——

農場面臨的第一件大事情是重新培養自己的人才隊伍。機務人員容易，辦個短訓班，財會人員也相對容易些，辦個學習班，最難的是教師，那可不是一年半載就能培養出來的，一些農場到附近的人民公社去「挖」教師，到外省去調教師，建三江管理局還在《人民日報》上登出啟事，以優厚的條件在全國範圍內招聘教師。290 的蕭場長和宣傳科的張科長至今還以一種十分惋惜的口氣說：「當時知青哪怕能留下一半呢，就是留下三分之一也好啊，咱農場也不會是今天這個樣子啊！」

　　過去農場留不住人，今天農場仍然留不住人，290農場從恢復高考制度以來，先後有1000多人考入外地的大中專學校，其中有上清華的，有出國留學的，但是學習好的，有本事的，出去了就不回來，只有上八一農大的能回來幾個。「咱們農場，就是缺人哪！」蕭場長感慨地說，「五十年代『好兒女志在四方』，六十年代『到農村去到邊疆去到祖國最需要的地方去』，這些口號現在怎麼也不提了呢，那個時候還講理想講國家的需要，現在這些好傳統都快被人們忘光了！國家老說農業是基礎，農業重要，可是有本事的人誰也不想來搞農業，農業能發展上去嗎？難哪！」

後記

　　為了撰寫這部書稿，我們先後採訪了 60 多位知青，他們中有的人，下鄉不久就入黨、上學，畢業後有了一份不錯的工作，風順路坦；有的人返城很晚，拖家帶口，住房、工作、收入，一道道關口橫在面前，命運多舛；有些上中學時的優等生，失去了他們本該擁有的機會，另一些人卻意外驚喜地得到了這機會。一位知青坦率地說：要不是上山下鄉，我這輩子肯定上不了大學，念中學的時候，我一看到數理化就頭疼，學得一塌糊塗。

　　上山下鄉改變了一代人的命運。

　　寫在這本書裡的，就是這一代人的命運，他們中間，有的讓人羨慕，有的讓人同情，有的讓人生出無限感慨，壓得心頭沉甸甸地作痛。他們自己反觀那段歷史，也各有各的見解，但他們的見解大多與他們今天的處境有關。日子過得舒心的，往往留戀，日子過得窘迫的，大多悔恨，這裡邊感性因素起了很大的作用。

　　當許多知青還在迷戀於知青的聚會時，另外一些知青卻從這種聚會中擺脫出來。陸小雅說：我覺得知青老是在一塊回憶過去沒什麼意思，我們每個人都有自己的工作和事業，我們應該面對現實，現在社會變化那麼快，競爭那麼激烈，

每個人都感到了壓力，如果老是在那裡講有悔呀無悔的，一點都無益於現實，老在那裡嚼這些東西實在沒意思。現在需要的，是從理性的角度，對這場運動進行研究和思考。

還有一些知青，把他們的思考和研究付諸文字。

中國社會科學院的劉小萌、史衛民和定宜莊，當年都曾經在內蒙古下鄉，後來都上了大學，又讀了研究生，進了社科院，研究近代史、元史和社會史，但他們忽然都有了一個念頭：研究知青史。這個念頭始於八十年代末，那時陸續地出了一些反映知青題材的文學作品，有小說，有電影，也有電視劇，作為那段生活的當事人，作為專門的理論工作者，他們對那些作品或是感到不滿足，或是感到不滿意，最為主要的一點是他們認為：文學終究不能替代歷史！於是他們生出一個念頭：為什麼我們不來寫一寫它。於是他們動筆了。

1993 年 8 月底，史衛民和他的愛人何嵐完成了一部 42 萬字的《漠南情》，這實際上是一部內蒙古生產建設兵團史，是黑龍江、內蒙古、雲南、廣東這所謂四大兵團裡面惟一比較完整的「史」。這本書有一個副標題「內蒙古生產建設兵團寫真」。書的〈前言〉中說：「無需懷疑十幾萬人的真誠和熱情，也不必盯著結果去討論為什麼，事實本身能夠表現的遠比這多得多。所以，我們希望提供的，只是一個真實的記錄。」

這本書剛剛付梓，夫婦二人就投入下一個目標，依舊是生產建設兵團史，但涉及的範圍遠比上一本要大得多，這是一本寫「上山下鄉運動中的生產建設兵團」的書，書的名字是《知青備忘錄》。作者之一，當年的北京知青後來的北京理工大學講師何嵐，未能看到這本書的出版，1995 年 4 月死於癌症。

與此同時，劉小萌和定宜莊在撰寫一部全景式的知青史，兩人按年代分工，各有側重，定寫「文革」之前為主，劉則重在「文革」期間。

這是一部上百萬字的大型論著,論述內容的起迄時間是五十年代至八十年代。這部《中國知青史》,已經由中國社會科學出版社出版。

這四個人還有了一次合作,他們共同編寫了《中國知青事典》。這是一本大型工具書,「書中選擇 1953 年至 1993 年間有關史事、人物、文獻、制度等,立條目凡 200 餘條,用平實準確的文筆分別加以敘述和分析,可使讀者對這段歷史的來龍去脈有一個基本的了解。」可以說,這本書是迄今為止最為全面、翔實的一本反映上山下鄉運動的工具書。

對上山下鄉這場運動進行思考的,不僅僅是知青。有各種各樣經歷的人,從各種各樣的角度,對這場運動提出了看法。

中央黨校副校長、《求是》雜誌總編輯邢賁思在思考上山下鄉的問題時有雙重身分,他既是一個黨的理論工作者,又是一個父親。作為一個理論工作者,他的思考是理性的,作為一個父親,他的思考偏重於感情。他說,我不反對知識分子要有一個鍛煉的機會,因為知識分子的確有自身的弱點,這主要是軟弱性,適當給他們一個機會壓壓擔子是應該的,但是採取大規模上山下鄉這種方式,我不贊同……不能把一部分人說成是教育者,把另一部分人說成是教育對象。但是從另一方面看,上山下鄉也有它好的一面,絕大多數下過鄉的青年人,在同齡人中間都顯得比較成熟,能經得住風浪,處於逆境時也沒有什麼怨言。

原國家農墾總局局長趙凡認為,毛主席一直有個想法,就是要讓知識分子到實際當中去鍛煉,參加勞動,接觸社會,這是應該的。但是到了「文化大革命」中間,把中學生都大批趕下去,甚至中學還沒畢業勞動力還沒形成就往下趕,國家每年還要拿出大筆經費,問題就出在這裡了,這就引起「四個不滿意」。

在一次知青問題座談會上,一些老知青懷著深情,回憶起當年下鄉的情形,讚嘆下鄉經歷使他們得到了極大的鍛煉,黨史研究專家金春明在聽了他們的發言之後說了一句:「今天是知青精英的聚會,是 1700 萬

知青中的少數人的聚會。」他問，1700多萬知青當中，能達到今天在座這些人的成就的有多少，百分之一？千分之一？實際上的比例數恐怕還要低得多。知青精英的感情能否代表廣大知青的感情？知青精英的認識能否代表廣大知青的認識？他說，八年前我給團幹部講過一次話，他們說，上山下鄉鍛煉了我，沒有上山下鄉我就當不了團委書記。我說，全國有多少團委書記，難道有這麼多的團委書記，就該說上山下鄉好？有人講無悔無恨，真的就那麼無悔無恨嗎？「文革」是一場災難，共產黨要悔，老百姓要恨，我雖然不是知青，但我在河南黃泛區的五七幹校待了三年半，那三年半白過了，至今想起來我還是追悔莫及。

金春明先生是重點研究「文革」史的，他著重談了從「文革」史的角度如何來看上山下鄉運動。第一，「文革」中的上山下鄉與「文革」前的上山下鄉性質不同，在「文革」前是一種社會職業的選擇，當時需要有一部分青年人到農村去到邊疆去到祖國最需要的地方去，但在「文革」中帶有很濃重的政治色彩，把它作為反修防修的政治運動，強制性地上山下鄉，不下去就斷户口。第二，讓城市大批知識青年上山下鄉，是違反歷史發展規律，違反社會發展總趨向，與現代化背道而馳的。經濟發展的一個必然結果是農村人口的減少，發達國家哪有那麼多農民？美國的農民僅占人口的4%！不把農村人口解放出來，九億人口搞飯吃，就永遠沒有現代化。第三，對每個上山下鄉知識青年的情況要具體分析，有人成長了，也有人被摧殘了，聶衛平如果讓他一直割豆子就成不了棋聖，光講成長的一面不講壓抑扼殺的一面，那是不公道的，實際上壓抑扼殺的一面大大超過成長的一面！

在他撰寫的《文化大革命簡史》中，金春明先生用了兩頁紙來寫上山下鄉運動。

農村問題研究專家吳象，在另一次知青問題座談會上說，上山下鄉的知青是因禍得福，瞭解了真正的中國農村和中國農民。他說，這些青

年人一下子就沉到了中國社會的底層，他們在社會中所扮演的角色，觀察問題的角度，一下子就起了變化。他們看到了真實的、沒有任何修飾和遮攔的農村和農民，這同他們在報紙上，在課堂上和書本裡聽到的欣欣向榮、鶯歌燕舞、豐衣足食的農村很不一樣，這就對他們的思想和感情起了很大的影響。他們對農村體驗的深刻程度，超過了當年我們在延安，1938年我到延安的時候，那裡是解放區，吃的是集體伙食，還不能代表當時中國的廣大農村，而許多知青一下去，就看到了貧窮落後的農村。

北京某出版社一位編輯出版過知青作品的編輯說：上山下鄉使一些平庸的青年變得優秀，使一些優秀的青年變得平庸；一些人得到了他們本不該有的機會，一些人失去了本該享有的機會。更多的，則是優秀的更優秀，平庸的依然平庸。上山下鄉是既扼殺了文化又傳播了文化（前者對城市言，後者對農村言），既浪費了人才又造就了人才。

王仞山是個有才氣的姑娘，她16歲就去了北大荒，40歲以後她又帶著她16歲的女兒去了一次北大荒，她說：我是想帶她看一看我16歲時去的那個地方。上山下鄉這場非常悲壯的運動我經歷了，這種心情我要給她講一講。

王仞山一直到1978年才離開北大荒，她那十年過得很難，「最難的就是我一直在追求，但總是追求不到，我一直在努力，但總是不成功，因為我家庭的問題，我父親受到冤枉被抓起來了，他是個翻譯，剛解放的時候帶著全家從香港回到祖國大陸。我覺得自己應當有所作為，所以就拚命畫畫，搞創作，但是條件不允許，不讓我搞，甚至還鬥過我。我周圍的很多朋友都紛紛上學，有深造的機會，但是我沒有。我是在掙扎中走過來的，很痛苦，生活上的苦勞動上的苦我不怕，但是這種追求不到的痛苦讓我難以忍受。」

「現在留在印象裡邊的都是美好的事了。剛回來那幾年，想起北大

荒還很恐怖甚至作惡夢，說是返城的全部作廢，都要回去，醒了以後嚇得一身冷汗。但是多少年過去以後，留在腦子裡邊的就都是美好的東西了，我就是懷著這種美好的東西，帶著女兒回去看我的故土。有時想想覺得很奇怪，當年那麼痛苦，今天又覺得很美好。沒有那段經歷，就沒有我的今天，我的意志就是在那個環境裡磨煉出來的。回北京以後，許多人都認為我比較有毅力，我也承認我有這方面的長處，我覺得這個世界上沒有能難倒我的事情，這個長處就是在北大荒吃苦吃出來的，這一點我是自豪的。」

王𠇑山終於事業有成。回北京後她先是在中國國際圖書貿易總公司藝術品出口部，後來調到中國文化藝術總公司作藝術總指導，由她主持的中國藝術博覽會，取得了重大的成功。

曾經以《我的遙遠的清平灣》奠定了文壇地位的史鐵生，在他那篇描寫插隊生活的獲獎作品裡，唱出了一首悠揚而又哀婉動人的牧歌。他說這是一個角度問題，「比如插隊這件事情，我的經歷中田園牧歌式的因素多一些，實際上苦難的東西也是有的，當然有些人經歷的慘烈多些。」

著名作家蕭復興的處女作，是七十年代初發表在《兵團戰士報》和《合江日報》上的一個短篇〈照相〉，後來他又在新復刊的《黑龍江文藝》第一期上發表了作品，這就大大激發了他從事文學創作的興趣和信心。他說：「可以說，梁曉聲、陸星兒、張抗抗我們都是一類人，都是從北大荒走出來的作家。」他說他是從生活的最底層摸爬滾打出來的，這種生活對於他的寫作是一種寶貴的經歷，不僅給他提供了寫作的素材，更重要的是培養了他對老百姓的感情，「如果從事寫作的人對老百姓沒有感情，是很難寫出好作品來的。」

1974 年他被召回北京作教員，到豐台區東鐵匠營中學教書，後來在1978 年底又考上了中央戲劇學院。他說：上山下鄉是一個比較複雜的現

象，如果單從歷史學社會學的角度講，那是應該否定的，因為它葬送的不僅是我們個人的前途，而是一代人的前途，它不是把社會推向前進，而是拉向後退；但要從人的成長過程來看，磨難同時也是一種磨煉，讓青年人有機會去瞭解老百姓，養成一種吃苦耐勞的精神，養成面對艱苦又不被艱苦磨碎的精神，這些都是我們這一代人應當珍視的東西。懷舊不一定不好，這裡懷念的是一種美好的東西。這一代人的青春就是在那裡度過的，你讓他不懷念青春怎麼可能呢？這一代人對上山下鄉的情感是很複雜的，有損失也有磨煉，有詛咒也有懷念。由我們來評價上山下鄉，難免帶有感情色彩，因為我們畢竟是「身在此山中」的人，還是留給後代人去評說吧，他們會比我們更冷靜更客觀。

天津知青郭慶晨認為，上山下鄉對於他個人來說，「總體上是利大弊小」。他下鄉的那個農場，就是五十年代初期楊華他們建設「北京莊」的地方，郭慶晨認為，楊華他們是在建設社會主義的口號下去開發北大荒的，這個口號這種精神到什麼時候都否定不了，理想主義的火光和旗幟應該永遠燃燒和飄揚。對於他個人來說，上山下鄉既有不堪回首的一面，又有永遠難忘的一面，使他增強了尊重勞動成果尊重勞動人民的意識，這一輩子都不會看不起勞動人民。他說他從五十年代復員轉業到北大荒的那些人身上受到了很大的教育，「我們在農場不過待了十年八年，他們是把一輩子都獻給北大荒了，跟他們一比，我們還有什麼委屈什麼怨言呢，我們什麼都想通了，什麼名呀利呀都不爭了！所以，有上山下鄉經歷的人比沒有這段經歷的人，要更成熟一些。」

上海知青劉忠定，如今是楊浦區人民法院的副院長，他說，我對上山下鄉持否定態度。雲南那個地方很落後，小農意識很強，沒有什麼可以接受再教育的。我在雲南待了九年，那九年是最美好的年華，但是荒廢了，美好的年華成了蹉跎歲月，我七九年頂替母親返城後一直在楊浦區法院工作，業餘時間還要讀書，整整讀了八年，一直讀到大學本科，

可以說我實際上一直是在彌補下鄉那九年的損失。但是那段經歷對一個人的成長來講也有積極意義，首先是鍛煉了吃苦耐勞精神。下過鄉的人特別能吃苦，有毅力，我們一起上業餘大學的，許多人都比我們小，甚至小十歲八歲，他們沒有家庭負擔，但是不如我們堅持得好，有的就半途而廢了，相反我們這些拖家帶口鬍子拉碴的人倒是都堅持下來了，有的人接著又讀研究生。還有一點，我感覺下過鄉的人在同志關係上處理得好，彼此之間的相容性強一些，對挫折的承受能力也要強得多。

曾經在雲南兵團下過鄉、現在重慶市政府政策研究室工作的王瑞林認為：我們這一代人跟下一代人相比較，各有所長，他們的長處是對現代科學文化掌握得比較系統充分，我們的長處是對社會、對中國國情的瞭解體驗更豐富一些，更注重個人品德的修養。沒有經過大悲大痛的人，很難有大徹大悟。

有一位知青出身，後來以寫報告文學而出了名的作家對我們講過這樣一個觀點：世界上以移民這種形式開發一個不發達地區，是有許多成功先例的，比如美國、澳大利亞，都是移民國家，黑龍江實際上也是一個移民省，這塊清王朝的「龍興之地」，從本世紀初開禁以後，陸續有大批移民湧入，闖關東，才發展起來。所以，通過移民這種形式來開發邊疆，開發一塊新土地，這種形式本身沒有錯。他還說，有志青年還是要不怕艱苦，志在四方，具有一種為事業獻身的精神。現在全盤否定上山下鄉，連學農的大學畢業生都不願意上山下鄉，把它當成一件丟人的事情、沒出息不光彩的事情，這就不好了。現在的年輕人，「洋插隊」可以，「土插隊」就不幹了，關鍵就是沒有錢掙。

由中共中央黨史研究室著、胡繩主編的《中國共產黨的七十年》一書中，對於知識青年上山下鄉運動做了這樣的論述：「『文化大革命』開始後，由於大學不招生，工廠不招工，商業和服務行業處於停滯狀態，城市初、高中畢業生既不能升學，也無法分配工作。1968 年 12 月

毛澤東發出『知識青年到農村去，接受貧下中農的再教育，很有必要』的號召，全國立即掀起知識青年上山下鄉的高潮。這個運動被宣傳為具有『反修防修』、『縮小三大差別』的重大政治意義。幾年內，上山下鄉的知識青年人數前後共達一千六百多萬。廣大知識青年去到農村和邊疆，經受了鍛煉，為開發、振興祖國的不發達地區作出了貢獻。但是，大批知識青年在青春年華失去在學校接受正規教育的機會，造成人才生長的斷層，給國家的現代化建設帶來長遠的困難。國家和企事業單位為安置知識青年上山下鄉所支出的經費超過一百億元。青年的家長和部分地區的農民也為此加重了負擔。這在當時成為社會不安定的重要因素之一。』

　　1996 年 2 月 20 日是農曆的正月初二，正在延安與老區人民一起過年的國務院總理李鵬，同仍然留在延安的 10 名北京知青代表，進行了座談。六十年代末去延安插隊的 27800 多名北京知青，只剩下 413 人，他們生活在除子長縣以外的延安地區各個縣市。新華社記者張宿堂、胡西生，在一篇記述李鵬與知青座談的報導中寫道：「談到知識青年上山下鄉問題，李鵬說：『文化大革命中，許許多多城裡的青年學生到農村插隊落戶。應該說，這段歷史給不少人留下了痛苦的回憶，也發生過一些令人悲痛的事。對這段歷史，要用正確的眼光來看待。一方面，要看到這個決策的歷史背景，另一方面也要看到，廣大知識青年在農村的確得到了鍛煉。你們瞭解了中國的國情，通過勞動和人民群眾建立了深厚的感情，精神境界得到提高。正像你們自己說的，受益匪淺。因此，要全面地看待這件事，文藝作品也要全面反映這段歷史。』最後，李鵬總理激動地說：『那些回城的知青們是從延安這個大熔爐裡出去的，在他們的心中，延安是不會被忘記的。而你們留下來的 400 多人則在陝北生根發芽了，成為新一代延安人。你們在這裡奉獻了青春，還要繼續為這片革命聖地貢獻聰明和才智。』」

　　這是「文化大革命」以後，黨和國家最高領導人第一次對上山下鄉運動有了一個「說法」。

1996 年 10 月初稿

1997 年 3 月改畢

台灣版後記

　　1995 年，解放軍出版社策劃出版一套叢書，總標題為「特殊年代的中國」（後來出版時改為「共和國回顧叢書」），選取新中國成立後發生重大事件的年份，每年一本，1968 年這一本的題目，定為「上山下鄉」，出版社現代編輯室主任王長龍找到王增如，把它落實給我們兩人，責任編輯確定為徐貴祥，後來他成為知名作家，長篇小說《歷史的天空》獲得了茅盾文學獎。王長龍主任給了我們這個機會，徐貴祥則提出了一些很好的修改意見。

　　選我們來執筆，一個重要原因是我們倆都是知青。但我們只是在黑龍江生產建設兵團下鄉的知青，而這本書要表現的是遍及全國城鄉的那場宏大運動，是全景式的描述，與它的宏大性相比，我們兩個，顯得勢單力薄。好在有一批朋友全力支援，並且在後來的採訪中，只要彼此都亮出「知青」這個頭銜，一切障礙隔閡就頓然消逝，兩顆心立刻溝通，話匣子滔滔打開，只要拿著錄音機錄就是了。

　　那已經是十五六年前的事了。我們利用了每年一次的短暫休假，更多的則是利用了出差機會，白天幹公務，晚上訪戰友，夜間再把錄音整理成文字，公私兼顧，起早貪晚，採訪了大量素材，也結識了眾多朋友。雖然辛苦，但是很興

奮，因為這是為知青做一件有意義的事情。

　　十五六年過去了，被採訪者中有的已經過世（如趙凡、閻柏松、蘇堤、蔡立堅），也有許多人斷了聯繫，當年採訪時，戰友們還都活躍在工作崗位上，如今大都進入花甲之年，知青戰友們，你們過得還好嗎？

　　我們在採訪寫作中，得到諸多師長、朋友的幫助，但本書初版時卻未致謝意，多年來，我們一直為此愧疚不安。這一次，借著臺灣版的機會，我們終於可以了此夙願。他們是：鄭加真、閻柏松、蘇堤、王殿林、紀淑雲、高慧珠、包雷、方月華、沈寶英、陳勵君、孫英、劉曉萌、吳鶴翔、紀紅、王志群、張平……特別是原國家農墾總局局長趙凡，不僅十分詳細地介紹了 1978 年底他去雲南處理知青返城事件的經過，並提供了重要的文字材料，他宏亮的聲音和嚴肅激動的表情至今存留在我們的記憶裡。

　　這本書能夠在臺灣出版，是我們的榮幸，感謝呂正惠先生和王中忱老師的支援與幫助。知青，是祖國大陸一個特殊年代的產物，是一批特殊人物的身份標誌，對於臺灣的讀者，知青是個陌生的群體，有興趣者可以從這本書中，瞭解一下知青，瞭解一些他們的生活經歷。

　　這本書初版於 1999 年，此次在臺灣出版，做了一些文字的修改刪節，內容基本未做改動，只增加了一個人物五玲，她是我們的好朋友，一生的經歷實在坎坷曲折，極富故事性，「一定把她寫出來」也是我們多年的夙願，終於借此機會了卻了。

李向東

2012 年 9 月 16 日於北京

補記：台灣版照片由靳立明、馬成龍、徐培建、周介靜等提供，謹此誌謝。

主要參考書目

張林池主編：《當代中國的農墾事業》，中國社會科學出版社 1988 年版。

朱榮、鄭重等主編：《當代中國的農業》，當代中國出版社 1992 年版。

胡繩主編：《中國共產黨的七十年》，中共黨史出版社 1991 年版。

薄一波：《若干重大決策與事件的回顧（上卷、下卷）》，中共中央黨校出版社 1991、1993 年版。

中央黨史研究室主編；《中共黨史大事年表》，人民出版社 1987 年版。

房維中主編：《中華人民共和國經濟大事記（1949-1980 年）》，中國社會科學出版社 1984 年版。

林志堅主編：《新中國要事述評》，中共黨史出版社 1994 年版。

劉小萌等編著：《中國知青事典》，四川人民出版社 1995 年版。

史衛民、何嵐：《知青備忘錄——上山下鄉運動中的生產建設兵團》，中國社會科學出版社 1996 年版。

顧洪章主編：《中國知識青年上山下鄉始末》，中國檢查出

版社 1997 年版。

顧洪章主編：《中國知識青年上山下鄉大事記》，中國檢查出版社 1997
　　年版。

王子冀主編：《回首黃土地》，瀋陽出版社 1992 年版。

智清主編：《老插話當年》，大眾文藝出版社 1994 年版。

《草原啟示錄》編委會：《草原啟示錄》，中國工人出版社 1991 年版。

《北大荒風雲錄》編委會：《北大荒風雲錄》，中國青年出版社 1990 年
　　版。

賀鵬、陳廣斌編：《綠色的浪漫——內蒙古生產建設兵團紀實》，新華
　　出版社 1992 年版。

杜鴻林：《風潮蕩落——中國知識青年上山下鄉運動史》，海天出版社
　　1993 年版。

閔雲森主編：《咱們老三屆》，北岳文藝出版社 1994 年版。

何嵐、史衛民：《漠南情——內蒙古生產建設兵團寫真》，法律出版社
　　1994 年版。

鄧賢：《中國知青夢》，人民文學出版社 1993 年版。

王江主編：《劫後輝煌——在磨難中崛起的知青、老三屆、共和國第三
　　代人》，光明日報出版社 1995 年版。

鄭加真：《北大荒移民錄——1958 年十萬官兵拓荒紀實》，作家出版社
　　1995 年版。

火木：《光榮與夢想——中國知青二十五年史》，成都出版社 1992 年
　　版。

李廣平編：《中國知青悲歡錄》，花城出版社 1993 年版。

金大陸編：《苦難與風流——「老三屆」人的道路》，上海人民出版社
　　1994 年版。

劉中陸主編：《青春方程式——五十個北京女知青的自述》，北京大學

出版社 1995 年版。

《難忘鄂爾多斯》編委會：《難忘鄂爾多斯》，南京大學出版社 1993 年
版。

國家圖書館出版品預行編目資料

上山下鄉 / 王增如　李向東著. -- 初版
. -- 臺北市：人間, 2013. 08
　450 面：17×23 公分 . --（當代大陸歷史叢書；
1）
　ISBN 978-986- 6777-64-6（平裝）

857.85　　　　　　　　　　　　　102015972

當代大陸歷史叢書　1
上山下鄉

著者　王增如　李向東
出版者　人間出版社
發行人　呂正惠
社長　林怡君
地址　台北市長泰街 59 巷 7 號
電話　02-2337-0566
郵撥帳號　11746473 人間出版社
排版印刷　龍虎電腦排版股份有限公司
電話　02-8221-8866
登記證　局版台業字第三六八五號
初版　2013 年 8 月
初版二刷　2013 年 11 月
定價　新台幣 400 元